BLT
Mit der Welt
auf Buchfühlung

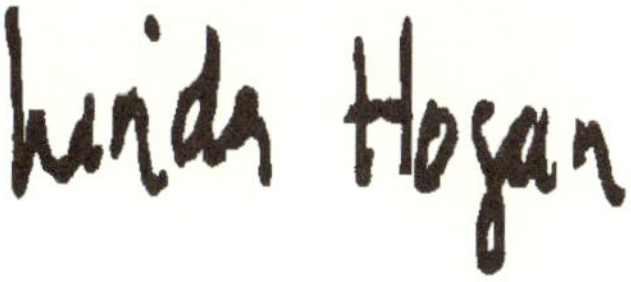

Linda Hogan entstammt dem Volk der Chickasaw-Indianer. Sie hat mehrere Lyrikbände, Romane und Essays veröffentlicht und lehrt als Professorin an der Universität von Colorado in Idledale. Für ihre Werke erhielt sie zahlreiche Auszeichnungen und Stipendien und war unter anderem bereits für den Pulitzer-Preis nominiert. Sie ist eine der führenden Autorinnen einer neuen indianisch-amerikanischen Literatur und wurde 1998 mit dem Lifetime Achievement Award des Native Writers Circle of the Americas geehrt.

Linda Hogan

Sonnenstaub

Aus dem Amerikanischen von
Heike Brandt

BLT

B L T
Band 92024

1. Auflage: September 1999
2. Auflage: September 2001

Vollständige Taschenbuchausgabe

BLT ist ein Imprint der Verlagsgruppe Lübbe

Die Originalausgabe SOLAR STORMS erschien
bei Scribner, New York

Lizenzausgabe: Verlagsgruppe Lübbe GmbH & Co. KG,
Bergisch Gladbach
Einbandgestaltung: Gisela Kullowatz
Titelbilder: Photonica, © Sandra Eisner/© Y. Akimoto
Autorenfoto: © Gary Isaacs
Satz: hanseatenSatz-bremen, Bremen
Druck und Verarbeitung: Elsnerdruck, Berlin
Printed in Germany
ISBN 3-404-92024-4

Sie finden uns im Internet unter
http://www.luebbe.de

Der Preis dieses Bandes versteht sich einschließlich
der gesetzlichen Mehrwertsteuer.

FÜR DANIELLE MARIE.
MÖGEST DU IMMER DEN
WEG ZU DENEN FINDEN,
DIE DICH LIEBEN.

Danksagungen

Ich möchte mich bei Jean Portier sowie bei meinen anderen Freunden und Freundinnen bedanken, die dieser Geschichte schon so lange zugehört haben; Marilyn Auer, Brenda Peterson, Connie Studer, Patricia Amman, Patrick Hogan, der einen Teil der Geschichte erlebt hat; Shelly McIntire, Lee Goerner und Katherine McNamara und meiner Assistentin Wonshé. Auch Leigh Haber und Beth Vessel danke ich für ihre Unterstützung. Und Michael Evans-Smith für die Informationen, die er mir besorgte.

Die Guggenheim Stiftung hat mich finanziell unterstützt, während ich den Roman schrieb.

Prolog

Noch heute höre ich manchmal die Stimme meiner Urgroßmutter Agnes. Sie weht mir zu wie eine sanfte Brise durch ein offenes Fenster.

»Das Haus weint«, sagte ich zu ihr, als Wasser die Wände hinunterrann. Der Herd heizte das Haus. An den Fenstern gefroren weiße Federn und Farne.

Das könne das Haus aushalten, sagte Bush. Damals hatte sie schwarzes Haar, schönes, weiches Haar. Sie ging hinaus in die Kälte und brachte einen Armvoll Holz herein. Der süße Duft nach Holz und ein Hauch frischer Luft stiegen mir in die Nase, als Bush an mir vorbeihuschte. Sie legte ein Scheit in den Ofen. Das Holz war noch feucht, und es sprühte und zischte, als die Flammen es packten.

Nicht eine Minute glaubte ich, daß das Haus das aushalten könnte. Ich wußte, daß es zusammenbrechen würde. Es war ein Holzhaus, ein dunkles und enges Haus. Die Dielen knarrten, während Bush hin und her hastete. Von außen kratzten die Zweige der Bäume an den Fenstern, als versuchten sie hereinzukommen. Vielleicht wollten sie gegen das Feuer protestieren und gegen das, wovon es genährt wurde.

Bush zerteilte die Ochsenschwänze und briet sie in Talg an. Das tat sie so langsam, daß man hätte meinen können, sie hätte Sumpfbalsam in den Händen statt Fett und Fleischknochen. Ich dachte an die alten Zeiten, als die Ochsen in schwarzen Güterwagen von den dunklen, flachen Feldern Kansas' herbeigekarrt wurden, krankes Vieh, das ins quälende Joch geschirrt worden war. Das ganze Land, sogar unser verlorenes Land, war von ihnen geprägt worden, von ihnen und dem verhaßten Ding, das sie zusammenhielt, während Regen und Sonne und Schnee auf ihre geschundenen Rücken fielen.

Im Ausguß huschten Fische herum. In einem Sack steckten ein paar armselige, dünne Winterkarnickel – damals jagte Bush noch. Sie zog ihnen das Fell ab, wie du dir Strümpfe ausziehen würdest. Wälzte die Tiere in Mehl. In der Küche löste sich ihr Leben in Dampf auf.

Bush arbeitete Tag und Nacht. Im Nachthemd kochte sie Wurzeln, denen noch der Geschmack von Schlamm anhaftete. Sie schürte Feuer unter einem schwarzen Kessel und zwei Töpfen. In ihrem dunklen Hemd schnitt sie Zwiebeln. Erst als alles vorbei war, verstand ich, was sie hatte tun müssen. Ich hatte nicht gewußt, wovon sie so besessen war und wie weit sie gehen mußte, um sich aus der Umklammerung zu lösen.

Sie legte Decken und Kleider zusammen und legte sie auf den Boden des einzigen dunklen Raumes. Sie nahm die Vorhänge ab, schüttelte den Staub heraus, wusch sie im Ausguß und hängte sie auf Leinen, die von einer Wand zur anderen reichten. Und währenddessen brodelten in der Brühe Knochen empor, so wie ein Traum an den Rand des Schlafes treibt.

Deine Mutter kam einmal im Traum zu mir aber sie trieb mir nicht entgegen, sondern sie brach herein, wie Wild ins Eis kracht oder wie ein Stein ins Wasser fällt und auf den Grund trudelt. In dem Traum war ich am Lake Grand angeln, und plötzlich gefror das Wasser wie es beim Zusammentreffen der beiden Winde im wirklichen Leben geschieht, wenn sie alles, was ihnen im Weg steht, packen, wie damals am Ufer des Spirit Rivers, als sie einen Mann zu Eis gefrieren ließen. Im Traum sah ich deine Mutter mitten im See unter dem Eis. Ich hatte Angst vor ihr. Wir alle hatten das. Wir konnten nicht benennen, was mit ihr nicht stimmte, und Dingen, die keinen Namen hatten, mißtrauten wir. Sie war wie das Eisen unter der Erde, das die Kompaßnadel in die falsche Richtung lenkt.

Was immer deine Mutter in diesem Traum war, was immer sie jetzt ist, einem Menschen glich sie nicht. Auch keinem Tier keinem Fisch. Sie glich nichts, was ich durch Sehen oder Fühlen hätte erkennen können. Das Ding, das sie war oder das sich in sie verwandelt hatte, zog mich an. Ich stand reglos und aufrecht und wurde von dem entsetzlichen, magnetischen Zentrum dieses Dinges, das ich so fürchtete, angezogen. Hilflos und blaß schlitterte ich wie eine Statue über die im eisigen Licht glänzende Eisfläche. Mir schossen einige Geschichten der Cree durch den Kopf, Geschichten vom gefrorenen Herzen des Bösen, das aus Hunger, Neid und Gier bestand und das Menschen in den Tod oder in die Krankheit getrieben oder sie wahnsinnig gemacht hatte. Wenn man dieses Herz zum Tauen brachte, es zu Wasser erwärmte, konnte man die Seele des Menschen retten, so hieß es in den Geschichten. Aber wir alle wußten, daß deine Mutter Hannah Wing am bodenlosen Eingang einer Unterwelt stand. Sie war wund. Sie war gefährlich. Und ihr Herz konnte nicht tauen.

Bush, die Frau deines Großvaters, hatte mit der kalten Welt deiner Mutter gekämpft. Sie wollte dich bei sich behalten, um dich vor der Gewalt deiner Mutter zu schützen. Das war zu jener Zeit, als sie dich im Haus weinen hörte, obwohl du gar nicht da warst. Ich hätte ihr nicht geglaubt, wenn ich nicht auch gehört hätte, wie deine Stimme um Hilfe geschrien hat. Es war ein eisiges Geräusch, dieser Aufschrei deiner Seele, und Bush verzweifelte wie ein Tier hinter Gittern. Sie kämpfte für dich.

Bush konnte diese Schlacht gegen das, was sich letztlich als das menschliche Böse erwies, nicht gewinnen, aber sie verlor sie auch nicht. Es war ein Patt, ein labiles Gleichgewicht, das jeden Moment umschlagen konnte. Aus dem Grunde kochte sie das Trauermahl. Deshalb buk sie Brot und weichte Mais in Lauge und Asche, bis daraus der süßeste Brei wurde – wer hätte gedacht, daß so ätzendes Zeug den Mais süß und saftig machen könnte? Deshalb kochte sie den wilden Reis, den wir zwei Jahre zuvor geerntet hatten, und der Reis war am wichtigsten von allem, denn an jenem Herbsttag warst du mit uns gewesen. Du warst von oben bis unten in Baumwolle gehüllt und hattest einen Schleier vor dem Gesicht, damit die kleinen Insekten und der Staub dich nicht plagten, während wir im Boot durch die Pflanzen trieben und mit klappernden Stöcken den Reis ins Boot schlugen.

Zum Schluß öffnete Bush für das Festmahl zu deiner Ehre den Krug mit dem Sumpfblättertee, und mir stieg sofort der Geruch in die Nase. Für mich roch der Tee wie eine Arznei. Wie Heilen. Das erinnerte mich an jene Zeit, da die alten Frauen Adlerdaunen auf Wunden legten und sie damit heilten.

Bush ist eine stille Frau, mit Worten hat sie nicht viel im Sinn. Sie läßt sich nicht gerne sagen, was sie zu tun hat. Also ließ ich sie in Ruhe, während sie das Mahl vorbereitete, selbst als sie die Reissuppe verdarb. Ich saß am Fenster und strickte und blickte hinaus, dem Winter direkt ins Gesicht. Es war so still, daß es schien, als würden sich alle

Dinge auf das vorbereiten, was in den Jahren darauf folgte, auf das Jahr in dem du zu uns zurückkämst, auf die Jahre, wenn wir anderen fortgegangen wären, wenn die Erde aus Angst vor dem Ertrinken zitterte.

Die Fenster waren zugefroren, daher sah ich an jenem kalten Sonntag des Festmahles die Menschen durch einen Schleier von Eisblumen über das Eis kommen. Sie schienen wie bloße Schatten in einem dämmerigen Winterabend. Der Wind hatte den Schnee vom vereisten See gefegt, so daß das Eis an manchen Stellen glänzte wie von Hand poliert. Vielleicht von der Hand des Windes, doch das Eis glitzerte unter den Füßen der Menschen. Ich kratzte mit den Fingernägeln den Reif vom Fenster. Jarrell Illinois, der inzwischen tot ist, trug eine Bergmannslampe, obwohl es noch nicht ganz dunkel war und die anderen gingen so dicht bei ihm, als wäre es schon Nacht geworden. Dann sah ich, daß neben ihnen Schatten und Spiegelungen liefen wie Geister oder wie ihr eigener Tod, der sich eines Tages erheben und ihnen gegenüberstehen würde. So sah es aus, als wären sie mehr. Ich erinnere mich, daß mein Atem das Fenster beschlug. Ich wischte über die Scheibe, um besser sehen zu können.

Einige der Leute waren in Pelze gehüllt, wie wir sie damals trugen, oder hatten Decken um sich gewickelt. Sie gingen zusammen wie Geister aus dem dichten Wald, der hinter dem Winter lag. Aufrecht waren sie, und groß. Sie schwiegen.

»Sie kommen«, sagte ich. Bush war auf einmal nervös. Ein letztes Mal rührte sie im eisernen Topf, dann machte sie ihr Haar auf. Es war lang und dick. Das Haar ist die Zierde der Frauen, heißt es. Bushs Zierde fiel ihren Rükken hinunter. Der Teekessel fing an zu summen, als erinnerte er sich an alte Lieder, die einige von uns längst vergessen haben. Sein Atem stieg in die Luft, als Bush

kochendes Wasser auf die kleinen ovalen Blätter des Sumpftees goß. Das ganze Haus roch danach, und nach Zedernholz.

»Schau sie dir an«, sagte ich. »Sie sehen wunderschön aus.«

Bush beugte sich über den Tisch und blickte aus dem Fenster hinaus, während die Leute über einen Pfad im Schnee näher kamen. Die Luft schimmerte im Licht der Bergmannslampe und einer Laterne, die eine Frau trug. Bush wischte sich die Hände an ihrer Schürze ab. Dann kamen die Leute durch die Tür und füllten das weinende Haus. Einige von ihnen trampelten mit den Füßen auf, als wären sie durch dicken Schnee gegangen, ihre Wangen waren rot vor Kälte. Sie zogen ihre Stiefel aus, stellten sie neben das Feuer und grüßten uns höflich. Einige blickten bewundernd auf das Essen, andere wärmten ihre Hände am Herd. Alle schauten sich die Bilder von dir an, die auf dem Tisch standen. Nachdem sie uns begrüßt hatten, sagten sie sehr wenig. Auch nach all den Jahren fühlten sie sich in Bushs Gegenwart unbehaglich. Sie gehörte nicht dazu. Sie war hergekommen, um meinen Sohn Harold zu heiraten. Die anderen hatten Bush nie verstanden und auch nicht, daß es Liebe war, was sie dort hielt. Damit sie überhaupt zu dem Festmahl kamen, hatte Bush ihnen erzählt, daß dies zu ihrer Tradition gehörte, daß nur dies ihr helfen könnte, den Schmerz zu verwinden, dich verloren zu haben. Es war niemand unter uns, der nicht den Verdacht gehabt hätte, daß sie diese Zeremonie erfunden hätte, zumindest teilweise, aber Trauer war etwas Verbindendes, und deshalb kamen sie, nicht einfach nur wegen Bush, sondern aus Respekt vor einer Trauerzeremonie.

Bush tat ein wenig von jeder Speise in ihre blaue Schüssel, wischte sich die Finger an der Schürze ab und brachte die Schale für die Geister nach draußen. Durch die offene Tür konnte ich die Hitze der Speisen wie ein Gebet zum Himmel aufsteigen sehen, das sich an alle Götter in den niedrig hängenden Wolken wendet. Meine schmerzenden Handgelenke sagten mir, daß es klirrend kalt, bitter kalt war, schlimmster Winter. Bush reckte die Schale zum Himmel hoch, für den Geist des Eises, für das, was in den Wolken lebte, für die Nachtwindmenschen, die bald bei uns sein würden, denn sie lebten auf Fur Island und kehrten jede Nacht dorthin zurück. In den nun wieder wirbelnden Schneeflocken konnte ich Bushs Umrisse kaum ausmachen, doch ich sah, daß sie lächelte, als sie wieder hereinkam. Daran erinnere ich mich. Sie lächelte die Leute an. Es was, als wäre schon eine Last gehoben worden.

Einer nach dem anderen nahm seinen Platz ein, sie setzten sich auf Stühle oder auf die Couch, die mit einem von mir gewebten Tuch bedeckt war, oder sie setzten sich an den langen Tisch. Neugierig blickten sie sich in dem kleinen, fast leeren Haus um, denn sie waren noch nie dort gewesen. Das Holz und die Tapete hatten Flecken, wo der Regen durchgedrungen war.

Als Bush das Essen servierte, merkte ich, daß ich nicht essen wollte. Damals war ich eine kräftige Frau, ich aß gerne, aber ich muß gewußt haben, daß mich dieses Mahl verändern würde. Ich stocherte nur darin herum.

Anfangs sprachen wir kaum, allenfalls Belangloses, und sonst war nur das Kratzen der Gabeln auf den Tellern, der Löffel in den Schüsseln zu hören. Es gab stille Momente, wenn der Wind einschlief und man nur den Schnee fallen hörte, der an den Fenstern erstarb, ans Holz klopfte, als wäre er hungrig und wollte eingelassen werden. Ich erinnere mich, daß ich an die Insel dachte, auf der Bush lebte, an die gefrorenen Gewässer, an die anderen Länder, die sich in der Ferne hoben und senkten, sogar an das Licht und den Staub der Solarstürme, die unseren kalten, unheimlichen Pol lieben.

Wir aßen Elchfleisch, Reis und Fisch. Im Zimmer war es heiß. Es gab weißhaarige Menschen, schwarzhaarige Menschen und die Mischlinge – sie trugen so bunte Sachen. Frenchie war dabei, sie hatte ein blaues Kleid an. Es war tiefausgeschnitten, und um den Hals trug Frenchie Bergkristalle, Gummistiefel an den Füßen. Wir fanden diese Zusammenstellung nicht merkwürdig, denn wir hatten uns an ihre Art, sich zu kleiden, gewöhnt. Wir glaubten einfach, daß sie oberhalb der Taille eine andere Frau war als unterhalb.

Es war so feucht und warm, daß sich die Tapete mit den Blattmustern von den Wänden löste. Das störte meine Mutter Dora-Rouge, die mit dem Rücken an der Wand saß. Sie war immer eine ordentliche Frau und daran gewöhnt, sich um alles zu kümmern. Und sie war nicht so krumm wie heute, also versuchte sie, wenn Bush es nicht sah, die Tapete wieder anzukleben, hielt die Ecken und Ränder fest, bis es ihr zuviel wurde und sie aufgab und sie sich wieder den dünnen Gräten ihres Fisches widmete.

Jarrell Illinois – er war ein guter Mann – nahm etwas Tabak aus der Dose und schob ihn sich in die Wange und blickte sich lächelnd im ganzen Raum um.

An jenem Tag schien es, als würde das Haus kleiner. Es setzte sich. Die Dielen bogen sich, als wüßten sie, daß der Ort bald verlassen werden würde, die Insel still zurückbliebe, allein mit der Erinnerung an all das, was dort geschehen war, sogar an das Schiffsunglück vor langer Zeit.

Ich weiß nicht, wie man Liebe mißt. Nicht mittels Tasse oder Schale, an der Entfernung auch nicht, aber es war Liebe, was da als Dampf aus dem eisernen Topf aufstieg, was wir als Essen in unsere Körper aufnahmen. An jenem

Tag aßen wir dein heiliges Sakrament, also denke nicht, du wärest nie geliebt worden. Aber nachdem die Behörden dich zu Hannah zurückgeschickt hatten, war zwischen uns keine Verbindung mehr möglich gewesen, danach hatten wir dich nie wiedergesehen, so sehr wir uns auch bemühten.

Wir aßen die Nacht hindurch, bis es fast hell war, jedenfalls so hell, wie es im Winter wird. Als die alten Männer die Knochen abknabberten und sie dann auftürmten wie uralte magische Zeichen, die die Zukunft enthüllen, warf das Feuer Schatten an die Wände. Die Leute aßen die Schüsseln leer bis auf den letzten Krümel. Nun unterhielten sie sich, lachten sogar, und es lag irgend etwas in der Luft. In jener Nacht schnitt sich Bush vor aller Augen ihr langes Haar ab. So wie wir es vor langer Zeit taten, um zu zeigen, daß wir Schmerz litten oder einen lieben Menschen verloren hatten. Sie sagte, das Haar halte die Erinnerung an dich fest. Sie sagte, es sei in der Zeit gewachsen, in der du mit ihr auf der Insel warst. Sie sagte, sie müsse die Erinnerung befreien.

Als das Geschirr weggeräumt war, ging sie in die Mitte des Raumes, wo sie ihr Hab und Gut zusammengestellt hatte, dann schenkte sie jedem Anwesenden einen Teil ihrer Welt. Nur von deinen Sachen trennte sie sich ungern, hielt sie fest, als fürchtete sie sich vor deren Abwesenheit, und hin und wieder versuchte eine Träne in ihrem Augenwinkel Halt zu finden, dennoch war Bush wild entschlossen. Sie verteilte deine handgewebte Decke, dein T-Shirt, Schuhe, Socken – ein Stück hierhin, eines dorthin. Einige Leute weinten. Nicht nur um Bush, sondern um all die Kinder, die uns verlorengegangen waren, die uns genommen wurden.

Sie verschenkte ihre Quilts und die Habichtsfedern, die

Überschwemmung und Feuer überstanden hatten. Sie verschenkte die Fischköder, die mein Sohn Harold geschnitzt hatte. Sie hatten genau das richtige Gewicht, um durch Eislöcher zu fallen und so manch einen langsamen und hungrigen Winterfisch anzulocken. Niemand hatte so gute Gewichte. Bush verschenkte ihre Angelruten und ihr Gewehr. Sie verschenkte ihr Besteck. Am Ende stand sie in ihrem weißen Nachthemd, denn sogar das, was sie an jenem Tag getragen hatte, den schwarzen Rock, den Pullover hatte sie weggegeben.

Von all der Feuchtigkeit, vom Kochen und vom Atmen, war die Tür am Rahmen festgefroren, und als die Leute gehen wollten, mußte John Husk sich anstrengen, bis das Holz schließlich nachgab. Jeder, der hinausging, nahm ein Stück von Bush mit. Sie sagte, das sei ihre Tradition. Niemand stellte das laut in Frage oder ließ sich in irgendeiner Form den Zweifel anmerken, der bestimmt da war.

Seit jener Nacht liebten sie Bush. Sie war zu der alten Art zurückgekehrt, nach der wir früher gelebt hatten. Nach dem Plan, den wir in uns hatten. Vielleicht erinnerte uns das daran, daß auch wir hier unseren Weg gemacht hatten und daß wir selber anfangs so etwas wie Außenseiter, Flüchtlinge anderer Nationen, aus anderen Gebieten gewesen waren.

Sie gingen durch die weit offenstehende Tür. Die Nacht hatte sich abgewendet. Die weiße Stille des Winters wurde vom Ächzen und Knacken des Eises durchbrochen.

Ich blieb noch, schaute aber den anderen nach, wie sie davongingen. Als sie an jenem Morgen im blauen Nordlicht aufbrachen, waren ihre Mägen voll, ihre Arme mit Decken, Lebensmitteln und einigen der Biberpelze beladen, die Bush den widerrechtlich auf die Insel eingedrungenen Fallenstellern gestohlen hatte, wofür sie dann verhaftet worden war. Die Leute nahmen alles mit, was beweglich war. Frenchie schob einen Stuhl auf dem Eis vor sich her, die hölzernen Beine hinterließen eine Spur glänzender Linien. Unter dem Mantel, über dem Kleid und den Bergkristallen trug sie Bushs schwarzen Pullover. Aber das Wichtigste, das sie davontrugen, war Bushs Schmerz. Er war jetzt klein, von Kindergröße, und er schob seine Hand in ihre und ging mit ihnen weg. Danach war er bei uns allen. Er gehörte uns. Später hatten ihn einige von uns Bush zurückgeben wollen, aber sobald wir das spürten, wußten wir, daß er zu schwer war für einen einzelnen Menschen. Danach saß deine Abwesenheit an jedem Tisch, bewohnte jedes Zimmer, ging durch die Türen eines jeden Hauses.

Die Leute liefen durch die Schneewehen, die der Wind aufgetürmt hatte, dann schienen sie mit den Umrissen der Bäume zu verschmelzen. Ich fürchtete, daß Frenchie an der warmen Stelle einbrechen würde, wo der See nie gefriert. Das war anderen vor ihr geschehen.

Bush ging hinaus, um die Schale zu holen. Sie war leer und es waren keine Spuren zu sehen. Oder vielleicht hatte sie der Wind verweht. Aber eine Schale ohne die Suppe darin ist ein hoffnungsvolles Zeichen, und so blieb auch in Bush eine Leere, ein Raum, der darauf wartete, angefüllt zu werden, in den sie kriechen und mit dem sie sich hätte umhüllen können. Und schließlich konnte sie schlafen.

Am nächsten Abend sagte Bush, es wäre für mich Zeit zu gehen. »Geh nur«, sagte sie und reichte mir meinen Mantel und meine Mütze. Ich zögerte. Ihr waren kaum mehr als ein paar Scheite Feuerholz und einige Kochtöpfe geblieben. Sogar die Lebensmittel hatte sie verschenkt. Sie sah, wie ich mich im Haus nach dem umguckte, was nicht mehr da war. Ich schlürfte heißen Tee. In der Nacht zuvor hatten wir wegen der Kälte eng beieinander geschlafen, mit meinem

Bärenpelz über uns. Einmal hatte sich Bush aufgesetzt und gesagt: »Der Mantel singt.« Ich sagte ihr, daß das bloß das Eis draußen vor der Tür sei. Ich muß besorgt ausgesehen haben. »Ich komm schon klar«, sagte sie und hielt mir den Mantel entgegen, um mir hineinzuhelfen.

Aber ich sagte: »Und was ist mit mir? Es ist schon fast dunkel.« Sie ließ sich nicht täuschen. Sie wußte, daß ich spät in der Nacht hinausging, um die Geräusche des Winters zu hören und den Himmel und den Schnee zu sehen. Ich war immer sehr gut zu Fuß. Sie gab mir meine Handschuhe und meine Mütze. Ich ging widerwillig. Mehr konnte ich nicht tun. Es fiel mir schrecklich schwer, sie in dieser Leere zurückzulassen. Ich nehme an, daß ihre Trauer schon über mich gekommen war. Ich wollte weinen, aber ich wußte, daß der Wind, auf dem Weg zur Insel, auf der er lebte, meine Tränen gefrieren lassen würde.

Für den Heimweg ließ ich mir Zeit. Über mir blinkten die ersten Lichter. Ich erinnere mich, daß ich dachte, der Himmel sähe aus wie eine Schale Milch.

Eines Abends dann konnte ich es nicht mehr aushalten vor Sorge. Ich schnürte meine Stiefel und ging über das gefrorene Wasser zurück. Bush war dünner, aber sie sah glücklich aus, und sie widersprach nicht, als ich diesen Bärenpelzmantel, den ich immer getragen habe, aufmachte und um uns beide schlang und dann mit ihr zurück zum Festland ging. Unsere Schritte auf dem Eis, das Knacken und Stöhnen des Sees waren die einzigen Geräusche. Wir waren zwei Menschen im Fell dieses Bären. Bush sagte, sie könne die Bärenkinder sehen, die in dieser Haut gelebt hatten und von der Bärin geboren worden waren, und ich sagte: »Ja.«

1. Kapitel

Ich war siebzehn, als ich nach Adam's Rib auf Tinselman's Ferry zurückkehrte. Das war im Nordland, dem Gebiet, wo Wasser von Erde zerteilt, Erde von Wasser aufgerissen war, so daß die Karten Gebiete verzeichneten, die klar umgrenzt, zugleich aber auch – wenn man den Weg hinein kannte – ohne Grenzen waren. Hier sei es gewesen, sagten die Alten, wo sich vor Urzeiten Erde und Wasser durch einen Pakt verbunden hätten, der nun nichtig sei.

Die Wasserstraßen, über die ich kam, hatten eine Geschichte. Vor mir hatten sie schon viele andere passiert. Wenn sie gefroren waren, überquerten sie Elche, von Wölfen verfolgt. Und da waren die französischen Fallensteller und Händler gewesen, die Biber und Fuchs ausgerottet haben. Tonnenweise waren die wertvollen Felle in Booten zur Handelsstation beim alten LeDoux transportiert worden. Es hatte Eisbrecher, Kutter und Fischerboote gegeben, und das Schiff, das die Orgel für die nie gebaute Kirche transportierte. Die Briten waren durch diesen Norden gekommen, wie auch die Norweger und die Schweden, und die geflößten Baumstämme hatten sich manchmal zu so hohen und breiten Stauen verkeilt, daß sie den See vom Otter River absperrten, der dann den Fischen nicht mehr genug Wasser zum Überleben bot.

In jenem hohen Norden hatte vor Jahren eine Frau namens Bush meine Mutter Hannah Wing zu einem der alten Männer gebracht, die an der Straße der Hundertjährigen lebten. Im trüben Licht der Laterne hatte der alte Mann den Kopf geschüttelt und Bush voller Bedauern erklärt: »Ich kenne diese Dinge nur vom Hörensagen. Es steht nicht in meiner Macht, dem Mädchen zu helfen.« Auch sonst hätte das niemand vermocht, denn meine Mutter war von einer schrecklichen, gewalttätigen Macht beherrscht. War an Leib und Seele von ihr besessen.

Die Morgenluft war feucht. Als der Nebel sich lichtete, erblickte ich von der Fähre aus Fur Island, die Insel der Pelze, die bei den Alten immer noch Nabel der Welt hieß. Sie lag über dem Wasserspiegel, als wäre sie eben aufgetaucht, erst an jenem Morgen erschaffen worden.

Als die Fähre mehrere Meilen vom Festland entfernt an zwei Inseln vorbeifuhr, sah ich eine Frau in einem Kanu. Ich lehnte mich an die Reling und beobachtete sie. Sie, die dahintreibende Frau, saß ganz still, aber ich meinte, sie beobachtete mich. Das Wasser, auf dem sie trieb, hätte sie zu schattigen, baumbewachsenen Orten tragen können, in ein Gewirr von Seen und Inseln, die in eine andere Wildnis, noch tiefer in den Norden führten, wohin wir uns eines Tages zusammen begeben würden, diese Frau namens Bush und ich.

Sie war die einzige Bewohnerin von Fur Island, einem einsamen Ort, und sie war eine der Frauen, die mich geliebt hatten. Zwischen uns hatte es einen Bund gegeben, so etwas wie diesen alten Pakt zwischen dem Wasser und der Erde oder wie die Übereinkünfte, die die Menschen einst mit den Tieren hatten.

Aber auch dieser Bund war wie jene anderen gelöst worden, und so schenkte ich Bush an jenem Morgen wenig Beachtung, bemerkte nur, wie ihr Kanu sich mit den

Wellen hob und senkte und daß die Inseln dahinter aussahen, als schwämmen sie auf dem Wasser.

Als die Fähre sich dem Land näherte, verschwanden die gespenstischen Umrisse der Fischerboote im Himmel über dem Wasser, und vom See und der sich erwärmenden Erde stieg leichter Dunst auf. Die blassen Stämme der Birken standen aufrecht im Nebel; die dunklen Augen auf ihrer Rinde schauten mich an, da war ich mir sicher. Es war still bis auf den Ruf eines Seetauchers und die Stimmen der Passagiere, die sich zur Landung vorbereiteten. Ich spürte plötzlich Panik und überlegte, ob ich nicht weiterfahren sollte, vorbei an diesem unbekannten Ort, der einst mein Leben bestimmt hatte.

Es war früh am Morgen, als die Fähre landete. Sobald sie am Ufer festgemacht hatte, stiegen die wenigen Passagiere von Bord, in die Nebelschwaden, und waren schon kurz darauf, obwohl ich sie noch reden hörte, unsichtbar.

Ich gehörte zu den letzten, die ausstiegen. Als ich an Land trat, spürte ich immer noch das Schaukeln des Wassers. Der Boden unter meinen Füßen schien sich zu bewegen. Mit jeder Faser meines Körpers spürte ich, daß selbst die Erde nicht fest ist.

Ich wollte zu Agnes Iron. Sie war die Verbindung zu meiner Mutter, sie war eine Blutsverwandte, die auf der schmalen Landzunge Adam's Rib lebte. Erst vor wenigen Wochen hatte ich den Namen von Agnes Iron in einer Gerichtsakte gefunden und ihr einen Brief geschrieben. »Liebe Mrs. Iron. Ich bin Angela Jensen, die Tochter von Hannah Wing, und ich glaube, Sie sind meine Großmutter.« Ich brauchte mehrere Anläufe, bis mir der Brief gelang, aber meine Schrift wirkte trotzdem noch sehr kindlich. Agnes hatte mit zittrigen Buchstaben geantwortet: »Komm sofort.« Und fünfzig alte Eindollarnoten dazugelegt. Sie waren weich wie Stoff und sahen aus, als ob sie zusammengerollt, gefaltet, gezählt und wieder gezählt worden waren. Als ich den Umschlag öffnete, stieg mir der Duft des Parfüms einer alten Frau entgegen. Es war klar, daß diese Dollars schwer verdient worden waren und daß sie wahrscheinlich alles waren, was die Frau besaß. Trotzdem, in jenen ersten Minuten meines Lebens im Norden, als nur der Ruf des Seetauchers durch den Nebel drang, verließ mich ein wenig der Mut. Nervös stopfte ich meine Hände in die Taschen meiner Jeansjacke und wartete – mit meinem ganzen weltlichen Besitz in zwei Plastiktüten an meiner Seite – darauf, daß Agnes kam, daß der Nebel sich verzog oder auflöste und ich jene verlassene Gegend zu sehen bekam, in der mein Volk lebte.

Der Nebel lichtete sich für einen Moment, und ich sah Gebäude, ein Schild, auf dem stand: »Auto-Ersatzteile, Bootsreparaturen«. Und dann kam aus dem Dunst Agnes auf mich zu, eine alte, dunkelhäutige Frau. Mein Herz spürte sofort, wer sie war. Es erkannte sein eigenes Blut. Agnes hatte einen wiegenden Gang. Eines ihrer Beine war etwas kürzer als das andere. Und sie war steif. Sie trug einen blaugrauen, an einigen Stellen abgewetzten Pelzmantel, der vorne offenstand. Wie ein hungriges Tier, das gerade aus seiner Winterhöhle gekrochen ist. Es hätte einen nicht verwundert, wenn am Mantel Zweige oder Blätter gehangen hätten. Ich sah Agnes auf mich zukommen, aber meine Beine rührten sich nicht. Sie hatten Angst. Genau wie mein Herz, das sich mit der Hoffnung in dieses fremde Gebiet begeben hatte, etwas zu finden, das ich bis jetzt noch nicht kannte, mir nicht erträumt, noch nicht geliebt hatte. Und dazu gehörte Agnes in dem alten Bärenpelz.

Ich wollte mich umdrehen, aber da streckte sie mir schon ihre kühle feuchte Hand entgegen. Dann besann sie sich und schloß mich in ihre pelzigen Arme und wiegte mich, ähnlich, wie es eben noch das Boot getan hatte. Sie roch wie die Dollarnoten, die sie geschickt hatte. Ich tätschelte ihr den Rücken, damit die Umarmung ein Ende nahm. Agnes schob mich ein Stück von sich, um mich anschauen zu können, und ich hörte die Vögel in den Bäumen singen. Ich blickte ihr nicht in die Augen, sah aber ihr Lächeln. Sie zog ein Taschentuch aus dem Ärmel und wischte sich die Augen trocken, dann bückte sie sich und griff meine beiden Tüten.

»Die kann ich tragen«, sagte ich und wollte ihr die Tüten abnehmen. Weil sie doch alt war. Aber sie gab sie nicht her. »Ist ganz leicht«, log sie und war schon losgegangen. »Und du bist bestimmt müde.«

Ich blickte zur Seite, in ihr Gesicht, auf dem sich schon Schweiß abzeichnete, und schaute mich dann in dieser fremden Welt um, in die ich durch einen Brief, einen Umschlag und eine Briefmarke geraten war.

Es war ein ärmlicher Ort, in dem es nach langem, nassem Gras duftete, viel stärker aber war noch jener Geruch, der allen Städten anhaftet, die vom Fischfang und den Jahreszeiten abhängen. Vor den Häusern parkten verrostete Autos, schwere, große amerikanische Fabrikate. Die Straße, die wir entlanggingen, hieß Poison Road, Giftstraße. Die Franzosen hatten sie »Poisson«, also Fischstraße genannt, denn einmal hatte es hier winzige Fischchen geregnet. Sie waren vom Himmel gefallen. Es hieß, sie wären in einer Wolke geschlüpft. Ein paar Jahre später jedoch waren hier die letzten herumstreunenden Wölfe und Füchse vergiftet worden, um Platz für die europäischen Siedler und deren Schweine und Rinder zu schaffen, bedauernswerte Tiere, die niemals die Chance hatten, die harten Winter des Nordens zu überleben. Nun war die Straße, die einzige Verbindung zu der hügeligen Halbinsel, nach jenem Gift benannt. Rechts und links reihten sich marode Häuser, die für mich alle gleichermaßen dunkelbraun und trübselig aussahen. Schon tat es mir leid, daß ich gekommen war.

Die Häuser waren klein, manche waren mit Teerpappe, Metallteilen, Kisten oder anderem verfügbaren Material geflickt. Ursprünglich waren sie von Missionaren errichtet und bewohnt worden, zum Schutz vor der Kälte. Während der langen Winterzeit fielen Männer in monate-langes Schweigen, standen einsame Frauen an den Fenstern, umgeben von Eis und frostigen Winden, und starrten hinaus in die riesige weiße, gefrorene Welt und hielten nach Zeichen des Frühlings Ausschau, und sei es eine einzelne Knospe, ein grüner Halm, als wäre der Frühling ein Liebhaber, der die Frauen aus der Gefangenschaft des trostlosen Winters befreien würde.

Während wir mit der warmen Septembersonne im Rükken die Straße entlanggingen, japsten und bellten Huskies und alte Schlittenhunde hinter den Zäunen.

Agnes hatte ein gutmütiges Gesicht. Auf ihre äußere Erscheinung schien sie keinen Wert zu legen. Die Brille wurde von einer Sicherheitsnadel zusammengehalten. Das graue Haar war zwar zurückgebunden und feucht gekämmt, dennoch wirkte es nicht gepflegt. In meiner Erinnerung sehe ich auch die silberne Brosche – einen Bären – zwischen ihren Brüsten am Kleid stecken. Es war kein teures Schmuckstück, Tand aus dem Kaufhaus, aber hübsch, das Auge ein schwarzer Stein.

Ich wollte mit Agnes reden, wußte aber nicht, was ich sagen sollte. Ich war voller Worte; es steckten sogar Fragen in mir, die ich noch gar nicht formulieren konnte, Empfindungen, die noch nicht zu Worten geworden waren. Aber ich blieb still. Und auch Agnes schwieg an jenem Tag, an dem ich nach Adam's Rib auf Tinselman's Ferry zurückkehrte. Sie weinte leise vor sich hin, und wenn sich ihre Augen mit Tränen gefüllt hatten, blieb sie stehen, stellte meine Tüten ab und trocknete sich die Augen mit einem alten, zusammengeknüllten Taschentuch, während ich mich abwandte und so tat, als sähe ich es nicht.

Was hätten die Männer und Frauen an jenem warmen Septembertag wohl für ein Bild von Agnes und mir zu sehen bekommen, wenn sie durch die kleinen Fensterscheiben voller Streifen geguckt hätten. Eine dunkelhäutige alte Frau in einem blaugrauen abgetragenen Pelzmantel, praktischen schwarzen Schuhen, mit meinen beiden Plastiktüten in der Hand, und mich, die ich kaum mit ihr Schritt halten konnte, eine entwurzelte Jugendliche in Jeansjacke und engen Hosen, mit rotem Haar, das glatt wie ein Vorhang über die rechte Seite des dunklen Gesichtes fiel. Wie ein Wasserfall, stellte ich mir vor, und hoffte, das Haar bedeckte die Narben, die vollkommen verheilen oder vielleicht verschwinden würden, wenn ich mich nur daran erinnern könnte, woher ich sie hatte. Narben hatten mein Leben geformt. Ich war gezeichnet, und ich wußte, die Male hatten etwas mit meiner Mutter zu tun, die immer noch im Norden sein sollte. Zwar hatte ich nie erfahren, wie diese Narben zustande gekommen waren, aber ich wußte doch, daß ich vor Jahren wegen dieser Verletzungen meiner Mutter weggenommen worden war.

Aber an jenem Tag schaute niemand aus dem Fenster. Nicht ein Mensch drehte sich nach uns um. Meine Rückkehr war unspektakulär, langweilig und alltäglich. Und ohne daß ich es wußte, war dies der erste Schritt hinein in eine Stille, in etwas, das ich fürchtete. Ich hätte umkehren können. Ich wollte es. Aber ich hatte das Gefühl, an einem Ende angelangt zu sein. Nicht nur am Ende meiner Angst und meines Zornes, nicht einmal an dem meiner Gedankenlosigkeit, sondern am Ende einer Art zu leben. Mein Leben in dem einen Amerika war vorbei, und insgeheim wußte ich, daß dies gleichzeitig ein Anfang war, als hätte sich just in diesem Moment etwas in mir verschoben, sich gewendet. Ich hatte das Gefühl, eine Reise zu mir selbst zu machen, wie Regen, der in einen See fällt, hatte das Gefühl, nach Hause zu kommen, an einen Ort, an dem ich schon gelebt hatte, noch im Leib meiner Mutter, und zu Menschen zurückzukehren, die ich nicht kannte. Ich wußte weder, wie sie lebten, noch, was sie von mir dachten. Ich wußte nicht, was ich von ihnen halten würde.

Und alles, was ich für diesen Anfang mitbrachte, waren der harte Gesichtsausdruck, den ich über Jahre hinweg kultiviert hatte, eine große, braune Handtasche mit den restlichen Dollarnoten, die Agnes mir geschickt hatte, das Make-up, das ich zusammen mit meinen Haaren dazu benutzte, um mein Gesicht zu verbergen, und ein Foto von einem unbekannten Baby, das ich in einem Fotoautomaten bei Woolworth gefunden hatte. Dieses Bild hatte ich immer herumgezeigt, damit jeder sehen konnte, was für ein niedliches und glückliches Kind ich einst war. Mit dem Bild fühlte ich mich geborgener, denn es gab keine Kinderbilder von mir, nichts, was bewiesen hätte, daß ich geboren wurde, Familie hatte, geliebt wurde. Ich hatte nur ein Leben auf Papier in Aktenschränken, kannte nur Pflegefamilien. Meinem eigenen Volk war ich verlorengegangen, meiner Mutter weggenommen worden. Eines der Häuser, in denen ich gelebt hatte, war so schief gewesen, als wollte es vom Antlitz der Erde hinunterfallen. Ein anderes hingegen stand gerade, solide und puritanisch. Ein Haus betrat man über Betonstufen, und es war von dichten Dornbüschen umgeben. Eines der Häuser hatte ich geliebt, ein gelbes Haus mitten in einer trockenen Prärie mit zwei schrägen Bäumen an der Seite, wodurch auch das Haus aus dem Lot zu sein schien. Dort hatte ich stundenlang draußen gesessen und zugehört, wie der Wind durchs lange Gras strich. Aber noch an keinem Ort hatte ich mich so lange aufgehalten, daß ich mich dort hätte zu Hause fühlen können. Ich war das Mädchen, das davonlief, das Mädchen, das nie weinte, das Mädchen, das stark genug war, sich selber Arm und Hand zu tätowieren. Ein tintenblaues Kreuz auf dem Knöchel, die Initialen von Lonnie Faro auf dem linken Oberarm. Ein Kreuz auf dem Oberschenkel. Und niemals hatte es jemanden gegeben, der mich wirklich hatte bei sich behalten wollen.

Bislang hatte es in meinem Leben zwei Orte, zwei Dinge gegeben, die mich geprägt und bewegt hatten, die mir ganz alleine gehörten, die ich niemals zurückließ oder mir hatte wegnehmen lassen. Und das waren die Zimmer, die ich bewohnte, eigene Zimmer, keine gemieteten. Eines, das dunklere, war das der Angst, der Angst vor allem, vor der Stille, der Nähe, der Starre und den Gedanken und Gefühlen dazu. Angst brachte mich zum Laufen, weg von den Häusern, weg von den Menschen. Wenn ich mich bewegte, hatte ich das Gefühl, ich ließe die Angst hinter mir, legte sie ab wie eine zweite Haut, die mich aber langsam, Stück für Stück immer wiederfand; und ich erinnerte mich dann an Dinge, die sich niemals zu einem Ganzen zusammenfügten. Und außerdem gab es das feuerrote Zimmer des Zorns, das ich ständig bewohnte, dessen Wände meine inneren Wutanfälle weder beherbergen noch aufhalten konnten. Jetzt spürte ich, wie sich ein weiteres Zimmer aufbaute. Ohne es zu wissen, drang ich in eine Stille ein, so tief, wie ich noch nie in irgend etwas eingedrungen war, und stürzte kopfüber in meine Ängste. Ich stand im Begriff, meinen Ängsten und meiner Vergangenheit ins Gesicht zu sehen. Denn hier, in jenem Ort des Nordens, der Adam's Rib hieß, würden mich weder mein Zorn noch meine Härte tragen oder halten können.

Noch vor meiner Ankunft, bevor ich dieses neue Zimmer eingerichtet und bezogen hatte, hatte ich mir geschworen, auf keinen Fall wegzulaufen, dieses Mal nicht, diesen Leuten nicht, egal, welche Wahrheiten ich aufdeckte. Ich würde versuchen, das zu retten, was ich in mir fand. Obwohl ich noch so jung war, hatte ich das Gefühl, alle Möglichkeiten meines Lebens ausgeschöpft zu haben. Mir waren nur noch diese Frau, dieses Volk geblieben. Sie waren Blutsverwandte. Ich hatte so intensiv nach Agnes Iron gesucht, weil ich glaubte, sie würde mir helfen, sie würde meine Rettung sein, sie würde mich kennen und sich an die Dinge erinnern, die aus meinem Gedächtnis verschwunden waren, die Dinge, die Sozialarbeiter vor mir geheimgehalten hatten, die in ihren gleichgültigen Akten verborgen waren; meine Geschichte, mein Leben.

Wir kamen zu einem ausgetretenen Pfad. »Wir sind da«, sagte Agnes. Am Ende des Pfades stand eines dieser schachtelartigen Häuser, dunkelbraun und quadratisch, das sich in nichts von den anderen unterschied, abgesehen von einer kaputten Fliegengittertür und einem großen, rot bezogenen Stuhl vor der Tür. Wie die anderen Behausungen war auch diese von christlichen, himmelwärts gewandten Menschen entworfen und gebaut worden, die sich vor Fenstern fürchteten, weil sie nicht die bedrohlichen, sich über Tausende von Meilen erstreckenden gefrorenen Gewässer auf der einen und den dunklen dichten Wald mit den Wölfen auf der anderen Seite sehen wollten.

Im Haus von Agnes standen alte Gerüche. Der Qualm des Feuers war bis in jede Ecke gekrochen, und es war muffig wie in allen Häusern des Nordens, wo es noch im Sommer nach menschlichen Ausdünstungen, nach dem Eingeschlossensein im Winter riecht.

»Hier schläfst du«, sagte Agnes. Sie stellte meine Tüten neben eine schmale Liege in einem engen, dunklen Wohnzimmer. Agnes strich ein paarmal mit der Handfläche über die Schlafstatt, als wollte sie sie weicher machen, ein sinnloses Unterfangen, wie ich sehen konnte. Meine Augen ertasteten jede Unebenheit. Schon jetzt tat mir der Rükken weh.

Einen Moment stand ich unbeholfen da. Ich kam mir so groß vor, so plump. Dann setzte ich mich auf die Liege, als wollte ich sie ausprobieren, wie in einem Möbelgeschäft. In der Mitte war eine Kuhle, und die Federn sprangen hervor; andere Körper hatten die Matratze geformt. Wie mein Leben, nichts hatte ich selbst geformt, weder Haut noch Gestalt.

Die ersten Frauen auf Adam's Rib hatten sich selbst die Verlassenen genannt. Eine zusammengewürfelte Gruppe, geboren aus dem Pelzhandel. Einige der Frauen hatten Cree-Vorfahren, andere waren Anischnabe, wenige stammten von den Fettessern im Norden. Bush, die Frau, die am Tag meiner Ankunft in der Nähe von Fur Island im Kanu trieb, war eine Chickasaw. Andere stammten aus der weißen Welt; den Weißen hatte nicht so viel an der eigenen Art gelegen, daß sie geblieben wären.

Die erste Generation der Verlassenen war mit den französischen Fallenstellern gekommen, die hier ihr Glück machen wollten. Als das Land ausgelaugt, Biber und Wolf verschwunden, in der Regel tot waren, zogen die Männer weiter, in Gebiete, die noch nicht zerstört waren, und sie ließen ihre Frauen und Kinder zurück, als wären auch die nicht mehr verwertbare Tiere.

Die Frauen hielten sich mit allem möglichen über Wasser, sie fischten und nähten. Sie schlugen ihr Holz selbst und flickten mit ihren unscheinbaren, abgearbeiteten Händen ihre Häuser, um Graupeln, Schnee und Wind fernzuhalten. Sie waren an harte Arbeit gewöhnt und kannten die Einsamkeit; das zeigte sich darin, wie sie die Zähne zusammenbissen, wie ihre Augen in die Ferne schweiften.

Als ich dorthin kam, gab es nur wenige Männer, man konnte sie an den Fingern von zwei Händen abzählen. Einige waren Fischer und Bootsbauer, und dann gab es einen Mann namens LaRue Marks Time, LaRue-der-die-Zeit-abwartet. Er lebte in Old Fish Hook, einer nahegelegenen Siedlung auf einer anderen Landzunge, die sich wie ein Haken ins Wasser krümmte und anklagend auf Adam's Rib zeigte, als hätte jener Ort gesündigt. Rue, wie wir ihn nannten, war ein Tierpräparator, und er handelte mit Knochen, aufgespießten Schmetterlingen, Fellen, Fallen und Feuerwaffen. Ein Mann, den mein Herz nicht mögen würde. Er war ein Mischling aus dem Süden, ein Dakota, nehme ich an, und er war erst kürzlich aus Vietnam zurückgekehrt. Er hatte eine Zuflucht gesucht, wollte weg von den überfüllten Städten und von Orten, die sich von den Interessen Fremder bestimmen ließen. Er haßte alles, wozu Menschen fähig waren, und in diesen Haß bezog er auch sich selbst mit ein.

An der Straße der Hundertjährigen lebten drei Männer friedlich neben sieben alten Frauen, alle bescheiden und Einzelgänger wie Bären. Die Frauen und die Männer waren die Ältesten, älter sogar als Dora-Rouge. Aber man sah sie selten. Sie hatten schon zur Zeit des Indianer-Massakers am Wounded Knee gelebt. Sie erinnerten sich und wollten mit der neuen Welt nichts zu schaffen haben. Diese Leute hielten den Geistertanz am Leben, behauptete ein Gerücht. Fast alle bezweifelten dies, aber ich neigte dazu, es zu glauben, denn trotz aller Tragödien, deren Zeugen sie gewesen waren, hatten sie den friedlichen Ausdruck von Menschen, die noch hofften, die immer noch glaubten, daß ihr Volk und die Büffel zurückkehren würden. Die Zeit hatte keinen Einfluß auf diese Menschen. Außer auf einen. Er hieß Wiley, und er hatte eine sehr junge Frau. Jeden Morgen rieb er sein Gesicht mit Eis ein, um sich für sie schönzumachen.

Bei den Leuten der Straße der Hundertjährigen lebte auch ein junger Mann namens Tommy Grove. Ein hübscher junger Mann, mit wunderschönen großen Händen. Um ihn wurde nicht viel Aufsehen gemacht. Er jagte und fischte, um die alten Leute mit Nahrung zu versorgen. Tommy war ein Jahr jünger als ich, aber im Grunde war er mehr wie einer der Alten. Er sprach drei Sprachen, und weil er mit den alten Leuten im Territorium des Todes lebte, fürchtete er ihn nicht, was Tommy eine besondere Kraft verlieh.

Die Häuser an der feuchten Straße der Hundertjährigen waren noch heruntergekommener und schäbiger als die anderen. Sie waren nicht von Missionaren gebaut worden. Die alten Leute hätten in keinem christlichen Gebäude leben können, das hätten weder ihre Körper noch ihre Seelen ertragen.

Alle anderen Leute im Ort waren Frauen, starke Frauen, und sie waren es, zu denen ich zurückkehrte, als der Sommer uns verließ und sich in die Arme des Herbstes begab. Es war das Jahr 1972, und ich war auf dem Weg zu mir selbst, kehrte heim zu dem Ort, an dem ich als kleines Kind gelebt hatte, ging zu Leuten zurück, die ich nie gekannt hatte. Ich wußte nichts über mich oder darüber, was die anderen von mir dachten, aber ich war dort, wo ich hingehörte. In jenem Herbst, als die Bäume goldenen Glanz und goldene Düfte verbreiteten, füllte ich eine Lükke, kehrte mit mir etwas zurück in Agnes' kleines dunkles Haus mit den winzigen Fenstern, gebaut von einem Missionar, der seine Umgebung nicht hatte sehen wollen.

Agnes' Haus war ein einziges Durcheinander, bis oben hin mit Dingen vollgestopft. Es schien keinen Platz für noch jemanden zu geben. Die Küchenwände hatten Wasserflekken und waren nie renoviert worden. Der Tisch wackelte. Stiefel, die auf den Winter warteten, standen ordentlich aufgereiht an der Wand, als wären aus ihnen kalte Füße direkt in den Sommer gestiegen.

Agnes war eine Frau, die selbst an warmen Sommertagen das Feuer schürte und ihren Pelzmantel trug. Frostbeulen, sagte sie, und beschwerte sich, daß ihre Hände wie Eis wären. Aber an dem Tag, an dem ich zurückkam, zog sie ihren Mantel aus. »Mir ist warm«, sagte sie. Ich beobachtete, wie sie geistesabwesend mit den Fingern durch das graublaue Fell fuhr, es auf die animalische Art kämmte, wie Frauenhände es aus alten Zeiten erinnern. Sie zupfte ein Stück Rinde heraus, ein paar feuchte Grashalme, dann hängte sie den abgewetzten Mantel neben andere Sachen an einen Haken an der Tür, und plötzlich war Agnes so klein wie alles andere in dem braunen Haus, eine Frau, die unter dem Gewicht des Lebens geschrumpft war, gleich einem Stein, der vom Fluß abgeschliffen wird. Nur daß Steine dabei weich werden, was man von Agnes nun nicht behaupten konnte.

Dora-Rouge, die Mutter von Agnes, bewohnte ein kleines Zimmer neben der Küche, wo sich der alte, blaßgelbe

Linoleumbelag ablöste. Sie war meine Ururgroßmutter. Sie hatte eine dünne, alte Stimme. Sie war die geliebte alte Frau, die alte, hellsichtige Ahnin des Hauses. Die ganze Zeit war sie es gewesen, die gesagt hatte, ich würde zurückkommen, und niemand hatte ihr geglaubt. Doch als sie mich an jenem ersten Tag sah, nannte sie den Namen meiner Mutter. »Hannah?« sagte sie. Sie sprach es wie eine Frage aus. Erst später, als ich meine Mutter sah, verstand ich die Verwechslung. Ich war das Ebenbild dieser Frau, die ich nie gesehen hatte, dieser Frau, die mir angst gemacht hatte. Ich hatte Hannahs walnußbraune Haut, und mein Haar war rot wie ihres.

Dora-Rouge sah verwirrt aus. So war das bei ihr. An manchen Tagen lebte sie in einer fernen Vergangenheit, in einer Zeit, die lebendiger und klarer war als die verbrauchte, verblassende Gegenwart.

Agnes sprach laut. »Nein, Mutter. Das ist Angel, Hannahs Tochter.«

Dora-Rouge starrte Agnes an. »Ich bin nicht taub.« Dora-Rouge war nicht schwerhörig. Ihre Ohren waren in Ordnung. Nur war sie schon im Begriff, die Grenze von dieser Welt in die nächste zu überschreiten. Es sei eine intelligente Welt, die nächste, sagte sie, in ihr steckte die Schöpfung des Lebens. Dort unterhielt sie sich mit Luther, ihrem verstorbenen Mann. Von Zeit zu Zeit war es schwierig, sie aus jener fernen Welt in unsere zu holen. Das Gebiet zwischen den Welten war auf keiner Karte verzeichnet, aber ich wußte, daß jenes »zwischen« etwas Wundervolles barg. Manchmal konnte ich es in Dora-Rouges Augen sehen. Aber Agnes hatte Angst davor. Sie fürchtete, daß ihre Mutter unterwegs in eine Falle geriete und nie mehr zurückkäme. Deshalb schrie sie so. Sie wollte ihre Mutter nicht verlieren. Wollte sie in die Welt von Adam's Rib zurückrufen.

Dora-Rouge war der älteste Mensch, den ich je gesehen hatte, eine weißhaarige Person, dünn wie ein Strich, sie saß da, als bestünde sie nur noch aus Knochen, mit eingesunkenen Wangen und wirrem schneeweißen Haar. Ihre Augen waren freudig, dunkel und strahlend klar. Ich konnte ihr Leuchten spüren, als Dora-Rouge mir ihr Gesicht zuwandte. Und als sie lachte, öffnete sich das Haus, öffnete ich mich ein klein wenig. Dieses Gefühl machte mir angst, als hätte ich jetzt, da ich Dora-Rouge gefunden hatte, etwas zu verlieren. Sie streckte ihre Hand nach mir aus. »Du bist Angel? Komm her zu mir!«

Ich zögerte, dann ergriff ich ihre dürre, knochige Hand. Dora-Rouge hatte keine Zähne. Ihr zahnloses Lächeln verlieh ihr eine kindliche Freundlichkeit, trotz der Tatsache, daß ihre Haut kupfern und alt war, ihre Hände von knotigen Adern und anderen Spuren des Lebens, deren Verworrenheit eine junge Frau wie ich sich nicht vorstellen konnte, gezeichnet waren. Auf dem Schoß von Dora-Rouge lag eine rote Wolldecke, durch die sich spitz die Knie drückten.

Und ich forschte in Dora-Rouges Gesicht, an dem ersten Tag, als ich auf der Kante ihres federnden Bettes saß, ich suchte nach Spuren meiner eigenen Züge und kam mir vor wie ein kleines Kind. Dora-Rouge hatte eine Eulenschnabelnase wie ich, hatte die gleichen Augenbrauen wie ich, aber ihre waren weiß und länger und zeigten am Ende ein bißchen nach oben, wie Flügel. Dora-Rouges Lippen mochten einst so voll gewesen sein wie meine, aber ihre hatten andere Speisen hindurchgelassen, sie hatten eine andere Sprache gesprochen und Menschen geküßt, die lange vor meiner Geburt gelebt hatten und gestorben waren.

»Ich hab dich immer das Mädchen, das wiederkommt,

genannt.« Ihre Augen ruhten auf mir. »Und nun bist du da.«

Ich versuchte ein Lächeln. Ich kam mir vor wie ein kleines Kind.

Auf einem Tisch in Dora-Rouges Zimmer lagen Geweihe und ein Seil aus Gras, das an einem Ende angekokelt war. Im Gegensatz zu den übrigen staubigen, vollgestopften Räumen, war das Zimmer von Dora-Rouge sauber und aufgeräumt. Sie konnte Unordnung nicht ertragen.

»Mach das Fenster auf«, sagte sie zu Agnes. »Es ist dunkel.«

»Es ist auf, Mutter«, sagte Agnes. »Alle Fenster sind auf.«

»Dann solltest du die Tür zumachen. Die Dunkelheit kommt doch rein.«

»Ich werd sie hochnehmen«, sagte Agnes. Sie nahm die rote Decke von Dora-Rouges Schoß.

»Wir bringen sie nach draußen. Sie liebt die Morgensonne. Nimm du ihre Beine, ich faß oben an.«

»Ich mag das nicht, Agnes, daß du über mich redest, als wär ich gar nicht vorhanden«, sagte Dora-Rouge mit trokkener Stimme. Sie trug kleine, mit Perlen besetzte Mokassins, ihre Knie waren angewinkelt und steif. Ihre Haut roch nach Hefe, als gärte sie. Dora-Rouge war klein. Zwar wirkte sie größer, als sie war, aber ihr Körper schien zu leicht, als daß eine lebendige Seele darin hätte wohnen können. Ich glaube, es lag daran, daß sie eine Ausstrahlung hatte, die mächtiger war als ihr Körper. Es war der Glanz ihres Lebensfeuers, das wunderschön abbrannte. Dora-Rouge war es nicht im mindesten peinlich, getragen zu werden. Sie lächelte mich an, als wir sie aufhoben. Triumphierend sagte sie: »Ich bin prächtig alt. Ich reife.«

Wie üblich erwiderte Agnes nichts. Die beiden Frauen

hatten im Laufe der Jahre gelernt zu überhören, was sie von der anderen nicht wissen wollten. Auf die Art hielten sie Frieden im Haus, wenn auch nicht im Herzen.

Dora-Rouge beugte sich zu mir vor. »Weißt du nicht, daß ich mich an die Zeit erinnere, als die Menschen unter der Erde lebten und über ihr beerdigt wurden?«

»Mutter, so alt bist du nicht.«

Wir trugen sie durch die Küche, wo der Bärenpelzmantel am Haken hing. Dora-Rouge sagte: »Jedesmal, wenn ich diese Bärin sehe, krampft sich mein Herz zusammen. Ich versteh immer noch nicht, wie du ihr Fell tragen kannst.« Auch dies war offenbar schon oft gesagt worden.

Agnes drückte das Fliegengitter mit der Hüfte auf und trat rückwärts aus dem Haus, ihr Gesicht rot vor Anstrengung. Sogar ihr Kleid wirkte angespannt. Agnes wurde langsam zu alt, um ihre Mutter zu tragen. Und das konnte meine Chance sein. Ich war ein stämmiges, großes Mädchen. Das kann ich übernehmen, wenn ich bleibe, dachte ich. Wenn ich bleibe, dann kann ich mich um die alte Frau kümmern und mir damit meinen Unterhalt verdienen. Ich war kräftig. Ich konnte die zierliche alte Frau alleine tragen. An jenem Morgen malte ich mir mein Leben mit den beiden alten Frauen in dem Haus mit dem abgetretenen Linoleum und dem undichten Dach aus. Ich war mir nicht sicher, ob sie mich ernähren könnten, aber ich überlegte, welche Arbeiten ich im Haushalt übernehmen sollte, obwohl ich mich bis dahin stets so gut wie möglich vor jedweder Arbeit zu drücken versucht hatte. Ich dachte sogar daran, das kaputte Fliegengitter zu reparieren. Ich, das Mädchen, das zurückkehrte. Aber ich wußte nicht, ob ich mich überwinden könnte dazubleiben, ob ich mich an diesen Ort binden könnte, wo es nichts gab als Fisch und alte Leute.

Draußen leuchtete das Sonnenlicht wie eine Kerzenflamme auf Dora-Rouges Haar. Sie machte es sich in dem Stuhl bequem und reckte ihr Gesicht dem Himmel entgegen. »Es ist schön, so vor dem Feuer zu sitzen.« Insekten surrten lärmend um uns herum. Dora-Rouge griff mit ihrer dürren Hand mein Handgelenk und beugte sich zu mir vor. »Weißt du nicht, daß ich mich an die Zeit erinnere, als wir die Knochen unserer Toten zerbrechen mußten, damit die Seelen ihre Reise antreten konnten.«

»So alt ist sie nicht«, sagte Agnes. »So alt bist du nicht«, sagte sie zu ihrer Mutter, lauter, als sie mit mir gesprochen hatte.

Agnes strich Dora-Rouges Haar zurück. »Sie ist schon eine. Und sie ist der Ursprung von uns beiden. Wir stammen von den Fettessern im Norden. Vor dem Cholesterin.« Während sie dies sagte, rückte sie die Decke auf dem Schoß ihrer Mutter zurecht und lachte so herzlich, wie ich es ihr bis zu dem Moment nicht zugetraut hätte. Als wir zurück ins Haus gingen, hatte ich das Gefühl, daß die stickige Atmosphäre etwas luftiger wurde. Innen war es kühl. Ich schwöre, daß in mir so etwas wie ein Glücksgefühl entstand. Unwillkürlich mußte ich lächeln. Es war ein zaghaftes Lächeln; das Glück entfaltete sich bei mir nur ganz allmählich, genau wie meine Geschichte.

Das Waschbecken im Badezimmer hatte rostrote Flecken von dem eisenhaltigen Wasser, das alles auf Adam's Rib nach Blut aussehen und schmecken ließ. Während das Wasser lief, schaute ich mir mein Gesicht im Spiegel an. Die eine Hälfte, vom Auge abwärts, sah aus wie eine Mondlandschaft, kratergesprenkelt. Die andere Seite war vollkommen glatt, eigentlich hätte ich wunderschön sein können. Mein Leben lang hatte ich versucht, die Narben zu verbergen.

Auch jetzt, vor dem Spiegel, versuchte ich, sie nicht zu sehen, und ich fragte mich, was Agnes oder Dora-Rouge sahen, wenn sie meine kantigen Wangenknochen und die großen Augen, das über der dunklen Haut so ungewöhnliche rote Haar betrachteten und dann die Narben entdeckten. Vielleicht spürten sie dabei genauso eine Mischung aus Staunen und Fürchten wie ich, wenn ich in mein Gesicht blickte. Weshalb das so war, wußte ich nicht. Meine Narben hatten keine Erinnerung, waren unbekannten Ursprungs. Ich hatte noch mehr davon am Körper.

Diese Narben, das wußte ich, verdankte ich meiner Mutter. Mehr hatte ich von ihr nicht. Für mich war sie wie Luft. Ich atmete sie. Atmen mußte ich, ob ich wollte oder nicht, und meine Mutter war unsichtbar wie die Luft, obwohl ich manchmal wähnte, mich aus jener Zeit, als ich in ihrem Körper war, an ihren Herzschlag zu erinnern. Dann zerrte sehnsüchtig eine vage Erinnerung an mir, und ich spürte etwas Tieferes als Kummer.

Es hieß, ich sähe aus wie sie, wie dieses Mädchen, das im Jahr 1949 vom stürmischen Wasser des Sees herangespült worden war, herangespült von einem Sturm, der so kräftig war, daß die Fische an Land geschleudert wurden. Damals war sie zehn Jahre alt und kalt wie Eis, und das einzige an Land getriebene Wesen, das noch einen Funken Leben in sich hatte.

Es war noch hell an jenem Abend, als John Husk durch die Hintertür kam und breit lächelnd zwei große Fische auf den Küchentisch legte. Ich mochte ihn sofort. Husk nahm die Mütze ab. Er hatte ein feingeschnittenes Gesicht, dünne Beine, so gut wie keine Hüften. Die Jahre hatten sein Gesicht verwittern lassen und Geschichten darin eingekerbt, nur die Stirn war durch das ständige Tragen einer

Baseballkappe blaß und glatt wie Kinderhaut. Er war kaum größer als ein Meter fünfundsechzig, und er roch nach Seife.

Dora-Rouge war mit mehreren Kissen im Rücken an den Tisch gesetzt worden. »Ich verschmachte hier drinnen«, sagte sie und wischte sich über die Stirn. Sie klagte über die Hitze vom Herdfeuer. Aber ich merkte auch, daß sie sich um Agnes sorgte.

Agnes fror und war müde. Sie versorgte nicht nur Dora-Rouge, deren Haut so dünn wie Birkenrinde und sehr empfindlich war, sondern da war noch dieser Mann, John Husk, der Mann, für den sie kochte. Er war älter als Agnes. Ich glaube, er war fast siebzig, aber genau erfuhr ich das nie, und er war Agnes treu ergeben. Die Nachbarn nannten ihn »der Alte von Agnes«, aber nie, wenn sie dabei war, denn nach all den Jahren wußte man immer noch nicht, welche Art von Beziehung die beiden hatten. John Husk und Agnes hatten nicht geheiratet und zeigten sich selten gemeinsam in der Öffentlichkeit, was alle Spekulationen erschwerte. Körperlich war Husk noch sehr jung für sein Alter, er war kräftig genug, um fischen und jagen zu gehen, an kalten Abenden Karten zu spielen und den Leuten zu sagen: »Die Hölle ist kalt, nicht heiß«. Das wußte er von all den langen, strengen Wintern, die er durchgestanden hatte, zwei im Norden nahe der Arktis, wo er notgedrungen seine Überzeugungen aufgegeben und zum Geldverdienen Fallen gestellt hatte. Weshalb er sich nach all den Jahren noch schuldig fühlte. Einst hatte es einen Bund zwischen Tieren und Menschen gegeben, erklärte er mir. Sie achteten sich gegenseitig. Es war ein ähnlicher Bund wie der zwischen Erde und Wasser. Und auch der war aus Not und Hunger gelöst worden.

Husk fischte und lieferte Lebensmittel an Leute aus, die

auf den Inseln lebten. Und er liebte die Wissenschaft. Er besaß stapelweise Bücher und Zeitschriften, die die Geheimnisse der Atome und Galaxien, der Moleküle und Quarks enthüllten. Er hatte gelesen, daß Bienen im Tanz kommunizieren. Husks wichtigstes Ziel im Leben bestand darin zu beweisen, daß die Welt lebendig ist und daß Tiere Schmerz empfinden, als könnte er damit seinen Anteil an der Auflösung des Bundes mit den Tieren wiedergutmachen.

Agnes rührte mit einem Holzlöffel im Topf. Ohne Husk anzusehen, fragte sie: »Worüber bist du so glücklich?«

Er antwortete nicht, doch ich merkte, daß ein Funke übersprang. So etwas spürte ich. Aber Husk sagte nur: »Sag mal, wo ist das Bügeleisen? Ich muß mein Hemd bügeln.«

Agnes wußte nicht mehr, wo sie es zuletzt gesehen hatte. »Es gibt inzwischen bügelfreie Sachen«, war alles, was sie sagte. »Vielleicht solltest du dir welche kaufen.«

Sie stand am Herd, mit ihren dicken Strümpfen und den schweren schwarzen Schuhen einer alten Frau. In der Küche roch es nach Eintopf. Dora-Rouge hockte wie ein Vögelchen auf ihrem Stuhl, beherrschte aber wie eine Matriarchin den ganzen Tisch. Husk berührte ihre Hand. »Wie geht's Ihnen heute, Miss Iron?« fragte er.

»Ich möchte heimgehen, um zu sterben«, sagte sie.

Agnes verscheuchte die Fliegen vom Essen.

Husk nickte Dora-Rouge zu, als verstünde er. Sie hatte es oft genug gesagt. Es war ihre Hoffnung, ihr einziger Wunsch, zu den Fettessern zurückkehren zu können.

Husk rieb sich mit der Hand über sein rasiertes Kinn und lächelte. Er schaute Agnes zu, die das Geschirr auf den Tisch stellte. Für mich zeigte er höfliches Interesse, zu Dora-Rouge war er freundlich, aber bei Agnes leuchteten seine Augen. Obwohl er selbst so ordentlich zurechtgemacht war, schien er ihre Schlampigkeit, die Sicherheitsnadel an ihrer Brille, den hervorguckenden Unterrock, nicht zu bemerken. So eingenommen war er von ihr. Es war klar, daß er sie bewunderte. Deshalb duschte er jeden Tag am Hafen, um sich, bevor er heimging, den Fischgeruch vom Leib zu waschen, der allen anderen Männern längs der Poison Road ständig anhaftete. Husks Schuhe waren immer trocken und sauber, und es war ihnen nicht anzusehen, daß er den ganzen Tag über durch Häute, Schuppen, Blut und Innereien gestapft war.

Er sah gut aus, flott hätte man vielleicht früher gesagt, mit dem bleistiftdünnen Schnurrbart, dem dichten Schopf grauer, zurückgekämmter Haare, der gebügelten Jeansjakke. Er war stolz auf seine makellose Erscheinung. Für ihn kam Sauberkeit gleich nach Frömmigkeit. Das tat er für Agnes, die es nie bemerkte.

Husk und ich unterhielten uns locker, woher kommst du und so. Ich erzählte ihm von Tulsa, hauptsächlich, und während ich sprach, hielten die Bäume und die rote Erde von Oklahoma Einzug in die kleine Küche auf Adam's Rib. Einen Augenblick lang roch ich den kräftigen Duft der Nußbäume und die pralle Abendluft von Oklahoma. Ich bekam ein bißchen Heimweh.

»Hast du das Salz gesehen?« fragte Agnes. Dann sagte sie zu mir: »Siehst du, wie er blinzelt?« Sie meinte Husk. »Das ist, weil er mal schneeblind war. 1929.« An ihrer Stimme konnte ich hören, daß sie ihn mochte.

Husk war ein genügsamer Esser. Er aß nur ein wenig Brot und Eintopf und ein Stück gebratenen Fisch. Während des Essens, als ich mich über das warme Brot hermachte, blickte Agnes Husk an, nahm ihre Brille ab, putzte sie an ihrem Ärmel, dann blickte sie ihn genauer an. Erst später, als ich ins Bett gegangen war und vergeblich versuchte einzuschlafen, merkte ich, daß ich auf Husks Liege lag. Sie roch nach seiner Seife.

In jener Nacht lag ich in der Kuhle, die sein Körper geformt hatte, und ich dachte, daß dies vielleicht die erste Nacht in diesem alten, dünnwandigen Hause wäre, die beide gemeinsam in einem Bett verbrachten, und dann hörte ich durch die Wand, wie sie zu ihm sagte: »So, alter Mann, nun hast du endlich deinen Willen.« Er lachte laut und sie auch. Als wären sie Kinder. Ich dachte, daß schon jetzt meine Anwesenheit etwas Gutes bewirkte.

Wie immer konnte ich nicht schlafen, und ich ging vors Haus und setzte mich auf Dora-Rouges Stuhl, lauschte den Insekten und dem Rufen eines Seetauchers.

Am nächsten Morgen sagte Dora-Rouge: »Du siehst viel besser aus, Agnes. Es bekommt dir gut, mit Mr. Husk zu schlafen.«

Anfänge waren immer wichtig für mein Volk, wie ich die Menschen eines Tages nennen würde. Deshalb sagte Agnes an einem warmen, feuchten Abend ein paar Tage nach meiner Rückkehr zu mir: »Niemand weiß, wo deine Geschichte anfing.« Hinter ihr zappelten Motten mit weißen Flügeln und Junikäfer im Fliegengitter. »Jahrelang habe ich darüber nachgedacht, wo der Anfang war.« Sie drehte sich zum Fenster, als wäre die Antwort im Flattern der Motten und dem Knacken der Käfer zu finden. »Was mit dir geschah, fing vor langer Zeit an. Und zwar etwa zu der Zeit, als die Wölfe getötet wurden. Als die Menschen hungerten.« Trotz der Wärme zitterte sie und zog sich den Pelz enger um ihren Körper. »Ich überlege und überlege und weiß es trotzdem nicht.«

Dora-Rouge zeigte mit einem ihrer krummen Finger

auf den wolkenfarbenen Mantel. »Es könnte die Rache der Bärin an den Menschen sein.«

»Nein. Es war lange davor.«

Sie suchte nach Worten. Wie in der Genesis würde das erste Wort die folgenden bilden. Es war von äußerster Bedeutung. Es bestimmte, welche Art von Welt geschaffen wurde.

»In jenem Jahr gab es nicht einen einzigen Biber. Sie hatten alle getötet. Und sie hatten gerade die letzten Kiefernwälder abgeholzt.«

Ich versuchte zu verstehen, was sie sagte, aber am Anfang war es schwierig, alles zusammenzubringen. Harold, ihr Sohn – mein Großvater – war mit einer Frau namens Bush verheiratet, der Frau von der Insel, die ich im Kanu hatte treiben sehen. Aber Harold verließ Bush, das schmächtige Mädchen, und ging mit einer Frau namens Loretta Wing davon, meiner leiblichen Großmutter, der Mutter von Hannah. Später sei Harold vom Antlitz der Erde verschwunden, sagte Agnes.

Es war 1938. Loretta war älter als Harold. Das konnte man sehen. An ihrem Gesicht. Es hatte dunkle Ringe und Falten. Spuren von Schmerz oder verborgenem Kummer, denke ich heute.

Sie tauchte so plötzlich hier auf, daß wir dachten, sie wäre aus dem Boden gewachsen. Einige Leute behaupteten sogar, sie hätten sie ganz kalt und blau aus dem Wasser steigen sehen. Aber sie war in einem Boot mit einem Mann gekommen. Und der machte sich am nächsten Morgen ohne sie davon, und an jenem dunklen Tag, an dem ich sie das erste Mal sah, war ihr Haar der einzige Farbfleck. Die Zugvögel zwitscherten laut an jenem Tag. Sie sammelten sich in so dichten Schwärmen, daß sie wie Salz aussahen, das über das Wasser und die Erde und den Himmel gestreut wurde. Das Land war trocken. Wir hatten eine Dürre gehabt und starken Wind, Blätter wirbelten durch die Luft, und die Wellen gingen hoch, daher wußten, hofften wir, daß über den See ein großer Sturm auf uns zukam. Wir brauchten den Regen so dringend. Nicht einen Vormittag hatte es geregnet. Wälder hätten das Wasser, den Regen angezogen, aber die Wälder waren verschwunden, und die Wolken zogen an uns vorbei.

Harold und Bush waren jung. Er hatte sie aus Oklahoma mit nach Hause gebracht. Er hatte sie kennengelernt, als er dort auf einem Ölfeld arbeitete. Hier akzeptierte sie niemand. Sie war sehr still, und wir Frauen hier reden viel. Heute glaube ich, daß wir so viel reden, weil wir Angst haben vor dem, was in der Stille lebt. Vielleicht ist Stille der Ort, wo Bäume gefrieren und zersplittern, wo Dunkelheit und Eis beginnen, und Bush schien mit der Stille eins zu sein. Sie war schüchtern und klein und auch nicht sehr hübsch, bis man sie näher kannte. Dann sah sie schön aus.

Die jungen Männer trafen sich jeden Abend zum Biertrinken. Sie sagten zu Harold: »Du hattest schon bessere Frauen als die.« Ich habe gehört, wie sie das sagten. Harold, mein Sohn, war ein schwacher Mann. Ich habe nie verstanden, warum. Er hatte einen guten Vater. Aber Harold hörte auf seine Freunde. Und Bush verblaßte in seinen Augen.

Ich konnte mir eine Vorstellung von meiner Großmutter Loretta machen, sah das katzenartige an ihr, wie die Männer sie anstarrten. Sogar Frauen kamen nicht umhin, sie anzuschauen. Das konnte ich Agnes' Worten entnehmen. Loretta hatte lange braune Finger und rote Lippen, trug ein zu enges, blaues Kleid.

Loretta roch nach etwas Süßem, es war ein mandelartiger Geruch, den ich erst Jahre später einordnen konnte. Ihre Haut, sogar ihr Kleid rochen danach. Als ich schließlich erkannt hatte, daß es Zyanid war, wußte ich, wer sie war, von welchem Volk sie stammte. Sie gehörte zum Volk von Elk Island, stammte von den Leuten ab, die so gehungert hatten, daß sie die vergifteten Kadaver der Hirsche aßen, die die Siedler den Wölfen vorgeworfen hatten. Diese Köder wurden von hungernden Menschen gegessen.

Ihr Volk lebte auf der Insel der Elche. Etwa dreißig Meilen östlich von hier. Es waren nicht mehr viele.

Loretta wäre besessen, hieß es. Sie hätte etwas Schreckliches an sich. Man konnte es beinahe sehen. Aber gerade dieses Fremdartige zog Harold und die anderen Männer an. Dadurch wurde sie noch attraktiver, vielleicht aber auch durch ihre verträumte Art und die Narbe unter dem Auge.

Mein Junge veränderte sich über Nacht. Er fing an, sein Haar einzuölen und nach hinten zu kämmen. Andere Männer rieben sich Balsam in die Hände und ins Gesicht. Sie zogen sich ihre besten Hemden an, wenn sie aus dem Haus gingen. Aber Harold war der einzige Trottel, der mit ihr fortging. Wie ein hungriger Hund, der einem Knochen nachjagt.

Einige Leute meinten, sie wäre von einem bösen Geist besessen. Einige sagten, ein Feind hätte um Mitternacht Tabak in den See geworfen und sie mit einem Fluch belegt. Aber ich kenne schlechte Medizin. Das hier war etwas anderes. Das war nicht wie ein Schatten unter Felsen oder irgend etwas, das das Licht scheute. Der Fluch auf dem Leben dieses armen Mädchens kam daher, daß sie dem Sterben der verzweifelten Menschen ihres Volkes zugesehen hatte. Ich habe einmal einen Hund von demselben Gift zucken und würgen sehen. Ich wußte nicht, wie Lo-

retta gelebt hatte. Als Mädchen jedenfalls war sie von Männern genommen und benutzt worden, sie ernährten und schlugen sie und taten ihr Gewalt an. So wurde aus ihr dann eines Tages diejenige, die andere verletzte. Sie gab es weiter. Wenn sie sprach, konnte ich in ihrer Stimme fast das Geplapper der Männer hören, Männerstimmen, die Englisch redeten. Fürchterliches steckte in Lorettas Stimme. Ich habe Loretta gegenüber immer noch ein schlechtes Gewissen. Wir haben über sie gerichtet, weißt du. Wir wollten jemandem wie ihr die Schuld geben. Wir wollten sie hassen. Aber Loretta war nicht der Ursprung der Sünde. Es war einfach so, daß ein Teil von Loretta aufgestanden und weggegangen war und alles übrige zurückgelassen hatte. Sie hatte keine Liebe mehr. Keinen Glauben. Kein bißchen Gewissen. Nichts mehr.

Ich kämpfte mit Harold, damit er nicht mit ihr ginge. Aber er wollte nicht hören. Keiner der Männer tat das. Ich nehme an, er konnte nicht anders. »Was ist mit deiner Frau?« fragte ich ihn, aber Loretta warf mir einen Blick zu, der mich frösteln ließ. Diese eisige Berührung habe ich nie verwunden. Kurz bevor die beiden weggingen, sah ich durchs Fenster, wie sie in der Nähe meines Hauses einen Haufen Altpapier ansteckte. Es war trocken draußen, und alles entflammte. Ich rannte brüllend hinaus, schrie erst sie an, dann ihn, wie er so weglaufen könne. »Du bist mein Sohn!« rief ich. »Bist du wahnsinnig?« Ich brüllte wegen des Feuers, doch der Wind riß meine Stimme von Harolds Ohren, und gleichzeitig erreichte das Feuer die Hauswand, so daß ich keine Wahl hatte und die beiden gehen lassen mußte, während ich die Flammen zu ersticken suchte.

Ein letztes Mal sah ich die beiden, wie sie zur Fähre liefen. Harold trug ein paar Sachen unter dem Arm. Er hatte Schweiß auf dem Hemdrücken, trotz des starken Windes.

Loretta rannte vorneweg und zerrte Harold hinter sich her. Ich kann immer noch ihre Stimme hören: »Mach schnell, mach schnell.«

Erst bei deiner Mutter sah ich Harolds Gesicht und Lorettas rotes Haar wieder, an jenem Tag, als Hannah aus dem Wasser kam. Auch sie roch nach bitteren Mandeln. Nicht ganz so stark, aber es war trotzdem derselbe Geruch. Wir schätzten, daß sie etwa zehn Jahre alt war. Ihre leeren Augen werde ich nie vergessen.

Wie sehr wir das arme Mädchen auch schrubbten, der Geruch blieb an ihr haften. Er saß unter der Haut. Er steckte im Blut. In der Geschichte, sagte der Alte.

Als das zitternde Mädchen, das deine Mutter werden sollte, aus dem Sturm kam, war Bush längst eine erwachsene Frau, sie war stark, aber allein. Vielleicht dachte sie, daß Hannah ein Stückchen von Harold war, das zu ihr zurückkam. Sie liebte Hannah, so wie sie war, trotz des Giftgeruches.

Agnes ging zum Ausguß. Sie war barfuß, und ihre Füße machten ein schlurfendes Geräusch. Ich betrachtete ihren Rücken, prägte ihn mir ein, als wäre es mein eigener.

»Ich weiß nicht, wo deine, wo unsere Geschichte angefangen hat. Vielleicht wurde sie mit der Milch der Mütter weitergegeben. Der Alte sagt, es waren die Eisenbahnschienen, die aus den Eisenbergwerken kamen und durch das Land liefen. Ich habe jahrelang darüber nachgedacht. Unsere Geschichte könnte angefangen haben, als sie den Müttern die schreienden Kinder wegnahmen oder als die Holzfäller ihre Lager einrichteten und als aus unserem Holz Städte gebaut wurden oder als sie die letzten Bäume schlugen, um Vieh zu züchten.«

Sie schaute aus dem Fenster. Ich folgte ihrem Blick und

erwartete beinahe, die Herden zu sehen, statt dessen waren da aber nur die Motten mit den weißen Flügeln, die sich ans Fliegengitter preßten und zuhörten.

Dora-Rouge lachte laut.

»Was?« Agnes blickte ihre Mutter an, war zurück in der Gegenwart.

»Luther sagt, bei diesem Wetter müßte man das Vieh mit Kreosot behandeln. Das hat Luther gerade gesagt.« Luther, mein toter Ururgroßvater.

»Was ist Kreosot?« fragte ich.

Agnes war beleidigt. »Ich glaube nicht, daß Papa so was sagen würde.«

Dora-Rouge ähnelte den Motten mit den weißen Flügeln und den Junikäfern, die am Fliegengitter saßen, dachte ich, sie hing mit offenen Flügeln und winzigen Fingern am Eingang zur nächsten Welt. Und sprach aus jener Welt zu uns. Dort, wo Luther war, nahmen sie das Leben weniger ernst als wir in unserer Welt. Als wären sie Buddhisten, hatte mir Husk einmal erklärt, als hätten sie begriffen, daß Leben Schmerz und Leid bedeutete, und sie daher all ihren Widerstand aufgaben und sich lieber vergnügten.

Agnes fühlte sich durch die Nähe ihrer Eltern gestört und räumte mit schnellen, lärmenden Bewegungen den Tisch zu Ende ab. Auch als ihr Vater noch lebte, hatte sie seinen Humor nicht gemocht. Das vertraute mir Dora-Rouge später an. Agnes glaubte, daß ihre Mutter ihre eigene Meinung sagte und Luther nur vorschöbe. Auf die Art könnte sie sagen, was sie wollte, ohne Widerspruch befürchten zu müssen.

»Was ist Kreosot?« fragte ich noch einmal.

2. Kapitel

Dora-Rouge hatte spitze, eckige Knochen, und sie schlief lange und tief. Ich machte mir zur Aufgabe, für Dora-Rouge zu sorgen. Manchmal brachte ich ihr etwas zu essen, wenn sie noch im Bett lag oder wenn sie draußen in der Morgensonne saß. Ich trug sie vom Tisch zum Bett oder hinaus in die Sonne. Ich hatte das Gefühl, ihre zerbrechlichen Knochen und ihre dünne Haut schützen zu müssen. Sie schien verwundbar. Sie wurde mein Schützling. Aber tatsächlich war Dora-Rouge gar nicht so zerbrechlich, denn sie hatte gegen die Schwerkraft angekämpft und sie besiegt, war ihr nicht mehr wie wir anderen ausgesetzt. Deshalb wog Dora-Rouge so wenig, deshalb hörte sie, was kein Mensch hörte, und deshalb sah sie, was niemand von uns sah.

»Wie kommt das, daß du kaum schläfst?« fragte sie mich eines Tages.

»Weiß ich nicht.« Ich konnte ihr nicht sagen, daß ich Angst hatte, die Nacht könnte mich festhalten.

»Unter dem Bett ist eine Schachtel.«

Ich bückte mich und schlug die Decke hoch und sah die Schachtel.

»Das ist sie. Mach sie auf.«

Das tat ich. In der Schachtel waren lauter kleine Papiertüten mit Wurzeln und getrockneten Blättern.

»Wie lange geht das schon so? Die Schlaflosigkeit.«

»Seit ich denken kann.« Ich zuckte die Achseln. Stellte die Schachtel neben Dora-Rouge. Sie griff hinein und suchte drei Tüten heraus. »Hier, gib das Agnes. Sie brüht's dir auf. Danach kannst du schlafen.«

Der Tee bestand aus einer Mischung von Wurzeln, Rinde und Blumen. Ich interessierte mich für Pflanzen. Im Haus gab es allerhand Salben und Pasten, aber mich interessierten die Pflanzen, aus denen sie gemacht wurden.

»Als du ein Baby warst«, erzählte mir Agnes, »wolltest du immer nur Pflanzen angucken. Du hast den Bäumen zugeschaut, wenn sie sich im Wind wiegten. Du hast ihnen zugehört, und sie haben sich zu dir gebeugt und dir was erzählt.«

So etwas hörte ich gerne. Es war das erste Mal, daß mir jemand aus der Zeit erzählte, in der ich ein Kind war.

Eines Tages, als Dora-Rouge draußen in der Sonne saß und Agnes zum See gegangen war, öffnete ich neugierig eine der Schachteln aus Dora-Rouges Zimmer. Sie war aus Birkenrinde und hatte ein Muster, das ein Vorfahre mit den Zähnen hineingebissen hatte. Ein paar kleine Beutel lagen in der Schachtel, einige getrocknete Pflanzen und ein Vogelnest mit einem Stück Bernstein. Im Bernstein war ein Frosch eingeschlossen, ganz und gar, die Zeit hatte stillgestanden, in der Träne eines Baumes war ein Leben gefangen. Schnell tat ich die Schachtel wieder dorthin zurück, wo ich sie gefunden hatte. Aus diesem Haus wollte ich mich nicht hinausstehlen. So hatten sie das genannt, als ich das gelbe Haus verlassen mußte, weil ich Dinge weggenommen hatte. Die Sozialarbeiterin sagte: »Ist das nicht dasselbe wie weglaufen? Ist das nicht wieder eine Flucht?«

Nein, aus diesem Haus würde ich mich nicht hinausstehlen, auch wenn es noch so dunkel und trübe war.

Nachts, wenn ich mich ausruhte, atmete ich die frische Luft ein, spürte ich die kühle Brise auf meiner Haut und lauschte den Seetauchern und den Geräuschen des Wassers. All diese Dinge beruhigten mich. Und der bittere Schlaftrank von Dora-Rouge ließ mich schlafen. Morgens lag ich wach und dachte an die Worte der beiden Frauen Agnes und Dora-Rouge, und ich überlegte, was ich hier zu suchen hatte, wo das Leben so anders war, als ich es gewöhnt war. Manchmal spürte ich die alte Furcht zurückkehren, das Bedürfnis, mich zu häuten, alles hinter mir zu lassen und wegzulaufen, mir diese Frauen vom Leib zu halten. Aber sie waren ja mein Leib, also zwang ich mich dazubleiben. Ich versuchte herauszufinden, wie ich Geld verdienen könnte. Ich wollte mich nicht von diesen alten Leuten ernähren lassen. Ich fragte in Tinselmans Laden nach Arbeit, und er sagte, es gebe keine. Ich fragte bei der Autowerkstatt, der Bootsreparatur. Auch die brauchten keine Hilfe. Es gab nicht viele Möglichkeiten.

Jeden Abend nach dem Essen ging Agnes zu der Stelle, wo der Perdition River in den Lake Grand fließt. Sie ging allein, weil sie nachdenken wollte und um still zu sein. Jedesmal kam sie erfrischt mit klaren Augen zurück, als sei der Ort, an dem sich zwei Wasserläufe treffen, der Punkt, an dem die Erschöpfung der Erquickung weicht, wo eine Frau sich selbst erneuert.

Eines Abends, im ersten Schimmer der Nacht, beobachtete ich von der Veranda aus, wie Agnes zurückkam. Sie konnte mich nicht sehen. Im dämmrigen Licht schien sie eine halbe Welt entfernt. Mit weit offenem Pelzmantel ging sie trotz ihrer schweren schwarzen Schuhe in einer Art Tanzschritt, drehte sich ein wenig zur einen Seite, dann zur anderen. Ich weiß noch, wie kräftig und breit an jenem Abend ihre Hüften schienen, wie täppisch ihre Bewegungen waren. Und sie sang. Das Gesicht, in dem sich Verzückung und Schmerz spiegelten, hatte sie nach oben gerichtet, und so sang sie. Ich fühlte das Lied und wollte stehenbleiben und zuhören, aber ich wußte, dies war etwas sehr Persönliches. Ich wollte nicht in Agnes' innere Welt dringen, also schlüpfte ich schnell, bevor sie mich entdeckte, ins Haus, ließ Wasser in den Kessel laufen und stellte ihn auf den Herd. Und dabei mußte ich unentwegt über Agnes' Leidenschaft, ihre schaukelnden Bewegungen, ihre gebeugten Knie lächeln.

Als sie ins Haus kam, sang sie immer noch.

»Oh, hallo«, sagte ich. Das klang blöde. Und schuldbewußt. Ich schaute zum Herd, wartete darauf, daß das Wasser heiß wurde.

Aber Dora-Rouge rief von nebenan: »Sag mal, wo hast du denn dieses Lied gehört?«

»Hier in dem Mantel.«

»Ich hab das schon mal gehört«, sagte Dora-Rouge. »Ich erinnere mich. Das ist das Lied, das verlorene Dinge ruft und sie wieder zum Vorschein bringt. Aber das war vor deiner Zeit.«

»Es ist der Mantel, Mutter. Das hab ich dir doch gesagt.« Immer noch summend legte Agnes einen Teebeutel in eine der angestoßenen Tassen.

»Das muß das Lied sein, das Angel zu uns zurückgerufen hat.«

Ich glaubte, was Agnes über den Mantel gesagt hatte. Mir kam der Pelz langsam wie etwas Lebendiges vor. Wenn niemand hinsah, dann faßte ich ihn an und legte mein Ohr daran und lauschte. Das Fell war alt, glänzte nicht mehr, und es war stumm. Jedenfalls bei mir.

Morgens saß ich manchmal bei Dora-Rouge in ihrem

kleinen Zimmer mit den Geweihen und den Rasseln aus Schildkrötenpanzern und der Schachtel, in der ich herumgeschnüffelt hatte. Wir atmeten gemeinsam, wie es die Wölfe mit ihrem Nachwuchs tun und so ihre Beziehungen untereinander festigen. Dieser Atem lebte. Er verband uns, wie uns auch so viele andere Dinge miteinander verbanden. An einem solchen Morgen blickte mir Dora-Rouge direkt in die Augen und sagte: »Weißt du, Agnes hat diese Bärin getötet.« Mit einem Lächeln lehnte sie sich zurück in ihre Kissen. Ihre dürre Hand berührte ihre Brust, nestelte am Knopf ihres Nachtkleides. »Der Pelz, den sie trägt, ist von einer Eisbärin.«

Während sie erzählte, bürstete ich ihr Haar mit einer alten Bürste aus Schildpatt und Wildschweinborsten. Ich mochte das Gefühl ihrer Haare.

Die Bärin war eisfarben. Sie war die Letzte ihrer Art. Der Gedanke an sie stimmt mich immer noch traurig. Die Bärin wanderte bis nach Kalifornien hinunter. Niemand wußte, warum sie so weit weg von ihrer Heimat war. Aber sie hielt sich verborgen und lebte. Sie sei Mutter von Zwillingen, hieß es.

In jenen Tagen gab es Völker von Bären. Tausende von Jahren waren die Bären unter uns, damals zu jener Zeit, als wir nach den Gesetzen der Natur lebten. Bären durften nur zu einer bestimmten Zeit im Jahr getötet werden, und dann nur wegen des Fleisches und der Medizin und der Pelze. Selbst damals kam es selten vor, daß Indianer einen Bären töteten, denn Bären waren Menschen ähnlich.

Da war ein Franzose. Beauregard. Er ging nach Westen, um die letzten Biber zu finden. Hier waren die meisten schon verschwunden. Aber er kam zu spät. Sogar in Kali-

fornien gab es keine mehr. Als Beauregard die Bärin sah, stellte er ihr eine Falle und nahm sie gefangen. Erst ließ er sie gegen Hunde kämpfen. Die Männer schlossen Wetten auf den Sieger ab. Sie hielten die Bärin das ganze Jahr wach. Das ist gegen die Bärennatur. Ihr armer Geist war nicht mehr gesund. Und sie bekam so schlechte Nahrung, daß sie schwach wurde, ihre Zähne verfaulten und ihr das Fell büschelweise ausging. Dann sollte die arme Kreatur mit Ringkämpfen Geld verdienen. Schließlich mußten die Leute bezahlen, wenn sie die Bärin sehen wollten. Die Letzte ihrer Art. Der letzte Eisbär. Das letzte. Das liebten diese Leute, das letzte, egal wovon, sogar die letzten Menschen. Ich glaube, sie fühlten sich sicher, wenn alles weg war

Als die Bärin hierher gebracht wurde, war Agnes erst zwölf. Sie war drall und schön, mein Mädchen. So rund wie eine Frucht am Baum, und sie liebte die Bärin vom ersten Augenblick an, als sie sie sah. Die beiden waren etwas Besonderes, sie und die Bärin. Jeden Tag ging Agnes hin, um die Bärin anzusehen. Für einen Penny durfte sie das. Eine Minute ein Penny. Manchmal brauchte sie dreißig Pennies.

Als Beauregard merkte, wie gut sie zu der Bärin war, stellte er Agnes ein, um sie zu füttern. Er hatte Angst vor der Bärin. Die anderen Männer auch. Hatten Angst vor diesem armen, gebrochenen Wesen. Wenn sie in den kleinen Käfig stiegen, dann traten sie die Bärin mit den Füßen zur Seite, stießen sie mit ihren Gewehren weg. Aber Agnes hatte keine Angst. Sie war ein sanftes Mädchen. Die Bärin mochte das. Und auf eine Art erkannte sie Agnes. Durch ihre Augen, glaube ich. Agnes stahl gutes Futter für die Bärin, und das Fell wuchs wieder nach.

Nachmittags kamen kleine Jungen und stocherten mit

Stöcken durch die Gitterstäbe, und Agnes prügelte sich mit den Jungen und kam weinend nach Hause.

Im nachhinein betrachtet, glaube ich, daß die Jungen eifersüchtig auf alles Wilde und Starke waren. Wenn die Bärin sich wehrte, haßten sie sie; wenn sie es nicht tat, haßten sie sie auch, weil sie schwach war. Die Bärin hatte kein Herz mehr. Daran konnte auch Agnes' Liebe nichts ändern. Die Bärin saß mit dem Rücken zu den Jungen und ließ sich von ihnen piesacken und beschimpfen. Schließlich luden die Jungen ihre Gewehre mit Maiskörnern und schossen auf die Bärin, um zu sehen, ob ihr noch ein kleines bißchen Kampfgeist geblieben war, um sie zu provozieren. Agnes schrie und trat mit den Füßen nach den Jungen. Jagte sie davon. Die Jungen hielten Agnes für verrückt. »Ich erschieß euch«, sagte sie. »Da seht ihr mal, wie verrückt ich bin.« Eines Tages nahm sie ein Gewehr mit, um die Jungen fortzujagen. Das war nur zur Schau, dieses Gewehr, aber trotzdem mußte ich energisch durchgreifen, weil sie sich die Waffe einfach genommen hatte. Danach versteckte ich das Gewehr.

An einem frostigen Tag ging Agnes allein zu der Bärin. Sie hob ihr Hemd hoch und zeigte der Bärin ihre runden, prallen Brüste. Oh, die Bärin hatte schon verstanden. Sie wußte, daß Agnes eine Frau war. Sie wußte, daß Agnes Erbarmen hatte.

Ich hatte Agnes weinen sehen, bevor sie an jenem Tag das Haus verließ. Ich hatte ein ungutes Gefühl. Ich ging ihr nach. Ich sah, wie sie in den Käfig stieg. Sie fürchtete nicht um ihr Leben. Sie hatte kein Gewehr. Sie hatte nur ein Messer. So blieb dem armen Mädchen nichts anderes, als der Bärin den Hals aufzuschlitzen und sie verbluten zu lassen. Sie machte es schnell, bevor ich sah, was geschah, bevor ich sie hätte aufhalten können.

Das warme Blut sickerte in den Boden. Es war ein frostiger Tag. Die Wunde dampfte. Die Augen der Bärin blickten dankbar. Das sah ich. Agnes streichelte das riesige Tier. Das sah ich mit meinen eigenen Augen. Und die Bärin legte ihre Pranke auf Agnes und streichelte sie auch. Die Bärin berührte Agnes. Tröstete sie. Noch nie habe ich so etwas gesehen. Und ich weinte.

Als alles Leben aus der Bärin gewichen war, schob Agnes das Messer unter die Bärenhaut. Ich ging zu ihr »Was machst du da?«fragte ich, aber sie antwortete mir nicht. Sie wußte, daß ich die ganze Zeit dagewesen war und daß ich weinte. Es war harte Arbeit, die Bärin zu häuten und zu zerlegen. Agnes schnitt Leber und Herz heraus. Sie kannte jeden Zentimeter der Bärin, wußte von jedem Muskel, wo er am Knochen ansetzte. »Steh nicht so rum«, sagte sie. »Hilf mir.« So konnte sie rumkommandieren, auch wenn sie traurig war. »Geh und hol den Karren«, sagte sie. »Beeil dich. Bevor sie zurückkommen.« Die Männer, meinte sie.

Ich befolgte ihre Befehle. Beeilte mich. Als ich loslief hörte ich sie ein Bärenlied singen, das niemand gesungen hatte, seit ich ein Mädchen war. Ein uraltes Lied.

Ich tat, was sie gesagt hatte. Ich holte ein zweites Messer und den wackligen Karren, und als ich zurück war, half ich, das Fell vom Fleisch zu trennen. Ich erinnere mich noch an die Fußknochen inmitten eines Blutsees.

Vier Wagenladungen schafften wir auf rumpelndem Karren weg.

Am Abend, nach Einbruch der Dunkelheit, klopften der Franzose und sein Freund an unsere Tür. Laut hämmernd. Sie wollten das Fleisch. Drangen einfach ins Haus. »Raus!« brüllte ich sie an. Aber ich hatte Angst vor ihnen. Stieß rückwärts stolpernd an den Tisch. Wir waren nur Frauen.

Wir hatten keine Männer zum Schutz. Das Fell wollten sie auch. Es hatte eine seltene Farbe. Es würde ihnen einen guten Preis bringen. Agnes hatte es bereits aufgespannt. »Gib es mir«, sagte Beauregard. Er nahm es ihr weg.

Agnes bot ihm die Stirn. Ich konnte nicht glauben, was ich da sah und hörte. Oft hatte ich gedacht, was ist das Mädchen stur, aber dieses Mal war ich stolz auf sie. Sie bot ihm die Stirn. Sie sagte: »Ist in Ordnung. Das Fell gehört mir, aber nehmen Sie es ruhig mit. Ich warte, bis Sie sterben. Sie werden nicht lange leben, aber ich, ich habe Zeit.«

Nicht einmal ein Jahr danach starb er. Während seine Frau trauerte, schlich sich Agnes durch ein Fenster ins Haus und warf den Mantel hinaus in den Schnee. Ich hob ihn auf. Denn sie hatte mich in ihr Verbrechen mit einbezogen. Ich wartete vor dem Fenster. Obwohl ich Angst vor dem hatte, was uns geschehen könnte, wenn man uns erwischte.

Agnes zog den Alptraum an. So nannte ich den Mantel. Jeden Morgen bürstete Agnes als erstes den Pelz, saß dann mit ihm schaukelnd im Stuhl, als wäre der Pelz ein Säugling. Das dunkle Haar hing ihr um die runden Schultern, und sie redete und sang – bis heute weiß ich nicht, wo sie das herhatte.

Zu der Zeit war das Land schon besiedelt. Es gab keine Bären mehr, die die Menschen hätten stören können. Aber die Siedler hörten nachts im Wald die Äste knacken. Sie hörten das Atmen im Wald. Dort lebte der Bär noch, und er lebte in der Haut der Siedler und in ihren Knochen. Alles, was sie fürchteten, bewegte sich in ihnen selbst.

Agnes wollte immer wissen, warum manche Menschen das tun, was sie tun. Sie glaubte, wenn sie das Fell der Bärin trug, dann würde sie diese Dinge erfahren.

Manchmal, im Zwielicht, kommt es vor, daß ich diese

Augen sehe und die große Pranke, die Agnes' Rücken streichelt, und ich höre Agnes singen, und ich bekomme so ein Gefühl, einfach ein Gefühl, daß Agnes sich verwandelt. Vielleicht in eine Bärin. Vielleicht findet sie einen Weg zurück.

Heute denke ich, Dora-Rouge war eine Wurzel, und wir waren wie eine Baumfamilie aus Espen oder Birken, unterirdisch miteinander verbunden, die älteren Bäume nährten die jungen, brachten Schößlinge hervor, wuchsen. Es war eine alte Welt, in der ich zu blühen begann. Die Geschichten der Frauen holten mich nach Hause, aber dieses Zuhause war überhaupt nicht so, wie ich es erwartet hatte. Ich weiß nicht genau, was ich mir unter meinem Zuhause vorgestellt hatte, aber jedenfalls nicht eine Bärenfrau in einem alten schweren Mantel, die bärenzerkratzte Bäume vor dem Haus hatte,`die ihre steifen Knie zu einem Tanz beugte, wenn sie glaubte, ihr schaute niemand zu, und die fast die ganze Woche lang jeden Abend denselben Eintopf kochte, außer freitags, dann gab es für den Fall, daß ein Katholik vorbeikäme, einen Käse-Makkaroni-Auflauf. Auch Dora-Rouge hätte ich mir im Traum nicht vorstellen können, die mit einem Bein in der Welt der Geister stand und jeden Tag zum Tischgebet sagte: »Gib uns unseren täglichen Eintopf.« Oder die Cree-Mischlingsfrau namens Frenchie, die nebenan wohnte und zur Essenszeit mit zierlichen Schritten das Haus betrat, nicht eingeladen, aber immer willkommen, und sich mit uns zum Essen an den Tisch setzte.

Jeden Donnerstag kamen mehrere Männer aus der Stadt zum Kartenspielen. Auch an dem Donnerstag, bevor ich zu Bush nach Fur Island geschickt wurde, waren die Männer bei Agnes. Alle wußten, daß Frenchie auftauchen würde. Sie hatte was mit Justin LeBlanc »zu laufen«, wie sie es nannte, einem älteren Fischer und regelmäßigen Gast beim Kartenspiel.

An jenem Donnerstagabend blickte Agnes auf die Uhr und sagte: »Frenchie ist spät dran.« Aber just als Agnes ein zähes Stück Fleisch weich klopfte, ging die Tür auf, und mit einem rosa Chiffonschal um den Hals und einem Teller hauchdünner Kekse in der Hand kam Frenchie in die stickige, heiße Küche gesegelt. »Was ist denn hier für'n Lärm?« fragte sie. »Baust du was?«

»Das Abendessen.« Mehr sagte Agnes nicht.

Frenchie hatte sich zum Ausgehen zurechtgemacht, sie trug ein rotes Kleid und hatte viel zuviel Rouge auf den Wangen. Sie roch nach Gesichtspuder und hatte eine Perlenkette um ihren welken Hals hängen. Ohne die Schnürbänder zu lösen, streifte sie sich die Turnschuhe von den Füßen, ging dann barfuß zum Herd und warf einen Blick in den Topf. »Eintopf«, sagte sie, als ob wir das nicht gewußt hätten.

Agnes' Bemühen, das Fleisch weich zu klopfen, war vergeblich gewesen, das knorpelige Fleisch taugte nichts, und als Dora-Rouge später Brühe und Knochenmark schlürfte und uns auf dem Fleisch herumkauen sah, sagte sie: »Da bin ich direkt dankbar, daß ich keine Zähne mehr hab.«

Kurz bevor das Geschirr abgeräumt war und gespült wurde, fuhr Justin vor. Als Frenchie sein Auto sah, rannte sie ins Bad, um ihre Frisur zu überprüfen und sich Lilienparfüm an den Hals zu sprühen.

In jenem Jahr rauchten alle Männer Pfeife, und schon bald roch es gemütlich nach Tabaksqualm. Ich fühlte mich immer noch ein bißchen unsicher, aber ich mochte den Klang der Stimmen, wenn die Männer sich unterhielten und Cola tranken und Erdnüsse knabberten. Und ich mochte Rauch lieber als Parfüm. Noch nie hatte ich Männer so miteinander reden hören, wie Freunde. Überall, wo ich früher gewesen war, hatten Männer keine Freunde.

Zum erstenmal begegnete ich LaRue. LaRue Marks Time war sein Name, LaRue, der die Zeit abwartet, obwohl ihn manche Leute hinter seinem Rücken Done Time, der einige Zeit abgesessen hat, nannten. Im allgemeinen gingen die Leute ihm aus dem Weg, aber er war ein guter Kartenspieler. Er trug ein graues Hemd, und das lange Haar hatte er zu einem Pferdeschwanz zusammengebunden. LaRue sah gut aus mit seinen leicht angegrauten Schläfen, aber dennoch fühlte ich mich aus irgendeinem Grund in seiner Gegenwart nicht wohl. Er hingegen war ganz begierig darauf, mit mir Freundschaft zu schließen. »Soll ich dich morgen mit zum Angeln nehmen?« bot er an.

»Gut, klar doch.« Ich klang nervös. Ich hatte das Gefühl, daß er es nicht ganz ernst meinte. Da wußte ich noch nicht, daß er sich mit mir anfreunden wollte, um Bush näherzukommen. Und ich wußte noch nicht, daß ich bald mit Bush zusammenleben würde, der Frau von Fur Island.

»Hier, ich hab was für dich.« Er griff in die Tasche und zog eine Pfeilspitze heraus, die noch ganz warm von seinem Körper war.

Ich betrachtete sein Gesicht. Ich schaute die Pfeilspitze an, dann schob ich sie in meine Tasche.

»Wann ziehst du auf die Insel?« fragte er.

»Was für eine Insel?« Ich hörte zum erstenmal davon.

»Na, die von Bush.« Er rückte seinen Kragen zurecht, zog seine Jeans hoch.

Betroffen dachte ich, daß Agnes und Dora-Rouge mich wegschicken wollten.

»Ich erklär dir das später«, sagte Agnes, als sie meine Verunsicherung bemerkte.

Später zogen sich die Frauen ins Wohnzimmer zurück, aber wir konnten trotzdem die Pennies über den Tisch rollen hören und das Austeilen der Karten, die warmen Stimmen der Männer. Ab und zu ging Frenchie hinüber und bot den Männern Kekse an, die nie welche nahmen. Ich konnte Frenchie durch die offene Tür sehen. Sie strahlte Justin an. Jedesmal tat er so, als wäre er verärgert und sie würde ihn stören. »Verrätst du meine Karten?« fragte er mißtrauisch.

»Da müßtest du mich aber besser kennen«, sagte sie mit blitzenden Augen.

Ich hörte zu, aber ich dachte immer noch an das, was LaRue gesagt hatte, daß ich Adam's Rib verlassen müßte. Zum erstenmal in meinem Leben wollte ich nicht weg.

Die Männer unterhielten sich anders als die Frauen. Ihre Gespräche verliefen ungefähr so: »Hast du schon mal Blaufische gefangen? Das sind vielleicht welche. Die gehen ab, na, bestimmt hundert Meter hauen die ab, und du mußt sehen, wie du sie zurückkriegst. Zähne haben die, jede Menge Zähne. Sehen aus wie Thunfische oder so was.«

»Jaah, die liefern dir 'nen ordentlichen Kampf.«

Anglerlatein. Und sie sprachen laut.

»Ich hab bis vier Uhr früh geangelt«, sagte einer. »Und ich hab nichts gefangen.«

Nun, ich wußte, daß dies wahrscheinlich bedeutete, er hat so viel gefangen, daß er die Stelle geheimhalten wollte. So redeten die, immer drum herum.

»Nächstes Mal nehmen wir Speck mit. Da beißen die wie wild, hab ich gehört.«

»Jaah. Oder Lachsrogen. Das mögen die auch.«

»Wo ist überhaupt der Devil's Lake?«

»Mein Onkel war da. Hat mächtig was gefangen.«

»Scharfe Rote. Da beißen sie auch drauf an, hab ich gehört.«

»Ist das der Onkel, der dreimal vom Blitz getroffen wurde?«

Im Wohnzimmer, das gleichzeitig mein Schlafzimmer war, stand die Teekanne auf der goldgestrichenen Nähmaschine, und die Frauen unterhielten sich. Sie sprachen über intimste Dinge, die wichtigsten Themen, über Liebe und Trauer. Frenchie sagte, sie habe früher einmal einen jüngeren Mann geliebt. Agnes sagte, sie denke immer noch an ihren Sohn Harold und frage sich, was aus ihm geworden sei. Dora-Rouge, die neben mir mit Kissen im Rükken saß, sagte: »Ich möchte nach Hause, um dort zu sterben. Das ist mein Traum. Es ist so schön dort. Als ich jung war, tanzten da die Nordlichter, wirklich, sie tanzten über den Himmel. Sie waren uns so nah. Wenn wir sie sahen, dann sagten wir immer: ›Hier kommt Himmel auf seinen vielen Pfaden.‹

Als ich Luther kennenlernte, war er noch ein Junge. Er kam und setzte sich zu uns. So machte man das in jenen Tagen. Er saß einfach da. Und das Mädchen übersah den Jungen, der um sie warb. Sie mußte ihr Lächeln verstekken. Ihre Familie mußte das auch. Und Luther kam und setzte sich. Dann schaute ich ihn eines Tages an und lächelte. Von da an brachte er uns Fleisch.«

Ich schnitt ein Stück Käse ab und gab es ihr. Sie behielt es im Mund, bis es so weich war, daß sie es schlucken konnte. »Ist das Wisconsinkäse?« fragte sie. So verliefen die Gespräche bei den Frauen. Das heißt, bis mir Frenchie den Teller mit den Keksen hinschob und fragte: »Was ist denn mit deinem Gesicht passiert, Herzchen?« Sie sprach es offen aus. Die verbotene Frage. Es war lange her, daß das jemand gefragt hatte. Als ich jünger war, hatte ich Leute deswegen verprügelt. Hatte wegen der Neugier anderer die Schule gewechselt. Ich war ausgezogen, weggelaufen, als könnte ich vor Häßlichkeit oder Schmerz davonlaufen. Niemand durfte darüber sprechen. Sogar ich selber hatte aufgehört, danach zu fragen. Früher hatte ich versucht herauszufinden, woher ich die Narben hatte, aber schließlich hatte ich aufgegeben. Jetzt erstarrte ich zu Eis, aber es schien, als wäre ich die einzige gewesen, die Frenchie gehört hatte. Es wurde nicht einen Moment still – die anderen Frauen schwatzten weiter –, aber mein Herz raste vor Furcht. Ich spürte, wie alle Farbe aus meinem Gesicht wich. Ich wurde stocksteif.

»Und?« Frenchie blickte mich kurz an, ohne sich bewußt zu sein, daß sie eine Grenze überschritten hatte, dann sagte sie: »Vielleicht sollte ich Justin ein paar Kekse bringen.« Sie stand auf und schielte neugierig ins andere Zimmer. Justin saß mit dem Rücken zu ihr.

Um meine Gefühle zu verbergen, wollte ich noch ein Stück Käse für Dora-Rouge abschneiden, aber meine Hände zitterten, das Messer rutschte ab, und ich schnitt mir in den Finger, tief in die Kuppe.

Agnes stand auf. »Komm, wir machen ein Pflaster drauf.« Sie klang besorgt. Ich glaube, sie hatte bemerkt, wie aufgewühlt ich war.

Ich wich zurück. »Schon gut«, sagte ich. Ich wickelte mir eine Serviette um den Finger. »Wirklich. Ist schon gut.« Meine Augen füllten sich mit Tränen.

»Nein, das ist ein schlechtes, rostiges Messer. Wir müssen die Wunde auswaschen.«

Ich sagte: »Nein«, aber Agnes führte mich ins Badezimmer, und ich ließ sie gewähren. Ich brach fast zusammen, als wäre es eine sehr tiefe Wunde gewesen, aber nicht das Messer hatte mich verletzt, sondern die Worte.

Agnes wußte das.

Sie machte den Medikamentenschrank auf und nahm Mullbinde und Leukoplast heraus. Als ich das roch, rührte sich etwas in mir, die Erinnerung an Wunden, an Tage und Nächte in Krankenhäusern, an Verbände in meinem Gesicht, an Operationen. Oder vielleicht waren es auch die blutroten Flecken im Waschbecken, die mich aufwühlten, das rote, eisenhaltige Wasser verfärbte alles, sogar das Innere der Kochtöpfe. Was immer es war, mir war elend, die Brust war mir wie zugeschnürt. Ich sah mich im Spiegel, und plötzlich, wie aus heiterem Himmel, schlug ich mit der Hand ins Glas, schlug in mein Gesicht vor mir, und schon während ich es tat, war ich entsetzt über diese Tat, darüber, daß ich so weit gehen würde, den Spiegel und das Arzneischränkchen mit dem Jod, Mercurochrom, Timerosan, Wild Root Öl kaputtzumachen. Glas zersplitterte im Waschbecken, und die Splitter verteilten sich auf dem Fußboden, sprangen bis in die Ecken. Ich hörte eine Stimme, die »Verdammt« brüllte, und das war ich, das war meine wütende, gequälte Stimme. In ihr vereinten sich Zorn, tiefer Schmerz und der Geruch der Krankenhäuser aus meiner Vergangenheit, die Transplantationen, nach denen meine Oberschenkel vernarbten, die Haut, die dort gestohlen worden war, um mein Gesicht wieder zusammenzuflicken. All das gehörte zu dem, was da zerbrochen und spitz im Waschbecken und auf dem Fußboden lag. Und mir war schlecht. Ich lehnte mich über die Toilette.

»Was macht ihr da?« rief Dora-Rouge. Und Frenchie stand direkt vor der verschlossenen Tür. »Alles in Ordnung da drinnen, ihr zwei?«

Agnes nannte mich Süße und Liebes und Kind. »Schhht.

Es ist alles in Ordnung.« Sie hielt mich im Arm. Ich schluchzte hilflos. Ich, das Mädchen, das nie weinte. Als ich aufstand und ins Waschbecken guckte, sah ich lauter zersplitterte, gebrochene Spiegelungen meines Gesichtes. Ich versuchte, mich zusammenzureißen, das Glas aufzusammeln. »Das machen wir später«, sagte Agnes. »Laß uns erst mal rausgehen und ein bißchen frische Luft schnappen.«

»Es tut mir leid«, sagte ich. »Es tut mir so leid.« Ich hängte mich an sie, das nasse Gesicht an ihrer Schulter. Ich wollte nicht aus dem kleinen Badezimmer mit seinem verfärbten Waschbecken und den Glasscherben. Ich wollte den anderen nicht begegnen.

Dann sagte ich: »Ihr wollt mich nicht. Ihr schickt mich auf eine Insel.«

»Das hat schon seine Richtigkeit«, sagte sie. »Du kannst jederzeit zurückkommen, wenn du willst.«

»Ihr habt mir nichts davon gesagt.«

Agnes' Stimme war tröstlich, aber dennoch mußte ich meinen ganzen Mut zusammennehmen, um aus dem Bad gehen zu können. Ich zitterte und schluchzte noch, als Agnes die Badezimmertür öffnete, vor der die Männer standen, die Arme hilflos an den Seiten hängend, Husk im weißen Hemd und Hosenträgern. Alle schauten mich an, LaRue mit offenem Mund. Schließlich brach Husk die Stille und sagte: »Auch 'ne Art!« Er kaute ein paar Erdnüsse, nickte mir zu, lachte, dann nahm er eine Flasche Cola vom Tisch und prostete mir zu. »Klasse, Angel. Diese Dinger sind die Quelle der Eitelkeit!«

Seine Worte halfen mir aus der Verlegenheit. Es waren großzügige, schlagfertige Worte. Die Männer lächelten und drehten sich um und setzten sich wieder zum Kartenspielen, als wäre nichts gewesen. »Ich erhöhe um dreißig

Cents«, sagte Justin, der mit seinem gekrümmten Rücken wie ein alter dunkler Vogel aussah und der immer blinzelte, weil er 1942 schneeblind geworden war, als er beim Fallenstellen seinen Knöchel verletzt hatte.

Agnes und ich traten aus dem Bad und gingen zusammen hinaus in die frühe herbstliche Dunkelheit.

Wir setzten uns nebeneinander auf einen Stein in der Nähe der Stelle, wo der Fluß in den See strömte, und ich, die ich als Kind nie geweint hatte, noch nicht einmal, wenn andere Kinder mich verhöhnten, ich weinte.

»So ist Frenchie eben. Das ist ihre Art. Du gewöhnst dich dran.«

Draußen auf dem See schimmerte das Licht eines Fischerbootes wie ein Auge, das mich ohne meine harte Maske ertappte. Ich wandte mich ab, so daß nichts und niemand mich sehen konnte. Agnes legte mir den Bärenpelz und ihren Arm um die Schultern, hüllte mich ein. »Wenn ich diesen Mantel trage, Angel, dann sehe ich die alten Wälder, die Nordlichter, die Nächte, die etwas Großem gehören, das wir nicht kennen.«

An dem Abend, nach dem Kartenspiel, nach dem stillen Heimweg mit Agnes, war ich gleichzeitig erleichtert und voller Schwermut; ich fühlte mich von etwas befreit, das ich nicht benennen konnte. Später zog ich mich in dem dunklen, engen Zimmer des Hauses aus, das mit dem Schlaf anderer atmete, und als ich schlief, träumte ich, ich fiele über den Rand der Erde, fiele hinaus aus der Ordnung und dem Wissen in eine dunkle, ursprüngliche Welt, sprudelnd und lebendig wie die Schöpfung selbst, wie der Anfang des Lebens.

Auf Adam's Rib begann ich, eine Art von Wissen zu entwickeln. Ich bekam das Gefühl, du würdest mich sehen können, wenn es keine unterschiedlichen Worte für Innen und Außen gäbe und keine Grenzen zwischen ihnen, keine Wände, keine Haut. Dann träfen deine Augen nicht auf das Abziehbild dessen, was mit mir geschehen war, nicht auf die Spuren der Gewalt, deine Augen bemerkten nicht einmal, wie ich die Türen zu den Zimmern Zorn und Furcht schloß. An manchen Tagen sähst du Feuer, an anderen Wasser. Oder Erde. Du sähst, daß ich wie der Nachthimmel bin, mit all den Sternen, die durch Zeit und Raum fallen und hier als Wölfe und Fische und Menschen ankommen, von denen wir alle genährt werden. Du sähst den Staub der Sonne und die Wandlung der Schöpfung. Aber in der Nacht, in der ich mein Gesicht zerbrach, gab es noch Grenzen, und ich wußte weder, daß ich so schön war wie die Wölfin, noch, daß ich eine neue Ordnung der Atome darstellte. Sogar ich konnte mit meinen eigenen Augen nicht mehr als meine Haut oder meinen Schmerz sehen, so wie du dich mit geschlossenen Augen nicht sehen kannst, egal, wie mächtig der Spiegel ist.

Meine Häßlichkeit, wie ich das nannte, hatte mein Leben bestimmt. Mein Bedürfnis nach Liebe war so stark, daß ich mich jedem Jungen, jedem Mann, der mich haben wollte, angeboten hatte. Nach Ansicht der Frauen, die über mich urteilten, war dies meine größte Sünde. Es war eigentlich keine Liebe dabei, aber ich glaubte, daß jede Art von Berührung eine Art Liebe war. Jede menschliche Hand. Jede Brust, an die ich meinen Kopf legen konnte. Das würde mich heilen, dachte ich. Es würde mein Herz reparieren. Es würde mir mein Gesicht wiedergeben, ohne Narben. Oder die Liebe würde blind sein und mein Gesicht ignorieren. Aber die Tatsache blieb, daß ich vernarbt war und zerschnitten und niemand mir sagen konnte oder wollte, wie es geschehen war, und kein Junge oder Mann bot mir, was ich brauchte. Und tief im Inneren fürchtete ich mich davor zu wissen, was mit mir geschehen war, und diese Furcht war genauso stark wie mein Wunsch, die Wahrheit zu wissen. Als ich einmal eine Pflegemutter fragte, was mit meinem Gesicht passiert war, schwieg sie. Ihr Mann und sie guckten sich an. »Du bist gestürzt«, sagte sie dann, und ich wußte, daß sie log.

Aber ich war, wie Agnes gesagt hatte, Wasser, das zu sich selbst zurückkehrte. Ich war Wasser, das in einen See fiel, und diese Frauen waren der See, Agnes mit dem Bärenfell, Agnes, die sich rückwärts in der Zeit bewegte, am Strand entlangging, sich an Geschichten und Bruchstücke der Lieder erinnerte, die sie gehört hatte, als sie jünger war, und auch die alten Lieder hörte, an die sich sonst keiner erinnerte. Und Dora-Rouge, auf dem Weg in die andere Welt, Dora-Rouge, die schon sah, was wir nicht sehen konnten, die denen antwortete, die wir nicht hören konnten, und die schwerelos durch die Wolken und Gewässer eines Lebens nach dem Tode wanderte.

3. Kapitel

Es war ein warmer Tag, als die beiden jungen Männer im Kanu Adam's Rib erreichten. Ich war am Wasser. Sie kamen von Süden, aus einem klaren Himmel, und die ersten Herbstblätter schwammen auf dem Wasser. Die Sonne schien kräftig, und sie sah aus, als wäre niemals der Schatten des Mondes zwischen ihr und der Erde hindurchgegangen.

Das Kanu war gelb, und die Männer bewegten sich geschickt, als hätten sie ständig auf dem Wasser gelebt. Sie waren schlank. Als sie an Land kamen, sprang einer von ihnen aus dem Boot, zog es ein bißchen heran und hielt es für den anderen fest. Sie luden einige kleine Pakete aus und unterhielten sich dabei. Sie schienen hier fremd zu sein; ihre Körper waren anders, nicht amerikanisch, nicht kanadisch, es waren Körper, die noch mit sich selbst eins waren, leichte Körper. Sie beeilten sich nicht. Sie schienen ihren Platz in der Welt zu kennen.

Einen Augenblick blieben sie stehen und redeten, unentschieden, was sie tun sollten, dann zogen sie das Kanu aus dem Wasser und legten es am grasbewachsenen Ufer auf die Seite, verstauten einen Teil ihrer Sachen darunter.

Einer der beiden entdeckte mich. »Miss. Warten Sie, bitte«, rief er. Die Männer waren dunkelhäutig und schmächtig. Beide hatten glattes schwarzes Haar, wunderschöne, leicht schräge Augen und intelligente Gesichter.

Die Stimme des Mannes war leise und bescheiden. Ich konnte ihn nicht sehr gut verstehen, nur seine Frage: »Wo ist Agnes Iron?«

»Kleinen Moment«, sagte ich. »Ich hol sie.« Ich wandte mich um und rannte zum Haus.

»Agnes!« rief ich. »Da sind zwei Männer, die zu dir wollen.« Sie war gerade dabei, mit Nadel und Faden die Fliegengittertür zu flicken. »Wo sind sie?«

Ich war noch ganz außer Atem. »Unten, am Wasser.«

»Weißt du denn nicht, was sich gehört? Geh und hol sie. Bring sie her.«

Sofort legte sie den blauen Faden aus der Hand und ging ins Haus, um Essen zu machen.

Ich rannte zu den beiden, die im Schatten eines Baumes saßen. »Ich kann was nehmen!« Ich griff eine ihrer Taschen und ging mit den beiden die Poison Road entlang. Als wir bei Agnes ankamen, hatte sie schon nach Tommy Grove und den Leuten der Straße der Hundertjährigen geschickt und Essen auf dem Tisch – Eier, Brot, Tomaten, Kartoffeln und ihren schrecklichen Kaffee.

Bald kam Tommy mit den alten Leuten. Einige waren noch ganz durchgeschüttelt von der Fahrt in seinem roten, verbeulten Laster, obwohl er extra für sie auf der Ladefläche Holzbänke installiert hatte.

Ich fühlte mich nicht wohl zwischen den beiden Männern und den Ältesten. Ich versuchte, die vier alten Frauen, die mit Tommys Laster gekommen waren, nicht anzugucken, aber ich sah sie zum erstenmal und fand sie sehr interessant. Sie waren still, ihre Kleidung bunt, wenn auch ausgeblichen. Eine trug einen alten Baumwollschal, auch eine Schürze. Drei alte Männer waren dabei, einer mit langen, weißen Haaren und einem sauberen Hemd. Eine alte Frau ganz in Schwarz saß im Wohnzimmer auf der Liege und döste, die dunkelgrauen Haare zu Zöpfen geflochten, die Augen kaum sichtbar in ihrem alten, faltigen Gesicht. Ich bediente sie, brachte ihr einen Teller mit Kartoffeln.

Nachdem wir gegessen hatten, ergriff einer der jungen Männer das Wort. Er war ruhig und bescheiden. Sprach leise, aber mit eindringlicher Stimme. Sie hatten von einem Staudammprojekt gehört, dem Plan für ein Wasserreservoir. Die Regierung und eine Elektrizitätsgesellschaft hätten in diesem Jahr beschlossen, mehrere Dämme zu bauen.

Ich hörte aufmerksam zu. Schon beim ersten Aufstauen, sagte der junge Mann, seien Tausende von Karibus getötet und sei Land überflutet worden, auf dem Menschen lebten und das sie verehrten. Behördenvertreter behaupteten, die Menschen hätten keinen legalen Anspruch auf das Land. Es habe nie einen Vertrag gegeben, erklärte der junge Mann, es sei keinerlei Entschädigung angeboten worden. Selbst wenn es ein Angebot gegeben hätte, hätten die Menschen nicht ihr Leben verkauft. Nicht einer von ihnen.

Einige Dämme gab es schon. Viele der Alten waren über Nacht gezwungen worden wegzugehen. Die Karibus und die Gänse waren betroffen sowie die Heilpflanzen, die die Menschen brauchten.

Das Volk dieser Männer, auch mein eigenes Volk, hatte schon immer dort gelebt, seit mehr als zehntausend Jahren, und das Land, das jetzt angeblich unbewohnt und nutzlos war, hatte sie ernährt. Wenn die Staudammprojekte fortgesetzt würden, hörte das Leben der Völker, die dort wohnten, auf zu existieren, wieder würde durch

Umsiedlung und Verrat eine Art zu leben beendet werden.

Das war mein Volk. Ich hörte aufmerksam zu. Schon waren ohne Genehmigung Straßen gebaut worden. Um festzustellen, was der Erde entnommen werden konnte, bevor sie ertränkt wurde, fanden Gesteinsuntersuchungen statt. Dann sollten die Flüsse in Staubecken gelenkt werden. Die Umleitungen der verschiedenen Gewässer würden sich sogar bis nach Adam's Rib auswirken.

Nun ging es darum, wie viele Gemeinden, Dörfer und Städte die beiden Männer über die bedrohliche Lage informieren konnten. Da der Winter bevorstand, würde sich erst mal alles beruhigen. Die Bautätigkeit würde eingestellt werden, es würde eine Pause, einen Stillstand geben. Dadurch blieb Zeit, vor der geplanten zweiten Baustufe die Fettesser zu informieren. Dadurch blieb Zeit, die Sache vor Gericht zu bringen.

Die jungen Männer baten um unsere Hilfe. Sie wollten kein Geld, sondern wollten Menschen auffordern, dorthin zu gehen, um die Maschinen aufzuhalten. Oder – wenn sie das nicht könnten, wie die Menschen der Straße der Hundertjährigen – sie bitten, eine Zeremonie durchzuführen, um sie bei der Erreichung ihres Zieles zu unterstützen.

Agnes stellte den Menschen der Straße der Hundertjährigen noch mehr schwarzen Kaffee und Brot auf den Tisch. Ich beobachtete die Frauen in ihren weiten Röcken. Sie aßen gierig. Agnes briet noch mehr Eier, Kartoffeln und Speck.

Dies war das erste Mal, daß ich mit Tommy zusammen war. Er war ruhig und offen. Bis jetzt hatte ich ihn mit dem Laster die Poison Road entlangfahren sehen oder im Laden getroffen, wenn ich einkaufte. Ich war beeindruckt, wie er mit den jungen Männern sprach, meinen entfernten Cousins, und mit den Ältesten. Er sagte etwas und schwieg dann, während die anderen sich untereinander austauschten. Er wartete ab, hörte zu. Trotz meiner jungen Jahre, und obwohl ich nicht ein Fünkchen Weisheit besaß, zollte ich ihm dafür Respekt.

An jenem Tag, als die beiden Männer bei uns waren, spürte ich, daß sich unser Leben ändern würde, daß nichts so bleiben würde, wie es war, weder das Land noch die beiden jungen Männer, weder die anwesenden Menschen, noch ich. Veränderungen lagen in der Luft. Standen deutlich fühlbar im Raum.

4. Kapitel

Die Frau namens Bush, die Frau, die versucht hatte, den Zyanidgeruch von meiner Mutter abzuschrubben, die Frau, die Hannah zu dem Alten an der Straße der Hundertjährigen gebracht hatte, die Frau, die auf der fünf Meilen weit im See liegenden Insel lebte, hatte gewußt, daß ich zurückkommen würde. Das sagte sie mir, nachdem ich in ihr Haus auf Fur Island gezogen war. Deshalb war sie am Morgen meiner Rückkehr auf dem See gewesen, die Frau, die ruhig und aufmerksam in ihrem Kanu dahingetrieben war.

In der Nacht vor meiner Ankunft hatte sie schlecht geschlafen. Sie hatte kaum mehr als die Geräusche des Wassers oder des Seetauchers gehört, aber da war etwas, das sie rief, und sie spürte die vertraute Gegenwart eines Kindes, das mit dem ersten Licht des Morgens neben ihrem Bett stand. Es war ein Mädchen, etwa fünf Jahre alt, das handgenähte hirschlederne Stiefel und ein weiches Kleid trug. Das Kind sah aus wie ich. Es hatte Bush in all den Jahren, in denen ich weg war, besucht, aber an jenem Morgen hatte das Kind wie zum Abschied die Hand gehoben. Deshalb wußte Bush, daß ich nach der langen Zeit, die sie geduldig gewartet hatte, heimgekehrt war. Zwölf Jahre waren vergangen. Jetzt war der Moment da, auf den sie gewartet hatte.

An dem Tag, an dem sie mich zu Bush schickten, rief mich Dora-Rouge zu sich ins Zimmer. »Gib mir die Schachtel«, sagte sie. Es war die, in die ich heimlich geguckt hatte, während Dora-Rouge auf der Veranda schlief. Zuerst dachte ich, sie hätte mich ertappt. Mein Gesicht fing an zu glühen.

Es roch nach Zedernholz, als sie die Schachtel aufmachte. Dora-Rouge nahm das Bernsteinstück heraus, das ich schon gesehen hatte, mit dem kleinen, völlig intakten Frosch darinnen, und sie hielt es hoch, daß das Licht durchscheinen konnte.

»Das ist für dich«, sagte sie. »Es wurde im Wasser gefunden.« Ihre alten Hände drehten es herum. Dann wickelte sie es in ein Papiertuch und drückte es mir in die Hand. »Jene Leute aus dem Süden sagten zu unseren Vorfahren: ›Behaltet uns im Gedächtnis, wenn wir nicht mehr sind‹, und sie legten dies in die Hände einer alten Frau namens Luri, eine meiner Vorfahren, eine deiner Vorfahren.

Ich weiß ein Lied, das Tiere ruft«, sagte Dora-Rouge. »Ich werde es dir beibringen. Du kannst es vielleicht brauchen, da draußen auf Bushs Insel.« Und dann sang sie.

Bald tauchten Hirsche auf, die im ersten moschusartigen Geruch des Herbstes die Straße entlang auf das Haus zuliefen. Husk und ich fuhren an ihnen vorbei auf unserem Weg zu Tinselmans Laden, wo wir für Bush und jemand anderen auf Husks Liefertour Lebensmittel einkauften, dann ging es weiter zur Anlegestelle. Für einen Sonnabend war es ungewöhnlich ruhig. Im Herbst, wenn die Fische vollgefressen waren, mußten die Fischer weiter hinausfahren, daher war es so still, als wir am See ankamen. Die Boote dröhnten nicht, nur die hungrigen Bienen, deren Tage gezählt waren, summten, und die Krähen krächzten über dem glatten Wasser.

Husk parkte den alten blauen Laster, dann hievte er den halbvollen Koffer, den Agnes mir aufgedrängt hatte, von der Ladefläche. Für meine Selbstachtung, hatte sie gesagt, sei der Koffer besser als Müllbeutel.

Ich half Husk, die Tüten mit den Lebensmitteln zur Anlegestelle und zu seinem alten schwarzen Boot zu tragen, das er *Der Rabe* genannt hatte. Ich lud Feuerholzscheite vom Laster ins Boot. Bald war es Winter. Es war nie zu früh, sich darauf vorzubereiten. Das Holz roch süß und trocken, roch wie der Wald, durch den klares Licht fällt. Auf meinen Handflächen blieb Harz kleben, und ich spürte den kühlen Hauch der wechselnden Jahreszeiten, ahnte den Geruch von Blättern und Rauch.

Der Motor des Bootes gab ein drängendes, durchdringendes Geräusch von sich, das die Stille in zwei Hälften zerschnitt. Husk blinzelte durch die graue Abgaswolke. Manchmal guckte er auf diese Art. Er kniff die Augen zusammen wie Justin, der Frenchie zufolge einmal in einer Masse von Eis steckengeblieben war. Husks Blinzeln stammte aus dem Winter 1929, als er bei minus fünfundzwanzig Grad mit einem Hundeschlitten unterwegs war und plötzlich von einem Virus erwischt wurde. Durch das Zwinkern bekamen Husks Augen einen tiefsinnigen Ausdruck. Ich mochte das. Während das Boot vorwärtsschoß, wirkte Husk, als sei er wild entschlossen, ein verwickeltes Gedankenknäuel zu entwirren, und als habe er einen Weg gefunden, es gerade und glatt wie eine Angelschnur zu ziehen. Sogar seine Lippen waren zusammengepreßt, konzentriert. Ich sah ihn gerne an, den Mann, der die Theorien der Wissenschaft benutzte, um sich das zu bestätigen, was er wußte. An Land maß er kaum mehr als einen Meter fünfundsechzig, aber auf dem Wasser wurde er groß. Das war sein Platz, das schaukelnde Wasser. Da kannte er sich aus.

In der Ferne lagen mehrere Inseln wie felsige Planeten in einem wässerigen Himmel, und die weite Welt lag offen vor uns. Bald wich der moschusartige Duft der herbstlichen Luft dem Geruch von Fisch und Kühle, sogar Regen schien sich anzudeuten.

Hinter uns, im Kielwasser des Bootes, schlossen sich die glitzernden Wogen, verbargen unseren Weg und schaukelten wieder still und geheimnisvoll. Die Häuser auf Adam's Rib waren jetzt außer Sicht, nur die breiten Umrisse der Bäume blieben, dann waren auch sie nichts weiter als eine dunkelblaue Linie. Unter uns, das wußte ich, schwammen Fische in der wachen, wissenden Dunkelheit, wiegten sich grüne Pflanzen in der Strömung.

Auf halbem Wege zwischen Adam's Rib und Fur Island war der Hungrige Wasserschlund. Es war eine runde Stelle im See, wo im Winter das Wasser nie gefror. Junge Leute, die den neuen, glitzernden Religionen anhingen, nannten die Stelle den Warmen Fleck und hielten ihn für eine geologische Besonderheit, eine Quelle vielleicht oder eine Konzentration starker Strömungen. Aber die Älteren, deren Götter noch auf der Erde lebten, nannten es Hungriger Wasserschlund, denn wenn das Wasser kein Geist war, wenn das Wasser kein Gott war, der ihr Leben bestimmte, dann gab es nichts. Jahrhundertelang waren sie mit Netzen und Haken, Speeren und Seilen, Entfernungen und Tiefen umgegangen. Sie hatten auf der schwankenden Haut des Wassers und auf dem ächzenden Eis, zu dem es gefror, gelebt. Sie schluckten das Wasser. Es schluckte sie. Aber was immer diese Stelle auch sein mochte, niemand, ob jung oder alt, ging auch nur in ihre Nähe. Alle schlugen einen großen Bogen drum herum.

In jedem Winter stellte der Hungrige Wasserschlund

eine Falle aus dünnem Eis und lauerte auf alles, was hinüberging. Junges Rotwild, das die Schwäche des Eises nicht kannte, brach durch die trügerische Schicht, wie auch die Betrunkenen, die sich von ihrem Leben an Land wegtreiben ließen und vergaßen, was sie wußten, und sich unabsichtlich diesem Gott opferten. Einmal holte ein Schausteller einen eleganten weißen Beluga von der Mündung der Hudson Bay und transportierte ihn mit Hilfe rollender Stämme über die trockenen, steinigen und langen Übertragestellen. Der Mann ging sogar so weit, daß er Indianerjungen anstellte, die das Tier unterwegs feucht halten sollten. Er stellte den Wal gegen Eintrittsgelder aus, wobei er rief: »Kommt und seht euch das häßliche Untier an!« Und als der Wal am Ende war, legte er ihn in Ketten und hängte ihn an sein Boot, zog ihn hinaus an jene hungrige Stelle, bis das sterbende Tier schließlich in den offenen Schlund glitt, wo es wie eine Erscheinung aus einer anderen Welt im warmen Rund des Wassers verblieb. Niemand hat je behauptet, den Wal gesehen zu haben: So nah wagte sich niemand heran.

Außer dem Wal schwammen dort viele tausend gehäutete Kadaver pelztragender Tiere, die Fallensteller weggeworfen hatten. Ohne die Pelze, hieß es, sähen die vollkommen erhaltenen Tiere aus wie menschliche Kinder, würden mit aufgerissenen, dunkel glänzenden Augen durchs Wasser starren. Zwei Schneemobile wurden in dem Schlund begraben, dazu ein Schiffswrack, Jäger und vom Wege abgekommene Männer, die gedacht hatten, sie kennten die Gewässer. Ein Fehler der Menschen sei, sagte Husk immer, daß sie sich für klüger hielten, als sie waren. Nichts tauchte jemals wieder auf, aber einige Leute behaupteten, wenn man sich nah genug an die Stelle heranwagte, könnte man dort alles schwimmen sehen, jedes einzelne Ding sähe aus wie an dem Tag, als es hineingefallen oder eingebrochen war, wie ausgerissene Wurzeln drifteten die Geweihe des Rotwilds im Wasser.

Ich betrachtete die Stelle beim Vorbeifahren. Der See sah hier nicht anders aus als sonst, wodurch es nur noch gefährlicher wurde. In der Nähe verlief eine Strömung, die ein Boot nach Norden, in ein Gewirr von Seen, Inseln und Passagen tragen würde, bis hin zu den Orten, wo alte Siedlungen und Dörfer zu Ruinen verfallen waren, und dahinter zu Flüssen, die sich nach Norden schlängelten. Im fernen Norden lagen Inseln mit Spuren eines alten Volkes, das nur noch in der Erinnerung lebte. Es gab Orte, wo wilder Reis, knorrige Bäume und andere Pflanzen wuchsen, die sich wie Hände himmelwärts reckten, und wo Weiden für das Vieh gerodet waren. In jenem zerstükkelten Land konnte sich ein Mensch von Wasser zu Wasser, von Erde zu Erde bewegen. Husk nahm einen Beutel mit Tabak aus der Tasche und warf ihn ins Wasser, um den Hungrigen Wasserschlund zufriedenzustellen, Maismehl und Brot ließ er folgen.

Und dann kam Fur Island auf uns zu. Es war eine dunkle Insel, etwas mehr als drei Kilometer im Durchmesser, mit Felsen und Bäumen. Dahinter, in der Ferne, schwammen noch andere Bruchstücke vom Land.

Jetzt scheint mir, daß wir in eine andere Zeit eindrangen, als wir uns der Insel näherten, in eine Zeit, die durch die Geschichte trieb und an einigen Stellen unerforscht und bodenlos war wie der See, über den wir fuhren. Bush würde sagen, daß es jene gebe, die glaubten, die Ozeane von der einen Seite der Erde flössen in die Ozeane auf der anderen Seite, und vielleicht war das mit dem See so, vielleicht hatte auch er eine Schwester auf der anderen Seite der Welt – denn es hieß, die Wale einer Hemisphäre sängen dieselben Lieder wie die Wale weit weg auf der anderen Seite des Erdballs. Sie sprächen dieselbe Sprache. Sie wüßten, was mit Wasser geschehen war, mit ihren Schwestern. Husk zitierte Einstein, der meinte, die Zeit schlage einen Bogen und kehre zu sich selbst zurück, etwa in der Art, wie die Planeten eine Bahn beschreiben. Und ich glaube, er hatte recht, denn ich erinnere mich so genau, als wäre es gestern gewesen, was für ein Gefühl es war, an jenem Tag dorthin zu gehen, nach Fur Island. Als ob die Zeit überhaupt nichts wäre.

Wie dem auch sei, ich bewegte mich auf dem Weg zu mir selbst rückwärts, während ich gleichzeitig vorwärts drang, wie der neue Stern, den die Astronomen gefunden hatten, der gleichzeitig in zwei Richtungen strebte.

Ich machte meine Handtasche auf und holte das Geschenk von Dora-Rouge heraus, den Frosch, den ich bei meiner Schnüffelei entdeckt hatte. Er war so klein, so kompliziert und vollkommen in der Form, mitten aus dem Leben gerissen, gefangen im uralten Harz eines Baumes. Das Stück Bernstein fühlte sich warm an und war gleichzeitig schön und traurig anzusehen. Schon zu jenem Zeitpunkt glaubte ich an die Macht des Wassers. Ich glaubte, Wasser könnte hochspringen, hinauf auf meine Handfläche und mir Dora-Rouges Geschenk wegnehmen. Oder vielleicht mißtraute ich meiner Fähigkeit, Dinge halten zu können, und hatte Angst, mehr von mir selbst zu verlieren, als schon in mir verschlossen war, ohne eine Spur zu lassen wie das Wasser hinter uns. Ich legte den Bernstein an den einzigen sicheren Platz, den ich kannte, verbarg ihn tief unten in meiner Tasche, und ich dachte, da drin scheint er, dort strahlt sein Licht.

Die Insel, auf die wir zufuhren, hatte eine Geschichte.

Den Lärm des Bootes übertönend, erzählte mir Husk von den Fröschen auf Fur Island, wie dick die seien und daß die Leute die Frösche einst schon von ferne gehört hätten. Wie Trommeln hätten sie manchmal geklungen. Bei Dürre hätten sie jahrelang im Boden vergraben geschlafen, bis der Regen sie ins Leben gerufen habe, und dann seien die schlammschillernden Frösche in großer Zahl aufgetaucht, goldene Frösche mit bronzefarbenen Augen, und sie hätten ihre eigene Haut gefressen. Sie seien heilige Wesen. Eines Tages, sagte Husk, würden sie wieder aus dem Schlamm der Insel auferstehen, an jenem Ort, der Nabel der Welt genannt wurde.

Die Namen, sagte Husk, seien wie Schichten der Zeit.

Es war eine kleine Insel von gewaltiger Schönheit. Sie war ein Opfer ihrer eigenen Schönheit, ihrer Üppigkeit, die Tiere wie Menschen angezogen hatte. Fruchtbar, an manchen Stellen hügelig war sie einst von Marder, Otter und Biber bevölkert gewesen, viele Tiere hatten auf engem Raum gelebt. Wenn das Wasser nicht gefroren war, mußten sie auf der Insel bleiben, wo Europäer ihre Felle und andere Reichtümer erbeuteten. Es war ein Handelsplatz, ein Treffpunkt, eine Kreuzung. Aber später, als alles vorbei war, wurde es zu einem einsamen Stück Erde, Bush war jetzt die einzige, die dort lebte, und zwar das ganze Jahr über, sowohl während der Mückenperiode als auch in der fast arktischen Kälte des Winters, zwei Dinge, die viel über Bushs Zähigkeit und Beharrlichkeit sagten.

Es gab noch mehr über Fur Island zu wissen, wie ich erfahren sollte. Im Sommer 1924 wurden dort zwei Wolfskinder gefunden. Sie hatten ihre Eltern verloren – keiner wußte, was mit ihnen geschehen war – und waren verwildert. Die Kinder wurden von einem Rudel Wölfe aufgezogen. Von den Wölfen lernten sie, selbst auf kleinstem Raum den Forschern und Priestern aus dem Weg zu gehen, im Winter das Eis zu überqueren, den Hungrigen Wasserschlund zu meiden. Als die Kinder schließlich doch gefangen wurden – was durch die Tötung des Wolfsrudels möglich wurde –, hatten sie nachtglänzende Augen, die angesichts der menschlichen Wesen staunten. Diese Geschöpfe schienen den Kindern vage, schemenhaft bekannt, doch sie hatten die Menschen als rücksichtslose Wesen, denen man nicht trauen konnte, in schlechter Erinnerung. Der Junge und das Mädchen überlebten nicht. Das erzählte mir Dora-Rouge. Nachdem die Kinder gefunden worden waren, verfielen sie in einen Zustand absoluter Verzweiflung. Sie konnten nicht so eingesperrt leben, wie die meisten Menschen das taten. Sie durchschauten die Grausamkeit der Zivilisation. Grimmig trauerten sie um den Verlust ihrer Verwandten, um die ermordeten Wölfe. Dora-Rouge erinnerte sich an die beiden hellhäutigen, dunkeläugigen Kinder mit den verfilzten Haaren. Und an deren argwöhnischen Augen maß sie alles, was sonst noch wild war, wozu auch Hannah Wing gehörte, meine Mutter, die so böse und gefährlich war, daß die wilden Kinder dagegen zahm schienen.

Auf dieser Insel war es auch geschehen, daß sich ein Brite zum König erklärt hatte und fortan albern wie ein Gockel herumscharwenzelt war, bis französische Trapper ihn aus dem Weg schafften. Und auf Befehl eines Bischofs war ein Milchstein, aus dem heilkräftiges Mineralwasser floß, gesprengt worden, um den Ureinwohnern eins auszuwischen, die sagten, oder schlimmer noch, glaubten, daß sie von diesem milchigen Wasser geheilt worden wären. Einer seiner eigenen Priester war durch das weiße Wasser, das aus dem Stein sprudelte, von den Blattern geheilt worden, aber trotzdem beharrte der Bischhof darauf, daß alle Heilkräfte jenes Ortes vom Teufel stammen müßten, der unter der Erde lebte. Die Indianer ließen das Christentum an sich vorüberziehen, weil die Quelle, zu der sie angereist kamen, getötet worden war; sie wollten keinen Gott, der sie krank machte und ihnen dann die Arznei wegnahm.

Die Insel ertrug all dies. Irgendwo in ihrer Erde floß noch die heilende Milch, harrten die Frösche aus und blieben vergraben, und in der Erinnerung der Bäume lebten die wilden Kinder.

Direkt vor uns blinkte ein gelber Streifen Sonnenlicht durch wabernden Nebel. In ihm sah ich die kleinere Insel neben Fur Island. Es war ein abgebrochenes Stück Land, das von Spinnen bewohnt wurde. Im Sonnenlicht glitzerten wirr die Spinnennetze. Jede Nacht wurde das stille, silberne Geflecht auseinandergenommen und neu gewebt, um alles zu fangen, was in seine Nähe kam. Die Insel war aus Torf, und sie wäre hierhin und dorthin getrieben, wenn Bush sie nicht mit einem Seil an Fur Island gebunden hätte. Die Spinnen, sagte sie, hülfen gegen die Insekten. Das bräuchte man im Norden. Bush hatte die kleine Insel auch deswegen angebunden, weil sich Kanada, die Vereinigten Staaten und amerikanische Ureinwohner lange Zeit um diese Region, Triangle genannt, gestritten hatten. Bush wollte nicht, daß die Spinneninsel Teil eines Konfliktes zwischen Regierungen werden könnte, die schon um kleinere Gebiete Krieg geführt hatten. Aber der wichtigste Grund war, daß diese beiden Stücke Erde früher eins gewesen waren wie Pangaea, der nun durch Wasser geteilte, auseinandergerissene Kontinent. Beide Teile waren verwandte Geister, einer männlich, der andere weiblich. Bush dachte, die Inseln würden einsam sein, wenn sie zu weit auseinanderdrifteten.

Vom ersten Moment an, da ich Bush sah, wußte ich, daß sie die Einsamkeit kannte wie ich. Auch sie hatte nur lose, flüchtige Bindungen zu anderen, war am Rande des Lebens anderer herangewachsen. Als ich Bush zuerst sah, dachte ich, sie wäre eine Hirschkuh, eine dünne, braune Hirschkuh, die ihre Nase in den Wind hielt. Als wir ankamen, stand sie am Ufer der Insel, das dunkle, schon ergrauende Haar hing ihr um die Schultern. Sie schien dort angewachsen zu sein, wo sie stand, an der Grenze zwischen Erde und Wasser. Sie sah größer aus, als sie war. Sie war kräftig, sehnig. Ich verstand sofort, was Dora-Rouge meinte, als sie mir gesagt hatte, daß Bush sich mit Mächten anlegen könnte, mit denen es sonst niemand aufnehmen würde.

Bush wußte, daß wir kamen, obwohl es kein Telefon gab und normale Bürger noch keine Kurzwellenempfänger hatten. Sie hatte gewußt, daß ich mich auf sie zubewegte. Sie hatte es gefühlt, sagte sie mir später, irgendwann nachdem ich zum erstenmal die Lücke zwischen ihren Vorderzähnen entdeckt hatte.

Der See war flacher geworden, Fur Island dadurch größer. Was vor nicht allzu langer Zeit von Wasser bedeckt gewesen war, war jetzt Schlamm. Bush stand barfuß in dem dunklen Modder, als wäre sie gerade von den Göttern erschaffen worden, die uns aus der Erde gemacht hatten, als wäre sie als erste Frau entstanden, als verharrte sie noch voller Ehrfurcht vor der Schöpfung. Um sie herum zerklüftete, rauhe Steine. Neben den schroffen dunklen Felsen wirkte Bush täuschend weich. Sie trug ein leichtes grünes Kleid, wasserfarben, und ich konnte die dünnen Beine durch den Rock schimmern sehen; sie waren stramm und stark. Langsam huschten das glitzernde Licht vom See oder tanzende Schatten über sie, je nachdem, wie die Sonnenstrahlen durch die Wolken brachen. So war Bush, als ich sie das erste Mal sah, zu gleichen Teilen Licht und Wasser. Und sie hatte den verschlossenen Blick derjenigen, die zu viel alleine sind. Meine Ankunft schien kein Einbruch in ihr Leben zu bedeuten. Aber doch entdeckte ich in ihrem Gesicht eine Anmut, die schwer zu beschreiben ist; solche Anmut habe ich im Verharren des Wildes gesehen und beim machtvollen Wechseln der Jahreszeiten gespürt. Ich konnte ahnen – mehr kann ich mit Worten nicht sagen –, daß sie etwas an sich hatte, was sich selbst kannte.

In Wahrheit hatte Wasser und seine Welt sie in Beschlag genommen, so wie es das mit den Menschen tat, so wie es eines Tages mich in Beschlag nehmen würde, obwohl ich das (an diesem ersten Tag) nie geglaubt hätte. Ich hatte Angst vor Wasser. Ich konnte noch nicht einmal schwimmen. Aber trotzdem, in dem Moment regte sich etwas in mir. Ein Gefühl nur. Drehte sich wie ein Rad. Schon spürte ich, daß die Erde auf Fur Island, das Wasser dort, einen Menschen aufsaugen, ihn berauben, verändern, ihn verwandelt wieder ausspucken würde, wie Jonas aus dem Bauch des Wales.

Als ich aus dem Boot stieg, verlor ich beinahe das Gleichgewicht. Wie das Wasser versuchte die Erde, von mir Besitz zu ergreifen, mich zu sich heranzuziehen. Der Schlamm verschlang meine Füße und meine Knöchel. Als Bush mir ihre Hand anbot, nahm ich sie, aber ich fühlte mich wie ein unbeholfener Eindringling, unerwünscht in dieser stillen Welt.

Der Pfad zu ihrem Haus war an beiden Seiten von weißgetünchten Steinen flankiert. Durch die Bäume fiel grünes Licht. Auf der Insel hatte der Herbst noch nicht begonnen. Soviel konnten ein anderer Winkel des Lichteinfalls, ein Unterschied von ein paar Meilen ausmachen. Es schien feucht zu sein, als tropfte das Wasser von den Blättern. Große Schnecken hinterließen schleimige Spuren. Die Insel mit ihren Bäumen und Farnen, dem Unterholz war voller Leben, voller Ursprünge des Lebens.

Als wir uns dem Haus näherten, kamen wir an einem großen Haufen Knochen vorbei. Zuerst dachte ich, das wären auch angestrichene Steine, aber Bush sagte, es sei das Skelett einer Meeresschildkröte, das eines Tages wieder zusammengefügt werden würde, groß wie ein Zimmer. Bush verdiente sich ihren Lebensunterhalt dadurch, daß sie Dinge vereinte. Sie setzte für LaRue Knochen zusammen, der die Skelette an Museen und Schulen verkaufte, und sie verrichtete diese Aufgabe mit einer Hingabe, als könnte sie das Tier wieder auf eine der Straßen des Lebens zurückbringen, die durch die gerodeten Wälder unterbrochen worden waren. Die Insel selbst war ein Ort von unfertigen, unvollendeten Dingen und unvollständigen Ensembles. Dort gab es nicht nur die Schildkrötenknochen und die Orgelpfeifen für eine Kirche, die nie gebaut worden war, sogar Teile eines Schiffes waren auf der Insel zurückgeblieben. Vor langer Zeit hatten Männer versucht, aus Teilen des alten Wracks ein neues Schiff zu bauen, hatten es dann aber halbfertig stehenlassen. Hinter dem Haus waren davon immer noch einige Teile zu sehen, so wie die Überreste eines älteren Gebäudes mit einem verrußten Schornstein.

Es schien, als liefen wir auf ein unbekanntes Ziel in der Wildnis zu, denn vom Weg aus war das Haus kaum zu sehen. Aber dann kam es in Sicht. Es war aus dunkelgrauen Steinen gebaut und von Ranken bedeckt. Manche Leute nannten es das Schwarze Haus, weil es so dunkel war.

Ich fand es schön in seinem Versteck. Die rußfarbenen Steine der Wände waren einst Ballast der ersten Schiffe gewesen, der, sobald die Pelze und die Hölzer von der Insel den Schiffen das nötige Gewicht verliehen hatten, über Bord geworfen worden war wie einst der Beluga in den Hungrigen Wasserschlund. Die Schiffe kamen und gingen und hinterließen Berge solcher Steine.
Mit Mörtel verbunden rochen die dunklen, runden Steine nach Erde.

Der Eingang in das Schwarze Haus war niedrig und eng. Ein großer Mann hätte sich bücken müssen. Aber von uns war keiner groß. Wir gingen aufrecht hinein, die beste Haltung, Bushs Welt zu betreten.

Mochte das Haus von außen schwer und dunkel aussehen, so war es innen doch heller als die meisten Häuser im Norden. Da die Mückenzeit vorbei war, hatte Bush die Fenster offenstehen, so daß die Ranken hineinklettern konnten und sich über die Innenwände ausbreiteten. Vielleicht waren auch sie unvollständig und suchten nach Schwesterranken.

Der Fußboden, der aus den Balken und Decks desselben Schiffes gebaut worden war, das den Ballast abgeladen hatte, war uneben. *Der Turiner* hieß das Schiff, das in einem schrecklichen Sturm zerschmettert worden war, die Leichen der Männer waren im Wasser geblieben, nur das Holz des Schiffes war an Land gespült worden.

Das Haus hatte dicke Wände und eine kuppelförmige Decke aus hölzernen Zeltpfosten. An keinem Fenster waren Vorhänge, und der große Hauptraum war gleichzeitig Wohnzimmer und Küche. Neben dem niedrigen Ausguß standen ein schwarzgrauer Kochherd mit einer kleinen Lampe darüber und ein Ofen neben einem grünen Tisch und Bänken. Es gab kein Badezimmer, keinen

Strom und keine Spiegel, denn Spiegel hätten uns einst das Leben gekostet, wie Bush sagte. Später würde ich ihr Haus das Haus des Nichts nennen. Es wurde durch das bestimmt, was es nicht gab.

Bush räumte einen kleinen Haufen Knochen vom Tisch. »Setz dich«, sagte sie zu mir. Sie hatte eine weiche, tiefe Stimme. Indem sie das sagte, setzte sie Wasser auf. Bush und Husk unterhielten sich, und ich blickte mich um. Das Regal mit den Büchern. Die Aussicht vor dem Fenster. Draußen ein Garten mit Mais. Die Schildkrötenknochen waren vom Haus aus zu sehen. Sogar während Bush mit Husk sprach, schien ihr nichts von dem zu entgehen, was mit mir zu tun hatte. Ich spürte ihre Aufmerksamkeit, spürte, wie mir ihre Augen folgten. Sie schaute die ganze Zeit, während sie uns Kaffee und Kekse, Tomatenscheiben mit Zwiebeln und Butter mit Toastbrot servierte, auf meine Hände, schaute zu, wie ich schlückchenweise den zu heißen Kaffee trank, den sie vor mich hingestellt hatte. Sie sah die Narben auf meinem Gesicht, sogar die Tätowierung, die ich mir in meinen Arm geritzt hatte, die Initialen von Lonnie Faro, einem Jungen, der früher bei mir um die Ecke gewohnt hatte. Sie sah sie, diese Spuren meines Lebens. Ich bedeckte sie nicht. Ich lehnte mich nicht vor, um mein Haar über die Haut fallen zu lassen. Auch meine Augen waren beschäftigt. Ich betrachtete Bush, als sie mir gegenüber am Tisch saß, mit ihren muskulösen Armen, die schlank und weiblich waren. Ich sah, daß sie Größe hatte, nicht von ihrer Statur her, sondern die Größe eines Menschen, der unsichtbare, namenlose Mächte bekämpft hatte, wie Dora-Rouge sagte. Neben Bush würde ich mir immer unscheinbar vorkommen.

Mit siebzehn ist ein Mädchen hauptsächlich mit sich

selbst beschäftigt, aber aus dem Gespräch von Bush und Husk wurde mir deutlich, daß es größere Probleme als meine gab. Das Wasser im See stand so tief wie nie, und außerdem waren am Südstrand tote Fische mit dem Bauch nach oben gefunden worden und einige vergiftete, im Schlamm verendete Otter. »Im Lake Chin sterben Hunderte von Fischen«, sagte Husk. Obwohl er mich nicht beunruhigen wollte, hörte ich doch die Sorge in seiner Stimme, die leise, vage Furcht, die Leute überfällt, wenn ihre Welt bedroht wird. Die Furcht lag in der Luft, sie war stärker als Worte. In Gestalt der beiden jungen Männer hatte sie schon vor uns das Wasser überquert.

Als Husk ging, begleitete ich ihn und blieb dann eine lange Zeit am schwappenden Uferwasser stehen und schaute zu, wie Husks Boot immer kleiner wurde. Der See schien launisch, als wäre er in der Lage, sich im nächsten Moment zu verändern. Am liebsten hätte ich Husk hinterhergerufen, daß er sein Boot mit den verwitterten Planken wenden und mich zurückholen sollte.

Mein Zimmer in dem kleinen dreiräumigen Haus aus den dunklen Ballaststeinen hatte an drei Seiten Steinwände. »Mein Zimmer.« Das gefiel mir trotz der Nervosität, die ich in mir spürte. Es war der erste Platz, der ganz und gar mir gehörte. Die vierte Wand war blaßgelb gestrichen, in der Farbe, die der Nebel am Tag meiner Ankunft mit der Fähre hatte. Eine blaue Wolldecke bedeckte mein Bett, daneben stand eine kleine Kiefernholzkommode. Auf dem kühlen Boden aus Schiffsbalken lag ein geflochtener Teppich. Eine der Ranken kroch wie eine dunkle grüne Hand ins Zimmer. Als erstes schob ich sie hinaus und schloß das gardinenlose Fenster. Ich wollte nicht, daß sich die Welt zu mir hereinschlich. Ich fühlte mich wie einst die Missionare von ihr bedroht, weil sie so lebendig war, weil sie sich der menschlichen Kontrolle entzog.

An jenem ersten Tag ging Bush, nachdem sie mir mein Zimmer gezeigt hatte, hinaus in den Garten, um nach dem Mais und den anderen Pflanzen zu sehen. Ich sah sie durchs Fenster. Obwohl ich nichts gesagt hatte, schien sie zu wissen, daß ich Zeit brauchte, um mich im Haus umzugukken. Sie wußte auch, daß ich sie beobachten würde, daß ich zusehen würde, wie sie langsam und geduldig, zielgerichtet arbeitete. Ich hatte gewissermaßen die Erlaubnis, ihr hinterherzuspionieren, sie kennenzulernen, bevor ich etwas von mir preisgeben oder etwas von ihr an nehmen mußte.

Erinnern ist wie ein Lied, sagte Bush einmal. Jeder Sänger verleiht ihm eine andere Stimme. In diesen Tagen meines Erinnerns sehe ich Bush, wie sie damals war, so deutlich wie am hellichten Tag, gebückt im Garten, zwischen den Maispflanzen und den scharfkantigen Kürbisranken. Ich sehe auch den Altar, der an jenem ersten Tag auf einem Tisch in der hinteren Ecke des Raumes stand. Eine Art Schrein für mich. Bush war weder Protestantin noch Katholikin, sie war ein Mensch der Erde, aber sie stellte Heiligenstatuen und Kreuze neben Adlerfedern, Tabak und Fotografien ihrer Familie. Für alle Fälle. So war er geschmückt, der Altar. Zwei rote Kerzen brannten vor drei Bildern von mir als Kleinkind.

Auf einem Bild hielt mich Hannah Wing ungeschickt in den Armen. Sie war keine geborene Mutter. Ich war stramm in eine Decke gewickelt und schaute Hannah mit erschrockenen Augen an, und es schien, daß ich schon damals vor ihr zurückwich. Auf einem anderen Bild hielt Agnes, die damals jung wirkende, große Frau mit dem

Bärenpelz, meine Hand. Auf diesem verblichenen Foto sah ich eher aus wie eine Miniatur-Erwachsene als wie ein Kind. Auf dem letzten Bild hatte Bush ihre dünnen, dunklen Arme um das Kind gelegt, das ich einmal war. Ich saß auf ihrer Hüfte, hatte die Beine um ihren Körper geschlungen. Ich sah überhaupt nicht wie auf den Babybildern aus, die ich mit mir herumschleppte, liegengebliebene Bilder aus dem Fotoautomaten bei Woolworth, wo ich zwei Monate lang gearbeitet hatte.

Auf den Fotos auf Bushs Regal hatte ich keine Narben, und auf dem einen, dem mit Bush, lächelte ich. Ich hätte nicht sagen können, worüber, denn dieses Lächeln hatte längst aufgehört, bevor das bißchen Erinnerung, das ich hatte, einsetzte. Ich erinnerte mich nicht an die Frauen, auch nicht daran, je geliebt worden zu sein. In meiner verfilzten Erinnerung fehlten die guten Teile. Ich war in das Gebiet des Wassers zurückgekehrt, um mein Gedächtnis zu entwirren und wiederzufinden, was ich verloren hatte, eigentlich alles, wie mir schien.

Der Altar machte mir angst. Die Kerzen und die Bilder gaben mir das Gefühl, ich wäre gestorben und wäre in einer europäischen Kirche in das Leichentuch eines Heiligen gewickelt worden, wäre nichts als Knochen und Pergament in gelbem Tuch, und es wären Kerzen angezündet worden, um meine Seele vor der Kindervorhölle zu retten. Ich wußte nicht mehr, daß ich von Bush geliebt worden und ihr wie kostbares Wasser durch die Hände geronnen war, wie Agnes es ausdrückte, oder daß Bush für mich mit aller Kraft gegen die stärksten unserer Feinde gekämpft hatte, ein System, eine Regierung aus Angestellten und Bürokraten. Ich wußte nicht, daß Bush meinetwegen zu einem Trauermahl geladen hatte. Ich wußte nicht, daß ich einst sehr gefährdet war durch die Frau, die mich zur Welt gebracht hatte, durch

Hannah Wing, die mit Bush an diesem Ort gelebt hatte. Hannah, die mich verunstaltet hatte.

Der Altar war wie das Trauermahl, von dem mir Agnes erzählt hatte, wie die Lieder, etwas, das mit dem geheimnisvollen Zauber verwandt war, der mich zurückbringen sollte. Wer hätte gedacht, daß ein Altar, ein heiliger Tisch mit zwei Adlerfedern, mit Tabak und Maismehl, ein Regalbrett in einem Haus auf einer wunden Insel für mich der Schutz vor all den Leuten und all den Umständen, die gegen mich gerichtet waren, gewesen sein mochte. Oder daß dies mich wie Agnes' altes Lied der verlorengegangenen Dinge aus der Ferne hätte rufen können, um mich zurück in den Norden zu bringen.

Auf dem Altar gab es ein Bild meiner Mutter. Da war sie noch ein Mädchen, ein zartes Mädchen mit einem abgestumpften Blick. Ich hatte stärkere Knochen als sie und war kräftig. Als ich das Bild ansah, fiel mir etwas auf. Ich beugte mich vor und nahm das Foto von Hannah in die Hand. Hinter ihr war etwas oder jemand, ein Geist, eine Erscheinung, eine andere Gegenwart, die nur verschwommen als Schatten wahrnehmbar war, aber ohne Frage real. Ich meinte, die Stimme einer Frau in mein Ohr flüstern zu hören. Mir sträubten sich vor Angst die Haare, und plötzlich stand ein Geruch in der Luft. Mandeln. Süße.

Da war nichts, sagte ich mir, höchstens ein Lichtschimmer oder eine doppelte Belichtung, ein Fingerabdruck vielleicht, aber trotzdem ging ich schnell vom Tisch weg. Das Gerede über den Wasserschlund hatte mich nervös gemacht. Das war es, sagte ich mir, das und die Gespräche, die Dora-Rouge täglich mit ihrem verstorbenen Ehemann geführt hatte, und die vielen Geschichten, mit denen sie alle mich gefüttert hatten.

Aber ich hatte wahrhaftig eine andere Welt betreten,

einen baumbeschatteten Ort, wo unberechenbare Dinge geschahen, wo Frösche wußten, wie lange sie in dunkler Erde warten mußten, bis sie sich hervorwagen konnten, wo die Stimme des Wassers Dinge sagte, die nur die ältesten der Völker verstanden.

Heute noch sehe ich manchmal die Insel, wie sie damals war, wie sich in jenem Herbst die Blätter der Ranken im Hausinneren rot färbten und zu Boden fielen, und wie ich sie zusammenfegte. Diese gierigen, wuchernden Ranken, die alles zu seinen Ursprüngen zurückbringen wollten – Wände, Türen, einen Stuhl mit geflochtener Lehne, sogar das Leben einer Frau. Sie wollten alles zudecken und sich die ganze Insel zu eigen machen.

Und ich erinnere mich, daß Bush an meinem ersten Abend Elchfleisch briet und es dann mit Tomaten schmorte. Wir aßen das Elchgulasch mit wildem Reis, Mais, dazu gab es Tee mit reichlich Zucker. Die Gerüche im Haus verhießen eine Gastfreundschaft, die Bush selber nicht ausstrahlte. Nicht unsere Stimmen schienen die einzigen Laute im Haus zu sein, sondern die Geräusche der Gabeln auf den Tellern, der Tassen, als Bush sie auf das weiße Abtropfbrett stellte. Ich besorgte den Abwasch in fast völligem Schweigen. Daraus wurde später unsere unausgesprochene Form der Arbeitsteilung: Sie kochte, ich putzte. Ab und zu sagte eine von uns beiden etwas, aus reiner Höflichkeit, aber es war bemüht. Bush fragte mich, wie es bei Agnes und Dora-Rouge gewesen sei, und ich sagte: »Gut« und weiter nichts, und ich beschloß, mit dem nächsten Schiff nach Adam's Rib zurückzukehren.

Der Abend legte sich über das Haus, und Bush sagte: »Es wird dunkel.« Sie ging hinaus, um den Generator an die Gasflasche anzuschließen, und dann summte er, und so schuf Bush Licht, wie Gott es an einem Tag getan hatte. Das Geräusch des Generators dröhnte nahezu ohrenbetäubend durch die Stille.

Als ich an jenem ersten Abend zu Bett ging, hörte ich, wie Bush Wasser ausgoß, Dinge an ihren Platz rückte, und als der Generator ausging, lag ich im Dunkeln in meinem Bett, ohne Mutter, ohne Licht. Wieder dachte ich, ich bin im Haus des Nichts, und die Dunkelheit stierte mir in die Augen, ich spürte eine Wildheit, wie ich sie in den drei Gemeinden Oklahomas, in denen ich gelebt hatte, nie gekannt hatte, obwohl ich auch dort innerlich leer und allein gewesen war. Es war gar nicht ganz dunkel, der Mond war groß und hell. Dieses Licht empfand ich aber wie vollkommene Dunkelheit. Ich war so genauso unvollständig und unfertig wie all die anderen Dinge auf der Insel. Ich drehte mich zur Wand und versuchte zu schlafen.

Ich erinnerte mich an so weniges aus meinem Leben, daß ich dachte, ich hätte nie wirklich existiert, ich wäre nichts weiter als eine mit Haut umschlossene Leere.

Jetzt fingen sogar meine Illusionen an wegzubröckeln. Ich hatte mir eine Vergangenheit zurechtgelegt, die nun enthüllt, auseinandergenommen und wieder zusammengewebt wurde, so wie sich die Spinnennetze auf der schwimmenden Insel jede Nacht veränderten. Vor kurzem noch war mein Leben etwas Faßbares gewesen. Jetzt war es etwas vollkommen anderes. Ich hatte keine Maßstäbe mehr. In Bushs Haus gab es noch nicht einmal einen Spiegel, in dem ich mir mein Bild ins Gedächtnis hätte rufen können. Blieb nur mein Taschenspiegel. Daher sagte ich mir in jener ersten Nacht in meinem Zimmer, wo sich Mondlicht auf den Boden ergoß, ein letztes Mal meine ausgedachte Geschichte auf.

Danach war ich mit offenen Augen, naß und glänzend,

in einem sonnigen Raum geboren worden. So stellte ich mir meinen Anfang vor. Staubteilchen tanzten im Licht der Sonne, die Luft war voll von ihnen, und ich war eine der Auserwählten. Das Muttermal der Indianer, eine blaue Hand Gottes, lag auf meinem Rücken, als ob es mich trösten wollte. Vielleicht hatte Gott selbst mich in seinen Armen gewiegt, und ich war geliebt worden. In einer Baptistenkirche hatte ich einmal gehört, daß Gott mich so liebte, daß er die Zahl der Haare auf meinem Kopf kannte. Ich versuchte, meine Haare zu zählen, in dem ich eine Strähne nach der anderen vornahm. Aber ich gab auf, und dann erfand ich die Geschichte, an die ich mich während meiner Kindheit gehalten hatte. Meine Mutter war schön und freundlich, und sie liebte mich inniglich. Sie starb in einem großen Bett mit einer blumenbesetzten Decke, untröstlich, daß sie mich verlassen mußte, umgeben von Menschen, Verwandten, die sie liebten. Ihr letzter Gedanke galt mir. Als ich ein Kind war, war es diese Mutter, mit der ich in meinen vielen schlaflosen Nächten sprach, zu der ich weinend mit zusammengepreßten Augen betete. Sie war diejenige, deren Stimme ich in mir hörte. Sie sagte mir weise Dinge. Sie sagte mir, daß das Glück auf mich wartete. Lange hatte ich mich auf diese Art getröstet, mich in den Armen dieser Geschichte geborgen gefühlt. Aber jetzt wußte ich, daß meine Geschichte ausgedient hatte. Die Frauen im Triangle-Gebiet hatten gesagt, daß Hannah noch lebte. Ich würde sie finden, und sie würde wie Eis sein. In jener ersten Nacht fühlte ich mich beobachtet, vielleicht waren es die Ranken, die hineinwollten, oder etwas Tierisches, das in der Nacht gekommen war. Die Nacht selber, mit ihrem weiten, unendlich dunklen Raum starrte mich an, aber da war nichts, das mich an die Hand nahm.

Und am nächsten Morgen war der Altar verschwunden. Verschwunden wie der Kindergeist, der an jenem Morgen, als ich mit der Fähre nach Adam's Rib kam, an Bushs Bett gestanden hatte.

Schon bald verbrachten wir unsere Tage mit den Vorbereitungen für den Winter, obwohl es noch heiß war. Der vorausgesagte Regen traf nicht ein, das Wasser im See stand tief wie nie zuvor. Keine Wolke zog vorbei. Der Himmel war klar und meistens blau. Bush ging erst spätabends in ihren Garten, oder ganz früh am Morgen. Sie streichelte ihre Pflanzen, als wollte sie sie zum Wachsen ermuntern. Ich stand im hinteren Teil meines Zimmers, wo sie mich nicht sehen konnte, und beobachtete sie. Ich wurde ihre Zuschauerin, Beobachterin all der Geheimnisse des Ortes der großen Schnecken, des Mooses und der Steine, die Milch gaben. Gelegentlich sah ich Bush zum See gehen. Sie ging langsam, als hätte sie alle Zeit der Welt. Manchmal arbeitete sie an der Schildkröte. Von der Tür und vom Fenster aus sah ich, wie das Tier Form annahm. Es war so groß. Ich konnte kaum glauben, daß so ein Wesen in irgendeinem Meer gelebt haben könnte. Es tat mir leid, weil es fern von seinem Element war, und als ich anfing schwimmen zu lernen, stellte ich mir vor, ich wäre die Schildkröte. Ich bewegte mich langsam und sah meine Arme das Wasser vor mir teilen. Und in manchen Nächten, wenn ich draußen auf einem Stuhl oder am Fenster saß und`auf das verschwommene Ufer zwischen Wasser und Land schaute, wurde Bush zu etwas anderem, etwas, das kaum sichtbar und still war, als ob sie eine Art Göttin wäre, eine Göttin mit einem wunderschönen Lied, eine Göttin in Levis-Jeans, mit ergrauendem Haar.

Bush war eine in sich gekehrte Frau. Sie verhielt sich fast

genauso, wie es ihrem Gefühl entsprach. Von Konventionen hielt sie nichts. Sie war vielschichtig und einfach zugleich, genau die richtige Frau für die Insel der Frösche, die Insel der Wolfskinder und der Wölfe, der heilenden Milch.

Ich weiß nicht mehr, was ich an ihr am wenigsten mochte. Auch wenn die Insel noch so schön war, das Zusammensein mit Bush quälte mich. Ihr Schweigen tat beinahe weh. Ich hatte das Gefühl, daß es in ihr etwas gab, das unerreichbar war. Sie hatte dunkle Ränder um die Augen. Aber nicht solche wie bei jemandem, der krank ist, das Dunkel war tiefer, unergründlich wie ein Brunnen. Ich mochte Bush nicht, und wieso sollte ich für sie jemand Besonderes sein? Doch nicht, weil sie mich einst geliebt hatte.
Auch nicht, weil sie diejenige war, die meine Geschichte kannte, denn sie hatte es überhaupt nicht eilig, mir irgend etwas von dem zu erzählen, was sie über mein Leben wußte.

Lange Zeit packte ich meinen Koffer nicht aus. Tagelang, wochenlang war ich der festen Überzeugung, daß ich schon bald mit Husk zum Festland zurückkehren würde. Ich behielt die Vorräte im Auge, um zu sehen, wann sie zur Neige gingen, und ich sandte eine geistige Botschaft über den See, betete mit geschlossenen Augen zum Wasser und zu allem, was Husk sonst noch erreichen könnte. Ich sah ihn regelrecht vor mir.

Aber jedesmal, kurz bevor er kam und mir Archway-Kekse mitbrachte, enthüllte Bush einen Teil der Geschichte, nach der ich auf der Suche war. Gelegentlich, wenn der Wind auffrischte und die Blätter von den Bäumen blies, sagte Bush: »Deine Mutter war wie der Winterwind, und sie vereiste unsere Knochen und brach gefrorene Äste von den Bäumen.« Meine Mutter, sagte sie, sei der Sturm gewesen, der einen Platz suchte, an dem er sich austoben konnte. Aber es gab auch Zeiten, sagte sie, da Hannah ein wärmerer Wind gewesen sei. »Da täuschten wir uns. Wir ließen sie an uns heran, und dann wurde sie eisig und wandte sich gegen uns.«

Bei Bush war ich nicht so sanft wie auf Adam's Rib. Ich sagte, was ich dachte, als wollte ich die große Stille durchbrechen. Einmal, enttäuscht von diesen kleinen Brocken meiner Geschichte, schaute ich Bush an und sagte: »Das sagst du bloß, damit ich hierbleibe. Du willst bloß, daß ich deine Arbeit mache.«

Und sie lachte.

Tief beleidigt ging ich in mein Zimmer und knallte die Tür hinter mir zu. Und zum Abendessen tauchte ich dann doch wieder auf.

Aber es stimmte; sie sagte gerade so viel, daß ich blieb. Und ich mußte mir jedes Wort verdienen. Ich half ihr bei den Vorbereitungen für die kalte Jahreszeit. Ich verstopfte die Ritzen an den Fenstern, holte Holz heran. Bush verschwand mitunter, fuhr mit einem Kanu aufs Wasser und kam mit Fischen zurück. Ich half, wo ich konnte, trotz meiner Wut und meiner Enttäuschung. An manchen Tagen arbeitete ich mit ihr zusammen im Garten oder am Herd oder am Spültisch. Gelegentlich fügte sie für LaRue Knochen zusammen und erzählte mir ein weiteres Stück von meiner Geschichte. Einmal, als wir auf das Kochen des Wassers warteten, sprach sie von den beiden Fallenstellern, die von allen Ding und Dong genannt wurden. Sie hatten sich gegenseitig beschuldigt, sich an den Fallen des anderen vergangen zu haben, sie zum Zuschnappen gebracht oder die gefangenen Tiere gestohlen zu haben. Der Streit wurde heftiger. Schließlich erschoß der eine den anderen und setzte sich dann in den hohen Norden ab, wohin ihm niemand folgen würde.

Sie schob eine Nadel in einen Wirbelknochen. »Weißt du, wer das war? Der die Fallen ausgeraubt hatte?« Sie schaute mich an.

Ich hatte keine Lust auf Rätselraten. »Worauf willst du hinaus?«

»Es war Vielfraß; der tut so was.«

Ich schaute sie an. »Was ist das? Vielfraß?«

»Das wollen sie alle wissen.« Sie lachte. Kein feindliches Lachen. Freundlich.

»Und das ist alles? Und das erzählst du mir einfach?«

Später, als wir für den kommenden Winter Holz aufstapelten, sagte ich: »Du bist mir zu fremd.« Ich war erstaunt über meine Ehrlichkeit, aber wer konnte auf so einer Insel lügen?

Und sie sagte: »Deine Mutter war eine Haut, die andere trugen. Der Mann, mit dem deine Mutter lebte, hielt Tiere in Käfigen, die nachts schrien wie menschliche Wesen.«

Ich stapelte das Holz, spülte das Geschirr, säuberte das Klo mit Pine Sole Toilettenreiniger und dachte ständig über Bushs spärliche Worte nach. Manchmal klangen sie verständlich. Aber es gab immer noch Momente, in denen ich entschlossen war, die Insel zu verlassen. Es gefiel mir dort nicht, und ich fühlte mich bei Bush nicht wohl. Damals wußte ich nicht, daß keine von uns beiden je das bekommen würde, was ich eigentlich wollte. Ich sehnte mich nach einer ununterbrochenen Verbindung von mir zu meiner Vergangenheit, wollte nicht aus Fragmenten und Stücken bestehen, die von Pelzhändlern, Soldaten, Priestern und Schulen hinterlassen worden waren.

An vielen Abenden, wenn es anfing, dunkel zu werden, ging Bush hinaus und speiste den Generator mit Gas, schuf warmes Licht und Geborgenheit im Haus, und sie sagte wieder ein bißchen, gerade genug, um mich dort zu halten, gerade genug, um mich an sie und an die Insel zu binden, als wäre ich angepflockt wie das kleine schwimmende Erdfloß mit den Spinnen.

Und so blieb ich.

Eines Tages packte ich den Koffer aus und legte meine Sachen in die Kommode. Husk kam und ging viele Male. Ich wischte die Böden, die einst auf hoher See waren, und ich fing an, sie zu mögen, wie auch die Steine und die immer noch offenstehenden Fenster. Ich gewöhnte mich an das Eindringen der grünen Ranken und das nächtliche Knarren der Dielen, wenn Bush hin und her ging.

Es war Nacht, als endlich der Regen kam. Ich hatte eine Lampe in mein Zimmer geholt und lange auf meinem Bett gesessen und versucht, mich an Dora-Rouges Tierlied zu erinnern. Da hatte ich es schon aufgegeben, das Fenster zu schließen, und eines der Weinblätter hatte sich rot gefärbt. Grüne Libellen wurden von der letzten warmen Brise hereingeweht und schwirrten durch den Raum.

Zunächst rieselte der Regen nur, wurde dann stärker und floß schließlich in Strömen. Mit der geballten Kraft eines ganzen Meeres. Donner rollte. Das Geräusch des prasselnden Wassers löste in mir eine Sehnsucht aus, einen Schmerz in der Brust, den ich noch nicht ausloten konnte, inzwischen aber als die Sehnsucht des Tierherzens kenne, das aus dem Lied ins Leben gesungen wird. Ich fühlte mich zum Fenster hingezogen. Die weißen Steine des Fußweges strahlten wie Leuchtfeuer. Im Licht eines Blitzes reckten sich blaß die Bäume, und am Fuße des Hügels tauchte die Spinneninsel auf. Der Himmel öffnete seine Schleusen, Erdbrocken und Schlamm spritzten ans Haus, und im Glitzern des Wassers auf den Schildkrötenknochen wirkte das Skelett heil und lebendig, eine blasse Schildkröte, die im herunterprasselnden Meer nasser Dunkelheit schwimmen wollte.

Bei weitgeöffnetem Fenster lebte ich im Wasser. Nichts war mehr zwischen uns. Ich wußte sofort, was Wasser war. Das, was einmal Schnee gewesen war. Was durch alte Wälder geflossen war, die es nicht mehr gab. Was süß war wie Milch und süß wie Mais und was durch menschliches Leben seine Reise nahm. Auf dem Boden verspritztes Blut. Und das Blut meiner Vorfahren war dabei.

Endlich schlief ich fest. Ich schlief in ein anderes Licht hinüber, während das Krachen des Donners den Boden des Hauses erschütterte.

Im ersten Grau des Morgens setzte ich mich im Bett auf. Inzwischen war der Sturm dunkelgrün, und immer noch trommelte das Lied vom fallenden Wasser, aber hinter dem Regen verbarg sich ein größerer Lärm, eine gewaltige Luftbewegung. Ich ging zum Fenster und blickte hoch. In den Strahlen des ersten Lichts hing eine riesige Wolke über uns, eine Wolke aus Fleisch und Federn, so dick, daß der Himmel selbst sich zu bewegen schien. Schwärme von Zwergschwänen flogen gen Süden. Ihre Stimmen schienen das Land zu wecken, das in dem Moment nur für die prächtigen Vögel zu leben schien, der ganze Himmel war voll von ihnen, wogte mit ihnen. Ich träumte nicht. Ich brauchte nicht zu träumen. Diese Welt, die ich betreten hatte, egal wie fremd, sie war schon an sich ein Traum, mit ihren dunklen Wurzeln, ihrem eigenen Licht und dem dichten Himmel. Ich war einen langen, schweren Weg gegangen, um hier zu sein. Mein Leben lang hatte ich nach dieser älteren Welt gesucht, die mir verlorengegangen war, diese Welt, an die sich nur mein Leib erinnerte. In dem Moment verstand ich, daß ich Teil des Ganzen war, zu dem auch Vögel und Regen gehörten.

5. Kapitel

Nachdem ich gesehen hatte, wie Stürme hereinbrachen, sann ich darüber nach, wie Hannah den Sturm und das wütende Wasser überlebt hatte. Ich überlegte mitunter, was sie, meine Mutter, wohl von jener Welt mit ihrer Spinneninsel, den springenden Fischen, den klagenden Rufen der Seetaucher und Wölfe gehalten hatte. Was hatte sie in dem niedrig hängenden Himmel gesehen, der über Land und Wasser ruhte? Was hatte sie von den Stürmen gedacht, die so schnell hereinbrachen und sich dann wieder zum Wasser zurückzogen? Ich überlegte auch, wie die Welt sie betrachtet haben mochte. Unser Leben, so sagten die alten Leute, wird von den Vögeln, den Libellen, den Bäumen und Spinnen beobachtet. Wir werden nicht nur von den Tieren und Spinnen gesehen und beurteilt, sondern sogar von der lebendigen Milchstraße im fernen Weltraum und vom eisigen Wind des Nordens, der bald auf uns einstürmen sollte.

6. Kapitel

Die Menschen auf Adam's Rib glaubten, alles wäre lebendig, sie wären umgeben von den Gesichtern und der Güte der Götter. Die Welt, wie Dora-Rouge sie beschrieb, war eine dicke Suppe aus Liebe, wir waren von einer reichhaltigen und intelligenten Schöpfung umgeben. Sogar die Schatten, die das Licht warf, hatten eine Bedeutung, bargen Geschichten und Abgründe. Sie fielen auf das Land und nahmen die Gestalt des Wesens an, das dort gerade vorbeigekommen war, ob Tier oder Mensch oder Vogel.

Oder, wie Husk es ausdrückte: »Eines Tages wird das bewiesen werden. Wart's nur ab.« Sogar die Werkzeuge und die Angelhaken seien lebendig, behauptete er, und der Schlosserhammer mit Kugelfinne auch.

Anfangs, als Dora-Rouge und Husk diese Dinge zu mir sagten, betrachtete ich die Erde als Samen, der großartiges Leben in sich barg und genauso ausharrte, wie ein rotes Pünktchen in einem Ei auf die nächste Zellteilung wartete. Allmählich sah ich dann die Welt als das, was Fische gebar, als die großen lebenspendenden Wasser, die sich teilten und den Vögeln Raum gaben, das Meer zu verlassen und ihre Schwingen in der Luft zu öffnen.

Auch die Steine waren lebendig, die brennenden Nesseln, die Schnecken auf Fur Island, und der Baum, der seine Blätter zusammenlegt, wenn menschliche Hände sie berühren. Wenn ich über die Insel lief und über diese Dinge nachdachte, dann spürte ich ihr Leben, ich erinnerte mich, und ich liebte es. Mich schmerzte der Verlust jener Welt, der Dinge und der Menschen, die niemals zurückkehren würden.

Und außerdem war es ein Fehler, Menschen und Tiere voneinander zu trennen. Es gab Zeiten, noch gar nicht so lange her, da sprachen beide dieselbe Sprache, da galt Dora-Rouges Lied. »Wenn Menschen vergessen, den Bund zu respektieren«, sagte Bush, »stiehlt ihnen Vielfraß das Glück bei der Jagd. Deswegen erwischt LaRue niemals ein lebendes Wesen.«

Ich fragte nicht noch einmal, was ein Vielfraß sei. Ich dachte mir bereits, daß es ein Tier sei, zu dem es keine wahre Beschreibung gebe. Ich hörte einfach zu.

Es stimmte, was Bush über LaRue gesagt hatte, den Mann, der mit Knochen und Häuten und konservierten Föten handelte. Eines Tages, nach dem Regen, klopfte er ans Fensterbrett. Ich schaute hinaus. »Was ist mit der Scheibe?« fragte er. Das Fenster stand weit offen.

»Komm zur Tür«, sagte ich. Das schien mir angemessener.

Er war gekommen, um mich zu einem lange versprochenen Angelausflug abzuholen. Er war groß und mußte sich bücken, um durch Bushs Tür zu kommen. »Bist du fertig? Es ist immer noch alles naß. Beste Zeit zum Fischefangen«, sagte er.

»Ob ich fertig bin? Du kommst zu spät.« Es war offensichtlich, daß ich durcheinander war. Ich wollte das nicht verbergen und brachte das auch nicht nur mit meiner Stimme zum Ausdruck. Ich musterte ihn ausgiebig. Es störte mich, daß er an mein Fenster gekommen war.

»He, heute ist doch morgen, oder?« Er zuckte die Achseln, ziemlich ungerührt. Er trug sogar eine tarnfarbene Mütze. Die Fische sollten ihn nicht kommen sehen.

Schließlich beschloß ich mitzugehen. Angeln war eine Tätigkeit, die mir an diesem Ort nützen könnte. Und ich könnte Bush mit meinem Fang beeindrucken.

»Kleinen Moment«, sagte ich. »Ich muß Bush`Bescheid sagen.« Er folgte mir trotzdem in den Garten.

»Ich geh angeln«, rief ich ihr zu und hatte schon kehrtgemacht, aber sobald LaRue Bush gesehen hatte, lächelte und zwinkerte er ihr zu, so daß er an einem Zweig hängenblieb. Bush schien ihn überhaupt nicht zu bemerken. Als wäre er für sie unsichtbar. Doch LaRue war nicht im mindesten gedemütigt, so wie ich es an seiner Stelle gewesen wäre.

Er paddelte mit dem Kanu in eine kleine, nicht sehr weit entfernte Bucht, ein stiller Platz, dessen Wasser, im Unterschied zu LaRue, tiefgründig zu sein schien. Wir standen eine Weile am grasigen Ufer. »Hier«, sagte er und gab mir eine Angelrute. »Wenn einer anbeißt, ziehst du hoch.« Er zeigte mir, wie ich die Angel aus dem Wasser ziehen sollte.

»Okay«, sagte ich. Ich übte ein paarmal.

»He. Paß auf den Haken auf!«

»Tut mir leid.«

Ich beschloß, ein Stück von ihm wegzugehen. Ich sah eine Stelle, die Fischen gefallen könnte.

»Bleib stehen!« flüsterte er laut. »Sie können deine Schritte hören!«

»Ich will aber in den Schatten.«

»Psst. Nicht sprechen. Sie können deine Stimme hören.«

Auch mein T-Shirt war LaRue zufolge zu grell. »Sie können dich sehen«, sagte er. Und sie könnten unsere Gegenwart spüren.

»Hier, nimm das.« Er gab mir ein anderes Gewicht, erklärte mir, wie ich es ins Wasser werfen und dann vorsichtig ziehen sollte. »Du hältst nicht still genug. Oh, Scheiße, bei dir hat einer gebissen! Zieh! Hochreißen mußt du! Nein, jetzt ist er weg!«

Noch einmal versuchte ich, mir einen eigenen Platz zu suchen.

»Du mußt ruhiger sein.«

»Und wieso bin ich dann die einzige, die was fängt?« fragte ich und machte ein großes Gewese um den einen Fisch, den ich jetzt am Haken hatte, wobei ich mir nicht anmerken lassen wollte, wie aufgeregt ich war.

Trotz des Lärms, den ich machte, trotz meiner grellen Kleidung, trotz meiner lauten Schritte war ich diejenige, die Fische fing. Ohne eine der Haltungen, Stile oder Techniken zu übernehmen, die er mir aufzwingen wollte. Und ohne die Fische so ruckartig aus dem Wasser zu ziehen, wie er mich angewiesen hatte. Ich jubelte innerlich.

Als wir gingen, hängte LaRue meine beiden Hechte an eine Schnur und zog die zappelnden Fische neben dem Boot durchs Wasser. »Muß man die nicht erst töten?« fragte ich. Die Fische taten mir leid, wie sie um ihre Freiheit kämpften, mir wurde ganz komisch im Magen.

»Das hält sie frisch.«

Mir gefiel das nicht. Sie wollten leben. Als wir schließlich kurz vor dem Weg zu Bushs Haus stehenblieben, sagte er: »Komm her«, und er legte die Fische auf einen Stein und schuppte sie bei lebendigem Leib.

»Mach sie tot!« drängte ich.

»Die sind schwer totzukriegen.« Er war verärgert. »Die spüren gar nichts. Die haben überhaupt keine Nerven. Was ist, hast du einen Bambi-Komplex, oder was?«

»Und wieso sollen sie dann merken können, daß du da

bist? Mach sie tot!« Ich gab nicht nach. Er war ein mieses Exemplar von Indianer.

In mir gab es noch ein anderes Wissen über Fische, dabei hatte ich noch nie mit anderen Ureinwohnern gelebt. Ich wußte es in meinem Herzen. LaRue beleidigte den Geist der Fische, das weiß ich jetzt ganz genau. Und kurz nachdem LaRue die Fische getötet hatte, kam plötzlich ein Sturm auf, vom Horizont raste eine dunkle Wolke heran, die plötzlich drohend über uns hing. Der Wind frischte auf, dann prasselte Regen mit Eis vermischt, und als wir aufs Haus zuliefen, spürte ich einen Blitz durch meinen Körper schießen, einen Stoß in der Wirbelsäule. Meine Haare sträubten sich,

»Scheiße! Das war knapp!« sagte LaRue. »Komm schnell.«

Ich wußte, daß der Blitz ihn gesucht hatte. Ich rückte von ihm ab. Natürlich würde er behaupten, das wäre Zufall gewesen.

Ein zweiter Blitz schlug ein.

Als wir zum Haus kamen, stand Bush in der Tür, besorgt um mich. Ich sah, daß sie LaRue nicht ins Haus bitten wollte, aber der Sturm ließ ihr keine Wahl.

Nachdem LaRue gegangen war, erzählte ich ihr von den Fischen. Sie sagte, die Vergehen der Menschheit hätten Folgen. »Einige sagen, Vielfraß ist ein wildgewordener Mensch«, sagte Bush. »Daher weiß er, wie er sich verstekken und der Gefangenschaft entgehen kann. Er weiß, wie man in den Fußstapfen anderer Tiere geht, insbesondere in denen der Menschen, indem er ihnen wie ein Schatten folgt. Und so beobachtet Vielfraß auch, wie die Menschen Tiere behandeln. Und du weißt nie, wo Vielfraß ist. Er könnte in den Büschen vor deiner Tür sein. Du würdest ihn nie sehen. Er ist ein dunkles Tier mit großen Kinnbacken, starken Zähnen und einem fürchterlichen Geruch. Wenn ein Mensch über Tiere spricht, sollte er auf seine Worte achten. Vielfraß hat eine besondere Art zu hören. Er kann sogar deine Gedanken lesen.

Es gibt eine anständige Art, mit Tieren und Fischen umzugehen«, sagte Bush. »Genau wie es eine anständige Art gibt, mit Frauen umzugehen.« Als sie das sagte, setzte sie gerade einen Biber zusammen. Sie bot ihm etwas gebröselte Rinde an. »LaRue hat von beidem keine Ahnung.« Sie arbeitete langsam.

Ich habe nie vergessen, wie LaRue die geschuppten Fische auf dem flachen Stein liegenließ. Sie lebten noch, ihre Kiemenspalten bewegten sich. Nur ein Reflex, sagte LaRue. Ich haßte ihn. Ich war sicher, Vielfraß war seinen großen Füßen gefolgt, hatte einen weiten Bogen geschlagen, um ihn zu treffen, ihm sein Glück und seinen Erfolg zu nehmen, womit es allerdings sowieso schon abwärts ging. Ich schwor, ich würde nie wieder angeln gehen. Aber heute glaube ich, er hat teilweise recht gehabt. In bezug auf das, was die Fische wissen oder hören.

Es gab Momente, in denen mir Bushs Worte seltsam wohltaten, ich mich seltsam wohl fühlte auf der Insel, wo ich alles sehen konnte, was über das Wasser auf uns zukam, aus welcher Richtung auch immer, wo ich den Rauch eines Kaminfeuers riechen konnte, das ich selber angemacht hatte. Das waren Tage des Friedens. Aber dann wieder fröstelte es mich sogar an warmen Tagen, und ich wurde ohne besonderen Anlaß ausgesprochen vorsichtig – hielt nach Vielfraß Ausschau oder nach anderen verborgenen Wesen. Und ich lenkte mich ab, in dem ich mein Zimmer aufräumte oder meinen Kamm und meine Bürste reinigte, mir den Bernstein oder mein Gesicht in dem winzigen verschmierten Spiegel anschaute, den ich in meiner Tasche aufbewahrte. Es war der einzige Spiegel im Haus, und manchmal, wenn ich ganz für mich alleine war und der Mond schien, betrachtete ich mich darin. Meine Augen sahen traurig aus, und ich nahm mir vor, etwas fröhlicher dreinzublicken. Ich versuchte, mir vorzustellen, wie ich ohne Narben aussehen würde.

Eines Tages ließ ich den Spiegel fallen, und er zerbrach in lauter Stücke. Die hob ich eine Weile lang auf, obwohl ich in ihnen nur noch Teile meines Gesichtes sehen konnte. Mir blieb nichts weiter als die Vorstellung meiner selbst, was zusammen mit den Teilen und Fragmenten der Geschichte meines Lebens ein einziger Scherbenhaufen war, der sich wieder zu einem Ganzen fügte, sich fügen wollte – ein Bein, ein Arm, Stück für Stück, wie Bush ihre Tierknochen zusammenbaute.

Schließlich trennte ich mich von den Spiegelstückchen, trennte ich mich von allen Oberflächen, sogar von der gespannten Haut des Wassers. Ich wußte, was sie hielt, was sie halten konnte. Und ich fing an, in den Augen der Menschen zu lesen, um herauszufinden, was für eine Seele sie hatten. Um tiefer zu blicken. Bushs Seele zum Beispiel war so stark wie Hartholz, und sie wurde von der Erde geliebt. Die Natur liebte sie. Frenchie war ein trauriger, maskierter Geist.

Ich fing an, ins Wasser hineinzusehen, bis sich eines Tages mein Blickwinkel verschob, und ich sogar die Fische am Grund sehen konnte, als ob ich ein Reiher wäre, der mit scharfem, hungrigem Blick in seichtem Wasser stand.

Ich angelte dann doch wieder, mit Bush im Kanu, und ich fand die Fische mit den Augen.

»Wie machst du das?« wollte Bush wissen.

Ich war stolz auf meine neue Fähigkeit. »Ich gucke einfach«, sagte ich.

Wir behandelten die Fische gut. Wir respektierten ihr Leben und ihren Tod. Sobald wir sie gefangen hatten, beendeten wir ihre Qual.

Soweit ich wußte, war ich die einzige, die in das Wasser hineinsehen konnte. Niemand sonst konnte das, nicht einmal Bush. Sie schätzte meine Gabe. Sie sagte, ich könnte auf den Grund der Dinge schauen. Sie verstand sich gut aufs Angeln, aber ich hatte das Glück auf meiner Seite.

Eines Nachts träumte ich von einer Frau in einer weißen Höhle, die Stücke von Menschen zusammennähte, einen Arm an einen Rumpf, einen Fuß an ein Bein.

Als ich das Bush erzählte, sagte sie: »Wäre es nicht wunderbar, wenn wir einen neuen Menschen zusammenbauen könnten, eine neue Art Frau, eine neue Art Mann? Ja, wir sollten neue Menschen machen. Ein bißchen Fleisch auf die Knochen, dann Haut darüber und den Atem einhauchen. Diesmal würden wir es richtig machen. Sie würden voller Liebe sein, so wie es ursprünglich geplant war.«

Ich dachte daran, daß auf der Insel die Dinge so in Stücke zerbrochen waren wie mein Spiegel. Selbst das Land war zerstückelt. Vielleicht war das meine Aufgabe, alle Teile der Geschichte, mein und meiner Mutter Leben zusammenzufügen, um etwas Ganzes zu schaffen.

Eines Nachts hörte ich Musik auf der Insel, als sänge die Erde. Schaurige Laute, wie Wind, der auf einer Flöte blies. Es war das erste Mal, daß ich die Orgelpfeifen hinter Bushs Haus hörte. Die Orgel lag nicht weit von den Ruinen des alten Hauses und nicht weit von dem Schuppen, in dem die Pelze lagerten, die Bush vor Jahren Wilderern abgenommen hatte.

Die Europäer hatten geglaubt, daß die Wildnis voller Dämonen wäre und daß nur ihre Kirche und ihr Gott die Dämonen vertreiben könnten. Diese Menschen fürchteten die Stimmen der Tiere, die nachts sangen. Sie hatten das Wilde vergessen. Es war aus ihrer Welt fast vollständig verschwunden, und eine Welt, die die Wildnis verloren habe, so meinte Dora-Rouge, habe nicht mehr die Kraft, sich selbst neu zu schaffen.

Bush nannte sie die Umkehrmenschen. Die Rückwärtsgewandten. Noch heute zerstörten sie, was sie retten könnten, die Pflanzen, das Wasser. Und Dora-Rouge sagte: »Sie sind diejenigen, die die Hölle erfunden haben.«

Für uns waren abgeholzte Wälder und getötete Tiere die Hölle. Aber für jene war diese Welt hier in all ihrer Fülle die Hölle. Deshalb hatten sie einen Platz gerodet, um eine Kirche zu bauen, und hatten sich eine Orgel bestellt, als könnte die Kirche diese Welt in einen Ort verwandeln, wo Eigentumsrechte und Gold zählten.

Als die Orgel damals nach Adam's Rib gebracht wurde, hatte es ein blutiges Gemetzel gegeben. Zum erstenmal hatten die Ureinwohner den Neuankömmlingen den Krieg erklärt. Und zwar auf Grund eines Mißverständnisses. Weil ein Jahr zuvor weiter südlich Kanus und Gewehre ins Landesinnere gebracht worden waren, verwechselten nun die verzweifelten, durch Krankheit und Hunger dezimierten Völker eine Schiffsladung Ofenrohre mit einem Waffentransport. Der daraufhin folgenden, aus Furcht geborenen Revolte fielen zweihundert Siedler zum Opfer. Als dies dem Bischof zugetragen worden war, befahl er, die Orgelpfeifen auf einer Insel draußen im See zu verstecken, so daß sie niemand mehr sehen und ihre Bestimmung mißverstehen könnte. Die Orgelpfeifen wurden auf Fur Island neben alten Biberzähnen, zerbrochenen Krügen, Haufen von Fischgräten, den Knochen von Schwänen und Kupferstücken gelagert.

Die Männer, die die Pfeifen ausluden, dachten, daß Gott sie zu dem Kupfer geführt hätte. Er muß gewollt haben, daß sie das Kupfer finden und es sich aneignen, argumentierten sie, sonst hätte er nicht diesen Krieg gegen die Siedler inszeniert.

Wir saßen im letzten Licht des Herbstes am Fenster.

»Auf einer der Inseln legte ein alter Mann die Männer rein, die scharf auf das Kupfer waren«, sagte Bush. »Sie hatten ihn gefragt, ob er wüßte, wo das Kupfer sei. ›Dort hinten, auf einer fernen Insel‹, sagte der alte Mann. Er zeichnete eine Karte und schickte die Männer gen Westen. ›Ihr müßt den tiefsten See überqueren‹, erklärte er ihnen. ›Wenn ihr gleich aufbrecht, schafft ihr es vor dem Eis. Wenn ihr zögert, wird alles von Schnee bedeckt sein. Dann müßt ihr warten, bis es im Frühling taut.‹

Sie schufteten die ganze Nacht. Packten getrockneten Fisch und Mehl ein, suchten Laternen und Werkzeuge zusammen, und bei Tagesanbruch brachen sie auf, folgten der Karte, die sie in ein Gewirr von Wasser und Inseln führen würde.

Auf diese Art befreite der alte Mann sein Volk von den Fremden, die von Reichtum träumten, von denen, die aus Kupfer Gold machen wollten, die sich Eisschlösser bauten und zuschauten, wie das kleine bißchen Licht darübertanzte, während das Eis taute und wieder zu Wasser wurde.

Merk dir diese List. Vielleicht nützt sie dir mal was«, sagte Bush.

Manchmal denke ich über die Farben der vielen Welten

nach. Die Farben der vier Richtungen. Für uns waren diese Farben Rot, Schwarz, Weiß und Gelb. Fur Island war die goldene Welt, schloß ich, die Welt des gelben Lichtes, des fahlen Kupfers, der Sonne und des Maises.

Nirgends sonst gab es den Mais, der hier wuchs. Kleine Pflanzen mit winzigen Kolben und süßen gelben und milchweißen Körnern. Es war der älteste Mais der Erde, der vor Jahrhunderten aus Südamerika gekommen war. Ein Fettesser aus dem Norden hatte ihn auf einer der vielen totgeschwiegenen Reisen um die südliche Spitze der südlichen Welt, die die Indianer vor der Ankunft von Kolumbus unternommen hatten, geschenkt bekommen. So war auch der in Bernstein eingeschlossene Frosch nach Norden gekommen, wußte Dora-Rouge. Mais und Bernstein waren von einer Generation an die nächste weitergegeben worden.

Obwohl die Fettesser, meine Vorfahren, hauptsächlich Fleisch und Fett aßen, war Dora-Rouge schon als kleines Mädchen zu einer Bewahrerin des Maises erkoren worden. Im Norden hatte man solche Körner ursprünglich nicht gekannt, daher wurden sie sorgfältig in großen, trokkenen Blättern aufbewahrt und gut bewacht. Früher wurden sie in einem Loch unter den Zelten gelagert, in denen die Menschen wohnten, wenn sie den Tieren und Fischen folgten. Nachdem die Fettesser von der Regierung zur Seßhaftigkeit gezwungen worden waren, wurde der Mais in kleinen, isolierten Lehmkuhlen im Dauerfrostboden unter den dunklen Bohlen ihrer Häuser versteckt und beschützt. Jeder dachte, daß ein Tag kommen könnte, an dem das Leben der Menschen vom Mais abhinge.

Eines Tages hatte Dora-Rouge Bush eine Handvoll der Kornmütter gegeben und gesagt: »Wenn irgend jemand die zum Wachsen bringen kann, dann bist du das.«

Es war ein schweres Stück Arbeit. Obwohl die Wachstumsperiode nur vierundneunzig Tage betrug, zog Bush anmutige, große Pflanzen heran. In der schwarzen Erde von Fur Island wuchsen sie schnell. Bush war eine ruhige, sorgfältige Gärtnerin, glücklich mit ihrer Arbeit. Durch das Werk ihrer Hände hingen reifende Kürbisse von den Bäumen, wuchsen große, an Stöcken hochgebundene Tomatenpflanzen, und am Boden krochen Ranken zarter Flaschenkürbisse.

Wenn ich Bush im Garten half und die letzten Maiskolben von den Stengeln pflückte, lief ich durch die Reihen und lauschte dem Rascheln der Pflanzen. Die kleinen Maiskolben, die die Insel hervorbrachte, waren äußerst süß, als offenbarte sich in den Pflanzen die innere Milch der Erde, die heilende Milch, deren Quelle der Bischof hatte in die Luft sprengen lassen.

Und Bush lehrte mich auch mit Wasser umzugehen. Ich lernte, zum Festland überzusetzen, lernte die Wege und Entfernungen zu den anderen Inseln, auf denen wir Holz sammelten. Nach und nach lernte ich paddeln und steuern. Schließlich kannte ich die kürzeste Entfernung von der Insel zur hakenförmigen Spitze des Festlandes, wußte ich, wo die warme Stelle war und wie man sie umfuhr. Ich merkte kaum, wie ich kräftiger wurde, wie meine Hände rauh, meine Arme muskulös wurden. Es geschah ganz allmählich. Ich weiß nicht, was Menschen dazu bringt, sich zu verändern, was dazu nötig ist, wie es vorangeht. Ich weiß nur, was für ein Gefühl das ist, sich zu verändern; es findet im Körper, im Magen, im Herzen statt. Erst schmerzt alles, dann öffnet es sich. Damals spürte ich es; Dora-Rouge sagte, dies geschehe unser ganzes Leben lang. Sie sagte, wir seien Kokons, die ihren eigenen Körper verzehrten, und wenn der Tod komme, flögen wir verwandelt und schön davon.

Eines Sonntags beluden Bush und ich das Kanu mit Mais und mit verschiedenen Kürbissorten, um damit zum Festland zu fahren. Bush zog das Boot ins Wasser, setzte sich schnell hinein und wartete auf mich. Zum Kanufahren trug sie immer ein Kleid. Das war bequemer. Nach einer Weile sah auch ich das ein. Keine nassen Hosenbeine.
Nichts, was einen einengte. Wir konnten uns besser ans Boot anschmiegen. Und Bush hatte ihre Schuhe mit den Schnürsenkeln zusammengebunden um den Hals hängen, damit sie nicht verlorengingen, falls wir kenterten. An jenem Sonntag trug sie dasselbe Kleid, das sie angehabt hatte, als ich auf die Insel gekommen war. Damals war es mir hausbacken vorgekommen, heute fand ich es attraktiv.

Bush hatte das Paddeln von John Husk und einigen der älteren Männer gelernt, die jetzt in der Straße der Hundertjährigen wohnten. Es war ein alter Paddelstil, den sich weiße Männer aus irgendeinem Grund nicht aneignen konnten. In jenen Tagen war es sowieso ungewöhnlich, daß jemand auf diese Art paddelte, noch dazu eine Frau und ein Mischling aus dem Süden. Ganz früher waren alle so gepaddelt. Ein ruhiges Steuern, ein langsamer, stetiger Zug, der uns mühelos voranbrachte. Wasser bedeutete für Bush keine Mühe. Sie war mit seinem Rhythmus vertraut, kannte seine Bewegungen und Strömungen. In einem Kanu konnte sie sich fortstehlen, zwischen den Schatten und durch die Schatten hindurchgleiten, sich im dämmrigen Licht verbergen. Wasser war ihr Element, dachte ich. Mein Element war eher die Luft, die sich hell und unsichtbar von einem Ort zum anderen bewegte.

Während das Kanu so natürlich durchs Wasser glitt, wie die Erde durch den Weltraum kreist, lag dicht über den Bäumen ein klares Licht. Ich roch und spürte den Wechsel der Jahreszeiten.

Als ich in Tinselmans Laden, wo wir Vorräte einkauften, Tommy wiedersah, freute ich mich. Ich stand neben Bush am Ladentisch, während sie Schinken in Dosen und einen Sack Mehl bezahlte. Ich wußte, daß Tommy mich mochte, denn er gab sich große Mühe, woanders hinzusehen, und er schluckte, als hätte er ein schlechtes Gewissen, wie die Leute im Fernsehen, wenn Barbara Walters sie in die Mangel nimmt.

Und ich wußte, daß ich ihn auch mochte, denn sobald ich ihn entdeckt hatte, stopfte ich die Hände in die Taschen und starrte auf die Dosen mit Kondensmilch, auf das Regal mit den Angelhaken, Schnüren und Senkbleien, auf Dinge, deren Namen irgendwie nach Liebe klangen.

Tommy gab sich selbstsicher. »Komm, ich führ dich rum«, sagte er. Ich lächelte und blickte mich um, als wollte er mir den Laden zeigen.

»Geh nur«, sagte Bush. Sie gab mir einen kleinen Schubs.

Ich blickte sie an. »Meinst du wirklich?«

»Wir treffen uns bei Agnes.« Ihre Augen leuchteten.

Als wir gingen, sagte sie. »Ach, Tommy, wir haben Gemüse für dich. Daß ich das nicht vergesse.«

Tommy brachte mich zur Straße der Hundertjährigen, wo eine müde aussehende alte Frau gebückt in einem kleinen Gartenstückchen Kürbisranken hochband und ein alter Mann vor dem Haus auf einer alten Couch saß.

»Hier wohne ich«, sagte Tommy. »Komm rein.«

Ich schüttelte den Kopf. »Ich warte draußen.«

»Bin gleich zurück.« Er rannte ins Haus. Ich schaute der Frau zu, wie sie sich langsam bewegte, mit einem Tuch auf dem Kopf, den Körper gebeugt vom eigenen Gewicht und der Schwerkraft. Die Häuser waren im Laufe der Jahre verwittert. Ein paar zerbrochene Fenster waren mit Pappe vernagelt. Ich fühlte mich unbehaglich. Ich dachte, die mit der Tradition verbundenen, die alten Leute, wüßten etwas über mich. Ich hatte Angst vor ihnen, vor den Menschen, die Zeugen waren, als unsere Welt beinahe unterging. Damals ahnte ich nicht, daß Weisheit und Tradition alle Schichten menschlichen Lebens durchqueren müßten, jene ersten Filter aus Humor, Geschäften und Liebe. Aber später entdeckte ich, daß ich allein dadurch ruhiger wurde, daß ich nur diese Straße entlangging.

Die Menschen der Straße der Hundertjährigen wohnten am Rande eines Geländes, das einst Wald gewesen war, aber inzwischen nur noch aus Baumstümpfen und Unterholz bestand. Dahinter lag ein dichter Wald, der einzige, der die Zeiten der harten, kraftstrotzenden blonden Holzfäller mit den großen Händen überstanden hatte. Was damals nicht geschlagen worden war, konnte stehen bleiben, aber nicht, weil die Bedürfnisse der Holzfäller befriedigt waren, sondern weil Männer für den Krieg gebraucht wurden. Also wurden diese Wälder nicht zu Streichhölzern oder Zahnstochern verarbeitet, wurden nicht zu Tummelplätzen der Sandstürme, die dort entstanden, wo es keine Bäume mehr gab.

Tommy brachte mich mit dem Laster zu Agnes' Haus, und wir blieben noch eine Weile im Wagen sitzen und unterhielten uns. Dann sagte ich: »Möchtest du mit reinkommen? Nur ganz kurz?« Er stieg aus, ging um den Wagen, machte meine Tür auf. Gemeinsam liefen wir den Weg entlang, so wie Paare zusammen gehen. Tommy hatte so dunkle Augen, als wohnten Krähenflügel darin. Oder die Nacht. Daran mußte ich denken, während ich mich mühte, ihn nicht dauernd anzustarren.

Als erstes sagte Agnes zu mir: »Du kriegst langsam Figur.« Sie musterte mich von oben bis unten. Und weil Tommy dabei war, wurde ich rot.

Ich war noch nicht so lange von Agnes und Dora-Rouge weg gewesen, aber ich bemerkte gleich, daß Agnes die Kleider zu groß geworden waren. Auch Dora-Rouge sah anders aus. Am Tag zuvor hatte ihr der Zahnarzt neue Zähne verpaßt. Sie waren allzu weiß und blitzen im Licht wie bei Tony Curtis in *Das große Rennen um die Welt*. Dora-Rouge strahlte Tommy an. Ein attraktiver Bursche, hatte sie immer gesagt. »Das Mannsbild ist in unserem Wohnzimmer«, sagte sie.

Mit dem neuen Gebiß fühlte sich Dora-Rouge ausgesprochen jung. Und es war ein Tag, an dem sie sich Luther besonders nahe fühlte. Daher lächelte sie strahlend, nachdem sie uns begrüßt hatte, als wäre außer ihr und Luther niemand sonst da. Manchmal fragte ich mich, wie Dora-Rouge wohl von innen aussehen würde, ob sich in ihr alte Kleider, Möbel aus der Vergangenheit, die Erinnerung an Wälder und Wölfe und Luthers ersten Kuß versammelten.

Nachdem Husk uns begrüßt hatte, blieb er lesend am Tisch sitzen. Er brauchte kein Vergrößerungsglas wie Agnes. »Hab ich's mir doch gedacht«, murmelte er, in seine Zeitung vertieft.

»Was denn?« wollte Agnes wissen.

»Jetzt haben sie festgestellt, daß Insekten intelligent sind.«

Die Knochen in Agnes' Gesicht traten stärker hervor. Sie war still, müde. In jenem Herbst hatte sie ihren Garten noch nicht umgegraben, hatte ihn bereits dem Unkraut überlassen, das aus Frankreich und Großbritannien importiert worden war, Unkraut, das sie in den vergangenen Jahren mühsam gejätet hatte, fremde Pflanzen, die das Land überwucherten. Agnes fror auch mehr, bemerkte ich. Abgesehen von dem offenstehenden Mantel trug sie einen dicken Schal.

Später, in ihrem Schlafzimmer, sagte Dora-Rouge zu mir, daß Agnes manchmal versehentlich einen Topf oder Besteck wegwarf oder vergaß, wo sie war. Just an dem Morgen hatte Agnes Dora-Rouge zufolge den Teekessel gesucht und ihn dann im Bad gefunden.

Agnes gab es später, als wir Brause tranken, selber zu.

»Das sind wahrscheinlich bloß die Wechseljahre«, sagte Dora-Rouge, als Agnes ihr, der älteren Frau, die Schnurrbarthaare stutzte. »Da vergißt man Dinge.«

»So wie sie mein Alter vergißt«, sagte Agnes zu mir. »Sie vergißt, wie alt ich bin. Dabei ist sie meine Mutter.«

»Du kannst direkt mit mir reden, Ag«, beschwerte sich Dora-Rouge. »Ich bin nämlich persönlich anwesend!«

Bevor der Frost kam, machte ich viele Fahrten nach Adam's Rib. Oft paddelte ich alleine zum Festland, ich brachte Agnes Mais oder besuchte Dora-Rouge. Manchmal rieb ich ihr den knochigen Rücken mit Lotion ein. Sie sagte, es erinnere sie an Bärenfett. Und jedesmal sah ich Tommy. Ich hielt immer nach ihm Ausschau.

Zu jener Zeit lernte ich schwimmen, obwohl das Wasser kalt war, obwohl ich immer noch vor der Tiefe Angst hatte und wie Blei sank. Als ich Bush sagte, ich wolle schwimmen lernen, meinte sie: »Bist du verrückt?« Aber auch sie dachte, wer wie wir mitten im Wasser wohnte, müsse das können.

Vom Ufer aus, auf den schwarzen schroffen Steinen sitzend, gab sie mir Anweisungen.

»Komm rein«, rief ich ihr zu. »Es ist toll.«

»Bist du verrückt?« sagte sie noch einmal. Sie zog die Schultern hoch und zitterte. »Schwimm mit ausgestreckten Armen. Ruhiger. Dann geht's.«

Ich hatte Mühe, nicht unterzugehen. Ich zitterte.

»Stell dir vor, du wärst eine Schildkröte.«

Ich schnappte nach Luft. Schildkröte, dachte ich. Das war der Schlüssel. Plötzlich war ich sicher, alt und stark, war eine Schildkröte im Meer, wie die auf der Insel. Meine Hände schoben Wasser beiseite. Darauf konzentrierte ich mich. Ich konnte schwimmen. Ich stellte mir vor, wie ich Ozeane überquerte.

Bush war zu jener Zeit oft sehr still. Mitunter hatte sie einen nervösen und gereizten Ausdruck im Gesicht, und ich wußte, daß sie an die Staudämme dachte und an die Menschen im Norden, und schon damals war mir klar, daß sie nach Norden gehen würde, auf welchem Weg auch immer; und ich wußte, wohin er sie führen würde.

Der Herbst war voller Geräusche. Tiere bereiteten sich für den Winter vor. Der Schneeschuhhase verlor sein Sommerfell und wurde weiß, und die letzten Vögel fraßen, soviel sie konnten, um sich für ihren Flug vorzubereiten. Kettensägen zerkleinerten Holz. Alles färbte sich feuerrot. Das Innere der Welt bestand aus Rost, dem langsamen Feuer der Oxidation, wie Husk dazu sagte, einem Feuer, das sich geduldig durch Metall brannte, so wie bei den alten Schiffen, die da draußen im See verrosteten.

Auf Fur Island konnte ein Mensch spüren und hören, wo das Fernliegende, das Uralte begann. Ich meinte, beim Wechsel der Jahreszeit im Wind Stimmen zu hören, in dem Wind, der jede Nacht wiederkehrte, dem Wind, der auf der Insel lebte und manchmal mit uns durch die Orgelpfeifen sprach. Ich spürte und hörte schon die erste Stimme des Winters singen, die versuchte, in unsere Knochen zu dringen. Sogar die eisig scharfe Luft schien feuerrot, und die Blätter fielen.

Es war während dieses Wechsels der Jahreszeit, daß ich

zu sehen begann. Zu sehen, daß da drei Frauen und ich waren, die wir uns alle auf einer Art Reise hinaus aus dem engen Zirkel unserer Geschichte befanden, so wie Licht aus der Sonne strömt. Vor einem Monat noch hatte ich keine der Frauen gekannt, nichts von ihrer Existenz gewußt, und jetzt waren unsere Leben durch Blut und Geschichte, Liebe und Haß miteinander verbunden – wie eigentlich schon immer.

Bush und ich vergruben uns in unsere Arbeit. Die Nächte wurden länger. Inzwischen hatte ich den Umgang mit Axt und Keil gelernt. Meine Arme waren kräftig. Die Vorbereitung für den Winter hielt uns ständig in Atem. Immer noch fuhren wir zu anderen Inseln, um Holz zu holen, und unser Vorrat wuchs. Wir brauchten erstaunlich viel, fand ich. Bush und ich verstopften die Ritzen in den Fenstern mit Moos und Werg, wir trockneten Früchte, die auf der Insel wuchsen, oder wir machten sie ein. Einige davon, Aprikosen, Pfirsiche, fühlten sich so zart an wie die Haut von Dora-Rouge. Wir füllten Gläser mit Tomaten. Voller Stolz betrachtete ich unser Werk: Die roten Früchte der Insel in Gläsern, den Stapel Holz mit der goldenen und aschefarbenen Rinde, mit den Ringen, die die Jahre der Dürre und der Überschwemmungen verzeichneten. Es war das erste Mal, daß ich das Ergebnis meiner eigenen Arbeit vor Augen hatte.

»Vielfraß ist eine grimmige Mutter, heißt es.« Bush führte eine Schnur durch die Knochen. Ihre Hände fügten das Skelett eines kleinen Vielfraßes zusammen, während sie sprach. Hin und wieder bot sie dem bloßen, spitzzahnigen Kiefer ein Quentchen Maismehl und Fett an, Nahrung für seinen Geist. Auf solchen Respekt gründet sich alles. Die Ordnung der Welt.

Ich dachte, wenn ich Bush lange genug zuschaute, könnte ich sehen, wie sich um die Knochen wieder Fleisch, Haut und Fell bildeten. Könnte ein Tier sehen, das aus dem Knochenkörper herauswächst. Die Augen des Vielfraßes begännen zu glänzen. Er atmete. Er bewegte sich. Er schliefe in den Schatten des Unterholzes. Ein Akt der Schöpfung. So wie die erste Frau, der erste Mann aus Lehm geschaffen wurden.

Die Menschen sagen, am Anfang wäre das Wort gewesen. Aber sie haben die Einsamkeit Gottes vergessen, die Sehnsucht, die sich in den Worten *Es werde* ausdrückt. Aus dieser Einsamkeit wurde das Licht geboren, sprudelte Wasser mitten durch eine neue Welt, erhoben sich Menschen aus Lehm und erträumten Pflanzen und Tiere. Das selbe Verlangen, dieselbe Sehnsucht nach einer Schöpfung schlummerten in mir, und Bushs karge Worte waren die Schöpfung selbst. Bislang war ich ein leerer Raum gewesen, jetzt aber fand ich eine Sprache, eine Geschichte, wonach ich mich richten konnte. Bislang war ich allein gewesen, jetzt aber waren andere mit mir. Ausgesetzt auf der Insel der Schnecken und Moose, des Schnees und der Stürme, schwieg und schwieg ich tagelang, hatte aber wie die Knochen von Bushs Vielfraß teil am heiligen Mahl und am Prozeß des Zusammenfügens.

Zu der Zeit sprach Bush von meiner Mutter, dem Mädchen aus Eis. In den Menschen leben Dinge, die der süßen menschlichen Frucht Verletzungen zufügen, sagte sie, Dinge wie jene, die meine hungrigen Vorfahren vergifteten. Zorn und Furcht. Tödliches Verwunden. Sie kannte die Verletzungen und wußte, wie sie weitergegeben wurden, sie kannte das Wesen unaufhörlicher Verwundungen. Aber vom Versagen der Liebe, von der Gleichgültigkeit eines unnahbaren Gottes, von Menschen, die nur ein

Hauch, ein Atom, ein Krümchen Staub vom Bösen trennte, davon hatte sie nichts gewußt.

Ich trank Sumpfblättertee und hörte ihr zu. Ich spürte meinem Leben nach. In der Nacht, während der Winter sich näherte, sprach der See mit dem Himmel und offenbarte damit einen Teil seiner selbst oder dessen, was sich in seinem blaugrünen Schein verbarg. Der See erinnerte sich an das Eis des letzten Jahres, an den Schmuck, der in seinem Wasser verlorengegangen war, an die Fischer, die in den Stürmen gekentert waren und deren Leichen noch in ihm lagen. Es war ein nasser Herbst, und auf den schattendunklen Felsen krochen Schnecken und hinterließen glitzernde Spuren ihrer Wege, von denen wir nichts wissen konnten.

Eines Tages, als Bush und ich auf dem Festland waren, gingen wir zu LaRue nach Hause, zu LaRue, der die Fische so mißachtet hatte. Bush blieb an der Tür stehen, bevor sie hineinging. Dann ließ sie die Fliegengittertür hinter sich zuknallen. Ich hörte Geräusche von Tierpfoten, die sich aus dem Staub machten. Ich wartete drinnen an der Tür darauf, daß LaRue Bush die Kisten mit den Knochen gab. Es war unangenehm kühl im Haus, unangenehm dunkel. Ein Ort, der mir angst machte, ein Ort, an dem Muskeln und Sehnen von Knochen gekocht wurden. In schmalen Glasbehältern wurden große Käfer mit schillernden Panzern aufbewahrt. LaRue bezahlte Bush dafür, daß sie Knochen für Schulen und Museen zusammensetzte. Sie war eine Frau, die Dinge zusammenfügte. Deshalb trocknete die Schildkröte in der Sonne.

Sie besprachen ihre Geschäfte, während ich mich umsah. Bärenzähne sah ich, einen Pfau mit einem roten Gesicht. Kuriositäten nannte er sie. Ein ausgestopfter Rotluchs mit einer Zigarre im Maul.

Nachdem wir gegangen waren, sagte ich zu Bush: »Das ist gräßlich. Wie wär's, wenn wir Hemden herstellen?« Ich blickte sie an. »Ich kann helfen. Ich kann nähen.«

Das stimmte, ich konnte nähen, aber es war mir zuwider. Ich berichtigte mich: »Oder ich kann zuschneiden, und du nähst. Dann brauchst du nicht mehr für ihn zu arbeiten.

»Schon, aber wenn ich die Knochen zusammenfüge«, sagte Bush, »dann helfe ich der Seele eines Tieres.« Ich glaube, sie haßte Nähen auch. »Wenn ich sie zusammenfüge, dann erweise ich ihnen Respekt«, sagte sie. »Ich füttere sie, und ich denke an ihre Fähigkeiten. Ich denke an ihre Intelligenz. Vielfraß zum Beispiel ist ein Dieb. Er hortet Fressen. Er weiß, was Menschen brauchen, und er nimmt es ihnen weg. Er stiehlt ihnen die Feuersteine. Dafür respektiere ich ihn. Und er befreit Tiere aus Fallen und läßt sie laufen, wenn er keinen Hunger hat.«

Sie beugte sich beim Sprechen vor. Immer, wenn Bush über ein Tier sprach, ahmte sie dessen Bewegungen nach. Dann blühte sie auf. Ich glaube, sie zog die Tiere den Menschen vor. Ich glaube, sie hatte die leuchtende Seele eines Tieres, sie lebte irgendwo zwischen der Welt der Menschen und der der Tiere.

Bush hatte wie ich mit dem Schlafen Probleme. In vielen Nächten hörte ich sie Blumen gießen, Dinge an ihren Platz rücken. Sie trug Jeans und bewegte sich, als hätte sie alle Zeit der Welt, voller Langsamkeit. Sie liebte es, durch die Insel zu streifen. Eines Nachts, als ich es aufgab, schlafen zu wollen, ging ich ans Fenster. Bush lief draußen auf dem Pfad mit den weißgetünchten Steinen hinab zum See.

Es ließ sie nicht los, was die beiden jungen Männer gesagt hatten, die nach Fur Island gekommen waren, um von den geplanten Staudämmen und Flußumbettungen zu berichten. Bush machte sich Gedanken. Manchmal sagte sie nach einer langen Stille, als ob wir gerade darüber gesprochen hätten: »Doch, ich glaube, ich geh hin.«

Den ganzen Herbst über beschäftigte sie sich mit den Worten der jungen Männer, sorgte sie sich um die Menschen, die Tiere.

Aber andere Worte gab es auch. »Du willst mehr über deine Mutter wissen«, sagte Bush an einem frostigen Tag, als das Licht in einem neuen Winkel schräg über den Bäumen stand. Ich wartete ab. Auch Bush suchte wie die anderen nach einem Anfang. Mein Anfang war Hannahs Anfang, und der bestand aus verstörten Leben, ausgestorbenen Tieren, gefällten und verheizten Bäumen. Unsere Anfänge waren unlösbar verbunden mit der Geschichte unseres Landes. Ich wußte bereits, daß meine Geschichte sich in den Nischen Amerikas, in den Ritzen der Marmorgebäude entfaltete. Dort war, nehme ich an, das wahre Haus meiner Mutter. Der Ort, von dem ich wirklich abstammte, befand sich in den Büros der Sozialarbeiter. Bush war noch immer zornig über das, was mit Hannah geschehen war, mit mir. Dieser Zorn verebbte nicht. Die Sozialarbeiter waren nicht in der Lage gewesen, das zu tun, was sie hätten tun müssen. Aber gegen wen oder was hätte man kämpfen sollen, fragte Bush: Gegen eine Fürsorgerin, deren Büro voller mißbrauchter und vernachlässigter Kinder war, die sie am späten Abend aufgesammelt hatte, oder gegen einen verschlossenen Aktenschrank, gegen verschwundene Papiere, gegen eine Hierarchie von Verwaltungsangestellten und Sekretärinnen? Am Ende war es ein System, mit dem wir uns herumschlugen. Aber die Sache ging noch weiter zurück, zu den Parlamenten der Gesetzgeber und den gebrochenen Verträgen, zu den zerschlagenen Verbindungen der Menschen zur Welt und ihren vielen Göttern.

»Deine Mutter war eine Tür«, sagte Bush, »die immer zu war. Aber manchmal dachte ich, sie wäre eher ein Fenster, weil ich in ihr Szenen des Leids aufblitzen sah.«

Obwohl ich so jung war, verstand ich dies auf eine Art. Von dem, was die Frauen gesagt hatten, wußte ich bereits, daß meine Mutter wie eine Treppe war, die nirgendwohin führte. Sie war ein brennendes Haus, das sich von der Luft anderer nährte. Sie hatte kein Fundament, keine Stützen, keine Balken. Immer schien es, als wäre sie nur eine Handbreit vom Zusammenbruch entfernt. Aber sie blieb stehen.

Wir wohnten in dem dunkelblauen Haus am Old Fish Hook, Agnes und ich, als deine Mutter mit nichts weiter als einem dreckigen Kamm in der Hand und den Sachen, die sie auf dem Leib trug, angespült wurde. Sie kam aus dem dunklen, kalten Wasser gestiegen. Agnes sah sie als erste. Sie sagte: »Mein Gott, das ist Harolds Tochter.«

Wir trugen sie ins Haus. Ich hatte Angst, daß sie aufhören würde zu atmen. Sie gab nicht einen Laut von sich. War weiß vor Schrecken.

»Sie riecht sogar genauso«, sagte Agnes.

Es sah aus, als wäre sie aus dem Sturm geboren. Und sie war so kalt. Ich sagte zu ihr: »Gib mir deine Sachen zum Trocknen.« Ich legte ihr ein paar frische Kleider hin, aber sie zog sich nicht aus. Ein oder zwei Tage später ging Agnes los und kaufte ihr neue Sachen, hoffte, das würde helfen, aber Hannah trennte sich nicht von den Männerhosen und dem weiten Hemd.

Irgend etwas stimmte nicht mit ihr. Aber ich konnte nicht genau sagen, was. Ich sagte mir, das sind die Umstände, das kalte Wasser, die dunklen Wolken und Wellen. »Was meinst du, wo sie herkommt?« fragte ich.

Agnes sagte, es gebe einen Ort, wo sie ganz sicher her-

komme, und das sei der Körper von Loretta, weil Hannah den Geruch von bitteren Mandeln und Apfelkernen an sich hatte. Ich roch es auch. Und sie hatte die gleichen roten Haare, die gleiche dunkle Haut. Ich hatte Mitleid mit ihr; sie war zur Hälfte Harold. Agnes' Enkelin. Das war nicht zu übersehen. Und so nahmen wir sie auf.

Ihre Fingernägel waren eingerissen, manche ganz und gar abgerissen. Vielleicht hatte sie sich an einen Holzstamm geklammert. Vielleicht war sie so dem Wasser entkommen. Ganz alleine hätte sie den Sturm nicht überleben können. Oder vielleicht hatte es eine andere Art von Hilfe gegeben, meinte Agnes. Ein Geist oder so etwas. Aber ich, ich war nicht abergläubisch.

Eines Tages kam Mrs. Illinois vorbei, um uns mitzuteilen, daß Hannah in ihr Haus gegangen sei und ihren dunkelgrauen Schal gestohlen habe. Ich hatte den Schal gesehen, sagte ich zu Mrs. Illinois, ich erinnerte mich an ihn.

Später als ich Hannah fragte: »Wo ist der Schal?«, schaute sie mir ins Gesicht und sagte, sie habe ihn nicht genommen. Ich hätte ihr beinahe geglaubt, obwohl ich gesehen hatte, wie sie den Schal um den Hals trug. Aber sie hatte einen so ehrlichen Blick, daß ich meinen eigenen Augen mißtraute.

Auch andere Leute erwischten Hannah in ihren Häusern oder an ihren Wäscheleinen. Und Hannah zog ein Kleidungsstück über das andere, ein gestohlenes grünes Hemd über die weiten Männerhosen, in denen wir sie gefunden hatten, und darüber ein braunes Kleid. Sogar wenn es heiß war. Da wußte ich schon, daß sie die Diebin war, obwohl sie es leugnete. Ich hängte einen Zettel in Tinselmans Laden und bot an, alles zu ersetzen, was sie wegnahm. Die Leute schrieben ihren Namen auf und das, was Hannah genommen hatte – Frenchie: scharlach-

roter Pullover mit blauen Perlknöpfen; Wiley: Arbeitshemd. Heute glaube ich, daß Kleidung der einzige Schutz war, den sie hatte, die einzige Haut zwischen ihr und den anderen.

Ich beobachtete sie, wie sie in all diesen Sachen herumlief, in denen sie viel größer wirkte, als sie war, sie sah aus wie eine Lumpensammlerin, wie eine gebrochene alte Frau und nicht wie ein Mädchen. Ihre Augen zeigten kein Vertrauen, zu nichts und niemandem. Sie waren dunkel und leer: Kein Licht. Ein Ausdruck, wie ihn Gefolterte haben. Auch heute noch sehe ich Hannah in den Gesichtern gequälter Menschen. Und immer noch suche ich nach einer Erklärung. Die Dunkelheit hinter ihren Augen. Als offenbarten sie, was Menschen einander antun.

Die alten Leute sagten, Hannah litte an Seelenverlust, einer alten Krankheit. Ich versuchte, mir diese Worte aus dem Kopf zu schlagen, denn gegen diese Krankheit kannte keiner ein Mittel. Aber trotzdem wurde ich die Worte nicht los. Ich fing an zu grübeln, wenn die Seele verloren war, wo würde sie sein? Wohin würde es eine Seele treiben? Wie könnte ich sie zurückbekommen? Es muß einen Weg geben, dachte ich jedenfalls.

Wir hatten Angst vor ihr. Ich weiß nicht genau, warum. Ich war immer mutig gewesen. Ich hatte nie vor irgend etwas Angst gehabt, nicht vor der Dunkelheit, nicht vor dem Eis. Ich hatte mitten in der Nacht tief im Wald gejagt, und ich war einst auf einer abgebrochenen Eisscholle gestrandet und hatte in die blaue Spalte gestarrt, und selbst dann hatte ich keine Angst; ich wußte, ich würde einen Weg finden, ich würde leben. Aber wenn Hannah da war, verdunkelten sich sogar die Ecken des Hauses, als hätten sie Schmerzen. Das konnte man fühlen. Man konnte es fast sehen. Es gibt sogar heute noch Leute, die sagen, es sei das

Böse. Sie nennen es immer noch einen bösen Geist, ein Herz aus Eis. Aber ich wollte ihnen nicht glauben, denn wenn ich es tat, dann wußte ich, daß man nichts und niemandem mehr trauen konnte, weder dem Wasser noch den Kindern, nicht einmal der Liebe, und ich glaubte an die Macht der Liebe. Aber die versagte.

Von Anfang an schlief Hannah nicht. Nachts ging sie auf und ab. Als steckte sie in einer Falle oder als wäre in ihr etwas gefangen. Das war keine Schlaflosigkeit, kein Herumwälzen im Bett, verstehst du. Sie schlief überhaupt nicht. Ich hörte ihre Füße tappen. Sie klangen so emsig. Ich dachte, sie erschöpft sich selbst. Manchmal war die Decke nicht aufgeschlagen, das Bett war nicht berührt worden. In anderen Nächten, wenn ich ins Zimmer schaute, schien sie zu schlafen, lag friedlich da, atmete entspannt und regelmäßig, aber sobald ich weg war, knarrten wieder die Dielen unter ihren Füßen.

Manchmal saß sie in einer Ecke und blieb ruhig. Sie wurde ein Teil der Wand, war fast unsichtbar. Die alten Leute sagten, daß Tiere, denen Gefahr von Menschen droht, sich klein machen können, sich in einer Höhle, einem See oder unter einem Stein verstecken, bis die Welt wieder sicher war. Ich denke, so war das. Vielleicht wartete Hannah darauf, daß die Welt wieder sicher wurde. Sie war ein Körper, der unter Belagerung stand, ein Schlachtfeld. Aber sie kam nie aus sich heraus. Die anderen, mit ihren vielen Stimmen und Wesen, hatten sie überwältigt. Sie war nicht mehr da.

Eines Tages war der Gestank so schlimm, daß ich entschlossen war, Hannah in die Wanne zu stecken, auch wenn ich sie festhalten und selber waschen müßte. Der beißende Gestank hatte bereits das ganze Haus durchdrungen, steckte in den Wänden, im Fußboden. Meine Geduld war am

Ende. Ich machte Wasser heiß. Ich goß die Zinkwanne voll und rief Hannah. Auf dem Herd waren noch zwei Kessel mit warmem Wasser zum Nachgießen. Ich stand in der Küche neben der Wanne. »Du mußt baden«, sagte ich. »Zieh dich aus.«

Sie muß meine Entschlossenheit gespürt haben. Zuerst sträubte sie sich, doch dann schälte sie sich zu meiner Überraschung aus ihren Hüllen. Ich schaute ihr aus den Augenwinkeln zu, während ich Seife raspelte. Fels Naptha und Lifebuoy. In dem Jahr gab es Milben. Ich versuchte, Hannah nicht anzustarren, sie tat mir so leid. Ich wollte nicht wie ihre Peiniger sein. Ich holte ihr ein Tuch. Ich schaute weg. Wollte ihr keine Angst machen. Putzte noch einmal die Spüle ab, als wäre das nötig. Aber Hannah wehrte sich nicht, dieses Mal nicht. Sie zog die Hosen aus, während ich den Tisch abwischte. Schließlich hatte sie nur noch einen Badeanzug an, der ihr viel zu groß war. Als sie dann klein und nackt und bloß vor mir stand, da hielt ich inne und starrte sie an. Ihre Haut, die letzte all ihrer Schichten, bestand nur aus Narben. Narben von Brandwunden und Schnittverletzungen. Als hätte sich jemand auf ihr verewigt. Die Unterschriften der Folterer, so nenne ich das jetzt. Ich war überwältigt. Ich weinte. Sie schaute mich an, als wäre ich nicht ganz bei Trost, meine Tränen ein Zeichen der Schwäche. Und noch tiefer unter der Haut steckten die Spuren von Verletzungen und Übergriffen anderer Art. Was das war, konnte ich nur ahnen.

Erst nahm ich einen ihrer Arme hoch, dann den anderen. Ich wusch ihren Rücken und goß Wasser darüber. Sie saß still. Sie wartete darauf, daß ich ihr weh tat.

Früher als es noch reichlich Lii-Pflanzen gab, bereitete Dora-Rouge daraus Schlafmittel. Es war eine kostbare, rare Arznei, denn mit den abgeholzten Bäumen waren viele

Pflanzen verschwunden. In jener Nacht gab ich Hannah ein wenig von dem Schlafmittel. Wenn sie bloß schlief, dachte ich, wenn sie doch bloß schlief. Aber selbst dann tat sie es nicht, und da begriff ich, daß SIE in der Nacht wach wurden, jene, die sie verletzt hatten. Die. Jene, die auf ihrer Haut herumtrampelten. Die. Jene, die ruhelos in ihrem Leib hin und her gingen.

Manche glauben, daß die Nordlichter Menschen stehlen und sie mit hinauf in den Himmel nehmen. Vielleicht war das vor langer Zeit mit Hannah geschehen. Das sagten die meisten. Und das war eine Hoffnung, an die ich mich schließlich klammerte. Denn ich konnte den Gedanken nicht ertragen, daß Hannah immer noch in diesem mißbrauchten Körper leben könnte. Ich hoffte, daß die Hände der Sonne sie aufgenommen hatten.

Jeder hatte seine Version für das, was mit Hannah nicht stimmte. Dora-Rouge sagte, es sei die Erinnerung, und sie war am dichtesten dran, meine ich. Nach einer Weile dachte ich, Hannah wurde von dem gequält, was nicht vergessen werden konnte, von den Schatten der Männer, die Loretta weh getan hatten, den Schatten der Kindesmörder. Was in Hannah lebt, trägt die Haut von Kindern. Das dachte ich. Das geht immer mit uns, steckt in denen, die wir kennen.

Als ich Hannah an jenem Tag betrachtete, Narbe für Narbe, spürte ich ihre Ecken und Kanten. Ich berührte die Narben auf ihrem Rücken, und ich spürte die Hände anderer. Sie hatten eiskalte Finger. Herzen aus Eis. Wie die alten Leute gesagt hatten.

Manchmal hörte ich die Stimmen, die nicht ihre waren. Sie murmelten mir ins Ohr. Oder ich spürte die Flügel von etwas an mir vorbeistreifen. Der Priester sagte, es sei ein umgekehrtes Wunder. Dafür sei er nicht zuständig, sagte er, als ich sie zu ihm brachte. »Wer dann?« wollte ich wissen, aber er antwortete nicht.

Manche dachten sogar, der Sturm wäre mit Hannah entstanden, sie wäre aus ihm herausgetreten, als durchquerte sie eine Wolke.

Eines Tages, in einem jener seltenen Augenblicke, da sie sprach, erzählte sie mir, daß in ihr eine Hand lebte. Finger eine Faust. Nachts kroch die Hand aus ihrem Heim, aus Hannahs Leib, und versuchte, Hannah zu belästigen, sie zu würgen. Zuerst dachte ich, diese Worte wären nur ein Teil der Krankheit. Ich schenkte ihnen nicht viel Beachtung. Aber eines Tages kam ich vom Schneeschippen ins Haus, und als ich durch die Tür ging, drückte mich etwas zurück. Es ist wahr. Ich weiß, daß du deine Zweifel hast. Hatte ich auch. Aber es warf mich beinahe um, und es war nicht Hannah. Sie saß drüben in der Ecke, mit dem Rükken an der Wand. Was mich gestoßen hatte, war kräftig und groß und kalt. Es fühlte sich fest an, aber sehen konnte ich nichts. Damals lebte mein Hund noch, und er verbellte etwas, was ich nicht sah.

Die frommen Leute mieden Hannah, denn sie stellte deren Glauben auf die Probe, neben ihr hatte er keinen Bestand. Sie belästigte eines der Kinder. Das war, was sie gelernt hatte, weißt du, und immer wenn sie an anderen vorbeiging, spürten die, was in ihr lebte. Spürten die Welt, die zerstört war und nie wieder ganz sein würde.

Also gingen wir zu dem Alten in der Straße der Hundertjährigen. Noch immer schlief Hannah nicht. Noch immer hörte ich sie nachts herumgehen. Ihre Schritte klangen wie die eines Tieres oder eines Menschen, die in ein Zimmer in ein Gefängnis gesperrt waren.

Niemand außer mir wollte mit Hannah im selben Raum sein. Ich war die Mutigste. Ich war gewillt, mit ihr zu le-

ben oder mit ihnen, wer oder was immer das war. Um Hannah zu helfen. Auch der Alte hatte keine Angst.

Wenn du zu dem Alten gehst, ist es immer erst still. Vielleicht bringst du ihm Stoff oder Tabak oder etwas zu essen. Dann ißt du vielleicht. Danach sagst du, was du möchtest. Aber er wußte, warum wir gekommen waren. Sobald wir den Raum betreten hatten, hob er eine Feder auf. Er nahm kein Geschenk an. Er bot kein Essen an. Stellte sich sofort neben Hannah. »Sie ist das Haus«, das sagte er. Er wedelte mit der Feder: »Sie ist der Treffpunkt.«

Zuerst wußte ich nicht, was er meinte. Aber mit der Zeit sah ich, daß ihr Leben rückwärts ging, dorthin, wo sich Zeit und Geschichte und Völkermord zusammenfinden und wie eine Wolke über die Meere verschütteten Blutes zogen. Der Körper dieses kleinen Mädchens war der Ort, wo alles zusammentraf. »Früher haben sie verlorene oder gestohlene Seelen zurückgeholt«, sagte der Alte.

»Früher haben sie Geister aus einem unschuldigen Leib herausgelockt.« Eine Zeremonie sei nötig, sagte er, deren Worte so schön seien, daß sie die Vögel vom Himmel herunterholten, doch das Lied zerbreche das Leben des Sängers. Niemand von denen, die noch lebten, sei stark genug, es zu singen. Er nicht, sagte er. Weil die Dinge sich so verändert hätten. Keiner von den alten Männern oder Frauen. Und es gebe ein Wort für das, was bei ihr nicht stimmt, sagte er, aber niemand würde es aussprechen. Alle hätten Angst, es könnte seinen Namen hören und zu ihnen kommen.

Trotzdem, Hannah hatte so perfekte Finger und Zehen, ein so zartes Gesicht. Ich konnte nur denken, daß sie das Ergebnis aller Buchhaltung, aller Gesetze war. Einige ihrer Vorfahren sind dem Tod entronnen, einem Massaker. Einige überlebten den langen Pfad der Tränen. Menschen, die ihrer Welt entrissen wurden. Und Hannah war auch das Kind jener Bewohner von Elk Island, die ausgehungert und vergiftet wurden.

»Ich rieche es«, sagte der Alte. »Ich sehe sie. Alle. Das Mädchen ist das Haus, der Treffpunkt.«

7. Kapitel

Ich denke an meine Vergangenheit. Es gibt mächtige Lieder. Husk, der alles wissenschaftlich betrachtet, erklärte mir einmal, wie das Lied des Windes Metallbrücken zum Einsturz bringen kann, durch einen bestimmten Ton, eine bestimmte Klangfarbe. Wenn der Wind die Brücke richtig anspricht, dann stürzt sie ein. Es gibt auch Lieder mit anderen Kräften. So sagten die Leute, und es ist wahr. Husk zufolge kannte Bush ein Lied, das andere Arten von Brükken zusammenbrechen ließ. Das hatte mit den falschen Wesen zu tun, die vom Himmel herunterkamen oder über das Wasser liefen. Oder vielleicht vom Grund aufstiegen. Bush konnte mit ihren Worten, ihrem Singen Dinge auseinandernehmen. Sie habe diese Lieder nicht gelernt, weil sie es wollte, sagte Husk, sondern weil sie einige Dinge davon abhalten mußte, sich wieder zusammenzufügen. Weil die Wesen in Hannah woanders herkamen. Bush mußte die Brücken zwischen den bösen Geistern und den Menschen zum Einstürzen bringen, Brücken zwischen jenen Orten und hier unzugänglich machen. Und sie sang, damit die Geisterbrücken gesperrt blieben, damit sie nicht wieder passierbar wurden. Sie kenne den Übergang, sagte Husk.

Zu jener Zeit wußte ich nicht, was er damit meinte oder was hinter seinen Worten lebte, aber inzwischen habe ich eine solche Brücke gesehen, und sie ähnelte durchaus den Brücken, die oben im Norden gebaut worden waren, unter denen schlammiges, die Erde mitreißendes Wasser hindurchfloß, Brücken, die dort nicht hätten sein sollen. Für diese Brücken wurden Tiere, die im Weg waren, getötet, Menschen umgesiedelt, Pflanzen und anderes Leben für immer zerstört.

»Gestern nacht hat mir ein Mann weh getan«, sagte deine Mutter eines Tages. In jenem Winter war niemand zu uns gekommen. Und wenn, hätte ich es gesehen.

»Er ist hier reingekommen«, sagte sie. »Guck, meine Hosen sind unten ganz offen.«

Ich schaute nach. Es stimmte, ihre Hosen waren an der Naht aufgerissen.

An einem anderen Tag sagte sie: »Ein Geist hat mein Kleid aufgeknöpft.« Es stimmte. Ihr Kleid war aufgeknöpft, und sie, Hannah, hatte einen entsetzten Ausdruck im Gesicht.

»Hast du den Mann reinkommen sehen? Er hat meinen Kopf getragen.« Das sagte Hannah.

Sie schlug das Fenster ein. Ich sah, wie sie es tat. Und sie sagte, sie hätte es nicht getan, obwohl ich direkt neben ihr stand. »Ich habe es mit meinen eigenen Augen gesehen«, erklärte ich ihr

»Nein, ich war's nicht.«

Ich habe ihr fast geglaubt. Ich zweifelte an meinem Verstand, an meiner Wahrnehmung. Es dauerte eine Weile, bis ich begriff, daß sie die Wahrheit sagte. Daß in der Nacht ein Mann gekommen war, ein Geist. Für sie war das jedenfalls die Wahrheit. Wegen der anderen, die in ihr waren. Die waren es, die die Dinge taten, die sie leugnete. Sie waren diejenigen, die gefährlich waren.

Der Alte sagte, man könne die Seele durch Singen zurückholen, wenn man das alte Lied kannte. Das einzige, was ich mir vorstellen konnte, war, mich selbst in sie hinein zu singen. Ich dachte, wenn all die anderen in ihr existieren könnten, dann könnte vielleicht auch ich in sie hineingehen. Um die zu verstehen, die in ihr lebten, um ihnen gut zuzureden, sie zum Schweigen, zum Stillhalten zu bringen. Ich wollte wissen, wo Hannah hingegangen war. Ich dachte, es muß einen Weg geben, um verlorene Seelen zurückzuholen.

Und so tat ich es. Ich bereitete mich vor. Ich schlief draußen auf heiligem Grund. Ich sang. Ich fastete. Und eines Tages begab sich ein Teil von mir in das Mädchen hinein und blickte sich um. Ich sah die Hand, von der sie sprach, hörte die Stimmen Sprachen sprechen, die niemand von uns kannte. Ich konnte sehen, wie gefährlich es dort war. Ein Ort, dem man nicht entrinnen konnte, für den es keine Karte gab. Da waren die Überreste von Menschen. Verbrannte Kinder, und auch Feuer. Ein Sog ging davon aus, wie Schwerkraft, zog mich an wie Staub zur Erde, und was immer es auch war, ich mußte alle meine Kräfte zusammennehmen, um zu entkommen.

Während die Vögel zwitschernd und zügig gen Süden zogen, bereiteten wir uns für die Forellenwanderung vor. Im dämmrigen Herbstlicht zogen wir Netze durch das klare Wasser des Baches. Die Fische waren fett. Das Wasser schien voll von ihnen zu sein, brodelte wild, glitzerte im Licht des Nachtmittags. Die dicken Flanken der Forellen blinkten auf, die weißen Bäuche, als zappelte das Wasser selbst. Als wir entlang der weißen Steine nach Hause gingen, war es dunkel. In der anderen Welt braute sich ein Sturm zusammen.

Eines Tages fuhr ich nach Adam's Rib, um Kitt und Plastikplanen für die Fenster zu kaufen.

»Laß dich anschauen«, sagte Agnes. »Du kriegst Figur. Nimmst du zu? Wird langsam Zeit.«

Aber Dora-Rouge sagte: »Für mich ist es Zeit zu sterben. Ich muß nach Hause zu den Fettessern. Du kannst mitkommen, Angel. Deine Mutter ist dort.« Und dann wechselte sie das Thema. »Bush erzählt dir nicht alles über deine Mutter.«

»Was denn nicht?«

»Bush wird dir nie von dem toten Hund erzählen. Von dem hat sie noch nie gesprochen.«

Mehr sagte sie nicht. Aber sie irrte sich. Bush erzählte es mir. Sie erzählte es mir an dem Tag, an dem der letzte Regen fiel, bevor das Wasser gefror, bevor die Wolken sich in sechseckige Flocken mit einem Flecken Sonnenstaub in der Mitte verwandelten.

Eines Tages hat sie den Hund umgebracht. Ich hörte ihn wimmern. Ich rannte zur Tür hinaus, um nach ihm zu sehen, und da lag er wehrlos und zusammengekrümmt am Boden. Sie trat ihn mit den Füßen. Im Maul, in Nase und Ohren hatte er Nadeln stecken, sein Fell war zerschnitten, blutrot verfilzt, ein Fuß abgehackt. Er starb hechelnd, mit heraushängender Zunge.

Das Bild läßt mich nicht los. Die ganze Zeit wollte ich es aus dem Gedächtnis streichen. Ich kann nicht ertragen, daran zu denken.

Das zeigt, wie gefährlich Hannah war. Ich möchte, daß du das weißt. Ich liebte den Hund, ich liebte dich. Aber wir alle hatten Angst vor dem Eis in Hannah. Wir wollten sie nicht wegschicken, weil es nicht ihre Schuld war. Jedenfalls dachten wir das. Aber es dauerte sowieso nicht lange, bis sie ging, erst nach Norden, wo sie jetzt wieder lebt, dann nach Oklahoma. Wir waren dankbar, daß sie weg war.

Und dann warst du da. Als sie zurückkam, war sie schwanger mit dir. Da mußten wir sie hierbehalten. Wir wußten, sie würde dich töten. Du, dein Innerstes, schien zu wissen, was dir drohte; einmal hörte ich dich schreien, obwohl du gar nicht im Haus warst. Agnes hatte es auch gehört, sonst hätte ich meinen eigenen Ohren nicht getraut.

Sie hätte dich getötet. Husk sagte, es sei das Gesetz der Wahrscheinlichkeit. Er sagte auch, daß ein Gletscher freigebe, was er nicht bei sich halten könne, blaues Licht und Schönheit, und du seist das Licht, das deine Mutter freigegeben hätte.

In jenem Jahr auf der Insel dachte ich, wenn es wahr wäre und es keinen wirklichen Norden, keinen ruhigen Mittelpunkt, keinen stets magnetischen Pol gäbe, wie könnte ich dann irgend etwas von dem glauben, was ich bis dahin gelernt hatte? Sogar Land bewegt sich. Also lernte ich an einem sumpfigen Ort, wo jahrelang Torffeuer brennen, die durch ausströmende Gase genährt werden, alle Dinge in Zweifel zu ziehen, die ich zuvor gelernt hatte. Und so begann ich auch, Dinge zu glauben wie die Geschichten, die Bush erzählte, Dinge, die ich mir vor ein paar Monaten nicht einmal angehört hätte.

Eines Tages würde ich meine Mutter verstehen. Eines Tages würde ich zu der Tatsache stehen können, daß wir diejenigen waren, die durch Kugelhagel und Hunger gegangen waren, und daß selbst diesem Weg etwas Wunderbares anhaftete. Noch heute denke ich darüber nach. Wie der Wind uns noch immer einfängt und mitnimmt. Auch heute noch gibt es Orte, wo Strömungen zusammentreffen und wo Menschen zu Eis werden. Zuerst verstand ich das so: Ein Fluß fließt auf seine Mündung zu, meine Mutter tat genau das Gegenteil. Sie war wie das Auge eines Sturmes, in den Dinge und Leute fielen und zertrümmert wurden. Wie das Schwarze Loch, das Husk mir beschrieben hatte. Damals verstand ich die Dinge so, wie Husk sie erklärte. Nur nicht, wie ich aus Hannah hervorkam und wieso es so große Wunden, so große Wut geben kann, die die Liebe verschlingen und ihren Charakter so verändern, daß das geliebte Wesen aufgesogen und zerstört wird.

Der Herbst wich und machte Platz für den Winter. Wind kam auf und blies in die Blätter, wirbelte sie hoch, und weg waren sie. Die Fenster knarrten. Wo nahm der Wind bloß seine Kraft her, fragte ich mich. Das wollte ich wissen, damit ich dorthin gehen könnte.

Husk brachte uns Agnes' alte Tretnähmaschine, die neben der Liege gestanden hatte. Zum erstenmal sah ich die Maschine von ihrer Staubschicht befreit, und nun bemerkte ich, wie schön das dunkle Kirschholz mit aufgemalten und eingravierten goldenen Blättern und einigen silbernen Trauben verziert war. Bush zeigte mir, wie man Borten nähte und wie man einen Ärmel absteppte. Von Frenchie liehen wir uns eine zweite, nach Parfüm riechende Nähmaschine. Es war eine elektrische, und Bush benutzte sie nur, wenn der Generator an war, ansonsten umsäumte sie per Hand.

Stundenlang saß ich mit schmerzendem Rücken an der Maschine und trat rhythmisch aufs Pedal. Die Sache mit den Hemden schien eine gute Idee zu sein, zunächst jedenfalls. Aber als die erste Nadel brach, stand ich auf und lief frustriert hin und her. Das war erst der Anfang. Der Faden riß, wenn er nicht perfekt eingefädelt war. Einmal tropfte Öl auf ein wunderschönes, fast fertiges Hemd.

Manchmal bewegte sich der Stoffschieber nicht. Dann fluchte ich leise vor mich hin und ging hinaus, um auf den See zu schauen. Alles, was schiefgehen konnte, ging schief. Der Faden war nicht richtig aufgespult, die Naht riß auf, und ich mußte von vorne beginnen. Ich haßte nähen. Aber ich machte trotzdem weiter, und langsam entwickelte ich Geduld. Ich mußte an Psyche denken, von der ich in der Schule gehört hatte, die einen ganzen Berg Körner hatte verlesen müssen, Korn für Korn. Vielleicht war es das, was ich tat, Körner verlesen.

Vielleicht war ich dabei, mich neu zu erschaffen. Wenn ich an der Maschine saß, versuchte ich immer wieder Worte für Dinge zu finden, so wie Bush ihre Skelette zusammenfügte. Eines Tages würden sie wie ein lebendiges Tier aussehen, mit Glasaugen und sauberem Fell. Aber etwas würde ihnen immer fehlen. Sie hatten keine Seele mehr. Sie würden niemals atmen. Das würde bei mir anders sein. Ich würde eines Tages aufwachen und wissen, daß alles begonnen hatte, sich zu verändern, daß ich nicht länger ein hohler Raum war, daß ich ganz wurde oder mich zumindest in die Richtung bewegte. Erst würde in meinem Magen eine kleine, warme Stelle entstehen. Sehnsucht. Trauer. Momente der Freude. Neue Träume, die ich Dora-Rouges Arznei gegen die Schlaflosigkeit zuschrieb. Alles, das durch meine Augen drang, die Nordlichter, die die leuchtende, hauchdünne Hülle der Nacht dunkler Haut waren. Das Elchfleisch, das die Jäger gaben, und der Fisch, den Bush fing, und Husk mit seinen Theorien.

Wind kam auf, ein Sturm aus weiter Ferne. Dann fiel Regen, ein Hauch von Winter. Und in der Luft verteilten sich Eiskristalle und Rauchgeruch. Gräser erstarrten, der Boden wurde hart. Meine Fußstapfen im Schlamm wurden mit Eis überkrustet. In der Ferne heulten Wölfe.

Der See gefror, sanft bewegte er sich und nahm unter Tönen, die wie zerbrechendes Glas klangen, eine neue Form an.

Und ich fügte noch etwas anderes zusammen als Hemden oder Kleider, Ärmel und Kragen. Ich lernte von meinen vielen Großmüttern, daß ich aus einem Kreis mutiger Frauen und starker Männer stammte, die mit Mauern umstellt worden waren, bis sie eingekreist waren wie gejagte Kaninchen, aber einige blieben am Leben, einige überlebten dieses eingeschnürte Leben.

8. Kapitel

Im Norden wurde das Leben am Winter gemessen. Die Menschen führten Buch über jeden Winter. Manche Winter wurden wegen der Dinge erinnert, die es nicht gegeben hatte, so wie ich Bushs Haus das Haus des Nichts genannt hatte. Da war der Winter ohne Wölfe, der Winter ohne Schneehühner, die Zeit ohne Kinder. Und es gab auch Winter mit schrecklichen Ereignissen, der Winter der Influenza, der Winter des gefrorenen Regens, der den Schnee mit einer harten Eiskruste überzog, so daß sich Rotwild und Elche die Beine brachen und rote Blutspuren im Schnee hinterließen. Das war der Winter, in dem Frenchies Pferd stürzte und bei lebendigem Leibe ins Eis eingeschlossen wurde. Mit seiner Körperwärme taute es das Eis und sank dadurch immer tiefer ein. Das war die Zeit der Schatten, hieß es. In jenem Jahr war eine Frau in einen Block klaren Eises eingefroren. Und nahe am Wasser stießen bestimmte Luftströmungen so aufeinander, daß sie einen Mann zu Eis erstarren ließen.

Und zu jenem Winter gehörte ich. Ich wurde in einem Februar geboren, als der Schnee so tief war, daß er die Dächer der Häuser zum Einsturz brachte. Ich wurde von einer wütend schreienden Frau aus der Unendlichkeit ins Leben geboren, als stammte ich von einem Ort, wo die Stürme geschaffen wurden, aus einer Welt, wo aus den

Körpern von Männern und Frauen, aus der Milch der Hirschkühe, aus dem Verlust des Landes eine schlechte Medizin gemacht wurde. Ich kam dort zur Welt, wo Händler mit Schlitten voller toter, gefrorener Tiere vorbeigezogen waren.

Bush sagte, ich sei in einem Haus aus Schnee geboren.

Es war ein Winter, in dem so viel Schnee auf den Bäumen lag, daß auch das letzte bißchen Licht ausgeschlossen wurde und der weiße Mann diese Dunkelheit für eine totale Sonnenfinsternis hielt.

Unter dem Gewicht des Winters brachen Dächer, Bäume schwankten und stöhnten. Sie beschwerten sich über die Last, die sogar ihre Stimmen dämpfte. Alle Häuser waren mit Bergen von Schnee bedeckt, der vom Wind verweht wurde. Und die Hebamme sagte, sie hörte dich schon schreien, als du noch im Leib deiner Mutter warst.

Als du in jener Nacht, an jenem frühen Morgen endgültig die Wasser deiner Mutter verließt, war es an dem Ort deiner Geburt so kalt, daß die Bäume zerbarsten und auseinanderflogen. Das Krachen des Kernholzes klang wie Gewehrschüsse. Rinde flog über den Schnee, schlug an ein Fenster, an eine Wand. Die Menschen warfen sich zu Boden, weil sie sich an die Geschichte erinnerten. Nur deine Mutter ließ sich von etwas so banalem wie Gewehrfeuer nicht schrecken.

Ruby Shawl war die Hebamme, eine kleine, stämmige Frau mit einem roten Kopftuch, geschickten Händen und einem friedlichen Gesicht. Sie mußte mit ansehen, wie die Menschen ins Leben und in den Tod übergingen. Und sie litt, wenn es ein und denselben Menschen betraf. Sie haßte es, an beiden Enden desselben Lebens zu stehen. Sie ging zu dem einräumigen Haus, in dem deine Mutter mit ei-

nem Fallensteller lebte, einem Mann, der bedrängte junge Mädchen unter dem Vorwand aufnahm, ihnen helfen zu wollen. Eines dieser Mädchen war Hannah. Aber an dem Tag, an dem du geboren wurdest, war er nicht da. Er war losgezogen, um seine Schlingen zu überprüfen, folgte seiner Fallenstrecke bis hinauf in den Norden. Fallensteller hatten im Februar viel zu tun; da waren die Felle der Tiere so dicht wie nie.

Als Mrs. Shawl die Schnur zerschnitt, die dich mit deiner Mutter verbunden hatte, sagte sie nicht, was sie zu anderen Müttern bei der Geburt sagte. Sie sagte zu Hannah nicht: »Verabschiede dich von deinem Baby.« Sie behielt Hannah im Auge, als hätte sie gewußt, daß dieser Abschied für immer sein würde, sagte sie mir später, als hätte sie gewußt, warum.

In jener ersten Nacht war der Himmel für ein paar Augenblicke klar, und Mrs. Shawl konnte am Licht erkennen, wie schwer der Schnee war, die Bäume bogen sich unter dem Gewicht. Als Mrs. Shawl aufblickte, bemerkte sie, daß das Dach durchhing, aber sie hatte Angst, hinauszugehen und den Schnee zu räumen. Sie wollte dich nicht mit Hannah allein lassen. Sie fürchtete, du wärst in Gefahr. Sie spürte, was kommen sollte.

In den ersten Tagen deines Lebens mied sie den Schlaf hörte den Bäumen zu, die unter der Last des Schnees knarrten, bewachte dich, hatte Angst, daß Träume sie aus dem dunklen kalten Raum und von der grimmig wachen Frau entfernen könnten, die dich geboren hatte. Mrs. Shawl schmelzte eimerweise Schnee, aber jeder Eimer gab nur eine kleine Menge Wasser. Ruby Shawl hatte Kinder zu Hause und einen Mann, aber sie blieb bei Hannah und hoffte, daß sich das Wetter besserte. Sie war sicher, daß Hilfe kommen würde. Sie konnte die schneebedeck-

te Straße sehen, aber niemanden, der dort entlanggegangen wäre.

Du warst ein gutes Kind und machtest keine Schwierigkeiten. Das Feuerholz war fast aufgebraucht, und es gab nur etwas Reis und Trockenmilch. Hannahs Brüste waren leer. Wie ihre Seele und ihr Herz hatte ihr Körper wenig zu bieten. Er hatte dich schon verlassen.

Unaufhörlich fiel der Schnee. Schließlich bog sich das Dach so sehr, daß ein Zusammenbruch unvermeidlich schien; Mäuse scharrten in den Ecken und Wänden.

Die schreckliche Kälte ließ Mrs. Shawl keine Wahl. Nachdem sie gewartet hatte, bis Hannah schlief, zog sie ihre Stiefel an, wickelte sich in ihren Mantel und ihren roten Schal, bestreute die eisverkrusteten Stufen mit Salz und ging leise hinaus, um den Schnee vom Dach zu schippen. Ich kann sie vor mir sehen, ihren runden Bauch, den Atem, der vor ihrem Gesicht steht, die rote Kleidung, die sie immer trug. Die Schnee war so hoch, daß sie problemlos ans Dach gelangte. Sie arbeitete schnell. In solcher Kälte ist die Zeit immer knapp.

Als sie wieder ins Haus wollte, atemlos, da hörte sie Hannah am Schloß fummeln. Die Tür ließ sich nicht öffnen, sie war von innen verriegelt. »Laß mich rein!« schrie die Hebamme. Sie rüttelte an der Tür. Ihr Atemdampf gefror und umgab sie wie eine Art Heiligenschein. Sie ging ums Haus und pochte an die kleinen Fenster »Hannah! Mach die Tür auf!« Die Fenster waren von innen mit einer Eisschicht aus gefrorenem Atem und Dampf bedeckt. Mrs. Shawl konnte nicht hindurchsehen, verschwendete nur kostbare Zeit in der schrecklichen, gnadenlosen Kälte. Und so blieb ihr keine Wahl, als sich durch den bitteren Wind zu kämpfen und sich auf den Weg zu mir, nach Old Fish Hook zu machen, wie der Ort hieß, wo ich damals wohnte. Auf mich würde Hannah hören, dachte sie.

Es war nicht ganz eine Meile, aber sie hatte keine Schneeschuhe, und immer wieder blieb sie bis zur Brust im Schnee stecken. Es gab Pfade, die der Wind freigeblasen und wo sich auf dem Schnee eine glitzernde Kruste gebildet hatte, und sie versuchte, diese zu nutzen.

Auf dem Schnee lagen heruntergebrochene Äste, und Ruby Shawl räumte dort, wo sie den Weg wähnte, mehrere solcher Zweige zur Seite. Inzwischen prasselte ein schneidender Graupelschauer herunter, einer von jenen, die man auf den Schnee aufschlagen hört. Unter anderen Umständen wäre dieser Schneeregen durchaus willkommen gewesen, denn das hieß, daß sich der Himmel erwärmte; aber für Mrs. Shawl bedeutete es, daß der Weg nur noch schlüpfriger wurde. Sie ging so schnell sie konnte. Über der weißen gefrorenen Welt lag das Winterlicht. Es war schön, wie immer, aber diese Schönheit hatte nichts Trautes an sich, sondern sie war gefährlich wie Hannahs Schönheit, ließ das ganze Gewicht des Winters auf Ruby Shawls Rücken fallen.

Ich war gerade dabei, mit einer Hand Eis vom Innern der Tür abzuschlagen. In der anderen Hand hielt ich einen blauen Schirm, um mich vor dem Eisregen zu schützen. In einer solchen Kälte sind Geräusche besonders scharf und schneidend, dröhnt der Winter hohl. Erst sah ich Mrs. Shawl nicht. Als ich aufblickte, bemerkte ich, daß Rubys Kopftuch an ihrem Haar festgefroren war. Sie taumelte vor Erschöpfung. Ihr Gesicht brannte, ihre Lippen waren blaß. Ich ging sofort zu ihr. Ich schob meine Hand unter den gebeugten Arm der älteren Frau, schob sie durch die Tür und setzte sie vor den Ofen. Eine solche Art von Eis und Kälte stiehlt einer Frau den Verstand und die Stimme, daher sagte Mrs. Shawl nichts, als ich Kaffee aufwärmte und sie in eine warme Wolldecke hüllte. Neben dem Herd stand der steifgefrorene Schirm auf dem Boden. Draußen heulte ein eisiger Wind durch die Bäume. Schüttelte gefrorene Äste.

Sobald die Hebamme Kaffee geschlürft und ihre Stimme der Kälte entrissen hatte, sagte sie: »Du mußt mit mir kommen, und wir müssen uns beeilen.« Sie stand auf und wollte sofort los.

Ich schlüpfte in meine Stiefel, zog meinen schwarzen Mantel an. Ich hatte Angst um dich.

Auf dem Weg brach ein dicker Ast ab und krachte vor uns herunter. Keine von uns sagte ein Wort. Wir gingen um den Ast herum und eilten weiter, fast rennend, waren beide überzeugt, daß du verletzt wärest. Ich rutschte auf Glatteis aus und stieß mir die Hüfte auf. Es fing wieder an zu schneien. Wir verschwendeten keine Zeit.

Als wir das Haus des Fallenstellers erreichten, war die Tür immer noch verriegelt. »Ich bin's, Bush«, sagte ich. Ich schlug mit der Faust an die Tür »Ich bin's, Bush. Laß mich rein.«

Sofort wurde die Tür aufgemacht, aber auf dem festen, hölzernen Boden waren keine Schritte zu hören. Es war nicht Hannah, die aufgemacht hatte, obwohl niemand anders zu sehen war. Drinnen war kaum Wärme zu spüren. Im Ofen brannte nur ein spärliches, karges Feuer, das Feuerholz war zu Ende gegangen. Hannah saß auf der anderen Seite des Raumes in einem Schaukelstuhl mit dem Rücken zur Tür. »Das ist nicht mein Baby«, sagte sie. »Mein Baby ist bei der Geburt gestorben.«

Du warst nirgends zu sehen.

Ich tat, als nähme ich einen Schluck kalten Kaffee. In der eisigen Luft des Zimmers ähnelte unser Atem Gei-

stern, die sich direkt vor unseren Gesichtern ins Leben riefen.

Hannah schien wie ein Kind. Die Hebamme schaute mich an. Da ich Hannah kannte, achtete ich darauf, ruhig zu klingen. Inzwischen hatte ich gelernt, mit ihr zu sprechen. »Wo ist das Baby?« fragte ich, überrascht, wie ruhig ich klang. Ich bewegte mich still und leise, versuchte, sie nicht aufzuregen, aber die ganze Zeit über suchte ich nach dir, im Mülleimer, im Schrank, unter dem Bett, auf dem noch die Blutflecken von der Geburt waren.

»Da ist sie nirgends.« Hannah hörte, wie ich mich durch den Raum bewegte. Sie war klug. Sie hörte besser als andere, wie ein Tier, wie ein Luchs oder ein Wolf.

Die Hebamme weinte. »Es ist meine Schuld«, schluchzte sie. »Ich wußte, daß ich sie nicht allein lassen durfte.« Später sagte sie, ihr sei durch den Kopf gegangen, ob es für das Kind einer solchen Frau nicht besser gewesen wäre zu sterben.

»Hör auf damit. Es ist nicht meins«, sagte Hannah und meinte dich, das Baby. Sie hielt eine rote Locke in der Hand. Das übrige Haar lag mit der Schere zerschnitten neben dem Bett, ein flammender Berg.

Auf dem Herd stand ein leerer schwarzer Topf und qualmte über dem sterbenden Feuer. Ich nahm ihn herunter und schaute hinein. Ich fürchtete, dich darin zu finden.

Aber du warst nicht in dem Topf. Du warst auch nicht im Ofen. Und du warst nicht unter einem Kissen erstickt. Ich ging hinaus, mit einem Blick auf die Fenster, die von all der Atemluft überfroren waren. Draußen waren keine Spuren. So eine Kälte konnte kein Mensch überstehen, da war ich mir sicher, trotzdem ging ich über Schnee und Eis im Kreis, in einer sich endlos drehenden Spirale, aber es gab keine Spuren, denen ich hätte folgen können, und du hast nicht geschrien. Du hast noch nicht einmal gestrampelt oder mit den Armen gewinkt.

Vielleicht war das dein Schicksal, dem Eis geboren zu sein. Ich fand dich in den Zweigen einer Birke. Reglos und blaugefroren warst du, und auf deinem nackten Bauch und deinem Kopf lag eine dünne Schicht Schnee, Schnee, den die Indianer Pollenschnee nennen, denn wenn der fällt, dann kommt noch mehr Schnee, dann dauert der Winter an. Du warst wach, lebendig, aber kalt und starr wie Eis. Ich schob dich unter mein Hemd, an die Wärme meines Körpers, und du suchtest nach einer Brust. Du suchtest Wärme. Du wolltest leben. Du warst winzig, du warst kalt, und du wolltest leben.

9. Kapitel

Im Winter, wenn alles Leben erstarrte, war es leicht zu vergessen, daß in der Erde Samen steckten, im Dunklen auf den Frühling warteten. Der Winter roch frisch, sauber und feucht, Schnee trieb über die Schildkrötenknochen und wirbelte um uns herum. Die anderen Jahreszeiten hätten genausogut nur in der Vorstellung existieren können, von Bedürfnissen oder Wünschen erfunden, denn wenn der Winter das Land besetzt, dann schlägt er sein Lager überall auf. Man kann nicht durch sein Gebiet stapfen, ohne zu wissen, daß das, was da ins Land gefallen ist, einen stärkeren Willen hat als man selbst und daß es manchmal in beiden Händen Unheil hält.

Jener Winter war nicht anders. Joppa Ryan, Tommys Cousin in Old Fish Hook, kam bei einem sonderbaren Unfall ums Leben, ihm war beim Reifenwechsel der Wagenheber auf dem Eis verrutscht und hatte ihn erschlagen. Frenchies Tochter Helene, die zu Besuch war, lief eines Nachts betrunken über das Eis und verschwand. Die Fußstapfen auf der frischen Schneeschicht führten zum Hungrigen Schlund, aber niemand hatte den Mut, ihren Körper zu bergen. Niemand wollte riskieren, vom See verschluckt zu werden. Es machte mich traurig, an sie zu denken, aber im Winter kommen heilende Tränen nur langsam, wenn überhaupt. Die Tränen warten aufs Frühjahr, wie alles andere auch, wie das Wasser, das in den Flüssen stehenbleibt. Der Trauer wird Einhalt geboten. Auch Frenchie war in der Gewalt des Winters, sie weinte nicht, wurde nur blaß und starr unter ihrem Rouge. Da hatte ich ihr schon die Frage nach meinem Gesicht verziehen.

Dora-Rouge bemerkte öfter, daß sie es sei, die hätte sterben sollen. Immer beharrlicher bestand sie darauf, zum Sterben heimkehren zu wollen.

Die Tränen und das Leben der Menschen kamen zum Stillstand, die Wölfe aber blieben rastlos. Ihr Heulen ersetzte das menschliche Trauern. »Guck mal«, sagte Bush eines Tages.

Ich ging zu ihr ans Fenster und schaute hinaus.

»Das machen sie jeden Winter. Sie wissen, daß die Häute ihrer Vorfahren dort aufbewahrt werden.«

Einige Wölfe, kein ganzes Rudel, strichen um den Schuppen, in dem die Felle und Fallen lagerten. Die Tiere schauten auf die hölzernen Wände, als könnten sie durch sie hindurch die Fallen sehen und riechen. Voller Unruhe liefen sie hin und her, ihr Atem stand sichtbar in der Luft. Wenn wir ihre Sprache verstanden hätten, hätten wir ihrem Heulen vielleicht entnehmen können, was alles auf der Insel geschehen war.

Der Winter hatte viele Stimmen, nicht nur die der Wölfe und der Krähen. Da war der Wind, der an unsere schützenden Wände blies, der Wind, der durch den wirbelnden Schnee sang. Das Eis auf dem See kam nie zur Ruhe, es stieß gegen sich selbst und schrie auf. Es brach und heilte, stöhnte und schillerte grün. Ich stand am Fenster und dachte an all die Dinge, die im Lake Grand verlorengegangen waren – von gekränkten, sich fremd gewordenen Menschen ins Wasser geworfene Eheringe, Schmuck, gekenterte Boote, im Sturm ertrunkene Fischer und nun Helene.

Auf Fur Island war sogar die Stille laut. Geräuschlose Schritte. Das leise Fliegen der Eulen. Die fehlenden Stimmen der davongeflogenen Zugvögel.

Manchmal, wenn wir nähten und die Bäume knarrten oder stürmischer Wind um uns herum heulte, nahm Bush eine Stecknadel aus dem Mund und erzählte mit ruhiger Stimme von meiner Mutter. Der Schein des Feuers spiegelte sich in Bushs Gesicht. »Du siehst, wie machtlos wir gegen den Wind sind.« Wie zur Bekräftigung nahm Bush ein Stück Stoff, stand auf und stopfte es in die Ritze unter der Tür, wo die Kälte hereinkroch. Mehr brauchte sie nicht zu tun, um mir zu sagen: »So war Hannah.« Da wußte ich schon, was sie meinte. Gleichgültige Naturgewalt und Kälte. Sie meinte, dem Wind könne man nicht vorwerfen, daß er bläst, und Hannah war wie der Wind. Bush wollte mir klarmachen, daß meine Mutter von einer Kraft besessen war, die so wirklich war wie der Wind, so stark wie Eis, so gewöhnlich wie der Winter.

Manchmal sorgte ein Besucher für Lärm. Ab und zu kam Husk mit seinem riesigen Laster über das Eis gefahren und brachte Lebensmittel und Heizöl und Gasflaschen für den Generator und vor allem das lebenswichtige Holz. Und für mich Archway Kekse. Sobald Husk den Schnee von den Füßen gestapft hatte, wurde geschwatzt und gelacht. Und Tommy kam auch herüber, mitunter auf Drängen von Agnes. Sie sorgte sich um mich. Es wäre nicht gut für mich, meinte sie, so abgeschieden auf der Insel zu sein, jedenfalls nicht allein mit Bush und ihrem langen, bedrückenden Schweigen. Tommy brachte immer Wild- oder Elchfleisch, und wir beide grinsten uns blöde an, wenn wir am Tisch saßen oder auf unseren selbstgemachten Schneeschuhen durch den Schnee stapften. Manchmal begleitete ich ihn aufs Festland.

Aber meistens waren Bush und ich allein, und wir waren stundenlang still, sogar tagelang, wie es schien. Es war eine vollkommene und vertraute Stille, in der sich verkörperte, was um uns war, die dunklen grauen Steine des Hauses, die sich durch den gewaltigen, endlosen Weltraum bewegten, der Planet, der um eine geschwächte Sonne kreiste, das windgepeitschte Eis, das im blassen Winterlicht glitzerte. An solchen Tagen schienen sogar die Wölfe fern und weit weg zu sein. Es wurde früh dunkel, und die Nächte waren lang. Manchmal legte ich meine Näharbeit zur Seite, stellte mich an eines der Fenster und blickte hinaus auf das starre weiße Land, wo Kaninchen unter schweren Bäumen begraben wurden.

Die Spuren der Tiere schrieben Geschichten, die ich noch nicht entziffern konnte, weil ich hier neu war. Manchmal hörten die Spuren plötzlich auf, im Schnee war nur noch der Abdruck von Flügeln zu sehen. Ein Kaninchen oder eine Maus waren in den Klauen eines hungrigen Gottes aufgestiegen.

Bald konnte ich mich kaum an die Ranken erinnern, die in die Fenster gekrochen waren, oder daran, daß diese Welt Hitze oder Mais oder grünes Moos hervorbringen konnte.

An einem Nachmittag im Januar erhaschte ich durch das Fenster wie aus den Augenwinkeln einen dunklen Umriß, dem kleinere Gestalten folgten. Ich kniff die Augen zusammen. Eine einzelne Elchkuh, dunkel und mächtig in ihrem Winterfell, stand dünnbeinig auf spiegelglattem Eis, konnte sich nicht bewegen, ohne zu fallen, und Wölfe liefen mit gesenkten Köpfen und vereisten Fängen auf sie zu. Lautlos verständigten sie sich miteinander und kreisten langsam um die Kuh.

Auf dem Eis war sie ihnen wehrlos ausgeliefert. Sie würde fallen. Sie war alt und allein. Sie hatte kein Kalb, keinen Gefährten, keinen Schutz. Die Wölfe hatten klug gewählt.

Ich hörte die hilflose Elchkuh aufschreien. Ich wandte mich ab und hielt mir die Ohren zu.

Das war das uralte Ritual des Hungers, aber mir war das Recht fremd, dem die Gesetze des Winters entstammten. Mitunter konnte ich diese Welt nicht ertragen. Mitunter bereute ich, dort hingegangen zu sein. Bush sagte, Winter sei wie eine heilende Wunde, weil er alles einschließe, alles über sich selbst zusammenwachsen lasse. Aber für mich war Winter zu groß.

In jener Nacht nahm ich die Medizin, die Dora-Rouge mir gegen meine Schlaflosigkeit verschrieben hatte. Ich kleidete mich in meinem dunklen, frostigen Zimmer aus und schlüpfte ins Bett, zog mir die Decken übers Gesicht und spürte die Sicherheit und Wärme meines eigenen Atems. Aber das Bild der hilflosen Elchkuh wurde ich nicht los.

Auch Bush schaute manchmal aus dem Fenster. Inzwischen blies der Wind Schnee unter der Tür hindurch und klopfte ans Fenster. Es klang, als wollte jemand hereinkommen. Als Bush da stand, roch und spürte ich, daß es Dinge gab, die sie nicht sagte. Was nicht gesprochen wurde, war so kalt, wie das, was gesagt wurde. Eisherz. Das war Hannah.

Aber auch ich hatte meine Geheimnisse. Lange behielt ich einen Teil meiner Lebensgeschichte für mich. Gleich zu Beginn der Suche nach meinen Verwandten hatte ich in South Dakota eine leibliche Schwester gefunden, Henriet, dic jünger war als ich. Ich hatte noch niemandem erzählt, wie ich Geld gestohlen hatte, um jemanden zu bezahlen, der sie ausfindig machen sollte. Ich war nachts, während die Leute schliefen, in ein Haus in der Nachbarschaft eingestiegen und hatte Geld aus einem Nachtschrank genommen. Das war im Grunde kein Diebstahl, dachte ich. Es war eine unabdingbare Notwendigkeit. Niemand hätte je beweisen können, wer das Geld gestohlen hatte, obwohl mich alle verdächtigten. Ich zahlte einem Mann, der Henriet suchen sollte, fünfzig Dollar, und außerdem hatte ich mit ihm geschlafen. Als ich wußte, wo meine Schwester lebte, machte ich mir große Hoffnungen. Das war, wie seinen richtigen Namen zu erfahren. So fühlte sich das an. Ich fuhr per Anhalter über die Prärien. Mit Hilfe eines Viehtransporteurs, dessen silbernes Gefährt nach den Tieren roch und von deren Gewicht tief auf der Straße lag, kam ich schließlich an den Ort.

Henriet war nicht mit Agnes verwandt. Sie hatte einen anderen Vater als ich, deshalb machte es nichts, wenn ich sie verschwieg, dachte ich mir. Aber in Wirklichkeit erwähnte ich sie nur deshalb nicht, weil ihre Existenz mich entsetzte und verzweifeln ließ. Sie war hübsch und ruhig, aber sie war ein Mädchen, das sich selber Schnittwunden beibrachte, ihre eigene Haut verletzte, bei jeder Gelegenheit, die sich ihr bot. Ihre Augen waren unschuldig und vertrauensvoll, aber ihre Haut war mit Narben gespickt. Sie schnitt sich mit Scheren und Rasierklingen, als spürte sie den Schmerz nicht. Vielleicht hatten die Wunden etwas zu bedeuten. Vielleicht war es eine Sprache. Henriet sprach durch Klingen, übersetzte ihr Leben mit Messern. Ich hatte ihr ein Armband mitgebracht, aber als ich die scharfen Kanten bemerkte, tat ich so, als wäre ich mit leeren Händen gekommen, und gab ihr statt dessen etwas von dem gestohlenen Geld. Sie sagte nichts. Wir schauten uns nur an. Wir saßen da und rauchten eine Zigarette nach der anderen. Nur daß sie ihre mit den Fingerspitzen ausdrückte. Sie war unverwundbar. Das wollte sie zeigen. Jedenfalls nicht von außen, das heißt, nicht mehr.

Nachts, wenn der Wind gegen das Schwarze Haus blies, lag ich im Bett und dachte an Hannah. In manchen kalten Nächten hatte ich das Gefühl, ihr nahe zu sein, an sie heranzukommen wie Eis, das am Rand des Wassers zu wachsen beginnt und dann plötzlich überall ist wie der Winter, den Bush als eine über die Welt wuchernde Narbe bezeichnete. Das Eis kann anfangs ganz leicht aufgeschlagen werden, dann nur noch mit einer Axt, dann überhaupt nicht mehr. Es schloß ein, was immer es dort vorfand – Boote, Fischer, Schwemmholz, alles wurde festgehalten. Ein kaltes Firmament, es war schön und beängstigend, fest und lebendig. Ich konnte es hören, konnte Wasser sprechen hören.

Im Winter verschoben sich die Grenzen derart, daß ich Dinge erinnerte, hörte und spürte, die noch nie dagewesen waren. Ich fing an, Dora-Rouges Erinnerungen zu verstehen, vor allem in den Nächten, in denen ich aus dem Innern des Sees Trommeln hörte. Es kam von dem gefrorenen Wasser. Ich glaubte, was die alten Leute sagten, daß Fische ein Volk seien wie die Wölfe und daß sie genau wie wir leben wollten, wie jene von uns, die zum Sterben geboren waren und überlebten, die entkamen, wie Fische durch ein Loch im Netz schlüpfen.

Während der langen, dunklen Nächte erinnerte ich mich an die erbeuteten Tiere, Marder, Biber, Vielfraß, oder ich träumte von ihnen. Ich sah ihre enthäuteten Kadaver. Ich hörte ihre Schreie und spürte ihren Schmerz. Ich sah ihre Schatten Schnee, Eis und Wolken überqueren. Wir Indianer hatten immer von ihnen gelebt und waren auf eine Art mit ihnen verwandt, auch damals noch. Hinter meinen Augenlidern türmten sich Pelze in Frachtkanus, die flußabwärts fuhren, und dünne, große Männer in dunkler Kleidung kamen auf mich zu. Da waren Frauen, die aussahen wie ich und Bilder von Maria und Jesus trugen. Am Gürtel, um den Hals, an den Kleidern hatten sie statt Gold Spiegel stecken, in denen das Licht glitzerte und mich anfunkelte, und aus jedem Spiegel blickte mich mein Gesicht an. Zu jener Zeit gingen die Menschen schon in Lumpen. Sie hatten nichts, das sie wärmen konnte. Dann griffen die Mischlinge die anderen an, so wie die Hunde auf ihre eigenen Vorfahren, die Wölfe, losgingen, um sie zu fressen, um zu leben. Loretta war verkauft, war Krankheit und Prostitution ausgeliefert worden, und das verfolgte Hannah bis ins tiefste Dunkel hinein.

In den kurzen Stunden des Tageslichtes waren wir vollauf beschäftigt. Bush und ich nähten jetzt Röcke. Wir verbrachten unsere Zeit mit der Verarbeitung von Stoff. Der Tisch war mit Schnittmustern aus Zeitungspapier, mit zusammengelegtem Stoff und Bortenrollen bedeckt.

Wir merkten nicht, wie die Zeit verstrich. Es schneite, während wir Stoff zusammennähten. Der Wind öffnete die Tür des Schuppens und knallte sie wieder zu. Wir gingen beide zusammen nach draußen. Als der Wind Luft holte, war es einen Moment lang still, und wir hörten die Nordlichter. »Hör mal«, sagte Bush, und ich hörte die Eiskristalle blitzen, die von Sonnenstürmen aufgeladen waren.

In einer eiskalten Nacht, als Lichtströme über den Himmel zogen und die Sonnenwinde kräftig genug waren, um Schnee zu treiben, träumte ich, daß die Wölfe der Insel aus dem Tode erwachten und Rat hielten und nach ihren menschlichen Kindern suchten. In einer anderen Nacht träumte ich von einer Pflanze. Ich zeichnete sie auf, und als ich das nächste Mal übers Eis und durch die Kälte zum Festland ging, zeigte ich Dora-Rouge die Zeichnung. »Oh, die kenne ich«, sagte sie. »Die wächst nördlich von uns.« Sie schaute mich gedankenvoll an, als wäre es überhaupt nicht ungewöhnlich, daß ich von so einer Pflanze träumte.

Diese Träume von mir, wenn es denn welche waren, lebten im Inneren der Erde. Vielleicht sind Träume Visionen der Erde, dachte ich, Ausdrucksformen der Erde, die durch uns hindurchgehen. Obwohl ich mir manchmal, um mich selber größer zu machen, als ich war, vorstellte, ich hätte Visionen.

»Es hat immer Pflanzenträumer gegeben«, sagte Dora-Rouge und pflückte einen Fussel von meinem Pullover.

Manchmal, wenn ich nachts im Bett lag, konnte ich in der Dunkelheit sehen. Meine Finger wurden länger, wurden empfindlicher. Meine Augen sahen neue und andere Dinge. Meine Ohren hörten alles, was sich hinter den Wänden bewegte. Ich konnte mit meiner Haut sehen, mit meinen Augen tasten.

Wenn ich auf dem Festland zu Besuch war und Agnes Kartoffeln schälte, berichtete Husk Tommy und mir von seinen neuesten Erkenntnissen. Er hatte aus einer Zeitschrift gelernt, wie wir aus den Sternen entstanden seien. Er sagte, möglicherweise gebe es deswegen Visionen, Träume oder Erinnerungen, weil Zeit keine gerade Linie sei, wie Einstein herausgefunden hatte. Dies erkläre, so sagte mir Husk, warum ich Bilder unserer Vorfahren mit glitzernden Spiegeln und Eisentöpfen sehen könne. Ich lebte gleichzeitig in mehr als einer Zeit, auf mehr als eine Art. »Das gilt auch für Dora-Rouge«, sagte er. »Warum sie mit Luther spricht.«

Ja, dachte ich. Ich hatte verstanden. Ich sah Gestern und manchmal sah es genauso aus wie Morgen. Deshalb erträumte sich Bush in den wenigen Stunden des Tageslichtes ihren Weg nach Norden, träumte sie, wie ein Vogel die Sterne betrachtet und auf den Frühling wartet, auf den bestimmten, vereinbarten Moment, wenn alle Vögel`losfliegen. Deshalb, so glaube ich heute, hatten die Worte der beiden Männer aus dem Norden bei Bush das Bedürfnis geweckt, das Gefühl hervorgerufen, daß sie dorthin müßte, nach Norden, ins ferne Land der Fettesser. Das war zu jener Zeit in unserer Geschichte, als die Vergangenheit zur Gegenwart wurde. Als Raymond Yellow Thunder, der alte Lakotamann, in Nebraska in einer Hütte der Kriegsveteranen von einer Gruppe gottesfürchtiger, gottestreuer Männer und deren Frauen gefoltert und getötet wurde. Als das American Indian Movement entstand. Als rote Männer und Frauen zu neuem Leben fanden. Aber Bushs Entschiedenheit hatte auch noch andere Ursprünge. Sie war eine Frau des Herzens, der Erde. Sie und die Welt waren aus einem Stück. Sie würde nicht zulassen, daß noch mehr Welten verschwänden oder weggenommen würden. Die Staudämme würden nicht gebaut werden. So einfach war das für sie. »Der Fluß darf nicht umgeleitet werden«, sagte sie eines Tages laut, als sie Landkarten des Nordens betrachtete.

Da im Frühjahr sicher wieder Straßensperren errichtet werden würden, wollte sie per Kanu dorthin fahren. Und ich wollte sie begleiten, weil dort oben in einer Stadt namens Ohete oder New Hardy vermutlich meine Mutter lebte.

Wenn Bush nicht gerade nähte oder für LaRue einen Dachs präparierte, beugte sie sich stundenlang über Karten. Danach blickte sie mit zusammengekniffenen Augen aus dem

Fenster, als wäre auch sie einst schneeblind gewesen oder als könnte sie in dem Dunkel um uns herum das Labyrinth der Wasserstraßen sehen, die bis hinauf in den Norden führten. Sie nannte ihren Plan »unser Geheimnis«. Sie sprach über den Verlauf der Strömungen und überlegte laut, wo es Seitenströmungen geben könnte. Sie setzte sich dicht ans Feuer und entwarf die erste Route, hielt eine andere dagegen, wühlte sich durch den Wirrwarr, kalkulierte mit der Präzision einer Mathematikerin Entfernung, Zeit und Raum. Mir wurde klar, daß es kein einfaches Unterfangen war, was wir da vorhatten.

Manchmal nannte ich sie Marco Polo, wenn sie sich aufschrieb, was wir im nächsten Frühling, wenn der Tau über das Land einbrach, mitnehmen müßten. Wir bräuchten eine Axt, sagte sie, eine kleine Säge und Kochtöpfe, die ineinander paßten. Für den Fall, daß wir unterwegs nur nasses Holz fänden, würden wir einen kleinen Vorrat an trockenem Holz und Trockenspiritus in die Kanus laden. Wir würden Hindernisse überwinden müssen, vielleicht Flößholz der Waldarbeiter oder gefährliche Stromschnellen. Nach »unserem Geheimplan« würden wir früh im Jahr aufbrechen, wenn die Fische noch hungrig waren und wir reichlich Nahrung fanden. Aber das würde auch bedeuten, daß wir uns mit Schwärmen von Moskitos und Kriebelmücken herumschlagen müßten. Wenn wir aber abwarteten, sagte sie, wer könnte dann sagen, ob der Staudamm nicht längst gebaut wäre?

Mir schien, als bekäme die Reise jeden Tag ein zehnfach größeres Gewicht. Ich meinte im Inneren des Hauses aus den dunkelgrauen Ballaststeinen zu spüren, wie wir sanken, untergingen wie ein beladenes Boot, auf dem Grund liegenblieben wie die Motorschlitten und die Leichen und die gehäuteten Tiere im Hungrigen Wasserschlund.

Die ganze Zeit über fürchtete ich, daß wir uns verirren könnten und es keine Möglichkeit gäbe, die Orientierung zu finden. Von Bush, von all den Karten mit den unterschiedlichen Topographien wußte ich, daß wir uns in fremde Gewässer, in ein Land begeben würden, das launenhaft und furchterregend sein konnte, ganz egal, wie sorgfältig die Reise geplant war.

Bush war besessen von den ausgeblichenen Papierquadraten, die das Land darstellten, und versuchte der Erde ihre Geheimnisse zu entreißen. Ich sah, daß sie etwas suchte, was noch nicht verzeichnet war. Abgesehen davon waren im Norden, wo es so viel Eisen unter der Erde gab, Karten so wenig verläßlich wie ein Kompaß.

Die Eiszapfen draußen vor unseren Fenstern sahen wie Zähne aus, als lebten wir im aufgesperrten Mund des Winters. Dort draußen wechselten die weißen Fährten der Tiere, unentwegt wandelten sich die Konturen der winterlichen Landschaft.

Eines Tages, als ich im blaugrauen Tageslicht am Fenster stand, schaute Bush zu mir auf. »Guck dir das an«, sagte sie. Sie saß an dem grünen Tisch, eine Karte vor sich, eine Tasse Tee daneben. »Die sind fast alle miteinander verbunden.«

Es stimmte. Die Wasserläufe schienen wie Perlen an einer Kette aneinanderzuhängen. Bush war der Meinung, alle Flüsse und Bäche sähen breit genug aus, daß sie von einem Kanu befahren werden konnten. Die Karte war ein Nachdruck eines alten Meßblattes. Bush drehte den blauen Bogen um und suchte nach einem Datum. Es gab keines. »Das muß zwischen 1660 und 1720 gezeichnet worden sein.«

Ich starrte sie an. »Woran siehst du das?«

»Weil es in jenen Jahren keine Nordlichter gab. Das weiß ich aus Geschichten, die erzählen, wie die Menschen von den Lichtern am Himmel verlassen waren. Und zur selben Zeit, als die Lichter die Menschen verließen, brach unter den Völkern die Atemkrankheit aus, die fleckige Krankheit, und die französischen Fallensteller fielen ein.«

Ich schaute sie an. Ich verstand den Zusammenhang nicht. Vielleicht hatte der Winter Bush in seinen Bann geschlagen, dachte ich.

»Siehst du das nicht? Ohne den Schutz des Sonnenstaubs hätte es mehr Schmelzwasser gegeben. Siehst du nicht den Unterschied?«

Sie schlug eine andere Karte auf, um mir den Unterschied zu zeigen. Ich tat, als sähe ich ihn, aber klar war mir nur, daß Bush noch ganz andere Dinge miteinander verbinden konnte als Stoffteile und Tierknochen und Geschichten verlassener Kinder. Mit meinen eigenen Augen sah ich, daß die Karten unterschiedlich waren; sie waren so genau, wie es den Kenntnissen derjenigen entsprach, die sie gezeichnet hatten, und das waren Männer gewesen, die von den Schätzen dieses Landes besessen waren, die sie erbeuten wollten, Männer, die Kalifornien für eine Insel hielten. Bush sagte, auch an den Ringen der Bäume könne man jene Jahre erkennen.

Es faszinierte mich, daß man Geschichte vom Papier ablesen konnte. Zuvor hatte ich überlegt, was die Karten an sich haben könnten, daß Bush soviel Zeit mit ihnen verbrachte, aber nun interessierte mich die Sache auch. Jetzt sah ich es selber. So wie ich die Schlitten mit den gefrorenen Tieren sah. Mein Blick reichte tiefer. Manchmal beugte ich mich neben Bush im Licht der Laterne über die Karten. Es gab unglaubliche Topographien der Territorien, der Tricks und Täuschungen der Geschichte. Aber natürlich entsprachen sie nicht der Wahrheit, zeigten die Karten nicht das Leben der Menschen oder der Tiere, nicht das Erdreich, das Wasser, das Blutbad. Von diesem Teil der Geschichte erzählten sie nichts. Mir gefiel, daß das Land sich den Kartenzeichnern verschloß. Die Erde hatte einen eigenen Willen. Die Kartographen dachten, wenn sie das Land verkarteten, dann bliebe alles, wie es war, aber das tat es nicht, und ich achtete das Land dafür. Veränderungen waren nicht in Betracht gezogen worden. Deshalb glaubte ich allerdings nicht, es würde eine sichere Reise werden, die wir in dieses riesige unbekannte Land unternehmen wollten, das uns in die Irre führen konnte, ein Terrain, das schon anderen menschlichen Missionen und Begierden ein Ende bereitet hatte. Ein abweisendes Land. Die Landvermesser der Regierung hatten diese Region wegen der Gefahren und Tükken und Schwierigkeiten, die es ihnen bei der Einverleibung machte, geliebt, ja sogar bewundert. Sie begehrten es wegen seiner Wildheit, wegen der sturen Leidenschaft, mit der es sich ihrem Ordnungssinn widersetzte.

Anderntags, nachdem Bush lange geschwiegen hatte, lachte sie plötzlich laut über die Ignoranz der Europäer. Aus heiterem Himmel sagte sie: »Biber. Niemand hat je daran gedacht, wie Biber das Land verändern.« Sie hatte recht. Biber waren die wahren Gestalter des Landes. Ihre Dämme waren es, die die Geographie bestimmten, die Wiesen anlegten, ihre Schöpfung war es, die junge Bäume zum Wachsen brachte, die Rotwild und Elche anzog. Einst war alles von den Bibern abhängig gewesen. Und wir konnten auf den Karten nachvollziehen, wie das Land die Geschichte des Bibervolkes erzählte. Das erinnerte mich an die Worte von Dora-Rouge. Eines Tages hatte sie zu mir gesagt, die Erde habe mehr als eine Ebene. Was wir sähen, sei nur die erste Schicht.

Wenn Bush nicht arbeitete oder Karten studierte, zog sie sich warm an und ging alleine hinaus zum Angeln. Sie ging zu dem Loch im Eis, das mit einem Bohrer hineingeschnitten worden war, ließ ein Senkblei mit Haken und Köder hinunter und wartete ab. Näher am Festland standen auch andere Eishütten. Ich blieb im Haus. Ich konnte kein Vergnügen daran finden, in einer kleinen Hütte auf dem Eis zu sitzen, in der es vielleicht ein Radio gab, ein Heizgerät, unter Umständen sogar einen alten Stuhl und an der Wand eine rasselnde Angelrolle. Oder Fische heimzubringen, die so steif waren, daß man sie als Kufen benutzen konnte, was manche Leute taten.

Bush brachte meist einen gefrorenen Hecht oder Dorsch mit. Ich blieb im Haus oder ging manchmal mit meinen Schneeschuhen von Insel zu Insel, beobachtete Tiere oder las deren Spuren, und wenn ich über das Eis lief oder Holz schlug oder tagträumend aus dem Fenster schaute, dann hatte ich immer den Kopf voll mit den Geschichten und dem Wissen von Husk oder Bush. Eines Abends, als ich draußen herumwanderte und der Vollmond am schwarzblauen Himmel stand, dachte ich daran, daß einst die Leute geglaubt hatten, im Winter zögen die Vögel zum Mond. Vielleicht aus Sehnsucht oder wegen der Erinnerung, weil sie den Mond, der so groß und weiß am Himmel stand, für ein Ei und einen Muttervogel hielten und glaubten, zu ihren Ursprüngen zurückzukehren. Agnes hatte gesagt: »Während manche Menschen in dem Mond das Gesicht eines Mannes sehen, sehen wir die grauen Schattenrisse der Vögel.« Und es sah wirklich so aus, als wären die Vögel dort, als hätten sie vor dem runden Gesicht des Mondes in ihrem Flug innegehalten.

Und sobald die Vögel dort ankämen, hieß es, erzählten sie mitleiderregende Geschichten über uns arme, flügellose Dummköpfe, die dableiben und frieren müßten. Wir täten ihnen leid. Und sie freuten sich immer, im Frühling zurückzukehren, um zu sehen, wer von uns den Winter überlebt hätte und wer nicht.

Wenn Bush über meine Mutter sprach, hatte ich das Gefühl, ein großer Schatten käme auf uns zu. Ich spürte ihn bei uns im Zimmer, und während wir redeten oder nähten, sprach draußen vor unseren Wänden das Eis mit dem Wind und wettete mit ihm darum, wer von ihnen beiden uns schließlich zu packen bekäme.

Eines Tages, nachdem Bush von Hannah gesprochen hatte, kam mir der Gedanke, daß ich alles war, was Hannah besessen hatte. Das hatte nichts mit Liebe zu tun. Auch nicht mit Fürsorge. Aber mit mir konnte sie um einen Platz in der Welt schachern. Wenn sie mich im Arm trug, lächelten die Leute sie an, Leute, die sie zuvor gefürchtet oder gehaßt haben mochten. Ich war Geld für sie. Ich war ihr Fahrschein. Dafür hatte sie mich gebraucht, für sonst nichts. Und aus dem Grund war ich ihr nützlich gewesen.

An jenem Tag ertappte ich Bush dabei, wie sie mein Gesicht betrachtete. Ich senkte beschämt die Augen, aber sie sagte nur: »Manche sehen Narben und denken an die Wunden. Für mich aber sind Narben der Beweis dafür, daß es Heilen gibt.«

Und einmal, als ich dicht neben Tommy im Laster saß, berührte er mein Gesicht und sagte: »Erzähl mir von deinen Narben.«

Ich schaute ihn an. Ich dachte daran, wie ich Bush nach meinen Narben gefragt hatte. Ich dachte an das letzte Mal, als ich mich in dem kleinen Spiegelstück in meinem Schlafzimmer gesehen hatte. Ich dachte daran, daß Narben für Heilen standen. »Was für Narben?« fragte ich.

In den wenigen Stunden des Tageslichtes glitzerte die Welt wie ein kostbarer Edelstein. Eines Tages, Ende Januar, als das Eis am dicksten war und die Eulen schon anfingen zu balzen, hüllte ich mich in Mantel und Schal und ging hinaus, um Holz zu holen. Es herrschte eine so grimmige Kälte, daß das Luftholen schmerzte. Der Atem vor meinem Gesicht gefror fast zu Eis. Meine Nasenlöcher vereisten. Meine Lungen verschlossen sich. Es war zu kalt für Schnee, aber doch nicht kalt genug, um allen menschlichen Maschinen Einhalt zu gebieten, denn als ich mit einem Arm voll Holz dastand, hörte ich Tommys alten verrosteten Dodge über den gefrorenen See rattern, dazu das scharfe Knacken des Eises. Ich schaute Tommy entgegen und vergaß die Kälte.

An jenem Tag trug er unter Mantel und Weste eines meiner Hemden, das Hemd mit den hellgrünen Borten, und er brachte ein weiß verpacktes Paket mit Elchfleisch. Er parkte den Laster, sprang heraus und machte mir die Haustür auf. Als ich das Holz ablud, ging er zum Holzstapel, um noch einen Armvoll hereinzubringen. Auf dem Weg hauchte er mir ein Hallo zu und lächelte mich an. Das war immer noch alles, was wir miteinander taten, wir lächelten uns an. Das schlimmste an der Liebe ist ihre hinreißende Torheit.

Bush stellte einen Topf mit Reis auf, während wir uns vor den Herd stellten, um uns zu wärmen, befangen, immer noch lächelnd.

Nachdem wir gegessen hatten, drängte Bush Tommy: »Iß noch ein bißchen Reis.« Er tat es. Er hatte hart gearbeitet und mußte viel essen.

In der Nacht zuvor hatte Bush im Schlaf geschrien. Sie sah müde und erschöpft aus und wollte sich zum Ausruhen in ihr Zimmer zurückziehen, uns alleine lassen, damit wir ein wenig plaudern konnten.

»Was hast du so gemacht?« fragte er mich. Seine Haare waren von der Mütze noch ganz verstrubbelt. Ich strich sie glatt. Er nahm meine Hand. Er küßte sie. Und wir lächelten.

»Ich hab zehn Hemden genäht.« Ich zeigte ihm die steif auf Bügeln hängenden Hemden. Er bewunderte sie. Ich mußte zugeben, daß sie wunderschön aussahen, alle aus neuem Stoff, mit roten und blauen Borten. »Mir gefallen sie alle«, sagte er.

»Wenn du meinst.«

»Wie geht's Bush?«

So redeten wir. Dann fragte ich nach seinen vielen Großeltern. Aber hinter all den Sätzen steckte noch etwas Wärmeres, das Glück, zusammensein zu können. Trotz unserer Jugend waren wir unter unserer äußeren Haut, jenseits unserer Worte, schon wie Frau und Mann.

Tommy war anders als die Jungen, die ich zuvor gekannt hatte. Die interessierten sich für Autos, Rock 'n' Roll, Ballspiele und Mädchen; sie waren Kinder. Er war bereits ein Ernährer. Er jagte und fischte mit schmerzlicher Leidenschaft und voller Respekt für die Tiere, so wie es sich gehörte. Ich liebte ihn bereits, obwohl ich nicht wußte, was er von mir halten würde, wenn er von meinem Leben erfuhr.

Wenig später klopfte ich an Bushs Tür: »Ich geh zu Agnes. Soll ich was aus dem Laden mitbringen?«

Sie sagte einfach: »Nein.« Sie schien noch nicht einmal über die Frage nachzudenken. Sie klang schläfrig.

Ich schnürte meine Stiefel und nahm die Hemden, die ich zu Tinselmans Laden bringen wollte. Mir gefiel die Freiheit, gehen zu können, ohne um Erlaubnis bitten zu müssen. Als Tommy und ich draußen waren, kam Bush aus dem Haus gerannt, ohne sich den Mantel auch nur um die Schultern gehängt zu haben. »Angel! Tommy!« rief sie. »Wartet! Mir ist gerade was eingefallen!« Die kalte Luft raubte ihr den Atem, ihr Haar war ganz zerzaust. »Geht bei LaRue vorbei, ja? Er soll euch die alte Karte mitgeben. Er weiß, welche ich meine. Sagt ihm einfach, die älteste.«

»Okay. Bis morgen«, sagte ich. Ich rutschte dicht neben Tommy. Die Hemden legte ich auf den Platz am Fenster. Dann fuhren wir über den blaugrauen See. Ich schaute hinüber zu Tommy, dann aus dem Fenster hinaus, lächelte, während wir über das Eis und die langsam darunter schwimmenden Fische, die verharrenden Wasserpflanzen fuhren.

»Was ist?« sagte er, so wie Männer das tun, wenn sie wissen wollen, ob eine Frau sie mag, und bedauern, daß sie deren Gedanken nicht lesen können. Die Reifen knirschten über den Schnee.

»Nichts. Ich denke nur so vor mich hin.«

Von Tinselman hatte ich noch Geld zu bekommen, so daß ich Mehl und löslichen Kaffee einkaufte, nachdem ich die Hemden dort abgegeben hatte. Für Bush kaufte ich zwei Flaschen Coca-Cola. Sie mochte Cola, aber kaufte sich nie welche. In dem Laden kam die Cola immer noch aus dem Bauch einer Maschine, die Flasche rollte durch einen Schlitz und mußte dann herausgezogen werden. Und ich kaufte Bush etwas Jasminseife, das war ein neues Produkt, und Kondensmilch. Ich achtete darauf, daß ich nicht mehr kaufte, als ich in meinem Bündel tragen konnte. Ich wollte zurücklaufen, und einen Schlitten mochte ich nicht ziehen. Dabei tat mir immer die Schulter weh.

Über Nacht blieb ich bei Agnes und Dora-Rouge. Vom Fenster aus konnte ich sehen, daß der Mond einen Hof hatte; es würde noch mehr Schnee geben. Ein Schneelicht wie in jenem Februar, in dem ich geboren wurde, ein Licht, das sich hinter Grau verbarg.

Als ich in jener Nacht auf meiner Liege lag, träumte ich von Inseln mit moosbedeckten Ruinen. Die Träume waren so deutlich, daß ich an die Existenz dieser Orte zu glauben begann. Früher seien Entscheidungen träumend getroffen worden, sagte Dora-Rouge an dem Morgen, als ich wie ein kleines Kind zu ihr ins Bett kletterte. Ich war längst nicht mehr so verschlossen und holte all das nach, was ich nie bei einer Mutter gefunden hatte, ich legte meinen Kopf auf ein Kissen mit blauen Blümchen, zog mir die Decke bis zum Hals. Wir lagen beide auf dem Rükken, hatten es warm und gemütlich. »Ich habe von Steinen geträumt«, sagte ich zu ihr. Ich schaute auf die Wasserflecken an der Decke, während wir uns unterhielten. Durch Träume, sagte sie zu mir, seien Tiere aufgespürt und gejagt, sei menschliches Leben geplant worden, zu einer anderen Zeit, an anderen Orten.

Obwohl die Liege im Wohnzimmer so unbequem war, hatte ich sie vermißt, genau wie den Duft von Agnes' schlechtem Kaffee und den Staub. Agnes schlief immer noch mit John Husk im Schlafzimmer, obwohl sie sagte, daß er schauderhaft schnarche und dann behaupte, sie wäre es gewesen. Da mußte ich grinsen. Ich hatte immer geglaubt, daß sie es war.

»Du kriegst Hüften«, sagte Agnes beim Frühstück und betrachtete meinen Körper.

Ich lachte. »Jaah. Toll, was?«

»Wieso kommt Bush nicht mehr rüber?«

Ich schlürfte Agnes' schrecklichen Kaffee und log. »Sie muß nähen. Andauernd näht sie. Sie will nicht mehr für LaRue arbeiten.« Es war nicht ganz und gar gelogen. Ich sagte nicht, daß Bush vor Karten hockte, um herauszufinden, wie sie ins Gebiet der Fettesser kommen könnte. Sie würde denken, daß Bush verrückt wäre. Ich befürchtete das ja auch.

Agnes schüttelte den Kopf. »Das ist schlecht für die Augen, wenn sie soviel näht.«

Auch daran hatte ich schon gedacht, daß das Nähen und das Zusammenfügen der winzigen Knochen ihre Augen anstrengte, vor allem, wenn sie dann noch nach der Arbeit auf die Karten starrte. Aber ihre Augen waren scharf. Sie konnte einen Schneehasen im Schnee erkennen. Doch mit ihrem Rücken hatte Bush wegen schlechter Matratzen und Liegen genau dieselben Probleme wie Agnes und ich. Und von der Arbeit im Sitzen. Wir Schwestern der schmerzenden Rücken.

Ich fürchtete mich, zu LaRue zu gehen. Bush hatte geträumt, daß er zwei Mumien gekauft hatte, eine Mutter und ein Kind, das Kind krümmte sich zwischen den gebeugten Knien der Mutter. Und Agnes sagte, das stimme. Sie hatte sie in zwei Glas- und Holz-Containern ankommen sehen. Sie wußte genau wie Bush, daß die Knochen und das konservierte Fleisch der Toten nicht in menschliche Behausungen gehören.

Ich klopfte an LaRues Tür und war erleichtert, als keiner aufmachte und ich nicht hineinzugehen brauchte. Durch die Tür konnte ich die Felle und Knochen und das Formaldehyd riechen, konnte vor meinem inneren Auge den größten Käfer der Welt sehen; er hatte einen dunkelgrünen Panzer. Ich hinterließ LaRue eine Nachricht auf einem Zettel, den ich unter der Tür hindurchschob.

Als ich durch die Poison Road zurückging, hielt Tommy neben mir an. »He.« Er schlug die Tür auf. »Soll ich dich mitnehmen?«

Ich sprang in den Laster und fuhr mit ihm zu Agnes' Haus.

»Soll ich dich nach Hause fahren?«

Nach Hause. Das war so ein bestimmtes Wort, sich seiner selbst so sicher, so endgültig. Aber ich mochte es. »Nein. Ich laufe.«

»Wär kein Problem«, sagte er.

Aber ich bestand darauf, zu Fuß über das Eis zu gehen. »Ich muß laufen«, versicherte ich ihm. Ich schätzte die Zeit mit ihm, aber jetzt wollte ich laufen und über meine Träume nachdenken und darüber, ob Bush nun verrückt war oder nicht. Zu meiner Überraschung hatte ich mich an das Schweigen gewöhnt, empfand es als bereichernd und notwendig. Tommy und ich würden Zeit füreinander finden. Das wußte ich. Ich war geduldig. »Das muß sein, Tommy. Ich muß nachdenken«, sagte ich. Außerdem wußte ich, daß sein Großvater ihn an dem Tag brauchte. Agnes hatte gesagt, der alte Mann hätte Probleme mit den Augen.

Als ich über den gefrorenen See ging, kam ich an ein paar Eisanglern vorbei. Einige hatten Radios laufen, ich hörte im Vorbeigehen die Musik. Jedes Radio sagte etwas aus über den Menschen, der da angelte. Die Beatles. Tammy Wynette. Die Polka Kings. Ich grüßte. So war das dort. Man trifft jemanden auf der Straße und winkt. Begegnet man sich auf dem Wasser, im Boot, hebt man einen Finger. Auf dem Eis nickt man und lächelt. Inzwischen kannten sie mich alle, die meisten. Es war kein großer Ort.

Es war ein langer Weg nach Fur Island. Als ich den See überquerte und seine Stimme hörte, dachte ich an Husks

Worte, daß die Welt lebendig sei, so wie die Menschen. Der See war lebendig. Da war ich mir sicher. Nicht nur, wenn er weitausladend war und sich bewegte, sondern auch wenn er weiß, steif und starr war. Der Perdition River unter dem Eis war lebendig. Und auch das Eis selbst. Und sogar der Winter, der sich in unsere Knochen hineinsang. Die Luft um mich herum schimmerte, wie kurz vor einem Blitzschlag, aus einer Wolke fielen gezackte Eiskristalle.

Ich dachte an die Nordlichter und daran, wie Husk mir einst erklärt hatte, daß sich im Ozean glänzendes Plankton verbinde und ein spiralförmiges Licht ausstrahle und es in der Natur noch viele andere Dinge gebe, die auf diese Art miteinander verquickt seien, wie die Milchstraße, wie die zweifache Helix der Menschen. Ich war sicher, daß auch die Nordlichter dazugehörten.

Als ich nach Fur Island zurückkehrte, war das Licht bereits verblaßt. Mir war warm von der Anstrengung, aber sobald ich das Haus betrat, fing ich an zu frösteln. Bush saß im Dunkeln an dem grünen Tisch. Der Wasserkrug neben ihr hatte eine Eisschicht, und das Feuer war ausgegangen. Sie hatte geweint. Sie schien nicht zu merken, daß ich da war.

»Bush?« sagte ich zaghaft. Ich machte eine Lampe an.

»Die Biber«, war, was sie sagte, als erklärte das ihre blauen Lippen, das ausgekühlte Haus. Es würde Stunden dauern, bis es wieder warm wurde.

Es waren die Biber. Ich verstand. Wirklich. Ich entnahm dem einen Wort: Die Biber waren fast verschwunden, unser Leben war beinahe mit dem ihren ausgelöscht worden, unsere Welt verunstaltet durch jene, die sich die Geheimnisse, das Leben, die Schönheit dieses Kontinents niemals hätten erträumen können. Von alleine würde er sich nie erholen.

Und ich verstand auch, der Winter konnte so tief in die Knochen von Menschen eindringen, daß sie ihr Menschsein vergaßen.

Ich machte mich an die Arbeit. Ich legte Holz aufs Feuer. Ich hängte Bush eine Decke um die Schultern. Sobald das Herdfeuer glühte, machte ich eine Dose Suppe heiß und brachte Bush zum Essen. Dann machte ich im Truthahnbräter Wasser warm und badete Bushs Füße. Und ich traf eine Entscheidung und sagte: »Morgen gehen wir zu Dora-Rouge und sagen ihr, was du vorhast. John Husk wird uns bestimmt zurückfahren.«

In der Nacht ließ ich meine Tür weit offen. Ich sagte, daß ich die warme Luft aus der Wohnstube hereinlassen wollte, aber eigentlich wollte ich nur auf Bush achten. Ich wachte mehrfach auf und sah nach ihr. Sie schlief fest. Mit dem Haar auf dem Kissen, den friedlich geschlossenen Augen wirkte sie verletzlich und weich.

Am nächsten Morgen legte ich noch einmal Holz auf, dann schloß ich die Klappe zur Hälfte, damit das Feuer während unserer Abwesenheit langsam und regelmäßig brannte.

»Ich weiß nicht‹, sagte Bush. »Ich glaube nicht, daß wir ihnen davon erzählen sollten.«

»Das werden wir aber. Das ist doch verrückt.« Ich klang entschieden und sicherer, als ich war, aber gerade, als wir aufbrechen wollten, kam LaRue und brachte die alte Karte. Er roch nach Männerparfüm und trug ein neues, gestärktes Hemd. Sein Haar hatte er zu einem Pferdeschwanz zusammengebunden. Er war hübsch, das mußte ich zugeben, ein Typ wie Tom Jones, aber ich kannte alle Gründe, warum Bush ihn nicht wollte. Sein dunkles Haus war zum Fürchten und roch nach Dingen, die begraben oder dorthin geworfen werden sollten, wo sie herstammten, in den Schlamm oder ins Wasser oder in die Luft. An den Wänden seines Hauses hingen Regale, auf denen präparierte Tiere standen. Er hatte Dosen mit Glasaugen, die in die Gegend starrten, als durchschauten sie alle. LaRue achtete Fische nicht – er beleidigte sie –, und ich war sicher, daß deswegen damals, als ich mit LaRue in das Unwetter geriet, unser Leben gefährdet war, obwohl ich das Wasservolk, das Fischvolk um Vergebung gebeten hatte. LaRue war das Leben nicht wichtig genug.

Ich schaute ihn an. Er war zu sehr auf Bushs Liebe aus. Seine Augen quollen fast aus den Höhlen, obwohl Bush ihn auf Distanz hielt. Aber es war nicht eigentlich Bush, die er wollte, es war eine Frau, jede Frau. Er suchte Erlösung aus seiner Einsamkeit. Ich betrachtete ihn genauer, suchte nach guten Seiten, versöhnlichen Eigenschaften. Bush würde sich nie auf ihn einlassen, das konnte ich sehen. Gleichzeitig dachte ich, vielleicht steckte doch etwas in ihm, vielleicht könnte ich zu ihm durchdringen. In meinen Augen war Bush durch ihre Einsamkeit ein bißchen verrückt. LaRues Gegenwart machte sie allerdings noch verrückter. Als er die Karte aus der Hülle nahm, dachte ich an all die älteren Männer auf dem Festland und daß keiner von denen ihr das Wasser hätte reichen können. Vielleicht sollte ich mich auf LaRue konzentrieren.

»Was für ein Sternzeichen bist du?« fragte ich ihn plötzlich. »Nein, sag's nicht. Ich will raten. Skorpion.«

»Woher wußtest du das?« fragte er.

Als er die Karte anfaßte, zerkrümelten die Ecken. Er brachte ein Opfer, um Bush nahe zu sein. Das, dachte ich, ließ hoffen. In alten Geschichten benahmen sich die Männer so. Sie begaben sich auf eine Mission, auf die Suche, verrichteten eine Aufgabe, überwanden ein Hindernis.

Brachten ein Goldenes Vlies heim. Wahrscheinlich hatte LaRue den Hungrigen Schlund überquert und überlebt.

Vorsichtig rollte er die Karte aus. Ich stand hinter beiden und guckte zu. Die Karte war wirklich wunderschön. Sie trug kein Datum, war aber sehr alt. Das vergilbte Papier fiel an den Rändern auseinander. Es war die am reichsten verzierte Karte, die ich je gesehen hatte. Grundfarbe war ein griechisches Blau, das an manchen Stellen noch ein wenig leuchtete. An den Rändern bliesen Cherubim in die Luft. Es gab Wasserungeheuer, darunter eine gehörnte Schlange mit einem Schwanz. Die Schlange, beziehungsweise der Drachen, war einmal gelb gewesen, vielleicht sogar golden. Wellenlinien mit Pfeilen wiesen die Richtung der Strömungen. Morastige Zonen waren durch Bilder versinkender Gegenstände gekennzeichnet; in der äußersten rechten Ecke streckte sich die Hand eines ertrinkenden Menschen aus dem Schlamm. Oben war ein sinkendes Boot, in dem Indianer als Sklaven für den fernen Kontinent aneinandergekettet waren.

»Guck dir das an«, sagte LaRue. Er hatte eine Lupe in der Hand. Er beugte sich vor, dann lehnte er sich zurück und ließ Bush durch die Linse schauen. Er war glücklich, bei Bush zu sein, und hatte einen zufriedenen Ausdruck im Gesicht, als hätte er ein reichhaltiges Mahl vor sich stehen.

Bush sagte: »Ich habe geträumt, daß du zwei Mumien gekauft hast.«

»Was? Woher weißt du das? Ich möchte eines Tages ein Museum aufmachen. Es war ein günstiges Angebot.«

Ich überlegte schnell. »Wollt ihr noch Kaffee?« frage ich beide.

»Wie auch immer«, sagte sie. »Ich habe von ihnen geträumt. Ich habe sie sagen hören, daß sie wieder zu Erde werden wollen.« Sie klang geschäftsmäßig, so wie immer, wenn LaRue dabei war.

»Nein«, sagte er und schaute sie verwundert an.

»Ich habe sie gehört.« Das sagte sie lauter, als würde das etwas ändern.

Ich wandte den beiden den Rücken zu und setzte Wasser auf. LaRue nutzte das aus. Er glaubte mich außer Hörweite, und ich hörte ihn sagen: »Aber warum nicht? Vielleicht wirst du mich ja mögen.«

Er durchkreuzte meine Pläne.

Ich hörte Bushs Stuhl über den Boden scharren. »Das war's, LaRue. Ich werde nicht mehr für dich arbeiten! Ich kündige. Auf der Stelle.« Sie versuchte, ruhig zu klingen. Sie stand auf und fing an, Knochen in die sauberen, weißen Schachteln zu packen, auch die, die sie schon zusammengefügt hatte.

Bevor noch mehr passieren konnte, goß ich schnell das Wasser auf und kam mit Kaffee zurück, der, wie LaRue, weder stark noch heiß genug war.

Meinetwegen tat Bush so, als wäre nichts geschehen, aber ihr Gesicht war rot. Sie setzte sich wieder.

»Hier ist der Kaffee«, sagte ich. Er hatte kaum Aroma.

Nur einen Augenblick später stand Bush auf und hastete im Zimmer herum. Sie nahm die Vielfraßknochen auseinander, packte sie in eine weiße Schachtel und stellte sie vor LaRue auf den Tisch.

Meine Gedanken rasten. Ich beschloß, mit LaRue und den Knochen zurückzufahren. Ich sagte, ich hätte was zu erledigen.

Bush war erleichtert, daß sie Agnes und Dora-Rouge nicht unser Geheimnis zu enthüllen brauchte.

»Ich komm heute abend zurück«, sagte ich. Ich wollte Bush nicht noch einmal alleine lassen. »Ich habe Agnes versprochen, ihr beim Ausschlagen der Regale zu helfen.«

Bush, die immer noch wütend war, zog eine Augenbraue hoch. »Agnes? Regale ausschlagen?«

Ich dachte an Agnes und das Chaos in ihrem Haus. Das war eine dumme Ausrede. »Na ja, eigentlich will ich zu Tommy. Du weißt schon.«

Sie war immer noch nicht überzeugt, das konnte ich sehen, aber sie hatte keinen Grund, mich dazubehalten, und sie wußte, daß Tommy und ich ineinander verliebt waren.

Ich hatte ein schlechtes Gewissen, fand mich ausgesprochen hinterhältig. Ich tat das Undenkbare, ich wollte in ihr Leben eingreifen. Ich wollte auf LaRue einwirken, den einzigen Mann in ihrem Alter, den es hier gab. Ob sie ihn nun mochte oder nicht, ihre Welt war zu abgeschieden. Sie hatte sich so an ihr Alleinsein gewöhnt, daß sie manchmal beim Kochen sprach. Sie sagte: »Topf. Zwiebel.« Wenn sie süßduftendes Holz hereinbrachte, nannte sie es beim Namen. »Fichte. Birke.« Und manchmal hatten ihre Augen so einen fernen Blick. Ich fragte mich, wie es war, bevor ich kam, wenn sie allein in der Kälte, in der Einsamkeit, im Winterdunkel war.

Als ich mit LaRue aus der Tür ging, rief ich über meine Schulter: »Bis heute abend.«

Sobald wir draußen auf dem See waren, schaute ich LaRue scharf an und sagte: »Auf die Art wirst du sie nie kriegen. Auch keine andere Frau.«

»Was?« Er riß die Augen weit auf. Als er mich anguckte, brach sein Wagen seitwärts aus. LaRue brachte ihn wieder auf die Spur und sagte nichts. Stille war mir inzwischen vertraut, so daß mir das nichts ausmachte. Ich beließ es eine Weile dabei. Dann sagte ich: »Du gehst völlig falsch vor. Mach das Licht an.«

Er starrte stur geradeaus, und als er schließlich den Mund aufmachte, schaute er mich an. »Soll ich dir mal was sagen? Dein Problem ist, daß du denkst, du weißt alles.«

»Und? Was sind deine Probleme?« Ich betonte den Plural. »An Bushs Stelle würde ich dich auch nicht wollen. He, paß doch auf, wo du langfährst.«

Wir fielen wieder in Schweigen. Ich merkte, wie er schluckte, und sein Gesicht schien leicht errötet zu sein. Nach einer Weile sagte ich: »Ich hab ein paar Vorschläge. Willst du sie hören?«

»Was? Nein.« Als wäre er beleidigt.

Aber ich fuhr trotzdem fort. »Keine Frau würde einen Mann wollen, der Mumien im Haus hat. Die müssen weg, LaRue.«

10. Kapitel

Das Frühjahr nahte, als Bush die Karten zusammenrollte, um aufs Festland zu gehen. Inzwischen hatte sie schon einen klaren Kurs im Sinn und war etwas sicherer. »Komm schon«, sagte sie ungeduldig.

Ich folgte ihr. Der See war noch gefroren, aber das Eis fing an zu schmelzen, und es war matschig, als wir darüber gingen.

Überall um uns herum regte sich der Frühling, lag der Duft nach neuem Leben in der Luft, leuchtete das Licht heller. Die Bäume bewegten sich befreit im Wind. Sie knarrten, wenn der Wind durch sie sprach, dem Winter erklärte, er solle sich schleunigst davonmachen, die Sonne zurücksang, die neuen grünen Sprossen lebendiger Dinge. An den Wurzeln brauner Gräser zeigten sich zarte Neuanfänge. Aus dem Schnee ragten die Spitzen grauer Felsen. Überall hörte man Wassertropfen, laufen, glucksen.

Frühling war ein Glaubensbekenntnis, das Vertrauen darauf, daß alles gut werde, daß das Licht zurückkehre. Die gläubige Erde wurde von der Religion der Jahreszeit überwältigt. Öffnen. Anschwellen. Feucht, sanft und erneuert. Ich glaubte, der Frühling drang nicht nur in unsere Träume, sondern auch in die der Elche und Wölfe. Bald würden wir alle wieder dasein, zurück im Leben.

Dora-Rouge und Agnes freuten sich, Bush zu sehen. Sie hatten sich um sie gesorgt, und jetzt begrüßten sie sie warmherzig und liebevoll. Aber Bush war viel zu sehr mit ihrer Reise beschäftigt, um darauf einzugehen. Sobald wir das Haus betreten hatten, noch bevor ich die Stiefel von den Füßen oder Bush ihren Mantel ausgezogen hatte, verkündete Bush: »Ich habe es mir gut überlegt. Ich gehe. Egal, was ihr sagt.« Sie war auf eine Auseinandersetzung gefaßt. Sie klang überhaupt nicht wie sie selbst.

»Wo gehst du hin?« fragte Dora-Rouge.

»Du legst ganz schön aus«, sagte Agnes zu mir.

Ich tat so, als hätte ich nichts gehört. Aber ich hatte mich in ihrem neuen Spiegel gesehen, und ja, ich veränderte mich.

»Ich fahr rauf ins Quellgebiet.« Sie war kurz und knapp, als könnten die anderen versuchen, es ihr auszureden.

»Zieh deinen Mantel aus, Liebes«, sagte Dora-Rouge.

»Vielleicht habt ihr es nicht gehört«, drängte sie fast störrisch. Das lag weniger daran, daß sie fürchtete, die anderen könnten es ihr ausreden wollen, als vielmehr am Tauwetter. Wenn es taut, bewegt sich alles schneller, sogar die Worte.

»Wo, hast du gesagt, willst du hin?« fragte Dora-Rouge.

»Zu den Fettessern.«

Dora-Rouge strahlte, als sie von unseren Plänen erfuhr. »Wie schön.« Zu mir sagte sie: »Ich bin da oben geboren, weißt du«, als hätte ich die Erste Welt im Land der geteilten Wasser im hohen Norden vergessen, ihre Geschichten von den Fettessern, die drei Menschengebiete nördlich von uns lebten und die unsere Vorfahren waren. »Da möchte ich hin, damit ich in Frieden sterben kann.«

»Wir werden dich mitnehmen, Dora«, sagte Bush. Ihre Stimme war wieder weich.

Diesen Teil des Planes kannte ich noch nicht. Mir blieb der Mund offenstehen. Gegen meinen Willen sagte ich: »Was?«

Agnes sah bestürzt aus. Wenn Dora-Rouge ging, dann in den Tod. Bislang hatte Agnes ihre Mutter am Leben gehalten, indem sie sie nicht in ihre Heimat brachte. Und wenn Dora-Rouge sich wirklich zu ihrer letzten Ruhestätte begeben wollte, dann blieb Agnes keine Wahl, sie mußte sie begleiten, wenn sie nicht als lieblos gelten wollte.

Dora-Rouge konnte ihre Aufregung nicht verbergen. »Wirklich? Du nimmst mich mit?« Sie sagte dies voller Staunen, aber nachdem sie unseren Plan vernommen hatte, ließ ihr Elan nach, denn zum erstenmal wurde ihr klar, was das bedeutete. »Aber ich würde euch ja nur zur Last fallen. Das wäre hart für euch.«

»Wer da hinfährt, Großmutter, dem ist alles eine Last.«

Wenigstens war Bush ehrlich. Sie hätte es leugnen können.

Dann wandte sie sich an Agnes. »Dich nehmen wir auch mit. Ich weiß, daß du sie nicht alleine gehen lassen kannst. Und sie würde auch nicht ohne dich aufbrechen. Aber es wird harte Arbeit werden. Wir müssen mehrere Übertragestellen passieren und längere Strecken an Land gehen.«

Bush hatte die leichteste Route mit den wenigsten Stellen, die zu Fuß bewältigt werden mußten, ausgewählt. Immer noch im Mantel, breitete sie zwei Karten aus. »Wir werden manchmal Umwege machen, aber das wird letztlich der einfachere Weg sein.«

»Zieh deinen Mantel aus. Setz dich doch erst mal«, sagte Dora-Rouge. »Wie geht es dir?«

»Ich mache es«, sagte Agnes, obwohl sich zwischen ihren Brauen eine Falte bildete. »Ich schaffe das.«

Ich wußte, daß sie mitkommen würde, ob sie nun wollte oder nicht. Insofern war es ihr gegenüber nicht gerecht, diese Reise zu unternehmen. Agnes setzte sich neben ihre Mutter und lehnte sich vor, um auf die Karten zu gucken. Zwei grauhaarige Frauen am Küchentisch, auf dem Herd kochte Wasser. »Doch, ich bin sicher, ich schaffe es.«

Damals wußte ich nicht, was alles auf uns zukam. Ich wußte nur, was Bush mir gesagt hatte. Dora-Rouge würde getragen werden müssen. »Kein Problem«, hatte ich gesagt, als Bush mir das erklärte. Ich schätzte, daß Dora-Rouge nicht mehr als siebzig Pfund wog. Ich war stark, und auch wenn mein Rücken unter schlechten Betten gelitten hatte, Lasten tragen konnte ich, und was machte da schon Dora-Rouge aus, dachte ich, so ein Leichtgewicht. Ich wußte noch nicht, wie schwer Kanus waren, und all das andere, was wir tragen, hochhieven und ziehen würden müssen.

»An Stromschnellen war ich immer gut«, sagte Agnes. Sie sagte die Wahrheit. Ich hatte gehört, wie sicher sie durch Stromschnellen und weiße Gischt gefahren war. Sie war so etwas wie eine Legende. Tommy hatte mir gesagt, daß die alten Leute gesehen hätten, wie sie aufrecht sitzend kleine Wasserfälle hinuntergefahren und das Kanu sicher ans Ziel gebracht hätte, wo andere sich nur kauerten oder den Kopf schützten und dem Schicksal seinen Lauf gelassen hätten.

»Aber es gibt einen Weg«, sagte Dora-Rouge, »wo wir die meiste Zeit auf dem Wasser bleiben können. Ich erinnere mich daran. Auf dem Weg wurde der Wal hergebracht. Die Route, auf der sie all die Pelze weggebracht haben.«

Diese, die Pelze meines Schlafes.

Bush blickte Dora-Rouge eine Weile lang an. Dora-Rouges Weg war nicht der, den sie geplant hatte, dessen war ich mir sicher. Zweifel zogen wie Schatten über Bushs Gesicht, und ich konnte die Gedanken sehen, die ihr durch den Kopf schossen, die Worte hören, die ihre festverschlossenen Lippen sagen wollten. Sie wollte Dora-Rouge nicht widersprechen, aber ich sah, daß sie dachte, die ältere Frau könnte sich irren.

Ich schaute Bush ins Gesicht, versuchte den Ausdruck darin zu lesen. Ihre Augen waren wie die kleinen runden Bilder von Maria und Jesus, oder wie die kleinen Spiegel, die wir so sehr begehrt hatten, Spiegel, in die unsere Leben gefallen waren, in denen unsere Gesichter gestorben waren. Und ich meinte, in Bushs Augen auch zu sehen, wie wir Dora-Rouge über Land trugen, durch Schlamm, über Steine, Steigungen und Abhänge. Es war, als wäre die Zukunft bereits in mir, neben einer Erinnerung an den Ort, die Menschen, sogar die Strapazen. Und vor meinem geistigen Auge sah ich die Frachtkanus mit Gruppen von Männern und riesigen Bergen von Pelzen, die Biber und Marder und Fuchs vom Leib gezogen worden waren, den kinderähnlichen Tieren mit den offenen Augen, die im Hungrigen Schlund lebten.

Husk hatte mir erzählt, daß Plattwürmer, die mit Stükken ihrer Vorfahren gefüttert werden, sich an das erinnern können, was die Toten gewußt haben. Ein Gedächtnis, das bis in die Zellen reiche, sagte Husk. Vielleicht sah ich deswegen, was ich sah, und dachte ich, was ich dachte. Vielleicht sind Orte und Menschen auch so eine traurige Rückkehr zu sich selbst, eine Erinnerung an das, was vor uns verschwunden ist.

»Ja«, sagte Dora-Rouge und bekräftigte noch einmal ihre Worte. »Das war der Millionen-Dollar-Weg. Wir benutzten ihn oft. Eine alte Wasserstraße. Die Europäer, die nie von diesem Land geträumt hatten, keine Augen dafür hatten, die hatten nur Häute und Pelze im Sinn. Aber ich erinnere mich daran.«

Auch ich sah die Wasserwege. Ich hatte von ihnen geträumt, von glasklaren Seen, Seen aus schwarzem Wasser, das an Land schwappte, vertraut wie Nebenflüsse meines eigenen Blutes.

Agnes sagte: »Mutter, so alt bist du nicht.«

»Doch. Doch, bin ich.« Sie blickte Agnes direkt an. »Dieses Mal bin ich es wirklich.«

Dora-Rouge hatte mir bereits gesagt, daß es dort oben im Norden Pflanzen gebe, aus denen man nützliche Arzneien machen könne. Sie sehnte sich danach, sie zu finden. Ich konnte sehen, wie es in ihrem Kopf arbeitete. Wir würden Samen sammeln, Wurzeln, Anfänge.

Bush kniff die Augen zusammen, als könnte sie so Dora-Rouges Weg erkennen. Sie hatte sich beruhigt. »Wo ist der Weg? Ich hab ihn schon gesucht.« Sie stützte ihre Ellbogen auf die Karte. »Ich hab mir die Augen ausgeguckt und kann ihn einfach nicht sehen.«

Dora-Rouge legte ihre Hand auf Bushs Arm. »Diese Karten sind nicht unsere Erfindung. Karten sind nur Masken über dem Gesicht Gottes. Es gibt andere Möglichkeiten, sich in der Welt zurechtzufinden.«

Während sich der Winter immer weiter zurückzog, schaute ich den Eisschollen nach, die den Fluß hinunterschwammen. Zuerst war ich sehr aufgeregt wegen unserer Reise. Wir würden uns auf den Weg machen. Vier Frauen, jede von uns mit einer besonderen Mission. Ich wollte meine Mutter treffen, die in der Nähe der Fettesser lebte. Bush wollte sehen, was mit dem Wasser werden sollte, sehen, ob stimmte, was die beiden Männer gesagt hatten, und sie wollte den Menschen helfen. Dora-Rouge wollte Pflanzen suchen, die den Menschen nützlich waren, und sie wollte im Land ihrer Vorfahren sterben. Agnes hatte die schwerste Aufgabe. Sie würde ihre Mutter dorthin bringen und dann trauern. Von Stund an war Agnes traurig, was sogar so weit ging, daß sie allem zustimmte, was ihre Mutter sagte. Sogar wenn Dora-Rouge offensichtlich unrecht hatte, schwieg Agnes. Das beunruhigte Dora-Rouge. »Geht's dir gut, Ag?« fragte sie dann. Husk sorgte sich auch. Er versuchte, Agnes zu trösten. Er sagte, der Tod sei nur Materie, die sich in Licht oder Energie verwandele, wir seien sowieso Atome von fernen Sternen und seien einst Steine und Farne und sogar Baumwolle gewesen. Aber auch ich war egoistisch. Ich wollte Dora-Rouge behalten.

Eines Abends zur Essenszeit, als es draußen leise nieselte, kam Frenchie vorbei, ihr sorgfältig frisiertes, kohlschwarzes Haar glitzerte feucht. Sie trug einen langen blauen Chiffonschal um den Kragen ihrer Jacke, der genau zu ihrem Lidschatten paßte und wie ein Fluß ihre Brust hinunterfloß. Vor sich her schob sie einen Bürostuhl, so einen mit vier Rädern und einem verstellbaren Sitz. Er war grau. »Der gehörte der armen Helene. Sie hatte ihn mit nach Hause gebracht. Dora-Rouge, ich glaube, du kannst ihn brauchen.«

Frenchies Augen waren geschwollen. Sie hatte tagelang geweint. Der Tau war gekommen, und nun war sie unendlich traurig. Sie wollte nichts weiter, als nur noch einmal Helenes Gesicht sehen und ihre Hand berühren. Sie hatte nur das eine Bild vor Augen, wie Helene zwischen Walknochen, den Motorschlitten und alten Lastern auf dem Grund des Wassers kauerte. Und es war so ein schmerzliches Traumgesicht, wie Helene da in den mütterlichen Gewässern des Lake Grand schwamm, einem

Säugling gleich, der darauf wartet, geboren zu werden, und nicht wie eine Frau, die gerade in den Tod gegangen war.

An jenem Abend kam LaRue unter dem Vorwand vorbei, uns Fisch bringen zu wollen, aber er kam, weil er zu Bush wollte. Ich wußte, daß er uns zum Festland laufen gesehen hatte. Er war am Morgen unterwegs gewesen, war von seinen Fallen zurückgekommen. Ich hatte seine Fußstapfen gesehen. Inzwischen erkannte ich seine Spur. Das war eine der Eigenschaften des Nordens, die ich mir angeeignet hatte.

»War was in den Fallen?« fragte ihn Husk.

»Alle leer. Das bringt nichts. Ich nehme an, es ist die falsche Jahreszeit.« Er schielte zu Bush.

Agnes sagte. »Aber die Tiere müssen doch hungrig sein nach dem Winter. Und durch die Gegend ziehen.«

»Vielleicht sind alle erlegt.« Husk schüttelte den Kopf. »Das hat's schon gegeben.« Ich konnte sehen, daß Husk sich an die Zeit erinnerte, als er gezwungen war, die letzten Überlebenden zu jagen.

»He, wo habt ihr denn den Stuhl her?«

Dora-Rouge sagte: »Von Frenchie.« Sie übte, sich auf dem Stuhl sitzend durch den Raum zu bewegen, wobei sie eine Krücke mit einer Gummikappe am Fuß zum Staken benutzte.

»Ich hab gar nicht gewußt, daß du Schreibmaschine schreibst.«

»Sehr komisch, LaRue«, sagte ich. Der Duft von LaRues Parfüm stieg mir in die Nase. Kein Wunder, daß er nichts fing, ob Tier oder Frau. Das lag an seinem Geruch. Er hätte genausogut ein Radio dabeihaben können. Aber ich sagte es ihm nicht. Ich wollte, daß er Pech mit den Tieren hatte. Und als ich ihn so betrachtete, überlegte ich, warum ich es mir zur Aufgabe gemacht hatte, Bush und Rue zusammenbringen zu wollen, zwei so verschiedene Leute, LaRue, der glaubte, daß Tiere keinen Schmerz spürten, und Bush, die wie die traditionsgebundenen Menschen wußte, daß die Welt lebte und alle Wesen Gott waren. Ich hatte schon früher mit LaRue über Tiere und deren Schmerzen sprechen wollen, aber ich wußte, er würde nie auf ein Mädchen hören. Ich müßte wissenschaftliche Begründungen suchen, warten, bis ich in einer Zeitschrift klare Beweise fand. Das hatte ich von Husk gelernt. Und ich wußte, daß LaRue an Dinge wie Wissenschaft und das gedruckte Wort glaubte. Husk aber sagte manchmal Dinge, die so offensichtlich waren, daß noch nicht einmal die Wissenschaftler sie sehen konnten.

»Stell dir mal vor!« sagte Dora-Rouge zu LaRue. »Wir fahren in den Norden!«

Er blickte sie an, dann Bush. »Was? Deswegen das Theater mit den Karten?«

Als LaRue die Einzelheiten unserer Reisepläne hörte, schaute er uns kopfschüttelnd an, als wären wir einer scheußlichen Krankheit zum Opfer gefallen.

»He! Es ist Frühling! Was soll ich sonst sagen?« Und er lachte, weil er ganz sicher war, daß wir nicht fahren würden, sicher war, daß wir scherzten.

»Danke für die aufbauenden Worte«, sagte Bush. Sie klang kalt. Aber er hatte schon recht. Frühling war die Zeit der Verrücktheiten. Die warme Luft und das auftauende Eis versetzten die Leute in eine zügellose Hochstimmung. Nach dem dumpfen, einsamen Leben im Winter waren die Leute plötzlich von einer großen rastlosen Sehnsucht besessen. Auch ich spürte das, und es war unbeschreiblich. Männer rasten plötzlich über das Eis und verfolgten etwas, was sie selber gar nicht richtig sehen oder aufspüren konnten, so daß sie schließlich in die dunklen Spalten des auseinanderdriftenden Eises fielen. Junge Männer, die machtlos dagegen waren, erschossen sich. Frauen verließen ihre Häuser, suchten sich einen anderen Mann, eine andere Stadt, ein anderes Land. Frenchie hockte auf der Liege und weinte, während wir mit LaRue an Agnes' Tisch saßen. Später, nachdem Rue gegangen war, schlug Frenchie sich vor Trauer, die den ganzen Winter über angewachsen war, an ihr Herz.

John Husk gab ihr etwas Brandy.

Sie trank ihn und hinterließ einen Lippenstiftrand auf dem Glas.

Wir blieben über Nacht. Früh am Morgen stellte ich einen Kessel mit Wasser auf den Herd. Der Herd war nicht warm genug. Ich stocherte in der Glut und blies hinein, bis ich das Feuer orange aufflammen sah. Ich knallte die Klappe zu

Was LaRue betraf, so dachte ich, er wäre trotz seiner geschmacklosen Bemerkungen Bushs einzige Hoffnung. Während das Wasser zum Kochen kam, ließ ich entsprechende Andeutungen fallen. Ich sagte: »Er sieht irgendwie gut aus, findest du nicht?« Es gehörte zu meinem Plan, ihn begehrenswert zu machen.

Bush hatte eine Rolle Zwirn und eine lange, gebogene Nadel auf dem Schoß und suchte in Husks Fischernetz nach Löchern. »Eigentlich nicht.«

»Ich glaube, der hat was. Irgendwie ist der nett.«

»Nein, den kannst du vergessen.« Sie sagte das routinemäßig, ohne nachzudenken. Sie fädelte Zwirn in die große Öse der Nadel.

Plötzlich schaute sie mich an. »Wieso interessierst du dich so für ihn? Läuft da irgendwas?«

»Was? Mit dem? Nein. Ich doch nicht«, sagte ich schnell.

Am nächsten Tag fand bei Frenchie eine Gedenkfeier für Helene statt. Das kleine Haus war voller Menschen. Es waren sogar Leute da, die ich noch nie gesehen hatte. Fast den ganzen Winter hatten sie in ihren Häusern verbracht, und sie sahen dünn und blaß aus. Ich kam zu spät. Ich hatte mich mit Dora-Rouge unterhalten, die nicht mitkommen wollte. Zuviel Trubel für sie. Sie wollte sich für unsere Reise schonen.

Sobald ich durch die Tür getreten war, bekam ich einen Teller in die Hand gedrückt und wurde zum Tisch geschickt, um mir etwas aufzutun. Ein reichhaltiges Buffet war angerichtet – Brote, Reis, Eintöpfe. Ich hatte keinen Hunger, aber ich aß. Wir mußten essen, wenn jemand gestorben war, als schützte uns die Nahrung vor unserem eigenen Tod. In jenem Jahr wurde so viel aufgetragen, als müßte selbst bei einer Beerdigung gefeiert werden, daß der Hunger sich nicht wieder bei uns eingenistet hatte.

Frenchie trug ein schwarzes Chiffontuch um den Kopf, das sie unter dem Kinn zusammengebunden hatte. In sich versunken aß sie, schaute mit ihren großen traurigen Augen ins Nichts, nahm einen Schluck Wein, dann einen Schluck Kaffee. Sie sagte, so trinke sie am liebsten, Rausch und Ernüchterung in einem.

Tommy war mit den Leuten der Straße der Hundertjährigen da. Sie weinten. Sie hatten so lange gelebt und so viele der jüngeren Generation sterben sehen, hatten es aber nicht geschafft, die nachfolgenden Generationen zu überzeugen, den alten Wegen zu folgen. Sie waren so alt geworden, weil sie die weiße Welt ausblenden und sich jeden Tag darauf konzentrieren konnten, in Ehrfurcht vor dem zu leben, was um sie war.

Andere weinten auch, so wie es die Art meines Volkes war und noch immer ist, sie weinten laut heraus, unbefangen, ohne Entschuldigung, ohne Peinlichkeit. Ich hatte Helene nie kennengelernt, daher blieben meine Augen trocken, obwohl mich das Weinen der anderen berührte. Ich trug das Geschirr zum Ausguß und spülte es. Ich bot Kaffee an und füllte Tassen, und dann stellte ich mich in die Küche ans Fenster. Das sonnenbeschienene Land dampfte.

Mit dieser Feier sollte der Verlust von Helene angemessen gewürdigt werden. Die Tote konnte nicht beerdigt werden. Statt dessen wollte Frenchie Helenes Lieblingssachen begraben. Die Männer hatten heiße Steine auf den Boden gelegt und die Erde mit einer Fackel erwärmt. Es war harte Arbeit gewesen, aber schließlich hatten sie ein langes, schmales Grab ausgehoben, tief und naß. In einer alten Futterkiste aus Holz wurden ein Silberring, ein Paar Creeschuhe, die ihr mal jemand geschenkt hatte, ein Brokken rote Erde, die Helenes Meinung nach Krampfadern heilen konnte, ein Marderfell und ein Kamm aus altem Schildpatt beerdigt. Auch das Bild eines jungen Mannes, den sie einst geliebt hatte, wanderte in die Kiste, zusammen mit einer ungeöffneten Flasche Tweed-Parfüm und einem Taschenmesser, das ihr als Messer und als Flaschenöffner gedient hatte. Die Kiste mit Helenes Sachen wurde in ein kleines, blaues Kanu gestellt mit Helenes Lieblingspuppe, die blondschöpfig mit einem roten Schal dahinter saß, daß es so aussah, als paddelte sie. Das Kanu wurde in den aufgetauten Boden hinuntergelassen und mit Erdbrokken bedeckt. Am meisten rührte mich, daß alles mit einem Lied beerdigt wurde, das nie wieder gesungen werden würde. Helenes Lied. Ich wollte vermeiden, es mir einzuprägen. Frenchie sang mit trockener Stimme, hielt immer wieder inne, weil sich ihr die Kehle zuschnürte, und fuhr dann fort.

Dieses Lied würde ich nie vergessen, auch wenn es beerdigt worden war. So bleibt das Lied in unserem Gedächtnis, dachte ich. Indem es verboten wird. Indem es begraben wird. Es ließ mir keine Ruhe. Ich höre es immer noch, das Lied einer Frau, der ich nie begegnet bin.

Tommy ging mit mir zu Agnes' Haus zurück. Er trug den schwarzen gußeisernen Topf, in dem noch Essen war. Ich spürte, wie über uns das Leben in die Bäume zurückkehrte. Tommy sagte: »Überleg mal, wie viele Leute diesen Topf schon getragen haben.«

Ich tat es. Ich dachte darüber nach. Das Eisen stammte wahrscheinlich aus unserer Erde. Plötzlich war mir klar, wie alt er war, dieser Topf. Er war Zeuge gewesen, als mein Volk ermordet worden war. Unter ihm war Holz von Bäumen verfeuert worden, die es nicht mehr gab, und er war in der Gegenwart von Frauen geschmiedet worden, die nachts sprachen. Jetzt waren auch Frenchies Tränen und Gott weiß welcher Kummer noch ein Teil von ihm. Agnes hatte gesagt, in dem Topf habe einst eine Suppe aus Steinen, Zweigen und Moos gekocht. Essen in mageren Zeiten.

Er hatte auch anderen Zwecken gedient. Mein Großvater Harold war darin gebadet worden, als er klein war. Der Topf hatte einen Fluß beherbergt. Er war lebendig. Eines Nachts hatte ich gedacht, Töne aus ihm zu hören. Ich erzählte Tommy davon, und er nickte, als wisse er genau, was ich meinte. Ich glaube, er war stolz auf mich, daß ich solche Dinge hörte.

Auch draußen hörte ich in der Ferne Gesang. Und immer noch hatte ich das Lied im Ohr, das wir begraben hatten und vergessen sollten.

Ich schaute zu Dora-Rouge hinein. Sie schlief wie ein Kind. Leise zog ich ihre Tür zu. »Ich mach uns Kaffee, ja?« sagte ich.

Ich nahm etwa die doppelte Menge Kaffee wie Agnes sonst. Ich stand am Herd und verharrte auf einmal ganz still. Tommy war hinter mir und nahm mich in die Arme und hielt mich. Am Bauch und an den Oberschenkeln spürte ich die Wärme des Herdes und am Rücken Tommys Wärme. Ich ließ meinen Kopf nach hinten fallen und Tommy küßte meinen Hals, und ich merkte, daß ich weinte, daß mein Gesicht mit Tränen bedeckt war, die ich gar nicht bemerkt hatte. Tommy drehte mich langsam zu sich herum und wischte die Tränen ab, strich mir zärtlich über das Haar. Ich spürte sein rauhes Wollhemd an meiner Wange. Wir haßten den Tod, und wir fürchteten ihn, ich zumindest, aber seine Gegenwart führte, so wie das immer geschieht, nur dazu, daß wir uns um so verzweifelter nach Liebe sehnten, nach der strahlenden Seite des Lebens, uns zu lieben und in die Schöpfung einzutreten. So wird, glaube ich, sichergestellt, daß das Leben weitergeht, daß unser Volk fortbesteht.

Liebe ist ein Anfang, eine verborgene Wärme, die stärker, die lebendig wird; die Seele wendet sich in der Haut und öffnet die Augen. Liebe, das ist mir jetzt klar, ist eine dritte Person, die sich zwischen die beiden Liebenden begibt.

Aus dem Nebenzimmer sagte Dora-Rouge: »Ich kann das Gras wachsen hören.«

Ich blickte zu dem Topf auf der Anrichte. Das Sonnenlicht fing sich in ihm und füllte ihn aus. Ein neues Licht, das aus einem anderen Winkel einfiel, wie ich es hier noch nicht erlebt hatte. Der Frühling.

Als der See so gut wie aufgetaut war und nur noch ein paar Eisschollen auf dem Wasser schwammen, beschloß ich, in die Nähe des Hungrigen Schlunds zu paddeln. Dort spürte ich eine untergründige Strömung, als wickelte sich etwas um mich. Ich meinte Hände, menschliche Hände zu sehen, schneeweiß und dünn, und das Gesicht des Belugas und den roten Schal eines Schlittenfahrers. Ich sang Helenes Lied, als wollte ich es dortlassen.

Über Nacht, auf einen Schlag, wie es schien, wurde die Welt grün. Eines Tages war der Schnee weg, die dunkle Erde sichtbar. Das plötzliche Tauwetter ließ mich glauben, daß ein Gott, irgendein Gott, die Welt an einem Tag, die Tiere am nächsten Tag geschaffen hatte. Und am übernächsten Tag wurden die Bäume zum Sprießen gebracht, dann die Knospen geöffnet. Das Licht veränderte sich. Eis bewegte sich und schwamm. Schlug gegen sich selbst. Dann brachen Teile weg. Ein Loslassen war es, der Winter zerbrach in zwei Hälften, dann in immer kleinere Teile, bis hin zu Atomen und kleinsten Partikeln. Die Welt war voller Töne. Es war ein wunderbares Getöse, diese vielen Stimmen des Frühlings, das Gluckern des Wassers, das brechende Eis, der Wind und die Sterne, die den Vögeln den Heimweg wiesen, so daß sie sogar im Schlaf fliegen, zurückkehren und uns flügellose Wesen zählen konnten.

Sogar die Spinneninsel löste sich und trieb ab, und Bush schickte nach Husk, damit er sie wieder an Fur Island vertäute.

So brach der Winter sein Lager ab.

11. Kapitel

Die Häute der Toten treiben auf uns zu«, sagte Dora-Rouge.

Ich hatte Probleme, das Feuer im Herd in Gang zu bekommen. Ich blies in die qualmende Glut, dann blickte ich über die Schulter zu Dora-Rouge hinüber, weil ich sicher war, nun eine Prophezeiung oder eine Vision von der anderen Welt zu erfahren. Statt dessen hörte ich die quietschenden Räder von Bushs Karren die Straße entlangrattern.

Ich ging ans Fenster. Vor dem weichen, frischen Grün des Frühlings sah Bush klein aus. Sie trug ihre Fischerweste, und ihr Haar war ungebändigt. Hinter sich zog sie einen hölzernen Wagen, auf dem sich Tierhäute türmten, und es sah aus, als würde Bush von einem großen Tier verfolgt, das an ihren Spuren schnuppernd hinter ihr her schlich. Aus der Bewegung des Karrens schloß ich, daß die dicken, gelbgetönten Pelze von Wölfen und die dunklen von Bibern eine ziemliche Last darstellten. Bushs schwere Schritte traten Erdklumpen los. Ich winkte Bush vom Fenster aus zu, aber sie sah mich nicht. Sie schaute stur geradeaus.

Am vergangenen Tag hatten Männer die Straße ausgebessert, Steine zusammengeharkt und Schlaglöcher gefüllt, aber ein kurzer nächtlicher Regen hatte die Straße in ihren unebenen, waschbrettartigen Zustand zurückversetzt.

Blauer Himmel spiegelte sich in den hartnäckigen Pfützen. Bush umging sie. Ein- oder zweimal mußte sie sich umdrehen und mit beiden Händen am Wagen ziehen.

Ich wußte, daß sie sich nur ungern von den Pelzen trennte. Sie bedeuteten Bush etwas, waren mehr als nur das Symbol ihres Kampfes mit den Fallenstellern. Die Pelze waren, was von der Vergangenheit geblieben war. In den Pelzen der Wölfe lebten Gräser und Moose, Wasser und Bäume in den Häuten der Biber. Aber Bush arbeitete nicht mehr für LaRue; die fast fertig zusammengesetzten Schildkrötenknochen und Schalenteile lagen wie uralte, vom aufgewühlten Meer ausgespuckte Brocken vor Bushs dunklem Haus. Bush mußte die Pelze verkaufen, die hinter ihr über die Straße rumpelten, um Proviant für unsere Reise kaufen zu können.

Es war der Tag vor unserer Abreise. Wir waren alle mit Vorbereitungen beschäftigt. Ich ging zum Herd zurück. Das Feuer brannte nicht. Ich steckte das Anmachholz noch einmal an. Diesmal zündete es, und das kleine Feuer fauchte ein wenig wie seine großen Verwandten, die durch Wälder fegen und alles in ihrem Weg verzehren – Bäume, Höhlen und Nester.

Es dauerte nicht lange, da kam Bush mit dem rotgestrichenen, quietschenden Karren zurück. Diesmal war der Wagen mit Hafersäcken beladen, mit Milchpulver, getrocknetem Fleisch, drei Paar olivgrünen Gummischnürstiefeln und dem Rest der Biberpelze, die Bush mitnehmen wollte, um mit ihnen an Stützpunkten und Einkaufszentren entlang der nördlichen Wasserstraßen zu handeln. Im Norden waren manche Dinge wertvoller als Geld, und dies waren erstklassige Pelze, alte, aber dicke und dichte Pelze.

»Das geht verdammt auf die Nerven, wenn du mich fragst«, murmelte Agnes, sobald Bush im Haus war. In den letzten Tagen war Agnes nervös und verwirrt durchs Haus gelaufen, wußte nicht mehr, was sie tat. Jetzt hatte sie vergessen, warum sie ins Wohnzimmer gekommen war.

Bush brachte einen Arm voller Vorräte mit hinein. »Hilf mir mal, Angel.« Agnes' Beschwerde überhörte sie.

Ich legte die Pelze auf die Liege. Sie rochen nach Zedernholz und waren ein bißchen staubig.

Ich glaube, Agnes war wütend über den geplanten Tod ihrer Mutter. Und noch wütender war sie, weil sie keine Wahl hatte und an dieser schwierigen Todesreise teilnehmen mußte. Aber hinter ihrer Wut steckte Trauer, vermutete ich. Ich ging Agnes hinterher in die kleine Waschkammer neben der Küche. Ich redete mit ihr, versuchte sie abzulenken. »Glaubst du, es wird so warm bleiben?« fragte ich.

Sie schaute mich an.

»Und wenn wir da oben Ärger kriegen, was dann?« fragte ich.

»Wer bist du?« gab sie zurück. »Das FBI?«

Ich verzog mich in die Küche. Tat so, als wäre ich beschäftigt, aber ich behielt Agnes im Auge. Mit einem verdrießlichen Ausdruck im Gesicht schob sie Wäsche in die Wringmaschine. Als sie Dora-Rouges weiße Bluse in die Finger bekam, schob sie sie in die Maschine, als säße Dora-Rouge noch darin und Agnes bestrafte sie, doch Agnes' Augen waren feucht.

Dora-Rouge war nicht ein Deut weniger dickköpfig als ihre Tochter. Es war schon lange ihr Traum gewesen, zu den Fettessern zurückzukehren, um dort zu sterben, und sie hatte nicht die Absicht, sich jemals wieder von einem ihrer Kinder von irgend etwas abhalten zu lassen. Die Zeiten waren vorbei. »Du mußt nicht mitkommen«, sagte sie zu Agnes.

Niemanden entging, daß Dora-Rouge inzwischen die einzige war, die aus tiefstem Herzen glaubte, daß wir die Reise zu Ende bringen würden. Selbst Bush hatte begriffen, was für eine Verantwortung wir auf uns nahmen. Sie hatte einen strengen Blick, die Lippen zusammengepreßt. Daß alle Männer uns für verrückt hielten und das auch sagten, machte die Sache auch nicht einfacher. Justin LaBlanc sagte unverblümt zu Bush: »Die stärksten Männer würden sich nicht auf so eine blöde Sache einlassen. Und dann noch mit Dora-Rouge, die getragen werden muß und alles.« Aber trotzdem war die Stimmung im Haus lebhaft, während wir packten. Agnes räumte ihre Schubladen aus und packte ihre langen Unterhosen in einen Rucksack. Ich rollte meine Jeans zusammen, damit sie sich besser verstauen ließen.

Ich hob einen der Gummistiefel auf. »Wozu sind die?« Man konnte sie bis über die Knöchel schnüren.

»Die sind für uns. Komm, gib mir einen.« Bush setzte sich neben die Pelze auf die Liege. Sie zog einen Schuh aus und probierte einen Stiefel an. »Doch, ich glaub, die passen.« Sie stand auf und überprüfte es. »Meine alten geben nicht mehr genug Halt.« Sie erwähnte nicht, daß ihre alten Stiefel vom vielen Laufen durchs Gestrüpp fast hinüber waren und daß sie sie auf den Holzofen zum Wärmen gestellt hatte. »Na, das ist doch mal ein Stiefel.«

»Wie kleidsam«, sagte ich.

Die Stiefel hatten alle dieselbe Größe, sieben. Ein bißchen knapp für mich. Es gab aber keine anderen. Deshalb waren sie im Angebot, der Preis war mit rotem Filzer markiert: $ 4.98.

Als ich vor noch gar nicht so langer Zeit dort angekommen war, hatte ich mich nur für mein Äußeres interessiert. Die Augen hatte ich mit einem dunkelblauen Lidstrich geschminkt, und von meinem Gesicht hatte ich immer nur die heile Seite gezeigt. Ich hatte nie viele Gedanken darauf verschwendet, wie es in mir aussah oder wie ich mich fühlte. Auch praktische Gesichtspunkte hatten mich nie bewogen. Bei Schnee bin ich mit weißen Plastikschuhen zur Schule gelaufen, in denen meine rotlackierten Zehen zusammengequetscht wurden. Und jetzt würde ich Armeeschuhe tragen, hochgeschnürte noch dazu.

Ich überlegte, ob wir vier unseren Bestimmungsort erreichen würden. *Bestimmungsort.* Das Wort gefiel mir, weil da Schicksal drinsteckte. Ich glaubte an eine Bestimmung, so wie ich an Zeichen glaubte. Agnes' Brief mit den gefalteten Dollarnoten war ein Zeichen gewesen. Genau wie ein Specht, der in einen toten Baum hackte. Manchmal lächelte mich jemand auf eine bestimmte Art an, und ich wußte, daß wir Freunde werden oder sich unsere Schicksale auf irgendeine Art verknüpfen würden. Einmal hatte ich deutsche Worte geträumt: *Achtung. Halt.* Am nächsten Tag tauchten bei A&W zwei Jungen aus München in dreckigen Jeans auf, und ich zog mit den beiden zu den Frontier Days in Cheyenne, Wyoming. Ich war sicher, das hatte so sein sollen, daß mein Traum ein Zeichen war. Ich hielt immer nach solchen Zeichen Ausschau. Daher nannte ich die beiden Jungen auch Stop und Look. Aber als ich nun meine Sachen packte, fragte ich mich, ob es wirklich unsere Bestimmung war, diese Reise zu machen. Vielleicht gab es eine andere, der wir nachgehen müßten. Vielleicht war das Schicksal eine endlose, offene Straße. Dunkle Zweifel bedrückten mich. Ich versuchte, sie zu zerstreuen. Angel, sagte ich zu mir, du bist albern, Angel, du bist dies, du bist das. Als ich meine Sachen von der Leine holte, mischten sich in mir Gefühle wie Furcht und Freude, Hoffnung und Sinnlosigkeit, die alle miteinander verbunden waren, als wären die Schicksale der Menschen wie Wurzeln oder Ranken miteinander verwoben. Ich spürte sie im Bauch, diese Zweifel, die Frage, inwiefern es wirklich eine Rolle spielte, ob wir blieben oder gingen. Vielleicht erreichten wir auch ohne diese Reise unsere Bestimmung, wir vier. Und obwohl meine Großmütter mich ohne Vorbehalte akzeptierten, wie ich war – noch langsam, was ihre Lebensart betraf, schnell bei anderen Dingen –, bekam ich kalte Füße. Bush vertraute darauf, daß ich es schaffte, daß ich paddeln und tragen konnte, auch jagen, wenn es sein mußte. Aber ich war nicht so sicher. Für mich war die Frage wichtig, wie stark mein Wunsch war, meine Mutter zu finden, Hannah Wing, deren rotes Haar zu Zöpfen geflochten und mit meinem verbunden war, zumindest, was die Farbe betraf. Ich wollte die Wahrheit über sie wissen, egal, wie sie lautete.

Wir arbeiteten den ganzen Tag, plapperten geschäftig über die Dinge, die wir mitnehmen oder dalassen wollten, bis unsere Ausrüstung und Vorräte schließlich das kleine Wohnzimmer füllten. Zu meinem Ärger sorgte sich Agnes um alles und jedes. Quengelnd quälte sie uns mit Fragen, ob wir genügend Toilettenpapier dabeihätten, ob wir von dem Bürostuhl, mit dem wir Dora-Rouge herumfuhren, die grauen Räder mitnehmen sollten. »Nur für den Fall, daß sie sie braucht«, sagte Agnes, aber Dora-Rouge meinte: »Liebes, mach dir nicht so viele Gedanken um mich. Es gibt von hier bis da sowieso nicht ein Stückchen ebenes Land.« Aber das führte nur dazu, daß sich Agnes neue Sorgen machte.

Ich half Dora-Rouge all ihre Sachen in Kartons zu pakken; sie wollte sie den Leuten schicken, die sie zurückließ. Eine traurige Aufgabe, doch ich verschloß und beschriftete Kartons mit Besteck, mit alten Mokassins und in Zeitungspapier gewickelten Kristallschalen. In den Karton für Frenchie legte ich ein ungebrauchtes Nachthemd und eine Flasche Wein aus dem Jahr 1947, und dann ging ich ins Bad, um mir die Augen zu trocknen. Für die Leute der Straße der Hundertjährigen packte ich Kräuter und Samen ein, darunter ein paar Maiskörner.

Wenn wir schwiegen, hing das Schweigen schwer und niederdrückend im Raum, brauchte mehr Platz als Worte und Zelte. In solchen Augenblicken schob sich Dora-Rouge mit Hilfe eines Paddels auf ihrem Stuhl durchs Zimmer, als säße sie schon im Kanu. Sie rollte zum Fenster und schaute hinaus, um ein letztes Mal zu versuchen, sich das frische grüne Licht der Bäume und all die Dinge, die sie nie wiedersehen würde, sogar die kaputten, verrosteten Autos, über die sie sich so oft beschwert hatte, ins Gedächtnis zu prägen. Ihre Augen glänzten sanft und erinnerten uns alle daran, daß dies ein trauriges Ereignis war.

Dora-Rouge hatte ein schlechtes Gewissen, weil sie die anderen von ihrem Tod ausschloß. Sie wußte, daß ihnen das sehr ans Herz gehen würde, aber die alte Erde rief, und Dora-Rouge fühlte sich der Erde und ihrem eigenen Herzen unbedingt verpflichtet, dieser Verpflichtung mußte sie nachkommen. Aber einmal, als ich einen Briefbeschwerer in eine braune Tüte packte, sagte sie zu mir: »Ich würde mich nie trauen, noch mal zurückzukommen. Alle würden mich hassen, nach dem, was ich ihnen zugemutet habe. Den Briefbeschwerer soll Justin haben, ja?«

Aus Angst vor der Stille fragte ich Bush noch einmal, wieviel Tage wir ungefähr brauchen würden. Ich kannte die Antwort schon. Aber Bush spielte mit. Sie schloß die Augen, versuchte, Schritt für Schritt die Entfernung zu ergründen, und dann antwortete sie, als hätte ich die Frage noch nie gestellt: »Dreizehn. Ganz bestimmt.«

»Das ist ganz schön optimistisch, wenn du mich fragst«, sagte Agnes. Sie gab mir noch eine Rolle Toilettenpapier.

»Pack das oben auf die Tasche.« Sie hatte schon alles mögliche Zeug hinzugefügt, Lotion, ein weiteres Messer. »Das auch noch.« Sie gab mir einen Behälter mit Mortons Salz. »Könnte sein, daß wir austrocknen.«

Und Bush antwortete: »Auf einem See?« Sie hatte die Arme in die Hüften gestemmt, eine weiblichen Geste, die bis heute keiner Erklärung bedarf.

Als wir zu Frenchies Abschiedsparty gingen, schallten uns Stimmen und Fiedelmusik entgegen. Agnes summte auf eine Art vor sich hin, die zeigte, daß sie in ihrer eigenen Welt war, wie so oft in jenen Tagen, wenn sie versuchte, das Plätschern unserer wäßrigen Pläne und das Todesgerede von Dora-Rouge zu übertönen. Ich ging schweigend neben ihr her, noch ganz und gar versunken in meine Gedanken über Schicksal und Bestimmung. Dora-Rouge, die an den Bürostuhl angebunden war und von Bush geschoben wurde, sah aus wie eine dürre Geisel. John Husk ging ein kleines Stückchen vor uns.

»Er ist immer das Alpha-Tier des Rudels«, scherzte Dora-Rouge. »Guckt ihn euch doch bloß an.« Er trug ein gestärktes weißes Hemd, ein frisch gebügeltes. Über uns schwirrten Fledermäuse durch den nächtlichen Himmel.

Immer wieder hörte Agnes auf zu summen, und sie erwähnte noch etwas, was wir unbedingt mitnehmen müßten. »Aspirin könnten wir brauchen«, sagte sie zum Beispiel, und: »Erinnert mich bloß an meine Hamamelis.«

Frenchie hatte sich große Mühe gegeben, ein paar Luftballons aufzublasen, aber sie waren reichlich schlapp geraten, hingen so verkrumpelt und rosa wie Frenchie selbst neben dem »Bon Voyage«-Schild an der Tür.

Drinnen war eine andere Welt. Plötzlich waren wir umgeben von Parfümgeruch, hellblauen Vasen und farbigen Wässerchen, dem Lärm und dem Geflimmer des Fernsehers.

Dora-Rouges Gesicht leuchtete nicht nur wegen des flackernden Bildschirms. »Guckt euch doch mal dieses Zimmer an!« Die Gäste teilten sich wie das rote Meer, um Dora-Rouge durchzulassen.

Keine Frage, es würde ein festliches Ereignis werden. Frenchie hätte es ein Fest genannt, wenn sie nicht so um ihre Tochter getrauert hätte. Trotzdem hatte sie sich größte Mühe gegeben. Beim Blumenhändler in Tinselman's Ferry hatte sie rote Nelken und Schleierkraut gekauft. Ich hatte vollkommen vergessen, daß es so etwas wie Gewächshausblumen gab. Das war ein Maß für die Entfernung zwischen dem Oklahoma, in dem ich aufgewachsen war, und dem Norden, und ich war wie eine dieser Blumen, eine unter unnatürlichen Bedingungen erzwungene Blüte.

Dora-Rouge war starr vor Staunen. »Ein Glück, daß ich noch sehen kann!« Und schon sahen alle Anwesenden den Raum mit Dora-Rouges Augen. Ein wunderschöner Raum, voller Menschen, alles blitzblank geputzt. Sogar die Wände waren abgewaschen worden, selbst die Fenster hatten zu Dora-Rouges Verblüffung keine Streifen. Frenchie legte ihre Fiedel zur Seite, um Dora-Rouge und danach uns innig zu umarmen. Sie trug ihr Sonntagskleid mit den großen roten Pfingstrosen, aber keine Schuhe. Als sie sich über Dora-Rouge beugte, guckten ihre wunderschönen, reifen Brüste ein bißchen aus dem tiefen Ausschnitt ihres geblümten Kleides, und ich roch das Rosenwasser auf Frenchies Haut.

Frenchie nahm wieder ihre Fiedel auf – sie spielte nur in B-Moll –, und sie lachte. Ihr Gesicht leuchtete so klar wie das von Dora-Rouge, obwohl Frenchie diesmal kein Make-up aufgelegt hatte. Während Frenchie fiedelte, setzte sich Justin LaBlanc höchstpersönlich, der Mann, der als die Inkarnation der Macht der Liebe galt, mit einer Flasche Dr. Pepper in der Hand neben sie. Justin lächelte und trommelte mit seinem ungeputzten braunen Schuh auf den Boden, und wenn sie nicht spielte und er nicht aß, hielten sich die beiden wie Jungverliebte die Hände. Er schielte leicht verlegen zu den anderen Männern hinüber, er hatte zwischen ihnen und Frenchie entscheiden müssen, wie er sagte, und von den Männern und deren Gerede über Fisch und Poker und Köder hatte er genug. »Außerdem ist Frenchie eine gutaussehende Frau. Für eine Frau in ihrem Alter hat sie immer noch schöne Beine.«

»Wann ist denn das passiert?« fragte ich.

Dora-Rouge sagte: »An dem Abend, als der Spiegel zerbrach.«

Zwei junge Männer verzogen sich mit ihren Papiertüten, in denen Schnapsflaschen steckten, ins Schlafzimmer. Eine Frau fragte Frenchie, ob sie die beiden rausschmeißen sollte. »Heute nicht«, sagte Frenchie, aber da hatten alle schon die lallenden Stimmen gehört und den Whiskey gerochen. Ein starker Geruch, der sich mit den angenehmen Düften nach Suppe, Brot und Parfüm vermischte, ein betäubendes Gift, das durch das überheizte Haus strömte und es in einen feuchten Sumpf zu verwandeln schien.

Ein paar Kinder aus dem Ort rannten durchs Haus. Ihre Eltern versuchten vergeblich, sie zur Ruhe zu bringen. Frenchie betrachtete die drei Jungen und das eine Mädchen mit versonnenem Vergnügen, aber auch voller Sorge, daß eine Avonflasche oder eine Glasfigur zerbrechen könnten.

Mitten auf dem Tisch stand eine große Terrine mit einer Suppe aus wildem Reis und Schinken.

Ich folgte Frenchie in die Küche. »Kann ich dir helfen?«

Sie hastete hin und her, holte Besteck aus der Schublade.

»Ja, natürlich, Liebes. Bring die Suppenlöffel rein, ja?«

Das Buffet war fast fertig. Die Leute stellten sich schon an. Neben ein paar Stoffservietten standen Schüsseln mit warmem Wasser. »Was ist denn das? Suppe?« fragte Justin. Er war der erste, alle anderen warteten hinter ihm.

Frenchie guckte von der Küche herein. »Was ist was?«

Er deutete auf die Schüsseln.

»Zum Händewaschen.« Sie ging in die Küche zurück und sah nicht, wie sich die Leute anguckten. Niemand grinste oder lachte, obwohl alle es gerne getan hätten. »Fingerschüsseln«, sagte sie später, und es hieß, so ist eben Frenchie, so war sie schon immer.

Als Justin eine Flasche Rotwein aufmachte, tauchten plötzlich wie durch einen Zauber die beiden Männer aus dem Schlafzimmer auf, die eigene Flasche hatten sie auf den Boden des Kleiderschranks zwischen nicht zueinander passenden Schuhen und ein paar hellen, weitausgeschnittenen Kleidern, die von den dünnen Bügeln gerutscht waren, deponiert. Einer der beiden Männer war rund und hellhäutig. An der Hand trug er einen Gipsverband. Er grinste mich an, daß es mir peinlich war. Der andere Mann`war dunkelhäutig und knochendürr, um die Stirn, kurz über die Augen hatte er ein rotes Tuch gebunden. Die beiden füllten sich Teller und Gläser und gingen zurück ins Schlafzimmer.

Später, als Tommy mit vier der stillen Menschen der Straße der Hundertjährigen eintraf, war das ganze Haus erfüllt von Heiterkeit und dem Scharren der Gabeln auf Plastiktellern. Meine Wangen glühten. Ich hatte heimlich etwas von dem Wein getrunken. Einige hatten Teller auf dem Schoß und konnten nicht aufstehen, den Leuten der Straße der Hundertjährigen nicht die Hand reichen oder sie begrüßen, als sie ernsten Blickes den Raum betraten und uns damit ins Gedächtnis riefen, wie wichtig und ernst der Anlaß dieser Versammlung und unserer Reise war. Außer mir schien das zunächst niemand zu bemerken, und mich machte sehr nervös, daß ich den Gesichtern der Alten anzusehen meinte, wir hätten uns übernommen. Oder wir vier kämen alle ums Leben. Nach und nach wurden auch die anderen still, bis selbst der helle Raum düster wurde.

Wiley war dunkel und klein. Er war der mit der jungen Frau, Chiquita, und sie stand mit ihren vierundzwanzig Jahren, das Haar streng zurückgekämmt, neben ihm. Wiley trug ein dünnes Baumwollhemd, darunter ein ärmelloses Unterhemd und hatte die Hosen weit hochgezogen. Er blieb stehen und wartete darauf, daß es still wurde im Raum, dann betete er für Dora-Rouges sicheren Heimgang. Trotz der nunmehr sehr ernsten Stimmung lächelten ein paar Leute während des Gebetes und schauten sich gegenseitig an, besonders Frenchie und Justin. Ich lächelte Tommy an, wobei ich hoffte, daß unser mangelnder Ernst unsere Chancen beim Großen Geist nicht beeinträchtigen würde, wenn wir zu meiner Mutter in die Ferne reisten.

Die Leute der Straße der Hundertjährigen hatten nur kurz bleiben wollen, aber es dauerte nicht lange, und sie ließen sich von der vergnügten Stimmung mitreißen. Die Blumen und die Fiedel, die so seltenen, lärmenden Kinder wirkten trotz der bevorstehenden, endgültigen Abreise von Dora-Rouge ansteckend. »So wollte ich mich immer verabschieden«, sagte sie. Nach einer Weile lächelte sogar Wiley und sagte: »Na, dann kann ich mir ja auch einen netten Abend machen«, und er goß sich ein Glas Coca-Cola ein, und in dem Haus der Parfümflakons und der Puderdosen, der Flaschen und Büchsen schienen alle aufzublühen, und wir hatten unseren Spaß, zumindest eine halbe Nacht lang.

Ich beobachtete Chiquita, ich hätte sie gerne näher gekannt. Trotz ihrer Frisur und ihres Bemühens, sich traditionsgemäß zu verhalten – sie versuchte es wirklich –, schien sie jünger als ich zu sein, weltfremder als alle Mädchen, die ich gekannt hatte. Zum Beispiel war Chiquita von den Parfümflaschen auf Frenchies Tisch beeindruckt und machte keinerlei Anstalten, das zu verbergen. »Du hast Avon!« sagte sie. Sie machte eine rote Flasche auf und roch daran. »Ich liebe Persian Wood.«

»Dann behalt's doch!« Und Frenchie wies mit den Händen jeden Einwand zurück, den Chiquita hätte machen können.

Den ganzen Abend lang hielt Chiquita die geschenkte Flasche in der Hand, als könnte sie ihr jemand stehlen oder als könnte sie ihr durch die Finger rutschen, wenn sie nicht achtgab. Ich notierte mir in Gedanken, daß ich ihr ein paar Mädchensachen mitbringen würde, wenn wir von den Fettessern zurückkämen. Das Leben mit Wiley schränkte sie ein.

Dann wandte ich meine Aufmerksamkeit Tommy zu. Er schöpfte Suppe in eine geblümte Schale und brachte sie mir. Wir standen nebeneinander, voller Furcht vor unserer Liebe und den Worten, die sie stammeln könnte, so daß wir nichts sagten. Erst jetzt dachte ich daran, daß wir uns trennen müßten. Und ich hatte Angst fortzugehen.

Auf der anderen Seite des Raumes stand John Husk, in blitzsauberen und glattgebügelten Sachen. Ganz in seiner Nähe hielt Chiquita Wiley die Parfümflasche unter die Nase. Wiley verzog das Gesicht. »Magst du das nicht?« fragte sie. »Er mag das nicht«, sagte sie zu niemandem im besonderen, wie ein Mädchen, das mit Schwerhörigen zusammenlebt und sich angewöhnt hat, ins Blaue zu sprechen.

LaRue beobachtete Bush von der anderen Seite des Raumes wie ein Raubtier, das gerade ein hilfloses Lamm entdeckt hatte. Er war modisch gekleidet, trug spitze Schuhe und enge Hosen, das Haar hing ihm lose über die Schultern, und in seiner Hemdtasche steckte eine Sonnenbrille. Wenigstens kein Freizeitanzug, dachte ich. Ich warf ihm einen strengen Blick zu, aber er nahm mich überhaupt nicht zur Kenntnis; er hatte nur Augen für Bush, die ihm keinen einzigen Blick gönnte. Sie war damit beschäftigt, Mrs. Illinois zuzuhören. Der besorgte Ausdruck in Bushs Gesicht ließ mich an unsere Reise denken, an unseren Aufbruch am nächsten Tag. Tommy nahm meine Hand, immer noch schweigend, und ich lehnte mich an ihn, spürte die Wärme seines kräftigen Körpers.

Gegen neun Uhr wandte sich die Aufmerksamkeit der Leute wieder uns zu. Die Männer tranken Cola und Wein und überhäuften uns dabei mit guten Ratschlägen. Das lag zum einen daran, daß wir Frauen waren, die sich weit in die zerrissenen Gewässer hineinwagen wollten, aber auch daran, daß die Männer uns für irrsinnig hielten und meinten, die Pflicht zu haben, uns zur Vernunft bringen zu müssen. Sie dachten wohl, wir wären trunken vor Zuversicht statt vom Wein. Deshalb wollten sie uns vor allen Gefahren warnen, die vor uns lagen. Deshalb wollten sie uns klarmachen, daß wir in Gewässer aufbrachen, denen die meisten Männer nicht gewachsen waren, und daß uns wirkliche Gefahren drohten.

»Diese Jahreszeit ist schlecht wegen der Bären«, sagte ein Mann zu mir.

»Das weiß ich«, sagte ich. Ich errötete, als ich hörte, wie abschätzig meine Stimme klang. Pubertäre Arroganz war das. Aber er nahm die schroffe Antwort gar nicht zur Kenntnis.

Aus jeder Ecke kamen gute Ratschläge. »Ihr müßt eure Wege markieren«, sagte ein Mann, und Wiley fügte hinzu:

»Zerbrecht Zweige, falls ihr zurückfinden müßt. Da oben verläuft man sich schnell.« Das wäre vermutlich die ganze Nacht so weitergegangen, wenn nicht Mrs. Illinois die Männer zum Schweigen gebracht hätte. »Schluß«, sagte sie ruhig. »Ihr bringt das Mädchen ja ganz durcheinander. Dora-Rouge ist doch dabei. Die finden den Weg schon.«

Es wurde still im Raum, aber da unsere Reise nun einmal erwähnt worden war, schob Bush auf dem Tisch ein paar Teller und Tassen beiseite, schlug eine ihrer Karten auf, und dann versammelten sich alle im Licht der rosageblümten Lampe.

Bush stellte den Männern, von denen sie wußte, daß sie mit dem Kanu hoch in den Norden gefahren waren, ein paar Fragen. Welche Strömungen wir nutzen könnten, wollte sie wissen, und wo es Wasserfälle und steile Übertragestellen gebe, die man vermeiden sollte.

»Warum läßt du mich nicht mal dein Gesicht schminken?« fragte Frenchie Chiquita, ohne sich um die Sorgen der Männer, ohne sich um die über die Karte gebeugten Leute zu kümmern. Sie hatte ihre Prioritäten. Chiquita, die ihrer Freude keinen Ausdruck geben durfte, roch am Parfüm auf ihrem Handgelenk.

Nur ein paar von Bushs Fragen wurden beantwortet, und selbst diese Antworten klangen nicht allzu überzeugend. Noch gestern schien uns all das so fern, was uns nun unmittelbar bevorstand. Ich wollte nicht mehr fahren. Das wußte ich genau, so genau wie ich die Liebes- und Lebenslinien meiner eigenen Handfläche kannte. Ich hatte ein unbehagliches Gefühl. Bush hatte diesen Plan im Winter ausgebrütet, als sie der Irrsinn von Kälte und Dunkelheit im Griff hatte. Ich haßte, zugeben zu müssen, daß LaRue recht gehabt haben könnte. Nie war ich mir ganz sicher gewesen, ob Bush zurechnungsfähig war. Jetzt verspürte ich Panik aufkommen. Aber ich wußte, daß ich mitfahren würde. Das war mir sonnenklar. Und ich brachte kein Wort des Widerspruchs heraus, auch nicht, als die Männer sagten, es wäre so gut wie unmöglich, die Reise in dreizehn Tagen zu schaffen. Die Pelze waren verkauft, die Kanus schon auf dem *Raben* verstaut, und wir hatten unsere Sachen gepackt. Ich fügte mich in mein Schicksal. Aber trotzdem kam es mir plötzlich in Frenchies Haus eisig vor. Ich sagte mir, so muß sich eine Braut fühlen, der vor der Hochzeit bange ist. Die Aufregung kurz vor dem entscheidenden Moment.

Mrs. Illinois zog sich einen Stuhl heran und setzte sich neben Dora-Rouge. Sie sprach sie mit ihrem alten Namen an. »Ena«, sagte sie. »Ena, erinnerst du dich an die Medizin auf Sleeper Island, diese winzigen Pflänzchen mit den runden Blättern? Kannst du mir welche mitbringen?« Aber sobald sie das gesagt hatte, fiel ihr ein, daß Dora-Rouge nicht zurückkehren würde. Sie schlug sich mit der Hand auf den Mund, obwohl es schon zu spät war.

»Schon gut«, antwortete Dora-Rouge voller Anmut und Stärke. »Ich geb sie Agnes mit.« Sie wollte noch etwas hinzufügen, doch die Wanduhr schlug zehn, und Dora-Rouge war erleichtert, sagen zu können: »Laßt uns die Nachrichten angucken.«

Es war eine Zeit voller Konflikte, die Nachrichten bestürzend. Der Krieg in Vietnam näherte sich zwar seinem Ende, aber noch immer wurden zum Entsetzen und zur Empörung aller mittels unsichtbarer Wellen und Luftpartikel Tote über Land und Meer befördert. An der Front, die uns näher war, in unseren Städten, gewann das American Indian Movement an Bedeutung. Wir hatten ein wenig von den Ereignissen am Wounded Knee mitbekommen, waren aber begierig auf mehr Informationen. Wollten mehr hören und sehen von den jungen Männern mit den Zöpfen. Für uns waren sie starke Krieger. Viele der Leute, die im Raum waren, bewunderten sie, sogar die älteren, und einige hatten schon begonnen, ihr Haar wachsen zu lassen und es wieder zu Zöpfen zu flechten.

Wenn schon das American Indian Movement im Fernsehen wenig Beachtung fand, so war von den Staudämmen und Flußumbettungen im Norden schon gar nicht die Rede. Das wurde alles höchst geheim gehalten, nur durch Mund-zu-Mund-Propaganda weitergegeben. Wenn nicht die beiden Männer mit ihrem Kanu von Ort zu Ort gefahren wären, um den Leuten davon zu berichten, hätten wir gar nichts gewußt.

Die Nachrichten regten Justin auf. Mit zornesrotem Gesicht explodierte er, als könnte er das nicht länger ertragen. »Diese jungen Männer sind wie die Roten!« Kommunisten, meinte er. So nannte er die Mitglieder des AIM. Alle wandten sich von dem grauen Flimmern des Bildschirms ab und starrten Justin an. Er schien das nicht zu merken, guckte weiter auf den Fernseher. Aber auch Frenchie blickte ihn an. »Was?« fragte sie, als hätte sie ihn nicht verstanden. »Was?«

»Sind alles Rote.« Er wiederholte es mit wütender Stimme, die Augen immer noch auf den Fernsehschirm gerichtet, ohne die fragenden Gesichter ringsum zu bemerken.

»Aber Justin LaBlanc. Wie kannst du so was sagen?« Frenchie wartete seine Antwort erst gar nicht ab. »Sie haben recht! Du siehst doch selber, was geschieht.« Er wurde blaß, und sie fing an zu zittern. Verlegen stand sie auf. »Ich kann nicht glauben, daß du so denkst.« Mit schnellen Schritten ging sie in das Zimmer, wo die beiden Männer zwischen den Zierdeckchen, dem Körperpuder und den Spiegeln saßen und tranken. Frenchies hochhakkige Schuhe klapperten. »Raus hier«, hörte ich sie sagen. »Raus hier jetzt!« Und schon standen die beiden mit roten Augen wie belemmert vor uns, Frenchie knallte die Tür hinter ihnen zu, und wir starrten die Männer an, als könnten sie erklären, was los war.

Den Rest der Nachrichten verfolgten wir in unbehaglichem Schweigen, als hätte Justin nichts gesagt, aber kurz danach machten sich ein paar Leute auf den Weg nach Hause. Bevor sie gingen, drückten sie Dora-Rouge lange an sich, und sie weinten. Mrs. Illinois hielt sich mit beiden Händen ein Taschentuch vor das Gesicht und schluchzte hinein.

Nach einer Weile brachte Bush Frenchie ein Glas Wasser. Bush blieb ein wenig bei ihr, und als sie zurückkam, fragte ich: »Was hat sie gesagt?«

»Sie weint.« Und leiser, damit es niemand hören konnte, fügte sie hinzu. »Sie trinkt ihren Whiskey.« Die beiden Männer hatten leere Hände und schwankten, aber noch standen sie.

Aber da kam schon Frenchie wie ein Sturmwind aus dem Schlafzimmer geflogen. »Raus aus meinem Haus!« sagte sie zu Justin. Ihr Gesicht war rot und schwammig. Justin ging zu ihr und legte seine Hände auf ihre Schultern. Er beugte sich so weit herunter, daß er ihr in die Augen sehen konnte, und sagte, als spräche er mit einem Kind: »Ich hab mich geirrt, Baby, das war bloß die gute alte US-Armee in mir, die das Maul aufgerissen hat. Seit ich beim Militär war, hab ich die Stimmen der Gefreiten im Ohr, und sie sprechen sogar mit meinem Mund. Du hörst ja auch deine Mutter. Das sind die Worte von denen und nicht meine.«

Husk und LaRue guckten Justin LaBlanc an, als wäre er verrückt. Dann blickten sie sich gegenseitig an. LaRue schüttelte den Kopf, als wollte er sagen: »Den hat's aber böse erwischt, den Alten.«

Um zu beweisen, wie leid es ihm tat, aß Justin einen von Frenchies Keksen, die er eigentlich nicht ausstehen konnte. Ihr Gesicht war immer noch rot. Sie setzte sich ans Kopfende des Tisches.

Frenchie hatte recht gehabt, da waren wir uns einig. Zum Glück hatte Justin durch die Erfindung der Gefreiten sein Gesicht gewahrt. Jedenfalls zollten ihm alle Respekt dafür, daß er seinen Fehler eingestanden hatte, denn auch sie waren wütend auf ihn gewesen, hatten aber den Mund gehalten.

Als wir schließlich gehen wollten, hatte sich Frenchie wieder beruhigt. Kurz nachdem wir aus der Tür waren, sagte sie: »Wartet. Ich habe was für euch.«

Sie ging ins Haus zurück. Als sie wiederkam, legte sie Dora-Rouge zwei der kostbaren Beutel mit wildem Reis, den sie für Verwandte aufhob, auf den Schoß. Die Beutel steckten in geblümten Baumwollkopfkissenbezügen und waren mit rosa Bändern verschnürt.

Auf dem Heimweg ging Agnes neben mir, in der Hand ein paar der welkenden Gewächshausnelken. Helle Wolken zogen am Vollmond vorbei. Sie schaute auf. »Glaubt ihr, es ist klug, bei Vollmond aufzubrechen?« Inzwischen hatten wir uns an ihre Ängstlichkeit gewöhnt, und niemand antwortete.

Husk schob Dora-Rouge in ihrem Bürostuhl mit den

schweren Reisbeuteln im Schoß die holprige Straße entlang. Obwohl Husk keinen Schluck Alkohol getrunken hatte, wurde der Bürostuhl, den Frenchie mit der Fähre vom Wohnort ihrer Tochter geschickt hatte, hin und wieder schneller, als hätte er einen eigenen Willen.

»Du machst mir die Nieren kaputt«, sagte Dora-Rouge mit zitternder Stimme. »Nicht so schnell.«

Husk gehorchte für eine kurze Zeit, doch schon bald wieder hatte er alles vergessen, und er legte wieder zu.

»Ich mein das ernst! Nicht so schnell.« Ihre Stimme rasselte. Sie streckte einen ihrer winzigen Füße heraus, als wollte sie den Stuhl anhalten. Eine dunkle Wolke zog über den Mond.

»Tut mir leid, wirklich.« Husks weißes Hemd leuchtete in der Dunkelheit, und wegen seiner schwarzen Hosen sah es so aus, als wären keine Beine darunter. Ich schaute zu, wie sich das schwimmende Hemd und das weiche, weiße Haar von Dora-Rouge durch die nächtliche Dunkelheit bewegten. In unseren Kleidern hing noch der Geruch von Frenchies Parfüm. Dora-Rouge rumpelte die schmale Straße entlang. Die Lichter der Häuser fielen auf hohes Frühlingsgras, das eine sanfte Brise wog wie Wasserwellen. Es war eine wunderschöne Nacht, die wiegenden Gräser und das leuchtende Hemd von Husk. Agnes summte mit tiefer, weicher Stimme, diesmal nicht, um die anderen Stimmen zu übertönen, denn wir waren still. Es war eines der Lieder, die so stark waren, daß sie keiner Worte bedurften.

Jedesmal, wenn ich an jenem letzten Abend die Augen schloß, um einzuschlafen, stellten sich Bilder von unserer Reise ein. Im Dunkeln sah ich die beiden Kanus wie dünne Lichter durchs Wasser gleiten, oder wie seidenweiche Kokons, in denen leuchtende Puppen auf das Wachsen ihrer Flügel warteten. Sonnenlicht tanzte auf der schimmernden Haut des Wassers. Von oben schaute ich schwebend zu und hatte kein Gefühl für die Welt dort, außer, daß sie lebendig und gewaltig war und uns aufnahm. Glänzendes Wasser lag vor mir, bis weit in die Ferne. Aber neben meinem Bett stand auch eine Art Trauer. Ich zog mir die Laken bis zum Hals hoch, um diese Trauer von mir fernzuhalten. Vielleicht träumte etwas in mir, was ich nicht kannte. Irgendwie wußte ich, daß ich auf dieser Reise einen Teil von mir verlieren würde, als führe ich aus meiner Haut, sobald wir uns aufs Wasser begaben; Eine Art Sterben. Und ich hatte Angst. Bis dahin hatte ich gefürchtet, daß mich die Nacht und der Schlaf schlucken könnten, daß ich in der Dunkelheit ertrinken könnte, aber jetzt steigerte sich meine Angst und erstreckte sich auf Seen und Flüsse und auf Dinge, die Zähne hatten.

Ich warf die Decken zur Seite. Barfuß ging ich in die Küche, um Dora-Rouges Schlaftrunk zu holen, aber bevor ich noch am Bad war, klopfte es leise an der Tür. Auf Zehenspitzen ging ich hinüber. »Wer ist da?« flüsterte ich an die Tür gelehnt. Aber ich wußte, wer es war. Ich machte die Tür auf. Tommy stand auf der Veranda. Ein sanfter Wind wiegte die Bäume. »Ich möchte bei dir sein«, sagte er.

Ich barg mein Gesicht an seiner Brust und ließ ihn ein. Schweigend legten wir uns beide auf die Liege. Wir waren uns so nah, daß ich sein Herz schlagen hörte. Wir strichen uns gegenseitig über das Haar. Er streichelte mich mit einer unendlichen Zärtlichkeit, berührte sanft mein Gesicht. Seine Arme zeichneten sich dunkel und kräftig gegen das weiße Laken ab. Unsere Körper vereinbarten, daß sie eines Tages Liebende sein würden. Bald schlief ich auf der engen Liege, den Kopf an seinen Schultern und ohne Dora-Rouges Schlaftrunk im Bauch.

Als ich die Augen öffnete, lächelte mich Agnes an und sagte nur: »Hast du den Reis eingepackt?«

Ich nickte.

Sie muß uns eine Weile schlafend betrachtet haben, bevor sie uns weckte, hatte im Rechteck des von der Küche einfallenden Lichtes unsere bloßen, entspannten Arme gesehen, die halb geöffneten Hände, die das Vertrauen schlafender Körper zum Ausdruck brachten, daß sie sicher sind, ein Vertrauen, das im Licht des Tages verlorengeht.

Agnes legte noch eine kleine Weile Decken zusammen, dann wandte sie sich ab und ging in die Küche, so daß wir ohne Peinlichkeiten aufstehen konnten.

Das erste Licht des Morgens zeigte sich als roter Strich im Fenster.

Neben der Liege standen Tommys Stiefel im gelben Licht der Küche. Das sah so vertraut aus, so häuslich.

Es roch nach Schinken, und er war schon fertiggebraten. Bush saß am Tisch. Sie warf einen Blick auf die Karten, in einem letzten, beinahe verzweifelten Versuch, die Struktur des Gebietes zu begreifen.

»Man kann ja nie wissen«, neckte sie Dora-Rouge. »Aber wir haben uns schon mal verirrt.«

Es gab noch einige letzte Dinge zu erledigen. Agnes polierte den Herd auf Hochglanz, arrangierte die welkenden Nelken und staubte ein Regal ab, das sie normalerweise übersah. Husk hatte für Tommy drei Eier in die schwarze Eisenpfanne geschlagen. Sie brutzelten im Fett.

Niemand verlor ein Wort über Tommys Gegenwart. Es war eine natürliche Sache. Ich war die einzige, die deswegen nervös war, obwohl wir nichts weiter getan hatten, als zu schlafen. Und das sah mir eigentlich überhaupt nicht ähnlich. Ich dachte, wie sehr sich meine Leute von denen unterschieden, bei denen ich in Oklahoma gelebt hatte. Hier war es kein Vergehen, mit einem Mann zu schlafen. Liebe hatte nichts mit Sünde zu tun; denn Sünden waren Verbrechen an der Natur, am Leben. Aber es konnte auch sein, daß sie alle wünschten, ich liebte Tommy, damit ich nie fortginge. Was auch immer dahintersteckte, mir gefiel es.

Es war ein Morgen, an dem es überall qualmte. Als wir unsere Vorräte in den rostigen Laster luden, ließ ich mich ein bißchen zurückhängen. Wenn ich zu Bush hinüberschaute, blickten ihre Augen so besorgt wie meine. Wir waren die Verantwortlichen auf dieser Reise. Auf uns lastete die meiste Arbeit, und keine von uns beiden wußte, wie wir Dora-Rouge über die weite Strecke bringen sollten. Gott allein wußte, wie viele Übertragestellen es waren. Dora-Rouge behauptete natürlich, es wären nur wenige. Es würde auch Straßensperren geben, da waren wir sicher, denn die Polizei versuchte, alle außer den ortsansässigen Indianern von der Two-Town-Gegend fernzuhalten. So hieß das Gebiet der Fettesser auf den Karten. Und es konnte auch sein, daß die Wasserwege gesperrt sein würden, bevor wir das Gebiet der Fettesser erreicht hätten. Dann würden wir umkehren müssen. Oder schlimmer noch, auf uns könnte geschossen werden.

Dora-Rouge schaute mich an und sagte, als könnte sie meine Gedanken lesen: »Wir finden schon einen Weg.« Sie war gelassen und schien größer als sonst, ihre Augen strahlten Ruhe aus.

Agnes überprüfte ein letztes Mal die Packsäcke. Sie reckte sich, um einen zu erreichen, der bereits auf der Ladefläche war. Ungelenk machte sie Reißverschlüsse auf, wühlte sie in Seitentaschen, voller Sorge, etwas vergessen zu haben. Sie sah erschöpft aus. Als der Laster endlich beladen war, ging sie zum Haus zurück, um noch einmal einen letzten Blick auf alles zu werfen. Beim Hinausgehen konnte sie es nicht ertragen, die Tür hinter sich zu schließen. Sie ließ sie offen.

Bush schob sie auf den Lastwagen hoch. Dann, als Bush saß, hob Tommy Dora-Rouge auf Bushs Schoß. Dora-Rouge glotzte Husk an, immer noch wütend wegen gestern abend. »Wehe, meine Nieren müssen wieder so leiden!«

»Ich fahr langsam«, sagte er.

Bush fragte, ob die Luft nicht wunderbar rieche.

Nachdem Tommy und ich auf den rostigen Laster geklettert waren, fuhren wir los. Ich wandte mich um und schaute ein letztes Mal auf unser Haus. Vor ein paar Tagen hatte Agnes mit blauem Faden und ungleichmäßigen Stichen das eingerissene Fliegengitter geflickt. Der rote Stuhl stand neben der Tür. Die Tür selber wachte wie ein offenes Auge, wartete, daß wir zurückkämen, das Feuer schürten, schliefen. Innen waren die Schränke verschlossen, die Schubladen leergeräumt, die Töpfe leer, zum erstenmal.

Während der Morgen über den See rollte, die ersten Sonnenstrahlen in den Fenstern der Häuser an unserem Weg ein rotes Feuer entzündeten, ratterten wir die Straße entlang.

In mehreren Autos waren Leute gekommen, die sich von Dora-Rouge verabschieden wollten. Frenchie wischte sich mit einem parfümierten, mit gelber Seide bestickten Taschentuch die Augen trocken, neben ihr stand Justin. Die beiden jungen Männer hatten die Nacht am See verbracht, und jetzt standen sie mit trockenem Gras im Haar da und stellten erstaunt fest, daß alle Partygäste anwesend waren.

Trotz des Lärms der Gerätekisten hörte ich das Wasser an Land plätschern und die Fischer ihre Boote beladen.

Tommy und ich räumten die Sachen vom Laster und trugen sie Stück für Stück zum schwankenden Boot. Es würde knapp mit dem Platz werden. Ein Seetaucher gab einen einsamen Kommentar. Plötzlich war alles bereit, und als John Husk den Motor anließ und den Raben auf den See hinaussteuerte, gab es einen tränenreichen Abschied. Agnes rief Bush etwas zu. Bush beugte sich vor, aber Agnes' Worte wurden sofort vom scharfen Wind verweht.

»Hast du das Moskitonetz?« fragte Agnes. Ich nickte.

Unsere erste Übertragestelle, der wirklich erste Schritt unserer Reise, war lang, steil und felsig. Die Männer halfen uns über das Stück Land. Tommy schob mir den Rucksack mit dem Essen auf den Rücken. Es war ein enormes Gewicht, mehr, als ich gedacht hatte. Das konnte ja heiter werden. Tag Nummer eins, und ich hatte schon genug. Ich schleppte nicht nur Lebensmittel, sondern auch Töpfe, Pfannen, sogar einen Brenner. Tommy klopfte auf den Rucksack, als würde er dadurch leichter. »Wie trägt sich's?«

»Gut«, log ich. Ich stieg den steinigen Weg hinauf. Meine Knöchel fühlten sich an, als brächen sie unter dem Gewicht zusammen, und das Atmen war schwierig. Ich stolperte. Sofort tauchte Bush, beladen wie ein Packesel, hinter mir auf, und ich beschwerte mich: »Das macht meine Knöchel kaputt.« Doch dann schaute ich sie an und mußte lachen. Sie trug einen Rucksack mit Kleidern, Zelten und obenauf eine Plane, in den Händen hielt sie Paddel und Sitzkissen.

»Die Stiefel«, sagte sie. »Die brauchst du.« Sie stellte den Rucksack ab und wühlte darin herum, bis sie die Stiefel fand und auf den Weg stellte. »Zieh sie an.« Sie lehnte sich zurück, fast in eine sitzende Position, und zog den Rucksack wieder auf den Rücken.

Trotz Bushs Hilfe fiel ich beinahe hin, als ich mir den

Rucksack herunterzerrte und ihn auf den Boden setzte. Ich zog meine Schuhe aus und die militärfarbenen Schnürstiefel an. Das fühlte sich nicht wesentlich besser an, aber wengistens hatten sie einen Knöchelschutz.

Bush hob die Sitzkissen und die Paddel auf.

»Warte mal«, sagte ich. Ich konnte meinen Rucksack nicht alleine aufsetzen.

Sie legte die Paddel und die Kissen ab, um mir zu helfen.

Dann hatte ich den Rucksack auf dem Rücken und versuchte, mich auf den Beinen zu halten. Ich gab Bush die Paddel.

»Wir brauchen einen Choreographen«, sagte Bush. Aber ich konnte nicht lächeln. Nicht einmal andeutungsweise. Ich war schon jetzt erschöpft, und bei der nächsten Übertragestelle würden wir auch noch die schweren Pelze selbst transportieren müssen, ohne die Hilfe von Tommy und Husk. Ganz zu schweigen von Dora-Rouge. Schon am ersten Tag verlor ich den Mut, als ich Bush den hügeligen Pfad hinauffolgte. Abwärts rutschte ich mehr, als ich stieg, der Weg war eine trügerische Angelegenheit aus losen Steinen und schlammigen, glitschigen Stellen, ein leiser Vorgeschmack dessen, was uns noch bevorstand.

Ich war nicht die einzige, der Zweifel kamen. An jenem ersten Tag der Reise bemerkten wir auf einmal, daß Agnes nicht mitgekommen war. Bush ging zurück und fand sie schwer atmend auf einem Stein sitzen. Ihr Haar war schweißnaß. Als ich sie sah, sank mir der Mut. Ich hatte keine große Hoffnung mehr. Ich bedauerte, daß Bush Dora-Rouge je von dieser Idee erzählt hatte. Wir würden unser Ziel nicht in zwei Wochen erreichen und auch nicht irgendwann viel später, wie die Männer auf Frenchies Party behauptet hatten.

Für Tag Nummer eins war meine Einstellung miserabel. Ich ging neben Bush her und überlegte laut, warum wir nicht zwischen all den Autobahnen, Eisenbahnstrekken und Luftkorridoren, die für die Protestierer gesperrt waren, einen Weg hatten finden können und warum Dora-Rouge mit dem Sterben nicht noch ein bißchen warten könnte. Die ganze Zeit dachte ich, wenn wir blieben, dann könnte Dora-Rouge länger leben, und wir könnten sie so bei uns behalten. »Ich will sowieso nicht, daß sie stirbt. Außerdem, warum können wir nicht einfach dahin fahren? Warum muß bei dir immer alles so schwer sein?« Ich sagte das, obwohl ich wußte, warum wir nicht einfach mit dem Auto fahren konnten. Nicht nur, weil wir dann niemals unser Ziel erreicht hätten, sondern auch, weil wir Kräuter sammeln und Orte aufsuchen wollten, die Dora-Rouge sehen wollte, sehen mußte.

Just in dem Moment tauchte Tommy hinter uns auf, und ich versuchte so zu tun, als wäre alles ein Kinderspiel. Er trug Dora-Rouge wie einen Sack mit Federn. Sie strahlte vor Begeisterung. Es sei das Land der Reisenden, sagte sie und meinte, die Lieder der Franzosen aus dem Boden steigen zu hören. »Hört ihr das nicht?« fragte sie. Sie sagte, die älteren, die Indianerlieder, lägen direkt darunter. Tommy trug Dora-Rouge an uns vorbei, seine Stiefel knirschten im Geröll. Sie drehte sich zu uns um und machte mit Daumen und Zeigefinger ein Zeichen, daß alles in Ordnung sei, als machte sie die ganze Arbeit selber und es wäre nicht schwierig. Doch selbst Dora-Rouge konnte mich nicht aufmuntern. Auch die Schönheit der grünen Landschaft war kein Trost.

Aber trotzdem, da gab es etwas, das mich lockte, stärker noch als meine Mutter, als heilende Pflanzen oder Staudämme. Bei Bush war es Wasser, das sie rief. Bei mir war es etwas anderes, was ich erst noch verstehen mußte, dem ich aber nicht widerstehen konnte.

Als wir die Stelle erreichten, wo das Land zu Ende war und neues Wasser begann, lief John Husk neben Agnes und trug einige der Pelze. Ich konnte sehen, daß er sich zurückhielt, daß er seine Besorgnis nicht äußern wollte. Tommy hatte den Weg, den ich einmal gegangen war, mit seinen muskulösen Beinen mühelos dreimal zurückgelegt, beim letztenmal trug er das tarnfarbene Kanu umgekehrt auf dem Kopf, als wöge es nichts. Wie Paul Bunyan, der Holzfäller, dachte ich, und lächelte ihm zu.

Dann, viel zu schnell, waren wir am Wasser und konnten nun wirklich aufbrechen. »Das kannst du vielleicht brauchen«, sagte Husk und hielt Bush den Griff einer Pistole hin. »Die Munition ist in der wasserdichten Kiste.« Er zeigte auf die rote Kiste, die auf dem Rucksack mit den Lebensmitteln stand.

Wortlos nahm Bush die Pistole. Auch ihre Zuversicht hatte nachgelassen, und alles Zusätzliche – die Pistole, selbst unsere bleiernen Hoffnungen – erschwerte die Last, die wir tragen mußten. Und dann wurde es plötzlich ernst, kam der Zeitpunkt, vor dem ich mich fürchtete. Wir brachen auf. Husk sah müde aus. Er küßte Agnes. Ein langer Kuß, bei dem er ihren Rücken streichelte. Er hielt Dora-Rouge eine ganze Weile in den Armen. Er nannte sie »meine Mutter«, und als er sich mit Tränen in den Augen umwandte, stolperte er.

Dora-Rouge schaute Husk und Tommy an und all das, was sie nie wiedersehen würde. Diese Welt war ein wunderschöner Ort, voller Leben. Selbst die Luft war wie eine Suppe aus Liebe und Pollen und Sternen, so hatte das Dora-Rouge jedenfalls gesagt; und dann setzte sie sich im Kanu zurecht, als hätte sie immer darin gelebt.

Während wir davonpaddelten, blickten Dora-Rouge und ich uns alle paar Meter um und winkten den beiden Männern am Ufer zu. Jedesmal waren John und Tommy kleiner und weiter entfernt. Dann, als ich mich wieder umdrehte, waren sie weg. Da, wo sie eben noch gestanden hatten, war nichts mehr. Ich winkte trotzdem und spürte ein Ziehen in Brust und Bauch. Über uns schrien die Raben.

Agnes und Bush saßen in dem größeren Kanu, beide paddelten, Agnes allerdings nur sehr halbherzig. Dora-Rouge, die Pelze und ich waren in dem anderen Boot.

Bald lenkte Bush ihr Kanu neben unser tarnfarbenes.

»Das Wasser steht hoch, das ist gut für uns.« Mit sanftem Blick schaute sie Dora-Rouge an, die ins Kanu geschmiegt und mit den Pelzen um sich herum zufrieden zu sein schien. »Wie geht's, Dora?«

»Besser denn je«, sagte sie. Das Licht tanzte in ihren Brillengläsern. »Sieh dich doch um.« Wir waren vom frischen Grün des jungen Frühlings umgeben, die neuen Blätter spiegelten sich im Wasser, der Himmel schimmerte neben den Kanus.

Den ganzen Tag lang paddelten wir kräftig. Manchmal fiel ich in den richtigen Rhythmus. Dann schien es mühelos. Aber die übrige Zeit versteckte ich mich hinter meiner Sonnenbrille und dem windverwehten roten Haar und weinte. Und wenn wir über Land mußten, weinte ich, weil das Gepäck so schwer war, weil mir trotz meiner neuen Stiefel die Knöchel schmerzten, weil ich das ganze Unternehmen für ein Hirngespinst hielt. Ich weinte, wenn ich Dora-Rouge trug und wenn ich stillsaß. Und das ganze wurde dadurch gekrönt, daß ich, die ich niemals zugegeben hätte, einsam zu sein, mich zum erstenmal unendlich verlassen fühlte, nachdem ich John und Tommy hatte verschwinden sehen, und daß auch Dora-Rouge bald für immer aus meinem Leben verschwinden würde, machte es noch schlimmer. Falls eine der anderen bemerkte, daß ich weinte, ließ sie sich nichts anmerken.

Im Laufe des Nachmittags waren die Schatten länger geworden, und wir hatten einen stetigen Paddelrhythmus gefunden, als Agnes einfiel, was sie vergessen hatte. Sie setzte sich kerzengerade auf. »O nein, mein Mantel!« Sie griff sich mit der Hand an die Kehle. »Ich hab meinen Mantel vergessen!«

Bush und ich starrten sie an.

Agnes' Augen füllten sich mit Tränen.

»Wir sind noch nicht sehr weit«, sagte Dora-Rouge. »Wir sollten umkehren.«

Wir hörten auf zu paddeln, die beiden Boote lagen nebeneinander. Die späte Sonne spiegelte sich im Wasser, das uns schaukelte, auch die Bäume hinter uns, alles um uns herum. Wenn wir umkehrten, müßten wir noch einmal die lange Übertragestelle überqueren, müßten wir uns noch einmal von John und Tommy verabschieden. Ich aber wollte nur an Schlaf denken, an weiter nichts.

Agnes überlegte lange. »Nein«, sagte sie. »Wir würden bestimmt noch einen ganzen Tag brauchen, um über den See nach Adam's Rib zu kommen. Wie lange hat das schon gedauert, obwohl wir gebracht wurden.« Trotzdem schien sie unentschlossen. Ich denke, sie hoffte, daß wir ihre Einwände übergehen und dennoch umkehren würden, aber sie sagte: »Dann muß ich eben ohne auskommen.«

Dora-Rouge meinte es ernst, als sie sagte: »Wir sollten umkehren.«

Und Agnes meinte es ernst, als sie sagte: »Nein« und uns zum Weiterfahren aufforderte.

Am frühen Abend hielten wir an, um unser Lager aufzuschlagen. Ich war so unglaublich erschöpft wie noch nie im Leben. Beim Aufbauen der Zelte klapperten die Stangen, und Bush und ich rollten die Schlafsäcke aus. Es war erst gegen sechs Uhr, und am Himmel stand ein wunderbares, rosafarbenes Licht, aber ich fiel sofort in tiefen Schlaf und überließ Bush und Agnes das Kochen, Aufräumen und das Verstauen der Nahrungsmittel an einem hoch zwischen den Bäumen gespannten Seil, außerhalb der Reichweite von Bären. Ich roch noch nicht einmal das Huhn, das zur Feier unseres ersten Abends gebraten wurde. Ich schlief mit einem Stein unter mir, was ich unter anderen Umständen mit Sicherheit nicht ausgehalten hätte.

Am nächsten Morgen erwachte ich mit schmerzenden Muskeln und Blasen an den Füßen, die ich am Vortag gar nicht bemerkt hatte. Hungrig aß ich die Reste des Hühnchens, während Dora-Rouge die hellen Wolken am Himmel betrachtete.

Sobald wir unterwegs waren, an jenem zweiten Tag, kamen wir gut voran, und im warmen Sonnenschein des Vormittags ließen die Schmerzen in meinen Armen nach.

Fast den ganzen Tag lang fuhren wir mit der Strömung und hatten den Wind im Rücken.

Rings um uns lagen die weiten, glänzenden Räume meiner Träume. Manchmal schien es, als wären wir die ersten Menschen, die hier entlangkämen. In der Nähe einer Insel paddelten wir durch seidige Spinnennetze, durch die Pfade und Schöpfungen andersartigen Lebens, die sich nach uns ausstreckten, uns hauchdünn hinterherwehten und an unseren Kleidern und Booten hängenblieben, als trügen wir die Fäden dessen fort, das wir zurückließen, oder als entwirrten wir ein Webmuster der Vergangenheit.

Mittags hielten wir an der nächsten Insel, um uns auszuruhen und zu essen. »Die Vichyssoise wird reichlich überbewertet«, sagte Dora-Rouge, die eine Tütensuppe trank.

Bush warf eine Angel aus und fing drei glitzernde Fische. Hechte. Da sie jetzt kein Feuer machen wollte, wikkelte sie die Fische in Plastik und legte sie zur Kühlung ins Wasser. Wir aßen sie am Abend, grillten sie nach Dora-Rouges Anweisungen auf immergrünen Zweigen, von denen das Fett abtropfen konnte.

Dora-Rouge, die Frau auf dem Weg in die Heimat, war auch in ihrer Erinnerung rückwärts gewandt, so wie jedes einzelne Leben einen geschlossenen Kreis durchläuft. Während Dora-Rouge über das Wasser fuhr, dachte sie an die Zeit, als die Indianerbeauftragten kamen, um sie zur Schule zu holen.

Sie war zwölf, sagte sie, und geschmeidig wie eine Schlange.

Ich war ein wildes Kind. Kletterte auf alle Bäume. Ich fing die Fische aus der größten Tiefe, dabei war ich bloß ein Mädchen. Mein Spitzname war Glasauge. »He, Glasauge«, sagten die Jungen. Ich war bloß klein.

Die Schulbeauftragten schnappten mich, aber ich witschte wie ein Fisch durch ihre großen, blassen Hände; ich schlüpfte einfach durch.

Sie erschreckten mich zu Tode. Ihre Augen waren so blau, daß ich dachte, es wären böse Geister. Und sie waren groß, größer als all die Männer, die ich bis dahin gesehen hatte. Ich floh. Ich rannte. Ich spürte das Gestrüpp an meinem Rock zerren.

Einmal, als ich mich umdrehte, stolperte ich über einen Stein und fiel. Ich wußte, daß mein Bein gebrochen war, ich hörte es knacken. Aber meine Angst war so groß wie der Schmerz. Weinend kroch ich nach Hause. Als ich ankam, war die Haut an meinen Ellbogen und Handflächen zerfetzt.

Ek, meine Mutter, schiente das Bein mit Weidenborke.

Als sie im nächsten Jahr kamen, um die Kinder für die Schule einzusammeln, war ich zu langsam. Sie fingen mich. Ich krallte mich an meine jüngere Schwester und wollte nicht loslassen. Die Männer trennten uns mit Schlägen. Es war so traurig. Als sie mich wegtrugen, streckte meine kleine Schwester die Hände aus, ihre Nase blutete, aus ihren Augen strömten Tränen. »Ena«, sagte sie. »Ena, geh nicht weg. Jemand soll uns helfen, bitte!«

Ich kann sie hören und sehen. Sie trug ein braunes Kleid, ein Kleid, das einmal mir gehört hatte. Sie hat die Arme nach mir ausgestreckt. Es bricht mir immer noch das Herz, wenn ich daran denke. Und nur ein paar Jahre später wurde meine kleine Schwester in eine andere Schule gebracht, und sie lief hinaus in den Schnee, legte sich hin und erfror. Ich hätte es nicht erfahren, wenn nicht ein paar Jungen zur Schule gekommen wären, um es mir zu erzählen. Ich lief nach Hause. Es waren zweiunddreißig Meilen, und es war Winter. Ich trug Stiefel aus Seehundsfell, die ich einem Lehrer gestohlen hatte. Und eine Sonnenbrille hatte ich auch gestohlen. Wegen der Schneeblindheit. Oh, der Weg war schrecklich. In jener langen Nacht schlief ich in einer Eishöhle. Ich wußte, daß es Wintergeister gab, die es auf die Seelen kleiner Mädchen abgesehen haben, aber ich war viel zu müde, um sie zu fürchten. Ich wußte, daß man beim Erfrieren zuerst müde wird. Man sieht Dinge. Ich sah meine Mutter in einem Topf umrühren. Sie sah so schön aus. Wir waren immer glücklich gewesen. Wir haben uns so sehr geliebt. Ich schüttelte mei-

nen Kopf, um wach zu bleiben. Dann sah ich meinen Vater, der mit gefrorenem Fleisch geradewegs aus dem Winter kam, so wie er es immer tat, mit einem Luchs auf dem Rücken. Als käme er gerade aus einem Blizzard. Er sah aus, als wäre er aus Schnee gemacht. Ich träumte von meinem Bruder. Er hat mich immer in den Armen geschaukelt. »Ena«, hatte er gesagt. »Ich hoffe, du wirst häßlich, so daß dich kein Mann will. Dann mußt du hier bei uns bleiben. Und wir können dich behalten.«

Als ich zu Hause ankam, hatte ich Frost in den Fingern. Aber der Schmerz war gar nichts im Vergleich zu der Erinnerung an meine kleine Schwester, wie sie weinte und meinen Namen rief und die selbstgerechten Männer bat, mich loszulassen.

Dora-Rouge schaute auf ihre Hände, als wären sie durch diese Geschichte wieder jung, wie neu geworden. In den Händen steckten viele Erinnerungen – an die sanften Berührungen ihrer Schwester, an den Vater, der ihr beibrachte, mit einem Hundeteam die Fallenstrecke abzufahren, wobei sie ihre Gesichter mit Stoff und Pelzen fast vollständig bedeckten, damit sie warm blieben. Durch Dora-Rouge konnte ich in die Vergangenheit sehen. Ich sah die ferne Vergangenheit, sogar die Zeit vor Dora-Rouge.

Damals, so hatte ich gehört, war es eine Frau, die als erste die weißen Männer in einem Schiff ankommen sah. Sie segelten auf sie zu. Bevor die Frau die windgeblähten Segel des anmutigen Todesschiffes erkannt hatte, hatte sie das Schiff für eine schwimmende Insel gehalten und geglaubt, diese Insel brächte ungewöhnliche, schöne Wesen statt der leidvollen Welt, ihrer wahren Fracht. Niemand hätte ahnen können, daß die Ankunft des Schiffes alles verändern würde, so daß sich schließlich jene Frau und ihr Volk am liebsten wie Dora-Rouges kleine Schwester zum Sterben aufs Eis gelegt hätten. Die Frau, die die Insel auf sich zukommen sah, wußte nicht, daß geliebte Kinder verstümmelt, daß Frauen zerfetzt und zerrissen, daß starke, mutige Männer sterben und sogar ihre Götter massakriert werden würden. Sie wußte nichts von Pferden, den Wesen mit den langen Hälsen, die im Winter an einem Platz stehenblieben und zu Statuen gefroren und im Frühjahr immer noch da waren, reserviert und majestätisch und blau, die Mähnen eisverkrustet, und in der Luft um sie herum glitzerten Eiskristalle.

Im Laufe unserer Reise drangen wir in die Zeit und setzten ihr zu, quälten sie, bis sie auseinanderbrach oder sich irgendwie veränderte. In den kurzen Nächten saßen wir im Feuerschein und schauten auf das lange Gesicht des Mondes im Wasser. Dora-Rouge lag auf den Biberdecken und erzählte uns, wo wir am nächsten Tag entlangkämen. Sie schaute auf die Sterne der immer kürzer werdenden Nächte und sagte: »Der Treffpunkt« oder »Gottesinsel«. Und tatsächlich gelangten wir am nächsten Tag dorthin.

Auf Bushs Karte hieß die Gottesinsel Smith's Island. Dort war früher eine Siedlung gewesen. Schweigend paddelten wir auf die Insel zu und trieben ihr dann langsam entgegen. Die Insel hatte etwas Geheimnisvolles an sich. An einem Ende standen noch ein paar moosbedeckte, eingefallene Steinmauern, wie die Ruine eines Forts. Diese Insel strahlte ein Gefühl von Fülle aus, als wäre sie von Leuten bewohnt, die nicht zu sehen, aber nichtsdestotrotz gegenwärtig waren.

Ein sehr großer Mann war auf der Suche nach Kupfer gewesen, erzählte uns Dora-Rouge. Er gehörte zu einem Volk aus dem Osten, hatte sich aber verirrt und fand schließlich statt des Kupfers diese Insel, die von kleinen Frauen und wenigen, kurz geratenen Männern bewohnt war. Und dort blieb er, statt weiter nach der Insel mit dem roten Silber zu suchen. Nach und nach heiratete er mehrere Frauen, die größere Kinder gebaren, wunderschöne, kupferfarbene Kinder. Wann immer Fremde die Insel betraten, empfanden sie die Menschen dort als so schön und aufrecht, daß sie ihnen wie Götter schienen.

»Gottesinsel«, sagte Dora-Rouge, »das ist ein passender Name. Die Menschen dort fürchteten sich vor keinem Übel und begehrten nichts«, sagte sie. »Schaut, die Bäume sind immer noch da.«

Es stimmte, in der Mitte der Insel standen alte Bäume, die aussahen, als gehörten sie in ein Sumpfgebiet im Süden. Eine Art von Zypressen.

Sogar aus der Ferne wirkte die Insel vertraut. Sie war offen und einladend. Vielleicht war der große Mann deswegen geblieben, dachte ich. Oder vielleicht zog mich das Wort Gott an, ein Wort, über das ich viel zuviel zu wissen glaubte. Das war der, der Hiob gequält hatte, der Abraham die Axt gegen seinen Sohn erheben ließ, der als Wal verkleidet Jonas geschluckt hatte.

Ich weiß jetzt, daß der Name sich nicht auf irgendeine Gottheit bezieht, sondern einfach rufen und beten bedeutet, herbeirufen. Wörter benutzen und singen, sprechen. Und wie die Insel rief. Ich hörte die Töne dieser starken Erde. Es war so schön, daß ich trotz aller Skepsis die Nacht dort verbringen wollte.

»Nein, wir sollten weiter«, sagte Bush, obwohl die Insel uns geradezu zum Verweilen aufzufordern schien. »Die Lagerplätze sind alle besetzt.«

Als ich mich umblickte, mußte ich ihr zustimmen. Etwas lebte dort, etwas, das ich nicht kannte, ein Empfinden, an das ich mich immer erinnerte, und wenn ich es fühlte, nannte ich es Gott, und deshalb begriff ich später, daß Gott alles war, was ich unter den Füßen hatte, alles, was von Wasser umgeben war, und es war in der Luft, so etwas wie einen leeren Raum gab es nicht.

Rückblickend verstehe ich, wie leicht wir den Überblick verloren. Die Zeit, so wie wir sie eingeteilt hatten, löste sich auf. Und jetzt, da wir in eine Art Zeitlosigkeit eintraten, löste die Zeit uns auf. Mittwoch war der letzte Tag, den wir mit Namen nannten, und dann brauchten wir wahrhaftig kein Zeitmaß mehr. Wir waren außerhalb der Zeit, und das war der Moment, in dem ich lebendig wurde. Es war, als hätte ich jahrelang geschlafen und wäre nun wach. Auch den anderen ging es so. Wasser und Erde nahmen uns auf, schluckten uns nach und nach, Zelle für Zelle. Was wir für unser Leben auf der Erde gehalten hatten, existierte nicht mehr, jetzt bestand die Welt aus Wegen, die sie selbst erfunden hatte. Wir waren nur einer der vielen Träume der Erde. Und ich wußte, wir waren nur ein kleiner Traum.

Aber es gab einen Ort im Inneren des Menschen, der mit der Erde sprach, der in die Träume eindrang, so wie die Menschen des Nordens in ihren Träumen die Richtung fanden. Sie träumten von Karten der Erde und der Wasserströme. Sie träumten, wo Tiere lebten, die sie essen konnten. Hungerkarten nannten sie diese Träume, und wenn sie sich danach richteten, fanden sie ihre Beute. Das war die Sprache, die Tiere und Menschen gemein hatten. Auch Heilen fand auf diese Art statt.

»Das versteht keiner mehr. Einst träumten sie von Luchs und Biber«, sagte Agnes. »Früher konnte man sich sogar mit dem Wetter arrangieren.«

Sobald ich die Zeit verlassen hatte, als Donnerstag und Freitag verschwunden waren, hatte ich teil an diesem Träumen. Zahllose Pflanzen durchkreuzten meinen rastlosen Schlaf. Eine Ranke schlängelte sich durch die Dunkelheit, ein erstes spitzes Blatt wuchs aus dem fetten Boden meines Schlafes, öffnete sich in mir oberhalb des Ortes, der die absolute Wahrheit kannte. Es war kein Same, der dort gepflanzt worden war, es war kein kultiviertes Wachstum, sondern etwas Wildes, was dort schon immer gewesen war, abgewartet hatte. Ich sah Ranken kriechen. Innerhalb des dünnen Lides eines Auges öffneten sich Blütenblätter, und im Zentrum jeder Blüte lagen Pollen. Feld, Wald, Sumpf. Ich wußte, wie sie in der Nacht atmeten und daß sie durch diesen Atem mit uns verbunden waren. Das war der älteste Bund des Überlebens. Ich war den Wäldern, durch die der Wind lief, den Moosen und den Flechten geweiht. Irgendwann in meiner Vergangenheit hatte ich das Wissen um dieses das Leben öffnende Licht, um das Einsammeln von Mineralien aus der dunklen Erde, um die Vielfalt von Dickicht und Gebüsch verloren. Jetzt fand ich es wieder. Schlaf verwandelte mich. Ich erinnerte mich an bis dahin vergessene Dinge, wie sich vor hundert Jahren Blätter zur Sonne gereckt, sich Pflanzen im Wasserstrom gewiegt hatten. Etwas Beharrliches drängte mich, und es hatte Morgenregen auf seinen Blättern.

Vielleicht liegen die Wurzeln des Träumens im Bodensatz des Alltäglichen oder im Herzen oder in einem anderen Ort ohne Worte, aber wenn sie zusammenkommen und wachsen, dann sind sie wie der Keim von Wasserstoff und der Keim von Sauerstoff, die gemeinsam Meer, See und Eis schaffen. So verbanden sich die Pflanzen und ich. Sie umgarnten mich mit ihren Stielen und Ranken, und es war eine wunderbare Umarmung.

»Ich wußte, daß es eines Tages in unserer Familie noch

jemanden geben würde, der Pflanzen erträumt«, sagte Dora-Rouge. Ihre Mutter Ek war eine Kräuterfrau gewesen. Ich hätte es im Blut, sagte Dora-Rouge. Ich hätte es rechtmäßig erworben.

»Kannst du sie zeichnen?« fragte sie.

Wir durchsuchten das Gepäck nach einem Bleistift. Aber den Bleistift hatten wir genausowenig dabei wie all die anderen Dinge, die wir zurückgelassen hatten: Kämme, Kugelschreiber, Papier, Schlüssel.

Bush zündete ein Streichholz an, blies es aus und gab es mir. »Hier. Versuch's mal damit.«

Ich lachte. Wenn die Welt unterging, dann wollte ich mit Bush zusammensein. Sie fand immer eine Lösung. »Gute Idee!« sagte ich. Ich wußte Bushs Fähigkeiten zu schätzen. Sie konnte Wasser in der Wüste finden, Nahrung auf einem Eisberg. Sie wußte immer einen Ausweg. Nur diese Gewässer waren das einzige, das sie durcheinanderbrachte.

Sic riß eine braune Tüte auseinander, glättete sie und legte sie vor mich hin, beinahe ehrerbietig. Eine Karte sollte entstehen.

Sorgfältig zeichnete ich, aber nach einer Weile verwischten die Striche, so daß ich mir die Pflanzen nur noch innerlich vorstellte und sie Dora-Rouge beschrieb. »Diese hat dieselbe Farbe wie Salbei«, sagte ich, mit dem Bild der Pflanze vor den geschlossenen Augen. »Sie geht auf wie ein Kreis. Sie wächst zwischen Steinen.«

»Das ist Akitsi«, sagte Dora-Rouge. »Gut gegen Kopfschmerzen.«

Manchmal, wenn wir morgens unsere Sachen gepackt hatten und aufs Wasser hinausfuhren, hatte die Welt eine Farbe wie Kupfer, die Sonne fiel von Osten herein, und von der schwarzen Erde stieg dicker Nebel auf. An anderen Morgen, wenn wir Wasser auf dem Feuer kochten, war die Welt im Nebel versunken, und der Gesang der Vögel klang einsam und weit weg. Es gab Tage, da schafften wir dreißig Meilen, an anderen nicht mehr als zehn. Manchmal hatte ich keine Lust, was zu tun, dann wieder arbeitete ich so hart, daß sogar Agnes' Aspirin und Einreibemittel mich nicht von den Schmerzen in der Schulter befreien konnten und ich mich nach Eis sehnte, und sei es nur ein winziges Stückchen, eisig kalt und glänzend. An anderen Tagen, wenn ich durch flache Bäche stakte oder über einen neuen See glitt, verspürte ich eine tiefe Zufriedenheit.

Wir waren in den Händen der Natur. An jenen Orten verstellten sich die Dinge und waren anders, als sie schienen. Ich paddelte still durchs Wasser und sah, wie ein Fluß aus dem wallenden Nebel auftauchte und sich in den See ergoß. Eines Tages strich ein Fuchs mit dichtem Schwanz durch die Schatten der Bäume, dann verschwand er in einer Wolke. Ich entwickelte neue Sinne. Ich war den anderen Tieren gleichgestellt, hörte mit ihnen, bewegte mich mit ihnen und sah mit ihnen.

Eine Nacht verbrachten wir auf einer Insel, dicht neben den vermodernden, moosbedeckten Überresten eines Bootes, die wie die Rippen eines großen Tieres aufragten. Die Morgensonne drängte als schwaches Licht durch die Zweige der Bäume. Pollen schwammen über das Wasser und sammelten sich, gelb und lebenspendend, entlang des Streifens, wo Wasser auf Land traf.

Eines Tages passierten wir einen langgestreckten Sumpf, den weder Bush noch Dora-Rouge identifizieren konnten. Agnes schaute uns mit über der Brust verschränkten

Armen an. Bush runzelte die Stirn und blickte sich um, als ob sie der Form der Bäume oder dem Gesang der Vögel entnehmen könnte, wo wir waren. Sie holte ihre Karten heraus und versuchte, sich an markanten Stellen zu orientieren. Dora-Rouge lehnte sich mit ihrem knochigen Rücken an einen Schlafsack. »Nun, wir sind an der Gottesinsel vorbei und an den Bootsrippen. Wir müssen also ...« Aber just in dem Moment, bevor sie den Satz beendet hatte, schlug Bush die Karte noch einmal auf, und dabei riß das Papier an den Knickstellen, die Karte fiel auseinander, und Teile davon glitten Bush aus der Hand.

Dora-Rouge lachte. »Wirf sie weg!«

Aber selbst danach, als es nichts mehr nützte, nahm Bush sich abends ein Stück Karte vor, hielt es ins Licht und starrte darauf.

Ich habe nie verstanden, warum sie Papier so ernst nehmen konnte, da sie doch sonst der Welt, die diese Karten geschaffen hatte, nicht über den Weg traute. Immer wollte sie wissen, wo sie war, als veränderte sich alles, wenn sie es nicht wüßte, als bestünde die Möglichkeit, sich zu verirren. Sobald vor uns Frösche in einem Sumpf quakten, wurde Bush nervös. »Auf keiner der Karten ist ein Sumpf, jedenfalls nicht hier«, sagte sie dann. Oder, wenn wir einen Bach überquerten: »Ob das wohl der Willow Creek ist?«

Von Westen her trieben helle Wolken heran. Wir schlugen unser Lager auf. Ich legte Steine im Kreis und machte ein Feuer, dann lief ich über die felsige Insel und stieg ins kalte Wasser. Eine Weile ließ ich mich treiben und machte Hundepaddeln und schaute hinüber zu der Stelle, wo wir lagerten. Von unserem Feuer stieg Rauch auf. Moose und Flechten gab es dort und ruhiges Wasser. Vom See aus sah ich, wie Agnes alleine singend auf eine Baumgruppe zuging.

Ich konnte besser schwimmen denn je. Das Wasser war kalt und schnitt in meine Haut, als hätte es Klingen oder Kanten. Aber ich schwamm. Meine Arme waren schlank und inzwischen muskulös. Im Wasser bewegte ich mich mühelos. Erfrischt trocknete ich mich ab, zog Jeans und Pullover über und machte mich daran, Holz zu sammeln. Längst hatten wir die Arbeiten im Griff. Jede hatte ihre Aufgabe. Holzsammeln war eine von meinen. Und Feuer machen. Bush und ich stellten die Zelte auf, rollten die Schlafsäcke aus. Agnes kochte.

Bald sprudelte das Wasser, und wir tranken schwarzen Kaffee, und ich sah Bush mit zwei Fischen auf einem Brett kommen.

Ich neckte sie. Sie sei eine Träumerin von Glasaugenbarschen, sagte ich zu ihr.

Agnes schaut Bush an, dann die beiden Fische und sagte: »Und wo sind die für dich und Angel?«

An einem Abend schien es kühler als sonst. Die Luft fühlte sich anders an, feiner, sauberer, dünner. In der Ferne sangen Wölfe, ihre Stimmen gaben Laute von sich, die wie eine die Welt von einem Horizont zum anderen bedeckende Wolke über der Erde zu liegen schienen. Wir saßen ums Feuer und lauschten, das Licht auf unseren Gesichtern, die Augen sanft. Agnes wärmte sich die Hände über dem Feuer.

Jede Nacht wurde die Zeit der Dunkelheit kürzer, aber wie schön waren die kurzen Nächte mit den Sternen und den Wölfen.

Als hätten wir es uns zu gut gehen lassen, stieg am nächsten Tag aus den Sümpfen und Marschen eine schwarze Wolke von Mücken auf. Ziemlich spät, meinte Bush. Bis jetzt hätten wir einfach Glück gehabt. Sie griff tief in den Kleidersack und holte weiße Stoffhüte heraus, die sie schüttelte, bis die Krempen aufschlugen. Ich lachte, war aber froh, daß sie sie mitgenommen hatte. »Wo in aller Welt hast du denn die her?« fragte ich. Sie sahen ein wenig wie Safarihüte aus. Bush antwortete mir nicht, sondern konzentrierte sich darauf, im Gepäck nach den Schleiern zu suchen.

Und kurz darauf sahen wir aus wie Bräute auf einer Safari. Die Insekten wurden von unserem warmen Atem angezogen und landeten auf den Schleiern. Schon das Surren machte mich nervös. Ich war dankbar, daß Bush an die Moskitonetze gedacht hatte. Auch unsere Hände mußten wir bedecken. Die hohen Töne der Mücken, die um mich herumschwirrten, schlugen mir auf den Magen. Ich wedelte wie wild, doch mit jeder Bewegung, die ich machte, schienen es mehr zu werden.

»Es hat keinen Sinn, sie wegzujagen«, sagte Dora-Rouge. »Du vergeudest bloß deine Kraft.« Dann sagte sie: »Ich weiß jetzt, was ich wollte. Wir hätten Sumpfblättertee trinken sollen.«

Ja, an den Tee erinnerte ich mich. Jahrhundertelang hatten die Leute im Norden den Tee als Stärkungsmittel, als Abwehrmittel benutzt.

»Wir haben ihn vergessen«, sagte Agnes, fügte aber nicht hinzu, daß Bush den Tee wahrscheinlich in ihrem Eifer, so wenig Gepäck wie möglich mitzunehmen, dagelassen hatte.

Bush machte sich daran, das Feuer zu vergrößern und möglichst viel Qualm zu produzieren. Wir legten grünes Holz auf, Gras und Blätter, bis wir vom Rauch eingenebelt waren.

»Wir brauchen die Teeblätter«, sagte Dora-Rouge hustend.

Meine Augen tränten.

Aber selbst wenn wir noch an dem Tag Sumpfblättertee gefunden hätten, hätte es doch ein paar Tage gedauert, bis genug von den Wirkstoffen in unserem Blut gewesen wäre, um die Insekten abzuschrecken. Unterdessen folterten mich die Insekten am meisten, griffen mich schrill sirrend an und fanden die Stellen, die ich nicht richtig abgedeckt hatte: das Loch in meinen Jeans, die Lücke zwischen Hals und Kragen. Die Hosenbeinöffnungen. »Das liegt daran, daß du soviel Zucker ißt«, sagte Agnes.

Später bekam ich Geschichten zu hören, Geschichten von Karibus und von Menschen, die von Mücken getötet worden waren, entweder waren sie völlig ausgesaugt worden, oder sie ertranken, als sie unter Wasser tauchten, um den Schwärmen der winzigen Insekten zu entkommen.

Als es dunkel war und die Mücken für eine Weile von uns abließen, zog Bush los, um Stiele und Blätter des Tees zu suchen. Vorsichtig paddelte sie mit dem Kanu ins sumpfige Gebiet, wo sowohl die Mücken als auch der Sumpfblättertee zu Hause waren. Bush hatte eine Lampe dabei, die allerdings auch die Insekten frühzeitig aufscheuchen würde.

Ich sah ihr zu, wie sie den See überquerte, das Wasser lag ruhig und glänzend wie Quecksilber.

Mücken sind eine der ältesten Formen des Lebens.

Mücken gab es schon, als die ersten Menschen ihre qualmenden Feuer entzündeten. Das erzählte Dora-Rouge. Die Vorfahren der Mücken hätten die Lieder ihrer Vorfahren gehört, sagte sie, und sie seien dagewesen, als die Franzosen das wasserzerteilte Land durchquerten und dabei Liebeslieder und traurige Balladen sangen. Die Mücken seien dagewesen, als die Pelzhändler auf der Suche nach Pelzen und den dunklen Männern, die sie ihnen anboten, eilig durch die Flüsse paddelten, stromauf und stromab. Die Mücken erinnerten sich an all das Blut, das vergossen wurde. Sie erinnerten sich an die Tiere, die in der Erde versanken.

Manchmal dachte ich, auch ich könnte das alles hören, könnte die einsamen, traurigen Lieder durch die Bäume dringen und von den Ufern der Vernichtung aufsteigen hören. Und dahinter noch hörte ich immer unsere eigenen tiefen Melodien, die Lieder der Erde, die durch die Hüter der Erde sprachen. Manchmal hörte ich in den Liedern der Wölfe wirklich die Alten. Das brachte mich auf den Gedanken, daß wir mit unserer Reise die Routen der Entdecker auslöschten, das Fortschreiten des Handels aufhielten, die Wahrheit einkreisten und aus der Geschichte herausdestillierten.

Wir schwiegen und ließen unsere Körper vom Rauch umhüllen. Am nächsten Tag rang ich mich schließlich dazu durch, mich zum Schutz meiner allzu süßen Haut und zur Linderung der Stiche mit Schlamm einzuschmieren. In der Zeit, die wir für den Abend hielten, hingen Mücken und Schwärme schwarzer Fliegen wie ein Schatten, wie eine dunkle Wolke an den Zelten. Ich schämte mich, daß ich vor ihnen Angst hatte, mehr Angst als vor Bären oder Wölfen oder sogar Vielfraßen. Doch eines Abends, als wir einander anschauten, die Schleier voller lebendiger, dunkler Mücken, die Gesichter voller Schlamm, die Hände mit Handschuhen bedeckt, da mußte ich lachen. Mein Lachen war ansteckend. Agnes sagte: »Das ist nicht komisch.« Aber sie lachte selber.

Während unserer Reise öffnete sich Bush wie die Lilien, die auf manchen der Inseln blühen, zunächst zögernd und zaghaft, dann aber mit aller Macht. Es war, als hätte sie diesen Ort und all das Wasser gebraucht, um darin zu singen, den Raum gebraucht, um die Hände auszustrecken. Wasser und Himmel waren Fenster, durch die sie auf etwas schaute, das über diese Welt hinauswies. Oder vielleicht waren es Spiegel, in denen sie sich selbst sah, ihre Haut, ihre Hände, ihre Hüften, alles nagelneu. Sie war nun so hemmungslos, wie sie zuvor durch Haut, Haus, Insel und Wasser gehemmt gewesen war. Jetzt schien es keine Grenzen mehr zu geben. Bush verschwand in Schatten und im tiefen Wald, oder sie tanzte einen langsamen Tanz, oder sie sprach mit der Erde. Manchmal saß ich nachts am Feuer und sah sie vor dem Hintergrund des dunkelnden Himmels auf uns zukommen oder auf einem Stein sitzen oder wie ein Tier verstohlen in den Wald schlüpfen. Die Zeit perlte an ihr ab. Ihre Augen wurden sanfter. Sie mochte an die Dinge gedacht haben, die ihr Leben geprägt hatten: Verrat, die unheilbaren Wunden durch Hannah, der Verlust von mir, die Einsamkeit, die sie brauchte und die sie nährte.

Manchmal hörte ich auch Agnes singen, in der alten Sprache sprechen, murmelnd, im Zelt.

Agnes erinnerte sich jetzt stärker an die Bärin, und obwohl sie den Pelz nicht dabeihatte, sprach sie mit ihr. Dora-Rouge sang leise Lieder, die wie Wind klangen. Sie las Dinge aus der Bewegung des Wassers, sah Dinge, die wir nicht sehen konnten, wenn das Land und die stummen Nebelfelder an uns vorbeidrifteten.

Und ich, ich lebte im Bewußtsein einer Zeit, die vor den Äxten, vor den Fallen, Feuersteinen und Eisennägeln existiert hatte. In diese Zeit hatten wir uns hineinbegeben, an einen Ort zwischen den Welten. Ich stand im Bann der Wildnis, war dem nahe, was niemand je mit Worten hatte benennen können. Alles verwob und verband sich. Es gab keine scharfe Trennung zwischen Dunkelheit und Licht. Wasser und Luft wurden ein und dasselbe, so wie Wasser und Erde in der sumpfigen Ursuppe der Schöpfung eins waren. In dem klaren Wasser schienen die Steine, über die wir hinwegglitten, nur wenige Zoll entfernt zu sein. Vögel schwammen über Seen. Alles war eins. Die Kanus waren unsere Körper, unsere Haut. Wir fuhren durch grüne Blätter, wilden Reis und Binsen. In kleinen Seen, die übersät waren mit Lilien, hüpften winzige Frösche von den Blättern ins Wasser, wenn wir vorbeikamen.

Manchmal spürte ich Augen um uns herum, die durch die Bäume und den Nebel spähten. Vielleicht waren es die Augen der Erde und der Kreaturen, die uns betrachteten, uns abschätzten. Und wenn ich in die Nacht hineinlauschte, wußte ich, daß es einen anderen Horizont gab, jenseits desjenigen, den wir sehen konnten. Und all dies war sagenumwobenes Land, durch das Götter gewandelt, durch das Menschen gereist waren, die mit dem unendlichen Raum eins sein wollten.

Wir waren stark und mächtig, trugen das Gesicht der Welt, glitten still dahin. Als wir durch dichte Binsen, Sumpf und Wasser fuhren, das so seicht war, daß unsere Paddel den Boden berührten, sagte Dora-Rouge: »Ja, ich glaube, wir hatten uns schon immer verirrt.«

Wir vier wurden wie ein Tier. Wir waren innerlich miteinander verbunden. Ich begriff dies sofort, und es beunruhigte mich nicht. So etwas wie Einsamkeit gab es mit meinen Großmüttern nicht. Zuvor hatte mein Leben nicht über alle seine Ohren, alle seine Augen, all sein Wissen verfügt. Jetzt hatten wir, wir vier, alle dieselben Augen, und wenn Dora-Rouge ihren knochigen Finger ausstreckte und sagte: »Hier entlang«, folgten wir instinktiv jenem krummen Finger.

Ich hatte nie das Gefühl, mich verirrt zu haben. Ich hatte das Gefühl, von neuem gefunden worden zu sein, mich zu öffnen, so wie die winzigen Eier, die wir eines Tages in einem Teich fanden, reife, durchsichtige Eier. Ich beugte mich über sie. In ihnen rührte sich bereits Leben, ein Auge, ein Herzschlag. Eines Tages passierten wir Felswände mit roten, uralten Zeichnungen von Elch und Bär. Es hieß, sie wären nicht von Menschen, sondern von Geistern gemalt worden.

An einem Tag regnete es, aber auch diesen Tag verbrachten wir, als wäre alles unverändert, die vom Wasser schwarzen Baumstämme, die glänzenden Steine, sogar die niedrighängenden Wolken, die über das Land zogen, sich durch die nassen tropfenden Zweige der Bäume zwängten. Es schien, als gäbe es keinen Unterschied zwischen dem Wasser unter uns und dem Wasser über uns.

Ein See folgte dem anderen, eine Insel der anderen, und dann fuhren wir eines Tages still einen ruhigen Fluß entlang. Es war ein hinreißender Tag. Pollen tanzten durch die Luft und landeten wie gelber Schnee auf dem Wasser. Lächelnd schaute ich zu Bush und Agnes hinter uns. »Dora-Rouge«, sagte ich, »es ist so schön.«

Als der Fluß in einen See mündete, kamen wir zu grauen Felswänden, auf denen auch Gemälde waren, rote und schwarze Bilder. Elch und Vielfraß. »Guckt doch«, sagte ich. Ich hörte auf zu paddeln. Eine Regenwolke zog vorüber, und wir hatten Glück, daß leichter Nieselregen fiel, denn als er die Felswand näßte, konnten wir sehen, daß der Vielfraß Flügel hatte. Bei Trockenheit waren die Flügel unsichtbar, sie warteten auf Wasser, um sich zu zeigen. Jetzt war auch ein weißer Vogel zu sehen. »Welches Volk«, überlegte ich laut, »hatte solche Visionen?«

»Dein Volk«, sagte Dora-Rouge. »Meines.«

Unter der Wasseroberfläche waren vage noch mehr Bilder zu erkennen.

»Das Wasser muß gestiegen sein«, sagte Dora-Rouge.

Das stimmte. Unsere Paddel stießen an Baumkronen. An Land standen die Bäume bis zur Hälfte im Wasser, waren aber noch im Untergrund verwurzelt. Sie sahen aus wie Büsche, die an der Wasseroberfläche wuchsen. Zwar hatten wir in unseren Armen noch Kraft für den Rest des Tages, aber wir beschlossen, auf dem hochgelegenen Teil dieser halbertrunkenen Insel zu kampieren, um sie uns genauer angucken zu können.

Ich zog mich schnell aus. Ich wollte in dem Wasser bei der Felswand mit den Zeichnungen schwimmen.

»Sei vorsichtig«, sagte Agnes.

Als ich ins Wasser stieg, blieb mir die Luft weg. Es war kälter als sonst. Und es war klar. Das geflutete Land unter Wasser sah völlig normal aus, nur daß sich die Gräser in der Strömung wiegten und nicht im Wind. Zwischen den ertrinkenden Bäumen war noch ein Pfad zu sehen.

Ich schwamm zu den bemalten Felsen und tauchte mit offenen Augen. Noch nie hatte ich solches Wasser gesehen, so klar und tief. Ich dachte an Bush, die eines Tages am Wasser stehend in ihrer träumerischen Art gesagt hatte: »Zwei Teile Wasserstoff, ein Teil Sauerstoff.« Als ich im Wasser war, verstand ich, wie diese einfachen Elemente sich zu einem Dritten verbanden.

Ganz unten auf der Felswand waren Fische gezeichnet. Direkt darüber Rotwild, das verharrte, als wäre es gerade durch das Knacken eines Zweiges im Unterwasserwald aufgeschreckt worden. Ich vergaß zu atmen, schwamm wie früher, wie vor der Geburt, hatte einen Kiemenschlitz. In dem Moment erinnerte ich mich daran, Fisch gewesen zu sein. Ich erinnerte mich daran, Sauerstoff und Wasserstoff, Vogel und Vielfraß gewesen zu sein. Es war alles da. Ich spürte es in meinem Herzen. Aber später hätte ich nie sagen können, wie ich das hätte nennen sollen. Ich wußte nur, daß meine vielen Mütter und ich uns in Himmel, Wasser und der Galaxie verirrt hatten und daß wir uns auf einem Planeten ausruhten, der so klein war, daß er den anderen Welten bei ihren Umdrehungen verborgen blieb.

Als ich aus dem Wasser stieg, roch ich Kaninchenbraten. Agnes freute sich auf das frische Fleisch. Ich stand am Feuer und drückte mein nasses Haar aus. »Wo habt ihr das Kaninchen her?«

Bush war gerade dabei, sich ein paar Haare auszureißen, um eine Fliege an die Angelschnur zu binden. »Ich hab so getan, als würde ich nicht jagen«, sagte sie. »Paß auf, Angel, du spritzt mich naß.«

»Komm schon, erzähl's mir. Wie hast du's gefangen?« Aber ich wußte wie. Ich hatte schon einmal gesehen, wie sie eine Falle gebaut hatte, aus Zwirn, Zweigen und einem einzigen Nagel.

»In Oklahoma gab es einen Ort wie diesen.« Sie blickte sich um. »Mit Felszeichnungen von Bären. Niemand wußte etwas davon. Das war in einem Wald.« Sie zog ein paar Haare durch eine Schleife. »Mein Onkel lebte in jenen Wäldern. Einmal sah er dreißig Bären zusammen durch den Wald laufen. Er sagte, sie brummten und brüllten und brachen Bäume um, die ihnen im Weg waren. Er war zu Tode erschrocken. Er versuchte, ein Versteck zu finden, wo sie ihn nicht entdecken konnten. Ein Baum vielleicht. Aber Bären klettern auf Bäume. Er kannte auch eine Höhle, aber jedes Versteck, das ihm einfiel, war Bären zugänglich. Doch die waren so mit ihrem gewaltigen Marsch beschäftigt, daß sie überhaupt nicht an Menschen dachten.«

»Das ist kaum zu glauben«, sagte Agnes.

»Ich weiß. Deshalb bin ich sicher, daß mein Onkel sich das nicht ausgedacht hat.«

Agnes wischte etwas Asche von meinem Bein. »Hätte ich doch bloß meinen Mantel.«

Dora-Rouge verriet mir Bushs Jagdtrick. »Sie hat es mit einer Schleuder gefangen. Dazu brauchte sie bloß Angelleine und einen Stock.«

Bush legte die Fliege zur Seite. Sie sah einer Mücke täuschend ähnlich.

»Ich hoffe bloß, dein Köder ist kein Lockvogel«, sagte ich.

An jenem Abend ging Agnes früh schlafen. Wir anderen blieben lange auf und redeten miteinander. Als wir getrocknete Aprikosen in heißes Wasser rührten, hörten wir Agnes im Zelt reden. Die Gespräche über die Bären hatten dazu geführt, daß sie jetzt die Bärin suchte, die sie kannte. Sie wollte mit ihr sprechen, versuchte die Bärin zu rufen, die seit ihrem zwölften Lebensjahr ihre Gefährtin gewesen war.

Ohne den Mantel schien Agnes wie ohne Haut zu sein, und das bißchen Fleisch, das sie noch auf den Knochen hatte, schien so locker zu sitzen, daß sie einfach aus ihm hinaustreten und es zurücklassen könnte. Jeden Tag schlief sie länger. Sie fühlte sich eingepfercht, sagte sie, vom Boot, dem Schlafsack und dem Zelt, sogar von ihrer Haut. Sie war müde. Ich sagte mir, das hat nichts zu bedeuten; es lag daran, daß der Mantel nicht da war. Nun versuchte Agnes, die Bärin auf eine andere Art herbeizurufen, sie sang Bärenlieder, tanzte einen geheimen Tanz, den sie Bärenschritt nannte, sprach ehrfürchtig mit fest geschlossenen Augen zu der Bärin.

Ich machte mir Sorgen um sie, und ich dachte: Wenn nun einer von uns etwas zustößt? Es war niemand da, der uns hätte helfen können. Wir waren alleine.

Auch Dora-Rouge schien das durch den Kopf zu gehen. Wenn sie Agnes beobachtete, schürzte sie die Lippen, schirmte sogar ihre Augen vor der Sonne ab, um Agnes besser sehen zu können. »Vielleicht sind's die Nerven«, sagte Dora-Rouge, als hätte ich meine Gedanken laut ausgesprochen.

»Die Europäer nannten diese Welt gefährlich«, sagte sie. Und ich meinte, sie zu verstehen: Sie waren in die Falle getappt, die sie sich selbst durch die Zerstörung dieser Welt gestellt hatten, die älteste Art des Fallenstellens, die älter war als Zwirn und Zweige. Die Hinterlassenschaft der Europäer, das wurde mir klar, bestand darin, daß sie allem den Geist genommen hatten, den Tieren, Bäumen, Angelhaken und Hämmern, all den Dingen, die den Indianern Verbündete waren. Sie hatten vergessen, wie man lebte. Vorher waren alle gut miteinander ausgekommen – Luchs und Frauen, Fallensteller und Biber. Jetzt hatten die meisten von uns ausdruckslose Seelen, schweigende Geister und verzweifelte Herzen.

»Wenn die Jäger früher ein Tier töteten«, sagte Dora-Rouge, »dann blendeten sie es zuvor. Sie wollten nicht, daß es mit ansehen mußte, was mit seinem Körper geschah. Sie banden die Füße getöteter Vögel zusammen, so daß deren Geister nicht mit den Jägern mitkämen. Sie schnitten die Tatzen der Bären ab, so daß ihre Seelen sie nicht verfolgten.« Aber jetzt, erklärte sie mir, wurden die Männer von etwas anderem verfolgt, etwas, das sie in sich hatten, das sie vergeblich zu vergessen versuchten. »Deshalb haben Tiere und Menschen aufgehört, miteinander zu reden.«

Aber auf dieser Reise dachte ich zuweilen, die Stimmen

der Welt zu hören, die Stimmen aller Dinge und Wesen um uns herum – der Steine, der Gewässer, die zur Mündung strebten, des Fischadlers mit dem Fisch in den Klauen, sogar der kleinen Fischchen und des Laichs. Ich hörte, wie Bäume mit ihren Wurzeln die Erde hielten.

»Einst konnten wir sie bitten, etwas für uns zu tun, uns den Weg nach Hause zu zeigen, uns Schmerzen abzunehmen«, sagte Dora-Rouge. »Und sie halfen uns. Ich glaube, dieses Wissen wurde am zehnten Tag der Schöpfung gegeben«, sagte sie. Und solche, die nichts davon wüßten, seien unfertige Kreaturen, auf ewig verflucht, auf dieser Erde Kinder zu sein, denen die Weisheit fehlte, das Leben zu verstehen, nicht einmal die kostbaren, merkwürdigen Kieselalgen.

Die Schöpfung war laut Dora-Rouge ein immerwährender Prozeß. Am achten Tag der Schöpfung, hatte mir Dora-Rouge erklärt, bekamen die Menschen ihren Platz an der Seite der Erde. »Da waren wahrscheinlich schon einige der Menschen davongetrieben, über die gerade entstandenen Wasser, auf das Land zu, das noch neuer war«, sagte sie. »Oder vielleicht hatten sie nur ein schlechtes Gedächtnis, aber es muß einen Grund gehabt haben, warum diese Leute glaubten, daß es nur sechs Tage der Schöpfung und einen zum Ausruhen gegeben habe und daß danach Schluß gewesen wäre. Am neunten Tag jedenfalls wurden die Geschichten geschaffen, und die waren von vielfältigem Nutzen.« Sie hätten das eine oder andere über das Arbeiten, über Freundlichkeit und Liebe gelehrt. Dora-Rouge erzählte mir, daß es sogar Geschichten gebe, die zeigten, wie man aus dem Unglücklichsein herausfinden könne. Ein anderer Schöpfungstag war den Schnekken und den nächtlichen Kriechtieren, den Silberfischchen und Kakerlaken gewidmet. Dann wurden das Singen und die Lieder erschaffen. »Wenn diese Abtrünnigen geblieben wären, dann hätten sie vielleicht das Heilmittel gegen Krieg kennengelernt«, sagte sie. »Aber sie hörten nur bis zur Schöpfung des Krieges am sechsten Tag zu. An dem Tag wurden auch die Diebe geschaffen.«

Voller Zärtlichkeit schaute ich Dora-Rouge an, ihr weißes Haar, ihr Gesicht, das Licht ausstrahlte. Niemals, dachte ich, war das Leben so gut, waren Frauen wunderbarer.

Manchmal sah ich tief in Bush etwas scheinen, etwas, in das ich hineingreifen, das ich berühren, herausnehmen, in der Hand hin und her bewegen und lieben könnte. Für mich war Bush das, was einer Mutter am nächsten kam. Und wenn sie einer Mutter am nächsten kam, dann war Dora-Rouge, die darauf bestand, jeden Tag neu geboren zu sein, Gott am nächsten. Und ich, ich war fast das Ebenbild dieser alten Frau, glich ihr bis hin zu der eulenschnäbligen Nase und den dunklen, geschwungenen Brauen. Und wenn sie die Tage der Schöpfung beschrieb, dann glaubte ich daran.

Eines Abends, als ich Feuer machte, sah ich Bush im seichten Wasser. Eine Weile blieb sie wie ein dunkelköpfiger Otter oben, dann drang sie durch die kalte Oberfläche und verschwand. Ich wartete, bis sie wieder auftauchte. Sie war im Wasser zu Hause, ein Element, das von dem geformt wurde, was in ihm war. Sie war Wasser. Agnes hatte mir einmal erzählt, es gebe Gerüchte, wonach die Männer, die mit ihr schliefen, glaubten, sie schwämmen über sie.

An jenem Abend rieb ich Agnes' Rücken mit Öl ein. Sie lag neben dem Feuer, ein Tuch an die Brust gedrückt, das Öl auf ihrem dunklen, nackten Rücken glänzte. Als Agnes in der Wärme einschlief, deckte Dora-Rouge sie mit den Pelzen zu, und es sah aus, als atmete dort ein großes Tier.

Die ganze Nacht über wachte Dora-Rouge neben ihr, wobei sie ab und zu altes Zedernholz ins Feuer warf und damit dessen Rauch und Geruch freisetzte.

An einem anderen Abend, als wir stetig voranpaddelten, glitt unser Kanu in einen Strahl roten Sonnenlichtes. Dora-Rouge wollte uns zu Felszeichnungen von Mond und Luchs führen. Die Bilder befanden sich, soweit sie sich erinnerte, auf steilen Felswänden. Es war noch hell, als wir die Zeichnungen fanden, sie spiegelten sich im Wasser, der Luchs schaute zu sich selbst hinunter, betrachtete seinen Zwilling, als entdeckte er ihn zum erstenmal. Es sah aus, als könnte der Luchs aus dem Stein springen, hinein ins Wasser, in sein eigenes Spiegelbild, und würde dann lebendig werden, so wie Geist mit Materie zusammentrifft. Die Bilder, die vor so langer Zeit gefertigt wurden, zerrten an mir, an meinem älteren Selbst, das noch in mir tätig war.

Agnes lehnte sich vor, langte ins Wasser und versuchte den Mond aufzuheben. Als sie ihn berührte, zerbrach er; der Luchs schaukelte auf dem Wasser.

Am selben Abend, als die Sonne wie auf einem langen Pfad über das Wasser lief, sahen wir ein Kanu auf uns zukommen, das diesen Weg entlangfuhr. Ein weißer Mann und eine weiße Frau saßen in dem Boot. Zwischen dem Mann und der Frau hockte ein weißer Hund. Wir schauten ihnen entgegen. Als sie näher kamen, stieg am Ufer ein Reiher auf.

»Guckt«, sagte Dora-Rouge, »sie haben sich geliebt. Sie leuchten.«

Ich hörte kaum hin. Denn ich winkte schon und rief: »Hey!« Ich hatte fast vergessen, daß es noch andere Menschen auf der Welt gab. Umgehend tauchte ich aus der verlorenen Zeit, dem stillen Raum auf. Jetzt wollte ich nichts weiter als einen Lippenstift. »Hier sind wir!« Ich steckte meine Finger in den Mund und pfiff. Ich wäre aufgestanden, wenn das im Boot möglich gewesen wäre. Die beiden winkten zurück.

Ihr Kanu war so überladen, daß es nur wenige Zoll aus dem Wasser herausguckte. Es schien, als könnte die kleinste Bewegung das Boot zum Sinken bringen. Die beiden wirkten so albern, daß ich beinahe lachte. Und im selben Moment sah ich unsere kleine Flottille mit anderen Augen, und da schienen wir genauso albern wie die beiden, wir vier indianischen Frauen, eine davon alt, ein Vogelwesen, das herumgetragen werden mußte und dabei Kommandos und Richtungsanweisungen gab, die irgendwo in ihren alten spröden Knochen steckten.

Der Hund stand auf und bellte. Das Kanu wackelte gefährlich, drohte umzukippen. »Sitz, Tyler!« rief die Frau.

Agnes betrachtete ausgiebig das blonde Haar, die hellen Augenbrauen und die rosa Haut der beiden Menschen und schwieg.

Das junge Paar, Bob und Jean, war vor ein paar Tagen mit dem Flugzeug abgesetzt worden. Obwohl der Mann ein erfahrener Kanute und schon oft in dieser Gegend gewesen war, glaubte er, daß sie sich verirrt hatten. Da wußte ich noch nicht, daß sich nördlich von uns die Gestalt von Land und Wasser verändert hatte, wußte auch nicht, was so eine Veränderung zu bedeuten hatte. Ich dachte einfach, der Mann hätte keine Ahnung.

Als er lächelnd zu uns heranfuhr, fragte er: »Wie heißt diese Insel?« und deutete dorthin. Die Frau legte abwartend ihr Paddel auf den Schoß. »Ich glaube, wir haben uns verirrt«, sagte er.

Dora-Rouge wußte, er würde ihre übliche Antwort, daß

wir schon immer vom Weg abgekommen waren, nicht verstehen. Sie war klug genug, das nicht zu sagen.

Der Hund, ein weißer Schäferhund, wedelte mit dem Schwanz und hechelte. »Tyler, sitz!«

Es war spät, und wir hatten einen langen Tag hinter uns, deshalb lud Dora-Rouge das Paar ein, bei uns zu bleiben. »Ein bißchen Gesellschaft würde uns guttun«, sagte Dora-Rouge, als sie gesehen hatte, wie aufgeregt ich war.

»Sie können nicht mehr die alte Route um den Se Nay River herum nehmen«, erklärte der Mann Dora-Rouge, als wir am Feuer saßen. »Sie müssen anders fahren.«

»Warum?« Sie schaute ihn höchst interessiert an.

»Wir haben es vom Flugzeug aus gesehen. Die alte Route ist versickert. Der Big Arm River wurde von Norden in den Se Nay River eingeleitet. Sie mußten uns westlich absetzen, zu einer anderen Durchfahrt, aber selbst die ist wahrscheinlich nicht länger passierbar. Denn sie war sehr morastig; jetzt wird sie wohl nur noch aus Schlamm bestehen.«

Dora-Rouge ließ sich das durch den Kopf gehen. Wir saßen am Feuer, der weiße Schäferhund hatte seinen Kopf auf meinen Schoß gelegt. Ich kraulte ihm die Ohren. »Und der Se Nay, wie ist der?«

»Den können Sie nicht langfahren«, sagte der Mann knapp. »Der ist viel zu reißend.«

»Luther«, sagte Dora-Rouge. Der Mann schaute sie befremdet an. Aber Luther sagte nichts. Vielleicht schwieg er wegen des Pärchens. Beide schienen erschrocken und tauschten Blicke aus. Sie blickten sich um, um zu sehen, ob noch jemand da wäre.

Mir fiel auf, daß Agnes sich merkwürdig benahm. Schließlich, als ich aus den Büschen zurück zum Feuer kam, erwischte sie mich alleine. »Mit den beiden stimmt was nicht«, sagte sie. Und später, als ich am See einen Topf säuberte, ihn mit Sand scheuerte, flüsterte sie so laut wie möglich. »Das sind Kannibalen, die beiden.«

Einmal sagte sie sogar zu den beiden: »Sie sind Kannibalen, nicht wahr?«

Der Mann und die Frau lächelten und übergingen die Frage. Sie blieben höflich, während Agnes ihre Gesichter zu erforschen suchte. Die beiden taten so, als merkten sie es nicht. Es war ja schließlich eine bekannte Tatsache, daß in diesem zerstückelten, wasserzerteilten Land die Leute verrückt wurden.

»Dahinten ist ein Sumpffeuer«, sagte der Mann zu Bush.

»Wie weit von hier?«

»Sie können von hier aus den Rauch sehen.« Er zeigte in die Richtung. Wir schauten alle hin. Wir sahen nur ein blaues Glühen am Himmel, das Abfackeln der Gase.

Dora-Rouge lächelte das Pärchen an. »Und was machen Sie hier?«

»Wir wollen in der Wildnis leben.« Die Haut der Frau war muschelfarben, erstaunlich blaß, als wäre sie ihr Leben lang vor der Sonne geschützt gewesen, hätte immer nur Schwarz getragen.

»Wie schön«, sagte Dora-Rouge mit strahlenden Augen.

»Ich gehe in meine Heimat, um zu sterben.«

Die junge Frau verstummte. Ich konnte ihrem Gesicht ansehen, wie schrecklich sie das alles fand, erst erwies sich eine von uns als verrückt, dann tauchte plötzlich der Tod auf.

An jenem Abend kochte Bush wilden Reis und briet Brot, und wir teilten uns ein köstliches Mahl. Das junge Paar hatte in bezug auf seinen Beitrag zum Essen den kürzeren gezogen, dachte ich, denn sie hatten frische Orangen, und nachdem ich eine gegessen hatte, starrte ich die restlichen Früchte so lange an, bis mir noch eine angeboten wurde. Ich hatte keinen Funken Stolz in mir. Ich hätte die Orangen gestohlen, wenn es nötig gewesen wäre. Es waren wunderschöne, pralle Kugeln, süß und saftig.

Während ich aß, beugte sich Agnes zu mir und flüsterte mir böse Worte ins Ohr. »Iß das nicht. Iß nichts von denen.«

Ich hoffte, die beiden hörten das nicht, aber sie taten es, und sie schauten sich immer wieder an. Und Agnes lehnte sich ein ums andere Mal mit einem ängstlichen Ausdruck im Gesicht zu mir herüber und zischte: »Das meine ich ernst.«

Die junge Frau blickte sich nervös um, als plante sie eine Flucht, und später, als wir uns alle schlafen gelegt hatten, geriet das Paar in einen Streit. Trotz Agnes' Schnarchen hörte ich aus dem Zelt nebenan: »Diese Frauen sind verrückt.«

»Die ist bloß alt«, sagte der Mann. »Die sind schon okay. Laß sie doch einfach.« Er wollte bleiben, und wenn auch aus keinem anderen Grund, dachte ich, als daß er hinterher von diesen Frauen und diesem dunkelhäutigen Mädchen mit den Narben und dem langen roten Haar und von unseren altmodischen Kanus und den Pelzen und von Dora-Rouge, die wir mit uns herumschleppten, erzählen könnte.

Aber die Frau weinte, und dann wurde sie wütend und sagte: »Die sind einfach meschugge. Wenn wir jetzt nicht aufbrechen, dann will ich nach Hause.«

Und es dauerte nicht lange, da hörte ich Verschlüsse aufreißen, Zeltstangen metallisch klappern. Am Morgen waren das junge Paar, der Hund und die Orangen verschwunden.

»Was mag da wohl passiert sein?« fragte Bush und schaute auf die Stelle, wo das Zelt gestanden hatte. Sie sah enttäuscht aus. Agnes schien erleichtert. Ich warf ihr einen bösen Blick zu, als ich das Boot ins Wasser schob und hineinstieg.

Dann setzte ich mich auf den Platz, der, so schien mir inzwischen, wie geschaffen war für Dora-Rouge und mich.

Nachdem wir eine Weile auf dem Wasser waren, drehte sich Dora-Rouge zu mir um. Sie sagte: »Diese Frauen sind einfach meschugge«, und sie lachte.

Vor Jahren, so hieß es, wären hier Kannibalen aufgetaucht, auf diesem Sonnenpfad im Wasser, wären genau wie Bob und Jean vom Horizont gekommen.

Einst, so hieß es, wurden ein Mann und eine Frau in einem Boot aus menschlicher Haut aus den Tiefen des Wassers heraufgespült. Sie durchbrachen den Horizont und erschienen auf einem Pfad aus Licht. Es war eine uralte Geschichte. Sie wollten Menschen verschlingen. Die Frau gebar Zwillinge, und die waren Krieg und Hungertod. Ein weißer Wolf war bei ihnen.

Vielfraß, so hieß es, habe die Menschen gerettet. Er befreite die menschliche Frau aus der Falle und machte aus den mörderischen Zwillingen, die Krieg und Hungertod hießen, zwei Beutel und füllte sie mit Beeren und Fleisch und bot dies den Menschen an.

Nicht lange nach der Begegnung mit dem jungen Paar, nicht lange nachdem ich mir Lippenstift gewünscht hatte, da fühlte ich mich wieder wie zuvor, eigenartig und wild, als wären uns niemals andere Menschen über den Weg gelaufen, als wären wir die einzigen, die sich durch diese Welt bewegten. Agnes sprach wieder in der Bärensprache,

Dora-Rouge sagte wieder: »Folge dieser Biegung«, und Bush zog sich wieder in ihre eigene Welt zurück, wurde unerschöpflich und animalisch. Ich war von uns vieren die stabilste. Ich stand mit meinen Beinen zwar nicht ganz auf der Erde, aber doch nahezu.

Von nun an reisten wir gen Nordosten. Vor uns im Sumpf brannte es, wie der junge Mann gesagt hatte. Bush schützte die Augen vor der Sonne und schaute hinüber zu dem grauen Rauch und der flimmernden Hitze. Es brannte seit über einem Jahr, die Flammen wurden von Erdgasen gespeist.

Von irgendwo hinter dem Qualm und der Hitze erklang das einschläfernde Gequake der Frösche, dröhnte im Rhythmus eines Herzschlages der morastigen Anfänge. Raben flogen krächzend auf, als wären sie die Stimme des Rauchs. Das Feuer selbst schien lebendig zu sein, ein rotschwarzes Tier, das wuchs, das vom fetten, humusreichen Boden, von alten Pflanzen und Insekten, die dort verendet waren, genährt wurde. Motten flatterten auf das Feuer zu.

Der Qualm brannte uns in der Nase und in den Augen. Wir versuchten, das Feuer in einem weiten Bogen zu umfahren, passierten einen flachen Sumpf, in dem großes dunkles Riedgras wuchs und eine Brise wehte, die raschelnd durch die Halme fuhr. Ich stieg aus dem Kanu in den Schlamm und zog das Boot mit Dora-Rouge durch die flüssige Erde. Während ich mich abmühte, schaute mir Dora-Rouge in die Augen und fragte mich geradeheraus: »Glaubst du, daß Agnes krank ist?«

»Paß auf die Äste auf«, sagte ich. Ich watete durch das schlammige Wasser. Der Morast zerrte an meinen Stiefeln.

Sie bekam beinahe einen Zweig ins Gesicht. Sie duckte sich. »Was meinst du?«

Auch ich hatte mir die Frage schon mehrmals gestellt. Ich warf Agnes einen Blick zu. Sie sah blaß aus. »Ich glaub, sie ist einfach müde.«

Ich hatte nicht bemerkt, wann Agnes zum erstenmal krank ausgesehen hatte, aber jetzt sah sie so aus, als hätte sie alle Energie verloren. Ihre Knöchel waren geschwollen. Sie hatte eine Verletzung am Bein, aus der unentwegt eine Flüssigkeit suppte. Aber Agnes hatte nie geklagt.

Auch Bush hatte Agnes beobachtet, und als wir auf trokkenen Boden kamen, sagte sie: »Wir sollten einen Tag lang hierbleiben und uns ausruhen.« Sie hatte ihr Boot bereits an Land gezogen, ohne sich darum zu kümmern, ob es Einwände von uns anderen gäbe. Wir seien nicht mehr weit von North House entfernt, da war sich Bush sicher, was bedeutete, daß wir zu den Menschen zurückkehrten; wir waren nicht weit von unserem Ziel. »Wir sind sowieso schon viel zu spät dran, ein Tag mehr macht dann auch nichts.«

Ich ging Feuerholz sammeln. Zum Glück hatte die Sonne klar und heiß geschienen. Es gab reichlich Holz, das gut brennen würde. Agnes kam mit mir mit. »Ich helf dir.« Sie atmete schwer.

»Schon gut, Großmutter. Ich schaff das schon.«

Aber Agnes kam mir trotzdem hinterher. Ich ging langsam, so daß sie mithalten konnte, und als wir zu einer Baumgruppe kamen, sagte sie zu mir: »Hör mal.« Sie rang um die richtigen Worte. »Hör mal, wenn mir irgendwas zustößt, dann sollst du mich für die Wölfe und Vögel liegenlassen, tust du das?«

Ich schaute ihr prüfend ins Gesicht, sagte aber nichts.

Agnes erwiderte meinen Blick nicht. »Das ist, was ich will.«

»Okay.« Ich brach einen toten Ast ab, bückte mich, auf einmal peinlich berührt, und hob ein paar trockene Holzstücke auf. Zwei davon gab ich Agnes, dann sammelte ich noch mehr und legte sie mir quer über die Arme, so daß mir der scharfe, harzigsüße Duft der Bäume in die Nase stieg, und wir gingen zum Lager zurück.

»Was hat sie zu dir gesagt?« fragte mich Dora-Rouge, als Agnes außer Hörweite war.

Ich legte das Holz ab.

»Ich hab gesehen, daß sie dir was gesagt hat.« Dora-Rouge sah besorgt aus.

Ich zündete ein Streichholz an. »Nichts«, sagte ich. Ich wechselte das Thema. »Ich glaub, ich werde ein paar Sachen waschen. Willst du ein sauberes Kleid?« In North House würden wir Leute treffen. Ich wollte ein sauberes Hemd.

Aber danach achtete ich sehr genau auf Agnes und vermied Dora-Rouges scharfe, fragende Augen.

In der Nacht schlief Dora-Rouge fast überhaupt nicht. Sie blieb neben der schlafenden Agnes am Feuer sitzen, gestärkt durch die Kraft mütterlicher Liebe. Sie beugte sich über ihre Tochter und deckte sie mit Biberpelzen zu. Agnes wachte nicht auf, als die ältere Frau sie berührte.

In derselben Nacht erschien mir im Schlaf eine rostfarbene Wurzel, die in einem Kreis um sich selbst herumwuchs, neue Knollen bildete, die sich miteinander verbanden, sich teilten und vermehrten. Ein erster grüner Schößling drängte ans Licht. Ich sah es so deutlich wie am helllichten Tag.

»Blauwurz. Das muß Blauwurz sein«, sagte Dora-Rouge am nächsten Morgen, als ich ihr die Pflanze beschrieb. »Ich weiß es nicht genau, aber wenn du davon geträumt hast, dann ist es das, was wir brauchen.« Sie blinzelte Agnes zu. »Und Eisenhut auch.«

Später, als ich vor der Schüssel mit warmem Wasser kniete, dachte ich an die Ahnen, die Dora-Rouge die richtige Richtung wiesen. Bevor ich nach Adam's Rib kam, war mein Leben beschränkt gewesen, ohne daß ich das geahnt hätte. Ich hätte nie gedacht, daß es Leute gäbe, die durch Träume ihren Weg finden. Was in jenen von Land zerteilten Wassern sogar für mich Wirklichkeit war, hätten andere vielleicht als Aberglauben primitiver Völker bezeichnet. Wie war es möglich, überlegte ich, daß alle Leute, die mit der eigenen Erde verbunden waren, die seit Zehntausenden von Jahren dort gelebt hatten, daß die mit den Geistern reden, das Land und die Tiere sprechen hören konnten? Die Jäger aus dem Norden waren großartige Jäger. Sogar heute noch konnten sie träumen, wo sich ihre Beute befand, und sie dann finden. Sollten die sich alle irren? Das konnte ich mir nicht vorstellen.

Die alte Welt, die in mir zu neuem Leben erwachte, verhielt sich so wie das menschliche Auge, das auf dem Kopf stehende Dinge gerade rückt, sie drehte das Bild um und sah richtig.

Kurze Zeit später begegneten wir noch einmal der blassen Frau und dem Mann. Agnes betrachtete sie voller düsterer Ahnungen. »Sie verfolgen mich«, sagte sie.

Auch die beiden waren nicht gerade glücklich, uns zu treffen, hatten es auch gar nicht erwartet. Es war ihnen ausgesprochen peinlich, daß sie so mitten in der Nacht aufgebrochen waren.

»Habt ihr euch verirrt?« fragte der Mann, aber er kannte die Antwort; er war schon in dieser Gegend gewesen. Er wußte, daß er derjenige war, der sich verirrt hatte. Trotzdem guckte er Bush an, als hoffte er, sie würde ja sagen. Sie griff in die Packtasche nach einem Stück der Karte. Diesmal wußte sie genau, wo sie war. Der Qualm des Torffeuers war noch als dunkle Wolke weit weg am südlichen Himmel zu sehen. Wenn die beiden sich am dicken Qualm orientiert und sich deswegen im Kreis bewegt hatten, dann war es um ihre Überlebenschancen im nächsten Winter nicht gut bestellt.

Das Paar lenkte sein Kanu neben das von Bush. Auch ich paddelte zu ihnen hinüber. Bush zeigte ihnen auf der Karte, wo wir waren.

Das Wasser hier war tiefgrün, voller Algen und Pflanzen. Als Bush mit den beiden die aus zwei Teilen zusammengesetzte Karte betrachtete, starrte Tyler hechelnd ins Wasser und wäre am liebsten zwischen die hüpfenden Wasserkäfer gesprungen. Ich sprach nicht mit ihm; er hätte das Kanu zum Kentern gebracht.

»Wir müssen im Kreis gefahren sein.« Ohne zu zögern, sagte er »Danke«, wendete das Kanu und fuhr los.

»Warten Sie!« rief ihm Dora-Rouge hinterher. »Haben Sie einen Bleistift?«

Er griff in seine Hemdtasche. Sein Kugelschreiber klemmte an einer Kreditkarte. Bush unterdrückte ein Lächeln.

»Danke.« Dora-Rouge nahm den Stift und gab ihn mir. »Haben Sie Papier?« fragte sie ihn.

Er schaute seine Begleiterin an. Sie hatte die Lippen zusammengekniffen und schüttelte den Kopf. Sie wollte weg und war wahrschcinlich froh, daß wir nicht gefragt hatten, warum sie mitten in der Nacht die Zelte abgebrochen hatten, aber ich sah auch, daß sie einfach zu erschöpft war, um nach dem Papier zu suchen. Bush hatte mir inzwischen eine Papiertüte gegeben.

Dora-Rouge sagte: »Einen Augenblick noch.« Sie hielt einen ihrer knochigen Finger hoch. »Nun los. Zeichne die Pflanze«, sagte sie zu mir.

Während ich die Skizze anfertigte, paddelte der Mann

von uns weg, ließ sich wieder herantreiben, um gleich wieder wegzupaddeln, als meinte er, verschwinden zu können, wenn wir nicht aufpaßten. Als ich fertig war, sagte ich: »Das ist sie«, und gab Dora-Rouge das braune Papier.

»Haben Sie diese Pflanze irgendwo gesehen?« Dora-Rouge hielt ihm die Zeichnung entgegen. »Früher wuchs die hier.« Das Licht des Wassers spiegelte sich auf ihrer Haut.

»Tyler, sitz still.«

Der Mann betrachtete die Zeichnung. »Ja«, sagte er, und er schien sich tatsächlich auszukennen. »Ja, ich bin sicher. Nicht in diesem Jahr, aber im vorigen Jahr habe ich sie gesehen. Und zwar jenseits von North House. In der Nähe von Flower Islands. Geben Sie mir den Stift.« Er malte uns eine Karte auf. Darauf war ein Vielzahl winziger Inseln.

»Ich weiß, wo das ist«, sagte Dora-Rouge.

Er zeichnete zwei nebeneinanderliegende Inseln auf, unter die er »Flower Islands« schrieb. Dann sagten die beiden schnell auf Wiedersehen, als müßten sie die verlorene Zeit aufholen, und paddelten gen Süden. Wir schauten ihnen nach. Der helle Hund mit den blauen Augen drehte sich nach uns um. Im Sonnenlicht schien das blonde Haar der Frau weiß.

»Agnes braucht diese Pflanze«, sagte Dora-Rouge zu Bush. »Wir müssen dort hinfahren.«

Ich sah, daß die kleine Inselgruppe weit weg war, abseits von unserem Weg lag, aber nicht allzusehr, wie ich hoffte.

Als wir uns dem Se Nay River näherten, mußten wir unsere Pläne, den Fluß zu umgehen, aufgeben, weil einige der Wasserläufe so versumpft waren, daß unsere Kanus nicht hindurchkamen. Wir mußten riskieren, den Fluß zu befahren, selbst wenn dadurch unser Weg weiter wurde, selbst wenn der Se Nay nur aus Stromschnellen bestand. Er hatte jetzt die Kraft von zwei Flüssen, da der Big Arm River in ihn hineingeleitet worden war.

Als wir uns dem Se Nay River näherten, veränderte sich die Landschaft. Wurde felsiger und dunkler. Wir spürten die Brise des Flusses. Erst ganz sanft, aber da flüsterte er noch mit verstellter Stimme. Nahe am Fluß brauste es kalt und scharf, aber auch das war nur ein trügerischer Hauch. Tatsächlich war der Fluß ein einziges ohrenbetäubendes Tosen, und er war praktisch unpassierbar. Als wir ihn vor uns hatten, sah ich, wie er hinabstürzte, das Wasser stand viel zu hoch und wurde an einigen Stellen nur von Felswänden und steilen Klippen im Zaum gehalten. Das Wasser von zwei Flüssen in einem hatte das Flußbett zwangsläufig tiefer und weiter als nötig werden lassen, das Wasser schlug viel zu hoch an die Uferbänke, stieg dort hinüber, wo es Platz fand, und riß Bäume um.

»Das kann nicht der Se Nay sein«, sagte Bush. Sie schüttelte den Kopf. An einigen Stellen war der schlammige braune Uferstreifen weggeschwemmt. Bush sah blaß aus. Ich geriet in Panik.

Bush beschäftigte sich mit Details, versuchte zu verstehen, was mit diesem Fluß geschehen war, wie sehr Land und Wasser sich verändert haben mochten. Es war ein Rätsel. Wenn der Big Arm River umgeleitet worden war, wie der Mann sagte, dann mochten einige der Wasserwege vor uns ausgetrocknet, andere überflutet sein. Bush versuchte, sich ein Gesamtbild zu verschaffen, aber das schien unmöglich. Sie überprüfte die Kartenteile, die sie inzwischen auswendig konnte, als gäbe es etwas, das sie übersehen haben könnte. Sie versuchte herauszufinden, wie jetzt die Landschaft aussähe, sich vorzustellen, was wir vorfinden würden. Wir hatten schon einige der Überflutungen gesehen, Schlammflächen, die dort entstanden waren, wo Flüsse nicht mehr ihrem Lauf hatten folgen können.

Der Se Nay brüllte mit so lauter Stimme, daß alles andere übertönt wurde. »Er ist wütend«, sagte Dora-Rouge. Ich beugte mich vor, um sie zu hören. »Die Flüsse sind wütend, alle beide.« Deshalb tosten sie so laut, sagte sie, so laut, daß es klinge, als bräche die Erde auf und tobte.

»Komm mit, Angel«, sagte Bush und ging auf den Se Nay zu. Der Wind peitschte das Wasser. Er blies Bush die Haare von den Schultern. Ihr Pullover blähte sich, als sie versuchte, am Ufer entlangzulaufen, in der Hoffnung, wir könnten ein Stück des Wegs zu Fuß bewältigen. Auch ich hoffte, wir fänden hinter einer Biegung oder einem Felsen einen ruhigeren Fluß. Aber die Felswände, die das brodelnde Wasser hielten, waren hoch, wir konnten kaum zu Fuß vorankommen, geschweige denn ein Boot und eine gebrechliche Frau schleppen. Moos und Spritzwasser machten alles schlüpfrig. Wir drehten um und gingen zurück.

»Es geht nicht«, sagte Bush. »Es ist überall so wie hier.« Sie guckte gequält. »Wir können da nicht langfahren.« Sie schüttelte den Kopf. Ihre Worte wurden fast vom Lärm verschluckt.

Dora-Rouge nickte Bush zu, der Wind blies auch ihr das weiße Haar aus dem Gesicht. »Doch«, hieß das Nikken, auf Bushs Gesichtsausdruck bezogen. Doch, wir können da langfahren. Wir werden da langfahren. Die alte Frau wußte das. Wir müssen es riskieren. Die Alternative war umkehren. Aber wer wußte schon, was mit der Welt hinter uns geschehen war? Auch sie könnte inzwischen unpassierbar sein, durch den Bau der Staudämme könnten inzwischen die Stellen trockengelegt sein, die wir mit dem Kanu passiert hatten. Und wenn wir umkehrten, dann mußten wir gegen die Strömung ankämpfen.

Wir stemmten uns gegen den Wind und schauten uns an, Bush und ich. Sollten wir zurück, überlegten wir beide. Wir könnten Dora-Rouge überstimmen. Auf unseren Gesichtern machte sich Hoffnungslosigkeit breit, in unseren Augen standen Fragen. Aber keine von uns beiden wußte die Antwort. Es ging nicht mehr darum, was sein »müßte«. Alles hatte sich verändert. Wir waren zu weit vorgedrungen, um umkehren zu können. Nicht nur wegen der Entfernung, die wir zurückgelegt hatten, sondern wir waren auch schon zu weit in unser Inneres vorgedrungen. Wir waren nicht mehr die Frauen, die von Adam's Rib aufgebrochen waren. Und was mich betrifft: Das Mädchen, das ich einst gewesen war, hätte niemals einfach so durch Regen paddeln oder auf feuchtem Moos lagern können. Diese Frauen hätten sicherlich niemals so selbstsicher alte Lieder gesungen oder mit Geistern gesprochen, die durch Wälder strichen und uns die Erlaubnis zum Eintreten gaben. Dieses Mädchen hätte nie gewußt, daß Geister wie Nebel über dem Wasser hängen, hätte niemals Geschichten von dem Land gehört, das sie überquerte oder sich einem Pfad überlassen, der so auf keiner Karte verzeichnet war.

Jetzt waren unsere Arme stark, und wir verstanden die Sprache der Erde, des Wassers, der Tiere, sogar die schwierigeren Sprachen von uns. Ich hatte mich in Gewässer und Sümpfe begeben, war von ihnen verändert worden. Ich hatte von Heilkräutern geträumt, von denen manche in dieser Welt nicht mehr zu finden waren, wie die gegen Arthritis, und ich erinnerte mich an die fruchtbaren Tage der immerwährenden Schöpfung.

Aus all diesen Gründen wollte Dora-Rouge mit dem

tosenden Fluß sprechen, mit seinem weißen und schlammigen Schaum, mit dem Wasserstoff und dem Sauerstoff, und den Fluß dazu bringen, uns passieren zu lassen. Das tat sie, während wir zuschauten.

Wenn eine von uns erklärt hätte, keine Angst gehabt zu haben, dann wäre das eine Lüge gewesen, genau wie die Behauptung, wir glaubten ganz und gar an Dora-Rouge, die am Flußufer saß und sprach. Wir konnten nur sehen, wie sich ihre Lippen bewegten. Wir hörten nichts von dem, was sie sagte. Aber nach einer Weile nickte sie uns zu. »Er läßt uns durch«, sagte sie laut, und das war der entscheidende Satz. Bevor wir unsere Kanus in das wilde, stürmende dunkle Wasser schoben, sprach Dora-Rouge ein Gebet, öffnete ihre Hand und warf Tabak in den Fluß. Sie hatte die Augen geschlossen, und in hohen Tönen drang tief aus ihrem Inneren eine Melodie. Ich konnte sie kaum hören, weil das Wasser so lärmte, ihr der stürmische Fluß die Stimme von den Lippen riß. Aber ich konnte sehen, daß sie laut und kräftig sang. Als der Tabak im Wasser verschwunden war, machte ich mir keine Hoffnungen, aber ich tat, was Dora-Rouge sagte.

Mein Kanu ging als erstes zu Wasser, und vom ersten Augenblick an versuchte die Strömung, es zu verschlukken. Mit zitternden Armen hielt ich das Boot, die Gischt spritzte mir ins Gesicht, während ich zusah, wie Bush Dora-Rouge hochhob und knietief durchs Wasser watend die alte Frau zu dem schaukelnden Kanu trug. Ich war schon bis auf die Haut naß, und ich bibberte, und die starke Strömung zerrte sogar an dieser flachen Stelle an meinen Beinen. Das Stehen kostete mich meine ganze Kraft. Ich hielt das Kanu fest, während Bush Dora-Rouge hineinsetzte. Kalte, mit Schlamm vermischte Gischt stob in unsere Gesichter. Und dann hielt Bush das andere Kanu, damit Agnes hineinklettern konnte. Agnes war blaß vor Schrecken, hatte die Beine im Wasser breit auseinandergestellt. Sie starrte auf das um die Felsen brodelnde Wasser. Selbst an den Stellen, an denen es tief war, schienen Steine zu sein. Dabei war Agnes doch diejenige, die furchtlos war auf Flüssen. Unsicher setzte sie sich ins Boot, hielt ihr Hemd am Kragen fest zusammen, als könnte sie sich dadurch das kalte Wasser vom Leib halten, aber sie war längst naß wie wir alle, und ihr Haar hing ihr ins Gesicht und um den Hals.

Und dann kniete sich Bush in ihr Kanu, als betete sie. Ich schaute zu, wie sie versuchte zu paddeln, aber plötzlich war Bushs Kanu losgesaust, und bevor ich mich's versah, brausten wir hinter ihr her, stürzten wir flußab. Ich schrie auf, auch wenn mich niemand hören konnte. Sogar Dora-Rouge blickte ängstlich, obwohl sie doch sicher zu sein schien, daß wir es schaffen könnten, obwohl sie doch einen Pakt mit dem Wasser geschlossen hatte, wie der auch immer aussehen mochte. Sie preßte die Augen zusammen. Rutschte tiefer ins Kanu hinunter. Die Unterseite des Kanus schlug gegen einen Stein. Mein Herz raste vor Furcht. Ich bin tot, dachte ich. Wenn wir nicht durchkämen, dann würden wir bestimmt ertrinken. Wir gerieten in Strudel und Querströmungen, die uns seitwärts zu zerren drohten. Die ganze Zeit prasselte das kalte Wasser auf uns ein, so daß unser Haar naß und unsere Haut eiskalt wurde. Ich versuchte zu paddeln, so daß mir die Arme schmerzten, aber das hatte keinen Sinn. Eben noch hatte ich die richtige Strömung erwischt, aber dann schoß das Kanu hoch, schien in die Luft einzudringen, fing sich und platschte wieder hinunter. Im Wasser schwamm alles mögliche herum. Ich hatte Angst, mit einem der langen Bäume, an denen noch grüne Blätter hingen, zusammenzustoßen. Es gab keine Möglichkeit, anzuhalten oder die Fahrt zu verlangsamen. Wahrscheinlich hatten sich diese beiden Flüsse noch nie leiden können, dachte ich. Wir waren kämpfenden Wassern ausgeliefert. Auf Gedeih und Verderb. Dann erinnerte ich mich daran, daß John Husk gesagt hatte, ich solle die Strömung packen und auf ihr reiten wie auf einem Tier, also gab ich schließlich den Kampf auf, überließ mich der Schwerkraft und ihrem Schwung, ließ meine Hüften mitschwingen, hielt nicht mehr dagegen. Das ist wie auf einem Pferd reiten, hatte er gesagt.

Ich versuchte, die herunterhängenden Zweige im Auge zu behalten, die nach uns griffen. Manchmal war das Wasser für einen winzigen Augenblick träge, dann wieder tükkisch, während wir an Hügeln und Baumhainen vorbei, durch Schatten und grell blendende Sonnenflecken hindurchrasten, und das ging alles so schnell, daß wir nicht merkten, wie die Vögel am Ufer aufflogen, konnten nur all das sehen, was mit uns das kalte, schlammige Wasser hinabstürzte. Manchmal wurde der Fluß ganz schmal und schlängelte dann in verschiedenen Richtungen weiter. Aber wir kamen durch, kamen an Stellen vorbei, wo die Uferbänke abgebrochen waren und die freigelegten Wurzeln der Bäume einen lehmigen Geruch von sich gaben, als wollten sie uns davon abhalten, weiter nach Norden zu fahren, wo der Winter wohnte. Wir kamen an verbrannten Wäldern vorbei, fuhren durch Dunkelheit und Schlamm und Schlick, und schließlich kamen wir ans Ende der Stromschnellen. Etwas Göttliches hatte uns durchgebracht. Vielleicht waren es die Worte von Dora-Rouge gewesen, die uns schließlich gerettet hatten, Worte, von denen Bush und ich uns später wünschten, daß wir sie gehört und im Gedächtnis behalten hätten. Vielleicht hatten wir auch nur Glück gehabt, ganz einfach Glück gehabt. Aber wie auch immer, pudelnaß und keuchend kletterten wir vier aus dem Wasser und ließen uns durchgefroren und erschöpft auf den festen Boden fallen. Sogar Dora-Rouge hatte die Kraft, sich mit den Händen vorwärts zu ziehen. Nach einer Weile sagte Dora-Rouge, so naß und abgekämpft sie war: »Diese Frauen sind verrückt!« Und sie fing an zu lachen. Sie hatte irgendeinen Trick angewendet, keine Frage. Sie war sich dessen sicher, obwohl sie uns nicht sagen wollte, was es war. Vielleicht hatte sie gar nicht mit dem Wasser verhandelt, aber in jedem Fall hatte sie einen Wahnsinnspakt geschlossen, sagte Bush, mit wem auch immer. Dora-Rouge wollte nicht verraten, was sie im Gegenzug angeboten hatte, aber so viel war klar: Es war etwas Göttliches, das uns durchgebracht hatte.

12. Kapitel

Die Ureinwohner von North House, die ersten, hatten während der harten Winter ihre Toten auf Bone Island verwahrt, sie trugen oder zogen die Leichen auf Schlitten dorthin, wo sie blieben, bis es taute und sie beerdigt werden konnten. Dann kamen die Europäer, die die Kadaver der Pferde, die die Kälte nicht überlebt hatten, auf der Insel ließen. Bald brachten sie auch die Knochen ihrer Schweine dorthin. Die Schweine hatten Krankheiten mitgebracht, die ganze Stämme ausgerottet hatten, und auch jene Toten wurden auf die Insel gebracht. Im Frühjahr 1913 kamen drei Männer aus Großbritannien. Sie ruderten zu Bone Island, wo sie eine dicke Schicht wimmelnder weißer Maden vorfanden, die sich durch die frisch getauten Leichen fraßen. Dort waren so viele Tote, daß die Männer die Insel wegen der Maden Island of Maggots nannten. Später wurden dort die Menschen hingebracht, die ansteckende Krankheiten hatten. Niemand außer den Sterbenden betrat die Insel oder näherte sich ihr per Boot oder Kanu. Später wurde Kalk über die Leichen gekippt, damit sie sich zersetzten, und es blieben nur noch ein paar scharfe Zähne und ein paar Fingerknochen übrig. Von der Insel wehte eine klagende Melodie. Die Leute behaupteten, es wäre nur der Wind.

Auf unserem Weg nach North House kamen wir an

Bone Island vorbei. Wir hielten nicht an, aber ich konnte das Heulen des Windes hören, der die tragischen Ereignisse dort beweinte.

Obwohl Sommer war, wirkte North House, der ehemalige Handelsplatz für Pelze, wo wir unsere Vorräte erneuern und uns ausruhen wollten, naß und kalt und dunkel. North House schien aus einem einzigen großen Gebäude mit einem schwarzen Dach zu bestehen. Als wir die Kanus an Land zogen, kam ein Rudel Hunde mit wedelnden Schwänzen zum Wasser gerannt, um uns freundlich zu begrüßen. In ihrem Schlepptau liefen drei dunkeläugige Kinder, die uns anstarrten, als hätten sie noch nie zuvor Frauen gesehen. Ich bot ihnen Kaugummi an. Sie griffen zu, steckten den Kaugummi in den Mund, starrten uns aber weiterhin an. Dann tauchte hinter ihnen eine kräftige deutsche Frau auf, die Hände noch am Handtuch trocknend, und wollte wissen, was los war. Sie war groß, ihr Haar rötlichblond, aber nicht von Natur aus.

»Aus!« rief sie den Hunden zu und schlug mit dem Handtuch nach ihnen. Obwohl die Frau eine gewisse Ordnung sowie Unterwerfung unter das menschliche Kommando forderte, ignorierten die Hunde sie und fuhren fort, herumzuspringen und zu bellen, einer von ihnen heulte mit erhobenem Kopf wie ein Wolf, während ein anderer kläffte wie eines dieser pudelähnlichen Schoßhündchen von Stadtfrauen.

Die Frau, Gita, lächelte uns entgegen. Sie hatte einen sanften Blick, der so gar nicht vermuten ließ, daß sie hier das Sagen hatte. Sie zwängte das Handtuch in ihren Gürtel und machte sich sofort daran, uns zu helfen, die Kanus an Land zubringen, bückte sich, schwergewichtig und mit langen Armen, die Haare ungekämmt zu einem Knoten gerafft, die Augenbrauen je eine einzige dünngestrichelte Linie.

»Kommt mit mir.« Sie sagte dies mit einer gewissen Autorität. »Ich geb euch was Kühles zu trinken.«

Als Bush Dora-Rouge hochhob, fragte die Frau: »Sie kann nicht laufen? Moment mal.« Sie wandte sich an die Kinder. »Holt Ivans Stuhl!« Mit dem Handtuch scheuchte sie die Kinder los. In den Händen dieser Frau wurde jeder Gegenstand zu einem Gerät, um Dinge zu bewerkstelligen. »Beeilt euch!« Die dunkeläugigen Kinder rannten davon. Die Frau schaffte unsere Packtaschen auf graue Felssteine, und wir warteten.

Bald kehrten die Kinder zurück, den Rollstuhl vor sich herschiebend, und die Frau, Gita, setzte Dora-Rouge hinein, als wäre sie einst Krankenschwester gewesen. Mit einem Fuß stellte sie die Fußleiste hinunter, während sie gleichzeitig Dora-Rouge umdrehte und wie einen Sack Reis oder Mehl absetzte. »Das ist der Rollstuhl von meinem Mann«, sagte sie. Dann, als könnten wir sie für herzlos halten: »Er braucht ihn jetzt nicht.«

Mit einem unserer Rucksäcke beladen, brachte sie uns in den Teil des Gebäudes, der so eine Art Schlafbaracke war. Der Raum war langgezogen und dunkel, es gab nur wenige kleine Fenster, die bis zum Boden gingen, damit die Sonne den Fußboden erwärmen konnte. Dem ganzen Gebäude haftete der Geruch nach Männern an, und es standen auch einige Männer herum und guckten uns an, als hätten sie seit Ewigkeiten außer dieser Deutschen keine Frau gesehen. Die meisten schienen europäischer Abstammung zu sein, obwohl auch ein paar Männer mit Stammesblut darunter waren. Sie waren leicht zu erkennen; sie wirkten weicher, ihre Körper waren entspannter. Sie gingen anders, hatten andere Augen als die übrigen.

»Raus, Männer!« sagte Gita.

Die Männer waren offensichtlich daran gewöhnt, den Befehlen der Frau zu gehorchen, und sie entfernten sich wie folgsame Kinder.

»Holt den Rest von ihrem Gepäck«, rief sie zwei von ihnen hinterher. »Bringt die Sachen hier rauf.«

»Frauen kriegen die Getränke umsonst«, sagte sie. »Ich bin einsam hier, allein unter den Männern. Aber nur die Getränke.« Sie war eine praktische Geschäftsfrau; wir sollten nicht denken, wir bekämen alles umsonst. »Das Essen müßt ihr bezahlen.«

So gerne wir uns gewaschen hätten, wir gingen trotzdem direkt zum Speisesaal. Ich starrte das Gebäck und die Süßigkeiten an, als hätte ich so etwas noch nie gesehen.

»Na los«, sagte Bush. »Such dir was aus.«

»Moment mal«, sagte Agnes. Und sie fragte Bush: »Hast du Geld dabei?«

»Ja, ich hab was von den Pelzen übrig. Das reicht.«

Agnes lächelte. »Na los, Angel, such dir was aus.« Und dann nahm sie zwei Stück Kuchen, was mich erleichterte. Zumindest hatte sie einen gesunden Appetit.

Kurz nachdem wir zurück im Schlafsaal waren, brachte uns Gita Würstchen und frisches, warmes Brot mit Butter. Das Essen war wunderbar, und ich hatte Hunger, aber vor allem war ich müde. Wir alle waren müde. Dora-Rouge war schon eingedöst. In meinen Muskeln und Knochen breitete sich Schwere aus. Ich war froh, daß wir hier ein paar Tage lang ausruhen konnten.

Am nächsten Morgen, nach dem Frühstück, warf Gita Bush und mir einen mißtrauischen Blick zu. Sie faßte uns scharf ins Auge. »Seid ihr hinter dem spanischen Silber her?«

»Silber?« Bush guckte sie an, als hätte sie nicht alle beisammen. Ich dachte, es wäre ein Witz und grinste breit. Bush fragte: »Was für Silber?«

»Habt ihr nichts davon gehört?« Gita setzte sich kerzengerade auf und blickte von einer zur anderen, um zu sehen, ob wir logen. Der Ausdruck auf unseren Gesichtern war eindeutig, dennoch sagte sie: »Doch. Alle haben davon gehört.« Sie zeigte nach draußen. »Jedenfalls sind die meisten von denen da hinter dem Silber her.«

»Nein, wir haben davon noch nichts gehört«, sagte Bush.

Ich schaute aus einem der Fenster, als könnte ich dort am Handelsplatz eine spanische Galeone auf der Seite liegen sehen. Ich sah aber nur die Männer mit dem Mischlingsblut, die dasaßen und zuguckten, wie die weißen Männer Löcher gruben.

»Also, ihr habt wirklich nichts von dem Silber gehört.« Das war mehr eine Feststellung als eine Frage. Nach einer Weile wechselte sie das Thema. »Die Männer reden nicht viel, nicht einmal miteinander.« Ich fürchte, auch wir waren nicht besonders gesprächig. Wir waren an die Stille und an die Geräusche der Natur gewöhnt. Hier drängten sich Mißtöne dazwischen. Für uns ging der Puls menschlicher Aktivität viel zu schnell. Es würde dauern, bis wir uns an Lärm, Geschäftigkeit, Ordnung und Regeln gewöhnt haben würden.

Die Fallensteller waren leicht auszumachen; sie hatten schärfer ausgeprägte Gesichtszüge als die Silberjäger, hatten Augen der Einsamkeit. Die Silberjäger schienen alle aus einem Guß zu sein. Sie schwankten zwischen Verträumtheit und Hochspannung. Jeden Morgen gingen sie raus und gruben ein neues Loch, auch wenn ihnen die Muskeln schmerzten. Am Abend waren sie immer noch bei der Arbeit, erdverkrustet, todmüde. Einige gruben besonders tief, andere zogen von einer Stelle zur anderen und hoben nur flache Gruben aus, aber alle ackerten, als drohten ihnen Reichtümer zu entgehen.

Einige der dunkleren Männer machten sich Sorgen, daß der Wald zu Schutthaufen verkümmerte und die Gewässer ausgebaggert und zu Grunde gerichtet werden würden. Während die anderen Männer sich ungestüm und nervös gebärdeten, blieben die indianischen Männer still. Und sie waren aufmerksam. Sie brachten Dora-Rouge Tabak, Kräuter und ein paar Meter hübschen Stoffes, den einige für ihre Frauen zu Hause gekauft hatten. So war es Sitte. Dann setzten sie sich zu ihr und redeten mit ihr. Zu mir waren sie freundlich, nahmen meine Anwesenheit zur Kenntnis, zeigten auch für Agnes und Bush Interesse, aber auf Dora-Rouge bezogen sie sich. Sie sprachen einen anderen Dialekt, aber dennoch dieselbe Sprache wie sie, und das empfanden alle, besonders Dora-Rouge, als ausgesprochen angenehm. Da spürte sie, wie nah wir unserem Ziel waren.

Mit dem Silber hatte es folgende Bewandtnis: Vor einiger Zeit hatte ein Mann eines Abends in der Nähe von North House ein Grab ausgehoben und dabei mehrere spanische Silbermünzen gefunden. Das hatte sich schnell herumgesprochen, und Männer strömten nach North House, um sich der Reichtümer zu bemächtigen. Und wie das Gerüchte so an sich haben, wurde die Sache immer mehr aufgebauscht, so daß jetzt einige glaubten, durch Granit und Kalkstein verliefen Gold- und Silberadern. Und selbst wenn es nicht die Münzen gegeben hätte, um die gierigen Männer herbeizulocken, dann hätte es schon allein deren Phantasie getan. Die Männer waren dermaßen vom Jagdfieber getrieben, daß sie jeden anderen Mann, jeden Hund, sogar ein Motorrad für Wild hielten. Sie waren besessen. Jeder von ihnen glaubte, derjenige zu sein, der das Geld finden müsse, daß dies seine Bestimmung sei. Das machte jede Freundschaft unmöglich; wenn so viel auf dem Spiel stand, konnte niemandem vertraut werden. Es gab auch eine neue Theorie, die besagte, daß in den Seen dieser Gegend Galeonen gesunken waren, daß die Spanier eine Passage vom Meer in dieses von Wasser und Land zerteilte Gebiet gefunden hätten.

Die Männer, die in der Erde gruben, trugen Glücksbringer, die sie zu Münzen und anderen Schätzen führen sollten. Sie sprachen Gebete, obwohl sie unter normalen Umständen nicht zu denen zählten, die beteten. Einer trug das Bild seiner Mutter in einem silbernen Medaillon. Alle paar Stunden rieb er dessen glänzende Rückseite und betete zu seiner lieben Mutter, daß sie ihn zu dem Silber führe. Ein anderer verließ sich auf eine Kaninchenpfote, die er immer in der linken Hand trug. Einer versuchte, im Wetter göttliche Hinweise zu finden.

Und zwei junge Männer, Zwillinge, benutzten eine Alphabettafel, die fast alle ihre Fragen mit Ja beantwortete. »Gibt es auf der linken Seite von Peat Hill Silber?« fragten sie. Ja. »Gibt es in der Nähe der Propangastanks Silber?« Diesmal rührte sich die Tafel nicht, obwohl die beiden mindestens eine Stunde lang davor saßen und das beigefarbene Plastikherz ganz vorsichtig berührten, bis ihre Finger zitterten. Dies sei gewiß ein Zeichen, dachten die Männer, und gruben in der Nähe der Propangastanks, bis einer der Tanks in die Grube rollte, an eine Mauer stieß, explodierte und ein Feuer entfachte, dessen Spuren noch an den schwarzen Brandmarken hinter den Baracken zu sehen waren.

»Wir hoffen, daß sie niemals Silber finden«, sagte Gita. »Obwohl das, weiß Gott, gut fürs Geschäft wäre.«

Einige der Männer schliefen in dem alten Gebäude. Andere hatten ein Zelt oder einen Schuppen an einer für ihre Begriffe erfolgversprechenden Stelle aufgebaut, aus lauter Angst, jemand würde den Platz übernehmen, wenn sie sich entfernten.

Gitas Mann war zurückhaltender als sie. Es war leicht zu erkennen, warum sie ein gutes Paar abgaben. Er sprach kaum, und sie war selten still. »Wie heißen Sie?« fragte er uns, dann sagte er. »Oh, Agnes Iron? Ich hab ein Paket für Sie. Wir haben Sie erst in ein oder zwei Wochen erwartet.«

Wochen, dachte ich. Wir waren erst zwei Wochen unterwegs. Bush und ich schauten uns an, waren uns wieder bewußt, daß es Zeit gab und Geschäfte und Männer, die sich einen Weg in die Hölle gruben im Glauben, es wäre der Himmel. Es schien, als wären wir jahrelang unterwegs gewesen.

Agnes wußte sofort, daß Husk ihr ihren Mantel geschickt hatte. Ein schweres Paket, in braune, zusammengeklebte Papiertüten gehüllt. Agnes strahlte. Sie war außer sich vor Freude. Husk hatte einen Brief mitgeschickt, den sie uns nicht zeigte, aber sie kicherte beim Lesen, und sie bekam wieder Farbe im Gesicht. Für Dora-Rouge hatte Husk eine Dose Lachs geschickt. Bush bekam einen neuen Blinker. Für mich gab es ein Astrologiebuch und etwas Schokolade, dazu einen Brief von Tommy, in dem er schrieb, daß er eventuell zu den Fettessern fahren wollte, um uns dort zu treffen. Er hatte einen Mann kennengelernt, einen Aktivisten von einem südlicheren Stamm, der zu wissen meinte, wie man über Nebenstraßen und Wasserkanäle selbst dann in das Gebiet käme, wenn alle anderen Verbindungen gesperrt wären.

Bush kaufte im Laden eine Zeitung, aber darin stand nichts über Wounded Knee. Und kein Wort über das Staudammprojekt, zu dem wir unterwegs waren. »Wie ist das möglich?« fragte sie sich laut, aber im Grunde war es für sie nicht überraschend, daß diese Dinge verschwiegen wurden.

Während unseres Aufenthalts in North House, der Atempause zwischen Sümpfen und Umtragestellen, fühlte ich mich frei und unbeschwert. Es war wunderbar, sich zu bewegen, ohne etwas tragen zu müssen, weder einen Rucksack noch eine alte Frau. Es war schön, ein paar Nächte lang ordentlich zu schlafen, zwischen zwei Wänden. Ich machte einen Spaziergang mit Agnes in ihrem Mantel, und verkniff mir ein Lächeln, als ich merkte, wie sie ihre Augen umherschweifen ließ, um zu sehen, ob die Männer irgend etwas übersehen hatten, ob sie irgend etwas Glitzerndes entdeckte, obwohl sie so tat, als interessiere sie sich überhaupt nicht für Silber.

»Was würdest du tun, wenn du Geld hättest?« fragte sie mich.

»Weiß ich nicht. Müßte ich drüber nachdenken.«

In North House schliefen wir in Betten, richtigen Betten, ein kaum vorstellbarer Luxus, trotz der durchgelegenen Matratzen und der abgenutzten Decken, trotz der Ausdünstungen männlicher Haut und Kleidung. Solange wir da waren, schliefen die Männer auf der anderen Seite des Raumes, und Gita zog einen Vorhang zwischen sie und uns. Keiner der Männer, versicherte sie uns, würde wagen, auch nur in die Richtung des Vorhanges zu gucken, als drohte Gita persönlich aufzuspringen und sie zurechtzuweisen. Morgens konnte ich hören, wie die Männer ihre Hosen anzogen und die Reißverschlüsse schlossen. Aber noch schlimmer als diese Geräusche war das deutlich spürbare Gefühl, wie sehr jeder von ihnen fündig werden wollte. Es war eine Spannung, eine Art fiebriger Energie, die nicht mehr aufgehalten werden konnte, sobald sie freigesetzt war. Das funktionierte nach physikalischen Gesetzen, die Husk erwähnt hatte, dem Gesetz der Kinetik. Und das schlimmste war, daß die Schaufelei schon im Morgengrauen losging, jedenfalls zu der Zeit, die mir wie das Morgengrauen vorkam, denn in den kurzen Nächten war nicht so ohne weiteres auszumachen, wie spät es war. Aber zu welcher Zeit es auch immer sein mochte, der Lärm begann während meines kostbaren Schlafes.

Gita hatte hinter dem Hauptgebäude einen kleinen Garten angelegt. Dort wuchsen weiße Rüben heran und die großen Blätter der Kürbisse. Sie liebte ihre Pflanzen. Eines Morgens, als einer der Männer dort zu graben begann, kam sie aus der Tür gerannt und schrie ihn an: »Hör sofort auf! Da ist kein Silber! Keine Münzen! Nichts.« Und noch einmal auf deutsch: »Nichts.«

Sobald die jungen Männer die Nachricht verbreitet hatten, daß vier indianische Frauen über das Wasser gekommen seien, kamen Ureinwohner aus der Umgebung, um uns mit eigenen Augen zu sehen, und sie brachten Essen und Hemden und andere Dinge, die wir vielleicht brauchen könnten. Eine junge Frau bot mir Ohrringe an. Sie waren lang und aus Silber. »Aber kein spanisches Silber«, sagte die junge Frau, damit kein Mißverständnis aufkam. Sie blieb lange, um sich unter den Bäumen mit uns zu unterhalten, und sie spielte eine Kassette von Barry McGuire mit »You tell me over and over and over again, my friend, we're on the eve of destruction«.

Es stellte sich heraus, daß einige der Besucher wußten, wer Dora-Rouge war, und eine Frau, die ebenso alt war, sagte, sie sei mit den Leuten der Straße der Hundertjährigen verwandt. Sie hieß Jere und war auf Adam's Rib geboren. Sie sehnte sich nach ihrer Heimat und wollte wissen, was der Hungrige Wasserschlund in den Jahren ihrer Abwesenheit verschluckt habe. »Zwei Motorschlitten? Wirklich?« Sie legte die Hand auf den Mund. »Saßen noch Menschen drauf?«

Jere und Dora-Rouge redeten den ganzen nächsten Tag miteinander. Aus dem bißchen, das ich von der Sprache verstand, entnahm ich, daß sie von der Zeit sprachen, als alles noch lebendig war. Daran erinnerten sie sich, und danach sehnten sie sich. Alle alten Leuten sehnten sich nach der Zeit, als Menschen sich mit einer Wolke vereinigen und ihr beim Abregnen helfen oder zu Bäumen werden konnten, mit Rinde, Wurzeln und Blättern eins waren. In jenen Tagen waren die Menschen stiller. Sie horchten. Sie hörten. Und wenn die beiden alten Frauen genug geredet hatten, warfen sie lange wehmütige Blicke über den alten Handelsplatz und auf die Männer, die die Erde aufbrachen. Am nächsten Tag brachte Gita Rosinen, Mandeln und Datteln und sprach, aß und trank Tee mit uns.

Und dann bereiteten wir uns zum Aufbruch vor, viel zu schnell. Ich sträubte mich, als müßten wir Menschen verlassen, die wir viel länger als nur ein paar Tage lang gekannt hatten.

Am Morgen, als wir aufbrachen, kamen die indianischen Frauen, um »Auf Wiedersehen, Schwester« zu sagen, und wir versprachen ihnen zurückzukommen. Sie erinnerten uns daran, daß sich die Wasserstände verändert hatten und unsere Orientierung darunter leiden könnte.

»Was kann an Metall schon kostbar sein«, sagte Bush, als wir wieder gen Norden paddelten. Die Silbergräber schienen ihr ein Rätsel zu sein. »Was meint ihr, was die wirklich wollen? Was bedeutet denen das Silber?«

Agnes sagte, für sie bedeute es, die Welt gehe zu Ende.

In einem Geschichtsbuch hatte ich einmal ein Zitat von Cortés gelesen, der sagte: »Wir weißen Männer sind krank am Herzen, und das einzige, was uns heilen kann, ist Gold.« Diese Worte und diese Krankheit haben das Ende vieler Welten herbeigeführt. Also konnte es gut sein, daß Agnes recht hatte: Wenn Metall kostbar wurde, stand ein Ende bevor.

Seit Agnes ihren Mantel wiederhatte, erholte sie sich etwas. Sie schien immer noch ein wenig verwirrt, aber alles in allem glücklicher. Aufrecht im Kanu sitzend, sah sie wieder wie eine Bärin aus. Hinter ihr paddelte Bush und lenkte das Boot durch feine, lange Gräser und durch Seen. Wieder waren wir unterwegs. An manchen Abenden begleitete uns das Heulen von Wölfen, an anderen die warme Sonne auf unseren Rücken. Wieder ließen wir uns in den vertrauten Rhythmus fallen und vergaßen das Leben in der anderen Welt. Für mich war es, als hätte es keine Jahre des Schulunterrichts gegeben, in denen ich Zahlen lernte, keine Streitigkeiten, keine Familien, die mich nicht behalten wollten. Vorbei waren die Zeiten, in denen meine Hände festgebunden wurden, damit ich mich nicht verletzte. Nichts davon spielte jetzt eine Rolle, genausowenig wie das Leben auf Adam's Rib oder auf Fur Island oder etwa die Zukunft. Jetzt ging es schlicht und ergreifend nur noch darum, die Wasserwege zu kennen und in dem Körper zu leben, dem die Erde sagte, was eine Frau tun muß, um zu überleben.

Wir glitten wieder tief in die schöne und unheimliche Wildnis, wo noch die Geister über die Erde gingen und die Tiere noch mit den Menschen sprachen, bewegten uns auf einen Ort zu, wo Wölfe und ihre Vorfahren sich an den Geruch von Dora-Rouge und all ihren Vorfahren erinnerten.

Wir erreichten The Place of Sleepers. Der Ort lag an einem Ufer, wo es seit 1920 kein elektrisches Licht mehr gab. Zu jener Zeit hatte der Erfinder Nikola Tesla aus Colorado Springs einen Energiestoß quer über den Kontinent geschickt. Da es keine Möglichkeit gab, den Verbrauch dieses Stromes zu zählen oder zu verkaufen, war die Energie frei und jedem zugänglich, was natürlich nicht erlaubt war. Die Schläfer, wie die Leute hießen, die hier lebten, weigerten sich, etwas zu bezahlen, das hätte umsonst sein können. Sie lehnten das Licht aus Prinzip ab. Jegliche Form künstlichen Lichtes, auch Öllampen oder durch Gas gespeistes Licht, wurde abgeschafft. Statt dessen richteten sich die Menschen nach dem Kreislauf der Natur. Es war ein kleiner Akt des Widerstands, der gleichzeitig dazu führte, daß die Leute gesünder wurden. Im Winter, wenn es lange dunkel war, schliefen sie wie Bären, wachten nur gelegentlich auf, um sich zu strecken, zu essen, sich zu lieben und wieder einzuschlafen.

The Place of the Sleepers war teilweise überschwemmt. Nur die Kuppen einiger Hügel, die früher recht hoch gewesen waren, lagen im Trockenen. Und erstaunt mußte ich immer wieder feststellen, daß das Wasser klar war. Ich hatte immer gedacht, aufgestautes Wasser wäre trübe und dunkel. Wir konnten unter uns Bäume und sogar ein paar Gebäude sehen, die nicht eingestürzt oder weggespült worden waren. An einem Mast flatterte noch eine Fahne, als wären die Wasserströmungen nichts weiter als eine sanfte Brise.

Dora-Rouge war außer sich, daß dieser Ort fast vollständig unter Wasser lag. Südlich davon war vor nicht allzu langer Zeit einer der ersten Staudämme gebaut worden, der The Place of the Sleepers und andere Inseln überflutet hatte. Später hörten wir, daß eine Frau sich geweigert hatte wegzugehen. Es hieß, ihre Knochen schwämmen noch in ihrer kleinen Küche, neben den Geschirrtüchern und einer Tischdecke und einem Meßbecher.

Dies war erst der Vorgeschmack dessen, was uns noch begegnen sollte. Da inzwischen mehr als ein Staudamm gebaut worden war, waren größere Gebiete überschwemmt. Im Norden war ein ganzer Fluß überflutet und ertränkt worden. Andere Stellen, die einst voller Wasser waren, lagen jetzt trocken. Ein Stück weiter erstreckten sich breite Wasserflächen, Inseln waren verschwunden. Dora-Rouge sagte, die Mündungen der Flüsse hätten aufgehört, ihre Geschichten hinaus in die Buchten und Meere zu speien. Neue Gewässer hatten die alten ertränkt. Andere Flüsse waren zu Rinnsalen verkümmert. Dora-Rouge weinte, als sie das sah, und hinterher klagte Agnes über Kopfschmerzen und bekam Fieber. Bush brühte Weidenrinde auf für sie, aber das half nicht. Auch Husks Brief und der Mantel konnten ihr nicht helfen. Dora-Rouge blickte sie an und sagte: »Wenn wir bloß etwas Eisenhut oder Blauwurz hätten, das würde helfen, glaube ich. Wir müßten bald die Islands of Flowers erreicht haben.«

Am nächsten Morgen sah ich etwas, das wie Schnee aussah. Erst nach einer Weile merkte ich, daß es Blütenblätter waren, die auf dem Wasser schwammen. Wir waren bei den Blumeninseln angekommen, zwei große Flecken fruchtbarer Erde. Es wurde erzählt, daß einst der Wind im Inneren eines Tornados Blumensamen über das Wasser trug und sie auf die dunkle Erde fallen ließ. An Land gab es eine solche Fülle von Blüten, daß ich ihre Farben sogar aus der Ferne sah, und als wir näher kamen, bemerkte ich hinter den Inseln ein großes Torffeuer, das den Himmel tiefgrau färbte. In Ufernähe flogen von den Bäumen Blütenblätter in unsere Kanus. Kleine, zierliche Blümchen fielen auf uns. Was für ein freundlicher Ort, wo der Frühling plötzlich wieder gegenwärtig zu sein schien. Ich pflückte ein Blütenblatt von Dora-Rouges Haar.

»Wir sind ganz nah bei Ahani, dem alten Land«, sagte Dora-Rouge zu mir. Sie schaute Richtung Norden. »Vielleicht nur noch ein oder zwei Tage entfernt. Aber wir brauchen die Kräuter, Agnes ist sehr krank. Mit ihrem Blut stimmt was nicht. Das kann ich sehen.«

Ich nickte. Ich hatte selber bemerkt, wie schlecht Agnes aussah. Ihr war ständig kalt, obwohl sie ihren Mantel trug und die Biberpelze um sich herum hatte. Ihr Frieren und ihre Erschöpfung waren beunruhigend. Ihre Haut war kreidebleich und klamm.

Dora-Rouge versuchte abzuschätzen, wie weit es bis zu der Stelle war, wo Blauwurz wuchs. Wir beschlossen, daß Bush losziehen sollte, um die Pflanzen zu suchen, während wir anderen auf einer der Blumeninseln blieben. Ich sollte im Lager bleiben und mich um die beiden älteren Frauen kümmern. Das schien logisch. Denn abgesehen von Dora-Rouge hatte Bush den besten Orientierungssinn, und sie war stark. Aber dann hatte Dora-Rouge eine andere Idee. »Angel, du bist diejenige, die von der Pflanze geträumt hat. Ich glaube, du solltest sie suchen gehen. Vielleicht wird die Pflanze dich rufen. Vielleicht findest du sie leichter.«

Bush argumentierte dagegen: »Das ist zu weit für sie alleine.«

Das stimmte. Bislang hatte ich mich auf dieser Reise nur führen lassen. Nicht einmal hatte ich auch nur geahnt, wo wir waren. So war es mir am liebsten gewesen. Aber ich sagte wie eine Frau: »Ist gut. Ich geh die Pflanzen holen.« Und seit wir den Se Nay überlebt hatten, dachte ich sowieso, ich könnte alles überstehen, weil irgend etwas oder irgend jemand auf meiner Seite stünde. Ich fühlte mich beinahe unsterblich.

Bush packte mir etwas zu Essen in einen Beutel, und bevor ich mich's versah, war ich ganz allein von der Blumeninsel losgepaddelt und befand mich auf dem Weg zu den Kräutern, jedenfalls besagte dies die Karte der Kannibalen. Blauwurz sollte ich in der Nacht ausgraben. Das war die beste Zeit dafür. Dann sollte ich zu einer anderen Stelle gehen, wo Eisenhut wuchs, wie Luther Dora-Rouge hatte wissen lassen. Als ich losfuhr, blickte ich kurz zu Agnes hinüber und dachte, wie klein sie aussieht.

Da nur ich im Kanu saß, war es leichter zu manövrieren. Der Rauch hinter den Islands of Flowers war eine gute Orientierungshilfe. In meiner Tasche steckte das Stück Karte, das ich auf Bushs Drängen zusammen mit der Zeichnung des Mannes mitgenommen hatte, beides in Plastik gehüllt, für den Fall, daß ich kenterte oder es regnete. Die Inseln, die der Mann aufgezeichnet hatte, lagen westwärts, etwa einen halben Tag entfernt. Zeitweise würde ich gegen die Strömung paddeln müssen.

Ich überließ mich dem Rhythmus des Paddelns, des Wassers. Mit mir alleine bewegte sich das Boot, als hätte es ein Eigenleben. Ich glitt durch eine schilfige Passage, die auf der Karte des Mannes ein Kanal war. Ich versuchte nicht daran zu denken, wie leicht man sich in solchen Seitenarmen verirren könnte. Dieser hier führte zu einem ruhigen See. Hier hatte die Landschaft ein ganz neues Gesicht, das Wasser sah aus wie Glas. Während ich mit dem Kanu durch etwas glitt, das dem blauen Himmel glich, wurde ich innerlich ganz ruhig. Eine wundervolle Stille umfing meine einsame Fahrt. Obwohl ich mich beeilen mußte und ich mir Sorgen um Agnes machte, war ich ganz friedlich. Hin und wieder rief ein Seetaucher. Über mir schwebte ein Habicht und schrie. Trotz meiner Aufgabe hatte ich das Gefühl, von neuem in eine frische, klare Welt geboren zu sein, sie zum erstenmal zu sehen.

Als ich die erste Insel erreichte, suchte ich den Boden ab, jeden Zentimeter. Ich war sicher, daß ich am richtigen Ort war, denn der Mann hatte weggeworfene Whiskeyflaschen erwähnt. Mit meiner ganzen Seele suchte ich nach Blauwurz, aber es war nicht dort. Und auch die Karte stimmte nicht, wie sich herausstellte. Ich fragte mich, warum wir dem Mann geglaubt hatten, obwohl er sich verirrt hatte, obwohl Agnes sich vor ihm gefürchtet hatte.

Inzwischen hatte die Sonne ihren Bogen zur anderen Seite des Himmels geschlagen. Der Tag nahm eine seltsame graublaue Farbe an. Bald bildeten sich Wolken und rasten mit beängstigender Geschwindigkeit über das Himmelszelt, vielleicht brachten sie einen Sturm mit sich. Ich überlegte, ob ich auf der Insel bleiben sollte, aber ich sorgte mich um Agnes, und ein Gefühl sagte mir, ich sollte weiter um die kleine Inselgruppe herumfahren.

Und ich folgte diesem Gefühl, so wie Dora-Rouge es auch getan haben würde, und am nächsten Ufer lagen noch mehr grüne und braune Flaschen, ein großer Haufen, und dort fand ich die blauwurzeligen Knollengewächse. Dora-Rouge hatte gesagt, ich sollte sie nachts ausgraben. Ich wartete, bis ich glaubte, es wäre tiefste Nacht, die ideale Zeit zum Ausgraben von Wurzeln. Als ich meinte, es wäre soweit, schob ich vorsichtig Erde beiseite und grub einige der Wurzeln aus und dankte ihnen dabei. Ich legte die Pflanzen in den Beutel, dann fuhr ich hinaus in das merkwürdig grüne Licht der kurzen Nächte. Selbst mein Paddel blieb mitunter geräuschlos. Ich liebte das Wasser, liebte es, allein unterwegs zu sein. Ich lehnte mich zurück und ließ mich mit geschlossenen Augen treiben, und als ich mit einem Ruck erwachte, merkte ich, daß einige Zeit vergangen sein mußte. Wieviel, vermochte ich nicht zu sagen. Es war, als hätte mich jemand mit einem Zauber belegt, damit ich einschlief. Im Kanu stand Regenwasser, alles war feucht, und mir war kalt. Ich wußte nicht, wohin mich das Wasser getragen hatte. Verärgert fragte ich mich, wie ich bloß im Regen hatte schlafen können.

Die andere Pflanze, Eisenhut, mußte am frühen Morgen geschnitten werden, und so fuhr ich eilig weiter, durch das schummerige Licht, das hoffentlich die Morgendämmerung anzeigte. Der gelbe Schimmer am Himmel schien alle Pflanzen zum Leuchten zu bringen, und sie bildeten ungewöhnliche, scharfumrissene Schatten.

Den Eisenhut fand ich leichter. Ich schnitt die Blüten ab und legte sie zum Trocknen zwischen Papier, dann machte ich mich schnell auf den Rückweg, immer noch ungewiß, ob es Tag oder Nacht wurde, und grübelte, wie lange ich unterwegs gewesen war.

Als ich zu der Insel mit den leuchtenden Blumen zurückkehrte, sah ich, daß weit draußen auf dem glitzernden Wasser etwas Blaues schwamm. Das war noch einige Augenblicke, bevor das Gebilde mit dem blauen Blumenberg darauf in meinen Augen Form angenommen hatte. Obwohl es so weit weg war, meinte ich, Schmetterlinge zu sehen, und ich meinte auch, die Blüten zu riechen, einen süßen, berauschenden Duft.

Bush hatte nach mir Ausschau gehalten. Sobald sie mich gesehen hatte, kam sie und half mir, das Kanu an Land zu ziehen. Ich setzte mich, um mir die nassen Socken auszuziehen. »Was ist das da draußen?« fragte ich und deutete auf die Blumen im See. Ich zog einen Schuh aus.

Sie sagte nichts. Ich schaute sie genauer an. Sie hatte geschwollene Augen, als hätte sie geweint. Auch Dora-Rouge, die auf dem Boden saß, schwieg. »Was ist los?« wollte ich wissen. Ich spürte, wie sich mir die Brust zusammenschnürte.

Wir alle schauten zu dem blumenbeladenen Kanu, das im klaren Wasser trieb.

»Das ist Agnes«, sagte Bush schließlich.

»Agnes?« Und dann merkte ich, daß der blaugraue Mantel auf Dora-Rouges Schoß lag. Ich schaute zu dem Kanu mit den Blumen und wußte sofort, das Agnes tot war. Das war sie, die dort auf dem Wasser trieb. Aber trotzdem starrte ich Bush ungläubig an. »Was? Das kann doch nicht sein«, sagte ich. »Ich hab die Pflanzen.« Verzweifelt und hastig nestelte ich die kleinen Beutel auf. Mit zitternden Händen. Einige der Wurzeln fielen auf den Boden. »Hier sind sie. Hier.«

Bush legte ihre Hand auf meinen Arm.

Ich wich zurück. »Aber hier sind sie doch!« Ich bückte mich und hob die Pflanzen auf, die mir hinuntergefallen waren. Ich hielt sie auf der ausgestreckten Hand, als wollte ich sie anbieten. Als wollte ich die Zeit zurückdrehen.

»Ich hätte es sein sollen.« Dora-Rouge fing an zu weinen. Sie drückte sich ein schmutziges Taschentuch an die Augen.

Aus reiner Gewohnheit fing Bush an, das Kanu auszuladen. Als sie sah, daß ich das Essen nicht angerührt hatte, machte sie Suppe warm und gab mir eine Tasse voll. Ich trank sie schnell. Ich war durstig und trank auch große Schlucke aus dem Wasserkrug, und dann schlief ich auf dem Boden liegend ein, die Augen noch voller Tränen. Während ich schlief, deckte mich Bush mit Agnes' Mantel zu. Einmal wachte ich weinend auf, weil ich Agnes und die Bärin am gelben Himmel hatte gehen sehen. Ich dachte, das blumengeschmückte Boot war nicht wirklich gewesen, ich hätte nur geträumt, und ich hörte Agnes auf der Poison Road singen, so wie immer, wenn sie vom Wasser zurückkam. Neben ihr ging die Bärin, sie war blau und beinahe so schön wie damals, als Agnes ein Mädchen war.

Ich war beinahe drei Tage lang unterwegs gewesen, sagte mir Bush später, obwohl wegen der länger werdenden Tage und der vorbeiziehenden Sturmwolken die Zeit nur schwer zu bestimmen war. Über dem Kanu flatterten Schmetterlinge, große, weiße Schmetterlinge. Ich betete zu Gott, daß er Agnes auferstehen ließe. Ich konzentrierte meinen ganzen Willen darauf, war mir sicher, daß Gott meinen Schmerz spüren würde, der doch so stark war, und daß Gott mich erhören, Agnes aus dem Boot steigen und sie dann wie die Motten und Schmetterlinge kurz über der Wasseroberfläche auf uns zuschweben lassen würde.

»Wir werden sie holen lassen«, sagte Bush. »Es ist nicht mehr weit.« Sie legte ein paar Kleidungsstücke zusammen und packte sie in eine Tasche.

Es schien nicht richtig, daß es gar nichts zu tun gab. Da war keine Behörde, die man hätte unterrichten, niemand, dem man von dem Tod hätte erzählen können. Wir hatten nur den winzigen Körper von Agnes, deren letzter Wunsch es war, von Vögeln und Wölfen gefressen zu werden, wie sie mir gesagt hatte.

»Ich bleibe«, beharrte Dora-Rouge. »Ich will bei Agnes bleiben.«

»Nein, Großmutter. Wir können dich nicht hierlassen.« Bush hob sie hoch.

»Doch! Laß mich hier!« wiederholte Dora-Rouge. »Ich bleibe.« Und sie beklagte sich lauthals, daß sie von dem blumenbeladenen Boot mit ihrer Tochter weggehen müsse. »Agnes. Ahi!« Sie sprach die alte Sprache.

»Es tut mir so leid, Großmutter.« Ich weinte.

Dora-Rouge kämpfte gegen Bush an, als die sie hochhob.

»Gott verdammt noch mal!« Dora-Rouge schlug mit ihren dürren Fäustchen weinend auf Bush ein. »Ich kann noch nicht mal weg von dir. Ich kann nicht mal fliehen. Ich muß doch bleiben!« sagte sie, trotzdem ließen wir sie ins Boot hinab, setzten sie auf den Pelzmantel und die Biberpelze. Sie legte ihre kleinen, gekrümmten`Hände über die Augen, über das ganze Gesicht.

Der Rauch verzog sich nach Süden, und als wir alle drei in einem Kanu davonfuhren, blickte ich zu den Blumen zurück, die auf dem See schwammen.

Danach hatte ich das Gefühl, daß wir bloß dahintrieben, daß sich alles nur zum Schein zu bewegen schien, daß es nur eine Illusion war, wir wären unterwegs, daß Licht und Schatten über uns flögen.

Wir sprachen nur die notwendigen Dinge. »Gib mir den Topf«, sagte Bush. Oder: »Ist genug Holz da?«

Der Tod hatte uns einen Streich gespielt. Für Dora-Rouge würde das Leben nach Agnes' Tod unerträglich sein. Und Dora-Rouge machte sich Vorwürfe. Erst später verstand ich, daß sie glaubte, Agnes' Tod wäre Teil des Paktes gewesen, den sie mit dem Wasser geschlossen hatte.

Ein kühler Nieselregen setzte ein. Wir warteten die erste Hälfte des Tages ab, aber als schließlich das Zelt feucht, unsere Kleider durchnäßt waren und der Regen keine Anstalten machte aufzuhören, entschieden wir, daß wir genausogut weiterfahren konnten. Inzwischen war es ein kräftiger kalter Regen geworden.

Später überlegte ich, ob sie mir nicht bloß zu meinem Trost erzählt hätten, Agnes wäre kurz nach meinem Aufbruch gestorben. Ich hatte zu lange gebraucht. Vielleicht hatten sie den Zeitpunkt des Todes vorverlegt, um meine Gefühle zu schonen. Es gab keine Möglichkeit, das herauszufinden, aber die Blumen hatten frisch ausgesehen. Vielleicht war Agnes erst an jenem Tag hinaus aufs Wasser geschoben worden. Oder die anderen hatten vielleicht mit dem süßen Duft der Blumen den Verwesungsgeruch übertönen wollen und Agnes dann erst dem Wasser übergeben. Wie auch immer – das Bild des Bootes mit den blauen Blumen, das zwischen dem blauen Himmel und dem Wasser trieb, würde mir stets vor Augen bleiben.

Schließlich kamen wir zur letzten Insel, an die letzte Umtragestelle. Auf dem Pfad waren jede Menge Elchspuren. »Das ist ein gutes Zeichen«, sagte Bush. Wir folgten den Spuren. Aber als wir an den höchsten Punkt der Umtragestelle kamen, mußten wir zu unserem Entsetzen feststellen, daß vor uns kein See lag. Wo einst Wasser gestanden hatte, breitete sich nun eine riesige Schlammfläche aus. Über weite Strecken war nichts als Schlick zu sehen, der an vielen Stellen noch so feucht war, daß sich das Sonnenlicht spiegeln konnte.

Plötzlich schrie Bush auf: »Ein Elch!«

Ich mühte mich, konnte aber nichts sehen.

Bush streckte den Finger aus. »Da drüben. Guck doch.«

Auf den ersten Blick sah der Elch mit seinem Schaufelgeweih aus wie ein verzweigter Baum. Das Tier steckte im Schlamm, nicht weit von uns. Verzweifelt versuchte es zu fliehen. Wir waren nah genug, um Furcht und Feuer in seinen Augen blitzen zu sehen. Gefangen in der gierigen Erde, deren Schlund und Zähne alles verschlingen, beugte der Elch seine Vorderbeine und versuchte, sich herauszuziehen.

Bush konnte es nicht ertragen. Sie kramte in unserem Gepäck herum, suchte mit zitternden Händen nach einem Seil, merkte aber bald, daß dies nichts weiter als eine dürftige, hilflose Geste war. Denn das Seil hing an dem Kanu mit den Blumen. Und außerdem wäre es viel zu dünn gewesen. Der Elch war kräftig, und noch stärker war die Schwerkraft.

Wir überlegten fieberhaft, wie wir ihn retten könnten, mit Hilfe von Zweigen, Stämmen vielleicht, doch es gab nichts, was hätte helfen können, und das Tier schüttelte den Kopf, spannte alle Muskeln an, um dieser flüssigen Erde zu entkommen, dann aber gab es auf, verharrte groß und still, reckte nur noch einmal den Kopf aus dem Schlamm. »Schwimm!« murmelte ich mit geschlossenen Augen. »Schwimm!« Aber das nützte genauso wenig wie mein Gebet, daß Agnes aus den Blumen steigen und zu mir zurückkommen sollte. Der Elch stieß einen Schrei aus, der wie der Schrei einer Frau klang, und schließlich wurde er von einer hungrigen Erde, die kein Mitleid mit ihm hatte, umfangen und festgehalten. Bush nahm meine Hand. Ich barg mein Gesicht an ihr, die Arme um sie geschlungen, und ich weinte. Ich weinte um den Elch und um Agnes.

Das letzte, was ich von dem Elch sah, waren seine Augen, deren letzter Lebensfunke nach innen gerichtet war. An das Bild würde ich mich erinnern, wie das Tier den Kopf zurückgelegt hatte, als ob es einen letzten, kostbaren, anhaltenden Atemzug nehmen wollte. Dann, als ich die Augen öffnete, war der Elch verschwunden. »Ich hasse Gott«, sagte ich und wünschte, daß die Mysterien der Schöpfung, das Feuer der Sterne nichts mit dem Tod gemein hätten.

»Es war nicht Gott, der das gemacht hat«, sagte Dora-Rouge.

Die Schlammflächen waren riesig. Vorher, bevor auf der westlichen Seite ein großer ostwärts fließender Fluß umgeleitet worden war, hatte dort ein großer See gelegen. Nun stank der Boden faulig nach verwesendem Fisch, vermodernden Pflanzen. Wir konnten den Schlamm nicht überqueren; wir hatten keine Wahl, als umzukehren und eine andere Richtung auszuprobieren. Bis hierhin hatte uns das Bewußtsein, nahe am Ziel zu sein, die nötige Kraft verliehen, aber nun waren wir am Ende. Wir hatten kaum noch etwas zu essen, außer ein paar Haferflocken und etwas Reis, und wir waren nicht sicher, wie lange es noch dauern würde, bis wir an unser Ziel, nach Two-Town kommen würden. Während unserer Reise hatte sich die Welt verändert, in einem so kurzen Zeitraum. Wir mußten davon ausgehen, vielleicht schon an der nächsten Biegung auf eine ebenso unpassierbare, ebenso zerstörte Landschaft zu stoßen.

13. Kapitel

Ein großer Himmel öffnete sich über uns, hell und weit. Nach all den Beschwernissen unserer Reise hätte unsere Ankunft ein denkwürdiger Augenblick sein müssen. Wir hatten Zeit und Raum durchquert, um hier anzukommen, hatten Agnes und alle anderen Bezüge verloren, hatten gesehen, wie die Ordnung der Welt auf den Kopf gestellt worden war. Doch jetzt waren wir weiter nichts als Überlebende, die niemand kannte und für die sich niemand interessierte, an einem Ort, der nach Regen roch, obwohl es keinen gab, an einem Ort, wo Licht und Erde, die ersten Elemente der Schöpfung, gegen sich selbst gerichtet zu sein schienen. Wofür hatten wir dies getan? Damit zwei Frauen sterben konnten? Damit ich eine Mutter fand, die mir in der Vergangenheit nur weh getan hatte? Um Bushs Gerechtigkeitssinn zu folgen, ihrem Zorn über die Art, wie Regierungen ihr Volk behandelten, das mit der Erde verbunden war? Jetzt spürten wir die Abwesenheit von Agnes mit allen Fasern. Wir hatten Entbehrungen auf uns genommen, um in eine Gegend zu gelangen, wo Schlamm und Schlick sich nichts sehnlicher als einen falschen Schritt von uns wünschten, damit sie uns verschlingen konnten wie den Elch. Wir waren betrogen worden.

Ich nahm Dora-Rouge in meine Arme und brachte sie zu einer Stelle mit weichem Gras, wo Bush Pelze ausgebreitet hatte. Während ich Dora-Rouge trug, sog ich den milden Duft alter Haut ein, und ich spürte ihr Haar an meiner Schulter. Es war weißer als zuvor, die Haut von der Sonne gedunkelt, runzeliger.

Das Einkaufszentrum von Two-Town, nur zehn Minuten von der Stelle entfernt, an der wir gelandet waren, war der Treffpunkt der beiden rechts und links davon liegenden Siedlungen. Hier gab es das einzige öffentliche Telefon, die behelfsmäßige Krankenstation, wo einmal in der Woche ein Arzt Sprechstunde hielt und wohin der Lehrer per Flugzeug anreiste, um den wenigen dagebliebenen jungen Leuten das Lesen und den Umgang mit Zahlen beizubringen. Dort wurde die Post ausgegeben und angenommen, Nachrichten wurden ausgetauscht. Es war der Ort, wo die Jungen, wenn sie über Weihnachten aus den Internaten nach Hause kamen, mit den Mädchen flirteten und wo Männer den Frauen in Winterschals zuzwinkerten und wo alte Frauen solch ein Benehmen verdammten, obwohl sie sich an ihre eigene Jugend erinnerten. Unter gewöhnlichen Umständen wären dort viele Leute gewesen, um zu plaudern und zu tratschen. Aber es waren keine gewöhnlichen Umstände. Die Bewohner der beiden Orte versammelten sich andernorts, um über den fortgesetzten Bau von Staudämmen zu diskutieren. Und trotz des reichhaltigen Angebots an Waren und Lebensmitteln, wirkte das Geschäft wie leergefegt und unfreundlich. Vielleicht hing das mit dem zusammen, was dort vor langer Zeit geschehen war, als die ersten Besitzer der Handelsstation Menschen verhungern ließen, sie aussperrten und sie einem elend kalten Hungerwinter auslieferten.

Das dunkle Gebäude stand neben ein paar dürren Nadelbäumen. Es war überhaupt nicht mit dem Laden auf

Adam's Rib zu vergleichen, nicht einmal mit dem naßkalten, feuchten Bauwerk von North House. Das Two-Town-Zentrum hatte dicke, kugelsichere Wände. Im Geschäft konnte man Lebendköder, Stoff, Gewehre und Schmieröl, Fallen und Campbell's Suppe kaufen. Es gab eine mächtige Waage für Eisenwaren, und unter der gläsernen Fläche des Ladentisches lagen Messer aller Arten, zum Häuten, Knochenzerteilen, und Schweizer Armeemesser mit Korkenziehern und Flaschenöffnern. Doch es war kein Mensch da. Es roch muffig und nach Tabak, den es in allen Sorten und Formen gab – Schnupftabak, Bull Durham, Zigaretten. Flache, braune Flaschen mit Whiskey, solche, die in die Gesäßtasche eines Mannes passen, standen eingestaubt auf den Regalen, rote Munitionskisten schienen ebenfalls seit Jahren dort zu stehen. Aber das täuschte, denn in dieser Gegend wurden mit Whiskey und Munition große Umsätze gemacht.

Plötzlich hörten wir hinter dem Haus eine Kettensäge. Wir folgten dem kreischenden Lärm, mußten vorbei an den kläffenden Hunden, die wie alle Hunde im Norden ausprobierten, wie weit die Kette reichte, an der sie lagen. Mr. Orensen, der den Laden geerbt hatte, stand neben einem Haufen frisch geschnittenen Holzes zwischen zwei Sägeböcken. Sägespäne wirbelten wie ein Herbststurm durch die Luft.

Mr. Orensen nahm uns aus den Augenwinkeln wahr. Langsam richtete er sich auf. Er war groß und eckig, hatte riesige Hände, wie ich sie noch nie gesehen hatte, sie waren sogar größer als Tommys. Mit einem Taschentuch wischte er sich Sägemehl von der Brille. Er bürstete sich in aller Ruhe die Schultern seines roten Hemdes ab, dann kam er auf Bush und mich zu. Die Kettensäge ließ er laufen. Er schien zu glauben, daß die Unterbrechung nicht lange dauern würde. »Womit kann ich Ihnen behilflich sein?« Er ging mit uns zur Tür, wobei er sich den gelben Staub vom Ärmel strich.

Es dauerte eine Weile, bis Bush sprechen konnte. Ich an ihrer Stelle hätte kein Wort herausgebracht. »Wir sind aus dem Süden gekommen«, sagte sie mit unsicherer Stimme. »Mit dem Kanu. Wir haben unsere Mutter verloren, unterwegs. Jemand muß ihre Leiche holen.« Bush zögerte. »Wir konnten sie nicht mitnehmen.«

Er sagte: »Einen Moment.« Die Sache würde eine Weile dauern. Er ging nach draußen, um die Säge abzustellen.

Die Stille war erschreckend.

Während Bush mit dem Mann sprach, ging ich im Laden herum, starrte geistesabwesend die Messer zum Häuten an und versuchte, mit meinen Schuldgefühlen fertig zu werden. Diese Reise war vor allem meinetwegen unternommen worden, das war mir klar. Ich war auf der Suche nach meiner Herkunft, nach Hannah Wing. Und das schlimmste war, daß ich versagt hatte, weil ich eingeschlafen war, als ich von den Inseln der blauen Blumen aufbrach, um die Medizin für Agnes zu holen, und das Zeitgefühl verlor. Tränen stiegen mir in die Augen.

Er telefonierte. »Hier ist Orensen.« Zu Bush sagte er, während er mit der Hand die Sprechmuschel abdeckte: »Es gibt ein freiwilliges Suchteam. Sie werden wahrscheinlich das Postflugzeug und ein Kanu benutzen. Für das Flugzeug müssen Sie aber zahlen.«

Sie nickte.

Es dauerte nicht lange, da ertönten die Sirenen, und dann folgte eine herzzerreißende Stille, und Orensens klare blaue Augen beobachteten uns, als wüßte er, welchen Anteil wir an Agnes' Tod hätten, als fällte er ein Urteil über uns.

Tatsächlich mißtraute er jedem, und uns ganz besonders. Hier kam es selten vor, daß Frauen alleine unterwegs waren; was seine Meinung, wir lögen, nur verstärkte. Das sagten seine Augen. Er fürchtete genau wie die anderen Nicht-Indianer, daß ein neuer Protest losging. »Wo seid ihr her?« wollte er wissen und warf mir einen bohrenden Blick zu.

»Adam's Rib«, sagte ich, als wäre das gerade um die Ecke.

Bush schaute sich in dem Gebäude um, starrte die leeren alten Stühle und Bänke an. Die Stille behagte ihr nicht. Sie kannte Leute von dort und wußte, wie gerne und wie viel sie redeten. Mehr noch als die Italiener, mehr als die Frauen auf Adam's Rib. Sie fragte laut, wo denn die Leute alle wären.

Es war eine Versammlung einberufen worden. Deshalb war niemand im Zentrum. Es wurde befürchtet, daß es ein zweites Wounded Knee geben könnte. Inzwischen waren schon viele Indianer gekommen, zu viele, die Unruhe stifteten, und die Weißen hielten sowieso alle für gefährlich. Hier waren nicht soviele wie in James Bay, aber genug, um sich mit der Regierung, der Polizei, und der BEEVCO anzulegen, der Firma, die die Staudämme baute. Ein Richter hatte bereits im Sinne der Indianer entschieden; ein anderer diese Entscheidung verworfen, was den Konflikt nur verschärfte.

Als wir zu Dora-Rouge zurückkehrten, weinte sie. Sie thronte wie eine Königin auf dem Bärenmantel und den Biberpelzen, als wollte sie ihr geschwollenes Gesicht, ihre roten Augen Lügen strafen. Agnes' Tod ließ sie nicht los. Würde sie nie loslassen. Uns alle nicht. Er erschütterte uns in Wellen, so wie ein Stein, der ins Wasser geworfen wird und Ringe bildet. Agnes' Tod hallte wie ein Nachbeben in uns. Als Dora-Rouge uns sah, sagte sie: »Das ist alles meine Schuld.«

Bush widersprach. »Das stimmt nicht. Ich war diejenige, die auf die verrückte Idee kam, hierher zu fahren.«

»Du? Und was ist mit mir? Es ist meine Mutter, die wir suchen.«

Dora-Rouge ließ sich nicht beirren. Sie blickte von mir zu Bush, dann wandte sie die Augen ab und sagte: »Ja, das stimmt alles, aber ich habe den Pakt mit dem Wasser geschlossen.«

»Was für einen Pakt?« Wir starrten sie beide an.

Sie verschränkte die Arme. Antwortete nicht. Statt dessen wechselte sie das Thema und erklärte uns, daß sie sich nicht mehr auf Luther verlassen könne. Er reagiere nur noch zögerlich auf sie. Schon als junger Mann habe er Tränen nicht ertragen, und er habe sich immer um jeden Konflikt gedrückt. »Er hat mir gesagt, er hat gesagt: ›Das war ein schlechter Pakt, den du da geschlossen hast, Ena.‹ Weil ich jetzt doch nicht zu ihm komme, deswegen ist er böse.«

»Was für ein Pakt?« fragte Bush noch einmal.

Am späten Nachmittag kam das Suchteam, das aus einem Flugzeug und zwei Kanus bestand, zurück. Die Männer sagten, daß wahrscheinlich der Wind das blumengeschmückte Boot an Land getrieben habe. Von der Leiche keine Spur. Sie hatten sogar das Wasser abgesucht und nichts gefunden.

»So«, sagte Dora-Rouge, als wäre etwas bestätigt worden, was sie schon lange gewußt hatte. Aber später, als Dora-Rouge außer Hörweite war, hörte ich die Männer sagen, daß sie das Kanu gefunden hatten. Am Rahmen waren Bißspuren, wahrscheinlich von Wölfen oder Bären, das wußten sie nicht so genau. »Ich bring es nicht fertig, das der alten Frau zu sagen«, sagte einer. Sogar das Seil sei angeknabbert gewesen, sagte er zu Orensen, vielleicht von einem Stachelschwein, das den salzigen Geschmack mochte, oder vielleicht von Vielfraß, der wußte, wie man ein Boot enterte, das in einem Blütenmeer schwamm.

Ich war erleichtert, als ich das hörte. Agnes hatte sich gewünscht, von Wölfen und Vögeln gefressen zu werden, hatte sich gewünscht, daß ihr Haar zusammen mit Zweigen, Angelschnur, weichen Brust- und Mauserfedern zu einem Vogelnest verwoben würde. Danach nannte ich jeden Wolf, den ich sah, Großmutter, weil Agnes ja vielleicht von einem Wolf gefressen worden war.

»Wo ist die Versammlung?« wollte Bush wissen. Es war immer noch kein Mensch im Zentrum.

Orensen, der Mann mit den weißen Augenbrauen und den blitzblauen Augen, sagte: »Wieso interessiert Sie das?« Er nahm einen Karton aus dem Regal.

Auf dem Fensterbrett des einzigen Fensters, das Sonne in das Two-Town-Zentrum ließ, lagen Levi's-Jeans Kante auf Kante gestapelt. Die Stellen des Stoffes, auf die das Licht fiel, waren verblichen. Das war Orensens Markenzeichen. Und es sagte eine Menge über ihn aus. Die Hosen ließ er dort liegen, weil er jedes Ding an seinem Platz wissen wollte, Menschen übrigens auch, und die Jeans hatten eben immer dort gelegen, sogar noch bevor dort ein Fenster war, und dort würden sie auch bleiben, ganz egal, was geschah.

Am nächsten Tag gingen wir wieder zum Two-Town-Zentrum. Dora-Rouge sagte: »Laßt mich hier draußen bei den Sachen. Seht zu, daß ihr im Zentrum einen Rollstuhl für mich auftreibt. Ich brauche etwas Würde.« Ihre Stimme war matt, dennoch hatte sie das Sagen. Sie wollte, daß wir uns in Bewegung setzten. Sie sagte, sie brauche Stille zum Nachdenken. »Und schickt Husk einen Brief. Erzählt ihm, was geschehen ist.«

An einem Anschlagbrett an der Tür des Ladens hingen Notizen und Anzeigen für freie Zimmer, einige konnte man im Tausch gegen Arbeit mieten. Während Bush an Husk schrieb und Vorräte einkaufte, schaute ich mir die Anzeigen an. Manche boten Logis und Kost, aber da mieteten sich in der Hauptsache Männer ein, die nichts mit dem Haushalt zu tun haben wollten. Ich schrieb mir ein paar Adressen auf, und zwar sowohl bei den Fettessern als auch im nächsten Ort, in Holy String Town. Dann sah ich an einer Wand ein Schild »Öffentliche Duschen«. »Bush, guck mal. Hier gibt's Duschen.«

»Duschen ist umsonst«, sagte der Mann. »Ich verleih euch Handtücher, wenn ihr wollt. Fünfzig Cents das Stück.«

Bush holte ein paar verkrumpelte Scheine aus der Tasche und gab ihm einen Dollar. Er reichte ihr zwei winzige weiße Handtücher. »Es geht nur eine. Die da.« Er zeigte dorthin. »Die zweite ist verstopft.«

Ich drehte den Hahn auf und stellte mich unter das fließende Wasser, die Augen geschlossen. Und ich sah die Kanus, die feinen Spinnennetze, die Blätter der Wasserlilien, die Sümpfe, die Torffeuer. Ich sah das Boot mit den Blumen, ein Anblick, dessen schmerzliche Schönheit mich lange verfolgen würde.

Das heiße Wasser war himmlisch. Die vielen Hände tröstlicher Götter. Das Wasser war durch viele Flüsse geflossen. Es war an denselben Orten wie wir gewesen. Wie Manna fiel es herunter.

»He, laß mir auch was übrig.« Bush klopfte an die Tür. »Der Boiler ist nicht sehr groß.«

Wir tauschten die Plätze, mein Haar hing mir naß um den Kopf, und aus einem hinteren Raum des Zentrums stieg mir der Geruch von Hamburgern in die Nase, der mich anzog wie ein Magnet. Da war Angel Iron, wie ich mich jetzt nannte, im siebten Himmel.

Sauber und erfrischt verließen wir das Zentrum, beide mit eiskalten grünen Coca-Cola-Flaschen in der Hand, auch eine für Dora-Rouge.

Da ich nun frisch gewaschen war, wollte ich ein Bett und saubere Laken. »Sollten wir nicht nach einem Zimmer gucken?« fragte ich Bush. »Ich hab ein paar Adressen.« Ich sehnte mich danach, mich irgendwo niederzulassen und in einem richtigen Bett zu schlafen. Bloß nicht noch eine Nacht draußen verbringen.

»Nein, dann müßten wir sofort unsere ganzen Sachen umräumen. Dazu bin ich zu müde. Heute nacht schlafen wir am Wasser, und morgen mieten wir uns ein Zimmer.«

»Und was ist mit dem Rollstuhl für Dora-Rouge?«

»Morgen.«

Ich mühte mich, mit Bush Schritt zu halten.

Dora-Rouge saß mit dem Rücken an die Pelze gelehnt.

»Ihr zwei seht ja wunderbar aus.« Sie richtete sich auf. »Ist die Cola für mich? Habt ihr einen Öffner?«

Wir schauten einander an. »Tut mir leid«, sagte ich.

Dora-Rouge schaute auf die eiskalte Cola. »Früher konnte ich so eine Flasche mit den Zähnen aufmachen.«

»Wahrscheinlich hast du deswegen neue gebraucht«, sagte Bush.

Holy String Town verdankte seinen Namen der Tatsache,

daß sich an einer einzigen Straße Häuser und Gebäude wie Perlen eines Rosenkranzes aufreihten. Der erste Priester dort hatte gehofft und dafür gebetet, daß er jeden Haushalt, jeden Pächter, der sich an der Perlenkette niederließ, konvertieren könnte. Manchmal hatte es geklappt, aber es gab auch Leute, die in Häusern wohnten, aber trotzdem anderen Göttern anhingen. Manche waren den Priestern und der episkopalen Geistlichkeit eigentlich zu sündig für eine Bekehrung, dennoch stürzten sie sich mit Feuereifer auf diese Aufgabe und versagten. Versagten bei den Menschen, die wie eine Steißgeburt in die weiße Welt gekommen waren, mit den Füßen voran weit genug vordrangen, um Wollsocken und Schnürschuhe anzuziehen, die Beine mit Stoff aus Gabardine oder Denim zu bekleiden. Um den Bauch trugen sie Gürtel und auch die Brust mögen sie sich mit gestreiften Hemden oder Blusen bedeckt haben, aber weiter ging die Geburt nicht. Seelen und Geist blieben in der älteren Welt, blieben im Fruchtwasser schwimmen und mit dem Herzschlag der Mutter Erde verbunden, und sie wurden auf die alte Art genährt. Priester und Prediger hatten diese Menschen aufgegeben. Sie lebten in beiden Welten, manchmal auch in keiner von beiden, aber sie sprachen immer noch mit den Geistern und fürchteten sie.

Aber jetzt hatten die Priester anderes im Kopf. Holy String Town war von Maschinen überrollt worden, die auf dem String, so nannten sie das, hin und her fuhren. Kipplaster und Frontlader ratterten durch die Gegend, und durch die schon arg ramponierten Wälder wurden neue Straßen gezogen. Die Bäume, meist Nadelhölzer, wurden gefällt. Und seit geplant war, den Ort zu fluten, bemühte man sich darüber hinaus verstärkt darum, alle Schätze der Erde auszubeuten. Also durften Sattelschlepper mit Bohrgerät die Straßensperren passieren, die die ansässigen Indianer vom Verlassen und andere Indianer vom Betreten des Ortes abhalten sollten. Überall wurde gebohrt, um herauszufinden, was mitgenommen, geraubt und ausgegraben werden konnte, bevor dieses kleine Stückchen Erde vom Wasser bedeckt wurde. Und des Nachts tranken die Arbeiter und prügelten sich. Prostituierte brauchten nur den Finger zu krümmen oder eine Braue zu heben, und die Männer folgten ihnen. Das war ein neues Feld für die müden Priester und Vikare. So eröffneten sich ihnen neue Möglichkeiten.

Uns, so schien es, war wenig möglich. Am nächsten Morgen ließen Bush und ich Dora-Rouge erneut an unserem Lagerplatz zurück und suchten zwei der Adressen auf, die Zimmer anboten. Wir hatten wenig Geld, und es gab kaum Alternativen. Das erste Zimmer war dunkel und lag neben einem Abfallhaufen. Er stank nach ungewaschenen Häuten.

»Wir vermieten nicht an Frauen«, sagte der Wirt, als hätten wir unbedingt dort bleiben wollen.

Wir gingen in Richtung der Siedlung der Fettesser, wo sich das nächste Haus auf unserer Liste befand. Eine mächtige hellhäutige Frau kam an die Tür, ihr Mund rot mit der Sorte Lippenstift bemalt, die dicke Spuren auf Kaffeetassen hinterläßt. Wie die von Frenchie. Das beste an dem Haus war, daß es außerhalb von String Town lag, das für unseren Geschmack zu schmutzig und zu laut war.

»Ist das Zimmer groß genug für drei Personen?« fragte Bush, während ich mich umschaute. Unter dem Fenster stand ein Blumenkasten mit Plastikgeranien.

»Es ist nur ein Zimmer, meine Liebe. Mit Doppelbetten«, sagte sie zu Bush. Mrs. Lampier war ihr Name. »Aber Sie können eine Liege reinstellen.«

Ich hatte befürchtet, daß sie das sagen würde.

Sie ging mit der Zigarette in der Hand uns voran zu dem Zimmer, Rauchschwaden wehten ihr hinterher. »Ich habe eine Liege«, sagte sie. Die Wände des Hauses waren rosa, und von der Decke des Wohnzimmers hing ein kleiner Leuchter. Er wirkte etwas fehl am Platze in dem alten, quadratischen und nahezu verfallenen Haus, blitzte wie ein Diamant an der Hand einer ausgemergelten Frau.

Die Wände unseres Zimmers waren so rosa wie die Haut von Mrs. Lampier, an der Wand hingen Drucke von *Das Mädchen in Rosa* und *Der Knabe in Blau,* und es gab eine Kommode. Wir konnten die Küche mitbenutzen, es gab einen kleinen Propangasherd und einen Generator. »Punkt acht wird der Strom ausgeschaltet«, sagte sie. »Der Generator verbraucht einfach zu viel Gas. Gas ist teuer hier oben.« Sie lächelte uns an. »Was machen Sie eigentlich hier?«

»Wir suchen unsere Verwandten«, sagte Bush.

»In dem Zimmer können ohne weiteres drei Leute wohnen.« Sie lächelte mich an. »Ihre Verwandten? Na, hier gibt es nicht so viele Leute, wird nicht schwer sein, sie zu finden.« Sie hatte eine freundliche, aber vom Rauchen rauhe Stimme. Sie musterte erst mein Gesicht, blickte dann Bush an, deren Haut faltig und trocken aussah. »Ich hol die Liege.«

»Schon gut. Kein Grund zur Eile.«

»Wer sind Ihre Verwandten?« Sie warf den Zigarettenstummel in die Toilette. Wenigstens gab es ein Badezimmer. Nicht so wie im Haus des Nichts auf Fur Island.

Bush schien sie nicht gehört zu haben. Sie fragte: »Sagen Sie, wissen Sie, wo ich einen Rollstuhl bekommen kann?«

»Was wollen Sie denn damit?«

»Unsere Großmutter kann nicht laufen.«

»Und was ist mit der Stufe an der Tür?« Mrs. Lampier zündete sich mit dem silbernen Feuerzeug, das sie aus ihrer Tasche fischte, eine Zigarette an.

»Sie ist federleicht. Angel kann sie tragen.«

»In der Potelee Road ist eine Klinik.« Sie zeigte in die Richtung. »Sie müssen in der Atchuk Street rechts abbiegen.«

Ich wußte, daß sie etwas über unsere Verwandten erfahren wollte, aber sie beschloß, es auf später zu verschieben und nichts mehr zu sagen.

Bush gab ihr zwölf Dollar als Vorauszahlung. Die Frau steckte das Geld in die Tasche ihrer Kittelschürze.

Auf dem Rückweg sagte ich: »Aber Bush, ich will ein Bett!« Und fügte entschieden hinzu: »Keine Liege!« Wir gingen auf das Gebäude in der Potelee Road zu. »Ein richtiges Bett, das nicht in der Mitte zusammengeklappt wird. Ich bin erst achtzehn, aber mir tut der Rücken weh, als wär ich ein alter Mann.« Das stimmte. Jeden Morgen war ich ganz steif.

»Das ist doch nur vorübergehend.«

»Und? Willst du vielleicht auf der Liege schlafen?«

Die Klinik lag in einem kleinen, ungestrichenen Gebäude, war aber seit über einem Jahr geschlossen. Abgesehen von einem Arzt, zu dem man aber nur im äußersten Notfall ging, hatte es kein Personal mehr gegeben. Die Leute hatten sich sowieso von der westlichen Medizin verabschiedet, und ein versoffener Arzt ließ ihnen nur die Wahl, zu sterben, zu einem Heiler zu gehen oder in die Stadt zu fahren.

»Ich möchte bloß mal wissen, wo unsere Wirtin die ganze Zeit war?« sagte ich. »Sie denkt doch, die Klinik ist noch in Betrieb?«

Zu jenem Zeitpunkt wußten weder Bush noch ich, wie schwer es in der Welt der zwei Orte war, das zu beschaffen, was ein Mensch braucht. Und Wünsche zu erfüllen war noch schwerer.

»Fragt bei Vater Bly im Pfarrhaus nach«, sagte ein Nachbar der Klinik, der neugierig herausgekommen war. »Er hat meist ein paar Rollstühle.«

Das Pfarrhaus war leicht zu finden, ein Gebäude so schmucklos wie die Klinik, aber immerhin weiß gestrichen, die Fenster mit einem blauen Rahmen versehen. Der Türklopfer hatte die Form eines Fisches. Bush hob ihn an und klopfte. Aber niemand öffnete. Die Rollos waren heruntergezogen. Die Kirche war verschlossen. Wir blieben davor stehen und schauten uns um. Während Holy String Town ein langer dünner Strich war, aus einer einzigen Straße bestand, war die Stadt der Fettesser wie ein Kreuz aus zwei Straßen angelegt, die durch kleinere, schmalere Straßen dazwischen miteinander verbunden waren.

Bush schaute mich an. »Moment mal. Was ist mit der anderen Kirche? Ich glaube, Dora-Rouge hat mal gesagt, in der Stadt gibt es eine Kapelle, in der Wunder geschehen.«

Ich zuckte die Achseln. »Weiß nicht. Hab ich nie gehört. Das muß vor meiner Zeit gewesen sein.«

Wir gingen weiter. Bush hielt einen Mann auf der Straße an. Er war jung, aber seine Brust war schon eingefallen. Wir fragten ihn nach der Kapelle.

»In der Nähe der Feuerwehr.« Er wies in die Richtung eines Spritzenwagens. »Aber macht euch bloß keine Hoffnungen. Ich war selber zweimal da, und hinterher ging's mir bloß schlechter.« Er hustete, als wollte er beweisen, daß es keine Wunder gäbe. Bush bedankte sich bei ihm, und wir gingen mit schnellen Schritten auf die Feuerwache zu.

Die Kirche – wenn sie überhaupt den Namen verdient hatte – war klein und braun, auch ein Behelfsbau. Sah beinahe aus wie ein leerstehendes Haus. Schwer zu glauben, daß sich hier je irgendwelche Wunder abgespielt haben könnten. Im heilspendenden Kirchenraum fanden wir allerdings drei Rollstühle, mehrere Beinschienen, Krükken und eilig aufgeschnittene Gipsverbände, die neben den Altar geworfen worden waren. Direkt hinter der Tür war eine Vertiefung im Boden, in der heilige Erde lag, die jede Frau und jeder Mann, ob sie gläubig waren oder nicht, berühren, sich durch die Finger rinnen und zusammen mit all ihren Krankheiten und Sorgen und Todesängsten wieder zu Boden bröseln lassen konnten.

Bush bückte sich und berührte die Erde und schloß die Augen. Dann ging sie zum Altar und begutachtete die drei Rollstühle, als wäre sie einkaufen. Der, den sie auswählte, war aus Korb geflochten. An einigen Stellen blätterte der weiße Anstrich ab. Auf der Rückseite stand in kunstvollen roten Lettern ein Name: Mother Jordan. Ein weiches blaues Kissen, etwas schmuddelig an den Ecken, lag immer noch leicht eingedellt auf dem Sitz, als wäre Mother Jordan just an jenem Tage aus dem Stuhl gestiegen und davongegangen, zurück ins Leben, vorbei am Spritzenwagen und am Krankenwagen, vorbei an den vier dürren Bäumchen am Ende der Straße. Bush drehte den Stuhl herum und schob ihn auf die Tür zu.

»Du willst ihn einfach stehlen?« Ich starrte sie an.

»Gott wird nichts dagegen haben. Außerdem ist das kein richtiges Stehlen. Ich borge ihn mir nur, das ist alles.«

Mir war klar, daß es keinen Sinn hatte, ihr zu widersprechen.

»Außerdem, wem nützt der Stuhl hier drinnen?«

Aber ich war mir nicht so sicher. Bush benahm sich wie eine Fremde, wollte einem armen Menschen den Rollstuhl wegnehmen. Ich hoffte, daß uns das kein Unglück bringen würde. »Und wenn Mother Jordan nun ihren Stuhl holen will? Woher weißt du denn, daß das Wunder für immer hilft?« fragte ich.

Bush wischte meine Fragen beiseite. »Die Leute machen sich viel zu viele Gedanken über die Toten. Für die Lebenden, Angel, muß man manchmal einfach zugreifen.«

Ich ging hinter ihr aus der kleinen Kirche. Außer dem Rollstuhl schoben wir mein Schuldgefühl und meine Angst vor einer Verhaftung vor uns her. Wir liefen über den Hügel, an den Bäumen entlang, zum Wasser hinunter. Ich mußte zugeben, daß der große weiße Korbrollstuhl mit seinen geflochtenen Bögen hier im Diesseits wunderschön aussah. Fast so gut wie ein neues Fabrikat, vielleicht sogar besser, abgesehen davon, daß er quietschte und schwer zu schieben war. Aber als Dora-Rouge darin saß, fand sie das Quietschen das beste am ganzen Stuhl. »Die Leute können mich kommen hören.« Sie lächelte. Das war ein Stuhl, wie Frenchie ihn gemocht hätte.

Als erstes schoben wir Dora-Rouge zum Zentrum. Sie wollte einen Hot dog. »Hier sieht's so aus wie immer«, sagte sie, während sie sich umblickte. Sie betrachtete den Tabak und die Messer und die verstaubten Bücher. Wir kauften ihr eine Cola, ein Öffner hing an der Wand. Es war das zweite Mal an diesem Tag, daß Dora-Rouge lächelte. Dann gingen wir an dem einzigen Hydranten des Ortes vorbei, den leichten Anstieg hinauf, die holprige Straße und die aus Bohlen angelegten Bürgersteige entlang. Dora Rouge hatte alle unsere Pelze auf dem Schoß liegen, der blaue Bärenpelz hing zur Hälfte über die Rückwand des eleganten Stuhles, und so gelangten wir zu Mrs. Lampiers Haus.

Dora-Rouge lächelte ein drittes Mal, als wir drei vor den selbstgeklebten Spiegelkacheln in Mrs. Lampiers rosa Zimmer standen, in denen sich *Das Mädchen in Rosa* und *Der Knabe in Blau* wie anämische Schutzengel spiegelten. »Wir sehen ja aus!« sagte Dora-Rouge. »Für Huren wird uns jedenfalls keiner halten.« Sie lachte so, daß ihre zahnlosen rosa Säuglingsgaumen blitzten. Sie lachte so sehr, daß ihr Tränen in die Augen stiegen. Bush sagte: »Meine Güte, sehen wir schrecklich aus.« Auch ich mußte mitlachen, mußte lachen, weil das Leben in ein und demselben Atemzug kostbar und gefährlich und absurd war.

Jean Lampier rollte das kleine, mit schwarz-weiß gestreiftem Drillich bezogene Klappbett herein, das wie ein gefangenes Tier in seinem Metallrahmen steckte, und sie lächelte, als habe sie unseren Scherz verstanden.

Als sie aus dem Zimmer war, sagte ich: »Wir sollten unsere Sachen holen.« Aus meiner Stadterfahrung hielt ich es nicht für besonders klug, unsere Packtaschen am Ufer liegenzulassen.

»Nein«, sagte Bush. »Die ganze Zeit haben wir sie rumgeschleppt. Ich möchte das keinen Augenblick länger tun. Ich werde jemanden finden, der das Zeug holt.«

Schon bald hatte sie zwei Jungen aus der Stadt gefunden und ihnen Geld angeboten, wenn sie die Sachen und das Kanu zu Mrs. Lampier brächten. Aber die Jungen kehrten mit leeren Händen zurück. »Jon hat euch ausgeraubt«, sagten sie. »Er hat eure Sachen geklaut.«

Bush bezahlte die beiden trotzdem. Dann marschierte sie mit fuchtelnden Armen hinunter zum Laden, um diesen Knaben names Jon zu finden und um zu sehen, ob er nicht doch etwas zurückgelassen hatte. Ich lief ihr hinterher, und mir auf den Fersen folgten die Jungen, die das Ganze zu komisch fanden und genauso wie Bush mit den Armen fuchtelten.

Das Kanu war weg, und auch die Tasche mit den Lebensmitteln und das Zelt und die Schlafsäcke. Nur ein paar Kleidungsstücke waren uns geblieben. Zum Glück hatten wir die Biberfelle mitgenommen.

»Den Knaben knöpf ich mir vor!« Bush stand mit den Händen auf die Hüften gestemmt und schaute auf die leere Stelle, wo unsere Sachen gelegen hatten, als würden das Kanu, die Packtaschen, die Schwimmwesten plötzlich aus dem Wasser auftauchen oder unter einem der zerklüfteten grauen Felsen hervorkriechen.

14. Kapitel

Es war ein rauhe und verkrustete Landschaft, ein Stück Erde, das gelernt hatte, in strengem Klima zu überleben, ja sogar aufzublühen. Erst schien mir alles so armselig, die Bäume dürr und spillerig, der Boden ausgelaugt, aber bald verspürte ich eine Zuneigung zu dieser bunt zusammengewürfelten Welt von scheinbar verlassenen, verstreut liegenden Sprenkeln und Dörfern. Überall Steine und Moos. Wasser floß in jeder nur möglichen Art über die Erde, in Sümpfen und Bächen, Teichen und Strömen, auf dem Weg zu einem Fluß, in dem es zu einem anderen Amerika brausen oder sich in eine Bucht ergießen würde. Für mich war dieses Wasser die Quelle, der Ursprung aller Landschaften. Obwohl die Bäume vom Winde verkrüppelt waren und in karger Erde verkümmerten, konnte ich den Reichtum des Landes erkennen. Verzweifeltes, hungriges Begehren und das fließende Wasser hatten alles in ihm gestärkt. Es war einheimisches Land, gehörte hierher wie ich, und es hatte überlebt.

Und mit der Zeit würde die Erde zornig werden. Sie würde Schluß machen mit Staudämmen und trockengelegten Flüssen. Am Riel River würde sich ein Eisberg losreißen und über das Land poltern, Dämme und Brücken niederreißen, und das brüllende, blaue, kalte Eis, das niemand kontrollieren konnte, würde alles zerstören. Darauf würde eine Flut von ungeahnten Dimensionen folgen, die plötzlich bis an die Steuerräder ihrer Maschinen steigen würde. Die Indianer würden sich über den Schaden freuen, über die Tatsache, daß Wasser tun konnte, was es wollte, auf seine Art. Und was das Wasser nicht bewältigte, würden sie vollenden.

15. Kapitel

Die Menschen dort wurden Fettesser genannt, obwohl ihr ursprünglicher Name eigentlich Schöne Menschen war. Wegen der Wasserkraftprojekte waren fast alle, die an den äußersten Rändern ihres Territoriums gelebt hatten, umgesiedelt worden und hatten ihr Land verloren, das Gebiet, in dem sie gelebt hatten, bevor die Europäische Zeit erfunden wurde. Als Lebensraum war ihnen nur noch die Siedlung um den kleinen Hügel herum geblieben, auf dem die weißgestrichene Kirche mit den dunkelblauen Fensterrahmen stand. Die Menschen waren verzweifelt. Einige von ihnen hatten davon abgehalten werden müssen, sich umzubringen. Und das war das Volk von Dora-Rouge und von mir. Deshalb gestaltete sich Dora-Rouges Heimkehr nicht so, wie sie sich das vorgestellt und erhofft hatte. Nichts war, wie sie es in Erinnerung hatte. Sie blickte sich um. Sagte nichts. Das brauchte sie auch nicht. Die Verzweiflung stand ihr im Gesicht geschrieben. Dora-Rouges Augen suchten ständig nach etwas Vertrautem, was es nicht gab. Ihr Anblick ließ mich in düsteres Schweigen verfallen. Sie war zum Sterben an einen Ort heimgekehrt, der in ihrer Erinnerung etwas ganz anderes war als in der Realität, die sie vorfand. Die Tiere waren nicht mehr da, auch die Menschen nicht, die Sippen, die Landschaft nicht, nicht einmal die mächtigen Störe, die sie Riesen genannt hatten; und das Wasser nicht, in dem sie einst schwammen. Aus den meisten Bäumen waren riesige Haufen Sägemehl geworden.

Die wenigen vertrauten Dinge, die geblieben waren, berührte Dora-Rouge voller Zärtlichkeit: die knorrigen Bäume, die die Holzfäller verschmäht und zurückgelassen hatten, die Steine, die Sumpfpflanzen. Und es bedeutete DoraıRouge etwas, dort zu sein, wo ihre Vorfahren gelebt hatten, egal, was aus dem Land inzwischen geworden war.

Die umgesiedelten Menschen wohnten in kleinen, eilig errichteten Baracken, zwischen denen Automaten mit Coca-Cola oder Süßigkeiten standen, oder in Nissenhütten der Militärs, die noch vor kurzem das Land der Ureinwohner als Bombenabwurfgebiet benutzt hatten. Die besseren Unterkünfte waren von den Männern bewohnt, die nach Öl suchten und von einigen Holzfällern, die hinter den letzten Bäumen her waren.

Die Menschen litten, und selbst wenn Dora-Rouge Angehörige der letzten ein oder zwei Generationen gekannt hätte, hätte sie trotzdem keinen der Menschen mit den aufgedunsenen Gesichtern und den leeren Augen, der verwahrlosten, dumpfen Erscheinung erkannt. Das war Seelenmord, was dort stattfand. Und die Mörder hatten nichts zu befürchten. Sie wurden sogar belohnt. Dora-Rouge sah es, und sie trauerte.

Eines Tages sagte Dora-Rouge, in ihrem weißen Rollstuhl sitzend, zu einer jungen Frau: »Was ist hier bloß geschehen!« Das Mädchen guckte die alte Frau voller Verachtung an und verschwand eiligst.

Kinder tranken Alkohol und schnüffelten Klebstoff und Farbe. Sie taumelten herum und legten sich auf die Straße. Einige von ihnen hatten selber Kinder, Säuglinge, die von ihren Kinder-Eltern ungerührt sich selbst überlassen blieben. Manchmal bekamen sie Bier, wenn sie schrien. Das war die einzige Medizin gegen alle Schmerzen. Sogar die Heilpflanzen waren ausgerottet. Diejenigen, die keinen Alkohol hatten, waren noch schlechter dran, sie weinten ständig, und sie versuchten ihre eigenen Körper zu verstümmeln, zu verbrennen. Die Älteren banden ihre Hände zusammen und hielten sie fest, in der Hoffnung, daß der Wunsch zu sterben verginge. Ihnen war eine erstickende Decke übergestülpt worden. Die Zerstörung und Verwüstung des Landes traf auch die Menschen. Die meisten waren zu kaputt, um gegen den Bau der Staudämme, die Umleitung der Flüsse zu protestieren, und das war wahrscheinlich von Anfang an mit berechnet worden. Aber ich konnte sehen, daß sich Dora-Rouge Gedanken machte, sich überlegte: Wie erlangen eroberte Völker ihr Leben zurück? Sie und andere wußten, daß der Protest gegen die Staudämme und Flußumleitungen ihre einzige Hoffnung war. Wer protestierte, vermochte immer noch daran zu glauben, als Volk überleben zu können.

Die Schmerzen in Dora-Rouges Gelenken wurden schlimmer, weil sie das alles mit ansehen mußte. Sie hatte eine ungesunde Farbe, aber sie sagte, irgend etwas, irgend jemand habe sie hierhergeführt und habe auch mich den ganzen weiten Weg mitgeschleppt. Wie sonst hätte sie den Weg finden können, so verschlungen und rätselhaft, wie er war?

Nach etwa einer Woche ging Bush eines Nachmittags in die blauverzierte Kirche zu einer Bürgerversammlung. Ich schob derweil Dora-Rouge zum Laden, um ein paar Schokoladentörtchen zu kaufen, die wir beide so gerne mochten. Neben dem Gewehrschrank saß ein alter Mann und betrachtete Dora-Rouge in Mother Jordans Rollstuhl. Er runzelte die Stirn, blickte Dora-Rouge forschend ins Gesicht, schaute weg und wieder hin. Schließlich sagte er: »Sag mal, warst du nicht die Frau mit dem Mais?« Er war dunkelhäutig und schmächtig. Neben ihm saß ein dürrer Hund mit gelbgeflecktem Fell. Der Mann trug einen Pullover auf dem »Eddie Bauer« stand. Ich dachte, das wäre sein Name, aber er stellte sich als Tulik vor. Er war zum Stammesrichter ernannt worden.

»Ja, das war ich«, sagte Dora-Rouge merkwürdig verhalten und benutzte genau wie er die Vergangenheitsform, so daß es klang, als wäre nicht mehr von ihr, sondern von einer anderen die Rede. Ich nehme an, es entsprach der Wahrheit, daß sie nicht dieselbe Frau war, die die Maiskörner aus jenem Ort aufbewahrte, wo die Menschen ihr verwandte Seelen hatten. Verwandt hieß heute »verwundet«; solche Verwandtschaft wollte niemand. Dora-Rouge versuchte, den Rollstuhl zu dem Mann zu wenden, aber ihre kleinen, verkrüppelten Hände brachten ihn nur zum Schaukeln. Mit einem angebissenen Schokotörtchen in der Hand ging ich zu ihr und drehte den Stuhl und rollte ihn auf den kleinen Mann mit der gewölbten Brust zu. Ich nahm einen Schluck Limonade. Er hatte eine dunkle Haut, seine Gesichtszüge waren fein geschnitten, und er hatte fröhliche Augen.

»Ich erinnere mich an dich«, sagte er. Er trug ausgebeulte Hosen und hatte kurze Haare. »Du bist Eks Tochter.«

Sie lächelte ihn an, trotz der Trauer in ihren Augen. »Ja, die bin ich.«

»Nun, ich bin Eks Cousin.« Er zog seinen Stuhl zu Dora-Rouge heran. Er sagte ein paar Worte in der alten Sprache, und dann saßen beide still da, schauten stur geradeaus, als wäre es zu schmerzlich, die Welt hinter oder neben sich zu sehen oder zu erinnern. Ich hatte das Gefühl, sie sprächen im Geiste miteinander, kommunizierten durch ein Schweigen, das mich außen vor ließ. Vielleicht drückte sich in dieser Stille die Veränderung aus, die sie erlebt hatten, etwas, das Worte nicht fassen konnten.

Er blinzelte Dora-Rouge an, als ob er, wie all die anderen Männer, die ich kennengelernt hatte, früher einmal vom Schnee geblendet worden war, und er holte ein Sandwich aus Weißbrot mit Würzfleisch aus seiner braunen Tüte und gab Dora-Rouge, ohne ein Wort zu sagen, die Hälfte ab. Wortlos nahm sie es. Sie mochte das Würzfleisch sehr gerne, und ich glaube, sie vergaß einen Moment lang, daß es an diesem Ort keine glücklichen jungen Leute gab, überhaupt keine.

Ich ließ die beiden allein. Ich ging hinaus und lief auf Planken über den sumpfigen Boden. Mir war nicht klar, ob vor dem Staudamm hier ein Sumpf oder ein See gewesen war. Der hölzerne Bürgersteig schwamm auf einer Schlammschicht. Die Bohlen waren feucht und gequollen, und an fauligen Stellen wuchsen Algen. Ich lief gen Westen, aufs Wasser zu. Einmal rutschte ich auf dem glitschigen Holz aus, konnte aber gerade noch verhindern, ganz und gar in den Modder zu fallen. Die dunkle Erde zerrte an meinem Fuß, versuchte mich mit einem langsamen, zähen Ziehen zu verschlingen wie damals den armen Elch. Mein Schuh war verschwunden, und mir war klar, daß es keinen Sinn hatte, ihn suchen zu wollen, also ging ich ohne ihn weiter.

Ein Teil von mir erinnerte sich an diese Welt, so wie es Dora-Rouge mit Leib und Seele tat, diese Welt schien uns zu verkörpern. Götterhände hatten uns aus dieser Erde geformt. Oder vielleicht war es so, daß wir diese Erde verkörperten. Und auf eine Art, die ich noch nicht verstand, verkörperte sie auch meine Mutter, beide waren sie entblößt und verwüstet.

Wir hatten von verschiedenen Seiten von Hannah gehört. In kleinen Siedlungen spricht sich schnell etwas herum, auch wenn der Klatsch hier zwei Orte hatte, die er besuchen, wo er seinen Hut aufhängen, seinen Kaffee trinken konnte. Als Mrs. Lampier erfuhr, weswegen ich gekommen war, sagte sie nichts, aber ihre Augen verrieten ihre Gedanken. Auch andere Leute, die hörten, daß ich eine von Hannahs Töchtern war, sagten ein paar Worte in der alten Sprache, und dann schwiegen sie. Was mich nur noch neugieriger auf Hannah machte.

Als ich schließlich an den See gelangte, lag das Wasser dunkel vor mir. Zuerst wollte ich nur mein schlammbespritztes Bein abwaschen, aber alles war ruhig, niemand sonst war da, so versteckte ich mich am Ufer hinter einem Felsen und ein paar Bäumen und zog mich aus. Trotz der hungrigen Gier des Wassers und trotz der Kälte stieg ich in den fast schwarzen See und tauchte unter. Meine Haut zog sich zusammen. Was für eine kalte Taufe; mir blieb die Luft weg. Noch nie war ich in so kaltem Wasser gewesen. Ich zählte nicht die Sekunden, die verstreichen konnten, bevor ich Gefahr lief, an Unterkühlung zu sterben. Das kam in diesen Gewässern häufig vor, wie ich wußte, aber ich hatte mit meinen Jeans und meinem Pullover den Verstand abgelegt, als wäre auch der nur ein Kleidungsstück. Meine Füße schmerzten vor Kälte. Ich hoffte, das Wasser würde alle Vergangenheit, alle verborgene Trauer löschen. Allein und nackt hielt ich den Atem länger an, als ich eigentlich vermochte. Ich sah meinen Körper wie von ferne, als aufrechte Flamme in dem dunklen Raum des Wassers, als warmen Docht, der in eisiger Kälte das Feuer hielt, Licht in die weite tiefe Dunkelheit brachte. Ich schwamm in dem Element, das Freiheit begehrte, das weiße Männer verändern wollten.

Ich sah meine Arme, stark vom Paddeln, meine Beine, nackt und dünn, und mein Gesicht, um das die Haare spielten. Ich dachte daran, wie mir Dora-Rouge von Eho erzählt hatte, der alten Frau, der Hüterin der Tiere. Sie war hinunter zur Wassermutter geschickt worden, um für aller Leben zu bitten, und wäre dabei fast zu Tode gekommen. Sie war die Frau, die sich im Herzen des Wassers in einen Wal verliebt hatte und nicht mehr in die menschliche Welt zurückkehren wollte. Sie kannte Wasser und wußte es zu beherrschen. Sie trieb dorthin, wo vor langer Zeit die Welt aus dem Dunkel geschaffen worden war. Um Ehos willen blieb das Leben der Tiere und anderer Wesen verschont, aber letztlich konnte Eho doch nicht für immer im Wasser und nicht bei dem geliebten Wal bleiben. Wieder an Land, starb sie bald. Nun sollten Männer und Frauen die Hüterinnen der Tiere sein, das habe der Große Geist gesagt, erzählte Dora-Rouge.

Als ich auftauchte, um Luft zu holen, sah ich Dora-Rouge und Tulik den kleinen Hang zum See hinunterkommen. Tulik mit seinem komischen Gang schob Dora-Rouge in ihrem weißen Rollstuhl, den Hund an der Seite. Daneben ging eine rothaarige Frau mit dunkler Haut. Es war meine Mutter. Ich wußte es sofort. Ich verfiel in eine eisige Stille, die durch die Kälte des Wassers noch eisiger wurde. Schnell sprang ich aus dem See und zog mich zitternd mit blaugefrorenen Fingern an, ohne mich abzutrocknen.

»Was machst denn du da?« schimpfte Dora-Rouge, als sie mich sah. »Das ist doch viel zu kalt. Guck dir doch mal das Wasser an. Ganz schwarz ist es.« Sie wedelte mit ihrem dürren Arm und drohte mir mit der Faust. »Und dann zeigst du auch noch deinen blanken Podex!«

Es war ein Sonntag, als Hannah uns besuchen kam und ich aus dem Wasser stieg und sie auf mich zukommen sah. Jemand hatte ihr in die Hardy-Siedlung die Nachricht geschickt, daß ihre Urgroßmutter und ihre Tochter im Two-Town-Zentrum waren und sie sehen wollten. Bush war auf einer der Versammlungen, und das war gut so, wie wir alle wußten, denn Bush war immer noch wund, immer noch hin- und hergerissen zwischen den guten und bösen Kräften, die in Hannah steckten. Was immer Bush in Hannah bekämpfte, wartete noch darauf, den Kampf aufzunehmen, das Patt zu lösen und alte Rechnungen zu begleichen. Dora-Rouge und ich konnten mit einem Blick sehen, daß Hannah noch immer in einer gefährlichen Welt lebte, vielleicht war es auch eher so, daß in ihr eine gefährliche Welt lebte.

»Gehen wir zu mir nach Hause. Da sind wir unter uns«, sagte Tulik. Wir gingen am Laden vorbei zu seinem Haus.

Dora-Rouge schimpfte weiter: »Wo ist dein Schuh?«

Ich tat so, als wäre mir nicht kalt. »Ich hab ihn verloren«, sagte ich, aber ich war vielmehr damit beschäftigt, in Hannahs Gesicht nach Zügen von mir zu forschen. Hannah war stark geschminkt, und sie mochte nicht angesehen werden. Ab und zu lenkte sie ihre Blicke irgendwohin, wo gar nichts war, aber nicht einmal blickten die schwarzumrandeten Augen mich an. Ich wußte nicht, was für Gefühle ich erwartet hatte, wenn ich zum erstenmal meine Mutter sehen würde, Glück vielleicht, oder Zorn. Im Idealfall eine Art Frieden, ein Gefühl, das mir helfen würde, mein Leben zu ordnen und mich selbst zu verstehen. Ich wünschte mir eine Karte, wie Bush sie für die

Reise in den Norden gebraucht hatte, etwas Verbindliches, einen Wegweiser. Ich wollte sehen, was zwischen dieser Frau und mir war, eine Orientierung, eine Bindung finden. Schon oft hatte ich mir diese Begegnung vorgestellt, aber nie so, wie sie jetzt stattfand. Schon lange war jede Verbindung zwischen uns unterbrochen. Hannah war, wie Bush sagte, eine Mauer, ein Ort ohne Fundament.

Tuliks Haus hieß Luchshaus, der Name stammte aus der Zeit, in der die Häuser noch nicht numeriert waren. Es war von einem Zaun aus Walknochen umgeben. Sobald wir das Haus betreten hatten, gingen eine Frau mit vorstehenden Zähnen und Brille – sie hieß Tantchen – und ein kleiner Junge sofort hinaus, weil sie merkten, daß dies kein gewöhnlicher Besuch war. Tulik selbst zog sich in die äußerste Ecke des Zimmers zurück, setzte sich neben ein altes Holzradio und flickte ein Fischernetz. Er tat so, als hörte er nicht zu. Es war eine kleine, beengte Unterkunft, die keine Rückzugsmöglichkeiten bot.

Hannah blieb lange Zeit still, und in dieser Zeit des Wartens, während ich auf den Fußboden starrte, wurde mir klar, daß sie mich mehr fürchtete, als ich sie je gefürchtet hatte.

Schließlich sagte sie: »Ich habe dich nie geschlagen.« Mehr nicht.

Ich blickte sie eine ganze Weile an. Ich war nicht mehr betäubt vom Wasser, aber mir war noch kalt. Ich verstand. Für sie war ich die Anklägerin, der Beweis ihrer Schuld. Ich trug die Narben im Gesicht, die Hannah verursacht hatte. Sie waren der Beweis für das, was geschehen war.

Trotzdem, sie war gekommen, um mich zu sehen.

»Ich habe dich nie angefaßt«, sagte sie. »Ich denke, du solltest das wissen.«

Ich konnte sie nur ansehen, und was ich dort fand, war

verwüsteter als das Land. Alle Hoffnungen, die ich auf diese Begegnung gesetzt hatte, schwanden.

Dora-Rouge sagte: »Was ist das? Ich höre ein Baby schreien. Hört ihr das? Dahinten zwischen den Bäumen?«

Hannah warf noch einen Blick in meine Richtung. »Du bist dick«, sagte sie, worüber ich später lachen mußte, weil ich viel zu dünn war; ich hatte durch das Schleppen von Dora-Rouge, der Kanus und des Gepäcks alles überflüssige Gewicht und noch mehr verloren. Sogar mein Gesicht war kantig und schlank wie das eines Mannes.

»Hört ihr das nicht?« fragte Dora-Rouge erneut.

»Vielleicht ist es eine Katze«, sagte Tulik. Und er ging kurz hinaus.

Daß mich Hannah nie angefaßt hatte, wie sie sagte, war beinahe wahr. Sie hatte mich nie direkt mit den Händen verletzt, sondern Waffen benutzt – heißen Draht, ihre Zähne. Einmal hatte sie mich sogar mit einer Flamme verbrannt. Ihre Worte machten mich erst später wütend, aber selbst diese Wut beruhte auf Traurigkeit und Verlustgefühlen. Da war kein gezielter Haß, kein hitziges reinigendes Feuer, keine bis aufs äußerste zugespitze Wut, nicht einmal ein wütendes Verlangen nach Gerechtigkeit. Es war ein sinnloser Zorn, für den es in der Welt keine praktische Verwendung gab, also blieb mir keine Wahl, als ihn zu schlucken; eine andere Möglichkeit gab es nicht.

Die anderen schauten mich nicht an, als fürchteten sie, mein Herz könnte unter ihrem Blick zerbrechen, aber ich spürte ihr Mitfühlen. Und damals wußte ich schon, was Hannah mir Schlimmes angetan hatte. Ich sah, daß keine Liebe in ihr war, nichts, das mich hätte lieben können, nichts, das überhaupt jemals hätte lieben können. Ungeduldig trommelte sie kurz mit den Fingern auf die Tischplatte, machte den Eindruck, als wollte sie etwas sagen, dann stand sie auf und ging aus der Tür.

»Warte«, rief ich. Ich wollte ihr nach, wollte mehr als das. »Warte«, sagte ich, aber sie ging weiter, bis ich schließlich stehenblieb.

Während sie davonging, flog das Postflugzeug über uns hinweg. Die Wände bebten. Wie jeden Tag ging Mr. Tulik vor die Tür, um dem Flugzeug zuzuwinken. Hannah sah das und beschleunigte ihre Schritte, als wäre auch er hinter ihr her. Sie blickte sich noch einmal zu Tulik um, dann rannte sie fluchtartig die Straße entlang und war bald außer Sicht.

Weinend ging ich ins Haus. Als Bush kam, sagte sie zu mir: »Es tut mir so leid, Angel. Aber ich hoffe, du glaubst mir das: Es ist nicht ihre Schuld.«

»Aber ich bin von so weit gekommen.«

»Ich weiß«, sagte Bush. Sie nahm mich auf den Schoß wie eine Mutter, die ich nie gehabt hatte.

Obwohl ich versuchte, Hannah wiederzutreffen, sah ich sie erst zwei Wochen später, als sie starb. Da hatte man uns schon gezwungen, aus dem Haus von Mrs. Lampier auszuziehen. Die Polizei hatte einen Räumungsbefehl. Angeblich wohnten zu viele Leute auf zu engem Raum. Das verstieße gegen die Brandschutzbestimmungen. Aber wir wußten, es war wegen Bushs Auftritten auf den Versammlungen und wegen der scharfen Argumente gegen den Staudammbau, die sie vorgetragen hatte.

Wir bemühten uns, eine neue Unterkunft zu finden, eine, die wir uns leisten konnten. Aber es war nichts frei. Niemand wollte uns etwas vermieten. Da wir nicht wußten wohin, bestand Tulik darauf, daß wir zu ihm zogen, in das Haus mit dem Zaun aus Walknochen drum herum, die wie Zähne aussahen, aber Rippen waren. »Ena, du gehörst doch im Grunde zur Familie«, sagte er. Er nannte sie bei ihrem richtigen Namen.

Aber bei Tulik gab es wenig Platz. Jedenfalls, was wir uns unter Platz vorstellten. Wir könnten helfen, das Haus in Ordnung zu halten, sagte er zu uns, obwohl diesbezüglich niemand mit ihm mithalten konnte. Er hatte jede Menge Energie und brauchte wenig Schlaf. Außerdem war er ordentlicher, selbst auf engstem Raum, als Dora-Rouge das selbst im Traum hätte sein können. Tulik sah nur Mika Unordnung nach, der Hündin, die ständig haarte. Mika war die Tochter von Schlittenhunden, die er früher hatte.

Im Haus war es dunkel. Im Sommer kam das Licht durch Ritzen in der Wand herein, und im Winter fiel das Licht von drinnen nach draußen auf Schnee und Eis, als wären da Spalten in der Erdkruste, wo sich inneres Licht und Feuer zeigten, von innen herausbrachen. Wie Pangaea.

Das Haus war aus braunem wettergegerbtem Holz, das zum Teil faulte. Vor langer, langer Zeit hatte es einen weißen Anstrich bekommen.

Vor einem der Fenster stand ein kleiner Globus. Tulik brauchte ihn, wenn er Zeitung las, was er täglich tat, denn wenn von einem Erdbeben berichtet wurde, dann schaute er immer auf die andere Seite der Erde, um zu sehen, wo Nachbeben stattfinden könnten. Es gebe immer einen Ausgleich, sagte er.

Tulik war Stammesrichter, einer der Ältesten. Obwohl er einmal auf einer Tour mit seinem Hundeschlitten schneeblind geworden war und bei hellem Licht immer noch blinzeln mußte, war er ein guter Jäger. Offenbar war Tulik von der Welt mit etwas ganz Besonderem ausgestattet worden. Die Menschen erkannten dies und schätzten ihn.

Er lebte mit seiner Tochter Tantchen zusammen. Sie wurde nicht nur deswegen so genannt, weil sie Tante war, sondern weil das Wort so freundlich und wie die Sprache ihrer Mutter klang, wie eines jener sanften Wörter des Nordens. Daher war es ein Name und nicht bloß eine Bezeichnung.

Die jungen Leute nannten Tulik Großvater, und alle im Haus nannten seinen Enkel einfach Enkel. Erst Jahre später, vor Gericht, erfuhr ich dessen Taufnamen Calvin.

So sauber und ordentlich Tulik war, so schlampig war seine Tochter Tantchen. Sie sorgte einfach nur für den Ausgleich, sagte sie, so wie ein Erdbeben auf der anderen Erdseite sein Nachbeben hat. Dann lachte sie. Tantchen, eine der wenigen der Fettesser, die eine Brille trugen, war früher eine hervorragende Fallenstellerin gewesen. Sie war eine kräftige, robuste Frau, die oft und herzlich lachte, anzügliche Geschichten erzählte und sang. Sie trug enge Jeans und war ein bißchen größer als die meisten. Sie war eine Frau, die ständig etwas verlor, sie ließ die Schlüssel im Auto stekken, die Brille irgendwo liegen, wo sie sie nicht sehen konnte. Seit ich sie kannte, versuchte sie mit dem Rauchen aufzuhören, und als wir einzogen, arbeitete sie an einer dunkelblauen Flickendecke, um die Hände beschäftigt zu halten. Ich sehe sie in meiner Erinnerung stets wie bei unserer ersten Begegnung. Sie saß im Licht einer Laterne, das schräg auf ihr Gesicht fiel und in den Rändern ihrer Brille blinkte. Und sie trug einen roten Baumwollpullover.

Bush und Tantchen verstanden sich auf Anhieb. Sie waren beide auf dieselbe entschlossene Art auf eine Veränderung aus, aber sie waren unterschiedlicher Meinung, wie das zu bewerkstelligen sei, und so debattierten sie unablässig, bis ihre Stimmen so etwas wie eine Geräuschkulisse bildeten. Sie waren beide so idealistisch, daß sie jünger schienen, als sie waren, und keine von beiden war in der Lage, irgendwelche Ungerechtigkeiten zu ertragen. Auch sie bildeten ein Gleichgewicht, aber nicht als Gegensatz wie Ordnung und Chaos, wie Tantchen und Tulik, sondern wie zwei Seiten einer Medaille, wie Tag und Nacht, wie Sommer und Winter. Bush war eher still, Tantchen dagegen laut, weswegen sie oft für aggressiv gehalten wurde. Sobald ein Konflikt da war, wurde sie lebendig; alles andere kümmerte sie nicht. Und sie hatte immer ihre Medizin dabei. Aber nicht in einem Biberschwanz – solche Beutel wurden als unpassend und als die Tiere beleidigend erachtet –, sie hatte ihre in weiches, weißes Hirschleder gewickelt. Und beiden Frauen war eine gewisse Sanftheit eigen, auch wenn sie das noch so sehr zu verbergen versuchten. Als ich eines Nachts Bush und Tantchen miteinander reden hörte, dachte ich, zusammen ergaben sie die Frau, die ich eines Tages sein möchte, dazu wünschte ich mir noch eine ordentliche Portion von Dora-Rouge, die wie Mehl oder Treibmittel zum Rezept gehörte, die Zutat war, die alles zusammenhielt.

Manchmal wohnte noch eine andere Frau in dem Haus, eine winzige Person names Luce. Sie stammte aus einer Reservation im Süden. Sie wollte bei ihrer Familie sein, die gegen die Umleitung der Flüsse protestierte, was sich letztlich auch auf die Gewässer unten im Süden auswirken würde. Luce, die stolz auf ihre Intelligenz und auf ihre Belesenheit war, las die Wochenzeitung mit Hilfe einer Lupe. Wenn sie las, was in der Welt geschah, sagte sie immer: »Wird Zeit, daß wir damit Schluß machen.« Und: »Das muß aufhören.«

»Keine Liege mehr!« erklärte ich Bush, als wir in Tuliks Haus zogen. Auch ihm sah ich mutig in die Augen und sagte, mein Rücken tue mir weh.

»Okay. Kein Problem«, sagte Tulik. Er lächelte, was ich später sein Kein-Problem-Lächeln nennen würde. »Wir bauen das Hochbett auf.« Es war ein breites Brett, das Leute mit großen Familien, die häufig Besuch bekamen, benutzten, um diejenigen unterzubringen, die zum Fischen oder Jagen von einem Ort zum anderen zogen. Ganze Familien schliefen darauf, zahlreiche Kinder wühlten und warfen sich herum, Eltern schnarchten. Als ich das sah, tat es mir leid, etwas gesagt zu haben. Im Vergleich dazu war eine Liege wie eine Unterkunft im Hilton.

Und auf einer Liege wäre weder für Enkel noch für seine Cousins Platz gewesen, die hin und wieder zu Besuch kamen, sich nachts neben mir zusammenrollten und mir die Decke stahlen. Ich fühlte mich abgeschoben, in die Welt der Kinder versetzt, und es tat mir leid, daß ich mich beschwert hatte. Doch ich hielt den Mund. Ich hatte meinen Stolz, und ich deckte mich zum Schlafen mit Agnes' Mantel zu.

Erst fand ich es schrecklich, daß es in Tuliks vollem Haus keine Rückzugsmöglichkeit gab, aber dann begriff ich, daß Privatsphäre genau wie Schönheit mehr als etwas Äußerliches war. Daher verzog ich mich tagsüber in eine Ecke von Tuliks Haus, und zwar dorthin, wo die Radiotruhe stand, für die es keinen Strom gab. Dort deponierte ich mein Stück Bernstein und ein Kissen zum Draufsitzen, meine Haarbürste und meine Stifte. Dort schrieb ich meine Träume auf. Seit ich mich mit dem blauen Pelzmantel zudeckte, hatte ich viele Träume.

Ich gewöhnte mich an das ständige Zusammensein mit

anderen Menschen. Und an das gemeinsame Schweigen. Jede und jeder war sich selbst näher, als ich das je in einem eigenen Zimmer erlebt hatte. Niemals mischte sich jemand in die Gedanken oder Träume der anderen. Die anderen kannten das Geheimnis, im eigenen Körper zu wohnen, dort zu verbleiben. Sie kannten den geheimen Ort der Stille. Und ich lernte Tulik lieben. Wir waren uns nah, er und ich. Wenn ich in die traute Morgenstimmung hinein erwachte, war Tulik längst auf. Bei Tagesanbruch hörte ich seine Bewegungen, seine Schritte, das Öffnen und Schließen der Tür, roch den Rauch des morgendlichen Feuers. Nachdem er aus dem Haus war und die Tür geschlossen hatte, stand ich auf, zog meine Jeans an und ging ungekämmt mit flatternden Haaren zu ihm hinaus. Wir waren beide still, während wir uns auf den Tag vorbereiteten und hinaus nach Osten in die Marschlandschaft schauten, er betend, ich schweigend. Danach ging ich ins Haus, spritzte mir Wasser ins Gesicht, weckte Dora-Rouge und gab ihr einen feuchten Waschlappen, damit sie sich säubern konnte. Sie hatte abgenommen, seit sie Agnes verloren hatte. Jeden Tag, wenn ich sie kämmte, kam sie mir schwächer vor.

Eines Morgens, draußen vor der Tür, blickte Tulik über das Land und sagte zu mir: »Weißt du, Angel, hier bei uns sind Wesen nur stark, wenn sie die Erde spüren. Erst dann sind sie Menschen.«

Ich schaute ihn an, unsicher, wie ich das verstehen sollte. Aber dieser Gedanke beschäftigte mich, und bald merkte ich, daß Tulik recht hatte. Hier, in diesem Land, mußte ein Mensch durch sein Gefühl leben. Eine andere Möglichkeit gab es nicht. Auch Träumen spielte eine große Rolle; die besten Jäger spürten immer noch ihre Beute auf, indem sie die Wege zu den dunklen Augen des Wildes erträumten. Dem Ganzen lag ein tiefes Verständnis zugrunde, und auch ich begann, den Rhythmus in mir zu spüren. Der Schlag meines Herzens und der Rhythmus der Erde, des Landes, von dem ich ursprünglich stammte, wurden eins.

Eines Tages, als ich nicht zu Hause war, brachte Tulik vom Postflugzeug einen Brief mit. John Husk hatte an Agnes geschrieben. Dora-Rouge bat mich, den Brief zu öffnen. In ordentlicher Schrift stand dort:

Meine Liebe!

LaRue hat den Raben für 125 Dollar gekauft, und ich werde das Geld benutzen, um Dich zu besuchen. Ich habe gehört, daß es einen Weg gibt, um zu Euch zu kommen. Wir machen uns Sorgen, weil wir nichts von Euch gehört haben. Wie geht es Deiner Mutter? Hat Angel Hannah gefunden? Hier gab es ein verrücktes Hagelwetter so kurz vor dem Sommer. Die Fische sind immer noch am Sterben. Ich mache mir Sorgen um Euch. Werde so gegen den 5. eintreffen.

In ewiger Liebe.

Also hatte Husk den Brief mit der Nachricht von Agnes' Tod nicht bekommen. Jetzt konnten wir Husk nicht mehr erreichen. Wir waren sicher, daß die Post abgefangen worden war. Zwar freute ich mich auf sein Kommen, weil er mir fehlte, ich fürchtete mich aber auch vor seiner Trauer um Agnes.

»Am Fünften?« sagte Dora-Rouge. »Das ist ja schon bald.«

16. Kapitel

Was meinst du?« Bush breitete die Biberpelze auf der Veranda aus und blickte Tulik an. Tuliks Fähigkeit, Dinge zu bewerten, übertraf sogar seine Fähigkeiten als Richter. Seine Beurteilung von Menschen traf fast immer ins Schwarze; mit einem Blick konnte er einschätzen, wie betrunken ein Mann war, einer schwangeren Frau am Gang ansehen, wann das Kind geboren werden würde und ob es ein Junge oder ein Mädchen wäre. Er wußte, wann man am besten einen winterharten Garten anlegte, und er wußte, aus welchem Winter die Pelze stammten. Nur bei Vielfraß wußte er das nicht, denn Tulik konnte sich genausowenig wie alle anderen daran erinnern, einen gesehen zu haben, höchstens ganz flüchtig einmal einen breiten Kopf im Schatten der Bäume.

Die Pelze waren schwer und dicht, das konnte sogar ich sehen. Tulik legte eine Hand auf den obersten dicken Pelz. »Der hier, so einer wie der hier, der bringt fünfzig Dollar.«

»Das ist doch nicht dein Ernst.« Bush guckte ihn an, um zu sehen, ob er lächelte. Das war ein sehr hoher Preis für jene Zeit. Im Jahr 1973 lag der höchste Preis für einen Biberpelz bei dreißig Dollar, trotz Inflation.

Aber Tulik kannte sich aus, denn er war so lange in diesem Geschäft gewesen, und er hatte einen Blick für Maße und Gewichte. Besonders bei Biberpelzen. »Das ist ein schwerer Pelz. Der hier stammt aus dem Jahr 1948.«

»Woher weißt du das?« fragte ich.

»Das war das Jahr, in dem der Winter früh kam. Schon im August. In dem Jahr gab es wenige Biber«, sagte er. Im Jahr zuvor hätten Geschäftsleute mehrere Fallenstrecken zerstört und alle Pelze entnommen, so daß die örtlichen Fallensteller neue Fallen hatten stellen müssen, um Nahrungsmittel und andere Vorräte eintauschen zu können.

»Siehst du die langen Haare? Und wie dick sie sind?«

Ich beugte mich vor, schaute und faßte den dunklen Pelz an.

»Ein Fell dieser Größe war so viel wert wie das von zwei Luchsen.« Er schaute sich den Pelz darunter an. »Dieser hier ist aus dem Jahr 1936, als die Menschen in einem Dorf in der Nähe so hungerten und froren, daß sie nur verfaultes Fleisch und Sehnen mitnehmen konnten, wenn sie auf die Jagd gingen. Was anderes hatten sie nicht.«

Über den Hunger wurde nur auf englisch oder französisch gesprochen, als könnte allein die Erwähnung des Wortes die dürren Geister des Hungers zu den Menschen zurückbringen, die sie fürchteten. Also sagte Tulik nur, daß damals die Jäger verschwunden seien. Sie waren hoch in den Norden gegangen, dorthin, wo Biber Dämme aus Steinen bauten, in jene karge Gegend, wo die Wölfe so hungerten, daß sie gezwungen waren, Biber zu fressen und die Zähne an Steinen zu wetzen. Das war das Jahr, in dem die Toten bis zum Frühling draußen gelassen wurden, stehend starrten sie dünn, blau- und steifgefroren in die Richtung, aus der der Hunger gekommen war.

Einst, behauptete Tulik, war die Welt von Bibern geschaffen worden. »Ja«, sagte er. »Es gab keine anderen Geschöpfe außer ihnen. Sie waren die einzigen.« Das war, als die Bäume noch im Himmel waren und ihre Wurzeln nach unten streckten, um einen Halt zu finden. Das war, als die Welt noch mit Wasser bedeckt war. In jener Zeit war die Hälfte des Jahres alles vereist. Biber waren die Schöpfer. Sie holten die Bäume vom Himmel; sie holten Kieselsteine und Lehm aus den Tiefen der Wasser. Sie brachen das Eis, das sich auf dem Wasser gebildet hatte. Sie schwammen durch es hindurch und schufen etwas Land. Aus Kieselsteinen und Lehm. Als die Bäume noch im Himmel standen. Sie legten Stöcke über das Wasser. Das war wie ein Pfad, über den die neuen Geschöpfe und die künftigen Nationen und Völker kommen würden. In jenen Tagen lebten die Gesichter der Geister im Wasser und im verwehten Schnee. Es gab keine anderen Geschöpfe, überhaupt keine, außer Biber, der aus der dunklen Tiefe des Wassers auftauchte, aus den Bauen und Höhlen und Löchern der Welt, Orte, die wir anderen nie zu Gesicht bekommen haben, Orte im Zentrum der Erde. Das einzige Licht kam aus dem Innern der Sterne, aus dem Mark der Bäume. Es gab nur Frieren und Tauen, bis Biber einige der Bäume vom Himmel holte und außer Zahnabdrücken und Holzspänen keine Spuren hinterließ. Biber brachte Lehm und Schlamm aus der Tiefe. Biber schuf einen Teich, dann ein Moor, dann die lebende Erde. Als Biber die Menschen formte, der übrigen Schöpfung fremde Wesen, schloß er einen Pakt mit ihnen. Sie gaben ihr Wort. Sie würden sich gegenseitig helfen, sagten sie. Biber bot Fisch und Wasservögel und Tiere. Dafür wollten die Menschen für die Erde sorgen und mit allen Göttern und der ganzen Schöpfung sprechen. Damals konnten die Menschen die Biber singen hören. Damals sangen die Biber noch laut. Ein betörendes, süßes Lied. Damals, als es keine Lichter gab außer in den Augen der Tiere. Das ist wahr. Das war, was Tulik sagte. Wie die Stimmen von Kindern, die aus dem Wasser kommen, so schön.

Unser Leben wurde vom natürlichen Licht bestimmt. Jeden Morgen, wenn das Licht durch die Ritzen des Hauses drang, saßen wir alle zusammen und tranken Kaffee und aßen Brot mit Margarine und Zucker darauf, eine Mahlzeit, die mir schmeckte. Dies war die Zeit, in der wir uns unsere Träume erzählten, manchmal ganz ernst, dann wieder lachend, zum Beispiel, als Dora-Rouge erzählte, sie sei im Traum eine Barsängerin gewesen. Aber ganz egal, was für ein Traum es war, die Gesichter der Menschen aus Tuliks Familie waren offen, ihre Augen zärtlich, so wie mir das noch nie begegnet war, auch nicht auf Adam's Rib.

Eines Morgens, kurz nachdem Husks Brief eingetroffen war, träumte ich, daß meine Mutter tot wäre und daß ein wüster Hagelschlag auf die Erde prasselte.

»Wie sah der Ort aus, wo sie lag?« wollte Tulik wissen.

»Es war ein kleines Zimmer.« Ich versuchte, es mir vor Augen zu führen. »Über ihrem Bett hingen Schneeschuhe.«

Er spielte an seinem dünnen Schnurrbart herum.

»Der Fußboden war schief«, sagte ich.

Tulik sagte: »Du solltest deine Sachen packen. Du mußt zu ihr.«

Ich schaute ihm lange ins Gesicht, auf seine kurzen, dichten Wimpern, seine schmalen Stirnknochen. Dann stand ich vom Tisch auf, ging in meine Ecke und packte ein paar Sachen zusammen.

Bush erhob sich, als wollte sie mir helfen, aber Tulik

und Dora-Rouge schüttelten beide den Kopf. »Sie sollte alleine gehen«, sagte Dora-Rouge.

Bush sah beschämt aus.

Tulik schob seinen Stuhl zurück und stand auf. »Mal sehen, ob das Postflugzeug dich mitnehmen kann.« Beim Hinausgehen warf er Bush noch einen Blick zu. Sie war sich nicht sicher, ob ich zu Hannah gehen sollte. Aber die Dinge hatten sich verändert. Ich brauchte keinen Schutz mehr. Wenn stimmte, was ich geträumt hatte, dann war Hannah jetzt harmlos. Immerhin stammte Bush aus einem anderen Land, aus dem Süden, von einem anderen Volk. Vielleicht verstand sie das nicht, dachte ich. Die Erde hier mag sie lieben, aber sie sagte ihr nicht die Dinge, die sie uns sagte. Sie bewahrte ihre Geheimnisse vor Bush. Schloß sie aus. Manchmal machte Bush sogar einen verlorenen Eindruck.

Bush schaute Tulik nach.

»Wir haben Glück«, sagte Tulik, als er zurückkam. Er war guter Dinge. Er hatte dem Sohn und Assistenten des Postboten sechsundzwanzig Dollar, seine ganze Barschaft, geboten, damit er mich nach Hardy brachte. »Mikky nimmt dich mit. Aber du mußt gleich los«, sagte er. »Beeil dich, hol deine Sachen.« Er holte das Geld hinter dem Kohlenkasten hervor. Es würde für die Benzinkosten und noch ein bißchen mehr reichen.

Ich kramte mein Zeug zusammen. »Ich zahl's dir zurück, Ehrenwort.«

Aber er lachte nur sein dunkles Lachen, das so sanft war, aber keinen Augenblick seine Männlichkeit in Frage stellte, trotz seines Alters. Er hatte sogar die Ärmel seines modischen Pullovers mit den blauen Schneeflocken darauf hochgeschoben, um seine muskulösen braunen Arme zu zeigen. »Ist das alles, was du mitnimmst?« fragte er.

Aber ich hatte schon gelernt, wenig mitzunehmen, wußte schon, wie wenig ich brauchte. Und jetzt auch, wie wenig ich wollte.

Als Mikky, der junge Mann, kam, um mich abzuholen, hatte ich nur ein kleine Plastiktüte als Gepäck.

Auf dem Weg zum Flugzeug plauderten wir über das Wetter. Tulik lief neben uns, Bush blieb dahinter, wollte nicht im Weg sein. Und ehe ich mich's versah, saß ich in dem kleinen Zweisitzer, schnallte mich an, winkte Bush und Tulik, und das Flugzeug flog knatternd über das Land, über kleine Häuser, Gewässer, die zerstörten Wälder. Rauch hing über kargen, müde aussehenden Siedlungen.

Einmal landeten wir, um Post aus einem Dorf zu holen, und dann flogen wir wieder über Wasser, Zelte, schäbige Dörfer und noch schäbigere Städtchen. Einmal sahen wir Wölfe, die sich neben dem blutigen Gerippe eines Hirsches zusammengerollt hatten. Mikky, der rotbäckige Sohn des Postboten, flog tiefer, um sie mir zu zeigen. »Siehst du sie? Da drüben!«

»Ich sehe sie!« rief ich aufgeregt.

Schließlich rollten die Räder über die Piste des abgelegenen, stillen Ortes Hardy. Mikky ließ mich an der Stelle aussteigen, wo Hannahs Straße endete. Er holte ein Blatt Papier hervor, das wie ein offizielles Schreiben aussah, zeichnete mir einen Lageplan auf und ließ mich dann am Ende der unbefestigten Straße stehen, die er als Piste benutzt hatte.

Ich schaute dem Flugzeug hinterher, das beim Start Gras und Büsche durcheinanderwirbelte. Dann war es still. Ich fühlte mich verlassen. Ich versuchte, mich zurechtzufinden. Es gab keine Sonne, keine Möglichkeit, die Richtung zu bestimmen, aber ich machte mich auf den Weg, vier Meilen weit, der Karte nach. Ich dachte an Tuliks Worte über die Kraft, und beim Gehen spürte ich die Erde, so wie ein menschliches Wesen sie fühlen mag.

Es herrschte eine überwältigende Stille, nicht einmal die Stimme eines Vogels war zu hören. Zwischen den Bäumen wuchsen Nesseln, und es schien, als hätte die Erde alle Zeichen menschlichen Lebens überwuchert, das hier vorbeigekommen war. Doch die Menschen hatten ihre Spuren hinterlassen; ich kam an einem rostigen Bulldozer vorbei, einer abgebrannten Fläche und einer abgeholzten Stelle, wo einst eine Straße geplant, zu bauen begonnen und dann sich selbst überlassen worden war. Jenseits davon, hinter den Bäumen, war die Landestelle der Militärflugzeuge, die das Indianergebiet für Bombenzielübungen benutzt hatten.

Von einer Häusergruppe am Hang eines kleinen Hügels stieg blaugrauer Holzfeuerrauch auf. Mein Herz tat einen Sprung, weil ich dachte, dort wohnte Hannah. Aber Mikkys Karte zufolge mußte ich noch vor diesen Gebäuden abbiegen. Der Wind trug den Rauch heran, dann an mir vorbei, bis er verwehte. In der Ferne bellte ein Hund.

Und dann kam ich zum Haus meiner Mutter. Dahinter hing eine Wäscheleine, auf der ein paar Quadratmeter Stoff trockneten, reglos in der Windstille.

Es war ein schäbiges Haus, ungestrichen, mit Teerpappe an den Wänden. Die Haustür hatte kein Schloß. An der entsprechenden Stelle war das Holz zersplittert, als wäre die Tür mit einem Stemmeisen aufgebrochen worden. Ich trat auf eine Holzkiste, die als Stufe diente, und wußte nicht, ob ich Klopfen oder gleich hineingehen sollte. Jetzt, da ich vor Hannahs Haus stand, hatte ich Angst, aber bevor ich umdrehen konnte, machte ein junger Mann die Tür auf, und wir beide starrten einander einen Moment lang an. Er zwinkerte nicht einmal. »Ich habe dich kommen gehört«, sagte er. Er hatte mich erwartet, war aber dann doch von meinem Aussehen überrascht. »Du siehst aus wie sie.« Ich nickte. »Ich hab gehört, daß eins von Hannahs Kindern zurückgekommen ist.« Nicht die Narben beeindruckten ihn, sondern die Ähnlichkeit mit Hannah, die ich selbst beängstigend fand.

Er war dunkelhäutig und sehr dünn, hatte eine breite Brust und viel zu lange Beine für den kurzen Oberkörper. Er trug ein Flanellhemd und einen dunkelgrauen Pullover, als wäre es Herbst, und er machte die Tür weiter auf, um mich einzulassen.

Ich ging hinein.

Am Fenster saß ein anderer Mann, der die Wochenzeitung las, ein Blättchen von acht oder zehn Seiten. Er nickte mir zu, dann folgte er meinem Blick zu der schlafenden Hannah, die blaß und mit angezogenen Beinen dalag wie ein Kind. Über ihr hingen die Schneeschuhe aus meinem Traum. »Es dauert nicht mehr lange«, sagte er.

Ich nickte.

Er legte die Zeitung zusammen und stand auf, um zu gehen. Er zog sich eine rote Jägerjacke an. Für einen Moment nahm er meine Hand. »Wir haben auf dich gewartet. Wir gehen jetzt.« An der Tür drehte er sich um und sagte: »Du wirst was zu essen brauchen. Ich bring dir was. Und Milch natürlich.«

Wieder nickte ich. Aber nachdem er fort war, überlegte ich, ob sie sich das nicht zu einfach machten, ob wir nicht Hilfe holen könnten, um Hannah zu retten.

Hannahs Haus roch vertraut – nach Schmalz, das die Luft stickig machte, nach starkem Tee und nach etwas, das ich nicht benennen konnte, aber an das sich mein Körper erinnerte. Möglicherweise war das der süße Geruch dessen, was Agnes Zyanid genannt hatte.

Es war kalt. Ich knöpfte meine Jacke zu und guckte mich um. Das Haus bestand aus einem einzigen Raum, und wie in meinem Traum lag der Fußboden auf einer Seite niedriger als auf der anderen. Auch das Bett war an einer Seite niedriger als an der anderen, und Hannah lag darin wie in einer Mulde. Es sah aus, als könnte Hannah fallen, wenn sie sich bewegte.

Ich beobachtete sie im Schlaf. Die Decke, die fast das ganze Gesicht bedeckte, hob und senkte sich mit jedem Atemzug. Ich war nervös. Ich wußte nicht, was ich tun sollte. »Hannah?« fragte ich. Ich setzte mich auf die Kante eines Stuhles neben ihr Bett. Mir war schwindelig. Sie sagte nichts. Ich zog die Decke weg und schaute Hannah an. Um ihren Körper war ein breiter, blutbefleckter Verband geschlungen. Eine ihrer Hände schmiegte sich ans Gesicht. »Mutter?« fragte ich. Und noch immer rührte sie sich nicht.

Kurz darauf kam der Mann mit Kaffee, einem Thermosbehälter mit Eintopf, einigen Brötchen und Milchpulver zurück. Er stellte die Milch auf den Tisch. Ich schaute ihm zu, wie er sich bewegte, katzenartig und kraftvoll. »Danke«, sagte ich. Er löffelte etwas Eintopf in eine braune Plastiktasse und gab sie mir. »Wildbret.« Während ich aß, blieb er mir gegenüber am Tisch sitzen, um mir Gesellschaft zu leisten. Ich aß schweigend. Als ich fertig war, ging er, und ich hörte seine Stiefel auf der Holzkiste vor der Tür poltern. Und dann war ich allein mit meiner Mutter und ihren Dämonen, wenn es so etwas gab, aber ich nehme an, daß ich zu jenem Zeitpunkt bereits daran glaubte.

Ein Vorhang ging quer durch den Raum. An den Wänden hingen wie in meinem Traum Seile, Ketten, Schneeschuhe und Töpfe. Selbst die Dunkelheit schien dort an einem

Nagel zu hängen. Die Regale waren fast leer, und Wasser gab es nur in einem Krug. Der Fußboden war feucht und roch schimmelig, aber das Haus war sauber. Kleider waren an Nägeln ordentlich aufgehängt. Und es gab einen Ölofen.

Auf der Küchenseite standen in einem Schränkchen drei alte braune Plastikteller. In einem anderen Schränkchen waren Salz und ein paar Scheiben trockenes Toastbrot. Hannahs Haus hatte wenig oder nichts zu bieten, genau wie ihr Körper, selbst was meinen Anfang betraf.

Ihre Lippen waren spröde, auf ihren Zähnen schien trokkenes Blut zu kleben, und sie roch übel aus dem Mund. Sie versuchte, etwas zu sagen, aber mich sah sie nicht, da war ich sicher. Ich feuchtete einen Lappen an und drückte ihn auf ihre Lippen. »Was ist?« fragte ich und schaute in ihr Gesicht, das meinem so ähnlich war.

Sie sah gleichzeitig alt und jung aus. Ihre Haare waren an den Wurzeln weiß. Ich dachte an das, was Bush gesagt hatte, daß meine Mutter keine Schuld traf. Ich hätte gerne Mitleid empfunden, aber auch jetzt spürte ich nur den Schmerz, verraten und verlassen zu werden: So kurz nachdem ich sie gefunden hatte, verließ sie mich wieder. Ich verstand nicht, daß Hannah schon vor langer Zeit gestorben war. Ich betrachtete sie lange und genau, versuchte, mir mit meinen Augen, die gelernt hatten, die Dinge wieder aufrecht zu stellen, ihr Gesicht einzuprägen.

Ich blickte mich um, ob ich etwas fand, womit ich ihr helfen könnte. Meine Augen sahen auch Fischernetze und Köder in einer Ecke des Zimmers zwischen den Wänden. Zwei Jacketts hingen neben der Tür. Auf dem Tisch standen eine Tüte Zucker und eine leere Whiskeyflasche.

Für Hannah gab es keine Kräuter oder Packungen, keine Salben oder Pasten, keine Hände, die ihr jemand auflegen könnte, um sie zu retten, auch keine Zeremonie. Das konnte ich an der Stellung ihrer Augen sehen. Der Tod stand vor der Tür. Vielleicht war er denselben Weg gekommen wie ich. Aber ich beschloß, keine Angst vor ihm zu haben. Ich ging und machte ihm die Tür auf. Ich hatte auch keine Angst vor Hannah, und darüber war ich froh.

Durch die offene Tür drang eine sanfte Brise. Der Vorhang bewegte sich. Draußen hörte ich den Deckel einer Mülltonne klappern, und noch ein leiseres Geräusch, als redete jemand. Dann vernahm ich einen Laut hinter dem Vorhang. Ich dachte, daß vielleicht der Tod sprach. Ich ging hin und zog den Vorhang zur Seite.

Dort lag in einer hölzernen Kiste ein Säugling, ein kleines Mädchen, etwa sieben Monate alt. Ich blieb stehen und schaute zu ihm hinab. Ein dünnes Kind. Und als ich mich neben es kniete, packte es meine Hand, damit ich blieb. Es war rothaarig wie ich, und ich lachte, als ich das entdeckte. Ich habe eine Schwester, dachte ich, ich habe eine Schwester! Dieses Kind kannte schon Verzweiflung. Es hatte schon einen Lebenswillen. Es saugte an meinem Finger.

Das erklärte, warum der Mann das Milchpulver gebracht hatte.

Ich nahm das Mädchen auf. Mit dem Kind auf dem Arm machte ich mich an die Arbeit. Ich säuberte die Whiskeyflasche und mischte in ihr Wasser mit Milchpulver. Das war nicht gerade das Beste für einen Säugling, aber mehr konnte ich nicht tun. Ich kaute etwas von dem Fleisch und tat es auf einen Löffel und fütterte die Kleine damit. Sie hatte Hunger, und sie lenkte mich von Hannahs Tod und von dem Gefühl ab, etwas nicht Benennbares zu verlieren, etwas, das ich eigentlich nie richtig besessen hatte. Trotzdem, während ich das Kind versorgte, konnte ich sehen, wie der Tod und Hannah in einen grimmigen Kampf verstrickt waren; Hannah wollte sterben und hatte sich bereits ergeben, aber mehr als eines von den Wesen, die in ihr hausten, fürchtete den Tod. Die da in ihr herumstapften, sich ihrer bemächtigten, hatten einen starken Willen. So daß es ein Krieg wurde zwischen dem Tod und denen, deren Wunsch zu überleben stärker als alles andere war; das, wovon sie besessen war, war nicht bereit, sich irgendwem zu unterwerfen.

Am Abend, als Hannahs Leben verebbte, kamen zwei Frauen zu mir.

»Du siehst aus wie sie«, sagte eine der beiden. Sie hatte eine sanfte Stimme und war groß. Sie machte ein Päckchen auf. »Hier, gib ihr das.« Sie deutete auf meine Mutter. Es war Knochenmark. Ich tat ein bißchen davon auf einen Löffel und versuchte Hannah zum Essen zu bewegen. Ich wußte, daß sie nichts nehmen würde, aber die Frauen, so dachte ich, wollten ihr doch helfen.

Die große Frau sagte: »Sie will sterben. Dafür braucht sie Kraft.« Sie stand neben Hannah und strich ihr das Haar hinter die Ohren. Eine zärtliche Geste. »Hannah«, sagte sie.

Für das Baby hatten sie Fett und Tee mitgebracht. »Wir haben uns Sorgen um das Baby gemacht«, sagte die kleinere Frau.

»Ist es ihr Baby?« fragte ich.

Sie blickte mich an. »Sie hatte es mitgenommen, als sie zu dir ging. Wir dachten, du weißt es.«

Ich erinnerte mich an den Tag, an dem Hannah in Two-Town aufgetaucht war. Dora-Rouge hatte draußen zwischen den Bäumen ein Baby schreien gehört.

»Der Mann ist tot«, sagte die Frau. »Der, der sie niedergestochen hat. Sie haben ihn schon weggebracht.«

Ich wollte wissen, was geschehen war. Ich achtete genau auf das, was die große Frau erzählte. »Es hat damit angefangen, daß zu viele Tiere verschwunden sind.« Sie sagte dies, als verstünde ich, was sie meinte. Das war aber nicht der Fall. Noch nicht. Aber ich dachte, daß wir wieder nach den Anfängen suchten.

»Damit hat alles angefangen. Otto ist nach Mill Town gegangen, um dort zu arbeiten. Er und Hannah brauchten Geld für Essen und Benzin. Hier ist alles so schwer.« Sie hielt inne, während ein Militärflugzeug über uns knatterte, so daß die Fenster und die Tassen auf den Regalen schepperten. »Die Flugzeuge sind ein Grund, warum die Tiere weg sind. Einige sind vor Angst gestorben. Andere sind ertrunken.«

Ich nickte. Ich hatte gehört, was geschehen war, hatte gehört, daß die Karibus über das flache Land gerannt waren, aber das Wasser sie einholte, sie umwarf, ihre Welt überflutete, ihre Wanderwege überschwemmte.

Ich reimte mir die Geschichte, so gut es ging, zusammen. Otto, der Fallensteller, hatte Hannah weder Geld geschickt, noch war er zurückgekehrt. Monate vergingen. Schließlich nahm sich Hannah einen anderen Mann. Sie fand immer einen Mann, der sie ernährte und für ihren Wein sorgte. Aber dieser Mann war nicht wie die anderen. Er hieß Eron, er war von seinen Großeltern in der Wildnis großgezogen worden. »Sie haben sich an die alten Sitten gehalten, weißt du, sie wußten Dinge, sie glaubten Dinge. Sie hatten Eron erwählt. Er war ein starker Jäger. Die Menschen liebten ihn«, sagte sie. Sie saß mit untergeschlagenen Beinen auf dem Stuhl.

»Als er mit der Schule fertig war, fingen seine Probleme an. In der Schule hatten sie ihm erklärt, alles, was er bis dahin gelernt habe, wäre falsch, und da verlor er sich in dem doppelten Wissen, über das er nun verfügte. Und er blieb verloren.

Nachdem er bei Hannah eingezogen war, fing er an, sich vor ihr zu fürchten. Eines Tages sagte er zu uns: Sie hat einen Korb aus dem Wasser geholt. Und darin lag ein totes Kind, ganz eindeutig. Er sagte, sie trug ein totes Kind darin.«

Die Frau stand auf, als machte die Geschichte sie nervös. Und sie versuchte noch einmal, Hannah etwas Mark zu füttern. »Sie will nicht essen. Das geht nun schon mehr als einen Tag lang so.

Eron sagte, er hätte immer das Gefühl, es wäre noch jemand anders mit im Raum. Manchmal mehr als einer. Hannahs Haus ist so kalt wie der Winterwind, sagte er. Eines Nachts spürte er, daß ihn etwas berührte. Sie ist ein Geist, sagte er zu seinem Bruder. Sie ist überhaupt keine richtige Frau. Damals interessierte sich sein Bruder nicht sehr dafür.

Eines Nachts hat er von einer Frau mit langem weißen, schneeweißen Haar geträumt, sagte er, sie trug weiße Gewänder und hatte auch ein weißes Gesicht und rote, blutige Hände. Sie stand am Fuße des schrägen Bettes, die Hände voller Blut.

Es gab immer Leute, die meinten, man hätte Hannah fortschicken müssen. Vielleicht sogar töten. Die Leute glaubten, sie wäre eine Gefahr für andere. Eines ihrer Kinder aß Glas und kaute Rasierklingen. Wir wußten, was mit dir geschehen war, mit deinem Gesicht, daß sie wie ein Hund in dein Gesicht gebissen hatte. Dich traf es am schlimmsten, vielleicht, weil du aussahst wie sie. Dich haßte sie, weil du aus ihrem Körper gekommen warst, weil du ein Teil von ihr warst.«

Ich starrte die Frau an. Sie erwähnte diese Dinge eher

beiläufig. Sie dachte, ich hätte schon gehört, was sie sagte, aber das hatte ich nicht. Die Kälte im Raum kroch mir den Rücken hinauf, bis zu meinem Hals. Mein Herz schlug heftig. Ich versuchte, Haltung zu bewahren, aber ich konnte nur denken, es stimmt, meine Mutter war eine Kannibalin, ein kaltes Ding, das das Leben haßte. Dennoch sagte ich nur, selber erstaunt, wie ruhig ich blieb: »Habt ihr die Polizei geholt? Wegen der Messerstecherei?«

»Nein. Sie sagte, es wäre Zeit für sie zu sterben«, erklärte die Frau, als verstünde ich. Aber das tat ich nicht. Ich wußte nicht, daß die Stammesgesetze ihnen vorschrieben, einem Menschen zu erlauben, das Leben zu seiner Zeit, auf seine Art zu verlassen.

Ich wußte auch nicht, daß die Behörden den Ureinwohnern hohe Gebühren abverlangten, wenn man sie in diese abgelegenen Gegenden holte, und zwar allein dafür, daß sie sich überhaupt rührten, und selbst dann kam selten jemand; Hilfe zu holen wäre teuer und sogar riskant gewesen. Ein Krankenwagen hätte den Weg zu Hannahs Haus, den ich gekommen war, nicht entlangfahren können. Der Hubschrauberpilot wollte die Rechnung im voraus bezahlt haben. Auch die Leute vom Krankenhaus in Keeneytown hatten kein Erbarmen mit den Menschen, die in den kleinen Schuppen dieses Ortes lebten, der von weitem wie ein Zigarettenbrandmal auf dem Gesicht der Erde aussah. Selbst wenn Hannah hätte leben wollen, wäre von außen keine Hilfe gekommen. Wenn sie hätte leben wollen, hätten sie einen Heiler oder eine Heilerin holen können, aber die waren jetzt alle zum Staudamm nördlich von Two-Town gegangen, und der eine, der dageblieben war, übernahm keine Fälle wie diesen. Er war ein Lernender, und er war nicht stark genug, um mit Dämonen oder rastlosen Wesen oder Eisgeistern fertig zu werden, die in einer gebrochenen Frau lebten.

»Eron hat sich selbst erstochen«, sagte sie. »Seine Cousins kamen, bevor er starb. Er sagte ihnen, daß Hannah darum gebeten habe, getötet zu werden. Hannah träumte von gefrorenen Leichen. Töte mich, sagte sie zu ihm. Das ist die einzige Lösung.«

»Das ist schon einmal geschehen, vor gar nicht so langer Zeit«, würde Dora-Rouge mir später, nach meiner Rückkehr sagen. »In der Zeit kurz vor dieser, da war eine Frau vom Eis gepackt worden. Es hielt sie in seinen blauen Fingern. Es gefror ihr Herz.«

Es war im Jahr 1936, dem Hungerjahr. Die Frau wohnte in einem Haus aus Schnee, starr vor Kälte hungerte sie, bis sie schließlich das Fleisch ihrer Familienangehörigen aß, die bereits vor Hunger und Kälte gestorben waren. Menschliches Fleisch war in jenem Winter das einzige, was es reichlich gab. Die meisten Menschen würden eher verhungern, aber diese Frau und das Eis wurden Liebhaber wie in den alten Geschichten. Sie rollte sich nackt in Schneewehen, als wäre sie verrückt geworden. Ein normales Wesen, ein normales menschliches Wesen hätte das nicht überlebt. Von daher wußten die Leute, was mit ihr war.

Eines Tages stießen zwei Jäger, Brüder, im tiefen dunklen Blau des Winters am Ende eines Pfades auf ihre von Schneewolken umgebene Hütte. Als die beiden Männer hineingingen, trafen sie die Frau nackt an, und sie lachte. Sie war alleine, also zündeten die beiden ihre Laternen an und beobachteten die Frau in dem trüben Licht. Sie lächelte sie an, aber die Männer ließen sich nicht täuschen. Noch in den dreißiger Jahren geschahen solche Dinge. Ge-

nau wie in den Geschichten aus früheren Zeiten. Diese Frau hatte mit dem Winter geschlafen. Sie hatte menschliches Fleisch gegessen. Ihr Herz liebte Eis. Die beiden Männer empfanden Mitleid mit ihr. Es war nicht ihre Schuld, daß sie die Geliebte des Winters geworden war: Der Jüngere sagte: »Kochen wir ihr eine heiße Suppe.«

Während der eine ein kräftiges Feuer anfachte, ging der andere hinaus, schnitt ein dunkelrotes Stück gefrorenes Fleisch von dem Hirschen, den sie erlegt hatten, und briet es über dem Feuer. Dabei ließen sie die Frau nicht aus den Augen. Auch die beobachtete die beiden mit kalten Blikken. Sie haßte Wildfleisch. Das war schon ein schlechtes Zeichen. Denn sie wollte nur das Fleisch der beiden Männer: In der Nacht nahm sie ein Messer und wartete darauf daß die beiden einschliefen. Sie sah, wie müde sie nach den langen Tagen der Jagd in der Kälte waren. Nach dem Essen würden sie schläfrig werden und nicht gegen den Schlaf ankommen können. Aber der Jüngere merkte, wie sie mit dem Messer in der Hand auf ihn zuschlich. Er ließ sie nahe herankommen. Lockte sie ganz nahe an sich heran. »Gib es mir«, sagte er. »Gib mir das Messer.«

Als sie merkte, daß sie ertappt war, fing sie an zu weinen. »Ich bin ein Geist«, sagte sie. Aber da war noch eine andere Stimme, eine leise menschliche Stimme war ihr geblieben. Und es war diese kleine Stimme, die kaum vernehmbar zu den Männern sagte: »Ihr müßt mich töten. Es gibt keine andere Möglichkeit.«

»Es könnte das Winterfieber sein«, sagte der ältere Mann, aber noch während er sprach, nahm sie oder der Geist das Messer und die Frau rannte auf den jungen Mann zu, um ihn niederzustechen. Gerade noch rechtzeitig wich der jüngere Bruder zur Seite. Statt ins Herz traf sie ihn am Arm. Aber sie war stark. Sie war stärker als eine mensch-

liche Frau, und als sie den jungen Mann packte, konnte er sich ihrer nicht allein erwehren, obwohl er kräftig war. Sein Bruder half ihm, und in dem Kampf töteten sie die Frau. Da wußten sie schon, daß sie kein Mensch war, deshalb gossen sie ihr, als sie tot war, kochend heißes Wasser in den offenen Mund und in ihre Wunden, um ihr gefrorenes Herz zu schmelzen.

Eine Woche verging, und die jungen Männer wurden von der Polizei festgenommen. Sie bekannten sich schuldig. Die weiße Jury war entsetzt über ihre Tat. Sie hatten die Frau auf eine so furchtbare Art getötet. Am meisten schreckte sie das, was der junge Mann sagte, und daß die beiden ihre Geschichte mit so ehrlichen Gesichtern erzählten. Das Reich der Götter, der Geister und Dämonen war stärker als das der Menschen, ist es auch heute noch, und die Männer waren zufrieden, auch wenn sie eingesperrt wurden, denn sie wußten, sie hatten der Welt wieder zu einer Art Gleichgewicht verholfen: Sie hatten für ihr Volk, für die Jahreszeiten und für das Tauwetter die Welt wieder in Ordnung gebracht.

Sie hatten dies getan, damit andere leben konnten, und ich habe Jahre lang darüber nachgedacht. Kriege werden aus weitaus nichtigeren Gründen geführt.

Ich machte Wasser warm und wusch meiner Mutter das Gesicht und die jetzt so dünnen, verletzlichen Hände. Eine war verkrüppelt; sie war gebrochen gewesen und falsch zusammengewachsen. Hannahs Haut war eisig, ihre Augen eingefallen.

»Wieso verfolgst du mich?« fragte Hannah. Aber es war nicht sie, die fragte – es war Luft, vielleicht ein Geist –, daher sagte ich nichts.

Draußen frischte die Brise auf, und ich spürte, wie sie

ins Haus drang und etwas von Hannahs Leben mitnahm. Es schien, daß Hannah und die Personen oder Geister oder Dämonen, von denen sie besessen war, sich auf einen Waffenstillstand geeinigt hatten; sie verstummten.

Ich saß da und dachte darüber nach, was mit meinem Gesicht geschehen war, was scharfe Zähne meinem Leben angetan hatten. Und da war das Baby in der Ecke, in der Holzkiste, ein neues Leben, das hier an diesem Ort entstanden war, wo eine über hundertjährige Geschichte aufbrach und sich wieder zusammenzusetzen versuchte.

Vielleicht gab es doch ein Gleichgewicht in der Welt, dachte ich. Vielleicht brauchte es einfach Zeit.

In Hannahs kleinen, verlorenen Augen stand der Tod. Aber er triumphierte nicht. Hannah war noch lebendig, aber nur gerade so. Ihre Augen waren schon starr, ihr Atmen schwerer. Ich sah, daß sogar der Tod sie nicht wollte. Vielleicht fürchtete auch er sie. Mit dem noch namenlosen Kind auf dem Schoß saß ich neben ihr und flüsterte wieder das Wort »Mutter«. Es war ein Wort, das ich nie gesagt hatte. Es blieb in der Luft hängen. Wie ein Kind sagte ich: »Mama?« Dann sagte ich wie ein Kind: »Mama, geh nicht weg.« Und durch das Fenster sah ich die Schatten der vom Wind zerzausten Kleider auf der Wäscheleine

Sie sah so klein und verletzlich aus, wie sie vielleicht einst als Mädchen gewesen war, bevor sie so gequält und in diesen schrecklichen Zustand versetzt wurde.

Draußen ging jemand am Fenster vorbei. Ich sah einen Schatten. Ich weinte, und ich hatte Angst. Aber ich fürchtete auch, daß das, was in ihr lebte, den Raum ausfüllen würde, egal, ob sie nun von der Geschichte besessen war, wie Bush sagte, oder von Geistern, wie die Priester glaubten. Ich fürchtete, das, von dem sie besessen war, würde die Krallen ausstrecken und einen anderen Körper erobern, sobald es Hannah verlassen haben würde, also nahm ich schließlich im letzten Moment, als der Tod wie trockene Kürbiskerne in ihrer Kehle rasselte, das Baby und brachte es zitternd hinaus und legte es in seiner sicheren Holzkiste auf die Erde. Ich wußte intuitiv, daß es für einen Säugling nicht gut war dabeizusein, wenn der Tod kam, selbst dann nicht, wenn der Tod sanfter war als dieser. Nichts sollte in den unschuldigen, offenen Blick dieses Kindes geraten. Keiner der Seelendiebe sollte dieses Kind mit seinem Lied entführen, seinen kleinen Leib nicht mit Leere oder Schmerz füllen.

Der Tod kroch in meine Mutter hinein, breitete sich in ihr aus, er war wie ein Samen, der aufbrach und in ihr wuchs, ein Samen, der das Terrain schon lange Zeit kannte, sich seinen Weg durch Fleisch und Knochen bahnte und auf den Moment der Entfaltung wartete. Er schlug seine Augen in denen von Hannah auf, dann bezog er die Arme, die Hände, die sich in der Luft verkrallten, und schließlich brachte sein angehaltenes Herz ihres zum Stehen. Zum Schluß war da nur noch ein Wesen, und es füllte sie ganz aus.

Was sie besessen hatte, war verschwunden. War jetzt so gewöhnlich wie Luft in einem Zimmer, weiter nichts als Staub, und ging auf leisen Sohlen. Vielleicht tarnte sich, tarnten sie sich, die in einem Menschen herumschlichen, als alltägliche Dinge, Tageslicht, gewöhnliche Worte und normale Räume. Auf einmal war Hannah bescheiden, ihr Körper ohne die Person darin. Hatte keine Flügel zum Spreizen. Nichts.

Es war der Tod, der mir schließlich erlaubte, meine Mutter zu erkennen, ihren Körper, das Haus der Klagen und der Opfer, das er darstellte. Ich war kein Mädchen mehr. Ich war eine Frau, vollkommen und lebendig. Danach entschied ich mich, zu lieben, auf welche Art auch immer. Ich wollte in mir die Liebe zu der Frau finden, die mir das Leben geschenkt hatte, die Frau, die ein Priester ein umgekehrtes Wunder genannt hatte, die Frau, die ihre Beine für Männer breitgemacht hatte und am selben Schöpfungsakt teilgenommen hatte wie Gott. Ja, sie hatte versucht, mich zu töten, mich zu verschlingen, mich wieder in ihren eigenen Körper aufzunehmen, so wie das Feuer sich selbst verzehrt, sich zur eigenen Nahrung macht. Aber selbst wenn sie mich gehaßt hatte, es hatte einen Moment gegeben, der der Liebe verwandt war, damals bei der Zeugung. Ihre Verzweiflung und ihre Einsamkeit waren mein Anfang. Hannah war mein Gift gewesen, mein Leben, meine Süße und mein Schmerz, meine Schönheit und meine Freundlichkeit. Und als sie starb, wußte ich, daß ich auf die bestmögliche Art überlebt hatte, denn in mir wohnten Trauer und Mitgefühl.

Bush würde bald kommen, das wußte ich. Die Frauen riefen sie über Funk. Mir war nicht wohl bei dem Gedanken, bei der Leiche im Haus zu bleiben, also schaute ich Hannah ein letztes Mal an, die Haut meiner Haut, das Gesicht, das meinem die Form gegeben hatte, und dann deckte ich sie zu, nahm das Baby und ging mit ihm zu den Häusern, die sich um einen kleinen Laden scharten. Ich wollte Hardy so schnell wie möglich verlassen. Jetzt ging es um die Lebenden. In ein oder zwei Tagen würde Husk kommen, und ich wollte zurück nach Holy String Town, um ihn zu sehen.

Ich ging auf das Städtchen zu, vorbei an der geschlossenen Schule, die in einer Nissenhütte untergebracht war.

Der Spielplatz war übersäht mit Papierfetzen, leeren Flaschen und Dosen. Die Autoreifenschaukeln bewegten sich im Wind. Hardy war ein kümmerlicher, kleiner Ort. Der Laden war einst ein größerer Umschlagplatz gewesen, aber jetzt wurden dort nur abgepackte Lebensmittel, Fischköder und Angelzeug und Bier, Milchpulver, Dosen und Schachteln mit Cerealien verkauft. Nichts war frisch; nicht einmal einen Apfel gab es. Nur Wackelpudding und Levi's und Stiefel mit verstärkten Kappen.

Das Baby ließ sich gerne herumtragen. Wenn ich ging, schlief es, wenn ich stehenblieb, weinte es, also lief ich mit ihm herum, bis Bush kam. An manchen Stellen war die Erde trocken und weißkrustig, wie die Salzwüste in Oklahoma. Vor kleinen Gebäuden standen Ölfässer. Alles schien provisorisch. Nichts hatte dauerhaft sein sollen, war es durch Zufall aber dann doch geworden.

Als Bush schließlich ankam, ging ich ihr auf der Straße entgegen. Mit dem Baby. »Meine Schwester«, sagte ich lächelnd.

Bush war ernst.

»Hannah ist schon tot«, sagte ich zu ihr. »Laß uns zum Laden gehen und die Beerdigung vorbereiten, bevor wir zu ihr gehen.«

»Das ist also das Baby, das Dora-Rouge schreien gehört hat«, sagte Bush. »Wir sollten endlich lernen, ihr zu glauben. Sie hat sich noch nie geirrt.«

Trotz aller Trauer alberte Bush auf dem Weg mit dem Baby herum.

Als wir den Ladenbesitzer fragten, wie wir Hannah beerdigen könnten, erklärte er uns, daß ein Mann, Saul Talese, einen Tiefbagger besitze. »Er wohnt da drüben an der Ecke«, sagte er und zeigte in die Richtung.

Wir gingen zu Taleses Haus. Bush bot ihm ihren letzten Pelz an; Talese sah, wieviel er wert war. Ohne weitere Verhandlungen ging er hinüber zu Hannahs Haus und begann unverzüglich damit, auf dem freien Feld neben dem Haus, in dem Hannah gelebt hatte und gestorben war, eine Grube auszuheben.

In Hannahs Zimmer, in dem es immer noch nach Tee und Fett roch, war es still. Wir machten uns daran, ihren Körper für die Beerdigung vorzubereiten, an der außer uns niemand teilnehmen würde. Zum erstenmal sah ich den Körper meiner Mutter, ihre Arme waren so sehr wie meine, ihr Knochenbau meinem so ähnlich. Die Haut war mit Narben bedeckt. Ich erinnerte mich an Bushs Geschichte, wie sie Hannah als Kind gebadet hatte, und es brach mir das Herz. Ich beugte mich vor, um die Knöpfe der grünen Baumwollbluse meiner Mutter aufzumachen. Hannah war dünn, ihr Körper wurde schon steif, die Knochen ragten heraus, ihr Becken hohl wie eine leere Suppenschüssel. Sie hatte noch ihre abgetretenen Stiefel an. Die ganze Zeit hatte sie so im Bett gelegen, und ich hatte es nicht gewußt. Diese Stiefel waren in jenem Jahr absolut in, schicke rosafarbene Stiefeletten mit silbernen Beschlägen und Fransen. Ich zog ihr die Stiefel aus. Die Füße darin waren bloß, die Fußnägel rot lackiert und eingerissen. Und über den Spann zogen sich Brandnarben.

Bush nahm Hannah schützend in die Arme und sagte: »Jetzt sieht sie so verletzlich aus. Und man kann sehen, was ihr angetan wurde.« Ich wußte, daß Bush sie geliebt hatte. »Als Hannah ein Kind war«, sagte Bush, »sprach sie manchmal über die Sterne, und dann vergaß ich alles, was sie getan hatte, und auch meine Angst vor dem, was sie eines Tages tun würde.« Bush weinte.

Wir wuschen Hannah mit heißem Seifenwasser, was sicher uns angenehmer war als der Toten. Wir brauchten Stoff für das Baby und um die Leiche darin einzuhüllen, und da nicht genug davon im Haus war, legten wir Hannah erst auf Zeitungspapier. Wie passend, sie auf Worte zu legen, die von Krieg sprachen, Todesfälle anzeigten, Geschichten von Blutbädern und von Elend erzählten und zu Lügen verdrehte Wahrheiten auftischten. Das mochte die richtige Unterlage für Hannah sein. Einige der Wörter blieben an ihrem Körper kleben, wir wuschen die Druckerschwärze aber nicht ab; diese Haut paßte ihr. Dann nahm Bush den Vorhang herunter, und wir hüllten ihn um meine Mutter. Zum Schluß wickelte Bush Hannah in das Laken, rollte sie dabei von einer Seite zur anderen, als wäre sie der Ballen, auf den der Stoff gewickelt war.

Die beiden Frauen, die zuvor schon einmal gekommen waren, brachten uns eine Fisch-und-Schmalz-Suppe. Die Große blickte aus dem Fenster auf den Bagger. »Früher wurden sie nicht in der Erde begraben«, sagte sie, »sondern über der Erde. Irgendwie scheint alles durcheinander zu sein.«

Sie sagten, als Hannah starb, hätten sie in der Nähe einen Vielfraß gerochen. »Um Hannahs Haus sind überall Vielfraßspuren«, sagte die Große.

»Wo?« sagte ich und trat die Stufe hinunter.

Ich ging nachsehen, und es stimmte.

Einige Leute sagten, auch Vielfraß wäre alles durcheinandergeraten. Manchmal hieß es, er wäre ein Mensch, der in seinen Tierkörper zurückgeschlüpft wäre. Dann wieder war er ein Tier, das einen merkwürdigen, zweibeinigen Körper bewohnte und menschliche Haut trug. Was auch immer, Vielfraß war gekommen, um die Menschen zu verachten, und die Menschen waren ihm auch nicht besonders wohlgesonnen. Aber er kannte sie, und er wußte alles über sie. Deshalb konnte er die Feuersteine und andere, den Menschen wertvolle Dinge stehlen und die Dinge verderben, von denen ihr Leben abhing. Ich fragte mich, ob er auch meine Mutter gestohlen hatte.

Die Leute dort konnten die Schneeschuhe und die Mäntel gebrauchen. Es gab so gut wie nichts, was wir hätten mitnehmen können. Allerdings fand ich, als ich eine von Hannahs Schubladen aufzog, das Stück Bernstein, das ich mitgenommen hatte, mit dem Frosch darinnen. Ich hatte es noch gar nicht vermißt. Sie hatte es gestohlen und mir wieder etwas genommen. Und sie hatte versucht, den Frosch aus dem Bernstein herauszuschneiden. Dessen Schwebezustand muß sie entsetzt haben. Ich glaube, sie wollte zum Herzen des verstummten Lebens vordringen, das dort im gelben Blut eines Baumes eingeschlossen war.

Als wir gingen, wußte ich, daß ich etwas hinter mir ließ, vielleicht endgültig hinter mir ließ, und als wir Hannahs Haus den Rücken kehrten, schloß der Tod die Tür, verdunkelte er die Fenster wie Rauch. Die durch die Wände getriebenen Nägel würden rosten, das Feuer der Oxidation würde langsam abbrennen, und schließlich würde alles zusammenbrechen. Niemand würde in der Nähe von Hannahs Wohnort leben wollen. Sie fürchteten sie immer noch, allesamt. In acht Jahren würde das Haus unter Wasser liegen, würden die umliegenden Wälder im schlammigen Wasser vermodern, einzelne Teile von Laden und Schule wie Flöße an die Oberfläche treiben, die verrosteten Maschinen unten bleiben, unnatürlich und fremd, und die weißen Tierknochen im dunklen kalten Wasser schwimmen wie Geister oder Seelen im Jenseits.

Auf dem Rückweg wollte ich von Bush wissen: »Woher

hast du das Geld fürs Flugzeug gehabt?« Ich wußte, daß Tulik nichts mehr hatte. Mikky war extra für sie geflogen, und das hatte einhundert Dollar gekostet.

Bush erzählte mir, daß sie im Two-Town-Zentrum zwei der besten Biberpelze auf den Ladentisch gelegt und Mr. Orensen gefragt hatte, wieviel er dafür geben würde. Sie imitierte ihn und sagte mit seiner Stimme: »Na ja, sie machen nicht viel her. Die Haare sind nicht gleich lang.« Er zeigte ihr, was er meinte, aber sie hatte ihm ohne die geringste Unsicherheit nur diesen harten, entschlossenen, festen Blick, den ich so gut kannte, entgegengesetzt.

»Ich würde sagen, die sind, na ja, so etwa dreißig Dollar wert, im Großhandel«, bot er an.

Bush kannte die Händler. Sie ließ sich nicht täuschen. »Sie wissen, daß die Haare genauso sein müssen. Also, ich nehme Ihr Angebot an, für jeden Pelz. Das, und dann noch was dazu. Zwei von den geräucherten Schinken da drüben. Und zwei Paar Levi's.«

Als der Handel abgeschlossen war, hatte sie außerdem noch Nadeln, Faden und Stoff für die Flickendecken von Tantchen und Luce herausgeschlagen, »und einen Teil des Fahrgelds nach Hardy«, sagte sie mir. »Und Levi's. Eine in 26-30, die anderen in 29-31.« Lachend erzählte sie, wie sich Orensens Gesichtsausdruck verändert hatte. Er hatte begriffen, daß sie keine Anfängerin war, nahm die Jeans aus dem Regal und legte sie in eine Tüte. Er war so überrascht, daß er nicht einmal feilschte. Bush konnte so knallhart verhandeln wie Dora-Rouge.

Als wir wieder bei Tulik waren, hatte ich einen Namen für das Baby, für meine Schwester gefunden: »Aurora.« Ich gab sie Dora-Rouge zum Halten. Strahlend sagte sie: »Neue Haut, direkt aus dem geheimen Dunkel. Jetzt bin ich doch froh, daß ich den Pakt mit dem Wasser abgeschlossen habe.«

»Was für einen Pakt?« fragte Bush.

Erst da erfuhren wir, was Dora-Rouge mit dem Wasser ausgemacht hatte. Wenn wir sicher den Se-Nay-Fluß hinabkämen, hatte sie gesagt, dann würde sie dafür ihren so ersehnten Tod aufgeben. Sie hatte ihre Seele verpfändet. »Aber ich wußte nicht, was das bedeutete.«

Deshalb also machte sich Dora-Rouge Vorwürfe wegen Agnes' Tod, dachte ich. Sie hatte gemeint, daß dies vielleicht ein Teil der Abmachung gewesen wäre, den sie nicht verstanden hatte, ein Schlupfloch im Vertrag.

Wir hörten das dumpfe Heulen eines Wolfes, das man beinahe mit dem Wind hätte verwechseln können. Es legte sich auf die nasse Erde. Tuliks Hund antwortete, vielmehr das Wolfsblut in ihm, egal, wie weit es schon herausgezüchtet war, egal, wie sehr die Menschen aus den Tieren etwas machen wollten, was sie nicht waren, so wie sie es mit den Menschen versucht hatten, wie sie es mit der Erde taten. Daher waren die Ereignisse, die dann folgten, tatsächlich ein Aufschrei der Völker, das alte Heulen in neuem Gewande.

Und dann hörten wir aus weiter Ferne die Eisenbahn. Die Töne verbreiteten sich hier auf eigenartige Weise, manchmal schien ein Geräusch von weit her aus unmittelbarer Nähe zu stammen, und manchmal klang ein Mensch im selben Raum weit weg, wie von ferne. Der Lärm der Bahn erstickte die Stimmen der Wölfe.

17. Kapitel

Die Fettesser glaubten, in den Körpern neugeborener Kinder kehrten die Ahnen zurück, und deshalb verbrachten Tulik, Tantchen und die Frau namens Luce mehrere Wochen damit, Auroras Gesichtszüge zu betrachten, um zu sehen, wer sie sein könnte.

Sie überlegten hin und her, konnten sich aber nicht einigen. »Sieh mal. Das Mal am Haaransatz, genau wie bei Ek«, sagte Tantchen.

»Nein, bei Ek war's auf der anderen Seite der Stirn.«

Tulik sagte: »Ek war ihr eigener Großvater. Wißt ihr das nicht?«

»Aber ihr Gesichtsausdruck ist genau wie der von Ek. Stimmt's, Dora-Rouge?« Tantchen suchte Unterstützung. »Sieht sie nicht aus wie deine Mutter?«

»Laß mich da raus«, sagte Dora-Rouge. »Ich liebe sie, ganz egal, wer sie ist.«

Aber die Auseinandersetzung ging weiter. Luce, die ein buntes Baumwollkleid trug, war Tantchens Meinung. »Sie ähnelt Ek vollkommen. Guck doch mal, wie sie auf Eks Buch zukrabbelt. Siehst du? Da!«

Das war das erste Mal, daß ich von Eks Buch hörte. »Was für ein Buch?« fragte ich.

»Ja. Ich habe ihr Buch. Aber es gehört dir. Es ist für euch Frauen.«

Die Buchseiten bestanden aus dünner Birkenrinde, die in einem Gemisch aus Salz und Asche gekocht und dann geglättet und getrocknet worden war. Im Buch waren Zeichnungen von Pflanzen. Pfeile deuteten auf die Teile, die sich besonders gut zum Heilen eigneten, eine Wurzel, ein Blatt. Und es gab Symbole für Sonne und Mond, die für die günstigste Zeit zum Sammeln der Pflanzen standen.

Es stimmte, daß Aurora oft zu dem Buch wollte, das in einem anderen Alphabet geschrieben war. Aurora reckte ihre Hand in Richtung des kleinen Tisches, auf dem das Buch lag, und plapperte dabei in ihrer unverstellten Babysprache, benutzte Worte, die vor der Sprache kommen.

Ich persönlich mochte die Vorstellung von zurückkehrenden Seelen nicht. Ich glaubte an das Neue, an die Freiheit eines Anfangs ohne Vergangenheit, außerhalb der Geschichte. Vielleicht lag es daran, daß ich so spät zu meinem eigenen Leben gefunden hatte oder daß ich in einer weißen Welt aufgezogen worden und erst kürzlich nach Hause gekommen war.

Aus reiner Dickköpfigkeit fing Tulik an, Aurora »meinen Großvater« zu nennen, und er gab ihr den Namen des Vaters seiner Mutter, Totsohi, was Sturm bedeutete. Totsohi war ein Mann, der wegen seiner Intelligenz, Großzügigkeit und Freundlichkeit geschätzt wurde. Er war ein Wahrer des Friedens gewesen.

Obwohl es stimmte, daß Auroras Augen friedlich und klug wie die eines älteren Menschen waren, beschwerte ich mich: »Das ist ein viel zu großer Schuh für sie, wo sie noch nicht einmal laufen kann.« Aber sie stellten sich alle taub.

Manchmal, wenn Aurora besonders aufmerksam oder

pfiffig guckte, sagte Tulik voller Stolz. »Seht ihr? Da ist er! Totsohi, wie er leibt und lebt!« Oder wenn Aurora sehr ernst war und Tulik ganz lange anguckte, sagte er: »Was ist Totsohi doch für ein nachdenklicher Mann.«

Einmal sagte Aurora etwas, das wie Tuliks Name klang. Das ermutigte ihn. Er strahlte. »Er erinnert sich an mich!« Schließlich kam mir eine Idee, wie ich ihn von diesem Tick abbringen könnte. »Mein Großvater hat nasse Windeln.« Das war die Gelegenheit. »Du solltest ihn wickeln«, sagte ich. »Ich möchte den alten Mann nicht nackt sehen. Das wäre ihm peinlich.« Ich drückte Tulik das Stück Windelstoff in die Hand.

Danach nannte Tulik sie Aurora, wenn ich dabei war, aber wenn er dachte, ich würde es nicht merken, wenn ich in »meiner« Ecke des Zimmers war oder draußen auf dem weißen Stuhl saß, hörte ich ihn mit ihr sprechen: »Was glaubst du wohl, ist ein Mensch, Großvater? Darüber hab ich mein ganzes Leben lang nachgedacht.« Oder er redete von den alten Zeiten oder fragte Totsohi, ob er sich an die Zeit erinnerte, als die am Wasser stehenden Pferde erfroren. »Das geht mir immer noch nicht aus dem Kopf«, sagte er.

Weil sie die alte Geschichte repräsentierte, wurde Aurora mit großem Respekt behandelt, als wäre sie eine Älteste. Das war gut, dachte ich, wenn ich sie in den Armen wiegte und in ihr kleines rundes Gesicht schaute. Es würde ihr helfen, zu einer starken Frau heranzuwachsen. Sie würde das sein, was ich nicht war. Sie würde ihre alte Welt kennen und nicht von ihr abgetrennt sein. Wer immer sie war, sie war eine Art Anfang, schloß ich, denn alles an ihr war neu und fett und fröhlich.

Tulik band ihr den Feuerstein des alten Mannes Totsohi, den der Lebender Stein genannt hatte, um den Hals. So wurde Aurora, meine Schwester, zu dem Mann, der von Krankheiten geträumt und die Masern vorausgesagt hatte, der die Menschen vor der tödlichen Gefahr dieser Krankheiten gewarnt hatte. Sie wurde zu dem Mann, der die Lieder von Wasser und Biber kannte. Und vielleicht war auch Ek ein Teil von ihr.

Die ganze Zeit über hatte ich das Gefühl, daß Husk nicht kommen würde, hoffte aber, mich zu irren. Am Abend vor seiner erwarteten Ankunft, bereitete ich seinen Empfang vor. Ich hängte Bilder an die Wand. Husk mochte das. Tulik wischte den Fußboden. Ich putzte die kleinen Fenster, bis sie klar und streifenlos waren. Dann, am Morgen des Fünften, legte ich das Bettzeug auf den Walknochenzaun zum Lüften, pflückte wilde Blumen und stellte sie in Marmeladengläser, um Tuliks Haus zu schmücken. Alles glänzte. Ich war aufgeregt, weil Husk kam, und Tommy hoffentlich mit ihm. Ich dachte immer noch jeden Tag an Tommy, nachts stellte ich mir manchmal vor, wir lägen einander in den Armen.

Am Morgen des Fünften ging ich mit Dora-Rouge zum Bahnhof von String Town, einem kleinen Holzgebäude, vor dem immer noch ein Faß mit Kohle stand. Aber es wurde Mittag, und kein Zug kam. Der Tag zog sich hin. Weder Husk noch Tommy kamen. Meine Hoffnung sank.

»Was meinst du?« fragte Dora-Rouge stirnrunzelnd. »Das sieht John überhaupt nicht ähnlich. Er tut immer, was er sagt.«

»Vielleicht liegt's nicht an ihm. Es sind ja überhaupt keine Züge gekommen, nur der eine leere.« Der stand mit seinen leeren Waggons auf dem Gleis und rührte sich nicht.

Später hörten wir, daß Sicherheitskräfte herangeführt wurden. Inzwischen wußten wir, was das bedeutete. Das hieß, daß wieder Sprengungen und Bauarbeiten anstanden. Eine Straßensperre war eingerichtet worden. Die Landstraße 17 war unpassierbar. Und auch mit dem Zug konnte niemand kommen. Züge brachten nur Fracht oder leere Waggons für den Abtransport, und sie wurden sorgfältig bewacht, damit niemand mitfahren konnte. Allein die Soldatenpolizei, wie Bush sie nannte, die sich auf unseren Widerstand vorbereitete, war durchgekommen.

Ich schrie: »Ich hasse diesen Ort!«

»Scht! Schon gut, Angel.«

Später am Tag fiel Nieselregen auf das Bettzeug, das über den Walknochen lag, aber mir war das egal, so niedergeschlagen war ich.

In der Nacht konnte ich nicht schlafen. Ich hielt Dora-Rouges Schlafmittel in der Hand und überlegte, ob ich es nehmen sollte. Ich hatte den restlichen Aufguß abgefüllt und aufgehoben. Täglich überprüfte ich, wieviel noch in der braunen Glasflasche war, traute mich nicht, etwas davon zu nehmen, weil ich es für den Fall aufheben wollte, daß meine Schlaflosigkeit schlimmer würde. Ich hatte Angst, die Flüssigkeit verdunstete oder ich ließe die Flasche fallen oder der Stoff verlöre seine Wirksamkeit. Ich kam mir egoistisch vor, wenn ich davon nahm; denn die Pflanze für dieses Gebräu war jetzt genau wie die gegen Kopfschmerzen vom Wasser überflutet. Dora-Rouge hatte mehrere Leute ausgeschickt, um nach den Pflanzen zu suchen, aber sie wurden nirgends gefunden, und das verstärkte Dora-Rouges unendliche Trauer darüber, daß der Welt wieder etwas Heiliges verlorengegangen war.

Ich lag da und lauschte dem Regen, nahm seinen Geruch auf. Ich fühlte mich einsam. Ich war allein in einem Haus, das vom Schnarchen und Atmen anderer durchdrungen war.

Später erfuhren wir, daß Husk und Tommy an der Straßensperre zur Umkehr gezwungen worden waren. Sie versuchten, uns über den Wasserweg zu erreichen, wurden aber auch da nicht durchgelassen.

Während der wenigen Male, da ich schlief, wenn ein paar Stunden Dunkelheit meine Gedanken umfingen, betrat ich eine grüne Welt, ein verwobenes Nest wachsender Pflanzen. Jetzt war es öfter eine Herbstwelt, die ich sah, mit weißen Samen und silbernen Fäden, die in der warmen Luft schwebten, auf der Suche nach einem Platz, wo sie ruhen und wachsen konnten. In den Fellen von Wölfen und anderen Tieren wurden Kletten fortgetragen, die Vögel verteilten Samen. Manchmal sah ich uralte Lichen auf Felsen leben, und grüne Moose, wolkenweich.

Als Dora-Rouge Tulik von den Pflanzen erzählte, die in meinem Schlaf wuchsen, sagte er: »Träume ruhen in der Erde.« Damit meinte er, wir schufen sie nicht mit unserem Verstand. Eines Tages, nachdem ich eine Pflanze gezeichnet hatte, sagte er: »Ich weiß, wo die steht. Komm mit.« Er setzte alles daran, die Pflanze zu finden, das Wetter spielte keine Rolle. Auch andere Pflanzen gingen wir suchen, ich hatte Mühe, in meinen Gummistiefeln mit ihm Schritt zu halten. Wir zogen über Stock und Stein und durch Sümpfe. Während wir durch das Moor streiften, wies mich Tulik auf Orientierungspunkte hin. Wir suchten nach den kleinen Elchflechten, die an den Stellen wuchsen, wo sich Licht und Schatten trafen. Wir fuhren mit dem Kanu durch Marschen, und wir wateten durch Schlamm.

Einige Pflanzen schnitten wir ab. Manche mußten mit der Wurzel herausgezogen werden, aber nur, wenn genügend andere zum überleben stehen blieben. Jede Pflanze erforderte eine bestimmte Behandlung. Wir waren sorgfältig, fast schüchtern, berührten die Pflanzen vorsichtig, sprachen mit ihnen, Tulik sang, denn jede Pflanze hatte ihr eigenes Lied.

»Ich komm mir blöd vor, wenn ich mit Pflanzen rede«, sagte ich eines Tages zu Tulik.

»Und, was ist dabei, wenn man sich blöde vorkommt? Ganze Länder werden von blöden Männern regiert. Aber«, sagte er, »bald wirst du dich nicht mehr so fühlen.«

Einige Pflanzen banden wir mit Bindfäden zusammen und hängten sie an die dunkle Decke von Tuliks Haus. Andere ließen wir mehrere Tage lang trocknen. Später kochten wir eine Pflanze aus oder wir zerstießen sie zu Pulver und vermischten das mit Fett zu einer Paste, und dann rührte Tulik die dunklen bitteren Flüssigkeiten, bis das ganze Haus von dem modrig-feuchten Geruch der Arzneien erfüllt war. Einige Pflanzen stammten aus den Marschen, andere von Wiesen. Sie waren alle unsere Schwestern.

Ich probierte die Arzneien und Tees, trank manchmal von dem bitteren Wermut oder vielleicht eine Tasse Blaustengel, um zu sehen, wie es wirkte, wobei ich ständig »Danke« zu der Pflanze sagte, denn man muß mit den Pflanzen sprechen, auch wenn man sich albern vorkommt. Da war die Mikkapflanze, die bei Entzündungen die Hitze zog, und die Scilla, deren Tee den Körper zur Geburt öffnete. Ich versuchte die Salben, aß die seifig schmeckenden Mixturen. Ich fing an zu lernen, und bald schämte ich mich nicht mehr, wie Tulik gesagt hatte.

»Besing dies hier«, sagte Tulik eines Tages und gab mir ein Blatt.

»Aber ich kenne nur ein Totenlied.« Ich erinnerte mich nur an Helenes Lied, und das durfte ich nicht singen. Dora-Rouges Tier-Ruflied konnte ich nicht mehr, obwohl mir der Klang im Ohr war.

Wenn einem leidenden Menschen keine von Tuliks Arzneien half, wenn Tuliks Wurzeln und Lieder und Tees unwirksam waren, schickte er nach einer Frau aus dem Osten. Sie kam, wenn man nichts mehr tun konnte, als den Patienten zu besingen, neue Lieder in seinen Körper zu pflanzen, Lieder der guten Besserung, die den Platz der Krankheit einnahmen. Geneva hieß die Frau, sie war ein Mensch, aus dem ein inneres Licht zu leuchten schien. Mir kam sie wie eine Art Sonne vor, die in der Dämmerung auftauchte und aus dem östlichen Morgenlicht auf uns zukam. Geneva hatte einen anmutigen Gang und eine ruhige Art, und rückblickend weiß ich, daß sie kaum älter als vierzig war, obwohl sie mir wie eine alte Frau vorkam.

Geneva reiste mit einem Mädchen, das ein paar Jahre jünger war als ich. Ich wußte nicht, wie das Mädchen richtig hieß, aber wir nannten es Jo. Schon am ersten Tag, als Geneva und ihre junge Helferin kamen, wurden Jo und ich Freundinnen. Es gab nicht sehr viele junge Frauen wie uns, die mit älteren Leuten zusammenlebten und von ihnen lernten, aber selbst wenn uns das nicht verbunden hätte, hätte ich Jo trotzdem gemocht. Manchmal schien sie eine verhutzelte alte Dame zu sein, dann wieder war sie unbeschwert und jung. Ihr Gang hatte immer etwas Schwebendes an sich; ihr ruhiges Wesen strahlte ein inneres Glück aus. Sie war auf die Behandlung von Bronchitis spezialisiert, trotzdem war sie jung und modern genug, um so etwas wie »Das ist super« zu sagen.

Jo trug Jeans, ein einzelner Zopf hing über ihre linke Schulter. Sie war dünn und lang und sah aus wie eine ernsthafte Frau, aber im nächsten Moment konnte sie wieder ein Mädchen sein und mit einer Stimme lachen, die beinahe so hell war wie Glas oder Glocken.

Ich freute mich, wenn Jo kam, wenngleich das auch immer bedeutete, daß jemand Schmerzen litt oder krank war.

Eines Tages hatte ein alter Mann aus der Siedlung eine Art Schlaganfall und konnte nicht mehr aufstehen. Ich war mit Tulik und den beiden Frauen zu dem kleinen quadratischen Haus gegangen. Der Mann sah erschöpft aus, der Kopf lag auf der Seite; seine Augen standen offen, aber er konnte sich nicht rühren. Er war mit einem weißen Laken bedeckt, seine Arme lagen obenauf. Geneva und Jo stellten sich jede an eine Seite von ihm und sangen. Als die beiden Frauen in dem kleinen, braun gestrichenen Raum ihren Mund öffneten, kamen Töne heraus, die ich nie zuvor gehört hatte.

Ich wollte diese Lieder unbedingt lernen. »Bring mir das bei«, sagte ich später. »Ich möchte das Lied singen können.« Und wir liefen lachend und singend durchs Gras, und ich klang fürchterlich, weil ich kaum die Melodie halten konnte. Jo machte es nichts aus, daß ich über keinerlei Begabung oder Talent verfügte, ja so gut wie keine Stimme hatte.

In jenen Tagen waren wir noch ein Stamm. Jede von uns hatte im Lauf des Lebens ihre Aufgabe. Jede von uns besaß ein Paar der vielen Augen, einen Atem der vielen Atem, hatte Teil am Kommen und Gehen der Völker. Jeder Mensch hatte eine Begabung, jeder einzelne die eine oder andere besondere Fähigkeit, ob das nun die Jagd war oder das Herstellen von Pflanzenauszügen oder das Lesen von Hasenspuren. Alle zusammen bildeten wir einen einzigen Organismus. Wir brauchten uns gegenseitig, und wir halfen uns gegenseitig. Tantchen konnte Knochen richten, selbst Brüche, bei denen die Knochen durch die Haut drangen. Ich war eine Pflanzenträumerin, obwohl ich kaum verstand, was das bedeutete. Tulik kannte das Land und wußte, wo Kräuter, Moose und Gewürze gesammelt werden konnten. Er kannte den Wert der Dinge. Dora-Rouge kannte die Mixturen, die Mengen und Mischungsverhältnisse der Dinge.

Auch Bush hatte neben ihren vielen Begabungen noch eine weitere, obwohl ich bis dahin geglaubt hatte, daß sich ihre Fähigkeiten auf Fischen, Jagen und geschickte Verhandlungen mit Ladenbesitzern beschränkten. Ich entdeckte Bushs andere Begabung an jenem Tag, als ich am Herd stand und Fleischstücke in einen Topf mit heißem Schmalz legte. Plötzlich krachte es draußen, eine Sprengstoffexplosion dröhnte über das Land. Ich erschrak, machte eine unbedachte Bewegung, und der Topf mit dem siedenden Fett kippte um. Mein Arm verbrannte fürchterlich. Ich wußte sofort, daß es eine schwere Verbrennung war. Ich schrie auf. Ich roch, wie mein eigenes Fleisch brutzelte, und mir wurde schlecht. Auch Aurora schrie, als wollte sie in mein Geschrei mit einstimmen. Wie von selbst rannten meine Beine zur Tür hinaus, den Hügel hinunter zum eiskalten Wasser. Tulik rannte mir hinterher, konnte mich nicht einholen und rief: »Angel!«

Ich floh das Feuer, bis mir die Luft wegblieb. Ließ mich ins Wasser fallen, blieb im kühlen Naß liegen.

Tantchen war Tulik hinterhergelaufen, und als Tulik mich erreicht hatte, brüllte er: »Hol Bush, beeil dich!« Er schrie in der alten Sprache, damit ich das nicht mitbekam. Aber ich verstand ihn. Er sagte: »Es ist eine schlimme Verbrennung. Sehr schlimm.«

Tantchen machte kehrt und lief zum Versammlungshaus.

Tulik beugte sich über mich, voller Zärtlichkeit. Er konnte nicht ertragen, daß ich Schmerzen litt. Seine Augen standen voller Tränen.

Als Tantchen mit Bush zurückkam, hatte ich aufgehört zu schreien und war ganz still und stumm.

Dann war es Bush, die sich über mich beugte, atemlos vom Rennen, ihr Gesicht dicht an meinem. Sie hob meinen Arm aus dem Wasser und schaute ihn an. Und als sie die Hand über das Brennen legte, schrie ich: »Nein! Nicht Anfassen!« Da zitterte ich schon vor Kälte.

Aber sie sagte: »Ist schon gut. Das wird schon wieder gut.« Trotz der Kälte legte sie sich neben mich.

»Ist ziemlich schlimm, was?« fragte ich und dachte wieder an den Geruch meines verbrannten Fleisches. Ich fühlte mich meinem Körper auf eine seltsame Art entrückt, den Schmerzen fern, obwohl ich wußte, daß sie da waren. Dann wurde mir schlecht, und ich fing an zu husten.

Bush nahm meinen Arm, hielt ihren Kopf über die Brandwunde. »Halt still.«

Ich sah, wie ihre Hand rot wurde. Sie sprach zu der Wunde, sprach mit ihr, und sagte: »Geh weg, Brand. Werde kalt.« Mit geschlossenen Augen sagte sie: »Hitze, verlaß diese Haut.« Sie sagte dies auf vielerlei Art, als suchte sie die richtige Sprache.

Zu meiner Überraschung ließ der Schmerz nach. Ließ die Hitze nach.

Ich hatte mir auch den Oberschenkel verbrannt, aber das merkte ich erst später. Und in meinen rechten Schuh war etwas von dem heißen Fett gespritzt.

Am Abend hatten die Schmerzen so weit nachgelassen, daß ich schlafen konnte. Tulik schaute in Eks Buch, um herauszufinden, was er gegen das Fieber nehmen konnte. »Dreiblatt«, sagte er. Er ging aus der Tür, kehrte ein paar Stunden später mit schlammbespritzten Stiefeln, verschwitztem Hemd und den kleinen Pflanzen zurück, die ein bißchen wie Klee aussahen.

In der Nacht schlief ich in dem Bett, in dem sonst Tulik lag, hinter dem dunklen Vorhang, auf einem weichen, bequemen Fell. Das Bett roch nach Tulik, nach frischem Holz und Sonnenschein. Ich schlief.

Inzwischen hatte Tulik zu Geneva geschickt und um eine Salbe gebeten. Die Salbe kam spät in der Nacht, von Läufern herbeigeholt. Sie hatten die Nachricht von Ort zu Ort getragen und dann auf demselben Weg das Glas mit der Salbe transportiert, es wie bei einem Staffellauf von einem zum anderen gereicht.

Ich hatte leichtes Fieber. Bush sagte, das käme wahrscheinlich von der Brandwunde.

Später lag ich da und dachte über die Worte nach, die Bush benutzt hatte, um den Brand auszutreiben. So etwas hatte ich noch nie zuvor gehört. Jedesmal wenn ich etwas Neues über Bush erfuhr, wuchs sie in meiner Achtung. Ich war immer noch damit beschäftigt, mir ein Bild von ihr zu machen.

Später erfuhr ich, daß es Leute gibt, die mit Worten auch eine Blutung anhalten können. Es schien zu einfach. Vielleicht hatte Dora-Rouge so mit dem Wasser geredet oder Agnes so mit der Bärin gesprochen und von ihr gelernt.

Aurora war das Kind vieler Eltern. Wir kümmerten uns alle um sie. Nachts, wenn ich wach war, war ich für sie da. Manchmal, wenn Aurora im Traum weinte, nahm Bush sie auf und trug sie herum, bis sie wieder einschlief. Oder Tulik stand neben ihr und sprach mit ihr, nannte sie »mein Großvater« und sagte Dinge wie: »Obwohl die Welt voller Schmerzen ist, sei froh, daß du hier bist mit allen, die dich lieben.« Tantchen schlief natürlich viel zu fest, um das Kind zu hören, zumindest behauptete sie das.

Obwohl sich der Sommer langsam verabschiedete,

herrschte in der Nacht manchmal eine Art Zwielicht. Wenn ich wach in den sanften Schatten lag, schaute ich in das Gesicht von Enkel, und huschte dann hinaus in die beklemmende Schönheit der Landschaft. Ich lief hinunter zum Wasser und blickte hinüber zu einer Insel im See. Wegen der Geschichten, die über sie und meine Vorfahren erzählt wurden und über das, was ihnen dort zugestoßen war, bedeutete mir die Insel viel.

Auf jener Insel hatte Ammah, eine der Schöpferinnen des Lebens, gelebt. Auf Ammahs kleiner Insel hatte es glänzende Dinge gegeben, Dinge, die wuchsen. Ammah war das einzige Licht im Schatten der Geschichte, die beinahe unsere Welt ausgelöscht hätte. Ammah nährte alles Leben und war seine Beschützerin. Auf der kleinen Insel waren Samen, Körner und Gräser, Nester und Eier. Einige der Nester bestanden aus den durchscheinenden, blaurändrigen Flügeln der Libellen, und diese, so wurde mir gesagt, schimmerten im Mondenlicht. Die seidigen Samenkrönchen der Pflanzen bebten in jeder Brise. Im Frühling war Ammah die Beschützerin der Eier, im Winter die Hüterin der verlassenen Nester, des Ungeborenen, der Hoffnung.

Einer der Bäume auf Ammahs Insel war unter dem Gewicht eines fünfhundert Pfund schweren Adlernestes zusammengebrochen, und selbst von ferne konnte ich die Wurzeln dieses Baumes vom Boden wie dünne Finger aufragen sehen, die nach dem Mond langten. Es gab auch neue Bäume, Baumkinder, die aus den gefallenen, verfaulten Stämmen wuchsen.

Die Samen des Maises lebten dort. Ein alter Mann hatte lange vor den Lebzeiten Totsohis die Samen von seiner Reise nach Süden mitgebracht, in einen Tontopf gelegt und diesen Ammah anvertraut. Körner von demselben Mais, den Dora-Rouge besaß.

Ammahs Insel war ein Ort der Hoffnung und der Schönheit, niemand durfte sich dort aufhalten. Niemals würden wir einen Fuß auf diese Insel setzen. Kein Mensch durfte die Hoffnung zertrampeln, die Zukunft verletzen. Aber manchmal, an manchen Tagen, saß ich in einem Kanu und träumte mich über das Wasser hin zu dem Ort, den Ammah beschützte, und ich liebte es, in meinen schlaflosen Nächten und Morgen die Insel anzusehen. Mir war gesagt worden, daß Ammah eine stille Göttin sei und selten spreche. Denn alle Dinge – der Vogelgesang, der Mond, sogar mein eigenes Leben – entstehen aus fruchtbarer und prächtiger Stille.

18. Kapitel

Während wir bei den Fettessern waren, gelangten die Erfindungen Thomas Edisons in Form von Volt und Watt und Kilowatt durch dünne Drähte in das jungfräuliche Gebiet des Nordens. Elektrischer Strom wurde gelegt. Elektrische Drähte liefen netzartig zu all den schief in der Welt stehenden kleinen Häusern und Hütten in Holy String Town und bei den Fettessern. Bei Tulik führte ein einzelner Draht durch die Wand, schlängelte sich durch den Raum und endete im weißen Ball einer Glühbirne, die von der Decke baumelte.

Kurz nachdem die Handwerker und Elektriker weg waren, nahm der zum erstenmal angeschlossene Strom den Weg vom gestauten Wasser bis zu Tuliks Haus. Im Bruchteil einer Sekunde veränderte sich die Welt. Sogar die Zugvögel, die sich nach dem Licht richten, waren verwirrt.

Am ersten Abend des neues Lichtes ging ich mit Tulik und seinem Hund Mika hinaus. Da waren neue Schatten. überall warfen Straßenlaternen einen fahlen Lichtschein auf die Straßen des Landes, das Jahrhunderte zuvor von Biber und dem langsamen Tanz der Gletscher geschaffen worden war.

Alle waren draußen, riefen sich einander zu und sagten: »Guck doch, das Licht brennt!« Sie schwatzten und lachten. Es war heller als das schwache, gelbe Leuchten der von Generatoren gespeisten Lampen, klarer als die blauflackernden Flammen der Gasstrümpfe. Und verglichen mit dem Licht der Öllampen und dem der Laternen der Vergangenheit war diese Beleuchtung kalt und grell.

»Wirkt einsam, stimmt's?« sagte Tulik.

Von selber wäre mir dieses Wort nicht eingefallen, aber er hatte recht. Es hatte was von Einsamkeit. »Man könnte denken, es wäre genau das Gegenteil«, sagte ich.

Von draußen sahen wir die Lichter in den wenigen, kleinen Fenstern der Häuser.

Der feuchte Boden unter unseren Füßen gab ein wenig nach. Die Straßenlampen wurden eigentlich noch gar nicht gebraucht. Sie hingen an Pfählen, die von Arbeitern aus wärmeren Gegenden dort einzementiert worden, wo der Boden nachgiebig war. Inzwischen war an manchen Stellen die oberste Schicht des Dauerfrostbodens getaut, die Pfähle hatten sich geneigt. Dadurch wirkte alles unfreundlich, provisorisch und chaotisch. Im Westen stand eine Gruppe dürrer Bäume nackt und unwirklich in dem schwachen Licht, das auf ihre blassen Stämme fiel.

Es waren die Leute aus Holy String Town, die den Strom gewollt hatten. Von den Fettessern wollten nur wenige Licht oder Energie, jedenfalls nicht solche, aber wer den Strom einmal kennengelernt hatte, dem wurde er schnell zum Wunsch oder Bedürfnis.

Das neue Licht führte dazu, daß in den menschlichen Behausungen dunkle, fensterlose Ecken entdeckt wurden, die geputzt oder gestrichen werden mußten. Fußböden wurden kritisch beäugt. Männer und Frauen schrubbten an Stellen, die zuvor immer im Dunklen gelegen hatten. Die Leute standen vor Spiegeln, als sähen sie sich zum erstenmal, und zeigten sich enttäuscht über die Falten des Alters, die Male und Narben, die sie nie zuvor bemerkt oder deutlich gesehen hatten. Auch ich sah mich in dem Licht, und wieder sprachen meine Narben die Sprache der Wunden. Aber am meisten schien das Licht die zu beeindrucken, die ihre Lampen vor noch nicht allzu langer Zeit mit Karibufett oder Fischöl gefüllt hatten.

Und kaum einer hatte eine Ahnung davon, daß dieses Licht sie mit der Welt verbinden würde und auf welche Art. Bis dahin hatte ich nicht viele Gedanken an Licht verschwendet. Jetzt dachte ich darüber nach, und auch über all die Dinge, die in der Dunkelheit glühen und Energie besitzen – Glühwürmchen, Blitze, Aale. Einmal sah ich einen Kugelblitz, der geheimnisvoll und sonderbar über die Rücken einer Viehherde rollte, die neben der Straße stand. Und da war das Blau des Torffeuers, das wir am Himmel sahen, damals, als Agnes noch lebte, als wir auf unserem Weg nach Norden noch viele Meilen vor uns hatten.

Ich dachte an die Geschwindigkeit, mit der sich das Licht bewegt, das Licht der Sonne, sogar das Licht der Skala eines Radios. Bis dahin hatte ich das Radio, ein Gerät, bei dem ein aus der Erde stammender Kristall Stimmen aus der Luft und aus der Ferne anziehen konnte, nie als eine wundersame Erfindung betrachtet, aber seit Tulik Strom hatte, hörte ich Radio und war gezwungen, mich auch mit der Geschwindigkeit einer bestimmten Art von Dunkelheit zu beschäftigen, denn es war Dunkelheit, was da über uns hereinbrach. Ein Dunkel aus Worten und Ideen, Bedürfnissen und Wünschen. Es kam im Gewande der Gesetze, die rechtswidrig von Leuten gemacht wurden, die nichts weiter als ihre Arbeit taten, wie sie sagten und glaubten. Zu dieser sich schnell ausbreitenden Dunkelheit gehörte die Gier derer, die das Land erobern wollten sowie die Gewässer und die Flüsse, die vor ihnen davonliefen. Jene Menschen waren versessen darauf, die Wasser zu lenken, sie in die dünnen, schwarzen elektrischen Drähte zu pressen, die die Welt umspannten. Sie wollten Wasser kontrollieren, das Steigen und Fallen des Wassers, den Verlauf seines uralten Lebens. Sie wollten seine Kraft.

Später kamen mir Tuliks Worte über Einsamkeit in den Sinn. Da wußte ich schon, was Einsamkeit war. Einsamkeit war etwas Größeres als meine Sehnsucht nach Tommy. Es war der gewaltige Fluß, der nun verschwunden war. Ertrunkene Weiden und Erlen. Die drei toten Luchse, die in einem Staubecken steckengeblieben waren, die zehntausend ertrunkenen Karibus. Der Fluß, dessen gewaltiges Tosen und rasches Fließen in so langweilige Orte wie Küchen mit Kochplatten und Kühlschränken verbannt wurden. Aus dem Fluß wurden Lampen. Falsche Götter sagten: »Es werde Licht«, und daraus wurde eine umgekehrte Alchemie. Was einst kostbar war, wurde zu Tand, zu schmutzigen und gefährlichen Elementen. Und trotzdem nutzten wir den Strom. Wir glaubten, wir brauchten ihn. Wir drückten Knöpfe, knipsten Schalter an und aus.

Östlich von uns war ein ganzer Ort, in dem Crees lebten, so klug, die Elektrizität abzulehnen. Körper und Seelen sollten ganz bleiben, sagten sie. Einige der Inuit sagten, wenn sie Strom hätten, dann bekämen sie Innentoiletten und die Gebäude würden warm werden und die gefrorene Welt, den Dauerfrostboden auftauen, und alles würde hineinfallen. Sie sahen voraus, was geschehen würde, daß ihre Kinder schwächer würden und den Mut verlören und daß die Leute keinen Grund mehr zum Leben fänden.

Tulik glaubte ihnen. Ich auch. Wir bevorzugten die Dunkelheit wie die Winterschläfer auf jener wunderschönen Insel im See.

Tuliks einziger Trost war, daß er endlich das alte Radio

hören konnte, das er so sorgfältig polierte, das helle Radio mit den Pappstückchen unter den schwarzen, ungleichen Füßen. Tulik kletterte auch gleich auf einen Stuhl, reckte sich nach der Steckdose und schloß das Radio an, sein kostbarster Besitz, abgesehen von Mika und Eks Buch.

»Paß auf!« rief Tantchen. Der Stuhl wackelte gefährlich. Tantchen hielt ihn fest und schaute hoch zu Tulik.

Als er das Radio anschaltete, hörten wir nur Rauschen und ganz leise Musik, aber Tulik lächelte und sagte: »Klingt doch prima. Findet ihr nicht?«

Der Hund spitzte die Ohren wie bei der alten Victrola-Werbung. Tulik kratzte sich hinterm Ohr. »Was meinst du, Mika?«

Luce, die lesend unter der Lampe saß, sagte: »Wußtest du, daß Strauße offenbar ohne besonderen Grund hüpfen und tanzen? Bloß, weil sie das Leben genießen und Freude dran haben?«

Jeden Tag um zwölf gab es eine Sendung, die »Indianer-Zeit« hieß. Sie versorgte uns mit Nachrichten aus dem indianischen Landleben, und es dauerte nicht lange, da kamen mittags Verwandte, Freunde und sogar ein paar Fremde zu Tulik, um die Sendung zu hören. Und wenn gerade Essenszeit war und sie zufällig in der Nähe waren und auch noch einen Imbiß angeboten bekamen – warum nicht? Langsam wurde das Radio eine ziemlich teure Angelegenheit, so viele Leute hockten da zusammen, aßen und hörten die Sendung. Manchmal machten sie Bemerkungen. Wenn Bush dabei war, stand sie ruhig neben Dora-Rouge oder lehnte sich mit verschränkten Armen an die Wand, als hätte sie es eilig und könne es nicht aushalten, auf einem Stuhl zu sitzen.

Seitdem gab es in Tuliks Haus keine ruhige Minute mehr,

was allerdings vorher auch nicht anders war, wenn Enkel herumsauste oder Luce beim Zeitunglesen sagte: »Das lassen wir uns nicht mehr gefallen!« oder »Damit müssen wir endlich Schluß machen!«. Jetzt waren ständig Leute, Gespräche und Musik im Haus. Selbst diejenigen, die nach den alten Sitten und Gebräuchen lebten und elektrischen Strom ablehnten, waren nicht zu stolz, zu kommen und Tuliks Radio zu hören, die blechern klingenden, hin und wieder vom Rauschen unterbrochenen Worte. Und nun dröhnte mehr Gerede denn je durchs Haus, stank es nach Qualm und brutzelndem Speck und Bratkartoffeln, und ich sehnte mich nach Adam's Rib wie nie zuvor.

Eines Morgens fragte Dora-Rouge: »Wo ist Bush? Hast du sie gesehen?«

Wegen der vielen Besucher war mir Bushs Abwesenheit nicht aufgefallen. Bush war zwischen all den Nachbarn und Verwandten verschwunden. Ich wußte nicht seit wie vielen Tagen und Nächten.

Ich ging zur Kirche, wo die Versammlungen stattfanden. Inzwischen gab es Anwälte, die dort Beratung und Informationen anboten. In der Kirche ging es zu wie in einem Bienenstock. Ich fragte, ob jemand Bush gesehen habe. Eine Frau sagte mir, sie habe Bush zuletzt am Zentrum gesehen. Aber als ich dorthin ging, sagte Mr. Orensen, er glaube, Bush sei in der Kirche.

Schließlich, nachdem ich alles abgesucht, mich im Kreis bewegt hatte, genau wie sie, als sie mich nach meiner Geburt gesucht hatte, fand ich sie alleine zwischen den Bäumen sitzen. Sie hatte sich einen kleinen Unterschlupf gebaut, ein Feuer brannte, ein paar Tiegel und Töpfe standen herum, an einem Ast hingen ihr Hemd und ein Paar Schlüpfer zum Trocknen. Sie las einen Bericht über die Auswirkungen der Staudämme auf die Landschaft.

»Oh, hallo«, sagte ich beiläufig, als würde ich zufällig vorbeikommen. »Hier bist du also.«

Sie blickte mit einem zaghaften Laß-mich-in-Ruhe-Lächeln auf.

Ich blickte mich um. »Wo hast du denn die Waschmaschine her?«

»Das ist nur vorübergehend«, sagte sie.

Aber ich wußte, warum sie dorthin gezogen war. In Tuliks Haus war es so gut wie unmöglich, auch nur ein wenig Ruhe zu finden.

Sogar auf dem Klo wurde noch geschwatzt. Ich war längst froh, wenn mal alle weg waren und ich alleine zu Hause bleiben konnte oder wenigstens fast alleine, obwohl ich eigentlich gerne in die Stadt ging.

Eines Tages blieben nur Enkel und ich zu Hause. Alle anderen wollten zum Einkaufen in die nächste Stadt fahren.

Als ich Tantchen sagte, ich möchte zu Hause bleiben, fragte sie mich: »Was ist los? Bist du krank?«

»Nein.« Ich sagte ihr nicht, daß ich keine weiteren Gespräche mehr ertragen konnte. »Ich hab einfach Lust hierzubleiben.«

Ich bat Tulik und die anderen, mir zwei Zeitschriften mitzubringen.

Luce, mit der Lupe in der Hand, sagte: »Okay, ich such dir welche aus.«

Ich wußte, daß sie die nehmen würde, die sie selber lesen wollte, aber ich sagte: »Schön. Mach das.« Hauptsache, es gingen endlich alle aus dem Haus.

Erleichtert schaute ich Tantchen in ihrem roten Kleid und Tulik und den anderen hinterher.

Aber ich war nicht vollkommen alleine. Enkel, der inzwischen ausgesprochen anhänglich geworden war, blieb an jenem Tag bei mir, aber ich tat so, als wäre er nicht da. Ich drehte die Musik auf und tanzte. Manchmal hatte ich solche Sehnsucht nach der Welt der Teenager. Aber in Two-Town waren die jungen Leute genauso wie auf Adam's Rib von zu Hause weggegangen, um Arbeit zu finden, oder sie waren auf entfernte Schulen geschickt worden, oder sie litten an der Schwermut, die durch die schnellen Veränderungen nach wie vor auf unserem Leben lastete. Ich wollte Freunde. Sogar Feinde wären mir recht gewesen. Ich wünschte, Jo hätte nicht so weit weg gewohnt. Ich wollte so leben wie früher. Und ich wollte einen Big Mac. Und, da ich nun schon einmal dabei war, in Selbstmitleid zu versinken, ich wollte ein eigenes Zimmer.

Da Tulik und die anderen nicht da waren, konnte ich die Musik so laut stellen, wie ich wollte. *The Iron Butterfly. Mick Jagger.* Ich drehte am Radio und spürte, wie der Boden vibrierte. Mika ging hinaus und versteckte sich im Schatten eines alten aufgebockten Kanus. Und ich tanzte und dachte an den Artikel, den Luce mir über junge Straußenvögel vorgelesen hatte, die ohne besonderen Grund tanzen und springen, aus lauter Freude am Leben. Auch ich tanzte, einfach weil ich jung war, einfach weil in meinem Körper Energie steckte, durch das kleine Zimmer.

Später spülte ich Geschirr und sang dabei und schwenkte meine Hüften im Takt der Musik, die so laut war, daß sie das Klappern des Geschirrs und Bestecks übertönte. Ich tanzte durchs Zimmer und stellte ein grünes Glas ins Regal. Enkel hüpfte mit mir im Haus herum, eine – wie ich hoffte – schlechte Kopie meiner selbst, die Hosen schlotterten um den kleinen Körper, das Haar wie immer ungekämmt, den weichen, braunen Bauch herausgestreckt. Die Rockmusik wurde von kurzen Meldungen oder einem

Lied von Tammy Wynette unterbrochen. Dazwischen ertönte Werbung für Sägen und Jeeps. Einmal wurde sogar ein Heiratsantrag von Tony an Loretta gesendet. Ob das der Tony und die Loretta waren, deren Namen wir unterwegs auf einem Felsen gesehen hatten? Ihre Liebesgeschichte interessierte mich, da sich bei mir im Moment nichts abspielte. Das muß was zu bedeuten haben, dachte ich, daß mir die beiden mehr als einmal begegnen.

Auch wenn ich diese Musik genoß, in diesen Tänzen schwelgte, tanzte ich aber noch auf andere Art. Dann hüpfte mein Herz vor indianischer Hoffnung. Beim Abtrocknen mit einem von Tuliks fadenscheinigen Lappen überkam mich ein Gefühl, als säße eine schillernde alte Person in meinem Körper, glücklich darüber, daß die Menschen wieder zusammenkamen und auf Gerechtigkeit bestanden, glücklich, daß noch jemand singen und tanzen konnte. Diese alte Person hatte unser Leben zuvor in Stücke springen gesehen und nun wieder Hoffnung geschöpft. Und diese alte Person wollte auch tanzen. An jenem Tag, als ich mit Enkel an der Seite die beiden alten Teppiche zusammenrollte, hoffte und betete ich aber, daß die Alten Rock 'n' Roll mochten, denn den Kniebeugentanz der alten Frauen konnte ich noch nicht besonders gut. Bei den indianischen Tänzen zierte ich mich. Manchmal stellten sich die Frauen auf Versammlungen in eine Reihe, und sie neigten sich, so daß ich ihr graues Haar sehen konnte, während sie gemeinsam ihre ausgemergelten Körper bewegten, und ich stand schüchtern daneben, fand den Rhythmus nicht. Doch sobald Sly und die Family Stone dran waren, war ich gut, konnte ich mich bewegen, und meine schmerzenden Muskeln lockerten sich.

Tantchen hatte in der Stadt eine Kochplatte gekauft, stellte sie auf einen Tisch unter die Lampe und schloß sie mit einer Verlängerungsschnur an. »Was soll ich kochen«, sagte sie am Abend zu Tulik.

»Wie wär's mit Hühnchen?«

Und so briet sie in einer Eisenpfanne zwei Hühnchen auf der Kochplatte, und hinterher saßen wir alle um den Tisch und bissen in das gebratene Fleisch. Tulik sagte: »Mir schmeckt's auf die andere Art besser. Und außerdem – was soll werden, wenn wir das Leben des Feuers vergessen?«

Es war ungewöhnlich warm. Deshalb bildeten sich in der neu angelegten Straße tiefe Schlammfurchen, in denen die Reifen versanken, und die behelfsmäßigen Unterkünfte der Arbeiter senkten sich. Eines Tages fielen an zwei verschiedenen Orten zwei Gebäude zusammen, sackten ab und verschwanden in Senklöchern. Strommasten neigten sich so weit zu Boden, daß an einem Ort der Strom abgeschaltet werden mußte, weil er sonst womöglich über den feuchten Grund geflossen wäre.

Wir hätten uns über das Versagen der modernen Welt gefreut, wenn nicht am selben Tag Ammahs Insel verschwunden wäre. Ammahs Insel, wo Vögel nisteten und Hoffnung brütete, verschwand einfach im Wasser. Niemand konnte erklären, was geschehen war. Aber von dem Tag an hörten wir Maschinen poltern, Felsen und Bäume bersten, den Lärm einer neuen Baustelle.

In der Nacht, wenn ich wach lag und draußen Dachse, Stachelschweine und Stinktiere rumorten, konnte ich drinnen innerhalb unserer vier Wände das leise und ruhige Atmen der Menschen hören. Bislang hatte in der Mitte der Nacht eine Art Zwielicht geherrscht; jetzt war durch den Strom alles hell erleuchtet, und die Schatten des Raumes lagen wie die blauen Quadrate auf Tantchens Flikkendecke unbeweglich auf dem Boden. Ich blickte durch diese sanften Schatten zu Enkel hinüber, schlafend hüllte er sich in den Bärenmantel, den er mir gestohlen hatte. Zuerst hatte ich versucht, ihm den Pelz wieder wegzunehmen, auch wenn die Nächte warm waren, denn ich hatte Angst und wollte, daß mich irgend etwas beschützte, daß irgend etwas wach war, wenn ich schlief. Aber Enkel atmete ruhig, und ich lag wach, ohne Decke, und hörte die Bodendielen knacken, Dora-Rouges Herumwälzen, Tantchens gelegentliches Schnarchen. Nur die Hündin wußte, daß ich wach war, und sie schaute mich an und seufzte, legte ihren Kopf neben mich, damit ich sie streichelte. Wenn draußen ein Hund oder ein Wolf heulte, reckte sie ihr Gesicht zur Decke hoch, schaute den schwarzen Draht und die einzelne Glühbirne an und erwiderte leise den Ruf. Tantchen und Tulik und Enkel schliefen darüber hinweg, aber mich ließ ihr wildes Blut schauern. Ich wußte, wie es sich anfühlte, das eine wie das andere zu sein, allein und fern vom Rudel zu leben, eine herumwandernde Seele zu haben. Ich dachte an Bush, wie es für sie all die Jahre im Norden gewesen sein mußte, ohne Freunde, ohne Seelenverwandte, Schwester, Bruder, Geliebten. Ich denke, ich dachte dies alles, weil auch ich mich einsam fühlte.

Morgens, wenn ich schlaflos lag, hörte ich meistens die Sommergänse. Ihr Schnattern fiel vom Himmel herunter. Aber eines Morgens hörte ich trotz des Lärms der Gänse Menschen aus den Sommerlagern kommen, die Jagdlieder sangen, in denen sie den Tieren dankten. »Wir lieben das Wild«, hieß es in einem Lied. Und: »Auch das Wild liebt uns.« Die Menschen unterhielten sich laut. Sie trommelten, als sie ankamen. Ich wußte, daß sie frisches Fleisch, frische Enten, frischen Fisch mitbringen würden. Ich war fröhlich. Aber dieses Mal hörten wir außer ihren Liedern, außer dem Schnattern der Gänse schon das ferne Poltern der Maschinen, der Bulldozer, die oberhalb von uns am Child River arbeiteten.

In jenem Jahr gab es kein Fischlager, denn die Fische waren krank vom Stauwasser, Quecksilber hatte sich aus den Steinen und der faulenden Vegetation gelöst. Dann wurden die einst fruchtbaren Ebenen von einer Wasserwelle geflutet. Wegen des frühen Tauwetters und der neuen Straßen, die die Wanderwege der Tiere kreuzten, würde auch das Frühlingslager im nächsten Jahr keinen Ertrag bringen, und die Leute fingen an, sich um ihre Ernährung zu sorgen. Die Vögel, die auf dem Wasser lebten und sich von dem ernährten, was sie an dessen Grund fanden, wurden ebenfalls krank. Viele von ihnen waren teilnahmslos und durstig, bevor sie schließlich starben. Wenn das so weiterging, würde es kein Trinkwasser mehr geben. Die Welt hier war groß, war immer groß gewesen, die Menschen dagegen klein und ehrfürchtig, aber mit Maschinen konnte Erde zum kleinsten aller Elemente reduziert werden.

Das Haus roch nach frischer Farbe. Tulik hatte am Tag, bevor die Jäger zurückkehrten, Dora-Rouges hölzernen Korbstuhl geschmirgelt und dann weiß lackiert. Er überstrich den Namen »Mother Jordan«, aber er war noch zu lesen, ein zweiter Anstrich wäre nötig gewesen. Tantchen hatte Dora-Rouge ein neues rotes Kissen gemacht, gefüllt mit alten Nylonstrümpfen, die ihre Schwester aus Montreal geschickt hatte, damit die Landfrauen Puppen oder anderes Spielzeug ausstopfen konnten.

Als die Jäger zu uns kamen, bohnerte Tulik, der genauso ordentlich war wie Dora-Rouge, gerade den Fußboden. Er rutschte mit Lumpen unter den Füßen über das Linoleum.

Andere hatten gehört, daß die Jäger zurück waren, und alle kamen herbei, um sie zu sehen und die Nachrichten in »Indianer-Zeit« zu hören. Sie neckten Tulik wegen seiner Putzerei. »Mach doch bloß nicht für uns sauber!« scherzte einer der Verwandten.

Tulik stieg von den Lumpen und ließ die Hälfte des Fußbodens ungebohnert.

Bush, die ebenfalls die Jäger gehört hatte, kam aus ihrem Unterschlupf zwischen den Bäumen. Tantchen hatte gerade frisch gewaschene Sachen ausgewrungen. Jetzt standen Bush und sie an die Wand gelehnt, weil es keine Stühle mehr gab. Eine Frau schaute die beiden an und sagte: »Sie halten die Wand fest, damit sie nicht zusammenbricht.«

Die Jäger waren gutmütig und scherzten gerne. Sie nannten mich Rote, und jedesmal, wenn das Wort fiel, lachten die Frauen.

»Red Power«, sagte die alte Luce und hob die Faust, was noch mehr Gelächter zur Folge hatte.

»Guckt mal!« sagte eine Frau, die von dem langen Weg am frühen Morgen noch ganz rosig im Gesicht war. Sie hatte lange Haare: »Hier – das ist die Lachshaut.« Sie zog ihren Mantel aus Lachshaut aus und überprüfte die feinen Nähte, die kein Wasser durchließen. Der Mantel stammte von der Nordwestküste. Die Arbeit von dort wurde hochgeschätzt.

Eines Tages, als ich mit den Zähnen Stoff für Windeln trennte, streckte Tulik die Hand aus, damit ich einhielt. »Hör mal«, sagte er. Er drehte das Radio lauter. »Es gibt eine große Versammlung. Hör doch. Die Behördenvertreter werden dasein.«

Ich legte eine Windel zusammen. »Ich geh hin«, sagte

ich mit entschiedener Stimme, so daß mir niemand widersprechen konnte. Ich hatte mich nicht in diese Dinge einmischen wollen, aber es fiel mir schwer, all die Veränderungen nur zu beobachten. Ich wollte dagegen ankämpfen, für das Wasser, die Menschen, die Tiere.

Und Dora-Rouge, die Wasser etwas schuldete, sagte: »Ich geh mit. Angel kann mich zu der Versammlung schieben. Ich nehm das Baby.« Ihre Augen waren klar. Ich wußte nicht, ob sie sich auf die Auseinandersetzung freute oder ob sie sich dem Pakt mit Wasser verpflichtet fühlte.

Tulik lächelte sie an, seine Augen versanken in ihren. Er mochte mich, und er mochte Bush, aber zu Dora-Rouge hatte er eine ganz besondere Art von Nähe; sie beide stammten aus demselben Ort, vom selben Volk, waren mit derselben Trauer, denselben Geschichten herangewachsen. Tulik war ein freundlicher Mann, ein zarter und maskuliner Mann, klein, aber mit kräftigen Armen. Er ging zu Dora-Rouge und faßte sie sanft an die Schulter. Ich glaube, er war stolz auf sie. Er hielt sie für außergewöhnlich stark, und das war sie auch, aber er wußte nichts von ihrer Verpflichtung Wasser gegenüber und daß sie keine Wahl hatte, als ihr nachzukommen.

Tantchen sagte: »Wißt ihr, daß die Männer, die die Staudämme gebaut haben, nicht mal wußten, daß das Wasser nach Norden fließt?« Dann wandte sie sich um und ging. Da es im Ort nur zwei Radios gab, mußten wir auf Mund-zu-Mund-Propaganda zurückgreifen, um Nachrichten zu verbreiten. Tantchen ging herum, um allen von der Versammlung zu erzählen. Sie hatte auch gehört, daß eine Straße über die Laichgründe der Weißfische gebaut werden sollte. Noch vor dem Treffen am Abend wollte sie herausfinden, ob das stimmte.

Am Abend wußte fast jeder, außer denen, die noch draußen im Busch waren, von dem Treffen und den Weißfischen.

Luce, die nicht gut hörte und von Tag zu Tag tauber wurde, schaute von einer der Zeitschriften auf, die sie mir mitgebracht hatte. »Hier steht, wenn zwei Prozent der Einwohner einer Stadt meditieren, verändert das die ganze Stadt.« Sie schwieg einen Moment. Sie blickte in unsere Gesichter. »Sagt mal, was ist hier eigentlich los?«

»Laß mal sehen«, sagte Tulik laut, dicht an ihrem Ohr.

Während ich rausging, um nasse Wäsche über den Walknochenzaun zu legen, sah ich Luce Tulik zögernd die Zeitschrift geben. Es war später Nachmittag, warm, und die Luftfeuchtigkeit war hoch. Ich wußte, daß die Sachen nicht vor dem Treffen trocken sein würden.

Am frühen Abend – es war ein Donnerstag – machte ich Wasser auf dem Herd warm, prüfte die Temperatur an meiner Haut, dann kippte ich das Wasser in eine Schüssel und legte die nackte, schlüpfrige Aurora hinein. Sie lachte und platschte mit den Händen ins Wasser. Inzwischen waren die Jäger und ihre Familien nach Holy String Town gegangen und dann zum Zentrum, um dort Proviant für ihre nächste Jagd zu kaufen. Einige wollten zu der Versammlung kommen. Nicht nur wir würden uns da versammeln, um über das Unrecht zu reden. Auch die BEEVCO-Bosse würden dasein, um uns ihre Pläne zu unterbreiten.

Luce, die inzwischen eine andere Zeitschrift las, blickte über die Lupe hinweg zu mir und sagte: »Babys können schwimmen. Wußtest du das?«

»Wirklich?« Ich wusch Aurora die Haare und goß ihr eine Tasse Wasser über den Kopf.

»Guck.« Luce hielt die Illustrierte hoch. Da waren Fotos mit schwimmenden Babys. Sie lächelten.

»Das würde Aurora gefallen. Stimmt's?«

Aurora lachte.

Als ich die süß duftende Aurora fertiggebadet und angezogen hatte, setzte ich sie auf Dora-Rouges Schoß, und Dora-Rouge legte ihre dürren Arme um das Kind und sagte etwas, was ich nicht verstand. Dann begaben wir uns zu der weißen Kirche, die so sauber und ordentlich über den verstreuten Häusern des Dorfes thronte, daß der übrige Ort dagegen dunkelgrau schien. Aber natürlich, die Anglikaner hatten geglaubt, es wäre die Herberge ihres Gottes, der sich nicht auf das Niveau der Menschen herabließ, daher mußte die Kirche besser aussehen als der Ort, wo bloß Menschen lebten.

Wir gingen am Walknochenzaun vorbei, wo Tantchens rotes Kleid wie eine Fahne neben Tuliks Eddie-Bauer-Pullover, Enkels kleinen Jeans und ein Paar Levi's mit den ausgeblichenen Stellen auf den Oberschenkeln hingen.

Den Rollstuhl den Hügel hinaufzuschieben war nicht so leicht. Schon bald ließ die Kraft in meinen Armen nach. Wenigstens quietschte der Stuhl nicht mehr. Er sah schön aus in seinem neuen Glanz und roch nach frischer Farbe.

Die dunkle Straße war frisch planiert und geteert worden, obwohl niemand den Asphalt gewollt hatte. Alle wußten, daß die Sonnenhitze den Dauerfrostboden aufweichen würde und die Straße, eine jener »Verbesserungen«, irgendwann einsacken würde. Aber jetzt roch sie nach Teer, und die Räder von Dora-Rouges Rollstuhl schleuderten kleine, schwarze Splitter zur Seite. Dora-Rouge beugte sich vor und schaute sich ihre Reifen an. »Das sieht ja aus!« sagte sie. »Und du hast soviel Arbeit reingesteckt, Tulik.«

»Keine Bange.« Tulik lächelte. »Ich kann alles reparieren.«

Seine Worte vermittelten eine tröstliche Sicherheit, sie

waren so wahr, so ermutigend, wie sie klangen, und sie nahmen dem Leben Angst und Sorge. Ich glaubte ihm, diesem Mann, dessen Auge genauer maß als die Waage im Zentrum, diesem Mann, der mit einem Blick das Gewicht von grünem Reis erfassen konnte und sogar wußte, wieviel der Reis nach der Verarbeitung wiegen würde. Selbst Agnes hätte sich nach diesen Worten nicht mehr den Kopf zerbrochen. Aber ich konnte sehen, daß Bush und Tantchen, die beide gleichermaßen trüber Stimmung waren, dachten, daß es Dinge gab, die Tulik nicht reparieren konnte. Sie schauten sich beide an, sagten aber nichts.

Tantchen hatte in ihrer großen braunen Hand eine Petition, die sie verfaßt hatte, auf der bereits zwanzig Unterschriften versammelt waren. Sie trug das Blatt Papier vorsichtig und würdevoll, als handelte es sich um die Magna Charta, um die Worte des Lebens, um die Freiheit eines Volkes, und als wären wir uns alle einig, daß es genau darum ging. Tantchen hatte den Tag damit zugebracht, in die beiden Orte und die umliegenden Dörfer zu gehen, um den Leuten von der Versammlung zu berichten und um sich die Unterschriften derjenigen zu holen, die nicht teilnehmen konnten. Jetzt hoffte sie nur, daß die anderen auch kamen. In der vorderen Hosentasche ihrer Jeans hatte sie den Beutel aus weißem Hirschleder mit ihrer Medizin, die ihr Mut zum Sprechen verleihen sollte. Hin und wieder fuhr Tantchen mit der Hand in die Tasche, um den kleinen, mit Perlen verzierten Beutel am Körper zu spüren, als könnte er verschwinden, wenn sie es nicht täte, oder als könnte sie sonst ihre Kraft und ihre Überzeugung verlieren. Ihre Finger glaubten an den Beutel, glaubten, daß etwas in seinem Inneren einen Weg aufzeigen würde, wie man den Staudamm verhindern, Wasser wieder fließen lassen könnte, wohin es wollte und wo es hingehörte. Aber sie war nervös. Ein Fluß war bereits umgeleitet worden. Sie wußte, daß die andere Seite nicht einfach aufgeben würde, vor allem nicht kampflos.

Es waren mindestens vierzig Leute, eine große Gruppe, in der Kirche, als wir dort ankamen. Klagen, Klatsch und Tratsch schwirrten durch den Raum, es roch nach Kaffee. Bush war schon dort, hörte aufmerksam einem jungen, weißen Mann aus New York zu. Sie nickte ihm zu, ihr war unangenehm, daß seine Stimme und seine Worte ihr soviel Aufmerksamkeit abverlangten, daß sie sich nicht abwenden, andere ansehen oder begrüßen konnte. Er war voller Leidenschaft, sein Gesicht glühte vor innerem Feuer, einem Feuer, das allerdings nicht immer nur durch unsere Bedürfnisse genährt wird, wie ich jetzt weiß, aber es war gut, dieses Feuer zu haben, es war ansteckend und motivierte die Leute. »Unterschreibt hier«, sagte er zu uns. Er streckte Tantchen ein Blatt Papier entgegen. Sie schaute das Blatt an, dann ihn. Sie unterzeichnete es nicht. Sie zündete sich eine Zigarette an. »Hier, nimm das mal«, sagte Tantchen. Sie legte Dora-Rouge ihren Beutel in den Schoß, neben Aurora, und ging zu Bush.

Die Luft war schon verqualmt, voller Stimmengewirr.

Ich ging hinüber zu Mrs. Lampier, um mit ihr zu reden. Auroras Augen folgten mir.

Ich sah den jungen Mann Tulik ansprechen. »Ich zeig Ihnen mal die Pläne«, sagte er. »Hier, das sind die Stellen, an denen Staudämme gebaut werden sollen.« Er zeigte auf die Karte an der Wand. Tulik trat näher heran. Einige Gebiete waren blau eingekreist, andere blau schraffiert, wie Schatten von Bäumen im Winterweiß. Auf der Karte war das ausgetrocknete Flußbett nördlich von uns zu sehen, wo einst das Wasser entlanggeflossen war, wo sie den

Child River in eine Bucht abgeleitet hatten. Jetzt sollte der Salt River verlegt werden. Dazu mußte ein neues Flußbett gegraben werden. Dann würden sie den Fluß allmählich in sein neues Bett zwängen, ihn dorthin bringen, wo sie ihn schließlich unter Kontrolle hatten. Die geplanten Veränderungen waren so gewaltig, daß sie nahezu jedes Vorstellungsvermögen sprengten.

Es war warm. Ich zog meinen Pullover aus und gab ihn Dora-Rouge. Tantchen ließ ihre Petition und einen Stift herumgehen. Ich beobachtete sie. Sie berührte jeden, dem sie sich näherte, mit der Hand und erklärte geduldig, wofür sie ihre Unterschrift haben wollte. Mir fiel auf, daß der Stoff auf den Oberschenkeln ihrer Jeans genauso verblichen war wie bei denen von Bush, als markierte diese helle Stelle eine Art Schwesternschaft. So war es im Grunde ja auch.

Die Pläne für das Wasserkraftwerk waren so unglaublich, daß jeder dachte, die Darstellung müsse übertrieben sein. Auch die Leute aus der Umgebung des Child Rivers hatten anfangs nicht geglaubt, was die beiden jungen Männer ihnen erzählt hatten, aber dann waren sie eines Morgens vom Baumaschinenlärm aufgewacht. Jetzt machten sie sich Sorgen darüber, was noch für Baupläne in Arbeit sein mochten. Niemand traute der Regierung oder den Firmenmanagern. Und warum auch? Die steckten so eindeutig unter einer Decke und würden sich über alle ethischen Bedenken hinwegsetzen, um ihre Ziele zu erreichen. Und wenn die Manager und Anwälte sprachen, dann war ihren Worten kein Gedanke an das Leben des Wassers zu entnehmen, keine Achtung für das Land, das die Menschen vom Anbeginn des Lebens an erhalten hat. Die Leute erinnerten sich nicht an die heiligen Verträge zwischen den Menschen und den Tieren. Unsere Worte hatten keine Macht über die Zahlen, Meßdaten, Berechnungen der

Konstrukteure. Für die war die Sache einfach und klar. Sie kannten nur die zweidimensionale Papierwelt.

Während ich dasaß und über die Millionendollarpläne der Konstrukteure, der Behörden und Firmen nachdachte, mir überlegte, wie weit sie wohl gehen würden, drifteten meine Gedanken zum Wasser, zum nassen Element selbst, erinnerte ich mich, wie oft ich die Luft anhalten und im Wasser hatte bleiben wollen, das aus der Erde sprudelt und vom Himmel regnet. Vielleicht würde es mit mir sprechen, mir einen Weg aus dieser Sackgasse erklären, zeigen. Wasser, das wußte ich, hatte seine eigenen Bedürfnisse, seinen eigenen Ausdruck, seine eigenen Wünsche. Niemand hatte Wasser gefragt, was es wollte. Außer Dora-Rouge, die hatte direkt mit ihm gesprochen.

Da Tulik der älteste Mann und auch Richter war, schien er den Staudammbauern, den Wasserumleitern derjenige zu sein, an den sie sich zu wenden hatten. Der Vertragsunterzeichner und Chef des Projektes, ein großer, schlaksiger weißer Mann, schüttelte Tulik die Hand und sagte wie entschuldigend: »Wir sind auch bloß Angestellte.« Er sagte dies, als wäre er sicher, das Projekt würde durchgeführt werden, und als verstünden wir, daß er keine Wahl hatte, es war sein Job. Er wollte, daß wir ihn verstanden oder ihm vielleicht sogar verziehen. Es schien ihm leid zu tun, aber aus seinen Worten ging deutlich hervor, daß, wenn es nach dem Willen der Firma und der Regierung ginge, die indianischen Völker in dieser Sache nichts zu sagen hätten, keine Gelegenheit bekommen sollten, rückgängig zu machen, was bereits von Männern mit anderen Lebensweisen, Männern anderer gesetzgebender Körper, Männern mit anderer Haut entschieden worden war.

Tantchen stand auf und ergriff das Wort: »Wir leben seit

Tausenden von Jahren hier.« Ihre Hände zitterten vor Zorn. »Wir wollen eure Staudämme nicht.« Sie klang ruhiger, als sie aussah, und ich war stolz auf sie. Sie klang wirklich gut! Aber nachdem sie ihre starken Worte gesagt hatte, nannte uns der Mann Relikte der Vergangenheit und versicherte, er würde uns ins zwanzigste Jahrhundert befördern. Bei diesen Worten drehte sich mir der Magen um, mir wurde schlecht. Er hielt uns genau wie alle anderen für ignorant. Sie hatten keine Ahnung, daß Tulik jede Pflanze und deren Gebrauch kannte, die Spur jeden Tieres lesen konnte und ein Fachmann für Recht und Frieden war. Oder daß Mr. Dinn, ein Nachbar von Tulik, ein Messermacher und Wettervorhersager war. Luce war eine Intellektuelle, belesener als jene Männer oder deren Frauen. Tantchen eine Schneeschuhmacherin, eine Fallenstellerin. Für die weißen Männer, die zum erstenmal hier waren, waren wir Menschen ohne Geschichte in einer Umgebung, die für sie selber ein Nichts war. Sie hatten uns aus ihrer Geschichte entfernt und mit uns zusammen die Wahrheit.

Tantchen nahm ihre Petition und gab sie dem Mann. »Das sind wir alle. Unsere Namen. Wir wollen Ihren Strom nicht. Wir sind wunderbar ohne ausgekommen.« Dann ging sie zur Glühbirne, zog am Kabel und machte das Licht aus. Der Raum verdunkelte sich zu einem tiefen Blau mit kleinen hellen Lichtflecken, die von draußen durch die Fenster fielen. Die hölzernen Stühle, die in der Kirche aufgestellt waren, sahen plötzlich ganz einsam aus, selbst die, auf denen Menschen saßen, standen traurig kreuz und quer auf dem staubigen, grauen Fußboden. Für einen Moment waren alle still.

Kurz darauf flogen zornige Bemerkungen von Wand zu Wand. »Recht so«, sagte unsere ehemalige Wirtin Mrs. Lampier. Sie war groß, und sie rauchte, und sie würde ihre Argumente vorbringen. Erst legte sie das Etui mit den Zigaretten und dem Feuerzeug Dora-Rouge auf den Schoß, und dann erhob sie sich, um zu sprechen. Sie sagte: »Wir wollen entscheiden, wie wir leben. Ich bin hierher gekommen, weil ich so leben wollte. Ich will nicht, daß Fremde hierher kommen und uns sagen, was zu geschehen hat.«

Der Mann faltete die Petition, um sie in die Tasche zu stecken. Tantchens Name stand ganz oben auf der Liste. »Es sind nicht genug Unterschriften auf Ihrer Petition.« Er zählte nach. Er war gerissen, ließ sich keine Gelegenheit entgehen. »Das ist ein weiterer Grund, warum wir den Damm bauen müssen. Der Strom wird von viel mehr Leuten gebraucht als von Ihnen. Sie sind nur ein kleiner Teil derjenigen, die davon profitieren werden.«

Tantchen, inzwischen zorniger, legte ihre Tasche auf Dora-Rouges Schoß.

»Haltet ihr mich für ein Abstellbrett, oder was?« fragte Dora-Rouge.

Ich glaube nicht, daß außer mir sie jemand hörte, und wegen des Ernstes der Situation bemühte ich mich, nicht zu grinsen.

Tantchen sagte zu dem Mann: »Sie haben schon eine Straße über die Laichgründe der Weißfische gebaut. Die sterben wegen der Straße. Das haben Sie ohne unsere Zustimmung getan.« Sie verschwieg allerdings, und von uns wußte es zu dem Zeitpunkt auch noch niemand, daß einige junge Männer auf Tantchens Geheiß die Straße auseinandernahmen und Schaufel um Schaufel den Fischen den Weg in die Zukunft bahnten.

Und fast im selben Moment, da sie das Wort ergriff, als hätte sie es beschworen, hatten die jungen indianischen Männer ihre Aufgabe erledigt und kamen zu der Versammlung. Sie blieben im Hintergrund stehen. Hörten ruhig zu.

Sie rochen nach Erde. Was sie dachten, konnte man an ihren Gesichtern ablesen: Sie würden sterben, um dieses Land zu retten. Viele hatten diesen Ausdruck im Gesicht, Dora-Rouge war darunter und Tantchen. Ich, ich war noch zu wenig vertraut mit der Geschichte und dem Gesetz. Ich überlegte, ob mein eigenes Volk nicht vielleicht doch ein bißchen zu eigensinnig war. Wäre es nicht besser, neue Schulen, ein Krankenhaus und Arbeitsplätze zu bekommen? Später erfuhr ich, daß solche Versprechungen stets gemacht, aber selten eingehalten worden waren.

Als Tulik das Wort ergriff, sagte er: »Wie könnte es besser sein, als es jetzt ist? Wir haben zu essen. Wir haben Tiere. Wir haben unsere eigenen Gärten. Wir haben alles. Für uns ist das mehr, als Sie anbieten.«

»Sie können die Petition behalten«, sagte Tantchen zu dem Mann. Er tat so, als hörte er sie nicht.

Aurora schlief friedlich auf Dora-Rouges warmem Schoß neben Tantchens Beutel, meinem Pullover, Bushs Jacke, Mrs. Lampiers Zigaretten und einer Tafel mit einer Cree-Inschrift von einem Mann, der dachte, die Behördenvertreter würden es nur lesen, wenn er englisch oder französisch schriebe. Als Aurora Tulik sprechen hörte, wurde sie quengelig, und Tulik nahm sie auf den Arm. Wie immer, wenn er das tat, beruhigte sie sich. Aber ich konnte sofort sehen, daß Tulik das im Buch des weißen Mannes einen Punkteverlust bescherte. Da galt Zärtlichkeit nicht als Stärke. So ein Verhalten war unmännlich, weich und unwürdig. Von dem Moment an betrachteten sie Tulik nicht mehr als den Führer seines Volkes. Danach sprachen sie alle Männer gleichermaßen an. Sie hörten kaum hin, als Tantchen, die eigentlich die Fäden in der Hand hatte, sagte: »Niemals. Das werden wir niemals zulassen.«

Auch wenn die weißen Männer Tantchen nicht beachteten, die jungen indianischen Männer taten es. Sie liebten sie.

Als ich in jener Nacht nach Hause lief, schaute ich in die Richtung von Ammahs Insel. Ich dachte über unser Land nach. Die weißen Männer würden alles tun, um es zu bekommen, zu verändern, es ihren Wünschen und Träumen anzupassen. Ein Golfplatz, eine Jagdhütte für die wenigen Begüterten, die auf Trophäen aus waren, würden den heiligen Boden aufbrechen. Und sie waren sich vor allem sicher, dieses`Spiel, das sie selber erfunden hatten, zu gewinnen. Und wir, die Menschen dort, waren uns einig, alles daranzusetzen, um das Land am Leben zu erhalten. Dadurch entstand eine höchst gefährliche Situation, der aus solidem Holz gebaute Raum wirkte plötzlich wie ein Glasgebilde, das durch eine schnelle Bewegung, einen lauten Ton zerbrechen könnte.

Während wir heimgingen in jener grauen Nacht, leuchteten die Lampen von den schiefen Pfählen, obwohl das Licht noch gar nicht gebraucht wurde. Ich wußte, wie schön die Dunkelheit war und daß sie in jeder Hinsicht weniger kostete.

Nachts in Tuliks Haus, als alles still war und ich die anderen atmen hörte, wünschte ich mir, daß Tesla noch lebte, der Mann, von dem mir Husk aus einem Buch über Patente von Erfindern erzählt hatte. Und in einer von Husks Zeitschriften hatte ich ein Foto von Tesla gesehen. Der Mann saß schreibend in einem großen Zimmer, und hinter ihm sprangen jede Menge Blitze durch den Raum. Wenn Tesla einen Blitz auf der Handfläche hatte, donnerte es aus einem künstlichen Himmel. Tesla konnte Energie ohne Drähte durch die Welt schicken, die Nacht zum Tag machen, unsere Furcht und unsere Stille durchdringen, sie mit der Dämmerung verschwinden lassen. John Husk zufolge konnte Tesla ein Gebäude durch nichts als Vibrationen und Resonanzen zum Einstürzen bringen, auch die Erde spalten, die Brooklyn-Brücke zusammenbrechen lassen. Er kannte sich mit Turbinen und Kraftfeldern und Generatoren aus. Wußte, wie diese Dinge genutzt werden konnten, ohne daß Kosten entstanden. Niemand konnte von dieser Art Energie profitieren. Niemand konnte sie stehlen. Tesla hatte von einer Energie gewußt, einer kosmischen, auf die Erde gerichteten Kraft, einem phantastischen Licht.

Einige Abende später kam einer der BEEVCO-Bosse, um im Two-Town-Zentrum mit unseren Führern zu verhandeln. Ich schaute mich im Raum um, betrachtete die Menschen, die schon seit so langer Zeit hier gelebt hatten, Menschen voller Wissen und mit Wurzeln, die weiter als die Zeit reichten. Für die Staudammleute waren sie dunkelhäutige Außenseiter, deren Leben ihnen nichts bedeutete. Sie ignorierten unsere Existenz so lange, bis wir uns ihren Staudämmen widersetzten oder ihre Wirtschaft beeinträchtigten oder ihren Sport behinderten. Wir hatten schon gesehen, was die Jäger mit den orangefarbenen Kappen anrichteten, sie waren nicht auf das Fleisch angewiesen.

Tantchen schrie sie an: »Also, Sie wollen angeln, zum Sport! Dafür also! Und Golfplätze wollen Sie! Und Stromleitungen! Da machen wir nicht mit!« Bush, die hinter Tantchen saß, steckte ihren Finger in Tantchens Gürtelschlaufe und zog Tantchen auf ihren Stuhl herunter. »Beruhige dich«, sagte sie leise, und ihre Augen glitzerten vor lauter Bewunderung für Tantchen, die so feurig aussprach, was andere nur dachten.

Die Staudammleute stellten die Wahrheit auf den Kopf und nannten uns Terroristen. Wenn es Böses in der Welt gab, dann war es das, dachte ich. Die Dinge einfach umkehren. Einige von uns, die weniger stark als Tantchen waren, dachten, wir sollten die Verträge unterzeichnen, das Land verkaufen, die Entschädigung annehmen. Auch das konnte ich verstehen, denn hier war alles so knapp. Manche dachten so, weil sie glaubten, die Regierung mache sowieso, was sie wollte. Daran komme man nicht vorbei, sagten sie. Vielleicht hatten sie recht.

An dem Abend fragte ein Mann Tulik: »Warum hältst du deine Tochter nicht zurück?«

Dann war es Bush, eine von außerhalb, die aufstand und sprach: »Warum werden nur die Gesetze der Weißen befolgt? Das wird die Welt töten. Was soll es denn außer dem Gesetz der Erde noch für eines geben?« Das sagte Bush, die Frau, die ich immer für so still gehalten hatte. Ihre Stimme war selbstsicher und beharrlich, wahr und klar. Ich war stolz auf Bush.

Einige Nächte später, als mich in dem dunklen Haus voller Atmen und Träume tiefer Schlaf umfing, da versank ich wie ein Hirsch im Schlamm, wurde ich in der Dunkelheit von etwas gehalten, dem ich nicht entrinnen konnte. In diese Stille hinein fing Mika an zu bellen und lief zur Tür. Von draußen kam Lärm, und dann überflutete ein unnatürliches Licht Tuliks Haus, ein grelles, weißes Licht, und das Rattern von Maschinen krachte durch die Wände. Mika stand an der Tür und bellte wütend.

Mit hämmerndem Herzen sprang ich auf. »Tulik!« rief ich. »Da stimmt was nicht!« Ich spürte ein Pochen in der Schläfe. Auch Tantchen sprang aus dem Bett, zog sich einen Morgenrock über. Das harte, weiße Licht warf ihren

Schatten an die Wand, sie sah aus wie ein großer Vogel mit wild zerzaustem Schopf, den gelben Bademantel legte sie wie Flügel um sich.

Vor Tuliks Haus standen ein Bulldozer, zwei Laster, ein Schaufelbagger und eine Reihe von Männern. Das kleine Haus war von Arbeitern umzingelt, und der unwirkliche Schein der hellen Lampen warf merkwürdige Doppelschatten an die Wände.

Enkels Gesicht war kreidebleich. Er weinte und rieb sich die Augen. Aurora schrie.

Tantchen schlug die Tür auf. Wegen des Lichtes konnte sie die Arbeiter nicht sehen. »Was macht ihr da?« schrie sie ihnen entgegen. Ihre Stimme war rauh. »Macht, daß ihr wegkommt!«

Sie standen im Schutz des gleißenden Lichtes. Tantchen kniff die Augen zusammen und winkte ungeduldig mit der Hand, als hätte sie die Kraft, die Männer einfach zurück in die Stadt, zurück nach Süden, so weit weg wie möglich, sogar in deren eigene entfernte Vergangenheit zu stoßen. Aber sie sah verletzlich aus, das Haar wirr, der Morgenrock zerknittert, eine Naht war aufgerissen.

»Scheiße«, sagte sie und machte die Tür zu. »Da wird man ja weich gekocht.« Sie machte sich eine Zigarette an und zog die Vorhänge vor die Fenster.

Tulik blieb ruhig. Er kämmte sich sorgfältig die Haare und wusch sich das Gesicht. Er war ein kluger und würdevoller Mann. Menschliche Schwäche würden sie nicht dulden, das wußte er, denn er hatte beobachtet, was ihn seine Sorge für Aurora bei der Versammlung gekostet hatte. An Tulik ging nichts unbemerkt vorüber, er hatte gesehen, was sie empfunden hatten, für die war sogar Schlaf eine Schwäche, eine menschliches Versagen. Tulik ging langsam zur Tür und blieb einen Moment stehen, während das Licht über den Boden flutete. Ohne zu blinzeln. Dann ging er auf die Männer zu.

»Geh nicht, Großvater!« sagte Enkel.

Aber Tulik ging auf die laufenden Maschinen zu. Auspuffgase drangen ins Haus.

Sie hatten Angst vor Tantchen, dachte ich. Ich schaute zu Tantchen, die noch ganz verschlafen war, in ihrem zerknitterten gelben Morgenrock.

Draußen vor dieser Tür, begriff ich, da waren all die gefällten Bäume und die aufgerissene Erde. Dort waren Hungertod und Besatzung, in Form von gelben Maschinen. Die Männer im Schutz des metallenen Panzers ihrer Maschinen waren sicher, daß nichts sie treffen könnte, keinen Teil von ihnen, sie waren sicher, daß dies der Fortschritt war. Sie würden die Erde aufreißen und unser Leben zerstören. Es würde getan werden. Erledigt und fertig. Es bedarf so wenig, so erstaunlich wenig, ein Leben zu beenden, selbst das eines ganzen Volkes.

Aurora schrie vor Entsetzen. Die Luft sprühte vor Spannung – die lauten Maschinen, das unwirkliche Licht, die Angst und der Zorn, die in so starken Wellen in uns schwappten, daß mir schlecht wurde; ich spürte, wie der Haß entstand. Das war das Schlimmste, begriff ich später, hassen zu lernen. Ich dachte, ich hätte schon früher gehaßt, Familien, Sozialarbeiter, Menschen, die mir weh getan hatten, sogar meine eigene, besessene und zerstörerische Mutter, aber dies war eine andere Art von Haß, ein Haß, der sich mein ganzes Leben lang Stück für Stück in mir breitmachen würde, wie ein Gift, für das es kein Gegenmittel gab. Einige von uns würden sich selber schlagen, sich selber verletzen, toben oder die Flaschengeister der Weißen schlucken, sich nur von Bitterkeit aus der dunklen Schale der Geschichte nähren. Und ich haßte, was jene Männer uns antun konnten, was sie tun würden, was sie taten. In ihrem Licht, in dem der Staub tanzte, würden wir alle für immer verändert werden.

Ich hielt Mika zurück. Sie knurrte und wollte auf die Männer los, bellte mit gefletschten Zähnen.

Ich konnte die Männer nur schemenhaft erkennen. Sie hatten einen Joker gezogen und wollten ihr Spiel durchziehen. Sie wußten, daß wir uns wehren würden, wenn sie zu lange warteten. Wir wußten, wenn wir uns wehrten, würden wir vernichtet werden. Nichts hatte sich verändert, seit der Franzose Radisson das Land durchquert und sich notiert hatte, daß es niemanden gebe, der ihn daran hindern könne, sich von diesem Land zu nehmen, was er wolle. »Wir sind Cäsaren«, schrieb er, »und niemandem verantwortlich.«

Niemand – das waren wir.

Von Süden her kam jemand auf uns zugerannt. »Tulik!« Es war Bush. Sie kam ins Haus und drehte sich dann nach den Maschinen und den Lampen um. »Jesus«, sagte sie, »was geht hier vor?«

Sie war gekommen, um uns zu sagen, daß die Baggerarbeiten begonnen hatten, daß am Two Thieves River Maschinen aufgefahren worden waren. Die Arbeiter beeilten sich, wollten noch in der Nacht so viel wie möglich schaffen, bevor wir sie aufhalten könnten. Sie hatten schon einige der älteren Bäume angekettet und gefällt sowie die Felsvorsprünge mit Sprengstoff und einem Bulldozer weggeräumt. Und sie würden nicht mehr einhalten, selbst wenn sie per Gesetz dazu gezwungen würden. Wer hätte sie schon daran hindern können? überlegten sie. Was könnte man ihnen schon antun, selbst wenn sie gegen das Gesetz verstießen? Eine Ordnungsstrafe wegen Mißachtung des Gerichtes? Eine kleine Buße? Das könnten sie sich leisten. Die Arbeiten würden fortgesetzt werden. Sie glaubten, sie könnten gewinnen.

Die Männer vor Tuliks Haus waren nur ein kleiner Teil der Schicht, sie sollten uns von den Arbeiten am Two Thieves fernhalten. »Das muß ein Ablenkungsmanöver sein«, sagte Bush, noch atemlos. Sie wußten, wir würden das Haus nicht verlassen, solange sie vor der Tür waren, um uns einzuschüchtern.

»Am Two Thieves nisten die Pelikane«, sagte Luce, als sie sich das Gesicht mit einem feuchten Lappen wusch und dann hinaus ins Licht starrte.

Tantchen füllte gemahlenen Kaffee in den Perkolator. Erregt ging sie zum Regal, griff hastig ein paar Windeln und steckte sie mit zitternden Fingern in eine Plastiktüte. »Angel, du gehst mit Aurora angeln. Mach dich fertig.«

»Angeln?« Ich schaute zu, wie sie eine Flasche in die Tüte stopfte. »Was redest du da?«

Sie holte etwas zu Essen und Babynahrung aus der Küche und stellte alles auf den Tisch. »Hier, Angel, pack das ein.«

»Angeln?« Ich war völlig durcheinander. Bewegte mich langsam. »Warum angeln?«

»Tu, was ich dir sage!« schrie Tantchen. Sie zündete sich eine neue Zigarette an. Ihre Hände zitterten.

Bush sagte: »Angel, sie hat recht. Zieh dich an und geh.« Ich tat wie geheißen. Ich dachte, es muß eine verborgene Bedeutung dahinterstecken. So war es auch gesagt worden, als wüßte ich von alleine, was es zu bedeuten hatte. Ich begriff aber nur, daß sie mich aus dem Haus haben wollten. Erst später verstand ich es: Diese Männer waren zu allem fähig. Aurora und ich waren die Zukunft, und vor allem mußten wir geschützt, behütet werden. Auch Enkel, aber er war von dort, und er würde dortbleiben; er mußte lernen und dabeisein. Dies war seine Vergangenheit; es war seine Zukunft.

Tantchen warf allerhand in die Tüte – Sicherheitsnadeln, Papiertücher, Essen, was ihr in die Finger kam.

Die Tüte war zu schwer. Ich sagte: »Tantchen, das kann ich nicht tragen.« Ich schaute mich hilfesuchend zu Bush um.

Ohne ein weiteres Wort zu sagen, packte Tantchen einiges wieder aus, immer noch mit zittrigen Händen, stellte die Dinge so schnell und heftig wieder ab, wie sie sie eingepackt hatte.

Ich wollte nicht gehen. Ich hatte Angst vor den Männern, hatte Angst, daß sie auf mich schießen oder das Haus niederbrennen würden. Aber Tantchen hatte recht, es war sicherer, wenn ich ging.

Tantchen machte die Tür auf und schrie innen zu: »Sie hat ein Baby, laßt sie durch!« Und dann stand ich draußen, in dem Licht der Maschinen und der Morgensonne. Das ganze Haus war umstellt. Ein paar der Arbeiter ließen ihre Maschinen aufheulen, um mich einzuschüchtern, obwohl ich doch bloß ein dürres Mädchen mit zwei faulen Zähnen und der kleinen Schwester auf dem Arm war. So groß war deren Angst. Blaßblaue Auspuffgase waberten um das Haus.

Ich erinnere mich daran, daß ich dachte: Wenn wir so was mit ihnen gemacht hätten, dann hätten sie uns festgenommen und weggeschleppt. Aber ich hatte zuviel Angst, um Zorn empfinden zu können.

Einer der Arbeiter war jung. Er stand neben einem Bulldozer. Er schien Angst zu haben, vor dem, was ich tun könnte. Das heißt, seine Augen blickten ängstlich. Den Mund preßte er entschlossen zusammen. Er stellte sich mir in den Weg.

»Laß mich durch«, sagte ich. Ich konnte seinen Kehlkopf sehen, der war jung und eckig wie bei einem Heranwachsenden. Der junge Mann schluckte. Er würde sich nicht rühren. Mein Herz hämmerte in meiner Brust, meinen Armen, meinem Hals, ich war nur noch Herzschlag und Furcht. Aurora, die meine Angst spürte, wurde unruhig, aber dann sah auch sie den Jungen an und war still, konzentriert, als habe sie so eine Situation schon einmal erlebt.

»Laßt sie nicht durch!« rief jemand. Ich konnte nicht ausmachen, woher die Stimme kam, aber da kam der Mann schon auf uns zu, bis er im künstlichen Licht der Maschinen stand. »Laßt sie nicht in unseren Rücken. Vielleicht hat sie eine Waffe.«

»Hab ich nicht«, sagte ich. »Hier.« Ich legte Aurora auf den Boden neben einen Baumstumpf, leerte meine Taschen und leerte auch die Tüte aus, stülpte sie um, verstreute alles auf dem Boden, damit sie es sahen – die Sicherheitsnadeln für die Windeln, ein Fläschchen, Babynahrung, ein Glas mit Ködern, ein paar Windeln, eine Limo und eine Tüte Chips, die Tantchen für den Fall, daß ich Hunger bekäme, eingepackt hatte.

»Schmeiß mal her!« sagte der Junge. Er meinte die Limoflasche. Vielleicht hielt er sie für einen Molotowcocktail. »Das ist nur Limo«, sagte ich. Aber er machte die Flasche auf, trank daraus und guckte mich an. Das irritierte mich fast so sehr wie ihre Lampen, ihr gewaltsames Eindringen, obwohl ich erst später begriff, daß er zu denen zählte, die glaubten, ihnen gehörte alles.

»Durchsuch das Baby«, sagte er zu einem anderen jungen Mann. Es ging alles so schnell, schneller, als ich es erzählen kann. Tantchen, die immer noch an der Tür stand, schrie die Männer an, als sie Aurora nach Waffen abtasteten. Tantchen war aufgeregt, voller Angst um mich. Sah die Männer in meinen Sachen wühlen. Kam blitzschnell herausgerannt. Ich sah nicht genau, was geschah. Nur, daß er sie stieß, und sie, immer noch im Morgenrock, ihn zurückstieß. Ich ließ die Tüte und die Sachen liegen, schnappte mir Aurora und rannte, so schnell ich konnte, auf den spärlichen Wald zu. Ich hatte nur noch Aurora im Kopf. So sehr ich auch Tantchen helfen wollte, wichtiger noch war mir, Aurora zu beschützen. Einmal blieb ich stehen und überlegte zurückzugehen, aber plötzlich war Tulik an meiner Seite und sagte in einem ruhigen, aber so nachdrücklichen Ton, daß ich mich ihm nie hätte widersetzen können: »Lauf weiter, Angel.« Er erschreckte mich. Ich hatte ihn nicht kommen sehen. Als habe er sich unsichtbar durch die Luft bewegt, als schwebte er.

Einige der Männer schauten mir nach, wie ich mit dem Baby im Arm davonlief. Ich spürte ihre Augen im Rükken, während mir das graue Hemd von der Schulter rutschte, den Träger meines Büstenhalters entblößte, aber ich hatte die Hände voll und konnte nichts tun, außer den Augen so schnell wie möglich zu entkommen.

Später fragte ich mich, warum diese Männer, auch wenn sie noch so jung sein mochten, nicht in der Lage waren, sich ein Leben ohne diesen Job, ohne Befehle, ohne eine Firma vorzustellen, die ihnen am Ende doch nur die Schuld des Mordes an der Erde aufgebürdet haben würde. Die Augen der jungen Männer waren nicht scharf genug, ihre Herzen nicht mutig genug, ihre Geister nicht mit ihnen. Sie hatten keine Courage. Anders konnte ich mir das nicht erklären. Vielleicht hatten sie nur Angst, so wie wir. Aber im Gegensatz zu uns hatten sie Angst davor, was es bedeuten könnte, ohne Geld, ohne Zuhause, ohne Arbeitsstelle zu leben.

Jahrelang sollte ich darüber nachdenken – und ich tue

es noch heute –, welche Bedingungen, welche Ereignisse Männer dazu bringen, gegen ihre eigenen inneren Stimmen, sogar gegen den in den Zellen verankerten Willen ihrer Körper anzugehen, die leben wollen und die das Leben und die Erde sowie die eigenen Kinder, die eigene Zukunft beschützen wollen. Sie waren Männer, die die Welt auf den Kopf stellen, den Lauf der Flüsse verändern, den Kreislauf des Lebens unterbrechen würden, bis alles zu einer Lüge verkehrt war.

Tulik würde sagen, daß solche Männer nicht in der Lage waren, die Folgen ihres Handelns bis zum Ende zu überblicken. Sie waren kurzsichtig. Sie hatten keine Visionen. Sie hatten keine Zukunft in sich, keine Vergangenheit. An jenem Morgen lief ich immer wieder ängstlich und verwirrt auf Tuliks Haus zu, nur um zu sehen, ob es immer noch da stand. Ich versuchte, unsichtbar zu bleiben, linste zwischen den weißen Stämmen der Bäume hindurch, stolperte über Stock und Stein. Schließlich ging ich zum Ufer des Wassers und setzte mich mit Aurora auf dem Schoß hin.

Das Leben hatte sich so plötzlich verändert. Ich dachte an die Orte, wo ich gelebt hatte, an das Haus in Oklahoma, das zu kippen schien, obwohl es tatsächlich gerade und solide stand. Ich dachte an meine Zeit auf Fur Island, dachte an die Welt der Fettesser, die unter den Gebäuden taute, deren Wasser wie wild in den Illusionen und falschen Visionen anderer Menschen herumspukten.

Am Abend kehrte ich voller Furcht zum Haus zurück, ohne zu wissen, was mich erwartete. Als erstes sah ich, daß der Bulldozer den Walknochenzaun umgewalzt hatte. Niemand hatte daran gedacht, die Kleider abzunehmen. Alle unsere Sachen, die dort zum Trocknen aufgehängt waren, lagen am Boden. Zertrümmert das große Skelett eines ausgestorbenen Wesens, noch mit Stücken von Haut und Fell bedeckt, mit dem roten Kleid von Tantchen, den Jeans. Es habe wie ein Klavierspiel geklungen, als es umgefallen sei, sagte Dora-Rouge. Inzwischen waren die Arbeiter nicht mehr da, hatten sie ihre Demonstration der Macht eingestellt.

Dora-Rouge hatte rote Augen. Sie hatte geweint. Tantchen rauchte eine Zigarette. Tulik stand am Fenster, wie abwesend. Bush tippte voller Zorn. Die Tasten gingen schwer; ich konnte sehen, daß es Bush Kraft kostete, aber sie wollte der Welt mitteilen, was geschehen war. Sie würde die Geschichte und die Fotos, die sie mit einer Kamera von Charles gemacht hatte, per Post verschicken.

Während Bush tippte, sagte Luce: »Damit kommen sie nicht durch!« Und ich mußte unwillkürlich lächeln.

Tulik hatte die örtliche Polizei gerufen, hatte sie um Schutz und Frieden gebeten, aber die Polizei kam nicht.

Ich war außer mir, als er das erzählte. Ich wurde so wütend, daß ich kein Halten mehr kannte. Bevor mich irgend jemand hindern konnte, setzte ich Aurora auf Tantchens Schoß und war im Nu draußen, sprang in den roten Laster, drehte den Schüssel herum, der im Zündschloß steckte, und fuhr in die Stadt.

Ich stürmte auf die Polizeiwache – ich glaubte noch an Gerechtigkeit, daran sieht man, wie jung ich war –, und ich sagte zu dem diensthabenden Polizisten: »Sie haben versucht, Tuliks Haus platt zu machen.« Erst als ich das gesagt hatte, schaute ich ihn an. Er hatte kräftige, dunkle Haare und trug eine Brille.

»Nun mal langsam.« Er klang, als hätte er noch nichts davon gehört, aber er schien weder überrascht noch besonders interessiert. »Jetzt erzählen Sie mir mal, was geschehen ist.«

»Mit dem Bulldozer«, sagte ich lauter, für den Fall, daß

er schwerhörig war, »haben sie Tuliks Zaun plattgewalzt. Einschüchtern wollten die uns.«

Er blickte mich scharf an. »Sie sind nicht von hier, nicht wahr? Wie heißen Sie?«

Ich hatte gerade den Nachnamen meiner Mutter angenommen. »Angel«, sagte ich, »Angel Wing.«

»Ihren richtigen Namen«, sagte er. Er klang nicht bedrohlich, aber trotzdem wurde ich wütend. »Das ist er«, sagte ich erregt.

»Können Sie sich ausweisen? Haben Sie einen Führerschein?« Ich klopfte an meine Taschen, als könnte ich durch ein Wunder Papiere zutage befördern, aber ich hatte nichts bei mir. Meine kleine Handtasche war noch in Adam's Rib, lag dort neben meiner Liege auf dem Fußboden. Bislang hatte es noch keinen Grund, keine Notwendigkeit gegeben, meine Identität zu beweisen.

Er notierte sich meinen Namen, dann kam er hinter dem Tisch hervor. »Also gut, Miss Wing, kommen Sie mit.«

»Mitkommen? Wohin denn?«

»Haben Sie Geld bei sich?« Er nahm mich am Arm. »Nun mal hübsch friedlich.«

Ich sperrte mich. »Was soll das? Wollen Sie mich festnehmen? Warum wollen Sie mich festnehmen? Ich hab doch gar nichts gemacht.« Ich wehrte mich erst einmal, obwohl mir eine innere Stimme riet, mich ruhig zu verhalten. Aber mein Mund sagte: »Und was ist mit den Männern, die vor Tuliks Haus waren? Das war Hausfriedensbruch. Die haben gegen das Gesetz verstoßen.«

»Haben Sie Bargeld?«

Ich schüttelte den Kopf. »Nein. Aber ich hab auch nichts verbrochen.« Dann war ich still und ging mit ihm mit.

Der Polizist führte mich in die Ausnüchterungszelle, einen kleinen Raum mit Betonfußboden.

Fahren ohne Führerschein. Fahren eines vermutlich gestohlenen Autos. Fahren eines nicht zugelassenen Autos – das war Tantchen zu verdanken. Ungebührliches Benehmen.

»Ich muß den Wagen sicherstellen«, sagte er.

Ich schaute ihn an. Er hatte Schweißflecken auf seinem Hemd, als müsse er mich fürchten statt umgekehrt. Er kannte hier jedes Auto. Er wußte, daß es Tantchen und Tulik gehörte. Ich dachte, er tut, was er tun muß. Und das werde ich auch tun.

»Was ist mit meinem Recht zu telefonieren?«

»Das ist kein Fernsehkrimi hier.« Er wandte sich ab.

»Warten Sie.« Ich war verzweifelt. Ich wollte sagen: »Sperren Sie mich nicht hier ein.« Aber das tat ich nicht. So schwach, so ängstlich, so erbärmlich wollte ich mich nicht aufführen.

Er schloß die Tür und ging weg. Ich hörte seine Schritte über den Korridor hallen.

Später brachte er mir eine Decke und etwas zu essen in die säuerlich riechende Zelle. Wenigstens war mein Gefängniswärter freundlich. Nachdem er fort war, verharrte ich still. Es war nicht so, wie ich mir eine Gefängniszelle vorgestellt hatte. Einfach ein Zimmer mit dicken Wänden, ohne Gitter. Hellgrüne Wandfarbe. An der einen Seite, hinter einem Wandschirm, eine Toilette.

In der Nacht kamen zwei Frauen dazu. Ich setzte mich auf und schaute sie an. Es waren indianische Frauen wie ich. Aber sie hatten getrunken, ihre Gesichter waren geschwollen, und sie trugen Jeans und T-Shirts. Ich legte mich wieder hin und zog mir die Decke über den Kopf. Eine der Frauen weinte die ganze Nacht. Die andere tröstete sie. Ich hörte eine Weile zu, und das traurige Schluchzen der einen ließ auch mir Tränen in die Augen steigen. Es ging mir nah, was mit ihr geschehen war. Ich wußte, was Leid war.

Und dann muß ich eingeschlafen sein, denn ich träumte, über mir schwämme eine weißer Wal, der sang und mich mit seinen klugen Augen auf eine Art anschaute, die beinahe so etwas wie Liebe ausdrückte.

Am nächsten Tag ließ er mich gehen. Er hatte meinen Namen überprüft und herausgefunden, daß ich Hannah Wings Tochter war. Sie war oft im Gefängnis gewesen. Er überprüfte, ob ich bei Tulik wohnte. »Dieses Mal laß ich Sie noch laufen«, sagte er. »Aber nur dieses eine Mal. Lassen Sie es sich eine Lehre sein. Steigen Sie nicht in die Fußstapfen Ihrer Mutter.«

Es war ein strahlender Morgen. Ich ging zu Fuß nach Hause und überlegte, wie ich Tulik und Tantchen beibringen könnte, daß sie den Wagen erst wieder zurückbekämen, wenn sie die Strafe zahlten und sich neue Nummernschilder besorgten. Ich war sicher, daß sie wütend auf mich sein würden. Aber statt dessen waren sie erleichtert, daß ich unversehrt war. Bush war blaß vor Sorge, und sie drückte mich fest an sich. »Du hast uns vielleicht einen Schrecken eingejagt.« Sie schienen sich sogar klammheimlich ein wenig über meine Tat zu freuen, sagten das allerdings nicht direkt.

»Er hat mir noch nicht einmal erklärt, was ich für Rechte habe«, beschwerte ich mich.

»Von jetzt an«, sagte Tulik leise zu mir, »solltest du dich zurückhalten. Zwar haben sie hauptsächlich vor den Langhaarigen aus der Stadt Angst. Aber dich kennen sie nicht. Für die bist du weiter nichts als eine Unruhestifterin.«

Im Hintergrund spielte das Radio. Wie aus einer fernen Zeit, einem fernen Ort erklang Tonys Stimme, der sich bei Loretta entschuldigte und sagte: »Baby, ich möchte nach Hause kommen.« Dann spielten sie seinen Musikwunsch:

»When a man loves a woman« von Percy Sledge. Mir schien die Liebe von diesem Tony dermaßen daneben, daß ich Bush anschaute und fragte: »Hast du das gehört?«

»Hat Tony keine Arbeit?« fragte Dora-Rouge. »Woher hat er die Zeit für das ganze Theater?«

Am selben Tag hatte die Polizei einen der jungen Protestierer aufgegriffen, ihn mit in die Stadt genommen, ihm die Kleider weggenommen und ihn nackt aus dem Auto gestoßen. Um ihn dann sofort wegen Erregung öffentlichen Ärgernisses festzunehmen. Wir erfuhren es mittags in der Sendung »Indianer-Zeit«. Als ich das hörte, dachte ich: Das Radio – warum habe ich nicht früher daran gedacht?

Später ging ich am kaputten Zaun vorbei zum Radiosender, einer kleinen Hütte neben der Klinik. Ich erzählte dem DJ, was geschehen war. »Okay«, sagte er, »machen wir ein Interview.« Mir war unwohl dabei, weil ich mich nicht zurückhielt, wie ich es Tulik versprochen hatte. Da ich so dumm war und immer noch an Gerechtigkeit glaubte, erzählte ich Mike Seela von dem Bulldozer und den Scheinwerfern und wie ich festgenommen und unser Transporter beschlagnahmt worden war und sogar, daß es 128 Dollar kosten würde, ihn auszulösen. Ich wollte, daß alle davon wußten. Das Gespräch wurde aufgenommen und sollte am nächsten Tag gesendet werden, also mußte ich dafür sorgen, daß Tulik mittags kein Radio hörte.

Als es am nächsten Tag gegen Mittag ging, wurde ich nervös. Ich verabredete mit Bush, Luce und Tantchen, Tulik noch vor dem Mittagessen aus dem Haus zu lotsen. Niemand würde ihm etwas verraten. »Oh, Tulik«, sagte ich zehn Minuten vor zwölf, »dein Großvater Totsohi möchte, daß du für ihn zum Laden gehst und Milch holst.

Es ist sehr dringend. Außerdem habe ich schreckliche Kopfschmerzen. Kannst du mir Tylenol mitbringen?«

»Wir haben Aspirin.«

Das stimmte; Aspirin war in diesem Haushalt der Kräuter und Heilmittel nicht verpönt. Ich sagte: »Von Aspirin wird mir schlecht.«

Sobald er weg war, stellte Bush den Sender ein, und da ertönte auch schon meine Stimme. Sie klang völlig fremd, mädchenhaft. War mir das peinlich. Meine Wangen röteten sich. »So klinge ich?« fragte ich ungläubig.

Bush nickte.

Ich war nicht sicher, ob ich das Richtige getan hatte. Ich fragte Bush, was sie meinte.

»Ich weiß es nicht«, sagte sie. Ich fragte mich, ob sie nur taktvoll war, aber ihre Augen waren ganz friedlich.

Den ganzen Tag über war ich nervös, ich hatte Angst, daß es meinetwegen Probleme geben würde, daß Tulik es herausbekam. Denn ich hatte wahrscheinlich seine Pläne durchkreuzt, sich so lange ruhig zu verhalten, bis der richtige Zeitpunkt da war. Er hatte die Sache nicht eskalieren lassen wollen. Ich war sicher, dies war nicht das letzte Mal, daß wir unterschiedlicher Meinung waren.

Am Abend stand ich am Fenster, schaute hinaus auf die schmale Straße und den blassen Horizont. Ich wollte sehen, ob der Bulldozer zurückkehrte. Ich sah aber nur eine alte Frau mit rundem Buckel auf uns zukommen. Sie war sehr dunkel, klein und alt. Sie trug ein Tuch um den Kopf, eines um den Hals und eine rote, geblümte Bluse. Als klar war, daß sie zu uns wollte, rief ich: »Guckt mal, da kommt jemand.«

Tantchen kam ans Fenster. »Das ist Miss Nett!«

Tantchen wußte genau, was zu tun war, als hätte die erschöpfte alte Frau uns schon Hunderte von Malen besucht. Tantchen ging sofort zum Lebensmittelschrank und holte eine Kuchenmixtur heraus, während ich am Fenster blieb und die Frau größer werden und näher kommen sah und die Wolken betrachtete, die von West nach Ost auf sie zutrieben.

Wegen ihres Buckels schien Miss Nett immer zu Boden zu gucken. Es fiel ihr schwer, den Kopf zu heben. Sobald sie durch die Tür war, räucherten Tulik und sie das Haus mit Zedernholz. Miss Nett bewegte die Lippen in stillem Gebet. Tulik und sie gingen in alle vier Ecken. Und schon war es ruhig und friedlich im Haus.

Miss Nett hatte mich in der Sendung »Indianer-Zeit« gehört. »Ich hab sie gehört«, sagte sie und zeigte auf mich. »Das Mädchen!«

Tulik starrte mich an. »Angel?« fragte er mißtrauisch.

Ich zuckte mit den Achseln, als wisse ich nicht, was die alte Frau meinte.

Schwer zu sagen, wie alt Miss Nett war. Schnee und Sonne hatten Falten in ihr Gesicht gegraben. Nachdem sie mich verraten hatte, schwieg sie. Nur Tulik redete. »Was hast du gesagt?« Er schaute mir ins Gesicht.

Ich überhörte seine Frage, ließ sie offen.

Schon zog der süße Duft des Kuchens durchs Haus. Ich ging zu Tantchen, um ihr beim Kartoffelschälen zu helfen, froh, daß ich etwas zu tun hatte. »Trampel nicht so«, sagte Tantchen, »der Kuchen fällt zusammen.«

Tantchen servierte das Essen, und wir setzten uns und aßen schweigend. Es war merkwürdig, so still am Tisch zu sitzen. Wir waren an laute Mahlzeiten mit Gesprächen und Gelächter gewöhnt. Ich blickte auf die Kartoffeln und die Eier auf meinem Teller.

Miss Nett sagte: »Habt ihr Ketchup?«

Ich stand auf, nahm die Flasche vom Regal und gab sie

ihr, Tuliks Blicken noch immer ausweichend. Miss Nett nickte mir zu, dann aß sie weiter.

Sie war dünn, abgesehen von ihrem krummen Buckel, und als ich die Tasse mit schwarzem Tee vor sie hinstellte, schaute sie hinein, als könnte sie in den Blättern lesen und herausfinden, was sie sagen sollte. Vielleicht war das auch der Fall, aber Miss Nett sagte nichts weiter als: »Diese verdammten Kerle«, und dann war sie wieder still, aber wir alle hatten gehört, was in diesen drei knappen Worten steckte. Wir wußten genau, was sie meinte. Sie rührte zwei Teelöffel Zucker in ihren Tee.

Miss Nett lebte weiter nördlich, etwa zehn Meilen von Holy String Town entfernt. Sie war den ganzen Weg bis zu Tuliks Haus zu Fuß gegangen. Wo sie lebte, war bereits die Hälfte der Fläche geflutet. Das wußten wir von Bush. Sie war dort gewesen, um die Zerstörung zu fotografieren. Ich hatte ihre Bilder gesehen, die toten Karibus, die Häuser, an die Wellen schlugen.

Miss Nett sprach mit Tulik fast nur in Worten, die ich nicht verstehen konnte. Es war eine Sprache wie die der Fettesser, aber ein anderer Dialekt. Ich verstand nur wenig.

Dort, wo Miss Nett lebte, wo ihr Volk seit Tausenden von Jahren gewohnt hatte, war alles zerstört. NATO-Jets flogen über den Himmel von Miss Nett und ihrem Volk, den Nanos, die in der Kawafi-Siedlung wohnten. NATO-Jets hatten so gut wie alles Wild, alle Tiere vertrieben, die es noch gegeben hatte. Auch diese Gegend wurde als Übungsplatz für Bombenabwürfe benutzt. Der Lärm war entsetzlich. Die Fische waren verschwunden, und wo einst der See war, konnte man jetzt mit Stiefeln entlanggehen. Auch die letzten Menschen sollten von dem verbliebenen Rest ihres Landes vertrieben werden. Sie waren hungrig und krank. Es war ihnen so gut wie unmöglich, an dem

Ort zu bleiben, wo sie immer gelebt hatten. Einige jedoch hatten es versucht, wie Miss Nett. Erst vor ein paar Tagen hatte die Regierung ihnen für den Umzug eine Frist von zwei Wochen gesetzt. Die Baufirmen hatten bereits begonnen, das Land zu roden, und Soldaten waren eingetroffen, die die Arbeiter schützen sollten. Deshalb also hatte Husk nicht zu uns kommen können. Die Soldaten schossen auf die wenigen Tiere, die geblieben waren, hauptsächlich Hasen und etwas Rotwild, sogar auf die letzten Bäume ballerten sie.

»Und sie sind miserable Schützen«, sagte Miss Nett auf englisch mit ihrem starken Akzent. »Ein Glück auch.«

Die Menschen dort standen tatsächlich unter Belagerung, nicht nur wir. Es schien sogar, als ginge es uns vergleichsweise gut.

Nördlich von uns und im Osten wurden Bäume gefällt, die Kohle abgebaut, und Straßen wurden durch alle heiligen Orte geführt, von denen Menschen stammten, die sie kannten, über die sie Geschichten erzählten.

»Unsere Kinder wollen sterben«, sagte Miss Nett und schaute aus dem Fenster, als fände sie in der Ferne Trost. Sie sagte uns, es gebe zum Holzfällen Maschinen mit monströsen Zangen, die die Bäume aus der Erde rissen und zur Seite warfen, als wären sie schon die Zahnstocher, zu denen sie verarbeitet werden sollten. »Für uns ist es zu spät«, sagte sie mit dünner Stimme, »deshalb bin ich gekommen, um euch zu helfen. Denn als ich das Mädchen im Radio gehört habe, wußte ich, daß ihr als nächstes dran seid.« Sie schaute mich an. Ich wurde rot. Und wenn sie, sagte sie zu Tulik, hier die Arbeiten stoppen könnten, dann könnten die Menschen vielleicht hierher kommen und hier leben.

Sie blickte mich voller Stolz an. »Und nun zu deinem

Auto. Sie hat das alles erzählt. Tulik, sie ist ein Mädchen, das zu einem Menschen geworden ist. Die haben wir früher Maniki genannt. Hier sind die hundertachtundzwanzig Dollar.« Miss Nett zog ein Bündel Banknoten aus dem Ärmel und gab es Tulik. »Wenn du mir fahren hilfst, lös ich den Transporter für dich aus.« Sie nahm ein weiteres Bündel Banknoten aus dem Oberteil ihres Kleides und zählte das Geld, legte die weichen, verkrumpelten Scheine, genau solche, wie sie mir Agnes vor einem Jahr geschickt hatte, neben einen leeren gelben Teller auf den Tisch.

Tulik wollte das Geld nicht nehmen, aber Tantchen griff zu, bevor er es ablehnen konnte, was er mit Sicherheit getan hätte, denn er war ein Anführer und ein ausgesprochen stolzer Mann. »Danke«, sagte Tantchen.

Tulik bat Miss Nett, bei uns zu bleiben – wo sie Platz finden sollte, war mir schleierhaft –, aber abgesehen von der ersten Nacht, zog sie es vor, hin- und hergefahren zu werden. Sie liebte ihr Zuhause, egal, wie laut, wie chaotisch es dort war, ob der Fußboden ihres Hauses mit Schlamm bedeckt war. Sie meinte, wir sollten sie – und manchmal auch einige der Männer der Nanos – frühmorgens abholen und zu ihren Protestaktionen fahren. Zur Nacht könnten wir sie nach Hause bringen, vorbei an der frisch aufgehäuften Erde, vorbei an den Blechhäusern, vorbei an dem wunden Land und den verzweifelnden Menschen.

»Okay«, sagte Tulik. »Abgemacht.«

Sie schnüffelte. »Was ist das für ein Kuchen, den ich da rieche?« Miss Nett liebte Süßes genau wie ich.

Inzwischen war er aus dem Ofen. »Zitronenkuchen«, sagte Tantchen.

»Ich mag Schokolade am liebsten.«

Trotzdem aß sie den Kuchen mit großem Appetit. Ich

saß daneben und schaute zu, wie ein Happen nach dem anderen in ihrem Mund verschwand.

Danach gab es nur noch Schokoladenkuchen. Tantchen und ich buken jeden Tag einen. Wir brauchten Miss Nett. Wir würden sie ernähren. Und von da an nannten mich alle Maniki. Der Name blieb haften. Es hieß immer, Maniki, bring mal Tee. Maniki hier. Maniki da.

Miss Nett trug immer einen Schal um den Hals. Dann täten ihr die Knochen nicht weh, sagte sie. Sie redete bis spät in die Nacht. Sie erzählte uns von den jüngeren Männern aus der Stadt, denen, die nicht hier aufgewachsen waren, und von ihren Vorstellungen. Sie warnte uns vor ihrem Leichtsinn, vor einigen ihrer Aktionen, die die Lage nur verschlimmerten. »Versteht mich nicht falsch. Ich mag sie«, sagte sie. »Aber sie bringen die Menschen in Gefahr.« Je intelligenter sie sich vorkamen, schloß sie, desto weniger klug waren sie tatsächlich. »Wir alten Frauen haben genug damit zu tun, sie zu bremsen.« Sie lächelte nicht, als sie das sagte.

Sogar Aurora schien Miss Nett zuzuhören.

Miss Nett und Tulik blieben fast die ganze Nacht auf, sofern man überhaupt von Nacht reden konnte, denn es wurde nie richtig dunkel. Auch Dora-Rouge blieb auf. Sie hörte den beiden genau zu. Es war so viel zu sagen, so viel zu hören. Die älteren Leute wollten sich über die neuesten Entwicklungen austauschen, aber sie sprachen auch gerne über die Jahre davor. »Weißt du noch«, sagten sie dann. Ich spielte mit Enkel Karten, spitzte aber die Ohren. Ich hörte Miss Nett weinen und Tulik sie mit sanfter Stimme trösten.

Dann, bevor Miss Nett sich neben mich auf die Plattform schlafen legte, kamen die Arbeiter wieder. Wir hörten die Maschinen nahen. Diesmal blieben die Männer nur untätig vor dem Haus sitzen, unterhielten sich, leuchteten mit Scheinwerfern durch die Gegend und aufs Haus. Wir dachten, daß sie uns vielleicht Tantchens wegen schikanierten. Sie wurde genau wie Bush mit ihren Fotos und ihren Berichten als Rädelsführerin betrachtet. Auch die Freundschaft mit Charles brandmarkte sie als Radikale. Und Miss Nett hatte ebenfalls einen schlechten Ruf, war als Aktivistin bekannt. Sie hatte bei Two Thieves gegen die Dammbauer gekämpft.

Ich saß in einer dunklen Ecke des Hauses und beobachtete die Männer, die aus batteriebetriebenen Radios laute Musik hörten und Cola hinterkippten. Ich beobachtete sie genau.

»Das haben sie auch mit uns gemacht«, sagte Miss Nett. »Das haben sie auch vor unserem Haus gemacht.«

Früh am nächsten Morgen packte Tantchen die blaue, wasserdichte Tasche.

»Laß mich raten«, sagte ich und schaute ihr beim Pakken zu. »Ich geh Angeln?«

Diesmal hatte Tantchen alles vorbereitet. Sie hatte sogar Eier hart gekocht.

Ich nahm Aurora hoch und warf sie in die Luft, während Tantchen Feigenkekse in die Tasche tat. Aurora strahlte vor Vergnügen.

Was ich tat, war tatsächlich so etwas wie angeln, obwohl ich nicht einmal eine Rute auswarf. Ich lernte, mich in einem neuen Element zu bewegen, und beobachtete dabei Wesen, die mir fremd waren, kämpfte gegen Menschen und Ideen, die aus einer anderen Welt kamen.

Luce war eine Frau, die lieber für sich blieb, die las und nachdachte. Dora-Rouge hatte sich mit Luce einsam gefühlt, war sogar ein bißchen verstimmt, weil Luce nur ungern mit ihr plauderte. Aber Dora-Rouge und Miss Nett wurden beste Freundinnen. Stundenlang redeten sie miteinander, sie hatten so viel gemeinsam. Beide waren verwitwet. Beide spielten gerne Dame oder Karten. Sie spielten ohne Ende, und Miss Nett klatschte in die Hände und sagte: »Guck, ich gewinne!«

Dora-Rouge erwiderte: »Du hast geschummelt.«

Oder: »Ich erhöhe.« Und sie lachte.

Um Zeit zu gewinnen, warf Dora-Rouge ihr einen mißtrauischen Blick zu. »Laß sehen.« Gelegentlich bestand sie darauf, die Karten nachzuzählen, um herauszufinden, ob Miss Nett welche im Ärmel stecken hatte. Miss Nett warf uns allen ein zufriedenes Lächeln zu und wartete darauf, daß Dora-Rouge schließlich zugab: »Okay. Du hast gewonnen.« Und Miss Nett kicherte mit leuchtenden Augen.

Eines Nachmittags, als Tulik nicht zu Hause war, hörte ich Miss Nett zu Dora-Rouge sagen. »Der ist für dich entbrannt. Wie eine Fackel. Das kann ich meilenweit sehen.«

Dora-Rouge blickte Miss Nett ins Gesicht. »Nun hör schon auf.«

Und nahezu im selben Atemzug fügte Miss Nett hinzu: »Ich passe« und drückte die Karten schützend an die Brust.

Es stimmte, was sie gesagt hatte. Beinahe hätte ich es übersehen. Doch jetzt merkte ich, daß Luther schon lange schwieg und daß Dora-Rouge nicht mehr diesen abwesenden Ausdruck in den Augen hatte, nicht mehr ins Blaue sprach.

Und dann sah ich eines Tages, wie Tulik Dora-Rouge die Haare bürstete. Oh, er tat das mit einer solchen Zärtlichkeit, daß es mir beinahe das Herz brach, mein einsames Herz. Und dann, als wäre ich schon die klatschsüchtige, neugierige alte Frau, die aus mir sicher einmal werden würde, beobachtete ich die beiden. Manchmal saßen sie bis spät in die Nacht am Tisch und plauderten, als wären sie alleine im Haus. Manchmal erzählte Dora-Rouge von Minneapolis, und Tulik nickte dann und sagte: »Genauso war das, als ich nach Montreal ging. Da haben sie uns auch beschupst.« Oder Dora-Rouge sprach von Luther, so wie andere über verflossene Beziehungen reden, wenn sie eine neue beginnen. »Ja, wir kannten uns von klein auf.« Zwischen Dora-Rouge und Tulik war eine Liebe erblüht, deren Stiel und Knospe schon die ganze Zeit neben uns gewachsen waren, und außer Miss Nett hatte es niemand bemerkt.

Eines Nachmittags hatten Tantchen und ihr Vater einen Streit. Ich saß auf der Veranda, als ich sie sagen hörte: »Sie ist zu alt! Sie könnte deine Mutter sein!«

Tulik lachte, worauf sie sich noch mehr aufregte.

Ich dagegen unterdrückte mein Lachen. Guck einer an, dachte ich, das Tantchen ist eifersüchtig!

Eines Tages dann, als wollte das Schicksal die Dinge selber in die Hand nehmen, rutschte Dora-Rouge bei dem Versuch, »Indianer-Zeit« lauter zu stellen, aus ihrem Stuhl, schlug böse hin, stieß sich an der Hüfte und knallte mit dem Kopf gegen die Musiktruhe. Tulik legte ihr einen Lappen auf die Stirn und ging in die Knie, um sie auf sein Bett zu legen. Ich glaube, damit vollendete sich, was zwischen den beiden begonnen hatte. In der Nacht, als ich wach lag, sah ich, daß Dora-Rouges kleines Bett neben dem Fenster leer war. Später, als ich immer noch nicht schlafen konnte, schaute ich neugierig hinter den Vorhang und sah, daß die beiden sich aneinandergekuschelt hatten,

Dora-Rouge lag in seinen Armen, Mika schnarchte am Fußende.

Danach war die Liebe, die die beiden füreinander empfanden, deutlich spürbar. Dora-Rouge war glücklicher, und doch hatte sie mitunter noch einen traurigen Ausdruck in den Augen, und ich wußte, daß sie an Agnes dachte und nicht mehr an meinen Großvater Luther.

Auf diese Art kam mein Großvater schließlich zur Ruhe. Dora-Rouge ließ ihn endlich zufrieden. Vielleicht war er erleichtert, daß er nichts mehr mit den fleischlichen Menschen zu tun hatte, aber ich fragte mich doch, ob er nicht eifersüchtig wäre. Ich versuchte, ein Gespräch mit ihm zu führen. Ich rief ihn bei seinem Namen. Als das nicht klappte, rief ich ihn Großvater. Ich brauchte die Stimme meiner Vorfahren. Aber Luther hatte längst gesagt, was er zu sagen hatte, und war nun still.

An fast allen Tagen und in manchen Nächten schalteten die Störenfriede die Scheinwerfer an und bewegten die Erde, brachten sie mit Bulldozern oder Baggern von einem Ort zum anderen und hupten dabei ohne Ende. Jetzt wußten wir, was das Einschüchterungsmanöver sollte: Sie waren dabei, einen Fluß umzuleiten. Das neue Bett sollte zwischen Tuliks Haus und dem Zentrum verlaufen. Aber welche Richtung sie auch einschlugen, wir folgten ihnen, protestierten und blockierten die Straßen und die Maschinen. Zuerst waren wir nur eine kleine Gruppe, aber wir konnten sie trotzdem, zumindest vorläufig, von Tuliks Haus fernhalten.

In ruhigen Nächten saßen wir an einer der vorübergehend stillgelegten Baustellen am Feuer und hingen mit glänzenden Augen unseren Gedanken nach, überlegten, wie uns der Verlauf der Geschichte bis hierher gebracht hatte und was die Prophezeiung zu bedeuten hatte, daß wir uns eines Tages aus vielen Flüssen zu einem Ozean vereinigen würden. Auch wenn wir Angst hatten, waren wir doch mit ganzem Herzen dabei. Wir glaubten, dies wäre unsere Zeit. Wir glaubten an das, was wir taten, und ich hatte wie die anderen die Hoffnung, daß wir Erfolg haben, daß wir die Erde und ihre Menschen beschützen würden. In solchen Nächten färbte sich das abendliche Licht rosa, und vom Wasser stiegen ein oder zwei Wolken auf. In solchen Nächten waren auch unsere Feinde in ihre eigenen Gedanken versunken, verweilten bei ihren Freundinnen, Eltern, Autos.

Manchmal waren nur Stimmen, Wasser und der seltene, einsame Ruf eines Seetauchers oder eines Kojoten zu hören. Aber dann wieder war Tuliks Haus voller Lärm. Es wurde zu einer Art Hauptquartier. Unser Leben bestand aus Aktionen, Plänen, Gesprächen. Zu jeder Tageszeit kamen junge Leute vorbei, um Kaffee zu trinken, sich auszuruhen oder Radio zu hören. Wir waren wie Bienen im Bienenstock, was wir produzierten, war süß und golden. Und immer hörte man Bush tippen. Sie hatte unsere Geschichte herausgeschmuggelt, an Zeitungen in den Vereinigten Staaten und in kanadischen Städten übermittelt. Luce hatte die Texte redigiert.

Aurora ließ sich vom Klappern der Schreibmaschine, dem Summen der Stimmen in den Schlaf wiegen. »Genau wie Totsohi«, bemerkte Tulik. »Er konnte immer schlafen.« Und Enkel wurde von all den Aktivitäten ganz aufgedreht, er rannte von einem zum anderen, wollte sich in die Luft schwingen lassen, fangen spielen. »Jetzt nicht«, sagten einige. Aber andere machten mit, spielten Ball, oder er stellte sich auf ihre Füße und sie tanzten mit ihm, und sie sangen Lieder.

Wir waren so beschäftigt, daß mir nicht auffiel, ab wann Bush nachts überhaupt nicht mehr im Haus schlief. Zuerst nahm ich an, sie wäre in der Kirche oder an ihrem versteckten Lagerplatz oder vielleicht bei Charles. Sie verbrachte viel Zeit mit ihm, aber es stand mir nicht zu, sie danach zu fragen, auch wenn ich noch so neugierig war. Trotzdem achtete ich mit Adleraugen auf irgendwelche Hinweise. Wie immer war sie nach außen ein friedliches und ruhiges Wasser, egal, was für schnelle, reißende Strömungen unter der Oberfläche liegen mochten.

Eines Tages klopfte Mr. Orensen, der Eigentümer des Two-Town-Zentrums, an unsere Tür.

Ich machte auf. Verlegen stand er vor mir. »Tulik?« fragte er.

»Kleinen Moment«, antwortete ich. »Ich hol ihn.«

Aber als Tulik Orensen sah, sagte er: »Kommen Sie rein.«

»Der Premierminister hat angerufen. Um vier Uhr will er mit Ihnen sprechen.«

Anfangs war Orensen gegen unseren Kampf gewesen. Ich denke, er meinte, wir würden ihm schaden. Die alte Furcht, daß wir uns für vergangenes Unrecht rächen würden. Er erinnerte sich an die Ursprünge der jetzigen Ereignisse. Es gab eine Zeit, da hatte unser Volk die Tiere getötet, war von den Europäern dazu gezwungen worden, die schon damals alle aushungerten, die nicht kooperierten. Dann, als die Menschen hungrig waren, kippten die Europäer Lebensmittel in den See, um zu zeigen, daß sie der Hunger der Indianer nichts anging. Deshalb hatte das Zentrum so dicke Wände, damit niemand hindurchschießen konnte. Orensens Familie war jedoch gut zurechtgekommen, denn sie hatten sich aus allem rausgehalten. Das war Orensen eine Lehre gewesen. Aber nun brachte er mehrere Tüten mit selbstgebackenen Doughnuts mit.

Orensen machte sich Sorgen um uns. Ich denke, er wußte, wozu die Regierung und die Firmen in der Lage waren. Zu Tulik sagte er: »Das Two-Town-Zentrum steht dir und den anderen zur Verfügung. Dort ist es kühler.«

Er schlug sich auf unsere Seite, weil die Ungerechtigkeit so himmelschreiend war, daß selbst einer der eigenen Leute es nicht ertragen konnte. Orensen war ein fairer Mann, und ich begann ihn trotz meines ersten negativen Eindrucks zu mögen. Nach und nach verlegten wir unseren Stützpunkt ins Zentrum, wo es ein Telefon und einen elektrischen Ventilator an der Decke gab. An vielen Tagen war es unangenehm heiß, und der wirbelnde Quirl war ein Geschenk des Himmels. Noch besser waren die Duschen. Außerdem war ich froh, daß wir Tuliks Haus wieder für uns hatten, soweit davon die Rede sein konnte, so eng, wie wir da zusammengepfercht waren: Miss Nett verputzte ihren Kuchen und schlug Dora-Rouge beim Karten- oder Damespiel, Tantchen beobachtete ihren Vater und Dora-Rouge, so wie ein Fischadler einen Fisch im Auge behält. Bush kam gelegentlich vorbei, überarbeitet und müde und abgemagert. Sie war blaß von den vielen Stunden in der Dunkelkammer, die sie in der Küche der Kirche eingerichtet hatte, wo sie zuschaute, wie sich im chemischen Bad die Bilder entwickelten.

Es war eine große Erleichterung, die Stapel von Kleidern und Schuhen, Rasierzeug und sonstige Besitztümer der Protestler loszuwerden.

Mr. Orensen – Joseph, wie ich ihn bald nannte – war auf unserer Seite. Er stellte im Lagerraum seines Ladens Feldbetten auf, wo die Leute zwischen den letzten getrockneten Bohnen und den Erdnußbuttergläsern schlafen konnten. Es gab kaum noch was zu lagern, nicht einmal mehr die Jeans mit den ausgeblichenen Oberschenkeln; die Vorräte waren schnell aufgebraucht, und inzwischen war es so gut wie unmöglich, Waren geliefert zu bekommen, weder über Land noch über Wasser.

An manchen Abenden hatte Orensen das Bedürfnis, dem Treiben im Zentrum zu entrinnen, und dann kam er zu Tuliks Haus und setzte sich zu uns. Da wußte ich schon, daß er sich in Bush verguckt hatte. Viele Männer interessierten sich für sie, aber sie hatte das nie zur Kenntnis genommen. Das war wahrscheinlich auch gut so, denn so weise und klug sie sich auch im Wald und auf dem Wasser verhielt, so dumm stellte sie sich bei der Liebe an.

Von Zeit zu Zeit, zwischen ihren Ausflügen in die zurückweichende Wildnis, kamen die Nomaden, die Jäger, vorbei. Für sie war es traurig mit anzusehen, wie der Wald sich in Geröll und Stümpfe verwandelte, das Wild verschwand. Sie mußten immer größere Entfernungen zurücklegen und nach Süden und Westen ausweichen, um auf Tiere zu stoßen; aus dem Grund wollten auch sie uns helfen. Für alles gebe es Geschichten, sagten sie. Aber hierfür nicht. Wir bräuchten eine Geschichte für das, was jetzt mit uns geschehe, als könnte uns eine Geschichte leiten.

Oh, es gab schon allerhand Geschichten, wie zum Beispiel die in The Greater River News, in der beschrieben wurde, wie wir das Two-Town-Zentrum »besetzten«, als hätten wir es mit Gewalt eingenommen und uns angeeignet, als wären wir Soldaten, die so etwas bewußt tun. Schnell wurden wir zum Feind abgestempelt; und wir, der Feind, saßen in stillen Nächten zusammen, hoffnungsfroh, und es war keine Bitterkeit zwischen uns.

Aber jetzt weiß ich, daß es eine Geschichte von Menschen war, die aßen – so zähnefletschend und gierig und hungrig, wie es dem Klan der Kannibalen nachgesagt wurde –, sie aßen die Erde, aßen die Menschen, aßen das Morgen. Und solche Dinge bleiben lange im Gedächtnis. In einer Krise verschwindet der Zeitraum zwischen einer Geschichte und einer anderen, und die Zeiten beider verbinden sich zu einer. Und werden erinnert.

Auch andere Dinge bleiben lange im Gedächtnis; die Männer fingen an, die ältesten Jagdlieder zu singen. Die Lieder ließen den Wind aufböen. Ich spürte ihn in meinem Nacken, in meinem Gesicht, an meinem Haar, spürte, wie mich der kühle Hauch einer Brise berührte.

Aurora betrachtete die Welt mit Augen, die klar und scharf genug waren, um alles zu sehen, was sie umgab: die alten Leute, die Schatten der Vögel, Libellen, die wie auf Fur Island draußen und drinnen herumschwebten. Durch Auroras Augen entdeckte ich die Welt noch einmal neu, als wäre ich alt geworden, in der gemeinsamen Erinnerung versunken und nun mit neuen Kräften zurückgekehrt.

Eines Abends bereitete Tulik Biberfleisch zu. Er kochte das Fett heraus, ich kaute das Fleisch für Aurora vor und fütterte sie, während Tulik ihr eine Geschichte erzählte.

»Als Biber ein Säugling war«, sagte er, »sprangen Krähen in das eisige Wasser und stahlen ihn aus der Höhle. Oh, Krähe versuchte dem kleinen Säugling zu schmeicheln. Krähe trug ihn in ihr Nest in den Bäumen. Biber könnte bei so vielen Dingen helfen, so argumentierte Krähe, beim Fällen der Baumstämme, beim Transport, beim Erschaffen neuen Wassers, neuen Landes, und wenn Gefahr drohte, würde Biber mit seinem Schwanz auf den Boden oder an einen Baum schlagen und lauten Krach machen. Der Lärm würde die verjagen, die dort nicht hingehörten. Er würde die verjagen, deren Dämme dort nicht hingehörten. Ja, Biber würde auf das Wasser platschen.« Tulik schlug auf die Tischplatte, so daß sich Aurora erschreckte, und lachte.

Von dem Fleisch hatte sie dicke Backen bekommen. Ich schaute ihr in den Mund. »Guck mal«, sagte ich, »sie hat einen neuen Zahn.« Ich lächelte sie an. Sie lehnte ihren Kopf an mich. Oh, sie wurde geliebt, und das spiegelte sich in ihrem Gesicht. »Reich mal das Baby her«, sagten die Leute nach dem Essen, als wäre sie Zucker oder Salz. Alle wollten sie auf den Arm nehmen. Gelegentlich fragte ich mich, wie sie wohl ihr erstes halbes Jahr verbracht haben mochte. Sie hatte manchmal einen Ausdruck im Gesicht, der mich an meine Schwester erinnerte, die Glas gegessen und mich mit ihren blutigen Zähnen und mit Glassplittern auf Lippen und Zunge angelächelt hatte. Dann dachte ich an meine eigenen Narben und an Hannahs Leiche mit den spiegelverkehrten Zeitungsbuchstaben auf der Haut. »Mann bei Jagdunfall verletzt« und »Staudammbau bei den St.-Bleu-Fällen«.

Bald fuhr die Eisenbahn wieder. Aber nicht, um Menschen zu befördern, sondern um Erde und Bäume abzutransportieren. Manchmal klang es wie ein Erdbeben, wenn ein Zug vorbeifuhr und unsere Welt davontrug.

»Ihr müßt diesen Zug stoppen«, sagte Luce.

Sie hatte ins Schwarze getroffen, und so einfach kamen wir auf die Idee, die Eisenbahngleise zu blockieren. Bislang hatten wir uns ruhig verhalten, nur einen Mann im Kanu an den Sperren vorbei nach Süden durchgebracht, der Hilfe holen sollte, anderen Völkern von unseren Mühen erzählen, Zufahrtswege zeigen, Unterstützung suchen sollte. Das war Luces Idee.

»Genau«, sagte Tulik und bedankte sich bei ihr. »Wir

werden die Züge aufhalten.« Den ganzen Tag über waren wir damit beschäftigt, Materialien zum Barrikadenbau zu zerren, zu tragen, zu schleppen und zu fahren. Wir blokkierten die Gleise mit allem, was wir finden konnten: mit Sägeböcken, Kotflügeln. Tantchen und ich trugen sogar Tuliks Stuhl dorthin, was mir schwerer fiel, als je das Tragen meiner Großmutter.

Die jungen Männer brachten alte Rohre und dunkelgraue Steine. Tulik schleppte mit Tantchens Transporter einen alten verrosteten Laster zu den Gleisen, ich saß auf dem kaputten Fahrersitz am Steuer, damit der Wagen nicht von der Straße abkam. Auf der Fahrt bemerkte ich, daß die Asphaltstraße sich schon verwarf.

Die Barrikade aus Gerümpel und alten Ölfässern, die die Männer mit Sand und Dreck gefüllt hatten, wuchs schnell.

Und dann warteten wir. Als sich der erste Zug unserer Barrikade näherte, war ich nervös und hatte schweißnasse Hände. Der Zug hielt an, und es gab lauten Jubel. Ich erinnere mich daran, was für eine Freude es war, als der Zug ungeduldig tutete, stockend zum Halten kam und darauf wartete, daß wir den Weg freimachten.

Aber unser Sieg war von kurzer Dauer. Um die Barrikade zu schützen, mußten wir uns schon bald bewaffnen und Wache stehen. Wie schnell sich die Dinge veränderten. Uns verließ der Mut, als uns klar wurde, daß die Männer bereit waren, uns für diese Staudämme zu erschießen. Bush trug inzwischen in ihrer Strickjackentasche eine kleine Pistole, das Geschenk von Husk. Die neue Lage gefiel mir überhaupt nicht, auch Tulik nicht, aber wir wußten, es gab kein Zurück. Wir hatten kaum Alternativen. Wir könnten die Gleise freigeben, was eine Niederlage bedeutete. Wir könnten das Land kampflos aufgeben, aber was würde den Menschen dann bleiben? Durch einen Kampf schienen wir jedenfalls nichts zu verlieren.

Es dauerte nicht lange, bis eine Reihe von Polizeiwagen auffuhr und eine große Zahl von Polizisten langsam aus den Autos stieg, voller Angst vor uns, bereit zu schießen, die Augen wachsam, die Bewegungen vorsichtig.

Ich beobachtete sie mit einer Art von Objektivität, die mir neu war. Die Polizisten waren jung. Einige in meinem Alter, und als sie uns gegenüberstanden, sah ich ihre knorpeligen Kehlköpfe und ihre jugendlichen Gesichter. Sie trugen Uniformen, die viel zu warm für den Tag waren, aber nicht warm genug für die Nacht, und schon die wenigen sirrenden Mücken bereiteten ihnen Unbehagen.

Aber am meisten fiel mir auf, so erinnere ich mich, daß zwischen ihnen und der Welt meines Volkes, in der ich mich bewegte, ein so großer Abstand bestand; sie waren Jungen aus der Stadt, die wahrscheinlich bis jetzt gedacht hatten, uns gäbe es nicht mehr. Früher hatten sie die Fotos und die Geschichten unserer Toten bewundert, und jetzt standen wir plötzlich lebendig und bedrohlich vor ihnen. Ihre Probleme im Leben und unsere waren Lichtjahre voneinander entfernt. Und sie waren zu jung, um aus ihrer eigenen Haut zu können, geschweige denn, sich um anderer Leute Haut zu kümmern, die dunkler und älter war, eine Haut, die Erde kannte, Tiere und Wasser.

Als ich dort an der Straße stand, die nun zur Frontlinie wurde, und die jungen Männer anschaute, blies mir ein leichter Wind ihren Geruch entgegen – Rasierschaum, Kaffee, Sonnencreme und Tabakrauch.

Miss Nett liebte unsere jungen Männer. Sie seien Krieger, sagte sie, obwohl sie sich selber nie so genannt hätten, jedenfalls nicht die von hier, die sagten, daß sich nur die

Stadtindianer Namen und Bezeichnungen ausdachten, die übrigen aber einfach auf ihre Art lebten und kein Wort darüber verloren. Aber trotzdem standen sie für ihr Volk auf, allesamt, und selbst wenn wir verlören, würden sie ihre Selbstachtung bewahren.

Miss Netts Augen leuchteten, wenn sie die jungen Männer sah, und sie liebte es, sie zu necken und rot werden zu sehen. Eines Tages, im Zentrum, sagte sie mit ihrem starken Akzent zu einem von ihnen, daß sie ihre AIM-Anstecker über die Toilettenschüssel kleben würde. Sie lachten und blickten zu Boden und liebten sie dafür, denn Lachen war das, was sie brauchten, und sie wußten, daß Miss Nett mit ihnen in diesem Kampf stand und daß sie so wenig zu verlieren hatte wie Dora-Rouge. Also durfte Miss Nett nach Herzenslust die Armmuskeln der jungen Männer drücken, und das tat sie auch.

Miss Nett und Dora-Rouge bildeten ein eindrucksvolles Paar. Die kleine, dunkelhäutige, weißhaarige, gebückte, kräftige Miss Nett schob Dora-Rouges Rollstuhl von einem Ort zum anderen, aus der Sonne oder auch in die Sonne, wenn Dora-Rouge »richtiges« Licht und Energie und Kraft brauchte. Dora-Rouge brauchte nur ihren krummen Finger zu heben, und Miss Nett steuerte den Rollstuhl in die gewünschte Richtung wie wir damals die Kanus. Im Haus erzählten sich die beiden Geschichten, die ich nicht verstehen konnte, aber daß sie mehr als nur ein bißchen schlüpfrig waren, merkte ich an der Art, wie sie lachten. Und sie hielten Reden für uns und für die Polizei: Dora-Rouge sagte eines Tages zu den Arbeitern: »Wir waren glücklich, bevor ihr gekommen seid. Wir haben die Erde gut behandelt. Wir haben die Tiere gut behandelt. Unsere Kinder wollten leben.«

Und Miss Nett sagte: »Die Erde liebt unser Volk. Selbst

in einer unwirtlichen Gegend. Das Wasser liebt uns. Wir leben am Ort seiner Geburt. Hier werden die Flüsse geboren, und wir werden sie beschützen.«

Manchmal aber waren die beiden Frauen auch grob zu den jungen Männern, so wie an jenem Tag, als sich zwei junge Männer unserem Protest anschließen wollten. Sie hatten getrunken, und die Frauen waren nicht bereit, den Samen der Gewalt aufgehen zu lassen. Als ältere Frauen konnten sich Miss Nett und Dora-Rouge erlauben, was wir anderen nicht durften: Sie durchsuchten die Männer. »Laß mal deinen starken Arm fühlen«, sagte Miss Nett, die einen blauen Schal um den Hals hängen hatte. Der junge Mann kannte sie von klein auf. Er ließ sie gewähren. Sie fand bei einem der Jungen ein Messer, steckte es in ihre Tasche, und den Schnaps schüttete sie weg, kippte die Gläser aus. Einer der beiden schrie und wollte sie daran hindern. Aber sie schrie auch. »Nein«, sagte sie. »Schluß damit.«

Und Bush sagte ihnen freundlich, sie sollten wiederkommen, wenn sie nüchtern waren. »Morgen«, sagte sie, »morgen brauchen wir euch. Wirklich.«

Am nächsten Tag waren sie da.

Irgendwie schafften wir es, die jungen Polizisten und die Arbeiter davon abzuhalten, die Gleise zu räumen. Dora-Rouge baute sich in ihrem Rollstuhl vor ihnen auf. Ab und zu versuchte sie, einem von ihnen tief in die Augen zu sehen, als wollte sie ihnen ihr Wissen übermitteln, die ganze Fülle menschlicher Emotionen, als könnte sie ihnen ihr Leben durch ihre Augen erzählen oder ihnen ihren Zorn und ihre Entschiedenheit zeigen und sie dadurch wegschicken. Die jungen Männer waren verunsichert. Die Frau war alt. Sie saß in einem Rollstuhl. Und ihre Augen sagten, daß sie bereit war zu sterben. Aber sie wußten nicht, daß Dora-Rouge einen Pakt mit Wasser geschlossen hatte, der mit etwas stärkerem als Feder und Tinte besiegelt war, das stärker sogar war als Blut. Die Männer sahen in ihr nur Wildheit und Entschlossenheit; so etwas wie Respekt und Verpflichtung konnten ihre jugendlichen Augen nicht wahrnehmen.

Eines Abends, als wir draußen saßen und dem Hämmern der Maschinen an der Staudammbaustelle zuhörten, sagte Bush leise zu mir: »Ich wollte schon immer Hühner halten. Ich wollte Tomaten ziehen. Ich wollte eine gelbgestrichene Küche. Ich habe nie daran gedacht, gegen Soldaten und Polizei zu kämpfen. Und guck dir doch mal die Jungs an. Sie sind noch so jung. Sie kennen noch nicht einmal die Geschichte. Sie dachten, das Land hier wäre leer. Jetzt sind sie hier. Sie werden tun, was man ihnen sagt. Es nicht zu tun, fehlt ihnen der Mut. Sie haben Angst, und sie sind gefährlich.«

Es stimmte, was sie sagte. Eine falsche Bewegung, ein falsches Wort, und es würde Krieg geben. Selbst jetzt denke ich, wenn ich junge Männer sehe, daß sie ungeschlacht und gefährlich sind. Und diese hier befanden sich in einem Gebiet, das sie nicht kannten, wo es Kräfte, Stärken und Glauben gab, die weit jenseits ihres Vorstellungsvermögens lagen.

Eines frühen Morgens fuhr Bush Miss Nett mit dem ratternden Transporter nach Hause. Ein paar Stunden später kam Bush zurück, und erstaunt sahen wir, daß Miss Nett immer noch vorne im Auto saß und sich weinend die Hände vors Gesicht hielt.

Gemeinsam kamen sie ins Haus, Bush hatte den Arm um die alte Frau gelegt.

Die Gegend, in der Miss Nett lebte, war bereits teilweise geflutet gewesen, aber jetzt war alles weg: das Land, die menschlichen Behausungen, der Fluß, an dem sie gelebt hatten. Bush hatte es fotografiert. Die entwickelten Bilder waren traurige und tragische Dokumente; sie zeigten die weinende Miss Nett, die mit weit ausgestreckten Armen die Männer zurückzuhalten versuchte, sie am Durchkommen hindern wollte. Sie trug immer noch ihre weiße, hinten zusammengebundene Schürze. Eine alte Frau mit einem runden Buckel. Das waren die Fotos, die in den Illustrierten und Zeitungen abgedruckt werden würden, die Bilder, die der Welt zeigten, was hier mit den Menschen geschah. Bush hatte ein Foto, wie Miss Nett zusammengebrochen auf der Erde liegt, sie festhält, wie um sie zu beschützen. An jenem Abend weinte Miss Nett: »Meine Kinder wurden dort geboren. Ich wurde dort geboren.«

Tulik und Bush setzten sie auf einen Stuhl. Dora-Rouge saß neben ihr, hielt ihr die Hand. Luce weinte mit ihr. Tulik brühte ein Bündel bitter riechender Kräuter für Miss Nett, die so elend aussah, daß ich sie kaum angucken konnte, aber der Tee beruhigte sie bald.

Immer, wenn es eine brenzlige Situation gab, war Bush mit der Kamera dabei. Sie hatte ein Gespür dafür, wann sich eine Situation zuspitzen würde. Sie wurde ein Art Augenzeugin, eine Journalistin, und sie war sicher, daß sie die Fotos in *The Nation* oder *The New York Times* unterbringen konnte.

Ich schaute auf das Foto. Miss Nett lag auf der Erde, ein Mann hatte sich von ihr abgewandt und blickte in die Kamera. Er winkte mit den Armen, um Bush Einhalt zu gebieten, seine scharfen, weltfressenden Zähne waren zu sehen und im Vordergrund die erbarmungswürdige alte Frau.

Ein paar Tage nachdem Bushs Geschichten und Fotos von einem Mann hinausgeschmuggelt worden waren, stießen eine Reihe von indianischen Männern zu uns. Sie waren durch die Gewässer und Wälder gekommen, um uns zu helfen, sie hatten von unserer Graswurzelbewegung gehört, »Sumpfwurzel«, wie wir sagten. Wir brauchten die Männer. Sie hatten Erfahrungen mit solchen Situationen. Ihre Zuversicht war steinhart.

Wir fühlten uns sofort sicherer – ich zumindest. Ihr Anführer war Arlie Caso House, ein kleiner, starker Ojibwa, der schon mehrmals politischer Gefangener gewesen war, auch einmal im Lompoc-Gefängnis, aber er war noch aus jedem Gefängnis ausgebrochen. Man nannte ihn Houdini. Er war immer aus politischen Gründen festgenommen worden, nie wegen Gewalt; trotzdem machte er den Leuten angst. Die Gefängniswärter fürchteten ihn, weil sie nicht wußten, wie er durch enge Maschen schlüpfen und entkommen konnte. Einmal floh er durch ein dünnes Heizungsrohr. Manche Indianer glaubten, er hätte Zauberkräfte, daß er unsichtbar werden und im Himmel verschwinden könnte, daß er die Kraft hätte, Materie zu beherrschen, sogar seine eigenen Atome. Er könnte sich entmaterialisieren wie die alten Völker.

Arlie war ein genialer Stratege. Er hatte von Anführern wie Sitting Bull, meinem Helden, gelernt, von Geronimo und dessen militärischem Kopf, einer Frau namens Lozen. Von Geronimo habe er gelernt zu verschwinden, sagte Arlie. Die Apachen, so erzählte er mir, waren ganzen Armeen und Millionendollar-Suchtrupps entkommen. Sie konnten sich vollkommen in Luft auflösen. Lozen faszinierte mich. Sie war eine Heilerin, eine Kämpferin, und sie konnte den Feind ausfindig machen. Sie hatte ein Gebet gesungen: »Auf dieser Erde, auf der wir leben, hat

Ussen (Gott) die Macht. Dies ist meine Macht, damit ich den Feind entdecken kann.« Einmal, so erzählte mir Arlie, sei Lozen einen starken Strom aufwärts geschwommen, um der mexikanischen Armee ein Pferd zu stehlen, mit dem sie eine andere Frau retten wollte. Sie starb mit Geronimo und den anderen, die mehr tot als lebendig in Gefangenschaft gerieten.

Als die Regierungsvertreter Arlie sahen, blieb ihnen der Mund offenstehen. Sie erkannten ihn. Sie hatten gedacht, er wäre im Gefängnis. Und die Kinder-Polizisten, wie wir sie nannten, guckten noch ängstlicher, als sie die neu angekommenen, erwachsenen und starken Männer sahen, durch deren Anwesenheit sich die Bedingungen des Kampfes verändern würden.

Zwölf Männer kamen mit Arlie. Bush nannte sie die Apostel. Ich dachte über jene Menschenfischer nach, die Jesus so bedingungslos gefolgt waren. Das schien heute eher unwahrscheinlich. Ich erwähnte das Bush gegenüber. Sie sagte: »Solche Art von Gefolgschaft brauchen wir.«

Arlie war ruhig und umsichtig, obwohl ich sah, daß auch er entflammen, zu einem Feuer werden konnte, das unaufhaltsam über Prärien und durch Wälder raste. Er brannte darauf, die Welt zu verändern. Er konnte sich immer noch vorstellen, wie eine Welt sein könnte. Er hatte seine Grundsätze, und bislang hatte er niemals in seinem Leben etwas von sich selbst aufgeben müssen. Im Gegensatz zu so vielen von uns, die den Waffen der amerikanischen Welt, dem Fernsehen, den Flaschengeistern und anderen Plagen erlegen waren, war er noch er selbst. Das bewunderte ich an ihm. Er wußte, wer er war, auf dieselbe unerschütterliche Art, mit der sich auch unsere Ältesten immer noch behaupteten.

Ein paar Tage nachdem Arlie aufgetaucht war, kamen

zwei neue Männer, um uns zu helfen. Sie waren nicht nur an ihren Dienstschuhen, die sie zu ihrer Zivilkleidung trugen, sondern auch durch ihr Auftreten sofort als Spitzel zu erkennen. Ihre Sorglosigkeit in bezug auf die Schuhe und ihr Benehmen zeigten, wie wenig sie von uns wußten. Doch selbst wenn sie peinlich genau auf alles geachtet hätten, hätten wir sie erkannt. Sie reckten ihr Kinn auf eine bestimmte Art, bewegten sich merkwürdig und trugen einen unsichtbaren Panzer, als wollten sie sich vor Kugeln schützen, und im Gegensatz zu uns glaubten sie auch, daß Kugeln fliegen würden. All dies zusammengenommen ließ ihre Augen reserviert und argwöhnisch glimmen und ihre Bewegungen aufgesetzt und unnatürlich erscheinen.

Arlie wußte sie zu behandeln. Wie der Pueblo-Anführer Popé, ein Mann, der erfolgreich gegen die Spanier revoltiert hatte, machte er jeweils zwei Aktionspläne. Einen gab er den beiden, den anderen uns, so daß die Spitzel nie wußten, woran sie waren, und blind herumstolperten. So begaben sie sich zum Beispiel an einen Ort, an dem sich angeblich die Indianer treffen würden, aber niemand kam. Sie warteten, und dann machten sie sich verwirrt auf die Suche nach uns.

Wir mußten die anderen Verbindungswege unterbrechen. Trotz der blockierten Gleise wurden aus anderen Teilen des Landes immer noch Materialien per Lastwagen geliefert. Doch Straßenblockaden behinderten auch Indianer und ihre Unterstützer, wir wollten aber nur die Holzfäller, Ölbohrer und Dammbauer fernhalten. Da die lange Straße von Holy String Town der wichtigste Verkehrsweg zwischen den Orten war, wurde beschlossen, diese Straße zu blockieren. Das würde mehr Aufmerksamkeit erringen, hieß es, als unsere friedlichen Proteste oder die Unterbrechung der Eisenbahnverbindung, für die sich außerhalb der Two-Town-Gegend kaum jemand interessiert hatte.

Inzwischen hatten andere es geschafft, trotz der Eisenbahnbarrikade durchzukommen, und es wurden Zelte aufgebaut; einige schliefen in alten Autos.

Wieder errichteten wir eine Barrikade. Von überall her suchten wir Material zusammen – ganz gewöhnliche Dinge, wie einen alten Volkswagen oder Stühle aus der Kirche. Wir verteilten uns auf verschiedene Orte und waren technisch schon so weit entwickelt, daß wir einen Walkie-talkie benutzten, um miteinander zu kommunizieren, um mitzuteilen, ob jemand kam, um zu erfahren, wie viele von uns an der Straße waren, an der Eisenbahn und manchmal auch an den Baustellen.

Als Antwort auf die Blockade schickte die Regierung eine spezielle taktische Einheit. Diese »Soldaten« waren älter als die Sicherheitspolizei, und sie waren ruhig und kampfbereit, voll innerer Spannung. Sie trugen dunkle Kleidung und kugelsichere Westen und waren im Gegensatz zu den Polizisten, die eher mein Alter hatten, ausgesprochen erfahren. Sie hatten halbautomatische Waffen und bewegten sich wie Spinnen. Einige unserer Männer, die wütend über den Einsatz dieser Spezialeinheit waren, brüllten: »Haut ab!«, aber Tulik machte dem Gebrüll ein Ende. »Hört auf, sie anzumachen«, sagte er. Selbst ich begriff die Gefahr, sah, wie verletzlich wir waren. Und was noch schlimmer war, der Einsatz dieser älteren Männer verschaffte den jüngeren Polizisten ein Gefühl der Sicherheit, sie wurden mutiger. Und manchmal, wenn ich Bushs Kamera klicken hörte, dachte ich, es wären Gewehre.

Danach spalteten wir uns. Durch den Einsatz dieser taktischen Einheit bekam der Konflikt eine andere Dimension, wurde ernster und gefährlicher. Nun gab es welche unter uns, die gegen unseren Protest waren. Ein paar versuchten sogar, sich selbst zu überzeugen, indem sie überlegten, ob der Staudamm den Indianern nicht Arbeitsplätze bringen würde. Dann wär's vielleicht gar nicht so schlimm, dachten sie. Sie meldeten sich zu Wort und meinten, sie wollten nicht länger jagen, um zu überleben, vor allem, da das Wild immer weniger wurde. Einige glaubten sogar, sie könnten von dem Staudammprojekt profitieren. Vielleicht war es auch Angst; vielleicht wußten sie, daß die Regierung immer noch gegen uns Krieg führte, uns vielleicht sogar töten würde. Was immer der Grund gewesen sein mochte, am schlimmsten war, daß die Leute sich nicht einig waren. Es brach Tulik und Tantchen das Herz, daß sie nun auch gegen einige ihres eigenen geliebten Volkes ankämpfen mußten. Und unsere Zwietracht war Wasser auf die Mühle des Sprechers der Staudammbauer. Er sagte: »Die sind sich doch gegenseitig nicht grün.« Das war genau das, was sie wollten.

Streit war erst der erste Akt der Spaltung. Als nächstes kam die Angst. Eines Tages hing an Tuliks Tür ein Stück schwarzer Stoff. Als ich es sah, blieb ich stocksteif stehen und starrte es an. Ich wußte nicht, was es zu bedeuten hatte, außer daß es unheimlich wirkte. Ich bekam eine Gänsehaut, so körperlich spürte ich die Gefahr. Ich hatte Angst, die Tür zu öffnen und hindurchzugehen, als führte sie mich in etwas Kaltes und Heilloses. Ich ging zum Fenster und fragte Tantchen: »Weißt du, was das zu bedeuten hat?«

Sie besang es und nahm es ab und vergrub es vor dem Haus. »Jetzt ist es gut, Maniki.«

An einem anderen Tag war es eine sterbende Krähe.

Jemand hatte den riesigen schwarzen Vogel gefangen und eine Kralle rot, die andere schwarz bemalt und die Augen zugenäht und die Krähe dann vor die Tür von Tuliks Haus gelegt. Ich hörte ein Geräusch und ging zur Tür und sah die Krähe, die noch lebte, noch flatterte, auf ihren lackierten Krallen davonlaufen wollte, aber nicht sehen konnte, wohin. Sie schrie erbärmlich. Ein entsetzlicher Anblick. Ich kreischte auf.

Bush kam angerannt. »Mein Gott«, sagte sie. Sie fing die Krähe ein und hob sie auf. Mit einer winzigen Schere zog sie die Fäden und ließ die Krähe fliegen. Aber jetzt lebte der Schrecken in uns, rann durch unsere Adern, nistete sich in Magen und Brust ein. Wir steckten so tief in dieser Sache, daß es kein Zurück gab. Ich hatte Angst. Ich weinte.

Später wurde auf unser Haus geschossen, ein Fenster zerbrach. An den Stellen, an denen sich die Kugeln in die Holzwände bohrten, wirbelte Staub auf. Aurora schrie vor Entsetzen.

»Sie hätten uns umbringen können!« brüllte Tantchen.

Viel später, lange nachdem Tulik das zerbrochene Fenster mit Pappe geflickt hatte, konnten wir noch immer den Himmel durch die Löcher sehen. Tulik versuchte uns aufzumuntern. »Das ist unser Kühlsystem«, sagte er. Aber Tantchen, die fürchtete, uns in Gefahr gebracht zu haben, zog ins Zentrum, wo es dicke, kugelsichere Wände gab.

Außerhalb von Two-Town wußte kaum jemand, was los war. Es gab keine Presse, keine Augenzeugen, und wenn die Behördenverteter gefragt wurden, wiesen sie jegliche Schuld von sich. »Die bekämpfen sich gegenseitig«, wiederholten sie, wenn doch etwas durchsickerte; und es stimmte, so weit waren wir herabgesunken.

Eines Tages verschwand nördlich von uns der Lake Tanka. Das Wasser wurde in ein Becken umgelenkt, das südlich von uns ausgehoben worden war. Wir waren stumm, als sich der See entleerte und in der Erde versank.

Danach neckte Miss Nett die jungen Männer nicht mehr, spielte sie auch nicht mehr Karten. Ihr Rücken schien buckliger denn je. Aber bevor sie angebrochenem Herzen sterbe, sagte sie, werde sie einige von den Staudammbauern mit sich nehmen. Und sie sagte, es mache ihr nichts aus, daß sie nicht aufgucken konnte. »Ich liebe den Erdboden«, sagte sie. »Das ist mein Gott.«

19. Kapitel

Manchmal, wenn ich im Bett liege und silbernes Mondlicht sich ins Zimmer ergießt, denke ich, was hätte damals geschehen können, was hätte gewonnen werden können, was wurde verloren. Nur die stärksten Erinnerungen sind haftengeblieben: Was für ein Gefühl es war, solchen Widerstand zu leisten, bei Hitze und Regen, naß und frierend, mit meinem Volk aufzustehen. Wir hatten Stolz. Wir hatten etwas gemeinsam. Wir ließen uns nicht mehr Fettesser nennen. Wir waren wieder die Schönen Menschen.

Ich kann mich nicht mehr genau daran erinnern, wann mir aufgefallen war, daß die Nächte dunkler und länger waren. Im Norden war die Zeit anders. Dort schien alles so plötzlich zu geschehen, wie die dunklen Nächte hereinbrachen. Aber uns bedeutete Elektrizität sowenig wie den Schläfern auf der schönen Insel. Sie hatte nur vorübergehend der Dunkelheit Einhalt geboten, war ein kurzlebiges Licht gewesen, das uns auf seinem Weg hinauf ins dunkle, dichte Universum passiert hatte. Uns fehlte es nicht.

Bald war alles wunderbar dunkel, die Wölfe heulten wieder, die Seetaucher riefen, Liebende trafen sich hinter den`dürren Bäumen. Tulik sagte: »Es gibt schon Licht. Aber es ist eben nicht sichtbar.«

Und inmitten all der Geschehnisse – dem Protest, dem

Streit, der Angst – öffnete sich mein Herz, als hätte ich Szilla genommen, die Pflanze, die den Körper auf so viele Arten öffnet. Nächtelang saß ich am Boden vor dem Feuer, und mein Herz und meine Augen spürten so etwas wie Liebe, trotz der Gegenwart der Polizei. Aurora saß auf meinem Schoß oder schlief neben mir. Wenn sie wach war, beobachtete sie die Geister der Bäume um uns herum, schaute zu, wie sich Licht auftat, Schatten schlossen. Aurora lernte früh laufen. Sie, die so neu auf der Erde war, hörte die Hufe der vorbeiziehenden Karibus klappern. Einmal sagte sie ein Wort, das wie Tulik klang, und er strahlte sie an.

In den seltenen Augenblicken der Stille quakten trotz der späten Jahreszeit immer noch Frösche, diese schönen Tiere, die so gefährdet waren. Manchmal, wenn wir an einer Stelle saßen, die wir »Frontlinie« nannten, brachten uns die Frauen gebratenen Fisch, und ich fing an, die Frauen zu lieben, wie ich die Erde lieben gelernt hatte. Manchmal war ich so fröhlich, daß ich unsere Sache vergaß. Ich will sagen, es gab eine Art Hoffnung. Wir alle hatten in unseren Leben etwas gefunden, etwas, dessen Verlust uns bis dahin nicht aufgefallen war. Und jetzt war ich eine der Schönen Menschen. Ich spürte dies bis ins Mark, spürte es in meinem Blut. Die anderen auch. Wir strichen die Kirche leuchtend rot an.

Obwohl es einige gab, die anders dachten, waren wir ein Feld mit gutem Boden, und wir wurden mehr. Den einmal begonnenen Widerstand konnten wir nicht aufgeben. So sicher wie die Bulldozer die Erde wegräumten, so sicher stellten wir uns in ihren Weg. Denn viel schlimmer wäre es gewesen, ihnen nicht im Weg zu stehen, wenn sie eine neue Landschaft erstellten, eine, die die Natur sich nie erträumt, die sie nie gewollt hätte, eine, die uns eine Zukunft eröffnete, von der wir noch nichts wissen konnten.

Bush fehlte mir. Inzwischen verbrachte sie fast ihre ganze Zeit mit Arlie. Eines Tages sah ich, wie Arlie seine breite Hand über ihre knochige Schulter legte, als sie an ihm vorbeiging, und mir blieb der Mund offenstehen. Ich erinnere mich an drei Dinge, die mir durch den Kopf gingen: daß es LaRue das Herz brechen würde; daß Bush nicht mit uns nach Hause kommen würde und als letztes kindische Eifersucht, Angst, ich könnte diese Frau verlieren, die mir am ehesten eine Mutter war. »Du hast mit ihm geschlafen«, sagte ich eines Tages vorwurfsvoll, als hätte sie mich betrogen.

Sie lachte nur, genau wie Tulik gelacht hatte, als Tantchen ihm einen ähnlichen Vorwurf machte. Ich war auch nicht besser als sie.

Während der langen Abende, wenn wir sangen, kamen die Weißen aus den nahegelegenen Städten, Arbeiter und deren Frauen, und stellten sich auf die andere Seite der Barrikade. Sie brüllten gegen uns an, gegen unseren Gesang, gegen unser Anliegen. Sie skandierten: »Scheiße. Scheiße.« Das war ihr Lied. Ein Lied gegen das Leben, gegen ihre eigene Zukunft, aber das wußten sie noch nicht. Sie wollten ihre Jobs behalten. Sie glaubten, daß ihre Möglichkeiten beschränkt waren und daß sie nur auf eine Art leben konnten, und sie wollten, daß wir unsere Art zu leben gegen ihre eintauschten. Sie dachten, die Erde würde sie aushungern. Vielleicht würde sie das auch. Wie hätte sie sie lieben können.

Wir versuchten, lauter zu singen, damit wir ihre Stimmen nicht hörten.

Das Wasser wurde aus Gebieten abgezogen, wo es so lange gelebt hatte, wie die Erinnerung reichte, und die schlammigen Flächen wurden immer größer. Die Wanderwege der Tiere wurden überflutet. Ein Fluß verschwand.

Manchmal saßen wir auch still da, jeder von uns versunken in eigene Welten. Am traurigsten waren die älteren Leute. Das konnte ich an ihren Augen sehen. In diesen stillen Momenten waren nur das Wasser oder in der Ferne die Tiere zu hören, und in diesen stillen Momenten sang eine von uns. Alte Lieder, solche wie Agnes sie noch gewußt hatte. Einige von uns stellten sich den Arbeitern in den Weg. Wenn wir weggeräumt wurden, nahmen andere unsere Plätze ein. »In welcher Schicht bist du?« war eine übliche Frage. »Schaukel oder Friedhof?« Wir versuchten zu lachen, denn das half uns mehr als Verzweiflung. Inzwischen hatten wir es geschafft, die Tankstelle unzugänglich zu machen, so daß die Arbeiter ihre Maschinen nicht auftanken konnten.

An einem schwülen Morgen saß Dora-Rouge in ihrem weißen Rollstuhl an der »Front«. Die Bäume dufteten in der Hitze. Die Luft war unbeweglich und schwer. Es würde ein warmer Tag werden. Spannung lag in der Luft. Ich war nervös und wußte nicht warum. Auch Aurora schien etwas zu spüren. Ich stand ganz nah bei Dora-Rouge und unterhielt mich mit Bush, da hörte ich einen jungen Polizisten sagen: »Scheiße, schon wieder eine von diesen`alten Tanten.« Er richtete sein Gewehr auf Dora-Rouge, stellte sein Visier ein, als wollte er sie erschrecken, und nahm das Gewehr in Anschlag.

Ich rannte auf ihn zu: »Nicht!«

Aber Dora-Rouge schaute ihm nur ins Gesicht und sagte: »So alt bin ich noch nicht.«

Da liebte ich sie um so mehr. Daß sie in einem Moment der Gefahr einen Witz machen konnte. Aber viele Meter weiter stand Bush und schaute schweigend zu.

Das war der Tag, an dem Bush anfing, mit den Polizisten und den Soldaten zu reden. Es lag nicht nur daran, daß sie im Grunde ihres Herzens eine Friedensstifterin war. Nachdem sie gesehen hatte, wie der junge Mann auf Dora-Rouge gezielt hatte, fing sie an, mit ihnen zu sprechen. Ich konnte verstehen, warum sie das tat, aber viele junge indianische Männer machte das mißtrauisch. Tulik und Tantchen verteidigten sie, aber zu der Zeit herrschte sowieso schon Zwietracht unter uns. Es würde immer mehr Zerwürfnisse geben, und obwohl ich sah, wie aufrecht Bush stand, wie schön sie in ihrer Stärke war, gab es Momente, in denen sogar ich an ihrem Tun zweifelte.

Die jungen Männer, die am schnellsten mit einer Verurteilung zur Hand waren, waren jene aus der Stadt, diejenigen mit einer unsicheren Identität, die Namen und Begriffe für sich selber hatten, die Zöpfe trugen wie solche, die ich an LaRue sah, als er an jenem Tag vom Wasser her auf uns zukam, leicht humpelnd, als drückten ihn seine Schuhe. Trotz seiner schwarzen Schuhe mit dem Reißverschluß, seiner Jeans mit Schlag und dem sauberen Streifenhemd, an dem seine Orden hingen, erkannte ich ihn sofort. Er sah so gut aus! Ich konnte mich nicht bremsen. Ich rannte auf ihn zu. »LaRue!« Ich sprang ihm entgegen, umschlang ihn mit meinen Armen. Er roch nach English Leather. Er war peinlich berührt wie ich auch, denn trotz meiner Abneigung gegen ihn, freute ich mich, ihn zu sehen. »He, paß doch auf!« sagte er und glättete sein Hemd. Ich verdarb ihm seinen Aufzug.

»Wie kommst du denn hierher?« fragte ich. »Junge, bin ich froh, dich zu sehen! Wie geht's Husk und Tommy?«

LaRue war meine Verbindung zu Adam's Rib. »Sind die Straßen gesperrt?«

»Puh!« Er hob eine Hand, um mich zu stoppen, als hätten wir die Rollen getauscht. »Eine Frage nach der anderen.«

Husk, sagte er, sei es nicht sehr gutgegangen, nachdem er von Agnes' Tod gehört habe. Tommy und er hätten umdrehen müssen, bevor sie Two-Town erreichen konnten. Jetzt helfe Tommy Chiquita bei der Pflege von Wiley, der einen Schlaganfall gehabt habe, und Tommy mache sich große Sorgen um mich.

Ich brachte LaRue den Hügel hinauf und stellte ihn den anderen vor. Als LaRue Bush sah, wurde er rot. »Wie geht's dir?« fragte er. Seine Stimme war sanfter als gewöhnlich.

»Gut.« Sie hockte an der Schreibmaschine und würdigte ihn kaum eines Blickes.

Aber wie Rue Bush anschaute, das war schon eindeutig. Als er sie später mit Arlie zusammen sah, versuchte er, den Gleichgültigen zu spielen. Aber ich durchschaute ihn. Sein Gesichtsausdruck veränderte sich. LaRue tat mir ein bißchen leid. Inzwischen mochte ich ihn so, wie man einen mißratenen Bruder mag.

Bald wurde LaRues Anwesenheit zu einem weiteren Streitpunkt. Ich glaube, das fing an, als er bei einer Versammlung aufstand und sagte: »Ich bin ein Krieger und ein Soldat.« Und es dauerte nicht lange, da begann er, den jüngeren Männern zu sagen, was sie zu tun hatten. Sie folgten. Nicht die, die sich um Arlie scharten, nicht die, die sich um die Erde und die Tiere sorgten, sondern die, die etwas anderes wollten, eine andere Art zu leben, die eine finanzielle Entschädigung anstrebten.

»LaRue«, sagte ich eines Tages zu ihm, »ich kann nicht glauben, daß du so denkst.«

»Das ist logisch«, sagte er, »und vernünftig.«

Auch einige der jüngeren Männer, die Arlie folgten, respektierten LaRue, weil er Soldat gewesen war, weil er in ihren Augen manchmal etwas Weltläufiges an sich hatte und wegen der Orden an seiner Brust. Seine aggressive Art regte sie an, gerade das, was Bush an ihm so haßte. Sie blitzte ihn nur noch wütend an mit ihren dunklen Augen. Der Konflikt zwischen den beiden, ihre Meinungsverschiedenheiten wurden größer. Eine breite Kluft öffnete sich zwischen ihnen, riß so weit auf wie die Erde, als Pangaea sich zerteilte.

Und weil Bush so wütend auf LaRue reagierte, dachten die jungen Männer erneut über diese Frau nach. Man konnte an ihren Augen ablesen, wie ihr Verdacht wuchs. Aber LaRue sagte zu ihnen: »Das ist einfach ihre Art« und zog seine Hosen hoch, und niemand staunte mehr über seine Worte als Bush.

Eines Tages war es dunkel und kalt, am Himmel ballten sich dicke Regenwolken. Manchmal war es ein schwerer, männlicher Regen, der auf uns niederfiel und alles in erdfarbenen Schlamm verwandelte. Mitunter rieselte der Regen auch leicht und sanft, aber selbst dann konnte die feuchte Erde nicht alles aufsaugen. Drei Tage lang regnete es, und überall lief Wasser über den Boden, bildete Pfützen, in denen sich der zinngraue Himmel spiegelte. Trotzdem stellten die Männer auf einem Hügel, wo es festen Untergrund gab, ein paar Planen und ein Zelt auf, und wir konnten an unserem Platz bleiben. Eines Abends, als der schlimmste Regen vorbei war, kamen zwei Frauen mit heißer Reisbrühe und frischen Beeren. »Das kommt genau zur rechten Zeit«, sagte Dora-Rouge. Die Rollen ihres Stuhles versanken in der weichen, nassen Erde.

Die Arbeiten wurden vorübergehend eingestellt. Die Arbeiter verließen frustriert wegen des schlechten Wetters und des entgangenen Lohnes die Baustelle. Auch von uns gingen einige der vollkommen Durchnäßten nach Hause ins Trockene und Warme.

Während der Regentage wurde einer der Bulldozer mutwillig beschädigt. Zwei junge Männer wurden zum Verhör festgenommen. Dora-Rouge meinte, die Arbeiter hätten das selbst gemacht, um die Konfrontation zuzuspitzen. Wie auch immer, am nächsten Tag, als Mika sich an meinen Füßen zusammenrollte, kam ein blauäuiger Mann in einem dunklen Anzug zu Tuliks Haus, blieb draußen vor der Tür unter einem Regenschirm stehen und versuchte, uns davon zu überzeugen, daß wir auf dem falschen Wege wären. Er wolle »vernünftig« mit uns reden, sagte er. Ich beäugte ihn, seinen langen Mantel, die schmutzigen Hosenaufschläge. Er wollte über eine Entschädigung verhandeln.

»Seien Sie doch vernünftig«, sagte er, zupfte an seinem Ärmel und blickte nervös um unser kleines Haus herum.

Aber nach einer Weile schaltete Tulik sein Hörgerät aus und hörte nicht mehr zu. Er nahm eine Dose mit Aspirin aus der Tasche, schluckte zwei Tabletten ohne Wasser und blickte den Mann im Anzug nicht mehr an.

»Sie sieht prima aus, einfach prächtig!« sagte Tulik. Aurora hatte zugenommen und war trotz ihres zarten Knochenbaues ein pummeliger, heiterer Säugling. Sie war ein sonniges Kind und lachte oft fröhlich. Wir konnten sehen, daß Aurora wunderbar gedeihen würde, und wir nannten sie »unsere Zukunft«, so wie Dora-Rouge mich genannt hatte. Aurora hatte einen inneren Reichtum, wie wir ihn uns ersehnten.

Nach dem Regen kam die Hitze, und bald war die Erde wie verbrannt, und die Bäume vertrockneten. Dort, wo einst Wasser gewesen war, fing es an, nach faulem Fisch zu riechen. Die Sonne buk schon bald die Erde zu Platten, die sich an den Rändern nach oben bogen. Ich brachte Aurora ins Zentrum, um sie vor der Sonne und den Insekten zu schützen, die der Regen geboren hatte. Ich nahm Agnes' Mantel mit, damit sie darauf schlafen konnte, und der Pelz schien Aurora zu beruhigen.

Wir waren gerade dabei, alte Lieder zu singen, die wir neu entdeckt hatten, als wir aus der Ferne Tuliks Namen hörten. Ein Mann kam aufs Zentrum zugelaufen und schrie: »Tulik!« Er polterte die Stufen herauf. »Tulik, dein Haus!« Da hatte Tulik den Rauch schon gesehen. Er sprang auf, und die beiden Männer rannten zum Haus, versuchten, sich im Laufen zu verständigen, doch der Wind blies ihnen die Worte vom Mund, und vor ihnen stieg der Qualm auf. Ich griff Aurora und folgte den beiden.

Als wir bei Tuliks Haus ankamen, schlugen die Flammen aus dem Dach, und dunkler Rauch stand am Himmel. Tuliks kleines Holzhaus war ein gefundenes Fressen für ein hungriges Feuer. Wir konnten sehen, daß da nichts zu machen war. Es hätte keinen Sinn gehabt, Wasser zu holen, selbst wenn Wasser dagewesen wäre. Wir konnten nur zusehen, wie Tuliks Welt zu einer schwarzen Ruine verkohlte. Tulik rannte immer wieder an das Feuer heran, hustete und schrie: »Mika! Mika!« Er wollte nach dem Hund suchen, sehen, ob sich irgend etwas retten ließe, aber wegen der Hitze und des Rauchs kam er nicht nah genug heran. Hustend hielt er sich den Arm vor den Mund, seine Augen tränten.

In dem Moment wurde mir klar, was wir da geschürt hatten. Ich wußte instinktiv, daß es Brandstiftung war. Ich wußte, daß aus diesem Inferno kein Hund herauskommen würde. Ich wußte, daß auch unsere Leben sich in Rauch auflösen, unsichtbar werden und gen Himmel aufsteigen könnten. Ich betete leise: »Bitte, Gott, wer immer du bist, hilf uns.«

Aurora weinte.

»Schht«, machte ich. »Ist schon gut«, log ich.

Rauch nebelte mich ein, und ich trat ihm aus dem Weg, preßte Aurora so dicht an mich, daß sie wimmerte. Plötzlich war ich sehr müde, und ich setzte mich auf den Boden. Aurora stand auf ihren pummeligen Beinchen und hielt sich an mir fest. Sie schaute genauso hilflos wie wir in das Feuer, in die wütenden Flammen, die sich in das schwarze Holz und die qualmende Glut hineinfraßen. Dann brach das verkohlte Haus zusammen, und alles wurde zu Asche. Inzwischen waren Arlie und die anderen eingetroffen, auch Tantchen war dabei. Weinend versuchte sie ihren Vater zu trösten.

Arlie ging um das Haus und suchte nach Beweisstükken.

»Guck mal!« sagte er zu Tulik.

Auch ich sah, worauf er zeigte. Überall um das Haus waren Vielfraßspuren. Mir fuhr ein Schauer über den Rücken. Tulik dachte erst, es wäre sein Hund gewesen, aber als er näher hinsah, sagte er enttäuscht: »Nein, das kann nur menschliche Gemeinheit gewesen sein. Ich sollte glauben, eine Hexe wäre hiergewesen.«

Noch bevor die Trümmer abgekühlt waren, ging Tulik hinein, wühlte mit einem Stock überall herum, als hätte der Hund sich irgendwo verkrochen, würde irgendwo lebendig und vor Hitze hechelnd liegen.

Als die Asche nicht mehr so heiß war, stocherten auch andere in den Trümmern herum, erstickten die letzte Glut, durchsuchten Verkohltes und Asche. Ein paar Fallen waren geblieben, ein Glas mit Instant Lipton Eistee, ein paar schwarze Pfannen und die Harke, die am Haus gelehnt hatte. Am Boden lag Geschirr mit Brandflecken. Ich schaute mir die Spuren an, die außerhalb des dunklen Dunstes verliefen, atmete den starken rauchigen Geruch des Hauses. Und dann, da ich nicht wußte, was ich sonst hätte tun können, setzte ich mich auf einen Stein und schaute zu, wie Tulik über die Vielfraßspuren harkte. Er arbeitete, als hoffte er, uns die Probleme vom Hals harken zu können. Er merkte nicht, daß er sich die Sohlen seiner Schuhe verbrannte und daß er an den Füßen Blasen bekam.

»Sie haben Tuliks Haus abgebrannt«, sagte Dora-Rouge. Sie wiederholte das immer wieder. »Sie haben es abgebrannt.« Das brach Tulik das Herz nur noch mehr. Er nahm ihre Hand in seine. Sie lehnte sich an ihn. Sie wirkte ganz klein und grau, ihre scharfen Knochen lagen spitz unter der Haut.

Mehrere Tage lang lief Tulik auf seinen wunden Füßen durch die Gegend und rief Mika, suchte sie zwischen den Bäumen, lief durch Holy String Town, sogar durch die Unterkünfte der Arbeiter. Hinterher wirkte er niedergeschlagen und müde. Er hatte gehofft, daß der Hund vor Angst weggelaufen wäre. Auch ich stellte mir vor, wie Mika zwischen den Bäumen auftauchen würde. Die alte, starke Mika mit den blassen Augen und den langen Beinen.

Nach und nach merkten wir, was wir alles verloren hatten. Dinge, die wir kaum wahrgenommen hatten, solange es sie gab, bekamen plötzlich eine besondere Bedeutung, genau wie die wichtigen Dinge auch: das Schlafmittel, die Fotos, der Bernstein. Am meisten fehlte uns Mika. Auch

Eks Buch war weg, das mit den wunderschönen Pflanzenzeichnungen auf Rinde. Luce hatte keine Lupe mehr, nichts, mit dem sie lesen konnte. Nun mußte sie sich gedulden, bis ihr jemand vorlas. Vieles, sagte Tulik, sei bloß unnützer Kram gewesen, nicht aber die Seehundkleidung, die er 1937 eingehandelt hatte, und der Mantel aus Lachshaut, den er wegen der feinen wasserdichten Nähte so schätzte. Dagegen schmerzte Tulik das Fehlen des Radios kaum, das ihm vor dem Brand so viel wert gewesen war. Im Vergleich zu dem Verlust von Mika und Eks Buch spielte das Radio keine Rolle.

Mir war wenigstens Agnes' Mantel geblieben.

Ich hatte Tuliks Haus geliebt, die dünnen Lichtstrahlen darin, die wie lange Finger von Göttern oder Geistern einfielen und ihre Wärme über den Boden verteilten.

Und nun wurde mir immer bewußter, in welcher Gefahr wir steckten. Auch jetzt noch würden sie den Tod mit seinem langen weißen Haar schicken. So wie Eron ihn gesehen hatte, bevor er meine Mutter tötete. In seiner weißen, zerlumpten Kleidung, mit seinen roten, blutigen Händen.

Luce sagte, es gebe Hexen, die sich in Vielfraße verwandelten. »Hab ich selber mit meinen eigenen Augen gesehen«, sagte sie.

Tantchen sagte, sie habe sich eigentlich schlafen legen wollen, an jenem Nachmittag, an dem es brannte, aber dann habe ihr irgend etwas gesagt, sie solle aufstehen und zur Kirche gehen.

»Das muß dein Schutzgeist gewesen sein«, sagte Miss Nett.

Tantchen sah blaß aus.

»Er hat dich gerettet.«

Miss Nett stimmte Luce zu. »Ja, es ist wahr, es gibt Hexen, die sich in Vielfraße verwandeln, um ihre Arbeit zu tun, wie die alten Leute immer gesagt haben. Die Hexen können sich unsichtbar machen, wie Vielfraß. Sie können direkt an dir vorbeigehen, und du spürst nur ein Frösteln, oder du riechst sie. Der alte Vielfraß ist bloß eine Maske. Unter der Maske stecken ein Mann oder eine Frau, verstehst du. Und die können auf allen vieren laufen und haben gelernt, hinterhältig zu sein. Sie bewegen sich ganz leise, wie ein Flüstern, und du kriegst bloß einen Schatten zu sehen.«

»Wie die Spitzel mit ihren Schuhen da drüben!« sagte Luce. In die Ferne konnte sie noch gut sehen. »Seht ihr sie?«

Miss Nett sagte: »Hast du jemals einen Vielfraß mit Schuhen gesehen? Daran merkst du es.«

»Nein«, sagte Luce. »Ich habe überhaupt noch nie einen Vielfraß gesehen.«

Von überall her kamen Leute, um Tulik zu trösten und um die Vielfraßspuren zu sehen.

Vielleicht wünschten sie, es wäre die Spur eines Geistes, dem sie folgen könnten. So sagte eine Frau: »Wir wollen wissen, ob es die Fußspuren von Mondi waren.« Denn es war Mondi, der Vielfraß, der die Welt und die Sonne und den Mond geschaffen hatte. Sie wollten Vielfraß' Geisterweg folgen, hatten aber gleichzeitig Angst vor den Spuren.

Eines Tages, als ich zuhörte, wie sie über Mondi sprachen, wurde mir klar, warum Vielfraß die Nahrung der Menschen vernichtet hatte. Wie ein Blitz kam mir die Erleuchtung. Es war so einfach, daß ich mich wunderte, warum ich nicht eher darauf gekommen war. Andere wußten das, da war ich mir sicher. Vielfraß wollte, daß die

Menschen verschwanden, er wollte sie durch Hunger aus seinem Territorium, seiner Welt vertreiben. Und so schnell, wie der Donner dem Blitz folgt, kam mir ein Plan in den Sinn: Ich würde die Soldaten und die Polizei aushungern.

Ich erzählte niemandem davon; das konnte ich nicht riskieren. Ich wußte, sie würden meine Idee für dumm und gefährlich halten.

Eines Nachts, in den kurzen Stunden der nördlichen Dunkelheit, schlüpfte ich leise aus meinem Bett, tat so, als wäre ich Vielfraß, und versuchte, so zu denken, wie Vielfraß denken mochte. Einmal knarrte der Fußboden, und ich blieb still stehen, wartete ab, ob irgend jemand erwacht wäre, dann ging ich den Hügel an der Kirche hinunter, überquerte ungesehen die Grenze ihres Geländes, steuerte direkt auf ihre Lebensmittelvorräte zu. Ich kannte Vielfraß und seine Zerstörungskraft ganz genau. Wie Vielfraß würde ich den Männern ohne Worte vermitteln, daß sie unsere Welt verlassen sollten. Wie Vielfraß würde ich ohne Worte sprechen, würde ich ihre Lebensmittelvorräte zerstören, so daß sie Hunger bekämen und wüßten, daß sie gehen müßten. Ich konnte kaum atmen, so aufgeregt und nervös war ich. Ich wußte, es würde klappen.

Ich hatte nur einmal gehen wollen, aber ihre Vorratskammer war so voll und unsere so leer, daß ich beschloß, umzukehren und noch mehr zu holen. Es war einfacher, in ihre Unterkünfte und in ihre Küche zu gelangen, als ich es mir vorgestellt hatte. Ich stieg durch ein Fenster ein, wobei ich Angst hatte, mit dem Fuß an einem Nagel hängenzubleiben. Beim erstenmal nahm ich alles, was ich in meinen Kleidern unterbringen konnte; Rauchfleisch, Eier, Kartoffeln, Dosenfisch, Kaffee.

Ich brachte die Dosen und Päckchen zu den Bäumen

hinter dem Zentrum und versteckte sie, so gut ich das in den dunklen Schatten der Nacht vermochte. Dann holte ich aus der Nissenhütte einen Rucksack und ging noch einmal zurück. Als ich durch die dunkle Küche huschte, kam plötzlich jemand durch die Tür. Ich erstarrte und versteckte mich hinter einem Stapel Mehltüten. Das Licht einer Taschenlampe geisterte durch den Raum, und bevor ich mich duckte, sah ich einen jungen Mann, der etwas zu essen suchte oder vielleicht nur etwas für seine Freundin in String Town stehlen wollte. Da es unmöglich war, Lebensmittel in das abgesperrte Gebiet hereinzubringen, flirteten viele Mädchen mit den Männern, um etwas zu essen zu ergattern. Ich konnte vor Angst kaum ruhig atmen. Mein Atem brauste wie der Ozean, doch da ging schon das Licht aus, und ich hörte den Mann gehen. Nachdem sich meine Augen wieder ans Dunkle gewöhnt hatten, füllte ich meinen Rucksack und tat dann, was Vielfraß getan hätte. Ich schnitt die Mehltüten mit einem Messer auf, verstreute das Mehl auf dem Boden, und damit es nicht einfach wieder zusammengefegt werden konnte, kippte ich ihr in Flaschen abgefülltes Wasser darüber – außer mir vor Zorn, daß sie uns das Trinkwasser ruinierten und für sich selber welches herbeischafften. Dann machte ich dasselbe mit den Zuckertüten. Ich hinterließ eine Geisterspur aus weißen Fußstapfen, als ich mich mit vollen Taschen und vollem Rucksack davonmachte.

Es war Arlie, der mich dazu gebracht hatte, auf diese Art zu denken. Aber ich hatte andere Lehrer als er gehabt. Er hatte von indianischen Anführern, von Geronimo und Popé, gelernt, ich aus Geschichten. Ich hatte von den Tieren gelernt. Von Vielfraß.

Eines aber tat ich nicht, was Vielfraß an meiner Stelle

getan hätte: Ich pinkelte nicht auf die Lebensmittel, die ich zurücklassen mußte.

Nachdem Tulik und Tantchen in eine der Nissenhütten am Kirchhügel gezogen waren, schienen sie völlig andere Menschen geworden zu sein. Tulik wurde zurückhaltender, Tantchen wütender. Gegen den Rat von Tulik und Bush schloß sie sich einer Gruppe junger Männer an, die ganz und gar auf Gewalt vertrauten. Es waren nicht Arlies Apostel, sondern jüngere, die Arlies Gruppe mißtrauten, sogar deren Friedfertigkeit für verdächtig hielten, ihnen Verrat unterstellten.

Eines Tages schrie Tantchen einen Soldaten an, den sie der Brandstiftung verdächtigte: »Du Hurensohn!« Ein andermal versuchte sie, mit ihrem roten Transporter eine Gruppe Soldaten umzufahren. Sie stoben auseinander wie aufgescheuchte Hühner, was Tantchen großes Vergnügen bereitete, wie ich sehen konnte. Die jungen Männer nannten sie zärtlich: »Tantchen Hurrikan.«

Aber dann wuchsen die Spannungen zwischen Tantchen und Bush, und eines Tages sagte Tantchen zu Bush: »Du bist zu passiv.« Worauf Bush erwiderte: »Du bist durchgedreht.« Das war das Ende einer Freundschaft.

Und es stimmte, Tantchen ließ sich von ihrer Wut beherrschen. Noch ein gefährliches Feuer.

Bush, die Angst um uns hatte, gab sich große Mühe, diplomatisch zu sein und mit dem Feind zu verhandeln. Wenn wir keinen Frieden hielten, so glaubte sie, würden wir der Gewalt Tür und Tor öffnen. Sie erinnerte uns an die Waffe, die auf Dora-Rouge gezielt hatte.

Ich sorgte mich um Bush. Sie war eine Außenseiterin. Vielleicht war sie weise, und vielleicht wußte sie, was Angst anrichten konnte, aber hier handelte es sich um alte Feindseligkeiten, die sie so nicht kannte, um alte Erinnerungen, alten Zorn.

Heute denke ich manchmal, daß dich das Wesen, das es auf dich abgesehen hat, mit kalten Augen anblickt, Augen, die in der Nacht glänzen und zwinkern und aufschlagen und dich wahrnehmen wie die nachtschimmernden Augen von Tieren, die einen Moment aufblitzen und dann wegsehen. Manchmal ist es liebevoll, manchmal gleichgültig und schaurig. Es war nicht richtig, was unserer Welt angetan wurde, und wir alle konnten die Augen dieses Monsters sehen. Es stimmte nicht, daß der Wind vier Ecken hatte wie ein Zimmer, daß er gebändigt war. Es stimmte nicht, daß ich bei der Herstellung einer Bombe half, obwohl es eine Lüge wäre zu sagen, ich hätte es nicht gewollt. Es war nicht recht, daß uns die Welt unter den Füßen weggezogen wurde und wir sie nicht halten konnten. Ich wollte, daß meine Augen das umdrehten, es richtigstellten, so wie es zwischen Linse und Hirn geschieht, so wie es eines Abends geschah, als ich am Fenster saß und ein Feuer auf dem Hügel brennen sah und an Tuliks Haus dachte, an die schwarzen Ascheflocken, die wie Hunderte von davonfliegenden Krähen aufflogen, Krähen, die sich an die Bäume erinnerten, auf denen ihre Vorfahren gesessen hatten. Krähen vergaßen nichts, genau wie wir.

Ich erinnere mich an diese Ereignisse wie an eine Krankheit, und ich wünsche, ich könnte vergessen, was Männer für ein wenig erbärmliche Macht anrichten. In manchen Nächten liege ich wach und denke daran, was aus uns hätte werden können. Uns wurde das Leben an jenem Ort verwehrt, die Menschen wurden von der Erde, vom Wasser, den Tieren, den Bäumen getrennt, allen wurde Gewalt angetan, obwohl doch niemand ohne diese Elemente wirklich als Mensch leben kann.

Und dann kam der Tag, an dem ich mich in einem Netz von Zorn und Furcht verfing und mit einem Stein in der Hand auf die Soldaten zuging.

Bush legte ihre Hand auf mich.

Ich wandte den Kopf und sah Bush in ihrer stillen Kraft. Ich warf den Stein nicht. Heute weiß ich, wozu ein einzelner Steinwurf geführt hätte. Ein Stein nur.

So leicht war aus unserer kleinen Gemeinschaft eine Gesellschaft wie deren größere geworden. Wir diskutierten über Strategie. Wir bekämpften uns gegenseitig. Unsere Reihen hatten sich so schnell wie bösartige Zellen in Gruppierungen aufgeteilt. Einige unserer jungen Männer zerschlugen Autofenster. Sie trugen Pistolen und Jagdgewehre.

Eines Tages, vermutete ich, würde sich die Polizei wieder damit beschäftigen, Verbrechen aufzuklären statt welche zu begehen. Egal, was geschah, egal, wem das Land gehörte, egal, ob es Staudämme gab oder nicht, eines Tages würde all dies auf den Grund des Meeres sinken oder sich in Regen auflösen. Vielleicht würde Feuer die Erde in Glas zurückverwandeln, und das Glas könnte das Licht einfangen und leuchten lassen und die Sonne zu sich selbst zurückwerfen. Alle Dinge würden nach und nach zerbrechen und wieder ganz werden. Die Soldaten würden alt werden und in die Erde gelegt werden, mit weißen Schildern obendrauf. Die Dauerfrostböden würden schmelzen, die Jahreszeiten sich verändern.

Inzwischen war alles von einer glänzenden Dunkelheit umgeben. Die Tage wurden kürzer, das Licht zog sich zurück. Der See sah manchmal blutrot aus. Die Welt schien aufzubrechen. Husk hätte gesagt, es sei wie die Entstehung eines Universums. Wir wußten nicht, was sich da entfalten würde.

Im Leben eines Menschen werden Entscheidungen durch eine Folge kleiner Momente der Erkenntnis herbeigeführt, die sich ihm nach und nach erschließen, bis sie sich eines Tages wie die einzelnen Stücke einer Flickendecke zu einem präzisen, klaren Wissen zusammenfügen. Dann sieht es aus, als wäre alles aus einem Guß. Auf diese Art begann ich zu verstehen, wer ich war. In mir arrangierte sich alles neu, zu einem veränderten Muster.

Mein Volk hatte immer dasselbe Problem gehabt: Widerstand war die einzige Möglichkeit zu überleben. Sich nicht zu wehren bedeutete immer, etwas zu verlieren und zu sterben. Sich zu wehren bedeutete auch, etwas zu verlieren und zu sterben, aber wir hatten die Chance zu kämpfen. Zu kämpfen bedeutete, daß wir uns selber achten konnten, wir Schönen Menschen. Nun glaubten wir wieder an uns. Die alten Lieder waren da, kamen zu uns zurück. Manchmal denke ich, die Geistertänzer hatten recht, daß wir zurückkehrten, daß wir immer noch zurückkehren. Auch heute.

»Es gibt noch Leute, die in die Vergangenheit gehen«, sagte Tulik eines Tages zu mir. »Sie kennen den Weg dorthin, und wenn sie zurückkommen, bringen sie etwas Wertvolles mit, einen Feuerstein, eine Geschichte oder eine Karte.« Das ist das, wonach wir immer suchen, wir, die wir an den alten Felsen waren, den verwitterten und grauen Felsen, auf Inseln, die auftauchten und untergingen.

Eines Tages sagte einer der indianischen Männer, es tue ihm zwar schrecklich leid, aber er habe bei einem neuen Staudammprojekt am Tip River einen Job angenommen. »Ich muß meine Familie ernähren«, sagte er. »Bitte vergebt mir.« Ich konnte ihm ansehen, wie schwer ihm die Entscheidung gefallen war.

Bush war ein gerechter und mitfühlender Mensch. »Ich verstehe«, sagte sie. Sie wußte, er sagte die Wahrheit, seine Kinder magerten ab. Aber die jungen Männer waren wütend. Sie betrachteten die indianischen Arbeiter als Verräter.

Zwei Männer, seine Cousins, bestürmten ihn wütend.

»Laßt ihn gehen«, sagte Bush mit leiser Stimme.

»Du halt dich da raus! Das ist nicht deine Sache!«

Die beiden Männer gingen auf den Arbeiter los. Die kleine Bush versuchte, sich dazwischen zu schieben.

»So, da hat der Tod uns noch nicht verlassen, wie ich sehe«, sagte Dora-Rouge.

An einem regnerischen Tag brach gleichsam als Spiegelbild unserer Spaltung ein Stück Ufer ab und schwamm durch den Regen auf den Fluß zu. Wenn ich mich jetzt in meinen Träumen daran erinnere, war ein Getöse dabei, als sich Erde von Erde trennte, aber an jenem Tag trieb das Stück einfach nur weg, und abgesehen vom Regen war kein Geräusch zu hören. Als wir zuschauten, dachte ich an das, was Husk einmal über die Erschaffung des Mondes gesagt hatte, wie er sich von der Erde abgespalten und einen Ozean voller salziger Tränen zurückgelassen hatte. Der Mond hatte den Körper seiner Mutter verlassen, und beide wußten, daß es keine Wiederkehr gab.

Mit der Erde schwammen einige Büsche davon. Der Anblick war beängstigend und traurig, aber in dieser Abspaltung lag auch eine Art Verachtung, die nur in der Sprache der Erde ausgedrückt werden konnte, und es war ein Zeichen, das wir nicht entziffern konnten, hatte eine Bedeutung, die wir nicht verstanden. LaRue sprang auf das

Stück Erde, als wollte er es zurückholen oder retten. Niemand wußte, warum er das tat. Er selbst schien so überrascht wie wir anderen. Aber als er auf der schwimmenden Insel stand, konnte er nicht mehr zurück, wurde er von der schlammigen Strömung mitgerissen. Mit der Erde trieb er an den Wachen vorbei zu anderen Orten hin. Wie weit er kam, konnten wir nicht wissen. Aber das brachte uns auf den Gedanken, wir könnten ein Stück des Staudammes herausbrechen, Teile davon wegschwemmen und dem Fluß sein natürliches Bett zurückgeben.

Der Sommer war vorbei. Die Tage waren jetzt kürzer. Luft und Wasser nahmen einen anderen Geruch an. Torfqualm drang aus den Häusern. Ich wollte nach Adam's Rib zurückkehren, zu Tommy. Wenn ich neben Tulik saß, träumte ich von Tommys großen, warmen Händen, die mich berührten, von seinen großen dunklen Augen.

»Du brauchst Kraft. Iß das hier.« Tulik gab mir ein Wurstsandwich. Ich tat, was er sagte. Es schmeckte gut, Mortadella mit Ketchup auf weißem Brot. Tulik goß Kaffee aus der Thermosflasche in eine Tasse. Er versorgte immer andere Leute mit Essen. Während ich aß, merkte ich, daß die Schatten inzwischen länger waren, daß sich einige Bäume schon herbstlich verfärbten. Im Winter, wenn die Kälte die Maschinen zum Stillstand bringen würde, könnten die Arbeiten nicht fortgesetzt werden, also wurde jetzt schnell, in Tag- und Nachtschichten gearbeitet, um so viel wie möglich zu schaffen.

Wir saßen still ums Feuer. Es war ein nervenaufreibender Tag gewesen. Einige von den Frauen waren in sich zusammengesunken, todmüde eingeschlafen, und draußen war es still.

Und dann wurden wir von grellen Suchscheinwerfern

und tosendem Hubschrauberlärm geweckt. An jenem Tag wurden Sturmgewehre, Panzerwagen, Maschinengewehre und sogar Schützenpanzer herangeschafft. Und sie, die Männer, die mit solchen Waffen kamen, waren eigentlich nur große Jungen, die sich eben noch über Musik und Freundinnen unterhalten hatten. Dennoch übertraten sie eine Linie. Jetzt waren sie in der Lage, uns zu töten. Sie hatten schon die Schwelle zu jener Welt, die wir gekannt hatten, übertreten.

An jenem Tag setzte sich lärmend und mit einer dunklen Abgaswolke ein Bulldozer in Bewegung, walzte über Steine und eine Wäscheleine und einen Baum, über Ölfässer und ein Plumpsklo und die Bettgestelle daneben und steuerte dann auf das Zentrum zu.

»Hier sind Kinder!« schrie einer der Männer.

Da weinte ich schon.

»Sie schießen!« hörte ich jemanden brüllen, und dann knatterte ein Gewehr.

Sie erschossen Mr. Orensens Hunde, weil sie Angst hatten, die würden sie angreifen. Es ging so schnell. Innerhalb von fünfzehn Sekunden, vielleicht sogar weniger, veränderte sich alles von Grund auf.

Dann wurden die wenigen Bäume, die noch standen, umgelegt wie nichts, sie zersplitterten und beugten sich dem fremden Willen. Ich konnte den Ausdruck auf Tuliks Gesicht nicht deuten. Er wußte etwas Wahres, mehr konnte ich nicht sehen. Ich denke, er wußte, dieser Kampf würde ewig währen, er würde nie enden, aber er wußte auch, daß er dabei war und immer dabeisein würde.

Dora-Rouge saß unerschütterlich in ihrem Stuhl, ballte drohend ihre Faust und schrie: »Sie haben die Hunde erschossen!«

Sie erschossen sogar die Gänse, schossen in die sich öffnenden Schwingen der verängstigt auffliegenden Vögel. Gewehre in Soldatenhänden, pflegte Bush zu sagen, erschießen immer kostbare Dinge. Das war so wahr wie Husks physikalische Gesetze. Es waren nicht ihre Köpfe, die schossen, nicht einmal ihre Seelen. Ich will damit sagen, sie waren keine schlechten Menschen. Sie waren ganz gewöhnliche Söhne und Brüder, und das machte alles nur noch schrecklicher.

Eines Morgens stand draußen im Frühnebel ein Wolf wie ein Geist. Er war dünn. Er rührte sich nicht. »Großmutter«, sagte ich zu ihm. Ich dachte, es sei Agnes. Der Wolf stand da und guckte eine Weile, dann ging er auf die Soldaten zu. »Geh nicht dahin«, versuchte ich ihn zu beeinflussen. Ich konnte kaum atmen. Ich kniff die Augen zusammen. Aber er ging dorthin. Ich hörte Schüsse, und mein Herz schwoll an und schmerzte, als habe sich etwas in seinem Inneren festgesetzt, zwischen all den Kammern, und was immer es war, es würde dortbleiben und nie mehr herauskommen.

Am Nachmittag wurden Tränengaspatronen geworfen und abgeschossen. Aber der Wind, der, den wir so gut kannten, änderte seine Richtung, und es waren Polizisten und Soldaten, die rennen mußten. Wir waren glücklich, daß der Wind offenbar auf unserer Seite war. Aber am nächsten Morgen war Aurora krank. Sie fieberte, ihre Augen tränten. Im Laufe des Tages ging es ihr immer schlechter. Ich saß neben ihr, gab ihr einen feuchten Lappen zum Lutschen. Ich wischte ihr die Stirn mit einem kühlen Tuch. Ihre Haut war empfindlich. Sie weinte, wenn ich sie berührte.

»Das muß vom Tränengas sein«, sagte ich zu Tulik. »Glaubst du, der Arzt könnte an den Soldaten vorbeikommen?« Wir gingen ins Zentrum. Orensen hörte mich an. »Nein«, sagte er, »wir müssen sie rausbringen. Nachher kommt der Arzt noch mit einer Pistole.« Er hatte recht. Alkohol hatte den Arzt unberechenbar gemacht; man durfte ihm nicht trauen.

Inzwischen sorgten sich alle um Aurora. Das Fieber war angestiegen, und jetzt schrie sie nicht mehr, sondern war nur noch teilnahmslos und matt.

Bush wusch Aurora mit kaltem Wasser.

Orensen wußte, auf ihn würden sie nicht schießen, auch wenn er nicht auf ihrer Seite war, also ging er hinaus, um mit den Soldaten zu reden.

Als er zurückkam sagte er: »Komm mit.« Eilig zog er an meiner Hand. »Komm, gehen wir.« Er war blaß, und ich sah, daß er schreckliche Angst hatte. Aber trotz seiner Aufregung bewegten wir uns langsam, nicht sicher, ob wir hinter die Linien gelangen könnten.

»Bush, du auch«, sagte er. »Komm schon. Falls sie dich braucht.«

Ich hatte Angst um Bush. »Bist du sicher, daß sie uns nichts tun?« fragte ich.

»Jetzt komm schon.«

Ich erwartete, daß sie schossen, als wir hinausgingen. Meine Muskeln waren angespannt, mein Herz schlug zu schnell. Das Licht war grell. Ich fror. Bush nahm mich am Arm. Zu meiner Erleichterung ließen sie uns durch. Dann schüttete Orensen aus einem Kanister Benzin in den Tank und ließ den Wagen an. Bush, Aurora und ich stiegen schweigend ein.

Aber als wir den Abzweig zur Praxis des Arztes erreichten, fuhr Orensen weiter.

»Halt«, sagte ich ängstlich, plötzlich traute ich ihm nicht mehr. »Wo fahren Sie hin?«

Erst antwortete er nicht. Dann sagte er: »Der Arzt hier wird ihr nicht helfen. Das wußte ich schon. Ich bring euch hier raus.« Er blickte Bush ins Gesicht. »Ihr müßt weg. Es wird bald krachen hier. Und euch trauen sie nicht.«

Ich blickte Bush hilfesuchend an. Sie nickte mir zu, Orensen hatte recht.

»Ich habe Charles Bescheid gesagt«, sagte er. »Wir werden euch mit dem Postflugzeug rausbringen.«

Aber ich wandte ein: »Das Baby braucht einen Arzt. Sofort.«

Bush blickte Orensen an, dann mich. »Er hat recht«, sagte sie, aber ich merkte, daß sie sich genauso fürchtete wie ich.

Während wir auf Charles warteten, dachte ich, daß von nun an auch er für beide Seiten verdächtig sein würde. Wie Bush war auch er jemand, der dazwischenstand, jemand, dem nicht getraut werden durfte.

Bush legte ihre Hand auf Auroras Stirn. »Sie übersteht das schon«, sagte sie, um mich zu beruhigen.

Erst später erfuhren wir, was danach geschah. Eine Eisenbahnbrücke ging in Flammen auf, Hochspannungsmasten wurden umgelegt. Es war, als wäre der alte Kriegsgeist auferstanden, die Gemeinschaft der Wölfe zurückgekehrt. Die Menschen hatten sich entschieden, bis zum Tod zu kämpfen, statt zu dulden, daß Nahrung, Wasser, Heilpflanzen und Grabstätten geflutet, die Tiere der Wildnis getötet, die Fische vergiftet werden würden.

Ihre Aufgabe war es, den Fluß zu heilen, einen Deich zu brechen, das Wasser seinen eigenen Weg finden zu lassen.

Später hatte ich ein schlechtes Gewissen, weil ich weggegangen war, aber an dem Tag, an dem wir aufbrachen, war ich erleichtert. Wir hatten zumindest einen Ort, wohin wir gehen konnten. Wir waren Außenseiter und damit jene, für die sich das Schicksal wendete, jene, für die es mehr als nur Gesicht hatte.

Bush tupfte Auroras erschöpftes Gesicht mit einem kühlen Tuch ab, um das Fieber zu senken. Ich betrachtete diese seltsame Frau von der Insel in Jeans und Arbeitshemd, die das Kind des Kindes im Arm hielt, das sie zu einer anderen Zeit, an einem anderen Ort zugleich geliebt und gefürchtet hatte.

Dann erscholl das bekannte Rattern des Postflugzeugs, das Knattern der Propeller. Und schon waren wir weg. Ich blickte aus dem lärmenden Flugzeug hinunter, und ich sah, daß der Ort, wo ich zum erstenmal das Gebiet meines Volkes, der Fettesser, der Schönen Menschen, betreten hatte, jetzt nur noch aus Staub bestand, daß alle Pflanzen vom Staub bedeckt waren, das Land verödet war und die alte Straße schon unter Wasser lag. In der beginnenden Dunkelheit zog sich das dünne Band der Straße von String Town wie ein Halsband aus künstlichen Edelsteinen über das Land, ein Leuchten, das vom umgewandelten Wasser gespeist wurde. Ich wußte, es war gegen den Willen der Erde, daß Flüsse zu Seen gemacht wurden, Seen zu trockenem Land, Flüsse in neue Betten umgeleitet wurden. Ich hoffte, eines Tages würde die Erde diesen Vertrauensbruch, diesen Bruch der Vereinbarung mit den Menschen verzeihen.

Schon bald landete das Flugzeug in der Nähe von Pinetown.

»Wir haben ein krankes Baby an Bord. Wo ist das nächste Krankenhaus?« fragte Charles einen Mann auf der Landepiste.

»Da oben«, zeigte er. Wir konnten es sehen.

Wir liefen sofort hin.

Bush klingelte an der Tür der Klinik. Jemand guckte aus dem Fenster, machte aber die Tür nicht auf. Ich hielt das Baby hoch, trotzdem blieb die Tür verschlossen. »Sie ist krank!« schrie ich, aber sie wollten uns nicht aufnehmen. Als wir uns abwandten, schrie ich: »Warum helft ihr uns nicht?« Ich drehte mich noch einmal um und hämmerte mit der Faust an die Tür. »Helft uns!«

»Bedroh sie nicht«, sagte Bush mit gepreßter Stimme und zog mich weg. »Das macht ihnen angst.«

»Ist mir doch egal! Du bist feige!« warf ich ihr vor.

»Die lassen uns festnehmen. Dann finden wir erst recht niemanden, der uns hilft.«

»Bush hat recht«, sagte Charles. »Dein Zorn bringt nichts. Spar dir die Kraft.«

Erst später wurde mir klar, wie sehr sie uns fürchteten, weil wir dunkle Haut hatten, weil wir von den Staudämmen kamen.

»Wir fahren nach Chinobe«, sagte Bush.

Charles, der jetzt Aurora trug, lief schon zum Wasser. Wir müßten per Kanu reisen, sagte er.

»Wo sollen wir denn ein Kanu hernehmen?« fragte ich, aber ich wußte, wir würden eines stehlen. Die Liste unserer Verbrechen wuchs.

Am Steg war ein Ständer mit mehreren Kanus. Charles wählte ein großes aus. Dann brach er in ein Bootshaus ein, wo er Paddel fand. Wir hasteten zum Wasser und fuhren los. Es gab nur eine Schwimmweste für uns alle. Für Aurora, dachte ich, wenn uns was zustößt. Sie würde leben. Sie würde aus dem Wasser steigen, so wie Loretta, Hannah und ich.

Bush hüllte Aurora warm ein und hielt sie im Arm, während Charles und ich eilig durch das schlammige Wasser paddelten. Aurora war still. Wir kamen schnell voran. Ich wußte nicht, daß ein Kanu so schnell sein konnte. Es machte mir angst, als verließen wir Wasser und beträten Himmel. Ich schnaufte laut.

Dann löste mich Bush ab, und ich drückte Aurora dicht an mein Herz und betete, macht schnell! Ich dachte nur, macht schnell! als wären die Worte selber, wie die alten Völker es wußten, übernatürliche Wesen und würden uns mitreißen wie Licht oder Wolke.

Es muß mehrere Stunden gedauert haben, bis wir ankamen. Charles ließ uns an einer gepflasterten Straße warten. Von meinem Schuh ging die Sohle ab, und kleine Nägel drückten sich in meinen Fuß. Ich legte Blätter in den Schuh. Wenig später kam Charles mit einem schrottreifen Auto zurück, neben ihm saß ein Mann.

»Mein Cousin«, war seine ganze Erklärung. »Beeilt euch.« Im Nu war der Cousin aus dem Auto gesprungen, und wir stiegen ein. Eines der Fenster war mit Plastik zugeklebt. Mit Kabelklebeband. Das Auto war ein alter Klapperkasten, und ich hatte keine großen Hoffnungen, daß er uns bis nach Chinobe bringen würde, aber immerhin funktionierte das Radio. Wenigstens ein wenig Ablenkung. Doch dann, ich wollte meinen Ohren nicht trauen, hörte ich Loretta, die Tony bat, nach Hause zu kommen. Ich schaltete das Radio aus.

Bush saß hinten und schlief mit Aurora auf dem Bauch. Ich berührte Auroras Gesicht. Es glühte. Meine Arme zitterten vor Erschöpfung.

Wir waren immer noch einige Stunden von Chinobe, vom nächsten Krankenhaus entfernt. Es regnete. Ich war dran mit Fahren. Ich raste über die unbefestigte Straße, und einmal, auf einer asphaltierten Strecke, geriet das Auto durch Aquaplaning ins Schleudern. Bush setzte sich auf, umfing Aurora schützend mit ihren Armen. Charles schrie: »Nimm den Fuß vom Gas.« Das tat ich, und der Wagen kam im Straßengraben zum Stehen. Ich fuhr aus dem Graben und dann weiter, als wäre nichts geschehen. Erst später wurde mir klar, wie gefährlich die Situation gewesen war. Ich dankte dem Schicksal, das sich für uns gewendet hatte. Danach war die Straße gerade und eben. Wir fuhren in südlicher Richtung, nur das einschläfernde Motorengeräusch, die Straße, das Rollen der Räder und Auroras Atmen waren zu hören. Am Straßenrand tauchte gelegentlich ein Tier auf, ein Kojote oder ein Kaninchen.

Wir hatten wenig Benzin, wußten nicht, wie weit es noch bis Chinobe war. Ich machte mir Mut, indem ich mir vorstellte, im Kofferraum läge ein voller Benzinkanister.

Trotz meiner Ängste sah ich wunderschöne Wiesen.

In Chinobe entdeckten wir erleichtert das Schild: »Klinik des Indianischen Gesundheitsdienstes«. Sie würden uns helfen; ihnen blieb nichts anderes übrig.

Charles und ich brachten Aurora hinein, als wären wir die Eltern, Bush folgte uns. Es war ein steriler, weißer Raum, der nach Alkohol und Verbandszeug roch. Ich schaute der Ärztin genau auf die Finger.

»Sie wird gesund«, sagte die Frau, nachdem sie die Schläuche angeschlossen hatte.

Erst dann atmete ich tief durch.

Die Nacht verbrachten wir im Auto auf dem Krankenhausparkplatz. Ein- oder zweimal fuhr ein Wachschutzauto vorbei und leuchtete uns an, aber sie ließen uns in Ruhe. Vor dem Einschlafen schaute ich den flinken Fledermäusen über uns zu. Alles schien so friedlich – die Bäume, die Stille, der runde weiße Mond – so tröstlich.

Am nächsten Morgen war ich stocksteif. Ich ging ins Krankenhaus, um nach Aurora zu sehen.

Sie schlief friedlich in einem kleinen Kinderbettchen. Das Fieber war verschwunden.

Wir fuhren in die Stadt. Wir hielten an einem kleinen Restaurant mit roten Tischen, wo es nach Eierkuchen und Speck roch, und als wir eine braune Brühe namens Kaffee schlürften, fragte uns die indianische Kellnerin: »Wo kommt ihr her?« Sie war jung. Um den Hals trug sie eine Kette mit einem Herzen daran.

»String Town«, sagte ich.

»Ach, wirklich?« sagte sie, mehr zu Charles als zu mir. Es war das erste Mal, daß mir auffiel, wie gut er aussah. »Was ist los da oben?«

Ich hörte nicht, was Charles alles erklärte. Statt dessen ging ich auf die Toilette und wusch mir die Haare mit Seife. Im schmuddeligen Flur vor der Toilette hing ein schwarzes Brett mit Anzeigen wie: »Massage-Therapie«, »Kanu zu verkaufen«, »Gebrauchter Pelz«. Wie fern kam mir das alles vor, nach dieser Fahrt aus dem Norden, mit einem Kind, das in mein Leben, in mein Herz eingewoben war. Während ich dort stand, schien es, als wirbelten Körner und Spreu hinaus in eine Zukunft fern von der Mutterpflanze. Was für eine Zukunft, das konnte ich noch nicht wissen.

Als wir gingen, sagte die Kellnerin: »Ich hoffe, sie gewinnen. Die Indianer, meine ich.« Sie fummelte gedankenverloren an ihrer Kette herum, lächelte Charles an, dann Bush.

»Ich auch«, sagte Bush.

20. Kapitel

Das wichtigste, das weiß ich jetzt, sind Anfänge. Und als Bush und ich nach Adam's Rib zurückkehrten, wußte ich, daß wir einen Anfang machten, daß ein weiterer Tag der Schöpfung anbrach. Vielleicht hatte meine eigene Rückkehr schon vor langer Zeit begonnen, vor meiner Geburt, als ich in den Körpern meiner Vorfahren geborgen war. Welch wunderbare Wildheit damals, während jener ersten dunklen Regungen des Lebens, lange bevor es die Vorstellung einer Zivilisation gab. Wir kannten die Sprachen von Erde, Wasser und Bäumen. Wir kannten den Reichtum, den die Schöpfung barg. Zehntausende von Jahren sprachen wir mit den Tieren und sie mit uns.

Es kann sein, daß die Flut schon begonnen hatte, als ich zum erstenmal dorthin gegangen war, möglicherweise hatte es sogar immer etwas gegeben, das auf uns zuströmte, etwas, das Vertrautes wie Fremdes wegspülte, es auf seinem Weg verschlang. Wie auch immer – als Bush, Aurora und ich nach Adam's Rib auf Tinselman's Ferry zurückkehrten, erkannten wir den Ort nicht wieder. Er war allmählich versunken, das feste Land war weniger geworden. Bevor wir nach Norden aufgebrochen waren, hatte das Wasser niedrig gestanden, aber nun war es wegen der Umleitung der Flüsse, dem Schließen der Schleusen gestiegen. Während wir in Two-Town in die Schlacht um das Wasser und seine Quellen verstrickt waren, hatte hier die Flutung bereits begonnen. Das war das Resultat des Staudammbaus, dessen Zeugen wir bei den Fettessern geworden waren, das Resultat der Flußstauungen im Norden. Das Resultat unseres Versagens, der ersten Phase des Projektes Einhalt zu gebieten.

Als wir aus der Fähre stiegen, lag das Schild »Auto-Ersatzteile, Bootsreparaturen« kurz über dem Wasser, das Holzgebäude war zur Hälfte versunken, und das Wasser stieg immer noch langsam an. Von den Häusern am See waren nur noch die oberen Teile und die Dächer trocken. Deiche waren eingebrochen, überschwemmt. Ein Fluß, der sich in den Lake Grand ergossen hatte, überflutete das umgrenzende Land. Eine rote Plastiktischdecke war von einem Tisch oder aus einer Schublade eines gefluteten Hauses davongeschwommen und an die Oberfläche gestiegen. Aufgeschlagen lag sie da, als hieße sie Gäste zu einem Mahl willkommen. Tote Fische wurden an die Wände von Gebäuden gespült, und ich konnte unter dem Wasser Trockengestelle, Winden und alte Autos sehen. Und das Wasser stieg immer noch und würde weitersteigen.

Bald würden sich die vier letzten hellen Kiefern in weiße Baumskelette verwandeln, zur Hälfte im Wasser stehend, und die Gräber würden überflutet sein. Und all das wegen des zerstörten Landes nördlich von uns. Dieser Flut würden keine Tiere paarweise entkommen, hier würde niemand denen die Hand reichen, die auf ihren vier Beinen so anmutig und weit wandern, niemand den watenden Vögeln mit ihren goldenen Klauen am Grund des Wassers Halt bieten, niemand die gelbäugigen Luchse, die flinken, dunklen Marder in Sicherheit bringen.

Bush trug Aurora, als wir zu Agnes' Haus gingen. Und

Aurora war so gut wie alles, was wir besaßen. Alles außer unserem Bargeld hatten wir bei den Fettessern gelassen. Aurora schlief friedlich mit dem Kopf an Bushs Schulter. Der untere Teil der Poison Road, jener Straße, die ich damals bei meiner Rückkehr zu Agnes und Dora-Rouge entlanggegangen war, stand ein paar Zentimeter unter Wasser. Und das Wasser breitete sich über das Gras und durch die Büsche aus und näherte sich den Türen der niedrig gelegenen Häuser.

Schweigend blickten wir uns um, unsere Schuhe waren naß.

Als wir Agnes verwohntes braunes Haus erreichten, stand die Tür weit offen, als wäre sie seit unserer Abreise nicht geschlossen gewesen. Irgendwie erwartete ich, daß Agnes dort mit funkelnden Brillengläsern stünde und uns willkommen hieße. Oder daß sie sagte: »Schau dich an, du bist eine Frau.«

Am stärksten verspürte ich den Verlust von Agnes in dem Moment, als Bush und ich das Haus betraten. Ich schaute die Liege an, den Tisch, den Herd. Alles war staubig. Auf der Liege lagen Blätter und Mäusekötel. Bush fegte sie hinunter und legte dann Aurora mit einer Decke darauf. Wir blickten uns um. John Husk war nicht da. Er war schon eine ganze Weile nicht dagewesen, wie ich sehen konnte. Überall lag eine Staubschicht, als habe niemand dort gewohnt, seit wir abgefahren waren.

»Was meinst du, wo er sein kann?« fragte ich besorgt. Vielleicht war er ja tot.

Bush sagte nichts.

Ich ging hinaus und setzte mich für ein paar Augenblicke still auf den roten Stuhl und dachte an Agnes. Ich wollte ihren Namen rufen und sie vom See zu mir nach Hause kommen sehen. Nach einer Weile stellte sich Bush neben mich. »Es ist schrecklich einsam hier, findest du nicht?«

»Ja. Wir sollten Husk suchen gehen.« Vielleicht war er ja vor lauter Trauer um Agnes gestorben.

»Aurora schläft. Ich warte hier«, sagte Bush. »Ich bin müde.«

Aber obwohl sie müde war, band sie ihr Haar zurück und fing an, den Herd und den Tisch abzuwischen, als wollten wir in das kleine Haus einziehen. Dabei weinte sie.

Ich wußte, daß sie alleine sein wollte, und ich wollte unbedingt zur Straße der Hundertjährigen gehen, um Tommy und Husk zu treffen, also ließ ich Aurora und Bush allein.

Während ich den Hügel zur Straße der Hundertjährigen hinaufging, sah ich Tommy ganz deutlich vor mir – die dunklen Augen, das empfindsame Gesicht. Langsam, wortlos bewegte ich mich auf ihn zu. Ich spürte seine Gegenwart, als liefe er neben mir, ich atmete den Geruch seiner Haut. Und dann stand Tommy bei Wileys Haus vor der Tür, als hätte er gewußt, daß ich komme, stand genauso da, wie das Bild, das ich vor mir gesehen hatte. Schlank, mit seinen großen Händen, trat er mir entgegen. Ich ging auf ihn zu, beinahe schwebend, als hätte ich keine Füße, und wir umarmten uns. Ich spürte mein Herz wachsen. Wir sagten nichts, atmeten, liebten, hielten einander in der Stille tiefer Liebe.

Wir gingen unter die Bäume und setzten uns in den lichten Schatten zweier Birken.

Später erzählte ich ihm, was ich alles getan hatte, wie ich Essen gestohlen und beinahe einen Stein auf die Männer mit den Gewehren geworfen hatte.

»Liebst du mich noch?« fragte ich ihn.

Er sagte: »Ich lieb dich noch viel mehr« und nahm meine Hand.

Wir sind klein, dachte ich, und strich über Tommys Stirn, seinen Hals, seine Brust mit den wenigen braunen Haaren. Wir waren aus Lehm geboren, im ausgestorbenen Wald erwacht. Wir sind kostbar wie Erde, wie Kieselalgen, die sich in den blühenden Meeren auf geheimnisvolle Weise selbst ihre Form geben.

Sobald wir im Haus waren, rief ich nach Husk. Er strahlte, als er mich sah. »Angel«, sagte er freudig, aber er sah erbärmlich aus, seine Hosen ausgebeult, sein Hemd zerknittert, und ein Auge tränte. Er war an die Straße der Hundertjährigen gezogen und hatte zusammen mit anderen lange gegen die Überflutungen angekämpft. Auch auf Adam's Rib hatten sie ihre Schlacht geschlagen und schließlich verloren. Jetzt stieg das Wasser, und die Leute waren einfach müde. Allen war die Erschöpfung anzusehen.

Ein paar Tage später, während das Wasser immer noch stieg, packte Husk Agnes' Sachen zusammen – die Töpfe, die Schachteln von Dora-Rouge, die zusammengefalteten Decken auf der Liege.

An dem Tag sah Husk besser aus. Er trug sogar bügelfreie Hosen, wie Agnes ihm empfohlen hatte. »Wir sollten alles dalassen«, sagte Husk, als wir seinen Wagen mit dem Toaster und den Pfannen und dem Geschirr beladen wollten. Erschöpft setzte er sich hin. Wir wollten die Sachen zur Straße der Hundertjährigen hinaufbringen, weil wir hofften, daß es dort – wie die Ingenieure versprochen hatten – trocken bleiben würde.

Bush wachste das alte, dreckige Linoleum.

»Was machst du denn da?« fragte ich.

»Ich bereite das Haus für das Wasser vor.«

Ich sagte zu Bush und Husk: »Agnes wollte immer, daß die Tiere sie fressen. Wußtet ihr das?«

»Ja, das hat sie mir gesagt, als es niemand sonst hören konnte«, antwortete Husk.

Am nächsten Tag setzten wir von Adam's Rib nach Fur Island über. Das Wasser stieg immer noch, und Motorboote waren unterwegs, um verwirrte Tiere aufzugreifen, von denen einige sich schwimmend zu retten versuchten. Viele waren schon ertrunken. Ein hölzernes Bügelbrett tauchte auf. Das sahen Bush und ich, während wir paddelten. Das Wasser schien plötzlich unendlich weit zu reichen.

Fur Island hatte wie all die anderen versprengten Teile des Festlandes zu schrumpfen begonnen. Wir wollten die Pflanzen retten, den Mais, was immer wir mitnehmen konnten. Als wir uns dort, wo der Boden schon matschig war, an die Arbeit machten, konnten wir sehen, wie der Wasserspiegel stieg. Wenig später waren die weißen Steine des Pfades fast unsichtbar, ragten sie wie kleine, aufgereihte Eisberge aus dem Wasser. Die Schildkrötenknochen lagen etwas höher, sie waren noch nicht vom Wasser bedeckt.

Und dann platzte plötzlich LaRue mit seinem dunkelgrauen *Raben* herein, preschte laut und aufdringlich durch das sonnenglitzernde Wasser, als durchquerte er den Himmel. Bush freute sich sogar, ihn zu sehen. Er war gekommen, um uns zu helfen. Sie hätte gern gewußt, wo er gelandet war, nachdem er auf dem schlammgeborenen Stück Erde vom Gebiet der Fettesser davongetrieben war, aber sie fragte nicht. Sie machte ihm auch keine Vorwürfe. Das war ein gutes Zeichen, dachte ich.

Bald würde das Wasser Bushs Haus erreichen, die Tür so leichtfüßig und problemlos durchqueren, als wäre es ein eingeladener Gast. Wir sahen es langsam ansteigen, während wir hart arbeiteten, durchnäßt und schlammverschmiert, um die Pflanzen zu retten, die Bush gezogen hatte. Von einigen nahmen wir die Samen mit, andere gruben wir mit den Wurzeln aus und wickelten sie in Stoff, um sie später an der Straße der Hundertjährigen einzupflanzen.

Tagelang arbeiteten wir, und wir waren noch immer nicht fertig, als Tommy mit seinen Fallen kam. Er fing Tiere, die nicht schwimmen konnten, mit Fallen oder Schlingen, brachte sie nach Adam's Rib und ließ sie wieder frei. Vom Ufer aus beobachtete ich, wie er und LaRue einen Hirsch einfingen, der nicht schwimmen konnte, und wie sie ihn mit dem Seil um den Hals durchs Wasser zum Festland zogen. Das Tier war über das Eis gekommen und hatte die Rückkehr verpaßt.

Wir arbeiteten bis zur Erschöpfung. Fette, lehmig riechende Erde, die sich nicht dem Wasser ausliefern wollte, blieb an uns kleben. Wasser, dachte ich, wollte alles gleichmachen, auf eine Ebene bringen, einschließen.

LaRue und der *Rabe* zogen die Spinneninsel mit ihren seidigen Netzen und glitzernden Fäden zum Festland und verankerten sie dort. Wir wollten dieses abgebrochene Stück Land, dieses kleine Floß, nicht an das gierige hungrige Wasser verlieren, das mit Hilfe menschlicher Hände all das an sich reißen wollte, was es einst geschaffen hatte.

Am nächsten Tag füllte sich das Haus der schwarzen Steine, das Haus des Nichts, mit Fröschen und Schlamm. Wir schauten zu, wie das Wasser stieg, und obwohl uns das Herz schmerzte, war es ein friedlicher Anblick, wie sich Wasser über unsere Welt legte. Als wir vier Fur Island endgültig verließen, sahen wir vom *Raben* aus zu, wie Wasser die von Bush zusammengesetzten Schildkrötenknochen zurücknahm. Die Schildkröte wurde hochgehoben. Erst bedeckte Wasser sie behutsam, wie ein Liebhaber, stieg dann langsam weiter, bis die Schildkröte schließlich freikam und zu schwimmen begann. Einen Moment lang sah ich sie als Ganzes, sah, wie die Knochen eines riesigen Wesens zum Wasser zurückkehrten, wo es sich im Dunkel der Fluten bewegen konnte. Bush drehte sich voller Verachtung zu LaRue um, aber auch er sah zufrieden aus, und sie sagte nichts.

Der Hungrige Wasserschlund schloß sich. Er verschlang nichts mehr. Statt dessen wurde er wie die Schildkröte selber verschlungen, zusammen mit dem Wal, den Schneemobilen, den gehäuteten Tieren und Frenchies Helene.

Dann hoben sich sogar die Dielen des Hauses, immer ein paar auf einmal, und Fur Island versank mit dem Haus, das aus Ballast gebaut worden war, im Wasser, als wäre es ihre Bestimmung gewesen. Mit ihr verschwanden die Orgelpfeifen und der zerborstene Milchstein und der Schuppen mit den alten rostigen Fallen.

Eines Tages ging ich zu LaRue. Er hatte geweint. Er versuchte, dies vor mir zu verbergen, aber ich sagte: »Was ist los?« Ich schaute mich zwischen den Skorpionen, Schlangenskeletten und den Schachteln mit aufgespießten Schmetterlingen um.

Er schaute mich an. Um zu sehen, ob es mir ernst war. »Komm her«, sagte er.

Ich folgte ihm in den stinkenden, dunklen Keller mit den Knochen und Häuten und Glasaugen. Dort, auf dem Tisch, lag ein Tier mit nahezu grünem Fell. Schöner als alles, das ich je gesehen hatte: große dunkle Augen, mandelförmig, ein sammetweiches Gesicht mit feinen Schnurrhaaren, ein dünner, geschmeidiger Körper, ein langer Schwanz. Wie eine Ranke lag es dort, wie der erste Sproß eines Farns, so zierlich und schön.

»Was ist das?« fragte ich.

Ich machte mir ein Bild aus den Bruchstücken, die er von sich gab. Das Tier war in einem fernen Wald von einem Jäger getötet worden, von einem seiner Kunden. Der behauptete, es wäre das letzte Wesen dieser Art, und er war stolz, daß er es gefaßt hatte. Gefaßt, dachte ich, was für ein seltsames Wort. Erobern, besitzen, gewinnen, schlucken.

Da wußte ich schon genug vom Weinen, daß ich Rues Hand nahm. »Erzähl es mir«, sagte ich. Er weinte um das Tier, um uns, um unser Leben, und er weinte wegen des Krieges, in dem er gelitten und von dem er nie gesprochen hatte. Danach veränderte er sich, ganz allmählich. Jemand anders hätte das vielleicht nicht bemerkt, ich aber sah es. Und Bush auch. Seine neue Offenheit, seine Dünnhäutigkeit rührte sie. Tränen haben einen Sinn. Sie sind das, was wir vom Ozean in uns haben, und vielleicht müssen wir Meer werden, uns ihm hingeben, wenn wir uns verändern wollen.

21. Kapitel

Fast ein Jahr später sah ich Tulik. An einem heißen Tag in der Stadt. Ich stand an einer Ecke und dachte gerade, daß der Asphalt nur eine dünne Schale über der Erde sei, daß die Pflanzen länger halten und darüber hinwegwachsen würden, da sah ich Tulik. Er fragte einen großen Mann im Anzug nach dem Weg. In der Stadt, durch die der Verkehr brauste, mit den großen Gebäuden im Rücken wirkte Tulik winzig, verletzlich und sehr alt. Obwohl ich wußte, daß Tulik ein starker Mann war, wirkte er hier nahezu zerbrechlich. Die meisten Passanten trugen dunkle, modische Kleidung. Tulik hatte ein hellblaues Hemd an, durch das seine spitzen Knochen schimmerten. Es schien, als könnten ihn die Mauern der Gebäude, die Straßenschilder, die elektrischen Lampen, die Märkte genauso verschlucken, wie sie die Erde vertilgt hatten. Die Leute starrten ihn neugierig an, als wäre er einer alten Geschichte entsprungen, die sie beinahe vergessen hätten. Seine Weisheit schien nichts weiter als ein abgelegter Glaube zu sein, für den kein Platz war in dieser neuen Welt, obwohl das Fundament ihrer Mauern doch in den vergangenen Leben und Welten von Männern wie Tulik verankert war.

Ich freute mich, ihn zu sehen. »Tulik!« schrie ich und rannte ihm hinterher.

Er hatte sein Haar wachsen lassen und es zu einem Pferdeschwanz zusammengebunden, der ihm über den Rükken hing. Es war immer noch schwarz wie Krähenflügel.

»Tulik!« Ich rannte auf ihn zu.

Er blieb stehen, als hätte noch nie zuvor jemand seinen Namen ausgesprochen. Die Ampel sprang auf Gelb. Ein Mann prallte mit Tulik zusammen, dann machte er einen Bogen um ihn und hastete weiter. Tulik drehte sich um und schaute mich an. »Angel!« rief er. »Maniki! Sieh einer an! Gut siehst du aus!«

Er strich mir über das Gesicht und umarmte mich, dann sagte er sehr geschäftsmäßig: »Komm mit mir mit. Ich muß zum Friseur.«

»Friseur? Du hast immer gesagt, das wäre Geldverschwendung.«

»Ich will, daß mich der Richter anhört. Ich muß aussehen wie einer von denen.«

Aber als ich dann beim Friseur saß und die Büschel schwarzen Haares zu Boden fallen sah, fand ich, daß Tulik albern aussah. Er wußte das auch, dieser Mann, der immer so stolz auf seine Erscheinung gewesen war.

Dann gingen wir mit seiner anständigen Frisur in ein Lokal und tranken Kaffee und aßen amerikanischen Kuchen, wie er die Bratäpfel nannte.

Ich fragte: »Wie geht's Dora-Rouge?«

»Gut. Sie läßt dich grüßen.«

Später, beim Gerichtsgebäude, sagte Tulik: »Ich habe meditiert. Aber ich habe keinen inneren Frieden. Ich kann ihn nicht mehr finden. Ich denke, es wäre besser, ihn nie gefunden zu haben, als ihn auf diese Art zu verlieren.« Er schüttelte den Kopf. »Aber warum sollte es innen besser aussehen als außen? Das geschieht mit Menschen, wenn ihr Land zerstört wird. Findest du nicht auch, Maniki, daß sie dann ihre innere Orientierung verlieren?«

Ich bürstete ihm die schwarzen Haare von den Schultern und richtete seinen Kragen, und dann betraten wir die Marmorsäle der Justiz.

Am Abend, nach dem Gerichtstag, sagte Tulik, er sehnte sich danach, Aurora auf den Schoß zu nehmen und sie zu schaukeln. Wir gingen zu dem Zimmer mit Kochnische, das Chiquita, Wileys Frau, und ich gemietet hatten, und Tulik nahm Aurora auf den Arm, und sofort leuchteten ihre Augen. »Sie ist so groß!«

»Du kannst es immer noch«, sagte ich mit stolzer Stimme zu ihm. Man hätte kaum geglaubt, daß sie sich nach so langer Zeit an ihn erinnerte, aber sie tat es. Sie hatte nur für Tulik Augen. Und sie wackelte auf ihn zu und rief seinen Namen, während ich Wasser heiß machte und Instantkaffee in zwei Tassen rührte.

Tulik nannte das Gericht das Haus der Einheiten, Maße und Gewichte, denn die Fragen dort lauteten nur wie oft, wie viele, wie viel. Wie viele Fische fingen Sie vor zwei Jahren? Wie viele haben Sie letztes Jahr gefangen? Er wußte wohl, daß der Wert und das Gewicht der Dinge in Zahlen, Dollar und Gramm gemessen wurde. Tuliks Aussage war immer eindeutig und ehrlich: »Gibt es weniger als früher?« fragten sie, und er sagte: »Ich habe nie gezählt, aber es scheint der Fall zu sein. Bestimmt die Hälfte weniger.«

Sie fragten Tulik und einige der anderen Männer über ihre Fallen, die Orte, wo sie Elche gefunden hätten, und wie viele sie in einem Jahr getötet hätten, wie hoch ihr Einkommen gewesen sei. Hätten sie von dem Land gelebt?

Die Sitzungen begannen jeden Tag um neun Uhr. Zwischen den Zeugenaussagen gab es wenige Pausen. Vom stundenlangen Sitzen war ich völlig erschöpft.

»Bitte beantworten Sie die Frage.« Eine kräftige Stimme.

»Ich versuche ja zu antworten.«

Auroras Augen verfolgten alles. Sie schien genau zuzuhören, auch wenn sie die großen Gebäude draußen betrachtete, in deren Fenstern sich die Sonne spiegelte.

Am Abend, wenn er ausgesagt hatte, sah Tulik grau und müde aus. Er und die anderen litten darunter, dem Spott und der Lächerlichkeit preisgegeben zu sein. Für andere waren wir so unbedeutende Leute. In deren Augen waren wir lediglich Relikte der Vergangenheit. Sie idealisierten diese Vergangenheit in ihrer Phantasie, wollten sie sogar manchmal für sich selbst wieder heraufbeschwören, aber unsere tatsächliche Existenz als Menschen verachteten sie. Ihre Männer, selbst ihre Kinder, waren in die Wälder gegangen, hatten so getan, als wären sie wir, hatten sich unser Leben vorgestellt, aber jetzt waren wir gegenwärtig, eine Macht, mit der sie rechnen mußten.

Diejenigen, die Geld hatten, die Aktien und die Macht in den Städten hatten, wußten nicht, welche Zerstörung ihre Beschlüsse und Bedürfnisse und Wünsche mit sich brachten. Wenn sie eine Ahnung davon gehabt hätten, was ihre Entscheidungen für unser Volk bedeuteten, und wenn sie trotz dieses Wissens mit dem Bauen fortfuhren, dann waren sie das Böse. Dann waren sie menschliches Fleisch verzehrende Kannibalen, die Welten in Brand steckten, Welten, die von den Göttern geliebt wurden und die sie den Menschen anvertraut hatten.

Die Presse berichtete kaum. Aber eines Tages war in der unteren Ecke einer Seite ein Foto von Tulik und den anderen herausragenden, brillanten Männern und Frauen auf der Treppe des Gerichtsgebäudes. Darunter stand: »Wieder auf dem Kriegspfad«. Ich versteckte die Zeitung vor Tulik. Ich versuchte, ihm den Schmerz zu ersparen, so wie er das früher mit mir gemacht hatte.

Wenn ich jetzt an ihn denke, sehe ich ihn dort sitzen, sehe, wie die kalten Säle, gebaut aus den unrechtmäßig gebrochenen Steinen unserer Welt, seine Schönheit in eine Art Unscheinbarkeit verwandelten. Er saß ruhig da und hörte zu.

Es dauerte länger als ein Jahr, bevor das Bauen von Staudämmen eingestellt wurde, aber Tulik lebte nicht lange genug, um uns gewinnen zu sehen. Es hätte ihm gefallen, obwohl das Land schon so große Veränderungen über sich hatte ergehen lassen müssen. Es war zu spät für den Child River, für die Karibus, die Fische, sogar für unsere eigenen Kinder, aber wir mußten einfach glauben, ob es nun stimmte oder nicht, daß unser später Sieg etwas beendet hatte. Daß ein Bruch geheilt war, ein Spalt verschlossen, ein Stück wieder an seinem Platz war. Ja, es waren unendlich viele Stücke, und sie waren zerstreut wie die Scherben zerbrochener Tonkrüge, und unser menschlicher Schmerz war tief, aber wir hatten einen Anker in die Zukunft geworfen und folgten dem Seil bis zu seinem Ende, dorthin, wo wir neue Träume und von neuen Heilkräutern träumten und wo wir uns eines Tages daran erinnern würden, daß jedes lebende Wesen heilig war.

In der Zeit streifte etwas von mir ab. Wie eine Schlange schlüpfte ich aus meiner alten Haut, aus meinen alten Augen. Ich war frisch, ich sah alles klar.

Eines Tages in der Stadt schaute ich auf. Es würde regnen. Ich konnte die Sterne nicht sehen, wußte aber, wo sie waren.

In der Natur gibt es so grausame Regeln, ein Wal muß zum Atmen auftauchen, obwohl dort oben seine Mörder warten, die weißen Schwänze des Rotwilds und der Kaninchen leuchten auf, wenn die Tiere der Gefahr davonlaufen wollen. Auch in manchen menschlichen Wesen gibt es etwas, das sterben will, das uns in die eigene Zerstörung treibt. In uns steckt etwas, das uns vorgeben läßt, weniger wert zu sein, als wir sind, weniger als die anderen Kreaturen, die voller Anmut und Würde sind. Vielleicht bringt uns das dazu, uns vor einem wütenden Gott zu beugen, wenn es besser gewesen wäre, am Altar unserer eigenen Liebe zu knien.

Und manchmal denke ich über die nach, die unser Land zerrissen, unser Leben. Ob sie fröhlich vom Schlaf aufstehen, wenn sie am Morgen ihre Decken zur Seite schlagen, frage ich mich. Finden sie trotzdem Glück und Frieden? Singen sie, wenn sie im Licht einer Lampe sitzen, oder lieben sie sich? Genausogut könnte ich fragen, ob sich die Unendlichkeit bei ihrer Flucht im Kreis den eigenen Schwanz abgebissen hat.

Ich denke sehr oft an Hannah. Sie ist immer am Rande meiner Träume, an der Peripherie von Wachsein und Schlaf. Alles kann sie mir ins Gedächtnis rufen – ein eisiger Wind an einem heißen Tag, ein Tag mit einem unguten Gefühl, ein Zeitungsbericht von einem mißhandelten Kind.

Meine Mutter entsprang den Gewehren unserer Mörder. Sie wurde aus Messern geboren, aus dem bei lebendigem Leibe gehäuteten Biber und Marder und aus den abgenagten Beinen der Wölfe. Sie tat mir weh, weil ich ein Teil von ihr war und sie sich selbst haßte. Ich denke an ihren Nachnamen, Wing, als könnte sie fliegen, so schwerelos wie ein Vogel in einer Luftströmung. Oder vielleicht waren ihre Flügel wie bei dem Vielfraß auf den Felszeichnungen unsichtbar, bis sie naß wurden, und konnten sich erst dann breit und kräftig spreizen. Ich hoffte, sie lebte an einem Ort, wo sie diese Flügel mit einer Liebe öffnen könnte, die sie nie in ihrem Leben kennengelernt hatte.

Tulik hatte einmal gesagt, es gebe unter uns immer noch welche, die in die Vergangenheit reisten und mit etwas Wertvollem zurückkehren könnten, einem Wissen, einem Heilmittel oder einem Lied. Ich wollte so eine sein, die aus der Ferne zurückkehrte und ein Lied mitbrachte, ein heiliges Bündel, eine Schachtel mit Kräutern, alles, was ich mit in die Zukunft nehmen könnte. Aber das war ich nicht. Ich mußte die Lieder bei ihren Besitzern zurücklassen, die Kräuter unter dem Wasser, die Bündel in ihren Höhlen und auf den Bäumen neben den Bärenschädeln, die uns von versteckten Orten zugeschaut hatten. Eine Zeitlang dachte ich, daß ich nur scharfe Stöcke mit Häuten und Lumpen darüber gefunden hatte. So etwas wie das, was die Alte Mutter, die erste Frau, benutzt hatte, um ihre Kinder zu erschaffen. Vielleicht war ich nicht weit genug gegangen, oder vielleicht mußte ich nur das richtige Lied singen, so wie in den Geschichten von der Schöpfung der ersten Frau und des ersten Mannes, so daß die Stöcke lebendig wurden, Form annahmen und anfingen zu atmen und sich zu bewegen. In letzter Zeit höre ich so etwas wie eine Stimme im Ohr, und sie flüstert mir zu. »Steh auf«, sagt sie am Morgen. »Biete den Morgenmenschen Maismehl an.« Das tue ich. »Mach langsam«, sagt sie. Das tue ich auch.

Und ich könnte davon erzählen, wie ich durch Türen gehe, die nicht von dieser Welt sind, wie meine Seele manchmal in die Mitte von Flüssen reist, wo Ärzte mit Namen Stein residieren, wie ich die Pflanzen meiner Großmütter suche. Seitdem habe ich im Weg von Feuerbällen gestanden und sie gebeten, mich auszufüllen. Es gibt auch andere Mysterien, solche, die verlorene Männer und Frauen nicht finden können, weil die Zeichen unserer Vorfahren weggenommen wurden. Es gibt keine Karte, die uns zeigt, wohin wir treten sollen, keinen Führer, der uns sehen lehrt. Aber vielleicht sind Karten, wie Dora-Rouge einmal sagte, nur Masken über Gottes Gesicht, und wir sind die, die sich verirrt haben; die Wege haben sich nicht von uns entfernt, sondern wir haben sie verloren. Aber die Wege sind geduldig und erwarten unsere Rückkehr.

Immerhin habe ich mein eigenes Leben geformt. Wie die Kuhle im Gras, in die sich ein Hirsch legt, oder der Platz, wo ein Elch schläft.

Eines Tages erhielten Bush, Husk und ich eine Postkarte von Dora-Rouge. Eine Einladung zu ihrem Tod. Ich träumte, wir sollten hingehen, aber Bush konnte nicht reisen, so schmerzlich das für sie war. Sie konnte weder die alten Leute verlassen, mit denen wir jetzt lebten, noch die Pflanzen, die sie zog, also fuhr ich alleine. Diesmal nahm ich den Zug, schaute zu, wie das Land an den Kojoten vorbeifuhr. Wenn ich zwischen den Wagen des ratternden Zuges stand, kam mir alles so zerbrechlich und provisorisch vor.

Als ich dort ankam, wo einst Two-Town war, konnte ich es kaum fassen. Die Gleise endeten im Wasser. Gebäude standen unter Wasser, dunkle, schlammige Sedimente stiegen auf. Ich brauchte nicht zu tauchen, um mir das anzusehen. Ich kannte das Gelände auswendig. Meilensteine bedeckt, Schilder, Flüsse ertrunken, sogar ein toter Elch schwamm herum. Ein strömender Fluß war zu einem Teich verkommen, zu einem stehenden Wasser, grün vom Algenwuchs, trist und öde, abgesehen von den darüberfliegenden Libellen. Bäume schwammen auf dem Wasser, Kiefern, Fische. Das Holz alter Wände trieb an die Oberfläche, Zaunpfähle, ein Stück Baumrinde in der Form eines Herzens; vielleicht trug es die Initialen von Tony und Loretta.

Nachdem ich aus dem Zug gestiegen war, fragte ich einen Mann: »Wo ist Tuliks Haus?« Obwohl Tulik tot war, erinnerte man sich an ihn, und der Mann zeigte mir ein neues, vom Staat gebautes Haus.

Miss Nett machte mir die Tür auf, wegen ihres Buckels kostete es sie Mühe, zu mir aufzugucken. Gerührt umarmte sie mich, sagte nichts, drückte mich nur fest an sich. Dann rief sie mit rosigen Wangen zu Dora-Rouge im Innern des Hauses: »Ena. Es ist Maniki!«

Als ich das Zimmer betrat, sagte Dora-Rouge: »Oh, Liebes, ich kann dich kaum sehen.« Ich umarmte sie. Ich konnte die Krankheit riechen, Dora-Rouge war dürrer denn je. »Niemand kommt zu meinem Tod«, sagte sie.

»Ich bin hier«, erklärte ich freundlich.

»Ja, du, Maniki, ein wahrhafter Mensch.«

Ich setzte mich auf einen Holzstuhl neben sie, und ich erinnerte mich an eine Geschichte, die Tulik mir einst über die Menschen erzählt hatte, die unbedingt das haben wollten, was die anderen Kreaturen hatten. Sie gingen zu dem großen Vogel und sagten, sie wollten fliegen. Der Wunsch wurde ihnen erfüllt. Sie gingen zum Maulwurf und sagten, sie wollten graben, und auch das konnten sie von da an. Schließlich gingen sie zum Wasser und sagten, wir müssen diese ungebundene Lebensweise haben. Das Wasser sagte, ihr habt zu viel verlangt, und dann wurde ihnen alles genommen. Über allem Wünschen hatten sie vergessen, darum zu bitten, menschliche Wesen werden zu dürfen.

»Ich hab so eine schreckliche Nacht hinter mir. Ich konnte nicht schlafen«, sagte Dora-Rouge. Man sah es an ihrem zerzausten weißen Haar und den Ringen unter ihren Augen. »Hast du was von dem Schlafmittel? Hast du die Pflanzen gefunden?«

»Nein«, sagte ich. Die Wahrheit war, daß ich nicht einmal gesucht hatte. Ich war so damit beschäftigt gewesen, alles vor der Flut zu retten und den Leuten auf Adam's Rib zu helfen, daß ich die Pflanzen vollkommen vergessen hatte. Aber ich schwor mir, daß ich sie suchen würde. Ich erzählte Dora-Rouge nichts von der Welt auf Adam's Rib, wo sie so lange gelebt hatte und die nun überschwemmt war. Sie brauchte das jetzt nicht zu wissen, es gab keinen Grund, sie noch mehr trauern zu lassen.

»Ich weiß, daß sie da draußen ist, diese Pflanze. Ich fühle es.« Sie deutete gen Norden.

Ich hoffte, sie hatte recht.

»Wo ist Bush?«

»Es tut ihr wirklich leid.« Dann erzählte ich ihr, daß wir in die Straße der Hundertjährigen gezogen waren und daß die Leute dort Bush brauchten.

Dora-Rouge war traurig, als sie das hörte, aber sie freute sich, daß ich da war.

Ich beschloß, die Pflanzen suchen zu gehen. Ich schrieb Tommy, daß ich ein paar Wochen lang bleiben würde, und die beiden Frauen stellten ein Klappbett für mich auf. Ich beschwerte mich nicht.

Eines Tages zog ich los, um die Pflanzen zu suchen. Wenn Tulik bei mir wäre, dachte ich, hätte ich eine Chance, sie zu finden. Ich hätte auch gerne Eks Buch gehabt, mit den Beschreibungen der Fundstellen bestimmter Pflanzen, aber die Gegend hatte sich so verändert, daß die Karten nichts genützt hätten. Jetzt versuchte der Fluß südlich von uns, sein neues Bett kennenzulernen, seinen neuen Lauf. Es ging ihm nicht sehr gut. Auch dem Land nicht, das einst unter Wasser war und nun an der Luft lag, aber frische Gräser sprossen noch nicht.

Eines frühen Morgens träumte ich, Dora-Rouge wäre alleine im Wald. Als ich aufwachte, war sie nicht da. »Ich weiß nicht, wo sie hin ist«, sagte Miss Nett. »Wie hat sie es überhaupt geschafft rauszugehen?«

Ich ging an den Ort, von dem ich geträumt hatte. Das war in der Nähe der dreiblättrigen Pflanzen, die Tulik mir gezeigt hatte. Auf dem Pfad lag ihr Rollstuhl, das verwobene, verknüpfte Korbgeflecht lag auf der Seite, der Name Mother Jordan schimmerte noch durch die Farbe. Ein merkwürdiger Anblick, dieser umgekippte Rollstuhl mit dem Gras unter seinem Flechtwerk. Dora-Rouge war nirgends zu sehen.

Ich fand sie auf einem Moosbeet gleich neben einem Pfad in dem letzten bißchen Wald. Sie war von Farnen und Moosen, dem tiefen Grün des Frühlings umgeben. Weißhaarig und verhutzelt lag sie zusammengekauert wie ein Kind, das seine Geburt erwartete.

»Großmutter«, sagte ich. »Wie bist du hierhergekommen?« Ich kniete mich neben sie und berührte sie an der Schulter.

»Ich finde meinen Weg.«

»Bis hierher?«

»Hier will ich sterben.« Sie lag auf der Seite und lächelte mich an.

»Du bist bis hierher gekommen, ohne daß dich jemand gesehen hat?«

»Bis hierher.« Sie war stolz auf ihre Tat, aber sie war auch sehr erschöpft.

Ich setzte mich neben sie auf den Boden. Sie lächelte in

meine Augen. »Sieh mal. Die Regenwolke. Wie schön.« Sie schaute zum Himmel hoch.

Ich legte mich neben sie auf den Rücken und schaute auf. Nicht eine Wolke am Himmel. Es war ein klarer, blauer Tag. Als ich zu Dora-Rouge hinüberblickte, war sie gestorben, aber nicht auf die schwere Art, wie ich es kannte, sie hatte nicht geröchelt, nicht um Luft gerungen, nicht gekämpft. Sie starb leicht, sanft wie ein Blatt, das vom Baum fällt und weiß, daß neue Blätter, Zweige und Wurzeln sich entfalten werden – an einem Baum, der die Kraft des Glaubens an den kommenden Frühling hat.

Und obwohl der Himmel wolkenlos war, fing es an zu regnen, ein sanfter, weiblicher Regen. Er fiel auf uns. Ich hatte Dora-Rouges toten Körper auf dem Schoß und wiegte ihn. Jenseits des wolkenlosen Regens lagen die Sonne, Meteoritenschauer und kosmischer Staub. Ich war klein, wie ich da saß und den Tod schaukelte. Ich sang ein altes Lied. Es war Dora-Rouges Lied. Das Lied, das die Tiere rief. Und während ich sang, kamen die Tiere zu ihr. Mit den Augen sah ich sie nicht, aber ich wußte, daß sie da waren. Wolf, dünn und alt, stand ein Stück entfernt unter den Bäumen. Er hielt Abstand. Wer könnte es ihm verargen? Und da war Adler mit seinen wachsamen Augen. Das Rascheln eines Bären, der brummend durch den Busch tappte, und hinter ihm ein weiterer Schatten. Vielfraß kam, um die letzte Ehre zu erweisen, dachte ich.

Der Norden ist nicht immer kalt und weiß. An manchen Morgen ist es warm, und ein Wind geht, wie eine Hand, die freundlich über die Welt und über die Menschen streicht. An diesen Morgen bilden die Blätter schöne Schatten auf dem Boden. Das Licht kommt langsam und schleppend, als zögerte die Sonne, sich über die Erde zu erheben, als hätte die Erde ihre Umdrehungen zu einem trägen, sanften Bogen verlangsamt. Und in manchen Nächten, wenn das Mondlicht seinen Zauber verbreitet, ist es klar genug, um die Gestalt von Fisch am Himmel zu sehen. Daneben sind Wolf, Dachs und Vielfraß. Obwohl ich diese Konstellation nie gesehen habe, weiß ich, daß sie da ist. Manchmal zieht das Nordlicht durch die Nacht, Lichtfäden, die mich an ein Spinnengewebe erinnern oder an ein Fischernetz, das über den sternenbesähten Himmel geworfen wird, um das Leben darin einzufangen. Und dann wieder erinnert es mich an die Streifen auf dem Bauch einer schwangeren Frau. Dann denke ich, daß unsere Erde oder unser Himmel vielleicht etwas gebären, vielleicht gibt es noch einen weiteren Tag der Schöpfung, und die Erde ist nur ein kleines Boot mit Männern und Frauen, Schnekken und Teufelsrochen, die alle in einer Muschelschale über das dunkelblaue Gesicht eines Gottes schwimmen.

Eines Abends war ich bei LaRue und fragte ihn: »Sag mal, was passierte eigentlich damals auf dem Fluß, als du abgehauen bist?«

»Glaubst du, das war mit Absicht?« Ich konnte sehen, daß er wieder ganz der alte wurde. »Ich hatte eine Scheißangst. Ich dachte, das war's dann. Du hast doch den Fluß gesehen. Wie wild der war.« Aber in dem Moment blickte LaRue aus dem Fenster. »Oh, mein Gott«, rief er. »Ein Vielfraß.« Er schrie beinahe, sprang auf, schnappte sein Gewehr und lief zur Tür.

»Nicht schießen!« brüllte ich ihm hinterher, aber ich hatte schon angefangen zu lachen. Als er wieder reinkam, hielt ich mir den Bauch und sagte: »Das warst du.« Ich konnte vor Lachen kaum sprechen. »Das war dein Spiegelbild.«

Er schien sich geschlagen zu geben, sagte dann aber:

»Dacht ich's mir doch, war viel zu häßlich für einen Vielfraß.«

Als ich es Bush erzählte, lachte sie und gab wieder ein bißchen nach. Ich sagte ihr, er habe Löcher in den Socken und ich hätte ihn weinen gesehen.

Sie sagte: »Ich fang an, den Mann zu mögen.«

So schlägt die Liebe ihre Augen auf. Wenn ich mit Tommy zusammen bin, weiß ich keine Worte, und wir wachen zusammen in einem Wald auf, der noch keinen Namen hat. Eines Abends hielten Tommy und ich Aurora bei einem der traditionellen Tänze hoch, hoben sie über Tommys Kopf und zeigten sie allen Leuten. Wir tanzten zusammen den Tanz, bei dem Lieder in Sonnenlicht gekleidet werden, silbrig und dünn aus dem Himmel kommen, aus einer fernen Vergangenheit heraus. Lieder gibt es, die dem Regen fallen helfen.

Wir tanzten den Tanz unserer eigenen Hochzeit, aus zwei wird eins. Ich war dankbar für Tommys Liebe. Ich glaubte, Tommy und ich wären unsere Vorfahren, die auf der Suche nach einander wieder zusammengefunden hätten, und wir liebten uns innig, so wie sie geliebt hatten. Ich dachte daran, wie gute Götter Menschen ihren Atem einhauchen und die Menschen lebendig werden. Auch uns hatte etwas seinen Atem eingehaucht.

Oder`vielleicht ist es so, wie das Licht aus dem Holz kommt und wieder zur Sonne wird, sich durch das Flüstern von einhundert vergangenen Jahren drängt.

Auch heute noch schwebt Agnes' Stimme auf mich zu. Ich höre sie sagen: »Einst war die ganze Welt mit Wasser bedeckt.« Ich höre sie singen, aus dem Nebel treten, so wie damals, als ich sie das erste Mal sah. Und manchmal streift mich Dora-Rouge. Ich weiß, daß sie es ist, erkenne sie an ihrem dürren Finger, dem vertrauten Gefühl ihrer Hand auf meiner Schulter. Gelegentlich schiebt sie mein Haar beiseite, wie sie es immer getan hat, damit sie mein schönes Gesicht sehen kann. Manchmal denke ich, es ist der Wind und nicht ihre Hand, aber bei der nächsten Berührung ihrer Hand höre ich sie sagen, daß ein Mensch lebendiges Wasser sei, daß die Schöpfung noch nicht am Ende sei.

Wenn du dein Ohr an ein menschliches Wesen legst, selbst wenn du es selber bist, dann hörst du die Trommeln. Ältere Wesen werden im Blut erinnert. Ganz im Innern gehen wir noch nicht aufrecht. Wir sind Baum. Wir sind Frosch in Bernstein. Vielleicht beginnt die Erde selbst erst jetzt, Form anzunehmen.

Eines Tages, als das Licht gelb schien, wandte ich mich zu Bush und sagte: »In mir lebt etwas Wunderschönes.«

Sie schaute mich an. »Ja«, sagte sie. »Die frühen Menschen wußten das, deshalb haben sie Tiere auf ihre Höhlenwände gezeichnet.«

In uns lebt etwas Wunderschönes. Du wirst es sehen. Glaub es einfach. Du wirst es sehen.

Nr. 92006 · DM 16,90

Julie Harris

DER LANGE WINTER
AM ENDE DER WELT

Im Jahre 1926 unternimmt der 24jährige Robert Shaw den Versuch, mit seiner Maschine einen Rekord im Alleinflug aufzustellen. In der Nähe von Anchorage gerät er in einen Sturm und stürzt ab. Fernab von jeglicher Zivilisation wird der schwerverletzte Pilot von einem Eskimostamm gefunden und gesund gepflegt. In der Trostlosigkeit einer Wüste aus Eis und Schnee lernt Shaw, sich mit dem angeblich »primitiven« Volk zu verständigen, und entdeckt hier, am Ende der Welt, die wahre Bedeutung von Leben, Liebe und Mut.